BASTEI
LÜBBE

ESTHER M. FRIESNER
im BASTEI-LÜBBE-Programm:

20265 Die Katze läßt das Zaubern nicht

ESTHER FRIESNER

Scandal im Wingdingo Land

Fantasy-Roman

Ins Deutsche übertragen
von Dietmar Schmidt

BASTEI
LÜBBE

BASTEI-LÜBBE-TASCHENBUCH
Band 20 274

Erste Auflage:
Januar 1996

Deutsche Lizenzausgabe 1996
Bastei-Verlag
Gustav H. Lübbe GmbH & Co.,
Bergisch Gladbach
Originaltitel:
Majyk by Hook or Crook
Lektorat: Stefan Bauer
Titelbild: André Janout
Umschlaggestaltung:
Quadro Grafik, Bensberg
Satz: Fotosatz Schell, Hagen a.T.W.
Druck und Verarbeitung:
Brodard & Taupin,
La Flèche, Frankreich
Printed in France

ISBN 3-404-20 274-0

Dieses Buch ist Ian Kinkade und
Jim McDonald gewidmet
›Sheep May Safely Graze‹

KAPITEL 1

»Was ein Zauberer tun muß, muß er tun.« Ich zog die Kapuze meines schwarzen Umhangs über den Kopf. »Versuche nicht, mich aufzuhalten.«

»Wer, ich?« Der dicke Kater saß im Eingang des Palastes und gähnte. »Schließlich willst du den Spargel zum Abendessen haben, also gehst du in den Garten und stichst ihn. Bei diesem Wetter kriegst du mich nicht vor die Tür.«

»Ach was, so schlimm ist es gar nicht«, wiegelte ich ab und trat nach draußen. Meine Augen mit einer Hand abschirmend, spähte ich in den stürmischen Himmel.

»Da kommt eigentlich gar nichts herun … Autsch!« Ein tortengroßer Papagei klatschte mir mitten ins Gesicht.

Ich packte ihn bei der Kehle und starrte ihn wütend an, während ein Wolkenbruch aus Rotkehlchen, Finken und Lerchen auf mich niederprasselte. Weiter draußen, über dem Sumpf, regnete es Albatrosse und Hühner.

»Oh, der ist Klasse, Chef!« rief Scandal. Der Kater leckte sich die Pfoten. »An dem ist wenigstens was dran. Papageien passen auch gut zu Spargel, glaub's mir. Dreh ihm einfach den Hals um und wirf ihn rüber.«

»Rargh!« protestierte der Papagei und traktierte, heftig mit den Flügeln schlagend, mein Gesicht. Kanarienvögel, Sittiche und ein paar Kakadus platschten ringsum auf den Boden. Überall waren Pfützen aus Meisen. Der Papagei riß meine Kapuze herunter und begann, kräftig auf mich einzudreschen. Obwohl ich Erfahrung mit verrückten Vögelchen hatte, konnte und wollte ich mit diesem nichts anfangen. Das Biest biß mir noch schnell in den Finger und flog davon.

»Du verdammter …!«

Ich deutete mit dem geschundenen Finger auf den fliehenden Papagei, und ein wütend zischender Blitz aus reiner Magik schoß hinter ihm her.

Aber ich traf nicht. Das war normal. Es gibt eben einen Unterschied zwischen einem wütenden Zischen und dem Zischen eines fehlerhaften Feuerwerks.

»Ooooch«, stöhnte Scandal enttäuscht. »Komm, versuch's noch mal!«

»Nein.« Ich trottete in den Palast zurück und schüttelte dabei noch ein paar letzte Sperlinge ab. Ich versuchte tiefsinnig, würdig und geheimnisvoll dreinzublicken, wie man es von einem großen Zauberer erwarten kann. Wenn es einem gelingt, hat jeder Angst, einen zu behelligen, aus Furcht, daß man gerade an einem Weltuntergangs-Zauberspruch oder einer ähnlichen netten Kleinigkeit arbeitet. Mein alter Lehrer, Meister Thengor, trug diesen Gesichtsausdruck immer, wenn er gerade keine Lust hatte, den Müll hinauszutragen.

Dummerweise funktionierte er nicht bei Katzen.

»Ooooch, bitte-bitte, Kendar?« Scandal rieb sich schmeichelnd an meinen Beinen. »Mensch, paß auf, ich hab' da gerade einen Truthahn gesehen, ich schwör's! Der reicht sicher für uns *beide*!«

»Nein«, wiederholte ich. »Meine Mutter sagt immer, daß nur ein Narr bei nassem Wetter ausgeht.«

»Aaaah!« Der Kater rollte sich auf den Rücken und streckte alle vier Glieder steif in die Luft. »Das war ein tödlicher *Ninja*-Wurfspruch!« rief er, vom Schweif bis zu den Schnurrhaaren erbebend. Er gab einen röchelnden Laut von sich und erschlaffte.

»Ich weiß gar nicht, wovon du redest, Scandal«, brummte ich. »Was ich gesagt habe, das meinte ich auch!«

Der Kater fand ins Leben zurück. »Ehrlich?« Er musterte mich mit großen grünen Augen. »Du meinst, es ist hier auf Orbix ganz normal, daß die Vögel vom Himmel regnen? Ja, geht euer Wetter-Man von der Wetterkarte morgens ans Fenster, guckt raus und meint dann: ›Bewölkt mit vereinzelten Bussardschauern‹? ›Leichte Niederschläge aus Schneeregen, vermischt mit Küken‹? Ich meine, ich wußte ja, daß eure Welt verrückt ist, als ich hierher kam, aber das ist nun wirklich abartig.«

Ich seufzte. Es war nicht einfach, Scandal dabei zu helfen,

sich an Orbix zu gewöhnen. Dort, wo der Kater herkam, mußte es so – so – *seltsam* sein! Seine Welt war tatsächlich wie ein schnell rotierender Ball geformt, und die Einheimischen bewohnten die *Außenseite* und wurden trotzdem nicht in den Weltraum katapultiert. Als Orbix einmal Kugelgestalt annahm, hatte sie wenigstens soviel gesunden Weltenverstand, uns alle schön sicher auf der *Innen*seite leben zu lassen. Es ist schon eine feine Sache, einen klugen Planeten zu bewohnen.

»Jetzt lebst du schon so lange hier, da solltest du wissen, daß wir hier nicht immer solches Wetter haben«, entgegnete ich ruhig.

»Aber man lebt nirgendwo lange genug, um sich wirklich auszukennen«, erwiderte Scandal. »Es sei denn, man ist gerade Teenager, *dann* glaubt man natürlich, *alles* zu wissen.«

»Also gut«, quetschte ich zwischen zusammengebissenen Zähnen hervor. »Schön. Wenn du mir nicht glaubst, dann fragen wir halt jemand anderen.« Ich formte mit meinen Händen eine Schale und konzentrierte mich.

Ein blaugrünes Licht begann, zwischen meinen Fingern hindurchzuschimmern. Eine helle Blase, über die goldene Wirbel tanzten, bildete sich wie aus dem Nichts. Scandal und ich wußten natürlich, daß es nichts mit Nichts zu tun hatte, sondern mit Magik.

Meine Finger juckten. Ich war wirklich besser im Umgang mit der Magik geworden, seitdem König Steffan mir Meister Thengors alten Palast als Wohnung überlassen hatte. Die Thengorianische Akademie für Hochzauberei hatte ihre Geschäftsaktivitäten und zum Teil auch ihre physikalische Existenz eingestellt, als Meister Thengor starb und ich meinen – äh – kleinen Unfall an seinem Sterbebett hatte. Aber die Bibliothek der Akademie war noch immer in gutem Zustand. Man kann eine Menge über Magie aus Büchern lernen, solange man seine Magik davon abhält, sie in Brand zu setzen.

In der Blase formte sich das Gesicht einer schönen Frau mit langen, blonden Haaren und Augen von der Farbe des

Meeres. Ich blies gegen die Kugel, worauf sie begann, die Treppe hinaufzuschweben und nach der Frau zu suchen.

»All dieser Hokuspokus, nur um Mysti zu rufen, Bwana?« fragte Scandal. »Mensch, die ist in Rufweite, im Torwächterquartier am andern Ende der Halle.«

»Dir wäre es wohl lieber, wenn ich jetzt, ›Hey, Mysti!‹ brüllen würde, oder was?«

»›Hey, Mysti, komm her!‹ wäre passender«, antwortete Scandal ruhig.

Es hat einfach keinen Sinn, zu einer Katze sarkastisch zu sein. Es bringt sie nur dazu, einen auszulachen.

Ich richtete mich auf und stand da, als hätte ich einen Besenstiel verschluckt. Und wenn es mich irgendwann umbrachte, ich *war* ein stolzer, würdevoller und geachteter Zauberer. Mit möglichst kühler Stimme teilte ich dem Kater mit: »Ich bin *Meister* Kendar, Hofzauberer Seiner Majestät König Steffan, und ich werde niemanden mit ›*Hey*‹ anreden. Und als Gemahlin Seiner Majestät Hofzauberer wird *Lady* Mysti niemals auf eine solch rüde, ungeschliffene, barbarische ...«

Ein lauter Schlag hallte durch die Halle, gefolgt von einer melodischen Stimme in sehr unmelodischem Tonfall.

»Du schimmliger Auswurf einer dreckigen, verkommenen, stinkenden Baumkröte! Hör gefälligst auf, vor meinem Gesicht herumzuschweben, du dämlicher Ball. Ich sagte bereits, daß ich mitkommen würde! Ja, kann ich denn nicht ein verdammmtes Kapitel in Ruhe zu Ende lesen? Kendar? *Kendar*! Kendar Gangle, was im Namen aller sechzehneinhalb Götter der Hautkrankheiten willst du denn jetzt schon wieder?«

Dann hörte ich einen weiteren Schlag und sah die Botschafterkugel mit einer Geschwindigkeit, die um einiges größer war als die, mit der ich sie losgeschickt hatte, durch die Halle zurückfliegen. Sie sauste knapp an meinem rechten Ohr vorbei und zersprang an der Wand in Hunderte glitzernder Splitter. Ich warf mich gerade noch rechtzeitig zu Boden. Zerschmetterte Magik kann böse Schnittwunden verursachen.

Schritte von stiefelbewehrten Füßen dröhnten durch die Halle. Groß, schlank und lieblich – sah man davon ab, daß ihr Blick einen Basilisken gegrillt hätte – stapfte Mysti herein. Sie war für die Voondrabjagd gekleidet – sumpftaugliche Stiefel, Lederhosen, eine weite Tunika, ein kurzer Umhang –, aber der überraschende Wetterwechsel hatte ihre Pläne durchkreuzt. Sie stemmte die Fäuste in die Hüften, warf ihre kräftige Mähne aus blonden Locken zurück und brüllte: »*Hey*! Ich habe dir eine Frage gestellt!«

Ich kauerte immer noch auf dem Boden. Scandal stolzierte würdevoll herbei, um mir ins Ohr zu schnurren: »Na, Maestro, Welfies kriegen wohl auch ihre Tage, was?« Ich glaube, ich hatte gerade genug Zeit, mit einem »Hä?« zu kontern, als ein Blitz, ein Donnerschlag und eine Windböe durch die immer noch offene Tür drangen.

Achtundzwanzig Wildgänse, zwei Dutzend Seemöwen, sechs Dronten und ein königlicher Bote drangen ein und rissen Mysti von ihren Füßen.

Auf der Stelle tötete Mysti zwei Gänse und eine Dronte mit ihren bloßen Händen. Wäre er nicht so schnellfüßig gewesen, hätte den Boten das gleiche Schicksal ereilt. Scandal und ich jagten die überlebenden Vögel aus der Halle und schlossen die Türe, dann hatten wir Zeit, den königlichen Boten davon zu überzeugen, daß es ungefährlich sei, wieder von der Garderobe herunterzuklettern.

»Nicht bevor Ihr diesen bösen Geist verbannt habt«, sagte der Bote.

»Welchen bösen Geist?«

»Den da.« Er wies mit der königlichen Schriftrolle, die er trug, auf Mysti. (Man kann König Steffans königliche Schriftrollen immer sofort erkennen, weil sie mit Bändern, Siegelwachs und Quasten derart überladen sind, daß sie wie in Pergament eingerollte Glasnudeln aussehen. Manchmal wünschte ich mir, er verschickte Postkarten wie jeder andere Mensch auch.)

Ich schielte nach Mysti. Sie sah schon ein wenig wie ein böser Geist aus, so wie sie dastand in der Wolke aus langsam zu Boden trudelnden Federn, mit wirr abstehendem Haar und den Händen voller Blut. Und dennoch …

»Das ist kein böser Geist«, sagte ich. »Das ist meine Frau.«

»Was Ihr nicht sagt!« rief der Bote ungläubig. Er klammerte sich fester an die Garderobe. »Nein, nein, es tut mir leid, da kann ich Eurem Wort nicht trauen. Das ist das erste Mal, daß ich einem Zauberer eine Nachricht überbringe, also habe ich meine Hausaufgaben gemacht. Es steht klar und deutlich im *Handbuch für Boten, Herolde und Postangestellte* (Teil V, Abschnitt D, Absatz 201a: Postauslieferung an Magier, Hexen, Beschwörer und verschiedenerlei weitere Zauberer), daß die meisten Eurer Art es nicht schätzen, gestört zu werden. Das ist der Grund, warum Ihr Eure Häuser mit allen Arten von Fallen, Gruben und Monstren bewachen laßt.«

»Man kriegt dann auch nicht so viele Werbewurfsendungen«, sagte Scandal.

Der Bote starrte Scandal an, und seine Augen weiteten sich, bis sie fast so groß waren wie Wagenräder. »Noch ein böser Geist!«

»Nein, das ist eine Katze«, sagte ich. »Er heißt Scandal.«

Der Bote warf mir einen mißtrauischen Blick zu. »Es gibt keine Katzen«, sagte er mit steinerner Stimme. »Außer in Mythen und Legenden. Sie sind übernatürliche Geschöpfe, die neun Leben haben, immer auf die Füße fallen, schlafenden Säuglingen die Atemluft stehlen, Unglück bringen, wenn sie einem über den Weg laufen …«

»Bla-bla-bla«, kommentierte Scandal.

»Diese Katze ist echt«, sagte ich. »Sie stammt nur nicht von hier.« Ich war gewillt, dem Boten die ganze Geschichte zu erzählen, wie Scandal auf einem seltsamen, nur in einer Richtung passierbaren Weg von der Größe eines Rattenloches nach Orbix gekommen war. Ich wollte ihm sogar das betreffende Rattenloch unten in der Küche von Meister Thengors Palast zeigen.

Doch bevor ich ihm dieses Angebot unterbreiten konnte, riß das Gewicht des Boten unglücklicherweise den Garderobenhaken aus der Wand. Die königliche Schriftrolle flog in die eine, der Bote in die andere Richtung; beide landeten mit einem unangenehmen *Klatsch!*

Etwas später erwachte der Bote im Bett eines unserer Gästezimmer. Mysti tupfte eine Seite seines Gesichtes mit einem feuchten Tuch ab, während Scandal die andere leckte. Er nahm mit einem Blick wahr, wie zwei ›böse Geister‹ sich an seinem hilflosen Körper zu schaffen machten, und fiel in Ohnmacht. Die beiden kicherten boshaft.

Etwas später las ich bei einem köstlichen Abendessen die königliche Botschaft.

»Er will, daß ich sofort zu ihm komme«, verkündete ich und legte die Schriftrolle auf meinen Salat.

»Irgendein besonderer Grund?« fragte Scandal. »Oder vermißt er nur dein hübsches Gesicht?«

»Wenn es um diese Bücher von Raptura Eglantine geht, die ich mir ausgeliehen habe, dann sag ihm, daß ich sie noch nicht ausgelesen habe«, meinte Mysti. »Immer wenn mir die Hausarbeit mal ein bißchen Zeit läßt, glauben gewisse Leute, die ich namentlich nennen könnte, mich stören zu müssen.« Sie rammte ein Tranchiermesser brutal in die gebratene Dronte.

Der Bote sprang auf. »Öh, äh, ich versichere Euch, Mylady, Seine Majestät beabsichtigen nicht, seine alten Bücher zurückzufordern. Er genießt zur Zeit den neuesten Roman der göttlichen Eglantine, *Mein Drachenherr, mein Schicksal*.«

»Die Fortsetzung zu *Mein Zauberer, meine Seele*?« fragte Mysti neugierig.

»O Gott, mein Magen«, stöhnte Scandal und machte deutliche ›Mir-kommt-ein-Haarknäuel-hoch‹-Geräusche.

»Psst!« machte ich gereizt. Der Kater wußte, daß man in meiner Umgebung mit Äußerungen über Raptura Eglantine sehr vorsichtig sein mußte. Ich klopfte mit meinem Messer gegen mein Weinglas, um die Aufmerksamkeit auf mich zu lenken, und zerbrach dabei das Weinglas. »Wenn ihr genau wissen wollt, was der König schreibt, werde ich seinen Brief vorlesen.«

»Ich bitte darum.« Mysti lehnte sich zurück.

Ich räusperte mich und begann: »Mein lieber Meister Kendar, zwar beschwert sich jeder über das Wetter, aber niemand tut etwas dagegen. Diese dämlichen Vögel fallen jetzt schon seit drei Wochen vom Himmel. Ich kann ein paar Eichelhäher hier und einen Hauch Finken dort zwar ab und zu vertragen, aber an Tagen, da es Lachmöwen regnet, bekommen wir nichts erledigt, da jeder kichernd herumläuft und dumme Witze erzählt. Letzte Woche wurde mein Finanzminister von einem Pinguin zusammengeschlagen! Seitdem ist er nicht mehr der selbe Mensch. Als ich ihn fragte, wie ich die königlichen Einkünfte erhöhen könne, schlug er mir doch tatsächlich vor, *das Geld, das die Leute verdienen, zu besteuern!* Ja, *brauche* ich denn eine Revolution? Der Mann hat ganz sicher den Verstand verloren. Ich habe dem Ganzen lange genug zugesehen. Jetzt müssen Taten folgen. Daher fordere ich Euch auf, in Eurer Eigenschaft als Hofzauberer dem Debakel ein Ende zu machen. Erscheint sofort bei mir. Zuwiderhandlung wird mit dem Tode bestraft. Euer Freund, König Steffan.«

»Eine vernünftige Forderung«, sagte Mysti. »Wann brechen wir auf?«

»Wir gehen morgen«, entschied ich. Ich holte tief Luft und sagte: »*Wir,* das sind Scandal und ich. Du nicht.«

»*Was?*« Mystis liebliches Gesicht verwandelte sich in eine häßliche Maske. Ihre Hand verkrampfte sich um den Griff des Tranchiermessers.

»Ich sagte …«

Sie riß die breite Klinge aus der gerösteten Dronte.

»… du …«

Der königliche Bote stieß einen angstvollen Schrei aus und duckte sich unter den Tisch.

»… nicht.«

Die Klinge pfiff durch die Luft und raste genau auf mein Herz zu.

KAPITEL

2

»Hallo«, sagte ich, als ich das Tischtuch anhob und schaute, was darunter war. Der königliche Botschafter kauerte zitternd im Schatten. Ich winkte ihm zu; das erschien mir als freundliche, unmißverständliche Geste. »Alles in Ordnung, Ihr könnt jetzt rauskommen.«

»Ist der böse Geist – äh, Eure Frau – jetzt gebändigt?« fragte er, ohne seine Position zu verändern.

»Aber sicher, Ihr könnt Euch darauf verlassen.«

Er warf mir einen mißtrauischen Blick zu. »Ich habe eine laute Detonation gehört. War das …?«

Scandal trottete unter den Tisch, um sich zu dem Boten zu gesellen.

»Hast du vielleicht eine *stille* Detonation erwartet? Paß auf, Kumpel, wenn der Chef dir sagt, es wäre okay, rauszukommen, dann ist es okay, rauszukommen, kapiert?«

»Sicher, sicher, ich wollte keine Respektlosigkeit begehen.« Der Bote krabbelte unter der Tischplatte hervor und klopfte seine Kleider ab. Er warf einen Blick auf Mystis leeren Stuhl.

»Es tut mir leid, daß es zur Gewaltanwendung kommen mußte, mein Herr Meister Kendar. Die Dame war recht ansehnlich – für einen bösen Geist –, aber auch für den besten aller Ehegemahle gibt es Grenzen.«

»Tja, das war nun nicht gerade das erste Mal, daß ihr Temperament mit ihr durchgegangen ist«, sagte ich. »Aber das muß man akzeptieren, wenn man mit einer Welfie verheiratet ist.«

»Einer Ex-Welfie«, korrigierte Scandal mich. »Sie haben sie aus dem Korps rausgeschmissen, als sie dich geheiratet hat, erinnerst du dich nicht?«

»Na und, war das etwa meine Schuld?« begehrte ich auf.

»Es ist ja nun nicht so, daß ich sie heiraten *wollte*, oder? Sie haben mich *gezwungen*!«

»So redet er die ganze Zeit«, vertraute der Kater dem Boten an, als wären die beiden alte Freunde. »Vielleicht hört sie ihn, vielleicht auch nicht. Mit spitzen Ohren schnappt man eine Menge auf, was gar nicht für einen bestimmt ist, verstehst du, was ich meine? Hoho, Blink, Blink!« Er drängte seine eigenen Ohren gegen König Steffans Gefolgsmann.

»Ach ja«, antwortete der Bote bei dem Versuch, sich davonzustehlen. »Nur um mich zu vergewissern. Eine Ex-Welfie, sagtet Ihr?«

Ich seufzte. »Es ist nicht leicht, mit Welfies zu leben, Ex oder nicht Ex. Ich nehme an, wenn man von Geburt an unsterblich, wunderschön und mit natürlicher Magik aufgeladen ist, dann kann einen das schon verwöhnen. Ich mußte halt was unternehmen.« Mir fiel etwas ein. »Ihr werdet doch König Steffan nichts davon erzählen, oder?«

»Häusliche Streitigkeiten können so geschmacklos sein.« Immer noch auf den leeren Stuhl starrend, schüttelte der Bote den Kopf. »Wenn es Euch beliebt, Eure Frau in die Luft zu jagen, weil sie mit einem Messer nach Eurem Herzen geworfen hat, dann ist das nicht mein Probl...«

Nun betrachtete er meine Brust zum ersten Mal genauer. Vom Tranchiermesser war nur noch die Hälfte des Griffes zu sehen. Der Rest war tief in mein Fleisch versenkt. Es gab kein Blut, nur einen unheimlichen grünen Schimmer, der durch das Loch in meinem Hemd sickerte.

»Könntet Ihr mir dabei behilflich sein, es rauszuziehen?« fragte ich. »Ich bekomme es einfach nicht richtig zu fassen.«

Der Bote war jedoch nicht sehr hilfreich. Er wurde wieder ohnmächtig.

Mysti kam mit einem Tablett aus der Küche. Sie sah den Boten an.

»Kann ich seinen Nachtisch haben?« fragte sie.

»Du kannst ihn probieren«, sagte ich. »Aber du weißt, wie er schmecken wird.«

»Ich weiß: wie Nektar und Ambrosia und Honigtau und der ganze traditionelle Welfie-Glibber, den ich schlucken mußte, als ich noch im tollen Grünwald mit all den anderen spitzohrigen Verlierern zusammenlebte. *Das* waren noch Zeiten!« Sie würgte. »Ach, was hätte ich damals nicht für ein schönes, dickes, saftiges Beefsteak gegeben.« Sie wölbte mir ihre Unterlippe entgegen. »Nur, wenn ich jetzt ein Beefsteak esse, dann schmeckt es wie – wie – ohhh! Das war echt *gemein*, Kendar.«

»Und *das* hier nicht?« fragte ich und deutete auf das Messer.

»Es wird dich nicht umbringen, du großes Baby.«

Das wußte ich selber. »Es *kann* mich nicht umbringen. Meine Magik würde nicht zulassen, daß ich von etwas derart Primitivem getötet werde. Aber es *kann* mein Lieblingshemd ruinieren, und soweit ich weiß, wird eine klaffende offene Wunde in meiner Brust zurückbleiben, wenn du das Messer herausgezogen hast. Ich möchte nicht mit einem Astloch herumlaufen!«

»Verdammt, Jim, er ist ein Mensch und keine Pinie«, schnarrte Scandal auf dem Fußboden.

Mysti schüttelte den Kopf, packte den Griff und zog kräftig. Das Messer kam mit einem feucht klingenden *Schluuurrrpp!* frei. Ich schaute nach unten und sah, daß sich das Loch in meiner Brust geschlossen hatte, das Loch in meinem Hemd hingegen nicht.

»Ich werde es dir flicken«, versprach Mysti ungefragt. »Und es tut mir leid. Ich habe die Beherrschung verloren. Es wird nicht wieder vorkommen. Ich versprech's. Welfie-Ehrenwort. – So. Kann ich *jetzt* mit dir in die Stadt kommen?«

»Nein.«

Mystis Knöchel an der Hand, die das Messer hielt, wurden weiß.

»Ich fürchte«, sagte ich eilig, »daß du dich nur langweilen würdest. Es ist eine Geschäftsreise. Ich werde stundenlang mit dem König in eine staubigen alten Ratssaal eingesperrt sein. Dann werde ich in den Palastkeller gehen müssen, um dort an einem Zauberspruch gegen dieses abscheuliche Wetter zu arbeiten. Ich werde wahrscheinlich Besuch von einem ganzen Haufen anderer Zauberer bekommen, und du weißt, wie es dann zugeht: Sie werden ihre neuesten Tricks vorführen oder sich darüber beklagen, wie schwer es ist, ihre Familiare stubenrein zu bekommen, und den gleichen alten Witz über den Handlungsreisenden und die Tochter des Magiers erzählen.«

»Den Witz habe ich noch nie gehört«, sagte Mysti, während ihre Augen immer kleiner und härter wurden. Ich spürte förmlich, wie die Zimmertemperatur stieg, und mochte das gar nicht.

»Zu dieser Jahreszeit gibt es in Gladderadatsch doch nichts, was dich interessieren würde«, fuhr ich verzweifelt fort. »Keine Märkte, keine Feste, keine ...«

»Ist auch egal.« Mysti ließ das Messer auf den Tisch fallen.

»Was?«

»Ich sagte, vergiß es.« Sie drehte mir den Rücken zu. »Du gehst, ich bleibe hier. Viel Spaß.« Schon war sie dabei, den Raum zu verlassen.

»Warte mal.« Ich fing sie in der Tür ab und ergriff ihre Hand. »Wo gehst du hin?«

»Ein paar Sachen packen.« Sie sah mich gleichgültig an. Jetzt war mir nicht mehr warm, sondern kalt, und das mochte ich noch weniger.

»Sachen ...?«

»Deine Sachen. Für die Reise. Nimmst du den Teppich mit?«

»Äh, ja, also ...«

Der Teppich war das Hochzeitsgeschenk der Welfies an Mysti und mich. Als wir uns kennenlernten, hatte Mysti ein Paar der größten, weichsten und schönsten Schwingen, die die Welt je gesehen hat. (Alle Welfie-Frauen können fliegen, und Mysti sagt, das wäre deshalb so großartig, weil sie den Welfie-Männern dadurch entkommen könnten.) Als man uns zur Heirat zwang, riß der Welfie-Häuptling die Schwingen von ihrem Rücken als Zeichen, daß Mysti nicht mehr zum Stamm – äh, zur Herde –, nein, Bande gehörte, oder wie auch immer man es nennen soll, wenn jede Menge Welfies auf einem Haufen zusammen leben. Wie auch immer, sie gehörte jedenfalls nicht mehr dazu. In dem Moment, in dem die Flügel ab waren, schmolzen sie und verteilten sich wie regenbogenfarbenes Sorbett über den weißen Teppich, auf dem wir während der Hochzeitszeremonie standen.

Das Ergebnis war ein Teppich, der fliegen konnte; meistens wenigstens.

»Nein, ich denke, ich werde auf Nintari reiten«, teilte ich ihr mit. Nintari war mein Pferd, ein Geschenk König Steffans. Ich weiß nicht, warum er ihn mir gegeben hat. Schließlich habe ich ihm ja nie etwas Böses angetan.

Mysti schaute mich zweifelnd an. »Glaubst du, daß du dich bis Gladderadatsch auf dem Vieh halten kannst?« fragte sie.

Ich sagte entrüstet: »Nintari hat mich schon drei Wochen lang nicht abgeworfen!«

»Aha«, antwortete Mysti.

Übersetzung: *Du meinst, du hast drei Wochen lang nicht mehr versucht, auf Nintari zu reiten.*

»Das ist nicht wahr!« rief ich aus, und das stimmte. Ich hatte Nintari für zweieinhalb Wochen nicht geritten, und als ich's schließlich versuchte, warf er mich nicht ab, sondern wälzte sich im Schlamm, und nur meine Magik rettete mich davor, als Pfannkuchen zu enden.

»Ich verstehe nicht, warum du nicht den Teppich nehmen willst.«

»Ich reite nun mal gerne. Und außerdem kam der Bote des Königs auf einem Pferderücken. Es wäre unhöflich, ihn zurückzulassen.«

»Aha.«

Übersetzung: *Du hast Angst, daß du den Teppich nicht zum Fliegen bringen kannst, wenn ich nicht dabei bin.*

»Ich *liebe* es, zu reiten«, beharrte ich. »Ich komme wunderbar zurecht mit Pferden. Wenn meine Schwester hier wäre, könnte sie dir erzählen, wie die Pferde von Gut Uxwutsch mir immer wie närrisch hinterherliefen.« Das war wirklich wahr. Sie liefen die ganze Zeit hinter mir her, um mit ihren großen, häßlichen Zähnen nach mir zu schnappen.

»Pferde und ich, wir verstehen uns.«

Auch wahr. Die Pferde hatten verstanden, daß sie mir mit einem Tritt ihrer Hufe den Schädel einschlagen konnten, und ich hatte verstanden, daß sie nur auf eine Gelegenheit warteten, es zu versuchen.

»Wie du willst.« Mysti zuckte mit den Schultern. »Ich werde dir deine Tasche in den Stall bringen. Du sattelst derweil Nintari.«

Ich ergriff zum zweitenmal ihre Hand. »Warum sattelst du nicht Nintari, und ich packe. Ich weiß doch viel besser, was ich brauchen werde.«

»Ich habe eine noch viel bessere Idee.« Sie entzog mir ihre Hand. »Du packst deine Sachen *und* sattelst Nintari. Ich habe nämlich etwas Besseres zu tun.« Und damit ging sie.

»Reingefallen«, sagte Scandal.

»Ach, halt's Maul.«

Ich trat mürrisch gegen das Tischbein. Dann kam mir eine gute Idee.

»Meinst du, wir könnten den Boten dazu bringen, das Monstrum für mich zu satteln?«

»Wieso nicht?« Der Kater ringelte seinen Schwanz. »Du bist doch hier der große Zampano. Du solltest ihn vielleicht davon überzeugen, das Pferd dann für dich auch noch zu reiten.«

Wir unternahmen Wiederbelebungsmaßnahmen am Boten, der zustimmte, mein Pferd zu satteln. Er war so begierig, den Palast verlassen zu können, daß er wohl auch zugestimmt hätte, einen feuerspeienden Drachen zu satteln, nur um wegzukommen. Als ich am Sattelplatz stand und beobachtete, wie König Steffans Gefolgsmann mein Gepäck an Nintaris Rumpf festschnallte, schlug der Sturm in freundlicheres Wetter um.

»Seeschwalben«, sagte Scandal, als er die neueste Vogelart betrachtete, die vom wolkenbedeckten Himmel fiel. »Ganz große Flieger. Ich mag ganz besonders, wie sie im Sturzflug herunterkommen und rechtzeitig abdrehen, bevor sie auf den Boden prallen – und auf mich.«

»Es sind Seevögel«, sagte ich. »Ich schätze, sie mögen es gar nicht gerne, so weit landeinwärts zu fallen.«

Ein alter Kindheitstraum ließ mich sentimental werden. (Na gut, meine Kindheit war erst ein paar Jahre vorbei, aber ein Traum war es trotzdem!)

»Ich frage mich, ob ich jemals zur See fahren werde.«

Scandal gab einen Laut von sich, von dem ich gar nicht gewußt hatte, daß Katzen ihn an diesem Ende erzeugen können.

»Was ist mit dir los, verrückt geworden, oder was? Als würde jemand, der noch alle Tassen im Schrank hat – und sogar du –, jemals zur See fahren wollen! Sie ist naß, die ganze Zeit schwappen einem Wellen um die Ohren, sie riecht nach Fisch, der schon *sehr* lange tot ist, und wenn du einmal reinfällst, na, *hasta la vista, baby*!«

»Bist du schon mal zur See gefahren, Scandal?«

»Machst du Witze? Eine Schiffskatze zu haben ist eine Tradition, die auf der Erde bis in die Tage der allerersten Schiffe zurückreicht! Wir fingen die Ratten und verspeisten sie, wenn sie nicht gerade so groß waren wie drei Katzen zusammen. Dann fraßen sie uns. Wir tranken das gleiche brackige Wasser wie die Mannschaft. Und wenn wir unsere Arbeit gut machten, dann benutzte der Kapitän uns *vielleicht* nicht als Haiköder. Wenn unser Glück und unsere Leben schließlich zur Neige gingen, wurden wir irgendwann von einem Sturm über Bord gespült und ertranken. Mensch, Kendar, wenn ich mir das alles so durch den Kopf gehen lasse, dann weiß ich wirklich nicht, warum ich damals nicht losgezogen bin und bei der Marine angemustert habe.«

Ich dachte über das nach, was er gesagt hatte. »Dann willst du also nicht fremde neue Welten an einem unbekannten Ufer erblicken? Neues Leben und neue Zivilisationen gerade hinter dem Horizont? Kühn dorthin gehen, wo noch nie eine Katze zuvor ...«

»Fertig, Herr«, sagte der Bote. Er trat einen Schritt zurück und hielt Nintaris Zügel. Mein Pferd war ein Musterbeispiel an Unterwürfigkeit. Der Hengst klimperte mit den Augenlidern und schnaubte glücklich, als ich mich näher schlich.

»Nein, welch glücklicher Mensch seid Ihr, mein Herr Meister Kendar, ein solch liebevolles Roß zu besitzen.«

»Oh, Nintari liebt mich wirklich«, sagte ich. Warum sollte ich ihm auch erzählen, daß Nintari es genau genommen liebte, eine weitere Chance zu bekommen, mich wie eine Kartoffel zu zerquetschen.

»Beam mich hoch, Scotty«, befahl Scandal.

»Was?«

»Okay, *nimm* mich hoch und setz mich auf dein Gepäck.«

»Ich dachte vielmehr daran, dich vor mir im Sattel zu tragen«, sagte ich.

»Dann denk noch mal nach, mein Bester. Du reitest ein vierbeiniges Mitglied der Cosa Nostra. Wenn er bockt, wirst du nach vorne geschleudert, und ich werde zerquetscht. Aber wenn ich auf deinem Gepäck reite, dann kann ich mich mit meinen Klauen daran festhalten. Außerdem kann ich im gleichen Augenblick, in dem Django hier aufsässig wird, die Krallen dazu benutzen, ihm ein paar bessere Manieren beizubringen. *Kapiesch*?«

Ich hatte so meine Zweifel, ob Scandals Plan funktionieren würde, und brachte diese zum Ausdruck. Wenn ich ein Tier wie Nintari wäre und spürte, wie sich irgend etwas in meinen Rücken bohrt, würde ich mich nicht unbedingt besser benehmen. Ich würde mich statt dessen bemühen, das lästige Nadelkissen durch beständiges Bocken, Aufbäumen, Rollen, Beißen oder jede mögliche Kombination vorhergenannter Handlungen in möglichst kurzer Zeit loszuwerden.

»Hey, ist okay. Wenn du es nicht tun willst, mußt du es nicht tun!« rief der Kater. »*No problemo, Kemosabe*. Aber dann reite ich nicht mit dir. Meine Mamma hat mich nämlich nicht aufgezogen, damit ich als Kopfsteinpflasterpizza ende!«

»Kannst du denn Nintari nicht fragen, ob er sich mal benehmen könnte?« schlug ich vor.

»Seh' ich aus wie Dr. Dolittle? *No hablo* Hottemaxe.«

»Ich dachte ...« Eigentlich war's ziemlich blöd, was ich gedacht hatte, wenn ich es mir recht überlegte. Und da Scandal sowieso keine allzu hohe Meinung von den geistigen Fähigkeiten irgendeines Menschen hatte, entschloß ich mich, den Mund zu halten.

Zu spät. »Ich glaube, ich weiß, was du gedacht hast.«

Scandal stürzte sich auf meine Worte, als wären es Mäuse. Stumpfsinnige, fette Mäuse. »Du hast gedacht, alle Tiere sprächen die gleiche Sprache.«

»Tun sie das nicht?«

»Tun das alle Menschen? Jetzt mach mal halblang, Bwana. Ich weiß zwar nicht, wie's hier aussieht, aber da, wo ich herkomme, verstand ich nur, was die anderen Katzen sprachen.«

»Das ist aber schade.«

»Nicht im geringsten«, sagte Scandal unbeirrbar. »Wenn mich ein riesiger Hund verfolgt, dann will ich gar nicht wissen, was er über meine Mutter sagt. Und wenn ich kurz davor bin, eine Maus zu kaschen, dann interessiert's mich einen Dreck, ob sie Arien singen kann: Sie ist dann bloß ein Mittagessen. Aber du denkst, es wäre ganz nett, die Sprache der Tiere verstehen zu können, was? Ja, das glaube ich dir! Ein bißchen auf der Wiese bummeln, und schon kommt Mamma Kuh vorbei und sagt: ›Guten Morgen, Herr Kendar. Ich habe da ganz frische Milch für Sie‹, was? Na, wenn du wirklich mit ihr reden könntest, würde sie dich wahrscheinlich beim Schlafittchen packen und dich schütteln, bis dein Hirn durchgequirlt ist, bevor sie dich fragt: ›Was zum Teufel hast du mit meinem Kälbchen gemacht, und wie kommt es, daß du aus dem Mund nach Kalbsauflauf stinkst?‹«

Ich seufzte. »Ich frage mich, ob es wirklich so schlimm wäre, auf der Unterseite zu leben.«

»Der Unterseite von was?« fragte Scandal.

»Du weißt schon, der *Unterseite*. Als der Planet das letzte Mal seine Form geändert hat, veränderte er auch die Tiere der Unterseite.«

Die Katze starrte mich an, als wäre ich verrückt. Ich sah mich um, auf der Suche nach etwas, mit dem ich genauer zeigen konnte, was ich meinte.

Der Bote des Königs saß mittlerweile im Sattel seines eigenen Pferdes, also ließ ich Nintaris Zügel los. Ich hoffte, daß er ruhig bleiben würde, und er tat es; er wußte, daß seine Stunde schon noch käme. Ich fand ein Stück alten Zaumzeugs, das jemand in den Schmutz neben den Ställen geworfen hatte. Das war perfekt. Ich streckte den Riemen, dann verdrehte ich ihn einmal, um beide Enden aneinanderzufügen. Ich hielt nun ein ziemlich gutes Modell der Gestalt in den Händen, in der sich mein Planet zur Zeit befand – aber auch nur zur Zeit.

(Vor vielen Zeitaltern war Orbix ein Ort wie jeder andere auch gewesen, bis zwei Zauberer sich entschieden, ein Magik-Duell auszufechten. Als sie damit fertig waren, litt der Planet unter einem sehr üblen Fall geologischen Schluckaufs. Niemand wußte, wann die nächste Gestaltveränderung fällig war und welche Gestalt der Planet danach haben würde. Manche Mütter erschreckten ihre unartigen Kinder mit der Geschichte, daß, wenn sie sich nicht anständig benähmen, sie eines Tages aufwachen und die Welt kugelrund vorfinden würden, wobei alle Bewohner auf der *Außenseite* gefangen lebten, bis sie ins Weltall geschleudert würden. Aber das sind natürlich nur Ammenmärchen.)

»Oh, ja«, sagte Scandal, der sich daran erinnerte, was ich ihm früher gezeigt hatte. »Wie der Bär, den wir damals getroffen haben, auf dem Wagen voller Haferbrei, der von den süßen, kleinen, goldhaarigen Mädchen gezogen wurde. Er konnte sprechen und kleidete sich wie ein Mensch. *Er* war von der Unterseite.«

»Genau«, stimmte ich zu. »Es lebten ja auch Menschen auf der Unterseite, als der Wechsel kam. Ich frage mich, ob sie wie Tiere behandelt werden und alle Tiere sich wie die Menschen benehmen. Und wenn nicht, benutzen sie diese nichtmenschlichen Tiere in der gleichen Weise, wie wir es tun? *Können* sie das? Und was ist mit …?«

»Menschen.« Der Kater hörte sich immer müde an, wenn er von uns sprach. »Ganz oben in der Nahrungskette und ganz unten in der geistigen Entwicklung. Der König wartet auf dich, du hast deine Frau so wütend gemacht, daß man auf ihrer Stirn eine Maus grillen könnte, aus dem Himmel fallen dir jauchzende Kraniche und Kiwis auf den Kopf, und du machst dir Sorgen darüber, wie es auf der Unterseite aussieht? *Prioritäten*, Kendar, du mußt dir Prioritäten setzen! Und jetzt auf's Pferd und los!«

Scandal stolzierte davon und saß beim königlichen Boten auf. Ich nahm Nintaris Zügel in die Hand. Der Hengst klimperte erneut mit den Wimpern und schnappte nach meinem Arm. Ich sprang zurück, bevor seine Zähne ein Stück aus mir herausbissen. Das Pferd lachte, und ich ergriff die Chance, mich auf seinen Rücken zu schwingen.

»Auf nach Gladderadatsch!« rief ich triumphierend.

Nintari machte einen beiläufigen Seitenschritt. Ich fiel zu Boden.

»Auch eine Reise von tausend Meilen beginnt mit einem ersten – Taumeln«, sagte Scandal feierlich.

»Ach, halt's Maul.«

KAPITEL 3

»Erschauet die hohen Türme der alten Königsstadt Gladderadatsch!« rief der königliche Bote aus, richtete sich in seinen Steigbügeln auf und machte eine ausladende Geste von Horizont zu Horizont.

»Wir haben schon alles gesehen«, antwortete Scandal. »Die Stadt der Türme, hurra! Ich behaupte immer noch, daß sie aussieht wie ein paar in den Boden gerammte Bleistifte.«

Der Kater lief neben den Pferden her – um seine Beine zu strecken, wie er behauptete. Tatsächlich wollte er nur jedesmal in einer günstigen Position sein, um zuzusehen, wenn Nintari mich abwarf.

»Die Türme des Palastes sind in ihrer Pracht ausschließlich aus einem seltenen und wertvollen Stein errichtet, dessen dunkelbernsteinfarbener Ton durch Goldflecken aufgehellt wird«, fuhr der Bote ungerührt fort. »Kein anderer Anblick kommt ihnen an Schönheit gleich.«

»Wenn man Bleistifte mag«, beharrte der Kater.

Der Bote wurde langsam grantig. »Hmpff. Es will mir scheinen, daß einige *Tölpel* unsere hübsche Hauptstadt nicht zu würdigen wissen.« Er warf Scandal einen geringschätzigen Blick zu. Während unserer Reise nach Gladderadatsch hatte er Zeit gehabt, sich an den Kater zu gewöhnen. Er glaubte nun nicht mehr, daß Scandal ein fieses, gefährliches, mythisches Monstrum war; er wußte nun, daß Scandal einfach nur fies war.

»Ach, es wird eine Freude sein, einige der auserlesenen Freuden jener fabelhaften Stadt zu genießen: die hübschen Hofdamen, die exquisiten Speisen der königlichen Köche, die süßen Melodeien glücklicher Barden ...«

»Die Wasserspülklosetts?« unterbrach Scandal unschuldig.

»Die was?«

»Vergiß es. Solange du irgendwo eine Kiste mit sauberem Sand auftreiben kannst, bin ich ein glückliches Kätzchen.«

Ich fiel wieder mal von Nintari runter.

Als ich wieder aufgestiegen war, ritten wir auf die Stadt zu. Vielleicht sollte man eher von *den* Städten reden, denn König Steffans Hauptstadt teilte sich in die hübschen Türme und die Elendsviertel, die sich darum scharten. Als wir das erste Mal Gladderadatsch erblickten, hatte Scandal gesagt, die Slums wirkten wie schmutzige Seifenblasen, die die Füße goldener Türme wuschen. In Gladderadatsch hatte man entweder eine Anschrift im Palast, oder man galt nichts und hatte darüber hinaus sein Zimmer mit Ratten, Kakerlaken und Abfall zu teilen. Palast oder Elendsviertel – mehr Auswahl gab es nicht, wenn man in Gladderadatsch lebte.

Der Bote führte uns durch einige der saubereren Straßen zum Haupttor des Palastes. Die zusammengedrängten Türme des Wohnsitzes von König Steffan ragten hinter einer grauen Steinmauer auf, die noch mein alter Lehrmeister Thengor errichtet hatte. Die Mauer selbst war nicht viel höher als ein Berittener. Ich erinnere mich noch an Meister Thengors Worte: »Sie wird vielleicht kein Heer aufhalten, aber alles Gesocks. Und weil es viel mehr Gesocks gibt als Heere, denke ich, daß Seine Majestät einen angemessenen Gegenwert für seine königlichen Goldstücke erhalten hat.«

Er liebte es, uns zu erzählen, daß er der erste Zauberer war, der den Zauberspruch ›Schutz vor Gesocks‹ perfektioniert hatte. Ich wußte damals nicht, wovon genau er sprach; ich weiß nur noch, daß er jedesmal durch seine Vorderzähne spuckte, wenn er ›Gesocks‹ sagte.

Ich rechnete nicht damit, aber bald schon würde ich den Zauber meines alten Meisters in Aktion erleben (allerdings ohne das Spucken).

Denn als wir uns dem Palasttor näherten, sahen wir vor uns eine Schlange Bittsteller, die in den Palast eingelassen werden wollten. Einige waren Bedienstete des Königs, erkennbar an ihren Livreen in Blau und Schwarz. Einige waren Botschafter und trugen die verspielten, erstaunlichen und oft lächerlich wirkenden Moden ferner Länder. Einige waren erfolgreiche Kaufleute, die teure Waren an den Mann bringen wollten, und in Gewänder gekleidet, die oft von besserer Qualität waren als die der Botschafter oder königlichen Gefolgsmänner. Andere gehörten zu den Barden gehobenen Ansehens in guter, aber einfacher Reisekleidung, die meist einen oder zwei silberne Ringe am Finger trugen, um zu zeigen, *wie* gut sie waren.

Aber die meisten Menschen, die ans Palasttor klopften, waren umherziehende Gaukler, Akrobaten, Sänger und diverse Unterhaltungskünstler, deren Kleidung aus Lumpen und Löchern bestand. Für sie bestand die einzige Möglichkeit, einen Silberring zu bekommen, darin, daß ein betrunkener Barde nicht bemerkte, wie sie ihm das Ding vom Finger zogen, während er an der Theke pennte. *Das* war Gesocks mit einem großen ›G‹ (von den Löchern in den Socken ganz zu schweigen), und dazu kam, daß dieses Gesocks regen Anteil am Besitz anderer Leute nahm. Aber was machte das schon; schließlich gab es kein Gesetz, das ihnen verbot, im Palast des Königs ihr Glück zu versuchen.

Kein Gesetz, aber Meister Thengors Zauberspruch.

Wir zügelten hinter einer Gruppe abgerissener Schauspieler unsere Pferde. Sie waren zu sechst, hatten aber nur genug anzuziehen, um vier Leute warmzuhalten. Sie führten einen wacklig wirkenden Wagen mit sich, der mit Jonglierzubehör und Kostümen und Requisiten für ein Theaterstück gefüllt war. Auf diesem Haufen saß ein kleines Mädchen, das einen Affen mit traurigen Augen im Arm hielt. Sie wirkte, als hätte sie eine gute Mahlzeit mehr als nötig, aber im Moment hatte sie ihren Hunger vergessen und schaute hingerissen auf die großartigen, kunstvollen Steinmetzarbeiten über dem Palasttor. Besonders schien sie die sehr schön ausgeführte Darstellung eines Greifen mit ausgebreiteten Schwingen zu beeindrucken. Währenddessen redete der Anführer der Truppe auf einen der acht Torwächter ein.

»Ich sage dir, wenn du uns noch länger aufhältst, wird es dich deinen Kopf kosten«, drohte er und schüttelte seine Faust unter der Nase des Wächters. »Wir sind unter großen

Anstrengungen und Entbehrungen hierher gekommen, haben trostlose Wüsten durchquert, dunkle Wälder, straßenloses Ödland, wurden von der Sonne gedörrt und vom Regen durchnäßt, sind von einem Reihersturm überrascht worden ...«

Der Wachtposten gähnte. »Ich hab' dir schon gesacht, wenn du nich' auf der Liste vom Könich stehst, kann ich dich nich' durchlassen«, nuschelte der Wächter, stützte sich auf seinen Stoßspeer und rief dem Posten direkt am Tor zu: »Haste ihn schon auf der Liste gefund'n, Verix?«

Verix war der dürrste Wächter, den ich je gesehen hatte. Er hielt eine lange Pergamentrolle in den Händen, mit der er nicht ganz zurechtzukommen schien. Er versuchte, das eine Ende zu entrollen und gleichzeitig das andere aufzurollen, aber es war so, daß sich beide Enden ständig *ent*rollten – und zwar auf den Fußboden. Wahrscheinlich hätte er die ganze Angelegenheit etwas besser im Griff gehabt, wenn er nicht gleichzeitig noch einen offiziellen Palastwachenstoßspeer hätte halten müssen.

(Warum werden solchen Wachen auch immer diese überlangen Speere mit vergoldeter Spitze und herabhängenden Quasten zugeteilt? Ein Speer ist ja ganz in Ordnung, wenn man es mit einem einzigen gegnerischen Reiter oder Fußsoldaten zu tun hat, aber womit würde ein Feind wohl einen Palast angreifen? Mit einem Massenaufgebot an Truppen, und dagegen ist ein einfaches Kurzschwert wesentlich sinnvoller, denn damit könnte jeder Wächter noch zwei oder drei Angreifer töten, bevor er selbst zu einer Mischung aus Gelee und Nieten zerquetscht wird. Und diese Troddeln ...! Möglicherweise sollten sie im Notfall als Aderpressen dienen, aber das weiß ich nicht genau.)

Neben Speer und Schriftrolle hatte Verix ein weiteres Problem: sein Helm paßte ihm nicht so recht. Er rutschte ihm ständig ins Gesicht und drückte dabei seine drahtgefaßte Brille auf das Ende seiner schnabelförmigen Nase. Als er endlich den Speer stabil an seine Schulter gestützt, das Pergament richtig gefaßt und an der korrekten Stelle aufgerollt hatte, sein Helm richtig saß und er durch seine Brille sehen konnte, war er ziemlich mies gelaunt.

»Nein, ich hab' sie *nicht* gefunden«, keifte er. »Ich hab' sie auch in den vier Fällen, wo du mich früher gefragt hast, nich' gefunden. Also, machst du jetzt deine Arbeit und schickst sie weg, oder soll ich hier alles alleine tun?«

Der erste Wächter kicherte boshaft. »So, ihr habt Verix gehört«, sagte er affektiert. »Macht ihn mal bloß nich' sauer. Da kann er nämlich sein wie 'n Tiger, wenn er in Fahrt is'. Am besten geht ihr in die Stadt und sucht euch was in 'ner Kneipe. Bald is Markttach; ihr werdet schon nich' verhungern.«

»Pah! Wir interessieren uns nicht für eure schäbigen Märkte und Kneipen«, erklärte der Anführer der Theatertruppe. »Ich sage dir, Seine Majestät selbst ließ uns rufen! Ist es vielleicht unsere Schuld, daß irgendein überbezahlter königlicher Schreiber vergessen hat, uns auf die Liste zu setzen? Melina!« Er klatschte lebhaft in die Hände. »Bring mir des Königs Brief!«

Eine dürre Frau beeilte sich, zu ihm zu kommen. Sie hob die oberste Schicht ihrer verschlissenen Röcke und zog ein schmuddeliges Stück Papier hervor. »Der Brief des Königs«, sagte sie und händigte ihn dem Wächter aus.

»Den habt ihr von irgend so 'nem käuflichen Schreiberling für'n Bier machen lassen«, sagte der Wächter abfällig. »Ich wünschte, ich bekäm' für jedesmal, wo ich so was sehe, 'n Tach frei. Dann könnt' ich nämlich in Rente gehn.«

»Ich versichere dir, *dieser* Brief ist echt!« beharrte der Chefschauspieler.

»Und ich versicher *dir,* daß deine Zeit um is! Nu bewegt euch. Da warten noch andere.«

Der Schauspieler kreuzte seine Arme vor der Brust. »Ich werde nicht weichen, bevor du uns einläßt.«

Seine Leute ahmten seine Pose nach, sogar das kleine Mädchen auf dem Wagen. Der Affe mit den traurigen Augen saß bloß da, zu mitgenommen von der Reise, um auch nur zu schnattern.

»Na schön«, antwortete der Wächter. »Wenn's das is', was

ihr wollt, bitteschön. Ich mag das ja nich' gerne tun, daß ihr das nur wißt ...«

Er sprach in einem Tonfall, der jeden wissen ließ, daß er ›das‹, was immer ›das‹ auch war, wirklich nicht *mochte*, sondern liebte.

»Aber ihr laßt mir keine Wahl. He, Verix!«

Verix schnaubte ärgerlich, als ihm der Helm wieder ins Gesicht rutschte. »Was ist denn jetzt schon wieder?«

»Sach mal den anderen Bescheid: Es is' Zeit, das Wort zu sagen!«

»Welches Wor...? Ohhh! *Das* Wort!« Verix schob seinen Helm zurück. Sein Gesicht trug ein häßliches Grinsen. »Da hast du aber recht.« Er wandte sich den anderen sechs Wächtern zu und rief: »He! Leute! Ratet mal, wofür es Zeit ist!«

»Essen?«

»Mittagsschlaf?«

»Gaffeepause?«

»Hamster füttern?«

Verix warf seine Pergamentrolle nach ihnen. »Nein, ihr muskelbepackten Vollidioten! Es ist Zeit für das *Zauberwort*! Ich zähle bis drei ...«

»Welches Zauberwort?« fragte einer der Wächter.

»Wie meinst du das, ›welches Zauberwort‹, Simbert? Du kennst das Zauberwort doch sehr gut! Das Zauberwort, das uns der alte Zauberer für den Fall gab, daß hartnäckiges Gesocks an König Steffans Tür klopft, gerade so, als wären es richtige Menschen!«

»Oh!« Simbert war etwa dreimal so breit wie Verix. Ja, aus den Muskeln an einem seiner Arme hätte man gut anderthalb Verixe machen können. Er hätte Verix wie einen Zweig zerbrechen können, aber statt dessen streckte er seine Unterlippe vor und schaute peinlich berührt zu Boden.

»Ich hab's vergessen«, verriet er seinen Stiefeln.

»Wie kannst du es vergessen, wenn es auf die Innenseite deines Helms geschrieben steht, bei Wedwel!« Verix' Gesicht war vor Wut rot angelaufen.

»Ach?« Der Wächter setzte an, seinen Kinnriemen zu lösen.

»*Was glaubst du eigentlich, was du da tust?*« brüllte Verix ihn an.

»Ich nehme nur meinen Helm ab, um zu sehen, wie das Zauberwort heißt, das wir alle sagen müssen, damit es das Gesocks vertreibt«, erklärte Simbert.

Verix hob seine Nase ein Stück. »Paragraph 437d des Palastgardenreglements verbietet ausdrücklich, daß ein Palastwächter im Dienst irgendeinen Teil seiner Uniform entfernt.«

»Ja, aber ich erinnere mich doch nicht an dieses Wort, und du hast mir doch gerade gesagt, daß es in meinem Helm steht un... – Mensch, sollen's doch nur die anderen Jungens sagen.«

»Nein«, sagte Verix.

»Häh?« antwortete Simbert, und wer konnte es ihm verdenken?

»Als der leider dahingeschiedene große Hofzauberer, Meister Thengor, unserem guten König Steffan den Zauberspruch gab, sagte er ausdrücklich, daß das Zauberwort durch wenigstens acht Wächter gleichzeitig gesprochen werden muß, damit der Zauber wirkt.«

»Ja, stimmt!« Simbert langte wieder nach seinem Kinnriemen.

»*Halt!*« schrie Verix. Er klang wütend, aber ich begann nun den Anflug eines abgrundtief niederträchtigen Lächelns an seinen Mundwinkeln wahrzunehmen. Er *genoß* das Ganze! Wenn er nicht irgendeine Gemeinheit vorhatte, wollte ich einen Voondrab verspeisen. »Leg diese Uniform ab, Simbert, und ich habe keine andere Wahl, als dich unter Arrest zu stellen.«

»Ja, aber wenn ich keinen Blick auf das Wort werfen darf, das ich sagen soll, dann kann ich es doch nicht sagen, oder? Und was ist dann?«

»Dann«, und jetzt zeigte sich Verix' Spott ganz offen, »bist du der Pflichtversäumnis schuldig, und ich muß dich *dafür* verhaften.«

»Na, schneid mir den Schwanz ab und nenn mich einen Schnauzer«, murmelte Scandal. »Sieht ganz so aus, als hätte unser Spargel-Jason eine Axt, auf deren Klinge ›Simbert‹ steht.«

»Ich frage mich nur, wieso er das macht«, antwortete ich.

»Tja, nur so eine Idee, aber hast du schon mal von so etwas wie *Neid* gehört? Guck dir die beiden doch mal an. Sehen nicht gerade aus wie die Zwillinge aus der Knorr-Familie. Ich wette, wenn es so auf Samstagabend zugeht, sagen alle Mädels zu Verix, es täte ihnen leid, aber sie müßten sich heute ihre Haare waschen. Nur waschen sie dann in Wirklichkeit Simberts Haar, und zwar das auf seiner Brust, und das machen sie mit ihrer ...«

»Ich verstehe schon, was du meinst!«

»Das solltest du auch«, kicherte Scandal. »Die meisten der Wächter des König sehen ja schon aus, als wären sie mit einer Diät aus Milch und Steroiden aufgezogen worden, aber Simbert hat genug Fleisch auf den Knochen, um Texas sattzumachen.«

»Wer ist denn dieser Texas?« erkundigte ich mich. Ich liebte Scandal wirklich, aber manchmal konnte ich seinen Worten einfach nicht folgen.

»Texas ist ein sehr großer, sehr lauter und sehr freundlicher Riese, der auf meiner Heimatwelt lebt. Er ißt nur gegrilltes Rindfleisch und Demokraten. Außerdem gilt er als Erfinder des magischen Todesschusses.«

Ich zuckte zusammen. »Klingt schmerzhaft.« Scandal grinste. »Außerdem klingt es wie eine Ladung von dem, was Nintari während der Reise auf den Weg fallen ließ«, fügte ich hinzu.

»Du redest immer nur von dir selbst«, stellte Scandal fest.

Der dürre kleine Verix hatte Simbert also in eine Zwickmühle gedrängt. Der muskulöse Wächter griff nach seinem Helm, ließ ihn wieder los – griff nach seinem Helm, ließ ihn wieder los – und versuchte die ganze Zeit, seinen dämlichen Speer im Gleichgewicht zu halten. Die sechs anderen Wächter standen ungeduldig da und sahen zu, wie Verix seinen Spaß hatte. Die Leute, die vor dem Tor Schlange standen, begannen unruhig zu werden. Häßliche wie ärgerliche Worte trafen vor allem die Wanderschauspieler. Das kleine

Mädchen auf dem Wagen begann bei den Rufen der Meute zu zittern.

»Warum sind sie auf die Schauspieler sauer?« fragte ich. »Diese Verzögerung ist doch nicht ihre Schuld.«

»Irgend jemand muß ja schuld sein«, antwortete der königliche Bote. Er klang gelangweilt und beleidigt. Vor dem Palasttor mußte jeder warten, vom schäbigsten Akrobaten bis zum höchstrangigen Diplomaten, was auch königliche Boten und Hofzauberer einschloß. »Wenn Ihr heruntergekommenem fahrenden Volk die übelste Beleidigung an den Kopf werft, was kann Euch im schlimmsten Fall geschehen? Nichts. Die sind so was gewöhnt. Aber erhebt Eure Stimme gegen eine der Palastwachen des Königs ...« Er zuckte mit den Schultern.

»*Twännnggg*! Aaaahhhh! Uff!« machte Scandal.

»Was?«

»Das Geräusch eines versehentlich geschleuderten Speeres«, klärte mich der Kater auf. »*Das* passiert, wenn du bei einem der Godzillabrüder ein loses Mundwerk hast, da kannste sicher sein.«

Ich nahm an, daß er recht hatte. Scandal hatte in diesen Dingen meistens recht. Trotzdem erschien es mir alles andere als fair. Vielleicht, weil ich für den größten Teil meines bisherigen Lebens derjenige gewesen war, auf den man am ehesten alles schieben konnte, was schiefgegangen war: Wenn einer der besseren Studenten Meister Thengors ein Stück Kuchen aus der Küche stahl, würde Velma Chefköchin etwa ihn bestraft haben? Doch wohl nur, wenn sie gern in eine Kröte verwandelt werden wollte. (Tatsächlich wäre dies ihrer äußeren Erscheinung zuträglich gewesen, aber sie weigerte sich, das einzusehen.) Da aber jemand bestraft werden *mußte*, wer bekam also eins mit ihrer Schöpfkelle verpaßt, selbst wenn der Dieb den Kuchen direkt unter ihren Augen verzehrte?

Genau.

Ich haßte es, war aber zu machtlos, irgend etwas dagegen zu unternehmen. Dann kam ich durch einen Unfall in den

Besitz des größten Teils von Meister Thengors Magik, und alles änderte sich.

Das heißt, nicht alles: Ich haßte es immer noch, wenn irgendwelche Leute auf jemandem herumhackten, der es nicht verdiente. Aber jetzt konnte ich etwas dagegen tun.

Die Frage war nur: *Was*?

Ich beugte mich vor, bis ich in Nintaris Ohr flüstern konnte: »So, mein Pferdchen. Diesmal, nur dieses eine Mal, mußt du schön mitspielen. Ich muß bei diesen Leuten Eindruck schinden, Nintari, einen *guten* Eindruck. Wirf mich ab, und ich schwöre dir, bei der ersten sich bietenden Gelegenheit schlage ich den Zauberspruch nach, mit dem ich dich in eine Roßkastanie verwandeln kann. Ist das klar?«

Ich weiß zwar nicht sicher, ob Pferde die menschliche Sprache verstehen, aber ich würde immerhin darauf wetten. Nintari verstand jedenfalls. Als meine Absätze seine Flanken berührten, gab er ein wunderschönes, ehrfurchtgebietendes, weittönendes Wiehern von sich. Er stieg gerade so weit auf die Hinterhand, daß es toll aussah und ich trotzdem nicht abrutschte, und stieß laut schnaubend mit den Vorderläufen in die Luft.

Ich hörte den Chefschauspieler hauchen: »Meine Herrn! Welch ein Auftritt!«

Ich schwöre, daß Nintari ihn auch verstanden haben muß, denn das Vieh machte in der Tat eine leichte Verbeugung in seine Richtung, bevor es leichtfüßig wie ein Sperling vorpreschte. Nintari landete mit bebenden Nüstern und wehender Mähne zwischen den Schauspielern und den Wachen.

»Gut, gut, das reicht«, flüsterte ich ihm zu. Was ich mir allerdings hätte sparen können: Er war eben ein geborener Schmierenkomödiant. Er schnaubte und tänzelte und warf seine Mähne weiter hin und her. Ich möchte wetten, daß das noch stundenlang so weitergegangen wäre, wenn das kleine Mädchen nicht ihr Äffchen abgesetzt hätte, um zu uns herüberzukommen.

»Liebes Pferdchen«, sagte sie, griff nach Nintaris Zaumzeug und tätschelte seine Nase.

»Ohhhh!« rief alles, einschließlich der Wachen (außer Verix).

Ich erhob eine Hand in heroischer Geste »Im Namen von König Steffan und dem Großen Magischen Konzil befehle ich Ruhe!«

Alles gehorchte, in gewisser Weise wenigstens, denn noch immer tönte es »Ohhhh!« wegen des kleinen Mädchens und des Pferdes.

»Ich bin Meister Kendar, Seiner Majestät jüngst berufener Hofzauberer!« erklärte ich.

»Nie von dir gehört!« rief jemand in der Menge.

»Was? Der Milchbubi soll Hofzauberer sein? Der ist doch nicht alt genug, um eine Kaulquappe in einen Frosch zu verwandeln!«

»Nicht alt genug, sich selbst die Windeln zu wechseln!«

»Nicht alt genug, seine Windeln vollzumachen!«

»Wenn du ein Zauberer bist, dann zieh mal ein Karnickel aus dem Hut! Ich habe nämlich Hunger!«

»Der hat doch gar keinen Hut!«

»Das stimmt! He, wenn du ein Zauberer bist, wo ist dann dein spitzer Hut?«

»Und die Robe?«

»Und sein – wie heißt das doch gleich? – seine Zauberstange?«

»Zauberstab, du Trottel!«

»Richtig, Stab! Na, wo ist der denn?«

»Toller Schachzug, Kasparow!« sagte Scandal. Er hatte sich durch einen Wald von Beinen gedrängt, um seinen Stammplatz zwischen Nintaris Hufen einzunehmen. »Jetzt haben sie jemand anderen, an dem sie's auslassen können.«

Ich ließ die Zügel fahren und streckte meine Arme aus, wie um mich auf einen mächtigen Zauber vorzubereiten. Sicher, ich legte in dem Moment eine Menge Vertrauen in Nintari, aber der Gaul war so sehr damit beschäftigt, sich von dem kleinen Mädchen bewundern zu lassen, daß er glatt vergaß, mich auf den Boden plumpsen zu lassen. Ich setzte mein mürrischstes Gesicht auf und erklärte: »Ich will euch beweisen, daß ich ein Zauberer bin. Ich werde diesen

Mann« – ich deutete auf Verix – »vor euren Augen in die Lüfte erheben!«

Verix musterte mich durch seine Brillengläser. »Das möchte ich sehen.«

»Nun gut.« Ich begann, mit meinen Armen komplizierte Gesten auszuführen. »Er hat es so gewollt.« Ich ließ es so klingen wie: *An welche Adresse sollen wir den Leichnam schikken?*

(Ich mag vielleicht nicht genau wissen, wie ich all die Magik, die ich erhalten habe, nutzen soll, aber eines habe ich gelernt: Es ist nicht wichtig, was man weiß, solange man bloß überzeugend vorgibt, *etwas* zu wissen. Benimmt man sich wie ein mächtiger Zauberer, dann werden neun von zehn Menschen einen auch wie einen mächtigen Zauberer behandeln. Benimmt man sich wie man selbst, gibt's eins mit der Schöpfkelle.)

Ich ergänzte meine Armbewegungen durch einige raffinierte Verdrehungen der Finger und murmelte seltsame Worte vor mich hin. Sie bedeuteten nichts, klangen aber eindrucksvoll. »Gorbaduc-Gammer-Garbun-Coriolanuschanan-Cambuses-Beowulf!« grollte ich.

Ich vernahm vom Boden ein seltsames Geräusch: Scandal lachte.

»Lhasa - Apso - Calypso - Haltsmaul - oderdubistot - Mieze-katz-Dasmeinichernst!«

Scandal verstand.

Verix auch. Er begann nervös auszusehen und sein Gewicht von einem Bein auf das andere zu verlagern, um sich zu vergewissern, daß er noch mit beiden fest auf der Erde stand. »Äh, hört mal, das ist doch völlig unnötig!« erklärte er am Ende.

Ich senkte meine Arme und starrte ihn weiterhin finster an.

»So?« fragte ich mit möglichst kühler Stimme. Ich schien sogar im Sattel noch zu wachsen. »Und weshalb?«

(Es ist schon schwierig, sich immer noch anzuhören wie ein stocksaurer, allmächtiger Zauberer, wenn man tatsächlich *Er hat's gefressen! Er hat's gefressen! Den Göttern sei Dank, er hat's gefressen!* – rufend herumhopsen will. Ich konnte zwar einen Schwebespruch zaubern, aber er hatte ein paarmal nicht ganz so funktioniert, wie ich es eigentlich gewollt hatte. Ich besaß blaue Flecken, die das bewiesen.)

»Nun, Euer Zaubererheit, ich zweifelte keinen Augenblick daran, daß Ihr seid, was Ihr sagtet. Aber Ihr wißt, wie es ist ...«

Er machte eine Kopfbewegung in Richtung der Menge, aus der immer noch Spott gegen mich tönte.»Es gibt eben Menschen, die Euch selbst dann noch nicht glauben würden, daß sie tot sind, wenn Ihr ihnen ihren Kopf auf einem Teller serviert.

»Schlägt Er vor, daß ich meine Identität derart beweise?« meinte ich hoffnungsvoll und formte ein Lächeln, das so hart und dünn war wie die Schneide eines Schwertes. »Soll ich Ihm Seinen Kopf abschneiden?«

»NeinneinneinneinNEIN! Ich würde es nie wagen, Euch damit zu belästigen. Macht doch etwas Einfaches. Ohne Schweinereien. Ganz, was Ihr wünscht!«

»Nun gut.« Ich bemühte mich, zögerlich zu klingen, obwohl ich Verix' Forderung nach etwas ›ohne Schweinereien‹ innerlich nur zustimmen konnte. Ich drehte mich halb im Sattel, um zu der Menschentraube zu sprechen.

»Ich werde nun meine magischen Kräfte nutzen, um ein für allemal zu entscheiden, ob diese Leute irgendein Recht besitzen, unseres guten König Steffans Palast zu betreten.«

Ich bedeutete der dürren Frau Melina, zu mir zu kommen. »Wo habt Ihr den Brief?«

Sie deutete auf den Wachtposten direkt am Tor, doch bevor sie sagen konnte: »Er hat ihn«, befand sich das Papier schon in meiner Hand.

Als ich den Brief las, spürte ich, wie eine Samtpfote in meinem Bewußtsein stocherte. *Na, Perry Mason, wie lautet das Urteil? Ist es der wahre Jakob?*

Ich wünschte, du würdest das endlich bleiben lassen, dachte ich zu dem Kater.

Ich mach's ja schließlich nicht ständig. Auf meiner Welt glauben viele Menschen, Katzen könnten Gedanken lesen. Was kann ich dafür, daß es auf deiner Welt funktioniert?

Das interessiert mich nicht. Ich will dich aus dem Kopf haben!

Das geht nicht, ein absolutes Vakuum wäre widernatürlich. – Okay, okay, ich verschwinde ja schon, aber erst, wenn ich weiß, ob der Brief echt ist oder nicht.

Na, der ist echt.

Woher willst du *das wissen, Herr Zauberer?*

Weil es eine offizielle königliche Einladung ist, im Palast aufzutreten. Sie ist in des Königs eigener Handschrift auf die Rückseite eines zusammengeknüllten Leserbriefs an Raptura Eglantine geschrieben. Der arme König Steffan hat sich nie getraut, ihn abzuschicken, deshalb benutzte er ihn als Schmierpapier.

Ja, das sieht König Steffan ähnlich, gab Scandal zu. *Aber nicht jeder in diesem Mob wird wissen, wie seine Handschrift aussieht – oder daß er der größte Fan von Raptura Eglantine auf Orbix ist. Wie willst du* die *überzeugen?* Er machte eine Kopfbewegung in Richtung der Menschenmenge.

Ich blinzelte dem Kater zu. *Vertrau mir. Wart's ab!*

Ich hielt den Brief über den Kopf, so daß jeder ihn sehen konnte. »Im Namen der Hochzauberei mögen die allwissenden und allsehenden Mächte von Güte und Wahrhaftigkeit mir enthüllen, ob dieses Dokument echt ist«, rief ich und warf das Papier in die Luft.

Es stieg nicht sehr hoch, aber das war auch nicht nötig. Sobald es in der Luft war, schwebte es und erstrahlte in einem geisterhaften rosa Licht.

»Oooh!« rief jemand in der Menge.

»Aaaah!« ein anderer.

»Ooooohoooh!« ein dritter.

»Das ist nur ein Spiegeltrick!« rief ein Störenfried.

Der leuchtende Brief begann zu rotieren. Schneller und immer schneller wirbelte er, während silberne Funken von seinen Ecken stieben. Als er zu einem rasenden, glitzernden Kreisel geworden war, hörte man noch mehr Ausrufe aus der Menge und sogar etwas Applaus.

»Netter Stunt, Bwana.« Das kam natürlich von Scandal. »Schon mal gut, daß du mit dem Feuerwerk besser klarkommst als mit dem Schweben. Aber hast du dir auch schon eine Zugabe ausgedacht?«

»Warte«, keuchte ich und wisperte die *Richtigen Worte* (zumindest hoffte ich, daß es die richtigen Worte waren), und wies mit einer dramatischen Geste auf den wirbelnden Brief.

Die darauf geschriebenen Wörter hoben sich eins nach dem anderen ab. Sie bestanden nicht mehr aus Tinte; sie waren hohe grüne Flammenlettern am Himmel. Jeder in der Menschenmenge konnte sie sehen, aber für den Fall, daß es damit nicht genug war, tönte König Steffans unverwechselbare Stimme aus den Wolken und las die Einladung laut vor.

Ich ließ noch ein paar singende Schmetterlinge auftreten und es dann gut sein.

Der Mob stand mit offenen Mündern da. Selbst die Wanderschauspieler waren wie vom Donner gerührt.

»Ich habe Seiner Majestät nur gesagt, daß ich mir sein Theaterstück mal ansehen wollte«, sagte der Anführer der Truppe halb zu sich selbst. »Es war nicht mal ein Original, nur seine Version von Raptura Eglantines *Mein Kobold, meine Leidenschaft*. Er gab mir ein Exemplar, als wir in der Gastwirtschaft *Zum Maulwurf und zum Tannenzapfen* auf der Straße nach Nebenstadt festsaßen, und ich sagte zu ihm, wenn ich je nach Gladderadatsch komme, dann würde ich ihn aufsuchen und ihm sagen, was ich davon halte. Gesegneter Buskin, Schutzherr des Tingeltangels, ich fürchte, wir werden diese Schmierenschnulze tatsächlich *aufführen* müssen!«

Verix taumelte vor, um ihm auf die Schulter zu tippen. »Äh, wie es aussieht, gelang es mir gerade, Euren Namen auf der offiziellen königlichen Besucherliste ausfindig zu machen. Wenn Ihr so freundlich wäret, einzutreten. Und sollte es Euch an irgend etwas mangeln, solange Ihr hier seid, dann zögert nicht, mich aufzusuchen.«

Als die Truppe sich anschickte, durch das Tor zu ziehen, schaltete ich die Magik ab. Der Brief hörte auf, Funken zu sprühen, und segelte in meine Hand.

»Hier«, sagte ich und lächelte, als ich ihn dem kleinen Mädchen reichte. »Ich denke, ihr wollt ihn zurückhaben.«

Sie nahm ihn und dankte mir wortlos. Sie ließ Nintaris Zügel los und zwinkerte ihm rasch zu, dann rannte sie dem

Rest der Truppe hinterher. Nintari gab ein enttäuschtes Schnauben von sich und setzte sich in Maultiermanier hin.

Man kann sich denken, was das für mich bedeutete.

»Bist du tot, Jim?« fragte Scandal, der auf meiner Brust stand.

Ein gutgekleideter Mann schritt an uns vorbei und hielt gerade lange genug an, um mir über seine Stupsnase hinweg einen geringschätzigen Blick zuzuwerfen.

»Ha! Das ist mir vielleicht ein Zauberer! Und Zauberei? Ich wußte, daß es alles Spiegeltricks waren.«

Ich setzte mich auf und hörte, wie er den Wachen zurief: »Öffnet das Tor. Der König erwartet mich. Ich bin der königliche Fischhändler, Sprotte Heringshai, Hoflieferant feinster Flossentiere für Seine Majestät.«

Er wies auf den Zug Bediensteter, der ihm folgte. Es war ein gutes Dutzend, und jeder von ihnen stöhnte unter der Last eines riesigen Weidenkorbes.

. Das Näschen des Katers zitterte. »Lachs«, hauchte er. »Forelle. Schwertfisch. Laß mich zuerst!«

Ich schnüffelte. »Ich rieche gar nichts.«

»Erstens bist du nur ein Mensch, und zweitens ist es *frischer* Fisch. Eisgekühlt, möchte ich annehmen. Sieh nur, wie es aus den Körben tropft. Die armen Kerle bekommen nasse *und* kalte Rücken. Willst du nicht ein gutes Werk tun und ihnen ein wenig von – äh – ihrer Last – hm – abnehmen?«

»Das kann ich nicht machen«, flüsterte ich.

»Ich könnte es«, sagte Scandal sehnsüchtig.

In der Zwischenzeit suchte Verix auf seiner Liste nach dem Namen des Fischhändlers. Der Hoflieferant tappte ungeduldig mit einem Fuß. Es war offensichtlich, daß er nichts von dem, was er verkaufte, selbst gefangen hatte. Echte Fischer sind daran gewöhnt, zu warten.

»Gib schon her!« keifte er schließlich und entriß Verix die Schriftrolle. »*Da* steht mein Name doch! Da, überlebensgroß!« Er stach mit einem Finger in das Pergament, dann warf er es zurück in die Arme des Wächters. »Warum in aller Welt hat der König ausgerechnet eine halbblinde Schlammschildkröte wie dich mit dieser Aufgabe betraut? Wenn du die Liste nicht lesen kannst, wozu bist du dann gut?«

»Ich, äh, ich ...« Der arme Verix rückte seine Brille mehrmals zurecht. Er sah elend aus. Um alles noch schlimmer zu machen, begann es Haubentaucher zu nieseln. Das verbesserte Sprottes Laune nicht gerade.

»Ach, wer interessiert sich schon für deine Ausflüchte? Ich bin Geschäftsmann, Junge. Ich habe keine Zeit für deine ›Ach, es tut mir leid‹- und ›Äh, Verzeihung‹-Sprüche. Siehst du diese Kreaturen? Siehst du sie?« Er wies auf seine zitternden Diener. »Jeder von ihnen war einst Herr eines eigenen Fischerbootes, das von einer vollen Besatzung bemannt wurde. Und jeder von ihnen hatte immer *vollstes* Verständnis, wenn eines seiner Mannschaftsmitglieder mit einer solch dämlichen Entschuldigung ankam wie: *Ach, könnte ich nicht den Tag frei haben, meine Frau bekommt ein Kind,* oder: *Könntest du mir nicht meinen Lohn im voraus zahlen, unser Kind ist krank und wir müssen Arznei kaufen.*« Sprotte schürzte die Lippen. »Und du siehst, wohin es sie gebracht hat, auf Entschuldigungen zu hören. Jetzt gehören *mir* ihre Schiffe und ihre Besatzungen, und sie selbst arbeiten für mich.«

»Oh, es – es tut mir leid«, stammelte Verix. »Ich meine, äh, ich meine, entschuldigt vielmals. Es ist ...«

Zu diesem ungünstigsten aller Zeitpunkte traf ein Haubentaucher Sprotte genau auf den Kopf.

»Wenn du nicht sofort das Tor öffnest und uns aus diesem fürchterlichen Wetter läßt, dann werde ich dafür sorgen, daß dich der König persönlich auf die Straße setzt«, brüllte er.

»Ja, Herr, sofort, Herr.« Verix hatte Schwierigkeiten mit der Schriftrolle. »Ich muß nur Euren Namen abhaken, Herr ...«

Der Haubentaucherschauer wurde heftiger. Jetzt fielen auch Seemöwen und sogar Wasserläuferschnepfen. Sie klatschten auf den Boden und breiteten die Flügel aus, flogen aber nicht wieder weg.

»Die sind auch hinter dem Fisch her, Boss«, rief Scandal aus. »Schau nur, sie fliegen Stuka-Angriffe auf die Körbe!« Er leckte seine Pfoten. »Hmm, helfe ich ihnen nun, den

Fisch zu vertilgen, oder warte ich ab, bis sie so vollgefressen sind, daß sie nicht mehr fliegen können – und zieh sie mir dann rein? Entscheidungen, immer diese Entscheidungen!«

Sprotte hatte keine Schwierigkeiten mit dem Fällen von Entscheidungen. »Das reicht jetzt aber!« brüllte er Verix ins Gesicht. »Ich werde nicht nur dafür sorgen, daß König Steffan dich entläßt, sondern werde mir auch jeden Fisch, den ich deinetwegen verliere, von deinem nächsten Sold erstatten lassen!«

»Aber, aber, Herr, alle königlichen Wachen bekommen nur Kost und Logis und die Uniform und – und ein kleines Taschengeld.«

Der Fischhändler ließ einen Mundvoll kleiner, spitzer Zähne sehen. »In diesem Fall nehme ich *dich* in Zahlung.«

»Scandal, wir müssen ihm helfen«, entschied ich.

»Mjamm-mjamm, frische rohe Seemöwe, gefüllt mit – oh, 'tschuldigung, Kendar, hast du was gesagt?«

»Ich sagte, daß Sprotte bereits Sklaven genug hat.«

»Sklaven?« Der Kater sah sich die Reihe der Korbträger an, die herumhüpften und in dem Versuch, das Federvieh am Stehlen der Fische zu hindern, wie wild mit den Armen um sich schlugen.

»Wie würdest du jemanden nennen, der gezwungen ist, für Sprotte Heringshai zu arbeiten?«

»Gotcha! Ich denke, selbst so einer wie Verix verdient das nicht. Also verzappst du Sprottilein in einen Haufen Fischstäbchen? Tu Käpt'n Iglo doch den Gefallen!«

Ich kaute auf meiner Oberlippe. »Das kann ich nicht tun.«

»Wieso nicht? Solltest sie mal mit Sauce Tartare probieren!«

»Ich kann meine Magik nicht benutzen, um jemanden zu vernichten.«

»Du meinst, du *würdest* es nicht tun«, verbesserte mich der Kater. »Du bist 'n oller Müsli-Softie. Zum Glück für dich mag ich Müsli-Softies. Okay, ich sag dir, was ich tun werde.«

Nur daß er mir's nicht sagte, sondern *dachte*.

»Scandal, das ist gemein!« sagte ich, sobald ich seine Idee ›hörte‹.

Das finde ich auch. Er wirkte sehr stolz auf seinen Einfall. *Soll ich anfangen?*

»Bitte sehr darum.«

Nur einen Augenblick später geschah es, daß Simbert blinzelte, sich verwirrt umsah und ausrief: »He! Verix! Ich hab's!«

»Nicht jetzt, du Riesenroß!« rief Verix über seine Schulter. »Siehst du nicht, daß ich zu tun habe?«

Er wandte sich wieder dem Heringshai zu, um diesen zu beschwichtigen.

»Aber, Verix, ich hab's doch!«

»Du hast was?« seufzte Verix.

»Das *Wort*, Verix. Ich weiß das Zauberwort wieder. Es fiel mir einfach so ein, jawohl.« Er blickte zum Himmel hinauf. »Da war plötzlich 'ne geheimnisvolle Stimme in meinem Kopf, und die hat's mir verraten, ganz deutlich.«

»Pah!« sagte einer der anderen Wächter skeptisch. »Als ob Simbert je was anderes in seinem Kopf gehabt hätte als sehr dünne Luft.«

»Moment, es könnte immerhin eine göttliche Eingebung gewesen sein«, warf ein anderer Wächter ein. »Es heißt ja, daß die Götter gerne dort rufen, wo sie ein gutes Echo erwarten können.«

»Fünf Kupfer-Gabor, daß es nich' das richtige Wort is'«, bot der erste Wächter.

»Zehn, daß es stimmt!«

»Zwanzig, daß Simbert es gleich vergessen hat, selbst wenn es das richtige Wort war.«

»Fuffzich, daß er's behält.«

»Fünfzig, daß er das Wort zwar richtig hinkriegt, aber hinterher seinen *Namen* nicht mehr weiß!«

All das Gerede über Geld ließen Sprotte den König, die Fische, die Seemöwen und auch Verix vergessen.

»Sagtet ihr *fünfzig*?«

Die Wachen nickten wie ein Mann.

»Fünfzig, ob er ein einziges Wort weiß oder nicht weiß?«

Sie nickten wieder. Der Fischhändler wurde mißtrauisch. »Was ist so Besonderes an diesem einen Wort?«

»Es ist ein Zauberwort«, antwortete Verix. »Wenn wir es alle gleichzeitig sagen, wird etwas sehr Magisches geschehen.«

»Tatsächlich? Na schön!« Sprotte grub in seiner Gürteltasche. »Hier habe ich *einhundert* frischgeprägte Kupfer-Gabor, die behaupten, daß euer Freund das richtige Wort sagt. Als Beweis soll gelten, ob dieses angeblich ›sehr Magische‹ Ereignis eintritt.« Er schüttete die Münzen in Verix' aufgehaltene Hände.

Der überraschte Wächter ließ Speer und Schriftrolle fallen, als er versuchte, alle klimpernden Münzen zu halten.

»Äaah – sehr wohl, Herr. Aber wir müssen es alle gleichzeitig sagen, sonst klappt der Zauber nicht. Fertig, Simbert?«

Simberts Gesicht glühte. »Fertig, Verix!«

»Na dann, Jungs, auf drei: eins, zwei, drei!«

»*Paelljaalavalenciana!*« riefen alle acht Wächter unisono, Simbert am lautesten.

»Und?« fragte Sprotte Heringshai. »Hat er's hingekriegt?«

Die Luft erbebte unter einem dumpfen Grollen. Jeder, der vor dem Palast auf Einlaß wartete, schaute automatisch nach oben, in der Erwartung, Gewitterwolken zu erblicken. Es war jedoch keine einzige in Sicht (aber immerhin verjagte der Donner die Vögel).

Das Grollen erklang erneut, diesmal aber lauter. Ich hörte auch ein Prasseln. Es war jedoch kein Regen – Regentropfen verursachen kein Prasseln, das klingt, als würde jemand händeweise Kies aus großer Höhe auf den Boden fallen lassen.

Und genau so war's auch.

Mit einem Knarren und einem Krachen und einem KRASCH! befreite sich der riesige Greif über dem Palasttor von dem Stein, der ihn umschlossen hatte. Er schlug zweimal mit den Flügeln, vermutlich, weil sie ihm eingeschlafen waren. Er gähnte, und dabei öffnete sich sein Adlerschnabel weit; dann streckte er seine Löwentatzen und krümmte seinen Rücken, genauso, wie es Scandal tut, wenn er von einem Nickerchen erwacht.

Und dann schaute er herunter.

Ein heller, goldener Funke blitzte in seinen Augen auf. Er hatte zwar einen Schnabel, aber trotzdem sah es so aus, als lächelte er. Es war ein angsteinflößendes Lächeln. Ich war verdammt froh, daß er nicht mich anlächelte.

Er lächelte Sprotte an. Sprotte lächelte nicht zurück. Er sagte: »Ääh ...!« und zog sich vorsichtig vom Palasttor zurück.

Der Greif schüttelte seine fedrige Mähne und gab einen Laut von sich, halb das Brüllen eines Löwen und halb der Schrei eines Adlers. Er erhob sich in die Luft, breitete seine Schwingen aus und beschrieb einen Kreis. Dann stürzte er sich mit ausgefahrenen Krallen auf den glücklosen Fischhändler. Sprotte quiekte entsetzt wie eine Feldmaus und floh, wobei er seine Diener zur Seite stieß. Diese zerstreuten sich, von Grauen geschüttelt, in alle Himmelsrichtungen. Der Rest der Menschenmenge hielt dies für eine nachahmenswerte Idee: Barden bahnten sich ihren Weg, Händler flohen, Pferde gingen durch, Wagen überschlugen sich, Schauspieler fielen in Ohnmacht, Frauen warfen mit Dingen um sich und Botschafter kreischten.

Der Bote des Königs rief: »Ich hole Hilfe!« und galoppierte zwischen die Wächter. Simbert stolperte über seinen Speer und prallte gegen Verix. Verix verlor seine Brille und Sprottes hundert Kupfer-Gabor. Die restlichen Wächter stürzten sich auf die Münzen.

»Halt! Halt! Ihr werdet auf meine Brille treten!« schrie Verix und prügelte mit der königlichen Einlaßschriftrolle auf jeden ein, der in seine Reichweite kam.

Körbe voller Fische rollten über die Straßen. Scandal knurrte und stürzte sich auf einen Lachs, der zweimal so groß war wie er selbst.

Der Greif scherte sich nicht um den Tumult, den er auslöste. Es war ihm auch egal, wie schnell Sprotte floh. Er wußte genau, wer von beiden die Schwingen hatte. Das letzte, was ich von Sprotte Heringshai und dem Greifen sah, war, wie der Fischhändler immer noch floh und der Greif ihm gerade so dicht folgte, daß er ihn nicht aus den Augen verlor.

Als ich meine Aufmerksamkeit wieder auf den Palasteingang richtete, sah ich, daß die einzigen, die noch warteten, wir drei waren: Nintari, Scandal und ich.

»Na, das nenne ich gesockssicher, alle Achtung.«

»Glompf«, antwortete Scandal, der den Mund voller Lachs hatte.

Nintari biß mir in die Schulter.

KAPITEL 4

Nachdem ich endlich im königlichen Palast war, führte ich ein kurzes Gespräch mit König Steffan.

»Ach, da seid Ihr ja, Meister Kendar«, sagte er, kaum von seiner Ausgabe von *Mein Hobgoblin, mein Held* aufblickend. »Schön, daß Ihr kommen konntet.«

»Das war ja wohl das mindeste, Eure Majestät«, antwortete ich.

»Bei Androhung der Todesstrafe sicherlich«, fügte Scandal hinzu. Er marschierte zum Thron und sprang auf des Königs Schoß.

»Okay, König, du weißt, wo es juckt: also kratze!«

(Sie waren alte Freunde. Vor nicht allzu langer Zeit sah es so aus, als würde Scandal König Steffans Schoßtier werden. Nicht jeder König kann sich rühmen, ein Fabelwesen zu besitzen. Die meisten müssen sich mit Einhörnern begnügen. Doch obwohl der König bereit war, ihm alles zu geben, was er nur verlangte, hatte der Kater sich entschieden, bei mir zu bleiben. Ich verstand nicht, wieso.)

»Kulle, kulle, kleinesch Kätschchen, wudelwu?« fragte König Steffan, während er Scandal unterm Kinn kratzte. (Na schön, vielleicht erriet ich den Grund ja doch.)

»Laß das Gelaber«, versetzte Scandal. »Du hast uns aus einem warmen Palast herbeigerufen, also rück schon raus damit: Was willst du?«

Der König machte ein verwirrtes Gesicht. »Ich denke, das habe ich euch im Brief geschrieben. Ich will, daß das schlechte Wetter aufhört.«

»Und du erwartest, daß er das hinkriegt?« Scandal deutete mit seinem Kinn auf mich.

»Ja.«

Der Kater lachte so heftig, daß er vom Schoß des Königs

fiel und sich, mit den Pfoten wild in der Luft fuchtelnd, auf dem Boden herumrollte.

»Ich weiß nicht, was daran so komisch ist«, sagte ich steif.

»Und ich auch nicht«, stimmte König Steffan mir zu. »Falls Ihr das Wetter nicht ändert, werde ich Euch leider hinrichten lassen müssen. Übrigens gibt der neue königliche Henker in seinem heimischen Dialekt noch ein paar humorvolle Anekdoten zum besten, bevor er die Falltür auslöst.«

»Oh, mein armer Pelz.« Scandal schnappte nach Luft und kam auf die Füße. »Wenn ich euch beiden nicht ein paar einfache Abbot-and-Costello-Routinedialoge beibringe, bevor ich einen Weg nach Hause finde, werde ich mir nie vergeben können.«

»Wieso soll ich nicht tun können, was der König verlangt?« fragte ich, mich mit beiden Händen an meiner Würde festhaltend. »Ich besitze die meiste Magik auf ganz Orbix. Es ist nur eine Frage des richtigen Zaubers ...«

»Und wem gehörte diese Magik vor dir?« unterbrach mich Scandal.

»Meister Thengor.«

»Und als du deinen kleinen Unfall hattest, hast du da *alles* von Meister Thengors Magik abgesahnt?«

»Du weißt, daß das nicht so war. Sie zerplatzte und verteilte sich in alle Himmelsrichtungen, als du und ich über sein Sterbebett preschten. Das meiste blieb an mir kleben, ein bißchen hast du abbekommen, und der Rest brach durch das Dach von Meister Thengors Schlafzimmer. Das einzige andere Stück, das wir jemals wiederfanden, war an Grabräuber gebunden, das Schwert Gryms des Großen.«

»O ja«, warf König Steffan eifrig ein. »Dieser süße Barbarenschlingel. Einer der besten Anwälte, die ich jemals getroffen habe. Nicht gerade der beste Mann für Haarspaltereien oder logische Erörterungen, aber er hat ein Talent, sich so richtig in einen Fall zu verbeißen.«

»Was hat das alles damit zu tun, daß ich das Wetter ändern soll?« fragte ich.

»Ganz einfach, Sportsfreund«, erwiderte Scandal.»Du hast zwar das *meiste* von Meister Thengors Magik, aber Meister Thengor hatte *alles*. So, und jetzt sag mir in nicht mehr als fünfundzwanzig Worten: Hat Meister Thengor in der ganzen Zeit, in der du ihn gekannt hast, das Wetter auch nur *ein* einziges Mal geändert?«

Ich dachte darüber nach. Erinnerungen strömten auf mich ein. Die meisten waren naß und trübsinnig oder heiß und schweißdurchtränkt oder eisig und voller Schnee. Ich sah Meister Thengor mit seiner Hauptfrau Lady Inivria streiten, weil sie von einem plötzlichen Wolkenbruch überrascht wurden, der ihr Kleid ruinierte. Ich sah ihn niesend vor einem Kaminfeuer sitzen, während er den Schneesturm draußen verfluchte. Aber vor allem sah ich ihn schmollend aus dem Klassenzimmerfenster in den Regen starren, dessentwegen er den jährlichen Ausflug der Akademie für Hochzauberei hatte absagen müssen. (Er gewann immer beim Eierlaufen, weil er aus den Eiern seiner Gegner Drachenküken schlüpfen ließ, die ihnen die Nasen abbissen.)

»Oij«, sagte ich.

»Nun, wenn wir dem entnehmen, daß der große Meister Thengor nichts gegen das Wetter unternehmen konnte, dann kann Meister Kendar es erst recht nicht«, mußte König Steffan zugeben. Er wirkte betrübt.

»Geeeh-nau, Euer Königheit«, stimmte Scandal selbstzufrieden zu. »Nun, wie wär's, wenn du uns statt Reisespesen zu einem hübschen Essen einlädst, dann spielen wir mit den Küchenmägden eine gemütliche Runde Strip-Poker, und morgen früh schickst du uns wieder nach Hause? Außerdem, als Meister K. sein Haus verließ, hatte er einen kleinen Streit mit seinem Welfie-Weibchen. Ich denke, er sollte zurückgehen und ihr erzählen, wie leid es ihm tut, ihr ein Bouquet Rosen mitbringen oder besser zwei, und ...«

In diesem Moment geschah etwas Gefährliches: König Steffan hatte eine Idee.

»Ihr könnt das Wetter nicht ändern«, sagte er. »Aber Ihr könnt Eure Kräfte nutzen, um herauszufinden, was diese abscheuliche Situation erzeugt, und *das* dann ändern.«

»N-u-u-u-n ...« Ich wünschte mir, davon so überzeugt zu sein wie er.

»*Natürlich* könnt Ihr! Oh, ist das aufregend! Es wird eine Herausforderung, eine Mission, ein Abenteuer ...«

»O nein!« Der Kater krümmte sich. »Er wird es sagen. Ich weiß, daß er's sagen wird! Er wird das Wort mit ›Q‹ sagen!«

»... eine Queste!«

Scandal maunzte.

»Na, so was Blödes«, sagte Scandal. Er trat ein Paar zweiunddreißigseitige Würfel aus unserem Weg. Wir schlenderten durch den Dreg, das schlimmste Viertel von Gladderadatsch, einer Stadt, in der es nur miese Viertel gab. Die Straßen aus gestampftem Schmutz waren mit allerlei Abfall übersät.

»Ich glaube nicht, daß es blöd war, Nintari an König Steffan zu verschenken«, antwortete ich und versuchte dabei, hochmütig zu klingen. Ich haßte es, wenn Scandal alles kritisierte, was ich tat. »Hast du nicht gesehen, wie begeistert er darüber war, den Gaul zu bekommen? Er sprang auf und ab, klatschte in die Hände, schaute Nintari ins Maul – soll zur Abwechslung doch mal *er* gebissen werden.«

»Du kannst von Glück reden, daß König Steffan das Langzeitgedächtnis einer pochierten Auster hat. Ansonsten hätte er sich nämlich daran erinnert, daß *er* das Pferd *dir* geschenkt hat. Und woll'n wir wetten, daß er in ein paar Monaten vergessen hat, daß du ihm Nintari geschenkt hast und er dir das Pferd mit den besten Empfehlungen zurückschickt? Mensch, das ist kein Pferd, dieses Früchtchen ist ein Irrenhaus auf Beinen!«

Ich leckte mir die Lippen. »Ich mag Früchte.«

»Das ist fein. Man soll seine Verwandten ja auch mögen.« Plötzlich erstarrte der Kater mitten in der Bewegung.Sein Rücken krümmte sich, und kleine Magikfunken sprühten von seinen Schnurrhaaren.

»Was ist los, Scandal?«

»Ich mag's gar nicht, wie diese dunkle, finstere Gasse aussieht«, knurrte er tief in seiner Kehle.

Ich kratzte mich am Kopf. »Wir sind in Dreg; hier gibt es ausschließlich dunkle, finstere Gassen.«

»Das hätte ich fast vergessen.« Der Kater entspannte sich ein wenig. »Jedenfalls, wenn du auf mich gehört hättest, dann hätten wir jetzt ein Pferd und könnten durch diese Müllhalde *reiten*.«

»Was ist so großartig am Reiten?«

»Nun, zuerst einmal wäre der Abstand zwischen meiner Nase und dieser stinkenden Gasse größer.«

»Ein bißchen Bewegung tut dir ganz gut. Das macht dich gesund.«

»Es macht einen auch zu einem leichten Ziel«, entgegnete der Kater. »Und mir sieht's ganz so aus, als würden sie leichte Ziele hier lieben.«

»Ach, hör auf zu greinen. Du weißt, daß meine Magik es nicht zulassen würde, daß mich etwas umbringt. Und du hast noch acht Leben übrig.«

»Das beruhigt mich ungemein.« Scandals Schweif zuckte ärgerlich hin und her. »Ich brauche nur einem Heini mit einem Schwert zu begegnen, der hartnäckig genug ist, meinen Kopf *neun*mal abzuschlagen. ›Gibt's hier sonst nix zu tun?‹ wird er dann fragen. Und was dich angeht, Mr. Unsterblich: Tod ist das eine, und Schmerz was anderes. Stell dir vor, irgendso ein übereifriger Schläger haut dir, nur damit er was zu lachen hat, mal so richtig mit Schmackes eins auf die Glocke? Vielleicht bist du dann nicht tot, aber dein Hirn ist so durcheinandergequirlt, daß du dich für den Rest deines Lebens als Broccoli ausgeben kannst. Gefällt dir die Vorstellung?«

Ich dachte darüber nach und schüttelte den Kopf. »Ich mag Broccoli nicht einmal.«

»Ich auch nicht. Also laß uns zum Palast zurückkehren, solange wir noch können, und wenn der gute König Steffan uns dann noch einmal fragt, ob wir vielleicht bewaffneten und gerüsteten Begleitschutz haben wollen, der uns zu Meister Williwi führt, dann sagen wir diesmal: ›Ja-bitte-bitte!‹ Okay?«

Er machte kehrt und trottete in die Richtung zurück, aus der wir gekommen waren.

Weit kam er allerdings nicht. Jemand öffnete ein Fenster in einem der oberen Stockwerke und leerte einen gut gefüllten Nachttopf auf ihn aus.

»Scandal! Scandal!« rief ich, fiel auf die Knie und buddelte meinen Freund aus. »Bist du in Ordnung?«

Der Kater kam wutschnaubend unter einem Haufen von Spielkarten, Würfeln und Ausgaben von *Der einzig authentische Leitfaden für den Perfekten Palace-Master* zum Vorschein. »Was ist *das* denn für ein Zeug?« Er schüttelte sich, und kleine Zinnfiguren kullerten umher.

»Das ist, was man auf den Kopf geworfen bekommt, wenn man im Dreg nicht aufpaßt, wohin man geht«, informierte ich ihn, während ich Kristallanhänger aus seinen Ohren zog.

»In diesem Teil der Stadt leben die Mystiker. Darum ist er so gefährlich. Die guten Mystiker nutzen ihre Kräfte, um Gefahren aufzuspüren und ihnen auszuweichen, um hier sicher leben und von den niedrigen Mieten profitieren zu können. Die Schlechten denken, sie wären gut genug, das auch zu tun, und das macht sie unvorsichtig – und das wiederum zu leichter Beute, was wiederum …«

»… das Viertel zu einem guten Jagdrevier für jeden Gauner macht, der sich für seinen Lebensunterhalt nicht abschuften will. Hab's kapiert.« Scandal leckte seine Schulter, dann spuckte er einen winzigen Zinndrachen aus. »Was ich nicht verstehe: Wie kommt's, daß ein großer Zauberer-Honcho wie Meister Williwi hier wohnt, wenn er eine Wohnung im Palast haben könnte. Genau wie die anderen Parasiten – äh, ich meine natürlich, Zauberer auch.«

»Meister Williwi?« kam eine Stimme von oben.

Wir schauten hoch und erblickten eine fettarmige Magd, die einen leeren Nachttopf in ihren Händen hielt.

»Wenn ihr den alten Knacker sucht, zwei Türen weiter, eine Treppe hoch, und schon seid ihr da.«

Ein leichter Amselregen setzte ein, und sie schloß die Fensterläden.

Ihrer Wegbeschreibung folgend, beeilten Scandal und ich uns, aus dem Geflügel zu kommen. Wir fanden die Wohnung des Zauberers ohne Probleme. Außen war ein großes Schild angebracht:

Meister Williwi, Obmann
Eine Treppe hoch
Denkt an die Würfel

»Ich hoffe, er ist ein besserer Zauberer als Werbefachmann«, brummte Scandal. »Was soll dieses Schild?«

»Wieso, was ist daran verkehrt?«

»Na, er muß doch wenigstens draufschreiben, *wovon* er nun eigentlich der Obmann ist, oder. Es macht doch sonst keinen Sinn.«

»Ich verstehe nicht, was du meinst.«

»Na, man ist doch immer der Obmann von irgend etwas, oder? Der Obmann der Geschworenen, der Obmann der örtlichen Ku-Klux-Klan-Filiale oder – wie in diesem Fall – der Obmann der Wetterfrösche. Das meinte der König doch, nicht wahr?«

Ich kicherte. »Jetzt verstehe ich dich. Du dachtest, der König spräche von einem Vereinsvorsitzenden oder so etwas. Nein, nein, er meinte einen *Ob*mann.«

Ich tätschelte dem Kater den Kopf.

Er versetzte mir eins mit einer Klaue.

»Sprich noch mal so mit mir und ich schlitze dir die andere Hand auch noch auf, Bürschchen«, grollte er.

»Tut mir leid.« Ich saugte ein wenig an meiner blutenden Hand, dann fuhr ich fort: »Also, hierzulande ist es so, daß man, wenn man eine epische Queste oder etwas Ähnliches plant, erst mal zu einem Obmann geht. Er ist ein spezialisierter Zauberer, der dir sagt, *ob* deine Queste überhaupt einen Sinn hat oder ob nicht. Nehmen wir mal an, du willst die Verlorene Stadt Emessdos suchen. Da mußt du vorher natürlich wissen, ob sie überhaupt noch verloren ist, denn du würdest dir ja ganz schön blöd vorkommen, wenn du sie endlich findest und da stehen schon die Leute Schlange, die dir offizielle Souvenirs von der Verlorenen Stadt andrehen wollen.«

Scandal schnaubte nur und betrat Meister Williwis Haus.

»Und was ist mit diesen Würfeln?« beschwerte er sich, als wir die schmale Treppe in den ersten Stock hinaufkletterten. Die Stufen waren mit Hunderten von Würfeln aller Farben, Formen und Größen übersät.

»Ganz sicher bin ich mir nicht, aber ich glaube mich zu erinnern, daß Meister Thengor mal gesagt hat, sie seien ein Mittel für mystische Zauberer, um ihre Sprüche zu wirken – er war ja ein in jeder Hinsicht praktischer Zauberer. Diese Würfel enthalten die Geheimnisse von Mann, Frau, Geburt, Tod, Unendlichkeit, Gesetz, Chaos, Charisma, und wenn man genug von ihnen in einen Sack tut, kann man sie sogar als Waffe benutzen.«

»Mann, ist das dunkel hier auf der Treppe«, sagte Scandal. »Gut, daß ich im Dunkeln sehen kann. Bei diesem Mist unter den Füßen. Ich wette, es tut höllisch weh, wenn man drauftritt.«

»Autsch! Ja. Könntest du sie mir nicht zur Seite räumen? Es ist doch so dunkel hier. Ich meine, schließlich kannst du im Dunkeln sehen und ich nicht.«

»Tja, das ist es, was man zum Fackelmachen braucht, Bwana.«

»Was denn?«

»Pech.«

Es hatte nie Sinn, mit Scandal zu streiten, wenn er zickig wurde. Ich hatte die Wahl: entweder durch die Dunkelheit taumeln oder mein eigenes Licht anmachen. Ich legte also meine Hände zusammen und formte mit ihnen eine Schale. Magik strömte auf meine Handflächen und begann zu leuchten. Ein ausgebildeter Zauberer beschwört einen Feuergeist oder zaubert sich eine Illumiumkugel herbei, wenn er sehen möchte, wohin er geht. Einfache Magik gibt nicht unbedingt ein beständiges Licht – es ist eher für Feuerwerk und Bühnenblitze geeignet –, aber es war das beste, was ich im Moment tun konnte.

»Wo bleibst du denn?« hörte ich Scandals Stimme vom oberen Ende der Treppe.

»Halt's Maul«, murmelte ich und konzentrierte mich auf die Magik in meinen Händen. Es gab einen Blitz, und dann wurde das gesamte Treppenhaus von blendend weißem Licht überflutet. Ich schrie und riß meine Arme hoch, um meine Augen zu schützen.

So schnell das Licht gekommen war, war es auch wieder verschwunden. Ich senkte meine Arme und blinzelte in die Dunkelheit. Irgendwo über mir hörte ich Scandal seufzen.

Dann fiel warmes, goldenes Licht über die Treppe, als sich im ersten Stock eine Türe öffnete.

»Es besteht eine dreiundachtzigprozentige Chance, daß sich etwas vor der Türe befindet«, sprach eine ausdrucksvolle, sonore Stimme. »Unter Berücksichtigung, in welchem Stadtviertel wir uns befinden, ist es mit einer Chance von fünfundsiebzig Prozent noch am Leben. Die Wahrscheinlichkeit beträgt hundert Prozent, daß es nicht am Leben bleiben wird, wenn es mir nicht auf der Stelle sagt, was es ist.«

»Ich bin es, Meister Williwi«, rief ich hoch. »Kendar Gangle – ich meine, *Meister* Kendar. König Steffan schickt mich.«

»Ihr kommt vom Palast?« Ein plumper Schatten blockierte einen Teil des Lichtes. »Die Chance beträgt fünfzig Prozent, daß ich mich freue, Euch zu sehen. Da könnt Ihr gleich reinkommen.«

Kurze Zeit später ruhten Scandal und ich in einem Paar übermäßig gepolsterter Sessel und beobachteten Meister Williwi, der vor einer großen Tafel hin und her watschelte. Nein, sie war nicht nur groß, sie war riesig, riesig genug, um eine ganze Wand der Unterkunft des Obmannes einzunehmen. Auf ihr befanden sich seltsame Zeichen und Symbole, aber darunter glaubte ich eine Karte von Orbix zu erkennen.

»Ihr seht also«, sagte er und benutzte seinen Zauberstab als Zeigestock, »daß die vorherrschenden Winde eine starke magische Front in unsere Breiten tragen. Das bedeutet, daß der Zauber mit dem schlechten Wetter noch schlimmer wird, bevor er sich bessert. *Wenn* er sich überhaupt bessert.«

Das waren schlechte Neuigkeiten, aber Meister Williwi lächelte. Meister Williwi hörte niemals auf zu lächeln. Das ging mir auf die Nerven.

»Aber Ihr sagtet, es sei ein Wetter*zauber*. Also ist die Ursache magischer Natur?« fragte ich.

»Aber ja, mit Sicherheit. Das heißt, es gibt eine siebenundneunzig Komma zweiprozentige Wahrscheinlichkeit, daß wir es mit Zauberei zu tun haben. Und was mit Zauberei angefangen hat, kann durch Zauberei auch wieder beendet werden. Daher kann ich mit Sicherheit sagen, daß Ihr eine achtundneunzigprozentige Chance habt, das Phänomen zu stoppen ...«

»Großartig!«

»... sobald Ihr herausgefunden habt, was den Zauber ursprünglich verursachte.«

»Oh! Wie soll ich das anstellen?«

»Laß den Kopf nicht hängen, mein Junge!« Meister Williwi sah fröhlich genug für uns alle zusammen drein. Er konnte gar nicht anders, als fröhlich dreinzuschauen, und trug immer dieses anbiedernde Lächeln ins Gesicht geklebt. »Ihr seid im richtigen Viertel von Gladderadatsch, um Antworten zu erhalten. Dieser Stadtteil quillt doch über vor lauter Wahrsagern, Hellsehern, Propheten, Orakeln und weiteren Visionären.«

»Das ist aber nicht alles, was hier kreucht und fleucht.« Scandal kratzte sich energisch.

»Habt Ihr Geld?« fragte mich der Obmann.

»Vielleicht hat er welches, vielleicht auch nicht.« Scandal senkte den Kopf und starrte den Obmann mißtrauisch an. »Wer will das wissen?«

Meister Williwis festgefrorenes Lächeln wurde ein wenig kälter.

»Zum Beispiel die Seher? Die geben ihre Visionen nicht einfach für einen feuchten Händedruck her. Was glaubst du, weshalb die Wörter ›Prophet‹ und ›Profit‹ einander so ähnlich sind?«

»König Steffan hat mir das hier gegeben.«

Ich öffnete den Beutel, der an meinem Gürtel hing, und

nahm eine klimpernde kleine Seidentasche heraus. Ich löste die Schnur und schaute hinein.

»Ich habe es nicht gezählt, aber hier sind eine Menge Kupfer-Gabor und sogar ein paar Silber-Ivana drin.«

»Sehr gut, sehr gut.« Der Obmann ließ seinen Kopf wippen. »Mehr als genug, um die Dienste eines erstklassigen Hellsehers zu kaufen. Ihr werdet dieser Vogelgeschichte auf den Grund gehen, da bin ich sicher.«

»Und was werden wir da finden? Schwanzfedern?« Scandal warf seinen Kopf in den Nacken.

Meister Williwi gab uns die Namen mehrerer zuverlässiger Wahrsager und beschrieb uns, wo wir sie mit nahezu hundertprozentiger Sicherheit finden konnten. »Versucht es in der Gastwirtschaft *Zum Zauberstab und zur Kristallkugel*«, schlug er vor. »Mit einer Chance von fünfundvierzig Prozent werden die Wahrsager ihre Preise senken, wenn ihr sie betrunken macht.«

Wir dankten ihm und gingen.

Dummerweise hatte er vergessen zu erwähnen, daß wir mit einer Wahrscheinlichkeit von neunundneunzig Komma neun Prozent von einer Bande Halsabschneidern überfallen würden, kaum daß wir sein Haus verlassen hatten.

KAPITEL 5

Sie waren zu fünft. Einer hatte einen acht Fuß langen Kampfstab, die anderen Kurzschwerter und Dolche.

»Wir wollen Geld«, sagte der pickelgesichtige Mann, dessen Klinge plötzlich nur noch einen Fingerbreit von meiner Kehle entfernt war.

»Nicht auf *diese* Weise, Darmisch!« Sein dürrer Gaunerbruder gab ihm einen kräftigen Stoß in den Rücken. »Natürlich wollen wir Geld! Jeder in diesem Teil der Stadt will Geld. Der junge Mann *weiß* das. Ich möchte wetten, daß er klüger ist, als er aussieht. Wäre sonst ja auch ein echtes Trauerspiel. Mach's, wie wir es abgesprochen haben.«

»Äh.«

Darmisch war im Moment verwirrt, gab sich aber große Mühe.

»Wir wollen *Euer* Geld.« Bums! Noch ein Stoß in den Rükken.

»Wir wollen Euer *ganzes* Geld.« Bums.

»Wir wollen Euer ganzes Geld *sofort*.« Bums.

»Wir wollen, daß *Ihr* uns Euer ganzes Geld sofort *gebt*.« Es hagelte noch mehr Schläge, und außerdem machten sich die anderen Gauner über Darmisch lustig. Der mit dem Kampfstab lehnte sich auf seine Waffe und i-ahte wie ein Esel.

Darmisch geriet ganz arg ins Stottern. »Ihr müßt uns sofort all Euer Geld geben? Oh, wartet, ich hab' das mit der Drohung vergessen, oder? Aber jetzt! Jetzt weiß ich. Wir wollen, daß Ihr uns all Euer Geld gebt, das Euch gehört – ich meine, nicht das Geld, daß Euch im Moment gehört, sondern das, das Ihr dabei habt, und wenn es Euch nicht gehört, und Ihr es trotzdem dabeihabt, dann ... dann ...«

»Die Drohung, Darmisch«, zischte einer seiner Kollegen. »Du mußt ihm jetzt drohen!«

»... gebt es her«, beendete Darmisch seine Ansprache.

»Ich weiß nicht, warum ich immer wieder versuche, es ihm beizubringen«, seufzte der dürre Mann und stieß Darmisch beiseite. Dann näherte er seine Stupsnase meiner eigenen und zischte: »Geld oder Leben!« Daraufhin drehte er sich zu Darmisch um und fragte: »Hast du's mitgekriegt? Nun, was ist daran so schwer? Jetzt versuchst du es noch einmal!«

»Och, Meister Streblig, warum soll denn Darmisch es noch mal versuchen?« beschwerte sich der Mann mit dem Kampfstab. »Ihr habt es doch gut gemacht. Laßt uns dem Jungen seinen Zaster abnehmen, und dann verschwinden wir!«

»Du hältst das Maul, Fenmore!« Der dürre Mann – der offensichtlich der Anführer der Bande war – zeigte mit einem ebenso dürren Finger auf seinen Unterling. »Ich werde auch nicht mehr jünger, und wenn ich einmal abtreten sollte, dann werde ich euch nicht unvorbereitet zurücklassen. Ihr habt mich gebeten, euch als Lehrlinge zu nehmen, und beim heiligen Namen von Nipul, dem Schutzpatron aller Räuber, Taschendiebe und Steuereintreiber, ich werde jedem von euch die gleiche Ausbildung und die gleiche Chance bieten, etwas zu lernen.«

»Bravo«, sagte Scandal an mich gewandt, »du bist nicht nur Opfer eines Straßenraubs, sondern auch Aufgabe in einer Zwischenprüfung.«

»Also gut, Darmisch«, sagte Streblig. »Du wirst Fenmore und die anderen einfach nicht beachten. Versuch's noch mal, und sei nicht schüchtern. Und denk immer daran, daß der Junge mehr Angst vor dir hat als du vor ihm.«

»Woll'n wir wetten?« fragte Scandal, und ohne nachzuschauen hatte ich plötzlich den Eindruck, daß der Kater verschwunden war. Einfach unglaublich, wie er sich ohne den Gebrauch von Magik in Luft auflösen konnte.

»Feigling«, sagte ich halblaut. Ich meinte damit Scandal, aber Darmisch hörte das Wort und bezog es auf sich. Das machte ihn wütend.

»Das werden wir ja sehen!« rief er, und plötzlich war seine

Klinge wieder an meiner Kehle. »*Geld oder Leben!*« brüllte er so tapfer, wie es sich jeder Lehrmeister nur wünschen konnte.

»Klasse, Darmisch, wirklich klasse!« Diesmal waren die Schläge, die auf Darmischs breiten Rücken niederprasselten, solche der Anerkennung. »Nun nimm's ihm ab!«

»Es ihm ab...?« Der verständnislose Ausdruck war in Darmischs Gesicht zurückgekehrt. »Ich dachte, jetzt wäre *er* wieder dran, Meister.«

»Genauso ist es. Du hast recht, Darmisch; tut mir leid. Mach weiter!«

Darmisch warf seinem Lehrer ein stolzes Lächeln zu, streckte seinen Mitschülern die Zunge raus und wandte sich mir mit einem entschlossenen Gesichtsausdruck zu.

»Nun? Ihr habt mich und Meister Streblig gehört. Geld oder Leben.«

»Nein«, sagte ich.

»Nein, was?«

»Nein, nichts.«

Darmischs Schultern sackten ein wenig herab. »Nein, Ihr wollt mir nicht Euer Geld geben, oder nein, Ihr wollt nicht Euer Leben lassen?«

»Einfach nein.« Ich sagte das nicht, um gemein zu sein – obwohl, wie Wedwel weiß, es grausam war, den armen Darmisch noch mehr zu verwirren –, sondern um Zeit zu gewinnen. Während ich Darmisch und seine Kumpane auflaufen ließ, versuchte ich emsig, etwas Magik zu meiner Rettung herbeizurufen. Das Problem war nur, daß ich nie eine systematische Ausbildung erhalten hatte, den Kram zu benutzen, und daß die Zaubersprüche, die ich mir selbst beigebracht hatte, sich nicht immer so verhielten, wie die Anleitungsbücher es versprochen hatten. Ich konnte sowieso nur dann sicher sein, daß meine Magik ansprang, wenn mich etwas ängstigte oder wütend machte oder sonst etwas die Schwelle des Erträglichen überschritt.

Wenn ich Darmisch aber so zuschaute, half mir sein Anblick bestenfalls dabei, die Schwelle hemmungslosen Gelächters zu überqueren. Das würde mir aber nicht dabei helfen, mit diesen Straßenräubern *in spe* fertigzuwerden. Wenn ich ihnen mit Magik kommen wollte, mußte ich mir die Zeit verschaffen, die ich brauchte, um den richtigen Zauberspruch zusammenzusuchen.

Mittlerweile war Darmisch mit seiner Weisheit am Ende. »Ihr könnt nicht einfach ›Nein‹ sagen«, protestierte er. »Ich hab' Euch vor eine Wahl gestellt; nehmt das eine oder das andre. Also, wofür entscheidet Ihr Euch?«

»Ich habe mich bereits entschieden«, antwortete ich sehr ruhig. »Ich wählte *Nein*.«

»Nein, *was*?« heulte er.

»Nein, *danke*.«

Darmisch jaulte den Mond an, bis Streblig einschritt und seinen Schüler sanft zur Seite schob. Der Räubermeister stützte einen Ellbogen auf meine Schulter und setzte die Spitze seines Kurzschwertes unter meinen Adamsapfel.

»Nun paß mal auf, Jungchen«, sagte er in freundlichem Tonfall. »Du kommst mir nicht vor wie eine typische verblödete Landpomeranze, und ein Selbstmordkandidat scheinst du mir auch nicht zu sein. Also, was treibst du für ein Spielchen mit uns?«

»Ich spiele doch kein Spiel, Herr!« rief ich aus und gab dabei mein Bestes, Scandals berühmten *Wer, ich*?-Tonfall zu kopieren.

Oft kopiert, nie erreicht – oder er funktioniert nur bei Katzen. Streblig jedenfalls trat einen Schritt zurück und schlug mir mit dem Rücken seiner freien Hand ins Gesicht. Der Schlag war nicht sehr hart, aber er ließ hinter meinen Augenlidern ein paar Sterne aufgehen und es in meinen Ohren klingeln.

»Jetzt versuchen wir's einfach noch mal«, sagte Streblig. »Darmisch, wenn dir der Kunde diesmal keine vernünftige Antwort gibt, dann stichst du zu. Verstanden?«

»Richtig *zustechen*, Meister?« Darmisch war sehr aufgeregt. »Ich soll ihn richtig totstechen und alles?«

»Ach, das ist nicht fair!« jammerte einer der anderen Lehrlinge. »Von uns durfte noch keiner einen totstechen!«

»Halt's Maul, Lurp. Ihr habt euch alle gut um die Kunden

gekümmert. Bloß daß die eben keine Klugscheißer waren«, antwortete Streblig, an ihre Vernunft apellierend.

Und im nächsten Moment sprang er ohne Warnung vor und gab Lurp auch einen Schlag mit dem Handrücken. Er traf ihn so hart, daß seine Nase zu bluten begann.

»Und wir wollen doch auch keine Klugscheißer unter uns haben, oder?« fragte er.

»Dem kann iff nur fuftimmen«, sagte Lurp, während er versuchte, die Blutung zu stillen, und die anderen schlossen sich seiner Meinung an.

»Das wäre auch besser«, meinte Streblig. »So, wir haben nicht die ganze Nacht Zeit, und wenn ich mich nicht irre, steht hier noch eine Raubüberfallübung aus, also kommen wir nun zum Schluß. Darmisch?«

Breit grinsend, zielte Darmisch nun mit seinem Messer auf mein Herz und nicht mehr auf meinen Hals. Man konnte richtig sehen, wie sehr er hoffte, daß ich es ihm weiterhin schwermachen würde. Ich bin zwar kein Spielverderber, aber dies war eine besondere Situation.

»Geld oder Leben!« schrie Darmisch.

»Hier«, sagte ich und reichte ihm die kleine seidene Börse aus meiner Gürteltasche.

»Äh!« Darmisch starrte mich stumpfsinnig an. Offensichtlich hatte ich ihm gerade den Abend verdorben. Er sah mir fest ins Auge.

»Seid Ihr Euch da auch sicher?« fragte er.

»Das ist mein Geld«, sagte ich. »Alles. Was ist los? Es ist echt. Du kannst ja eine Ivana prüfen, wenn du mir nicht glaubst.« Ich wühlte in der Börse herum und zog eine der silbernen Münzen hervor, während er nur dastand und mich anstarrte.

»Mach, was der nette Junge sagt, Darmisch«, forderte Streblig ihn auf. »Und sei nicht traurig. Du bist noch jung. Du wirst noch viele Gelegenheiten finden, andere Leute zu töten.«

»Ich soll die Münze *prüfen*?« fragte Darmisch.

»Natürlich. Du mußt doch wissen, ob das Geld echt ist. Laß den Kunden nie laufen, bevor du sein Geld geprüft hast.

Wenn es falsch ist, liegt es in deiner Entscheidung, ob du ihn töten willst.«

»Ach?« Darmisch nahm die Ivana, die ich ihm reichte, und leckte daran.

»Die ist gefälscht«, verkündete er glücklich. »Du bist ein toter Mann!«

Streblig packte seinen Arm, bevor er mich niederstechen konnte.

»Um es zu prüfen, leckt man das Geld nicht an, du Trottel; man beißt drauf. Eine echte Silber-Ivana sollte dann deinen Zahnabdruck tragen.«

»Zahnabdrücke«, grummelte Darmisch, als er die Münze an seine Lippen hob. »Wer kümmert sich schon um Zahnabdr... Aaaaaauuuuuaaaaaa!«

Darmisch sprang, vor Schmerz schreiend, in die Luft. Er ließ sein Messer und meine Börse fallen. Ich stürzte mich auf das Messer – allerdings wollte ich es nicht als Waffe, sondern als Fokus für meine Magik. Ich spürte, wie sich in mir die Kraft regte und durch meine Arme in die Klinge floß. Ich erhob sie und richtete sie auf Darmisch, während ich die ganze Zeit *Froschfroschfroschfroschfrosch* dachte. Nicht sehr originell – wie die meisten Zaubersprüche –, aber ab und zu sollte man ruhig die Klassiker pflegen.

Hey, John Wayne, Feuer einstellen! explodierte Scandals Stimme in meinem Kopf. *Laß mir wenigstens vorher Zeit, mich loszuschütteln, okay?*

Ich schaute mich um, sah den Kater aber nirgendwo. *Scandal? Wo bist du?* fragte ich verzweifelt.

Na hier, du Dussel! Ich hänge hier unten an Darmischs Keule! Oder glaubst du, daß dem Riesentrottel ein Schwanz gewachsen ist? Das stimmlose Gelächter des Katers schallte gespenstisch durch meinen Schädel. *Jede Wette, daß er sich spätestens ab morgen früh viele Gedanken um Zahnabdrücke machen wird.*

»Aaaaaah! Ein Monster!« rief ein Dieb aus und zeigte auf den herumwirbelnden Darmisch.

»Ein böser Geist!« schrie Fenmore und versuchte, sich hinter seinen Kampfstab zu ducken.

»Ein Däbon!« schrie Lurp und hielt sich die Nase.

»Das glaubt auch nur ein Riesenroß wie du«, sagte Streblig und steckte ruhig das Schwert in die Scheide. »Her mit dem Stab, Fenmore.«

Fenmore warf ihm den Kampfstab zu.

»Darmisch, halt still.«

Darmisch gehorchte nicht, so daß ihm sein Lehrmeister einen saftigen Schlag auf den Kopf versetzte. Darmisch faltete sich friedlich zusammen.

Und unverzüglich hörte ich Scandals geistigen Notruf. *Hilfe! Hilfe! Der große Affe ist auf mir gelandet!*

Halte durch, Scandal! Meine Magik ist jetzt soweit. Ich werde ihn in einen Frosch …

Bei der Kontrolle, die du über deine Magik hast, wirst du mich auch in einen Frosch verwandeln. Um Himmels willen, nicht schießen!

Während ich zu verunsichert dastand, um zu handeln, hatte Streblig keine derartigen Probleme. Er benutzte den Kampfstab, um Darmisch auf den Bauch zu rollen, und packte, blitzschnell wie eine zustoßende Schlange, den halbzerquetschten Scandal am Nackenfell und hob ihn hoch.

»Bei Nipuls heiligem Namen, was ist das?« fragte er.

»Ich bin dein schlimmster Alptraum«, grollte Scandal. Er versuchte, mit Hilfe seiner Krallen Streblìgs Gesicht zu verzieren. Der Meisterdieb hielt ihn einfach ein Stück weiter weg.

»Nein, in meinem schlimmsten Alptraum geht es um nackte Menschen und sprechende Broccoli. Nun antworte! Was bist du?« Streblig schüttelte Scandal.

»Laß sofort die Katze runter!« rief ich und richtete die mit Magik aufgeladene Klinge auf den Dieb.

»Eine Katze?« Streblig bekundete leichtes Interesse. »Das glaube ich nicht. Katzen sind Fabelwesen, nicht mehr.«

»Das sind sie auch«, stimmte ich ihm zu. »Aber ich bin Meister Kendar, der größte Zauberer von Orbix. Ich habe meine magischen Kräfte benutzt, um diese Katze herbeizubeschwören. Er ist mein Familiar.«

»Hab Angst«, rief Scandal und sträubte sein Fell. »Hab große Angst, und zwar sofort!«

»Nein«, lehnte Streblig ab, zog sein Schwert und setzte die Schneide an Scandals Kehle. Er sah mir in die Augen. »*Du* hast Grund, Angst zu haben, *Meisterzauberer*! Ich kenne all die alten Geschichten über Katzen. Wenn du nicht dein Messer fallen läßt, dann werden wir ausprobieren, ob die Geschichte über die neun Leben einer Katze wirklich stimmt.«

Ich ließ das Messer fallen. Es zischte bösartig, als es in den Schmutz fiel. Was sollte ich auch tun? Richtete ich meine Magik gegen Streblig, dann hatte ich mein Pulver verschossen. Was würde ich also tun, wenn seine Lehrlinge sich auf mich stürzten? Töten konnten sie mich nicht, aber, wie Scandal richtig angemerkt hatte, gab es so etwas wie Schmerz. Und daß Streblig seine Drohung, Scandals neun Leben betreffend, ausführte, wollte ich auch nicht riskieren, zumal Scandal nur noch acht Leben besaß.

»Schon besser.« Streblig machte eine Kopfbewegung zu dem Messer, das am Boden lag. »Pendis, heb es auf, bevor es rostet. Guter Stahl wächst nicht auf Bäumen. Jedenfalls nicht in diesem Königreich.«

Der fette Junge grabschte nach dem Messer und stellte sich dann von mir so weit entfernt wie möglich auf.

»Und du willst der größte Zauberer auf Orbix sein?« Streblig besah mich von oben nach unten und wieder zurück. »Wo ist dann dein spitzer Hut?«

»Und seine Robe?« fragte Fenmore.

»Und fein Fauberftab?« fügte Lurp hinzu.

»Zeig uns doch mal, wie du einen Hasen aus dem Hut ziehst!« verlangte Pendis.

Den allmächtigen Zauberer zu spielen, hatte heute schon gut funktioniert, so daß ich beschloß, es noch einmal zu versuchen. Ich verschränkte die Arme und sagte mit verdrießlicher Miene: »Wenn mein Familiar nicht unverzüglich freigelassen wird, dann geschieht etwas wesentlich Dramatischeres, als daß ich einen Hasen aus einem Hut ziehe. Ich werde das Innerste der Welt nach außen kehren und einen tödlichen Dämonen freilassen, der euch alle in Stücke reißt und lebendig verspeist.«

Die Diebeslehrlinge verschränkten nun *ihrerseits* die Arme und schauten mich mit verdrießlichen Mienen an.

»Das will ich sehen!« höhnte Fenmore für alle.

Streblig versetzte ihm eins mit dem Kater. »Nein, das willst du ganz bestimmt nicht, du Trottel. Ich weiß auch, daß er nicht danach aussieht, Jungens, aber was ist, wenn er die Wahrheit sagt? Was dann? Das sieht diesen Zauberern doch ähnlich: Als dämliche Jungen verkleidet durch den Dreg zu schlendern und anständigen Abschaum zu verlocken, sie anzugreifen, so daß sie im letzten Moment ihre Zauberstäbe auspacken, ›A-ha!‹ rufen und in ihrer Niedertracht schwer arbeitende Menschen in Frösche verwandeln können.«

»Würde ich niemals tun!« protestierte ich. Aber dann lief ich rot an, als mir einfiel, was ich mit Darmisch vorgehabt hatte.

»Würdest du das beschwören, mein Junge?« fragte Streblig.

»Ich werde alles beschwören, was du willst«, antwortete ich. »Und das Geld könnt ihr auch behalten. Aber laßt den Kater gehen.«

»Ach, Boss, nicht das *Geld*«, wandte Scandal ein.

Streblig schüttelte ihn. Scandal warf ihm einen haßerfüllten Blick zu und zischte: »Schüttele mich noch ein einziges Mal, und ich schwöre dir, selbst wenn es mich tausend Jahre kostet, ich kriege raus, wo du wohnst, und dann schleiche ich mich in dein Haus und pinkle dir in jeden einzelnen Schuh, den du besitzt.«

»Ich wollte keinen Eid von dir, Dämon«, sagte Streblig. »Nur von deinem Herren. Und die einzigen Schuhe, die ich besitze, trage ich an meinen Füßen.«

Ich hob die rechte Hand. »Ich schwöre bei Wedwel, dem einen und einzigen Gott, von dem meine Mutter sagt, daß alle anständige Menschen ihn verehren, daß ich niemals in den Dreg kommen würde, um anständige Diebe dazu zu bringen, mich zu überfallen, damit ich einen Grund habe, sie in Frösche zu verwandeln.«

»Oder Kröten«, fügte Fenmore hinzu.

»Oder Kröten«, stimmte ich zu.

»Oder Fildkröten«, warf Lurd ein.

»Oder Schildkröten.«

Ich senkte meine Hand. »Reicht das jetzt?« Ich sah Streblig fragend an.

»Nicht so schnell.« Er bedeutete mir mit seinem Schwert, meine rechte Hand wieder zu heben. »Jetzt den Teil mit der Drohung.«

Er sah, daß ich zögerte, und erklärte: »Du weißt schon, der Teil, in dem es heißt: ›Und wenn ich lüge, soll Nipul ...‹«

»Wedwel. Er ist der wahre Gott.«

»Das ist deine Meinung. Unterbrich mich nicht. ›... dann soll welcher Gott auch immer mich auf der Stelle niederschlagen.‹«

WAMM!

Im einen Moment stand der Meisterdieb noch da und fuchtelte mit seinem Schwert und meiner Katze herum; im nächsten Moment war er schon von einer dunklen Gestalt niedergeschlagen, die sich vom Dach des nächststehenden Gebäudes auf ihn gestürzt hatte. Scandal und das Schwert flogen in unterschiedliche Richtungen, aber nur Scandal landete auf den Füßen. Die Gestalt, die ein dunkles Cape und eine dunkle Kapuze trug, sprang behende auf und zog ein langes Schwert aus glitzerndem Stahl blank. Hinter einer schwarzen Maske sah ich strahlende Augen blutdürstig glänzen.

»Ich werde bis drei zählen«, sagte eine heisere Stimme. »Dann solltet ihr verschwunden sein.«

Strebligs Lehrlinge warteten nicht einmal die ›zwei‹ ab. Es war unglaublich; selbst Darmisch kam zur Besinnung und floh. Streblig versuchte, sich ihnen anzuschließen, aber der Maskierte hielt ihn zurück, indem er mit seinem Schwert an Strebligs Hosenboden zupfte.

»Er nicht, Schweinehund. Noch nicht. Sage Er mir: Er scheint sich in diesem Teil der Stadt auszukennen, oder?«

Nach seiner Niederlage war der Meisterdieb wie verwandelt. Er schniefte: »Streblig der Schlüpfrige, untertänigst Euch zu Diensten. Ja, ich wurde im Dreg geboren und aufgezogen, wenn es Euch genehm ist.«

»Genehm wäre mir, diese beiden« – er wies mit einem Daumen auf Scandal und mich – »außer Gefahr zu wissen, und das bedeutet, daß sie dieses Viertel so schnell wie möglich verlassen. Je schneller sie bekommen, weswegen sie hierherkamen, desto schneller können sie wieder gehen. Sie brauchen einen Mystiker, der ihnen vielleicht die Antworten gibt, die sie brauchen. Ich nehme an, Er kennt jemanden, der dazu geeignet wäre?«

»Oh, ja doch, sicher, ohne Frage.« Strebligs Kopf tanzte hoch und runter wie ein Korken in bewegtem Wasser. »Nicht einer dieser dahergelaufenen Wahrsager. Ein echter!«

»Sehr gut. Bringe Er sie zu einem verläßlichen Zukunftsdeuter, und Er soll seine Belohnung behalten dürfen.«

»Belohnung?« Streblig wurde plötzlich sehr aufmerksam.

»Sein Leben.« Mit blitzendem Stahl und wehendem Umhang war unser geheimnisvoller Retter wieder verschwunden.

Scandal suchte die Hausdächer ab. »Wo hat er Robin gelassen?«

Ich nahm meine Börse und Strebligs Schwert auf. »Wir kaufen dir auch was zu Essen«, versprach ich.

KAPITEL 6

Die Gaststätte *Zum Zauberstab und Zur Kristallkugel* war die beste Adresse im Dreg, wenn man wissen wollte, was die Zukunft bereithielt. Allerdings ist es auch die beste Adresse, wenn man sicher gehen will, den größten Teil seiner Zukunft bereits hinter sich zu haben. Die Kneipe war sehr beliebt unter Zigeunern, Sehern und Orakeln, und ab und zu traf man sogar einen heruntergekommen Älteren Gott, der sich nicht zu schade war, seine Menschenopfer selbst zu suchen.

Hier treffen sich auch die ansässigen Spieler.

»Hört sich an wie der jährliche Klapperschlangentreff«, sagte Scandal, als wir die Wirtschaft betraten. »Was ist das denn für ein verdammter Krach?«

»Würfel«, sagte ich.

Er seufzte. »Ich *mußte* ja fragen.«

»Es ist nicht immer so laut, meine Herren«, erklärte Streblig. »Es ist nur so, daß Ihr gerade rechtzeitig zur letzten Runde des jährlichen Wettbewerbs kommt.«

»Ein Schönheitswettbewerb kann's ja nicht sein«, sagte der Kater. »Also, worum geht es?«

»Worum es geht?« Die Frage des Katers erstaunte den Meisterdieb sehr. »Natürlich ein *Palaces-&-Puppies*-Turnier, was denn sonst?«

»*Palaces-&* ...« Scandals Schnurrhaare ringelten sich und zuckten heftig. »Worum geht es denn bei diesem Spiel?«

»Ach, Scandal«, rief ich aus. »Das weiß ja sogar *ich*. Wir haben es auf Meister Thengors Akademie für Hochzauberei ab und zu gespielt. Du erschaffst eine phantastische Spielfigur, dann schließt du dich mit den anderen Spielern zusammen und bahnst dir deinen Weg durch einen riesigen, komplizierten Palast, der mit Mischlingswelpen übersät ist. Das

Ziel des Spieles ist es, die Palastbewohner dazu zu bewegen, dir die Hündchen abzunehmen. Der Palace-Master hat die Aufgabe, dieses Ziel schwer erreichbar zu machen, zum Beispiel indem er alle Fußböden mit weißen Teppichen auslegt oder eine Klausel in den Familienfluch einbaut, die Haustiere nicht erlaubt, oder …«

»Ihr wißt, daß ich kein Prahler bin«, warf Streblig ein, »aber als ich noch jünger war, da hatte ich vier aufeinanderfolgende Jahre lang die Trophäe in meinem Besitz.«

»Ehrlich?« Ich betrachtete den Dieb mit neuem Respekt. »Ich spielte meistens einen Zwergenzahnarzt. Was war denn dein Charakter?«

»Was für'n Charakter? Ich hab' dieses dämliche Spiel nie gespielt. Wie ich sagte: Ich hatte die Trophäe vier Jahre lang in meinem Besitz. So lange brauchte ich nämlich, bis ich endlich einen Hehler fand, der mir das Ding abnahm.«

»Ja, sehen Sie, Euer Ehren, und dann habe ich ihn erschossen«, knurrte Scandal.

»Vielleicht wenden wir uns nun der Aufgabe zu, die uns hierher führte«, schlug ich dem Dieb vor. Er nickte.

»Rhett?« rief Streblig in den niedrigen, rauchgefüllten Raum. »Rhett, bist du hier?«

»Nach wem plärrst du denn jetzt?« fragte Scandal und hielt sich dicht an meinen Beinen.

»Ihr habt gesagt, ihr wollt den Besten, und ich beabsichtige, ihn euch zu besorgen«, antwortete der Meisterdieb. »Hier im Dreg wimmelt es von Scharlatanen und Quacksalbern. Jeder drittklassige Flegel, dem einmal vor einem Regen das Knie weh getan hat, denkt, die Zukunft vorhersagen zu können, also zieht er hierher, kauft sich eine Kristallkugel und steigt ins Geschäft ein. Aber für euch taugen die gar nichts.«

»Und dieser Rhett ist anders? Wieso denn?«

»Er ist mein Vetter«, antwortete Streblig stolz.

»Hör mal, wenn er dir irgendwie ähnlich ist, dann versuchen wir unser Glück lieber bei den Scharlatanen und Quacksalbern«, sagte Scandal.

Aber Streblig hörte ihm gar nicht zu. »Setzt euch hin und wartet. Ich werde sehen, ob ich ihn finden kann.«

»Woher wissen wir denn, daß du uns nicht einfach davonläufst?« fragte ich.

Er sah mich erstaunt an, dann erklärte er: »Erstens gebe ich Euch mein Ehrenwort als Krimineller und Gentleman, daß ich es nicht tue. Zweitens solltet Ihr, wenn Ihr als Zauberer nur halb so gut seid, wie Ihr behauptet, keine Schwierigkeiten haben, mich wiederzufinden, wenn ich mich verdrücke. Und drittens bezahlt mein Vetter Rhett mir eine Kleinigkeit für jede Geschäftsverbindung, die ich ihm zuspiele.«

»Wenn du zurückkommst, spendieren wir dir ein Bier«, sagte Scandal.

Streblig grinste. »Dann komme ich unter Garantie zurück.« Damit verschwand er in der Menge.

Alle Tische waren besetzt, in der Regel von eigenartig gekleideten Leuten, die würfelten, kleine bemalte Zinnfiguren über Spielbretter bewegten und Dinge vor sich her murmelten, die keinen Sinn ergaben. Wir fanden am Ende einen Tisch mit vier leeren Plätzen, an dem ein einziger Mensch saß. »Dürfen wir uns setzen?« fragte ich.

Er antwortete nicht, sondern saß nur da und brabbelte: »Also, wenn ich den Palast mit lauter Vegetariern bevölkere, werden sie die Welpen nicht haben wollen, weil sie niemanden mögen, der Fleisch ißt, und ...«

»Danke.« Scandal sprang auf einen Stuhl.

Ein Serviermädchen erschien, um unsere Bestellung entgegenzunehmen, fragte aber nicht nach unseren Wünschen, sondern langte hinter ihr Brusttuch und förderte eine kleine Kristallkugel zutage. Sie starrte hinein und sagte: »Ihr möchtet einen Becher Gaffee mit extra Zucker, und Euer Familiar wünscht eine Schale Milch. Ich werde ein Bier für Streblig den Schlüpfrigen bringen, auch wenn es ihn, falls er es trinkt, so beschwipst machen wird, daß er nicht merkt, daß ihm jemand auf dem Nachhauseweg folgt, kurz bevor ihm die Kehle durchgeschnitten wird. Nein, wir haben keine Cremetörtchen.«

Sie warf einen Blick auf den Fremden an unserem Tisch.

»Jede Minute«, fügte sie hinzu. »Mach dich schon mal bereit.«

»... oder ein Fluch liegt auf dem Haus, der besagt, daß kein Tier, das darin lebt, jemals stubenrein sein kann, es sei denn, jemand ...«

Ohne sein Nuscheln zu unterbrechen, beugte er sich hinunter und begann, den großen schwarzen Sack neben seinem Stuhl zu entleeren. Wir beobachteten fasziniert, wie er vor sich ein großes, schweres Buch auf das andere stapelte. Sie trugen Titel wie: *Das Buch der verbindlichen Schlichtungen, P&P-Handbuch für den Palace-Master,* und: *Leitfaden für Spieler: Grundlagen der Geometrie.*

Die Kellnerin zuckte mit den Schultern und ging. Ich kam zu dem Schluß, daß unser Tischgefährte nicht an einem freundlichen Plausch interessiert war, und sah mich ein wenig in der Kneipe um.

Mutter wäre tot umgefallen, wenn sie mich in einer Spelunke wie dieser hätte herumlungern sehen. Hier gab es jede Abart von Verkommenheit, Unzucht und Sünde, vor der sie mich je gewarnt hatte – und dazu noch einige, die ihr von allein nie in den Sinn gekommen wären. Es wurde gesoffen und gespielt und gehurt und geflucht, und dazu gab es Menschen, die ihren Salat mit der falschen Gabel aßen.

An der Theke hatten zwei Wahrsager einen Faustkampf. Einer schlug zu, der andere duckte sich und sagte dann: »Ha, ich habe *vorhergesehen*, daß du auf meinen Kopf zielen würdest!«

Dann versuchte er seinerseits, einen Treffer zu landen, aber sein Gegner sprang zur Seite und rief: »Ha! Ich habe *prophezeit*, daß du versuchen würdest, meinen Bauch zu treffen!«

So ging es eine Weile weiter, bis der Wirt unter die Theke griff und ein totes Hühnchen hervorholte. Er schlitzte den Bauch des Hühnchens auf, starrte hinein, seufzte, dann zog er ein *Puija*-Brett hervor und hieb es den Streithähnen nacheinander auf den Kopf. Als sie besinnungslos zu Boden glitten, sagte er: »Die Eingeweide verrieten mir, daß ihr beide nicht damit rechnen würdet.«

Ein Älterer Gott glitt über den Fußboden und versuchte, die bewußtlosen Wahrsager davonzuzerren. Der Wirt warf mit dem toten Hühnchen nach ihm und ermahnte ihn, keine Kunden aufzufressen, die ihre Rechnungen noch nicht bezahlt hatten. Der Ältere Gott schlich schmollend davon. Er zog seine Tentakel nach, während er gleichzeitig am Hals des Hühnchens saugte.

Die Kellnerin kam mit unserer Bestellung zurück. »Ihr werdet ein anständiges Trinkgeld zurücklassen«, teilte sie mir, immer noch in ihre Kristallkugel starrend, mit. »Außerdem werdet Ihr in Kürze einen geheimnisvollen Fremden treffen und Euch auf eine lange Reise begeben. Aber erst, nachdem Ihr das Trinkgeld gegeben habt. Einen schönen Tag werdet Ihr haben.«

»Eine Affenpfote gefällig, der Herr?« fragte eine Stimme hinter mir. Ich sah mich um und erblickte einen Hausierer mit einem Bauchladen voller seltsamer Relikte.

»Frisch mumifizierte Affenpfoten bester Qualität sind die heutige Spezialität. Obwohl sie nur die Hälfte kosten, habt Ihr immer noch alle drei Wünsche frei. Ich garantiere, daß Ihr zufrieden sein werdet.«

»Nein, danke.«

»Seid Ihr sicher, mein Herr? Sie sind gar schön und fleischig, mein Herr, und als Draufgabe schenke ich Euch dieses kleine Heftchen, in dem steht, wie Ihr um den Fluch herumkommt, wenn Ihr die drei Wünsche in Anspruch nehmt.«

Scandal fixierte den Hausierer mit einem kalten Blick seiner grünen Augen.

»Du wirst dich auf eine lange Reise begeben. Und zwar jetzt!« Funken sprühten von seinen Schnurrbartspitzen.

Der Hausierer nahm eine der Pfoten aus dem Bauchladen und blickte auf einen eigenartig aussehenden Gegenstand, der um das haarige Gelenk gewickelt war.

»Nein, schon so spät? Ich muß sofort gehen. Einen schönen Abend wünsche ich Euch, die Herren.« Er stürzte davon.

»Wie hast du das gemacht?« fragte ich Scandal.

»Was?«

»Den Trick mit den Funken. Es ist Magik, oder?«

»Was soll der Aufstand, Sonnyboy? Du hast mich das doch früher schon machen sehen!« Er leckte an seiner Milch. »Hmmm, lecker. Die wird wohl von glücklichen Einhörnern stammen.«

»Ja, aber bisher ist es immer einfach nur *geschehen*. Ich wußte nicht, daß du es mit Absicht tun kannst – deine Magik auf Kommando abzurufen, meine ich.«

Scandal hob sein Gesicht aus der Schale. »He, es hat nur Funken gesprüht. Kein Grund, daraus eine Staatsangelegenheit zu machen!«

»Das ist doch phantastisch! Weißt du, was das heißt?«

»Daß ich meine Milch nicht in Ruhe und Frieden austrinken kann?«

»Nein, das heißt, daß du das *Talent* hast, Scandal! Meister Thengor hat immer gesagt, man müsse das Talent haben, um Zauberer zu werden.«

»Meister Thengor hat sich aber nie die Mühe gemacht, zu sagen, daß man dazu auch Magik braucht«, entgegnete der Kater und hob seine struppigen Augenbrauen.

»Das ist schon richtig, man braucht Magik, aber man braucht ebenso Talent und Ausbildung. Mann, ist das aufregend! Du hast die Magik, du hast das Talent, und nun brauchst du nur noch etwas Training, und schon ...«

»Kommt gar nicht in die Tüte«, widersprach Scandal fest. »Auf keinen Fall werde ich ein Zauberer. Meine Mamma hat immer gesagt: ›Du brauchst Ärger niemals zu suchen; er findet dich von ganz alleine.‹«

»Ärger? Es bedeutet doch keinen Ärger, ein Zauberer zu sein!«

Scandal warf mir *den bewußten* Blick zu. »Du sprichst aus langer Erfahrung, o Meister der Arkanen Kunst? Ich habe ein paar Flöhe schon länger als du deine Magik!«

Wir stritten uns immer noch, als Streblig an unseren Tisch kam. Ihm folgte eine große, ehrfurchtgebietende Gestalt in einer von Kopf bis Fuß reichenden dunkelgrünen Robe mit Kapuze. Die Kapuze war nicht ganz ins Gesicht gezogen, so daß ich das Gesicht des Mannes erkennen konnte. Seine Haut war so bleich wie das Gesicht des Mondes, sein Haar so dunkel wie die Mitternacht im Bauch eines Drachen, er hatte hohe Wangenknochen, eine Adlernase und grüne Augen, die aus eigener Kraft zu leuchten schienen. Mit einem Satz spitzer Ohren und einem haarigen Schwanz hätte er glatt als Scandals Vetter durchgehen können.

»Guten Abend«, wünschte er mit einer Stimme, die etwas *auszudrücken* schien. Ich wußte nicht, was sie ausdrückte, aber der tiefe, rollende Klang gab mir das Gefühl, daß geheimnisvolle Dinge vor uns lagen. Große Dinge. Lauernde Dinge. Dinge mit langen Klauen, scharfen Zähnen, purpurnen Schuppen und Hunger auf mich.

»G-g-g-guten Abend«, stotterte ich, während es mir kalt den Rücken hinunterlief.

Streblig kicherte. »Her mit dem Geld, Rhett.«

Er streckte seine Hand mit der Handfläche nach oben aus.

»Ich hab' dir gesagt, daß du ihm wie allen anderen das Zittern beibringen würdest. Ha! Das ist mir vielleicht ein Zauberer!«

Bedächtig wandte der kapuzenbekleidete Mann sich dem Dieb zu. »Wer bist du, über die verborgenen Qualitäten anderer zu urteilen?« fragte er. Die Worte hallten wie Donner durch den Schankraum und brachten alle Gespräche zum Erliegen. Selbst das Klappern der Würfel verstummte.

Scandal stierte den Mann an. Während ihm ein Tropfen Milch vom Kinn triefte, hauchte er: »Wow! Echt cooler Sound, Mann. Benutzt du eine Echokammer, oder was?«

Streblig wurde rot. »Ach, komm schon, Rhett, laß das doch sein! Du weißt, daß mir das peinlich ist. Zahl deine Schuld und setz dich zu dem Jungen. Dir wird das Geld schon nicht fehlen. Und überhaupt, er hat genug davon, und er will ein wenig davon zu dir rüberwachsen lassen.«

Rhetts laternengleiche Augen verengten sich zu glühenden Schlitzen, aus denen Verachtung strahlte. Mit einer großherrlichen Geste griff er ins Innere seiner Robe und zog eine Münze hervor. Es war nur eine kupferne Gabor, aber bei dem Zirkus, den er veranstaltete, hätte man glauben können, daß es sich dabei um eine goldene Leona handelte. Der Dieb biß in die Münze, untersuchte den Zahnabdruck, grinste zufrieden, als er sah, daß sie echt war, und ließ sie in seiner Geldbörse verschwinden. Dann griff er nach seinem Bier.

»*Trink das nicht!*« riefen zweiundsechzig Wahrsager gleichzeitig, Rhett eingeschlossen.

»*Ver-dammt!*« grollte ein zwielichtig aussehender Kerl, der nahe der Türe stand. Er rammte seinen Dolch in die Scheide und schlich sich aus der Kneipe.

Streblig beäugte das Bier traurig, bevor er es unangetastet zurückstellte.

»Nun, ich habe getan, was von mir verlangt wurde«, sagte er. »Und nur geringe Belohnung wurde mir zuteil. Ich überlasse euch mal euren Geschäften.« Bevor er ging, trank er meinen Gaffee aus.

»So ...« Ich versuchte, Strebligs Vetter freundlich zuzulächeln, sah dabei aber wahrscheinlich eher wie ein Idiot aus. »Ihr müßt Rhett sein.«

»Muß ich?«

Als er lächelte, war es nur eine steife Grimasse seiner trokkenen Lippen.

»Wer hätte gedacht, daß Ihr Kendar Gangle seid, den man den Rattenklopper nennt?« fügte er hinzu. »Eure Lieblingsfarbe ist blau, Ihr mögt keine Broccoli, und Eure Schwester Lucy ist in Wahrheit die gefeierte Liebesromanautorin Raptura Eglantine. Wenn Euer Vater, Lord Lucius Parkland Gangle, das je herausbekäme, würde es ihn zwar nicht umbringen, aber er würde lange und laut herumbrüllen. Er denkt, daß es schon schlimm genug ist, daß das Kind Bücher *liest*. *Seine* Lieblingsfarbe ist übrigens rot.« Er warf Scandal einen Blick zu. »Und das muß Euer Kater sein.«

»Muß er?« schoß Scandal zurück. »Okay, okay, Houdini, du hast uns beeindruckt. Ich denke, wir brauchen dich gar nicht zu fragen, was wir wissen wollen. Du wirst es uns von alleine sagen.«

»Es ist Aufgabe jedes guten Orakels, sowohl die Fragen zu beantworten, die seine Kunden stellen, als auch jene, die zu fragen sie nicht wagen«, entgegnete Rhett und ließ sich neben dem Kater nieder. »Du, zum Beispiel, möchtest gern wissen, wie ein Mensch ein derartiger – welch fremdartiges Wort verwendest du in Gedanken dafür? – *Schnösel* sein kann?« Ein winziges Glitzern gutmütigen Spottes zeigte sich in seinen Augen und erlitt kurz darauf einen schlagartigen Erfrierungstod.

»*Scandal*!« entrüstete ich mich. Ich wollte nicht, daß der Kater Scandal Strebligs seltsamen Vetter beleidigte. Es war ja wohl klar, daß Rhett wirklich etwas vorzuweisen hatte, wenn es ums Gedankenlesen ging. Wenn er nur halb so gut darin war, die Ursache unserer Geflügelduschen zu finden, wie es den Anschein hatte, dann brauchten wir ihn auf unserer Seite.

»Laßt ihn reden, Kendar.« Rhett hob eine Hand, und die halbe Kneipe verstummte erneut. »Es ist gut, jemanden zu treffen, der sich nicht vor mir fürchtet. Und außerdem« – seine grünen Augen spiegelten den smaragdenen Blick des Katers wider – »sind er und ich nicht verwandte Seelen, wenn es um das Lesen von Gedanken geht?«

Er langte nach Scandals Kopf und kratze ihn vorsichtig zwischen den Ohren. »Da juckt's doch, oder?«

»Ohhh, *Junge!*« Scandal schnurrte laut, solange Rhett ihn kratzte, und sagte dann: »Engagiert!«

»Engagiert?« fragte ich. »Aber, Scandal, ich weiß doch noch gar nicht, ob er die Antworten hat, die wir suchen. Sicher, er kann Gedanken lesen ...«

»Nicht sehr gut«, gab Rhett zu. Er trank Strebligs unangetastetes Bier. »Das ist nur mein Hobby. Wie Eure Katze kann ich mir nicht völlig sicher sein, jeden Geist betreten zu können, dem ich begegne. Einige sind eben offener als andere. Die wahre Fertigkeit eines Orakels liegt darin, seinen Kunden die Zukunft präzise vorherzusagen; seine Kunst hingegen ist es, sie besser klingen zu lassen, als sie ist.«

»Die unlackierte Wahrheit hat wohl zu viele Splitter, was?« Der Kater schnalzte mit der Zunge und polierte seine Milchschüssel damit. »Mmmmh, das war wirklich mal ein super Muh-Saft.« Er stieß auf.

»Du bist ein Geschöpf voller Weisheit«, sagte das Orakel und stellte den leeren Krug ab. »Ich frage mich, weshalb dein früherer Herr dich jemals als lästigen Schlemihl bezeichnen konnte – was immer auch ein Schlemihl sein mag.«

»Mein früherer Herr war ein blöder Schwanz«, sagte Scandal finster. Er wurde stets griesgrämiger als griesgrämig, wenn er von seiner Vergangenheit sprach. »Und ein Depp, ein Ekel und ein Würstchen.«

»Faszinierend.« Rhett hob eine Augenbraue.

»O ja, und ein Trekkie. Und ich bin trotz allem bei ihm geblieben. Wenn ich eine Maus aus Katzenminze für jeden Samstagabend bekäme, wo er mir sagte: ›Mittens, du bist mein einziger Freund auf der ganzen Welt‹, dann wäre ich higher als der Mount Everest.«

Er rülpste noch einmal. In seine Augen trat ein seltsamer Ausdruck. Das war weit jenseits seiner üblichen Griesgrämigkeit. »Und dann geschieht das Wunder: Eine normale Frau findet *ihn* tatsächlich *attraktiv* und zieht bei ihm ein. Süß, nicht wahr? Dann seid gespannt auf die Fortsetzung, in der die Tusse sich jedesmal ihren blondgefärbten Kopf wegniest, wenn sie nur in meine Nähe kommt. Und was macht Ritter Lancelot mit seinem einzigen Freund auf der ganzen Welt? Schmeißt mich raus, das macht er! Gibt mir einen Tritt, daß ich bis zum nächsten Weihnachtsfest fliege; den Laufpaß, die rote Karte, sagt: ›Schade, daß du schon gehen mußt‹, streicht mein Visum und ...«

»Kommen wir zum eigentlichen Thema zurück«, unterbrach ihn Rhett. »Wenn der Kater sein Gejammer nicht einstellt, werden sich die Spieler an den Nachbartischen irgendwann gestört fühlen und mit Gegenständen nach uns werfen. Darüber hinaus kommen die Freunde dieses Gentleman« – er wies auf unseren immer noch brabbelnden Tischgefährten – »gerade zur Tür herein und werden Ihren Tisch haben wollen.«

»Verkommene, lausige, hinterlistige, ungetreue Hautsäcke«, grollte Scandal. »Sollen die doch warten. *Hick*!«

»Komm, Scandal, laß uns mit Rhett gehen«, plädierte ich.

»Wenn er sagt, daß etwas geschehen wird, dann wette ich darauf, daß er recht hat. Wir wollen doch keinen Ärger.«

Der Kopf des Katers zuckte wie der einer Schlange von einer Seite zur anderen. »Klar, haltet nur zusammen, das paßt zu euch haarlosen Schleimbeuteln. Ich dagegen, ich bin stinksauer und laß mir nichts mehr gefallen! Erhebt euch! Erhebt euch, ihr getretenen Kreaturen!«

Er sprang vom Stuhl auf den Tisch und von dort auf den Bücherstapel.

»Werft eure Fesseln ab, tretet eure Sandkistchen um und beißt die Hand ab, die euch füttert! Auf zur Revolution!«

Ich nahm sein leeres Schüsselchen und leckte daran.

»Oh-oh. Wie ich vermutet habe«, sagte ich zu Rhett. »Das war keine Milch, sondern Sahne.«

Nun war es zum dritten Mal in der Kneipe völlig still geworden, aber diese Stille unterschied sich von der Stille, die Rhett hervorgerufen hatte. Es war eine aggressive, bedrohliche Stille. Es war eine Stille, auf die Gewalt folgen mußte. Es war eine schonungslose, ungeschminkte Stille. Um die Sache noch schlimmer zu machen, erkannte ich, daß unser Tisch umzingelt war, und zwar von vier recht großen und muskulösen Kerlen, von denen jeder einen Sack mit Spielmaterial in der Hand hielt. Zwei davon trugen witzige Hüte, der dritte hielt einen Krug voller Spielzeugwelpen in der Hand, und der vierte hatte eine Perücke mit langen, blonden Locken auf. Darüber hinaus trug jeder einen Lendenschurz, ein Schwert und Schweiß.

»He, Morgan«, sagte der mit der Perücke. »Ich dachte, wir hätten dir gesagt, du sollst uns einen Tisch freihalten.«

»Wir wollten gerade gehen«, sagte ich und griff nach Scandal. Der Kater wich mir mit Leichtigkeit aus. Seine Augen wirkten etwas klein, aber er konnte immer noch gut genug sehen, um die blonde Perücke auszumachen.

»Du Wasserstoffblondine!« lallte Scandal. »Glaubst du, daß *er* so großartig ist? Warte nur, bis du das erste Mal ein winziges Haarknäuel auf seine Computertastatur spuckst, dann wirst du ihn kennenlernen. Ja, oder nimm mal eine Wiederholung von *Kater Mikesch* auf einer seiner *Raumschiff-*

Enterprise-Cassetten auf! Geschähe ihm recht, dem Stinktier! Und glaub bloß nicht, daß ich nur eine Sekunde zögern würde, so was zu tun, wenn ich nur Finger mit gegenüberliegenden Daumen besäße!«

»Ihr müßt ihm vergeben«, sagte ich zu dem Mann mit der blonden Perücke und grinste dabei so breit, daß ich spüren konnte, wie sich meine Mundwinkel in meinem Genick berührten.

»Er ist ein Fabelwesen und einfach nicht an unverdünnte Sahne gewöhnt. Setzt Euch, setzt Euch, fangt mit Eurem Spiel an. Wir werden hier weg sein, bevor Ihr auch nur ...«

»Er wird Euch nicht glauben«, intonierte Rhett. »Er wird den Kater aufnehmen und durch den ganzen Schankraum schleudern. Wenn Ihr jetzt aufsteht und Euch vor den Kamin stellt, werdet Ihr in einer guten Position sein, um ihn aufzufangen. Wenn Ihr es nicht tut, wird das Tier im Feuer landen. Ich werde Euch draußen treffen.«

Er ging ohne ein weiteres Wort, gerade als Scandal sich auf seine Hinterbeine zurücksetzte, dem perückentragenden Krieger ins Gesicht starrte und spöttisch grinste: »Versuch's nur, Blondie!«

KAPITEL 7

»Irgendwelche Ergebnisse?« fragte Scandal und schaute mich ungeduldig über seine Schulter an. Er saß auf meinem Schoß. Wir hatten ein nettes Plätzchen am knisternden Herdfeuer von Rhetts Ordinationsraum gefunden.

»Nein, noch nichts.«

»Vielleicht hat der Hellseher eine Idee.«

»Er kann bloß die Zukunft vorhersagen und Gedanken lesen. Wenn du ihm nicht glaubst, kannst du ihn fragen, sobald er damit fertig ist, Rebhuhnfedern aus seinem Umhang zu bürsten.«

Der Kater seufzte und starrte auf die Dachsparren. Von dort starrte ein ausgestopftes Sumpfhuhn ruhig zurück. »Man sollte meinen, daß ein einfacher Zauberspruch – wie zum Beispiel neues Fell auf einem Katzenschwanz wachsen zu lassen – für einen großen Zauberer wie Meister Kendar Gangle, auch Doktor Allwissend genannt, keine Schwierigkeit bedeuten sollte«, teilte er dem Sumpfhuhn mit. »Aaaaaber nein!«

»Schau mal, ich tue mein Bestes, oder?« versetzte ich.

»Was nicht genug ist.«

»Ich mußte meine Magik nie für etwas Derartiges benutzen. Außerdem war es ja wohl deine eigene Schuld.«

»Ach! Am Ende war ich wohl auch noch Herr Butterfinger, der *mich* beinahe in das Herdfeuer dort in der Kneipe rutschen ließ, ja? Ich hatte Glück, daß nur das Haar an meinem Schwanz abgesengt wurde und sonst nichts.«

Der Kater schniefte geringschätzig. »Du könntest dir mit Hilfe beider Hände und eines Scheffelkorbes nicht einmal einen Schnupfen einfangen.«

»Du wärst überhaupt nicht durch die Kneipe geflogen und schon gar nicht in Richtung des Feuers, wenn du gegenüber dem Spieler nicht das Maul derart weit aufgerissen hättest«, erinnerte ich ihn.

»Aus mir sprach die Sahne«, sagte Scandal und hüllte sich in seine Würde wie in einen Mantel. »Und ich finde es reichlich schäbig von dir, mich überhaupt daran zu erinnern.«

»Aber du hast doch ... aber ich hab' doch gar nicht ... Ach, vergiß es!« Wenn ich überhaupt etwas durch meine Freundschaft mit Scandal gelernt hatte, dann, daß Katzen deshalb keine schlechten Verlierer waren, weil sie nie verloren. Ich versuchte erneut, mich auf den Wuchszauber für seinen Schweif zu konzentrieren.

Es war eine alte Welfie-Beschwörung, und vermutlich machte sie mir deshalb soviel Mühe. Weil sie Geschöpfe der Magik sind, können Welfies jede Größe annehmen, die sie anzunehmen wünschen. Manchmal sind sie hochgewachsen und elegant, machmal klein und niedlich, je nachdem, welche Mode gerade durch den Adel vorgegeben wird. (Die meisten Sterblichen bevorzugen Welfies in der Ausprägung ›klein und niedlich‹, weil es dann leichter ist, sie niederzutrampeln.) Das einzige Problem dabei ist, daß Welfies in kleinen, blauen Pilzhäusern leben. Jedesmal, wenn die Mode hochgewachsene, elegante Welfies vorschreibt, wird bei ihnen der Wohnraum knapp.

»Dann benutzen männliche Welfies den Wachstumszauber«, hatte Mysti gesagt, als sie versuchte, mir den Zauberspruch zu erklären.

»Können die weiblichen Welfies ihn denn nicht benutzen?« hatte ich gefragt.

»Doch«, hatte sie geantwortet. »Er wirkt ja nicht nur auf Pilze.« Und dann war sie rot geworden.

Ich fragte mich noch immer, wieso. Ich fragte mich auch, wie es ihr erging, ganz allein zu Haus. War sie unglücklich? Fühlte sie sich einsam? Ging es ihr gut? Vermißte sie mich? Etwas in mir antwortete: *Sei nicht albern. Sie ist wahrscheinlich dankbar, dich aus den Füßen zu haben. Jetzt hat sie alle Zeit der Welt, um ihre Bücher zu lesen.* Ein anderer Teil von mir hoffte, daß sie mich wenigstens ein kleines bißchen vermißte.

Scandals Schweifbehaarung weigerte sich, auf den Wachstumszauber zu reagieren. Vielleicht machte ich irgend etwas falsch. Immerhin handelte es sich um Welfie-Magik, und ich war nie sehr gut mit fremden Dialekten gewesen. Schließlich gab ich auf.

»Ich fürchte, du wirst dich daran gewöhnen müssen«, sagte ich und hielt Scandals haarlosen Schwanz hoch.

»Niemals!« Der Kater entriß mir sein Körperanhängsel. »Das läßt mich wie ein erbärmliches *Nagetier* aussehen!«

»Vielleicht hilft dir das weiter«, sagte die rothaarige Frau, die den winzigsten Hauch von Nichts in Form eines Kilts und Mieders aus Kettenhemdgewebe trug, den ich je gesehen hatte. Sie hatte sich so leise und behutsam an uns herangeschlichen, daß weder Scandal noch ich sie bemerkt hatten, bevor sie uns ansprach. Ihre rauchige Stimme floß wie Honig, ihre Haut war von der gleichen Farbe wie die Sahne, die Scandal ausgeschaltet hatte. Der Ausdruck ihrer bernsteinfarbenen Augen brachte mich dazu, mich wie ein Feuerschlucker nach einem Arbeitsunfall zu fühlen. Sie hielt uns eine kleine blaue Flasche entgegen.

»Haggahagggahaggahaggahagga«, sagte ich. Das ist das Problem mit den Worten: Wenn man sie wirklich dringend braucht, fehlen sie einem.

»Oh, Entschuldigung«, bat sie. Ein zarter rosa Schimmer wanderte von ihren zierlichen bloßen Füßen bis zu den Wurzeln ihres hüftlangen Haares. »Ich wollte Euren Zauberspruch nicht unterbrechen, Meister Kendar.«

»Ihr … Ihr … Ihr wißt, wer ich bin?«

Sie zog den Kopf ein und warf mir ein schiefes Lächeln zu, das alle Knochen in mir in eine Pfütze warmen Sirups verwandelte. Mir kam ein schrecklicher Gedanke: »Ihr seid nicht zufällig auch eine Gedankenleserin?«

Wenn sie eine war, brauchte ich nicht Rhetts Hilfe, um zu prophezeien, daß ich bald ein paar tüchtige Ohrfeigen kassieren würde.

Ihr Gelächter, ein schrilles Kichern, war das einzige Nichtgöttliche an ihr. »Natürlich nicht. Ich habe einfach Rhett gefragt. Was habt Ihr eigentlich gemacht? Habt Ihr eine

Hühnerfarm besichtigt? Ich habe eine Ewigkeit gebraucht, um alle Federn aus Eurem Umhang zu bekommen.«

»Wir sind auf dem Weg vom *Zum Zauberstab und zur Kristallkugel* in einen Kanarienvogelwolkenbruch gekommen«, sagte Scandal. »Aber als wir nur noch einen Häuserblock von hier entfernt waren, goß es auch noch Rebhühner.« Seine rosafarbene Zunge leckte über seine Lefzen. »Leckeres Wetter haben wir gehabt, was?«

Die Dame kicherte erneut. Es war ein schriller, durchdringender Laut. Kaum hatte sie jedoch aufgehört, erschien es unvorstellbar, daß dieses Geräusch dieser perfekten Blütenknospe von Mund entsprungen sein sollte.

»Es war doch gar nicht nötig, auch meinen Mantel sauberzumachen. Ich bin in Eurer Schuld«, bedankte ich mich.

»Nein, das seid Ihr nicht, und es war nötig.« Sie zog einen hohen Schemel heran und setzte sich mit einer fließenden Bewegung, die Wasser steif erscheinen ließ.

»Es macht nichts. Ich habe mich um alle anfallenden Arbeiten zu kümmern. Seht Ihr, ich bin ein Sklavenmädchen.«

»Eine Sklavin?« riefen Scandal und ich unisono aus. Schwer zu sagen, wer von uns beiden bestürzter war. Dann warf der Kater mir einen anklagenden Blick zu und sagte: »Ich dachte, es gäbe in König Steffans Reich keine Sklaven!«

»Gibt es auch nicht«, protestierte ich.

»O doch, es gibt sie«, antwortete das Mädchen. »Zumindest eine, nämlich mich. Ich heiße Anisella. Mein Vater verkaufte mich an Rhett, als ich dreizehn war. War das nicht nett von ihm?«

»*Nett?*« Diesmal waren Scandal und ich gleichermaßen höchst bestürzt.

»Sicher. Was sollte er auch tun? Wegen des Fluches, meine ich. Des Fluches, der auf mir lastet. Aber genug von mir. Wir wollen uns doch zuerst um Euer Problem kümmern, nicht wahr?« Sie sah Scandal an und schürzte die Lippen. »Ja, das werden wir tun«, fügte sie hinzu. »Wir werden uns um das kleine Pussilein kümmern, daß keine Härchen mehr am Schwänzchen hat.«

Sie nahm ihn von meinem Schoß und wiegte ihn an ihren – äh – an ihrem kettengepanzerten Mieder. »Hat der böse Mann Pussilein in das fiese Feuer geworfen, hmm? Na, keine Bange, Tante Anisella macht das wieder heile-heile.«

Wenn König Steffan Scandal gegenüber solche Sprache benutzt hätte, wäre der Kater schon von seinem Schoß gehüpft, noch bevor er das zweite Mal *Pussilein* gesagt hätte. Wäre ich töricht genug gewesen, mit Scandal in Babysprache zu reden, hätte er mich in Geschnetzeltes verwandelt. Aber was tat er in Anisellas Armen? Er schloß die Augen, kuschelte sich in ihre Umarmung und schnurrte.

Ein kurzer Gedanke blitzte aus seinem Bewußtsein in das meinige: *Na, das bricht dir das Herz, was, Hautsack?*

Anisella entkorkte die blaue Flasche mit ihren Zähnen und spuckte den Stopfen aus. »Jetzt muß Pussilein nur ganz, ganz stillhalten, und wir schauen, ob der liebe Zaubertrank wirken tut, ja?«

Sie nahm vorsichtig den angesengten Schwanz in die Hand und ließ ein paar Tropfen aus der Flasche darauf fallen.

»Du bist ein ganz liebes Pussilein, ja?« fragte sie.

Während sie das Elixier einrieb, gesellte sich Rhett zu uns. Obwohl er seinen Mantel beiseite gelegt hatte und nur noch ein einfaches weißes Hemd und enge, schwarze Kniehosen trug, gelang es ihm, macht- und geheimnisvoll auszusehen. Er strich mit den Fingern durch sein rabenschwarzes Haar, dessen offene Wellen ihm fast bis zur Schulter reichten, und verkündete: »Ich war in meinem Arbeitszimmer und konnte unter Benutzung aller mir zur Verfügung stehenden Mittel die Antwort bestätigen, die mir meine Visionen bereits gegeben hatten. Ich kann nun ohne jeden Zweifel behaupten, die Lösung Eures Problems zu kennen.« Seine grünen Augen richteten sich auf das geschmeidige Sklavenmädchen, das immer noch Scandal massierte, und er fügte hinzu: »Und wie ich sehe, habt Ihr meines zumindest kennengelernt.«

»Euer … Problem?« Das war nicht gerade das Wort, mit dem ich Anisella beschrieben hätte.

Rhetts Gesichtsausdruck strotzte vor Ironie. »Nun, dem

Augenschein nach, würde jeder darauf wetten, daß sie nicht wie ein Problem aussieht – davon abgesehen, daß kein Tag genügend Stunden besitzt, um sie hinreichend verehren zu können –, und *dennoch* verhält es sich so, daß ...«

»Soooo, das wär's, Pussilein!« kreischte Anisella entzückt. Sie hielt Scandals Schwanz hoch, so daß wir den feinen Flaum neugewachsenen Fells sehen konnten, der ihn bedeckte. »Ist unser Pussikater jetzt glücki-glücki?«

Scandal betrachtete seinen schnell heilenden Schweif mit großer Freude.

»Halleluja, o Herr, ja, ich *glaube!*« jubilierte er. »Wieviel Magik steht dir eigentlich zur Verfügung, Playmate?«

»*Magik*?« Anisella wiederholte das Wort in einem Tonfall, als hätte sie noch nie von *Magik*-Magie gehört. »Ich weiß überhaupt nichts über dumme alte Magie. Ich weiß nur, wo man einkauft und wo nicht. Das Elixier habe ich einem umherziehenden Bären mit einem tanzenden Zigeuner abgekauft.«

Sie hielt ihm das blaue Fläschchen vor die Augen, so daß er das Etikett lesen konnte.

»›Fell-Zurück‹«, las er vor. »›Bringt Euch garantiert den jugendlichen Flaum zurück, oder wir häuten uns selbst! Stellt Fell wieder her, das beschädigt oder durch Motten, Räude oder Menschen zerstört wurde. Ein Qualitätsprodukt der Brüder Brimm GmbH, Königreich von Wingdingo-Land, Unterseite.‹« Er sah zur ihr auf. »Die *Unterseite*, das ist doch der andere Teil dieses Abziehbildes von Planeten, wo alles umgedreht ist: Die Tiere können sprechen und die Menschen nicht, richtig?«

»Nun, um genau zu sein, können dort nicht *alle* Tiere sprechen und nicht *alle* Menschen können es nicht«, antwortete sie. »Es ist nur so, daß die nichtsprechenden Tiere und die sprechenden Menschen die Unterseite niemals verlassen. Warum sollten sie auch? Schließlich wären sie hier nichts Besonderes. Die sprechenden Tiere sind es, die hier ihr Glück machen können, und nur deswegen nehmen sie die lange, lange Reise auf sich. Als ich für meine Prüfung als Sklavenmädchen Erster Klasse lernte, schrieb ich meine

Examensarbeit über den Unterseiteneffekt und seine Auswirkungen auf die Ökologie von Orbix.« Als sie lächelte, hatte sie mehr Grübchen, als einer einzelnen Frau erlaubt sein sollten. Bescheiden fügte sie hinzu: »Ich bekam dafür die beste Note meines Jahrgangs.«

»Mann, soviel Schönheit – und soviel Verstand, um sie auszugleichen«, faßte Scandal meine Gedanken in Worte.

»Ach, bist du aber lieb, so was Nettes zu sagen. Komm zu Mami!« Sie hob den Kater hoch und drückte ihm einen dikken Kuß auf die Nase. Rhett und ich seufzten gleichzeitig neiderfüllt, dann kam uns zu Bewußtsein, was wir getan hatten, und peinlich berührt, vermieden wir es, uns gegenseitig anzusehen.

Das Orakel räusperte sich laut. »Wollt Ihr mich vielleicht in mein Arbeitszimmer begleiten, Meister Kendar? Ich glaube, daß das, was ich entdeckt habe, unter vier Augen besprochen werden sollte.«

»Kümmert euch nicht um mich, Kumpels!« rief Scandal aus. »Schickt mir meine Post einfach in den Himmel nach.«

Sobald wir beide in Rhetts Arbeitszimmer angekommen waren, verrammelte er die Tür mit einem schweren Balken. Ich konnte dies aus den Geräuschen schließen, die er verursachte, denn in dem Raum war es stockduster. Die Dunkelheit war von fremdartigen Geräuschen und Lauten erfüllt.

»Ihr möchtet wissen, wie ich dazu komme, eine Sklavin zu besitzen«, begann Rhett. »Ihr möchtet gleichermaßen wissen, wieso ich ein derart bezauberndes Geschöpf als ›Problem‹ bezeichne.«

»Ich nehme an, es hat etwas mit dem Fluch zu tun, der auf ihr liegt«, entgegnete ich.

»In der Tat ist es so. Wartet. Ich werde mit der Erklärung beginnen, sobald ich Licht gemacht habe.«

Ich vernahm ein *Tapp-tapp-tapp*, dann sah ich ein Glimmen, als ein Feuerteufelchen in eine durchsichtige Glaskugel neben der Tür kletterte. Das *Tapp-tapp-tapp* mußte Rhett verursacht haben, als er an die Behausung des Elementargeistes geklopft hatte, ein winziges Häuschen aus *Asmiesest* (der feuerfesten Wurst, die nur die Drachenhirten von Ignall herzustellen verstehen), das auf einem Regalbrett über der Glaskugel stand.

»Nein, ich besitze nicht die Macht eines echten Zauberers, Feuerteufelchen und anderen Elementargeistern zu gebieten«, kam Rhett meiner ungestellte Frage zuvor. »Das hier ist nur das Geschenk eines zufriedenen Kunden. Wenn Ihr hier herüber kommen wollt.«

Er führte mich an einen Tisch, den ein Tuch aus grüner Seide bedeckte. Auf ihm lagen ein *Puija*-Brett, eine Handvoll Runenscheiben und ein Satz Tarhona-Karten.

»Zumindest scheint Ihr meine Frage mit allen verfügbaren Mitteln bearbeitet zu haben«, sagte ich mit einem Blick auf diese Utensilien.

»Welcher echte Wahrsager braucht schon solche Krücken, um die Geheimnisse des Universums zu lesen?« fragte Rhett abfällig. Wie auf die meisten seiner Fragen erwartete er auch auf diese keine Antwort. Er riß mit einer blitzschnellen Bewegung das Tischtuch vom Tisch. Seine Hilfsmittel blieben liegen, wo sie waren. Er gab einen angewiderten Laut von sich und räumte sie mit einer Armbewegung vom Tisch. Sie fielen zu Boden. »Alles bloß Spielzeug, und dennoch verspotten sie mich, indem sie bestätigen, was ich ohnehin weiß.«

»Wenn Ihr nichts davon benutzt, woher bekommt Ihr dann Eure Antworten?«

Er sah mich an, als wären mir Hörner gewachsen.

»Ich stelle Fragen.«

»Das ist mir klar, aber *wem* stellt Ihr Eure Fragen? Einer Kristallkugel? Einer Schale mit Wasser? Dem Innenleben eines toten Tieres?«

»Ich werde es Euch zeigen«, sagte Rhett, faltete seine Hände und begann, Däumchen zu drehen. Er machte sich nicht die Mühe, irgendwelche mystischen Gesten zu vollführen oder haarsträubende Invokationen zu intonieren, sondern fragte einfach: »Wieso fallen Vögel vom Himmel?«

Ich wollte ihn gerade daran erinnern, daß dies die Frage war, die *ich ihm* gestellt hatte, als plötzlich das ganze Zimmer unter der Kraft einer STIMME erbebte, die fürchterlicher war als jede, die ich je zuvor gehört hatte – und das schloß sogar die meines Vaters mit ein.

ICH DACHTE, DAS HÄTTE ICH DIR BEREITS MITGETEILT, sagte sie ungeduldig.

»Mein Klient möchte es mit eigenen Ohren hören.« Ich zitterte wie Espenlaub, aber Rhett tat so, als wäre es nichts Besonderes, der STIMME des Weltuntergangs zu lauschen. Er wirkte sogar etwas gelangweilt.

NA SCHÖN. ABER ACHTE DIESMAL AUF DAS, WAS ICH SAGE. DASS ICH BIS ALLE EWIGKEIT ZEIT HABE, BEDEUTET NICHT, DASS ICH ES SCHÄTZE, MICH ZU WIEDERHOLEN. ES SOLL FEDERVIEH VOM HIMMEL STÜRZEN, SOLANGE DAS MYSTISCHE GLEICHGEWICHT ERZÜRNT IST. IST DAS JETZT KLAR?

Ich nahm all meinen Mut zusammen und piepte: »Welches mystische Gleichgewicht?«

Meine Frage war an Rhett gerichtet, doch die Stimme besaß offenbar auch ein Ohr, weil sie mir postwendend antwortete: »WELCHES MYSTISCHE GLEICHGEWICHT, WAGT DER STERBLICHE WURM ZU FRAGEN? ZWEIFELT ER ETWA DIE EXISTENZ DES MYSTISCHEN GLEICHGEWICHTES AN?

»N-nein, es ist nur – es ist nur das erste Mal, daß ich davon höre, daß es so etwas wie ein Mystisches Gleichgewicht überhaupt gibt.«

GANZ EINFACH, ES *MUSS* EIN MYSTISCHES GLEICHGEWICHT GEBEN, WEIL *ETWAS* TODSICHER ÜBERAUS ERZÜRNT IST! MAN GEHT DOCH NICHT NACH DRAUSSEN, SCHAUT NACH OBEN, UM ZU SEHEN, WIE DAS WETTER IST, UND BEKOMMT EINEN STRAUSSENVOGEL INS GESICHT, WENN MIT DEM MYSTISCHEN GLEICHGEWICHT ALLES IN BUTTER IST, ODER WAS MEINT ER?

»Könntest du ... Äh, könntet *Ihr* uns verraten, wieso das Mystische Gleichgewicht erzürnt ist?« fragte ich mit piepsiger, leiser Stimme. »Wenn es nicht zu viele Umstände macht? Bitte?«

»*Ich* könnte es Euch verraten«, warf Rhett ein.

ABER ICH *WERDE* ES IHM VERRATEN, WEIL ER MICH SO NETT DANACH GEFRAGT HAT, unterbrach die Stimme ihn. WENN ES ETWAS GIBT, DAS DAS MYSTISCHE GLEICHGEWICHT NOCH MEHR ERZÜRNT ALS ALLES ANDERE, SO IST DIES UNGERECHTIGkeit. Eure Welt weist mehr als ihren gerechten Anteil an dieser Ungerechtigkeit auf, aber soweit ich weiss, ist die grösste Ungerechtigkeit, die es zur Zeit gibt, dass der rechtmässige König von Wingdingo-Land zu Unrecht von seinem boshaften Bruder erschlagen und um den Thron gebracht wurde. Glücklicherweise ist ein legitimer Nachkomme des Königs vorher aus dem Palast gebracht und in Sicherheit verwahrt worden. Solange bis nun der rechtmässige Erbe von Wingdingo-Land den Thron bestiegen hat, wird die Erde weinen, das Meer trauern und der Himmel Geflügel regnen lassen.

»Das ist ja fürchterlich!« stieß ich hervor. »Das Königreich muß sich ja in Aufruhr befinden!«

Kaum. Das Ganze geschah vor achtzehn Jahren, so dass die Leute Zeit hatten, sich an die Situation zu gewöhnen.

»Achtzehn Jahre ist es her, und das Mystische Gleichgewicht ist erst jetzt über diese Ungerechtigkeit erzürnt?«

Ja, wäre er denn glücklicher, wenn das Mystische Gleichgewicht schon vor achtzehn Jahren begonnen hätte, Truthähne auf ihn hinabregnen zu lassen? Der Erbe war nur ein Säugling, als der Usurpator die Herrschaft an sich riss. Wenn man einen Säugling auf den Thron setzt – rechtmässiger Erbe hin und her – dann hat man damit viel mehr Ärger, als wenn man erst einmal abwartet und die rechtmässige Herrschaft in Wingdingo-Land erst dann wiederherstellt, nachdem dieser Thronerbe nicht mehr in die Windeln macht und vor allem diesen Pubertätsunsinn hinter sich hat. Das Mystische Gleichgewicht ist schliesslich nicht dumm.

»Hm«, antwortete ich zweifelnd. »Na ja, jetzt wissen wir wenigstens, was nicht in Ordnung ist. Ich werde König Steffan davon unterrichten, und er kann ein Heer nach Wingdingo-Land schicken, das den rechtmäßigen Erben wiederein ...«

Welchen rechtmässigen Erben? fragte die Stimme.

Hätte es ein Gesicht gehabt, dann hätte es spöttisch gegrinst.

»Jetzt erzählt mir nicht, daß es gar keinen rechtmäßigen Erben mehr gibt!« rief ich aus. »Ich möchte nicht bis in alle Ewigkeit bis zu den Fußgelenken in Albatrossen stehen!«

Oh, es gibt einen rechtmässigen Erben. Von Pflegeeltern in völliger Sicherheit aufgezogen. Ich könnte ihm sogar sagen, wo er nachsehen muss. Aber das werde ich nicht tun.

»Würde es mir helfen, wenn ich fragte, wieso nicht?«

Das ist keine Gemeinheit von mir! ich bin normalerweise wirklich freigiebig, was Informationen aller Art angeht. Ich bin Marshmellow der Freund der Wahrsager und Gott der kleinen Notlügen. Ich bin der Grund, aus dem Rhett ein derart zuverlässiger Wahrsager ist. Vor Jahren leistete er vor meinem Altar einen Eid der Abkehr. Fortan wollte er seinen Kunden stets nur die Wahrheit über ihre Probleme und ihre Zukunft mitteilen. Ich muss sagen, ich war beeindruckt. Ich hatte ihn für klüger gehalten. Als Gegenleistung für seinen Eid verpflichtete ich mich, jede Frage zu beantworten, die er mir stellte, es sei denn, dass dadurch das Mystische Gleichgewicht erzürnt, oder die Antwort ihn zu gross für seine Stiefel machen würde. Oder dass mir aus Gründen, die ihn nichts angehen, einfach nicht danach ist, die Frage zu beantworten. Er erlangte die Gabe der perfekten Vorhersage und verlor alle seine Kunden bis auf die Allermutigsten. Oder was glaubt er, wieso Rhett auf dieser Müllhalde lebt?

»Ich liebe dieses Haus«, stieß Rhett zwischen zusammengebissenen Zähnen hervor. »Ich finde es sehr … malerisch.«

Ein sehr wahrheitsgemässer Weg zu sagen, dass es heruntergekommen und älter als mein Grossvater ist. Nein, Kendar, der Grund, aus dem ich ihm nicht die Identität des rechtmässigen Erben verraten werde, ist, dass ich nicht will, dass er mit einem Heer auf der Unterseite einfällt. Ein Heer ist niemals besonders sub-

TIL. GROSSE ANSAMMLUNGEN VON MÄNNERN MIT SCHWERTERN UND SPEEREN, SCHILDEN UND KATAPULTEN KÖNNEN EINFACH KEIN GEHEIMNIS BLEIBEN ODER BEWAHREN. SOBALD DIE SOLDATEN IN DIE NÄHE DER UNTERSEITE KOMMEN, WIRD KÖNIG WULFDOTH DER USURPATOR DAVON ERFAHREN. SOBALD SIE DIE GRENZEN VON WINGDINGO-LAND ÜBERSCHRITTEN HABEN, WIRD ER ALLES ÜBER DEN RECHTMÄSSIGEN ERBEN WISSEN, UND BEVOR JEMAND ›GRUNDLOSE GEWALTANWENDUNG‹ SAGEN KANN, WIRD KÖNIG WULFDOTH ODER EINER SEINER SPIONE DEN ERBEN FINDEN, BLANKER STAHL WIRD BLITZEN, UND DANN BOHRT SICH DIE SPITZE ...

»Ja ja«, sagte ich. »Ich habe kapiert.«

DANN SORGE ER DAFÜR, DASS DIES DEM RECHTMÄSSIGEN ERBEN NICHT GESCHIEHT.

»Also wäre es das Beste, daß ich den rechtmäßigen Erben auf eigene Faust finde.« Ich hoffte, daß Marshmellow mir noch einmal widersprechen würde, aber er tat's nicht. Mist!

»Sobald ich sicher bin, daß der Erbe in Sicherheit ist, kann ich König Steffans Truppen herbeirufen, damit sie sich um König Wulfdoth kümmern. Ich verstehe. Ihr habt recht.«

NATÜRLICH HABE ICH RECHT. ES WÜRDE AUCH NUR SEHR WENIG SPASS MACHEN, EIN GOTT ZU SEIN, WENN MAN NICHT WENIGSTENS GELEGENTLICH RECHT HÄTTE.

»Es tut mir leid, ich wollte nicht unehrerbietig erscheinen, aber ich habe mich noch nicht so recht daran gewöhnt, in Euch einen Gott zu sehen, Marshmellow. Meine Familie war stets orthodox wedwelistisch.«

ICH HAB'S GEWUSST! ICH WERDE WEDWEL VON IHM GRÜSSEN!

Plötzlich erschien der Raum irgendwie größer. Marshmellow war weg. Es war nun wieder einfacher zu atmen, aber ich konnte nur seufzen.

»Ihr fragt Euch, wie Ihr diese Queste erfüllen sollt«, sagte Rhett. »Fürchtet Euch nicht; Ihr werdet nicht allein auf die Unterseite reisen. Ich werde Euch begleiten.«

»Ihr? Aber wieso ...?«

»Wäre ich nicht ein Narr, Euch zu erlauben, Gladderadatsch zu verlassen, bevor Ihr meine Dienste bezahlt habt?« Rhett brachte seine Lippen beinahe dazu, sich zu einem menschenähnlichen Lächeln aufwärts zu krümmen. »Ihr habt die Antwort auf Eure Frage erhalten und müßt nun meinen Preis bezahlen.«

»Das wird kein Problem sein.« Ich griff nach König Steffans Börse.

Rhetts Hand schloß sich um mein Handgelenk, bevor ich den Seidenbeutel hervorziehen konnte. »Habe ich etwas von Geld gesagt? Ihr seid ein Zauberer, und ich wünsche, in Magik bezahlt zu werden.« Er betonte das Wort, als wüßte er *genau*, um was es sich dabei handelte.

»Ich bin nicht sehr gut ...«

»Ich weiß. Ich verlange auch keinen Anteil an Eurer Magik, Kendar Gangle. Da ich mein Talent genutzt habe, um Euch bei *Eurem* Problem zu helfen, müßt Ihr Eures anwenden, um mir bei meinem beizustehen.«

Sein Problem ... »Anisella?«

»Anisella.«

»Na, Ihr scheint mir Wahrheiten derart zu lieben, daß ich Euch eine mitteilen will: Ich glaube, daß Euer Problem mit Anisella zunächst einmal darin besteht, daß sie Eure Sklavin ist. Ich weiß nicht viel über Frauen ...«

»Ich weiß.«

»... aber ich bezweifle, daß sie es genießen, irgend jemandes Sklavin zu sein. Wenn Ihr wollt, daß sie sich in Euch verliebt ...«

»Ich möchte sie heiraten. Ich möchte sie seit Jahren heiraten. Aber das werde ich nie können. Der Fluch steht dem entgegen.«

Sein Gesicht verdüsterte sich. Beinahe bemitleidete ich ihn.

»Glaubt Ihr denn, ich wollte, daß sie meine Sklavin ist, Kendar Gangle? Es war die Idee ihres Vaters. Er brachte sie zu mir, als sie dreizehn war. Ich war nur sieben Jahre älter, aber ich legte vor Marshmellow den Eid der Abkehr vom Flunkern ab, als ich fünfzehn war und gerade die Seherschule abgeschlossen hatte. Deshalb besaß ich bereits einen recht guten Ruf, zuverlässige Prophezeiungen auszusprechen.

Bis zum heutigen Tag kann ich es nicht fassen, daß solch ein Mann der Vater eines wunderbaren Geschöpfes wie Anisella sein kann! Er befahl mir, die Zukunft des Mädchens offenzulegen. Ich befragte Marshmellow und hörte als erster das furchtbare Urteil: Sie war verflucht. Anisella würde Tod, Zerstörung und kompletten Ruin über den bringen, der sie zuerst heiratete – genauso wie über den, der sie in die Ehe gab.«

Nun bemitleidete ich den Wahrsager tatsächlich.

»Anisella sprach davon, daß ihr Vater sie an Euch *verkauft* hätte. Ich nehme an, er wollte so vermeiden, sie wegzu-*geben*.«

»Ja, dieser Feigling. Ich stimmte dem Ganzen nur zu, um sie vor einem schlimmeren Herren zu bewahren. Ihr habt ja gesehen, wie schön, erlebt, wie freundlich, und gehört, wie klug sie ist (es sei denn, sie spricht zu Eurem Kater, muß ich zugeben), aber Ihr wißt nicht, wie anständig sie ist. Sobald sie von ihrem Schicksal wußte, nahm sie einen Eid auf sich. Sie schwor bei Vlau, der Göttin der Einhörner, zu keinem Mann mehr als eine rein freundschaftliche Beziehung zu unterhalten, bevor der Fluch nicht gebrochen ist.«

Ich spürte, wie mir das Blut in die Wangen stieg, aber ich verfolgte meinen Gedankengang weiter und sagte: »Ich dachte, der Fluch läge auf dem, der sie zuerst heiratet, und nicht auf dem, der sie zuerst, äh, um, ja, öh ...«

»Sie ist auch ein sehr *empfindliches* Mädchen«, informierte mich Rhett. »Sowohl seelisch als auch körperlich. Ich nehme an, daß Ihr ihre Kleidung bemerkt habt?«

Ich schluckte mühsam, biß mir in die Unterlippe und flüsterte: »Möglich.«

»Sie kleidet sich nicht freiwillig so. Sie kann nicht allzuviel Kleidung tragen – sie sagt, sie erstickt sie –, und das bißchen, das sie trägt, muß aus Kettengewebe bestehen, weil sie gegen Tuch allergisch ist.

Sie weiß im übrigen auch, daß Flüche heimtückisch sind. Obwohl der Fluch nur demjenigen Tod, Zerstörung und kompletten Ruin verheißt, der sie als erster heiratet, gibt es eine Anzahl Stämme auf Orbix, die es als Heirat verstehen, wenn der Mann und die Frau nur, äh, um, ja, öh, man kann es ja auch als ›zur Frau nehmen‹ bezeichnen, Ihr versteht …«

»Ah! Ja, ich verstehe. Vollkommen. Nun, das war anständig von ihr.«

»Sehr anständig.« Rhett sah elend aus. »O ja, sehr, sehr anständig.«

Wenn Anisella noch etwas anständiger gewesen wäre, dann wäre er in Tränen ausgebrochen.

KAPITEL 8

»Ich hoffe, daß Rhett bald zurückkommt«, sagte Anisella. »Ich bekomme Gänsehaut von diesem Ort.« Dank ihrer Kleidung konnte man sehen, daß dies auf praktisch jeden Quadratzoll ihrer Haut zutraf. Ich konnte ihr nicht verübeln, sich unbehaglich zu fühlen. Hafenkneipen sind normalerweise auch kein Ort, zu dem man ein empfindsames Mädchen mitnimmt, aber die Hafenkneipen von Lavernshaven sind kein Ort, zu dem man einen vollgerüsteten Barbarenkrieger mitnimmt.

»Keine Sorge«, versuchte ich, sie zu beruhigen. »Er ist bloß losgezogen, um uns eine Passage zur Unterseite zu besorgen. Die Seereise ist schneller als der Weg über Land. Das Problem ist nur, daß zu dieser Jahreszeit nicht viele Schiffe diese Route befahren.«

»Ich verstehe nicht, wieso Sehe-Alles-Weiß-Alles nicht einfach vorhergesagt hat, wo wir ein Schiff finden«, warf Scandal ein. Er saß auf seinem Lieblingsplatz, nämlich Anisellas Schoß. Er behauptete, sie habe ihn als Leibwache engagiert, und sie war einfach zu nett, ihm ins Gesicht zu sagen, daß er log.

»Auch Rhett kann nicht alles vorhersagen«, antwortete Anisella und streichelte den Kater. »Sein Wissen stammt hauptsächlich von Marshmellow, und manchmal hat er eine spontane Vision. Er hat keine Kontrolle über das, was er aus den Visionen erfährt, und er kann Marshmellow nicht wegen jeder Kleinigkeit behelligen.«

»Ihr habt Rhett sehr gern, oder?« brachte ich hervor. Seit wir Reisegefährten auf dem Weg zur Unterseite waren, hatte ich jeden Augenblick, den ich mit Anisella allein war, genutzt, um mehr über ihre Gefühle Rhett gegenüber herauszufinden. Ich mußte wissen, ob sie seine Gefühle erwiderte. (Das war nämlich eine der Fragen, die zu beantworten Marshmellow sich weigerte.)

Die Sklavin zuckte mit den Schultern. »Wir sind nur gute Freunde.« Ich hatte keine Ahnung, ob sie das wirklich so meinte oder nicht. Sie seufzte und sah sich in der Kneipe um. »Hoffentlich beeilt er sich.«

Ich stimmte ihr zu. Geheimhaltung war oberstes Gebot für unsere Aufgabe, und in einer Absteige wie dieser herumzuhocken, wo wir ungefähr so unauffällig waren wie eine Spinne auf einer Hochzeitstorte, trug nicht gerade dazu bei. Wir paßten einfach nicht zu den anderen Gästen. Wir hatten zum Beispiel keine Hauer, und selbst auf einem Familientreffen der Trolle konnte man Gestalten sehen, die menschlicher waren als der durchschnittliche Gast dieser Herberge. Ich mochte die Blicke nicht, mit der sie Anisella von letzten störenden Kleidungsresten zu befreien versuchten. Ich mochte auch die Blicke nicht, mit denen einige von ihnen *mich* betrachteten.

Und dann wurde die Türe aufgestoßen. Ein Windstoß, der salzigen Meeresgeruch hereintrug, durchflutete die Gaststube. Die Gäste rissen erstaunt die Augen auf (zumindest die, die zwei Augen besaßen), denn im Türrahmen stand eine hochgewachsene, geschmeidige, auffällige Gestalt mit flatterndem schwarzen Umhang, blitzenden schwarzen Stiefeln, enger schwarzer Hose, wohlausgestattetem schwarzen Waffengurt und einer schwarzen Maske, die die obere Hälfte seines Gesichtes verbarg. Ich kannte das Kostüm. Ich kannte auch das Schwert. Ich kannte zwar den Namen des Mannes nicht, aber ich erkannte seine Staffage.

»Scandal, das ist der Schwertkämpfer, der uns vor Strebligs Bande gerettet hat«, flüsterte ich.

»Red keinen Unsinn. Der müßte jetzt doch schon lange wieder in der Bathöhle sein.«

»Wie kannst du wissen, wo er wohnt?« Der Kater erstaunte mich immer wieder.

»Ich hab' den Film gesehen. Ist auch egal. Jetzt hast du wenigstens die Chance, dem bekloppten Kapuzenmann ›Danke‹ zu sagen.«

Tatsächlich; er hatte uns gesehen und kam an unseren Tisch. Er bewegte sich mit solcher Anmut und mit solchem Selbstbewußtsein, daß das versammelte Hafengesindel seine Bewegungen mit einer Mischung aus Haß und Neid beobachtete. Einer warf ohne jeden Grund einen Bierkrug in seine Richtung. Der Fremde hielt nicht in seinem Schritt inne, drehte sich nicht um, duckte sich auch nicht, sondern benutzte sein Schwert, um den Krug in einer einzigen fließenden Bewegung abzuwehren und in das Gesicht des Angreifers umzulenken.

»Oooooh!« Ein Hauch heißen Atems versengte mein Ohr. Ich schaute über meine Schulter und sah Anisella mit offenem (süßem) Mund, feuchten zitternden Lippen dasitzen, die bernsteinfarbenen Augen glühten, ihr Mieder bebte. Sie starrte auf die Gestalt in Schwarz. Es hörte sich nicht so an, als wollte sie nur seine gute Freundin sein; es hörte sich eher so an, als wollte sie ihn *näher* kennenlernen.

Der maskierte Schwertkämpfer erreichte unseren Tisch und fixierte mich mit stahlhartem Blick. »So treffen wir uns wieder«, grollte er.

Scandal hüpfte von Anisellas Schoß auf meinen, legte seine Pfoten auf meine Schultern und flüsterte verschworen: »Ein guter Rat, Chef. Wenn er dir sagt, sein Name sei Inigo Montoya und du hättest seinen Vater ermordet, dann streite nicht mit ihm; hau ab wie Hades!«

Ich begriff nicht. »Wenn er behauptet, mein Name sei Hades, tue ich was?« fragte ich zurück.

»Darf ich mich zu Euch setzen?« fragte der Schwertkämpfer.

»Aber *sicher*«, hauchte Anisella. »*Bitte!*«

»Ja, bitte«, stimmte ich zu, aber längst nicht so sehnsuchtsvoll wie Anisella. »So ein Zufall, daß wir uns hier treffen. Laßt mich Euch einen ausgeben. Ich habe nie Gelegenheit gehabt, Euch dafür zu danken, daß Ihr uns im Dreg das Leben gerettet habt, als ...«

»Vergeßt es einfach. Nicht der Rede wert.« Er setzte sich neben mich und schlug seine Kapuze zurück. Kurze Locken goldenen Haares glitzerten im schummrigen Licht der

Kneipe. Anisella verkündete, sie reagiere allergisch auf ihren Stuhl, und setzte sich auf den, der unserem Gast am nächsten war.

Es war gar nicht so leicht, dem maskierten Schwertkämpfer etwas zu trinken zu bestellen. In dieser Kneipe gab es keine hellseherisch begabten Schankmägde. Mal davon abgesehen, daß die meisten Kellner sich als männlich erwiesen, wenn man erst einmal herausgefunden hatte, woran man sie unterscheiden konnte. (Die Tätowierungen der Kellnerinnen waren in Pastellfarben gehalten, und sie zielten besser beim Spucken.) Zum anderen trugen die Kellnerinnen keine Kristallkugeln, sondern Dolche. Und zu guter Letzt war die einzige Vorhersage, die für sie wichtig war, wann die nächste Schlägerei ausbrechen würde. Wenn man die Aufmerksamkeit der Bedienung erregen wollte, warf man mit irgend etwas nach dem Mann hinter der Theke.

Ich sah mich immer noch nach etwas Werfbarem um, als unser Gast sich erhob, ein schlankes Bein auf seinen Stuhl stellte und mit den Fingern schnipste. Sofort war unser Tisch von sämtlichen auch nur entfernt weiblichen Serviererinnen des Etablissements umstellt.

»Eine Runde original Delphinium-Met für alle«, sagte er. »Jawohl, Delphinium, der Met der Sieger!«

Die Kellnerinnen schwirrten ab, und er setzte sich wieder.

»Ich wußte, daß Ihr ein Sieger seid«, hauchte Anisella und schnurrte dabei schlimmer als Scandal. Sie verschränkte die Arme, stützte diese auf den Tisch, stützte sodann ihr wohlgefülltes Mieder auf die Arme und schob absichtlich noch die Schultern vor. Drei Matrosen am Nachbartisch ereilte das Schicksal, gerade in diesem Moment einen Blick in ihre Richtung zu werfen. Die armen Kerle waren auf den Anblick einfach nicht vorbereitet. Alle drei griffen sich an die Brust (etwas Besseres konnten sie nicht tun), riefen »Aaargh!« aus und fielen mit glückseligen Gesichtsausdrücken hintenüber. Der ansässige Taschendieb des Etablissements wühlte sich durch ihre Habseligkeiten und tat dabei sein Bestes, *nicht* in Anisellas Richtung zu schielen.

»Und nun eine Neuigkeit aus dem Bereich der Mythologie!« rief Scandal. »Wie aus gewöhnlich gut informierter Quelle verlautet, war es nicht der *Blick* der Medusa, der Menschen in Stein verwandelte. Es sei denn, sie hatte Augen auf ihren …«

An der Theke begannen die Kellnerinnen einen heftigen Streit darüber, welche von ihnen unserem geheimnisvollen Gast servieren sollte. Es dauerte nicht lange, bis die Auseinandersetzung gewaltsam wurde. Ich erkannte schnell, daß man hier gerne Tabletts, Krüge und diverse kleinere Einrichtungsgegenstände dazu benutzte, seinen Gegner von der eigenen Sichtweise der Dinge zu überzeugen und die Überlegenheit der eigenen Argumente zu sehen. Sterne übrigens auch. Als unsere Bestellung fertig war, ging die Ehre, sie an unseren Tisch zu bringen, an das einäugige Mädel, das so schlau und gewandt gewesen war, ihr Holzbein abzuschrauben und als Schlagstock gegen ihre Rivalinnen zu benutzen.

Sie hüpfte an unseren Tisch und stellte die metgefüllten Krüge vor uns hin. Ich hörte ein Zischen, als die Schankmagd länger als nötig brauchte, um unseren Gast zu bedienen. Es stammte von Anisella, die vor sich hin kochte.

»Danke, *Liebes*, Ihr könnt jetzt gehen«, wies sie die Magd an. Vielleicht dachte sie, sie würde dabei lächeln, aber für mich sah sie wie jemand aus, dem man die Zähne zusammengeklebt und die Lippen weggezogen hatte.

»Ich bin 'ne ausgebildete Proffessjonelle, *Schätzchen*«, antwortete die Schankmagd. »Ich entscheide selber, wann ich genuch getan hab'.«

Sie fuhr fort, unserem Gast den Met in den Mund zu löffeln. Der Maskierte tat nichts, um sie daran zu hindern, wirkte aber auch nicht gerade, als genösse er das Ganze.

»Oh, ich wollte Euch nicht vorschreiben, wie Ihr Eure Arbeit zu tun habt, *Süße*«, gab Anisella zurück. »Ich kann schließlich sehen, daß Ihr schon sehr, sehr, sehr, *sehr* lange im Geschäft seid. Eine Erfahrung von Jahren und Jahren und Jahren …«

»Ja, meine Güte, *Goldkind*«, fauchte die Kellnerin, »das hört sich ja so an, als würd' ich hier schon seit damals arbeiten, als du noch deine *natürliche* Haarfarbe getragen hast.«

»Das ist die Haarfarbe, mit der ich geboren wurde, *Liebling*«, schnaubte Anisella, erhob sich und stemmte die Fäuste auf die Tischplatte. Sie warf ihre rotbraune Mähne in den Nacken. Nintari pflegte die gleichen Bewegungen zu machen, kurz bevor er versuchte, mich zu beißen.

»Ja, is'n das die Möglichkeit!« Die Schankmagd beugte sich vor und linste mit ihrem guten Auge nach Anisella. »Hätt' ich jetzt echt nich' gedacht! Weißt du, *Herzchen*, ich find' es einfach großartig, wie gut die Perückenmacher sich heutzutage auch noch um die allerschlimmsten Fälle kümmern – sogar mit der echten Farbe und allem.«

Anisella kümmerte sich um das heile Auge der Kellnerin – mit einem gezielten Faustschlag.

»Bulls Eye!« rief Scandal hämisch auf meinem Schoß. »Alle Neune! Und jetzt geht's lohoos!«

Aber er wurde enttäuscht. Mit der gleichen Perfektion, die sie in allem an den Tag legte, reichte Anisellas Treffer, um die Kellnerin erst einmal auszuschalten und den Kampf zu beenden, bevor er richtig begonnen hatte. Die Schankmagd brach unter den Jubelrufen der geschlagenen Kolleginnen im Schoß unseres Gastes zusammen.

»O nein, schaut Euch diese Sauerei an!« rief Anisella aus. »Laßt mich das wegmachen!«

Anisella war die einzige mir bekannte Person, die es schaffte, auch in einem Kettenhemd vor Aufregung herumzuflattern. Nun flatterte sie um den Tisch und stieß mit einem Stiefeltritt die betäubte Kellnerin vom Schoß unseres geheimnisvollen Gastes.

»Hoppla!« rief sie, als sie vorgab, das Gleichgewicht zu verlieren und auf die Stelle fiel, die ihre Rivalin gerade freigemacht hatte.

»Meine Güte, so geht das aber nicht«, sagte sie und errötete. »Da sitze ich hier auf Eurem Schoß und weiß nicht einmal Euren Namen.«

Der Maskierte hob sein Kinn und sagte zum Kronleuchter: »Nennt mich … Klinge der Gerechtigkeit.«

»Kendar Gangle«, sagte ich und versuchte mit meiner

Hand zwischen ihn und Anisella zu kommen, um ihm die Flosse zu schütteln. Leicht war das nicht.

»*Meister* Kendar, um genau zu sein, Hofzauberer von …«

»… unserem guten König Steffan.«

Nicht noch ein Gedankenleser! flehte ich. *Mein Gehirn kommt mir schon vor wie eine öffentliche Anschlagtafel.*

»Ihr müßt wissen, daß es König Steffan selbst war, der mich zu Eurem Schutz abkommandiert hat«, erklärte der Schwertkämpfer. »Obwohl unser guter König der letzte wäre, der Zweifel an Euren zauberischen Fertigkeiten äußern würde, gibt es doch Zeiten, da ein gutes, sauberes Stück Stahl ein besserer Freund ist als der raffinierteste Zauberspruch.«

In einer eleganten Bewegung glitt er von seinem Stuhl und ließ die verdutzte Anisella allein darauf zurück. Er nahm eine breitbeinige Haltung an und ließ sein Schwert aus der Scheide peitschen. Alle Nachbartische waren plötzlich wie leergefegt. Wer in Lavernhaven kühlem Stahl zu nahe kam, starb leicht den Kältetod.

»Dann seid Ihr uns gefolgt?«

»Aye.« Sein Schwert glitt mit einem fiesen Schaben zurück in seine Hülle. »Wie es meine Pflicht war, habe ich Euch nicht aus den Augen gelassen. Bis zu diesem Augenblick war ich in der Lage, dies im Geheimen zu tun. Aber da Ihr Euch nun aufmacht, an Bord eines Schiffes zu gehen, kann ich mich nicht mehr in den Schatten verbergen. Euer Ziel ist auch mein Ziel! Wenn Ihr ablegt, werde ich an Eurer Seite sein!«

»Und was ist, wenn ich Euch nicht an meiner Seite wünsche?«

Ich war ein wenig über den Maskierten verärgert. Es gefiel mir nicht, daß König Steffan der Meinung war, ich bräuchte einen Beschützer. Es erinnerte mich alles ein wenig an meinen Vater – oder, um ehrlich zu sein, an das, was mein Vater dauernd meiner Mutter zubrüllte: »Abstemia, was *dein* Sohn braucht, ist ein verdammter *Babysitter*!«

»Aber Kendaaaar«, quengelte Anisella. »Ich glaube nicht,

daß du faaair bist. Wenn König Steffan sich schon die Mühe macht, eine Klinge der Gerechtigkeit einzustellen …«

»Ihr könnt mich einfach ›Klinge‹ nennen«, bot der Maskierte galant an.

»… dann wäre es einfach nicht richtig, ihn zurüüückzuweisen.«

Ich kaute nachdenklich auf meiner Unterlippe. »Wenn ich Euch befehle, wegzugehen und uns allein zu lassen, würdet Ihr mir gehorchen?«

»Ich bin die Klinge der Gerechtigkeit. Wo immer Ungerechtigkeit herrscht, bin ich berufen, sie aufzuspüren und zu beenden. Ich weiß, daß Ihr aufbrecht, eine *große* Ungerechtigkeit zu beenden. Kann ich einem derartigen Ruf widerstehen? Ich könnte Euch versprechen, wegzugehen und Euch allein zu lassen, aber ich würde es nicht tun. Statt dessen würde ich Euch nachschleichen.« Er lächelte nett. »Ich bin sehr gut im Schleichen. Außerdem hat der König mich im voraus bezahlt.«

»In diesem Fall würde ich es vorziehen, ein Auge auf Euch haben zu können, während Ihr ein Auge auf mich habt. Also gut, Klinge, Ihr seid dabei.«

Wir schüttelten uns die Hände. Er hatte eine glatte Haut und feine Knochen, aber einen festen Händedruck.

Als Rhett zurückkam, um uns mitzuteilen, daß er ein Schiff gefunden hatte, stellte ich ihm Klinge vor.

»Sehr erfreut«, sagte der Wahrsager, obwohl es nicht wahr war. Rhett war sofort aufgefallen, daß Anisella den Schwertkämpfer mit den Augen auszog.

»Ich habe den Kapitän aber nur für drei Passagiere bezahlt.«

Klinge schlug seinen Umhang zurück und wies auf einen prall gefüllten Lederbeutel an seinem Gürtel. »Ich werde für meine Spesen selbst aufkommen.«

Wir bezahlten beim Wirt für unseren Met und die Blessuren an seiner Kellnerin, dann folgten wir Rhett zum Landungssteg unseres Schiffes.

»Oh-oh«, sagte ich, als ich das Schiff erblickte.

»Was ist nicht in Ordnung?« fragte das Orakel. »Sie fährt

dahin, wo wir hin wollen, und sie ist voll seetüchtig. Kein anderes Schiff fährt zur Unterseite.«

»Ja, aber ...«

»Ich weiß, ich weiß. Für Euch sieht es so aus, als wäre das Schiff von Monstren bemannt. Wahrscheinlich habt Ihr noch nie zuvor die tierischen Bewohner der Unterseite erblickt – die Umgewandelten, meine ich. Es heißt, es sei während der letzten Gestaltwandlung von Orbix, während der Großen Verrenkung, geschehen. Ein wenig von der Zauberkraft, die den Planeten bewog, seine jetzige Gestalt anzunehmen, wurde durch einen Riß in der Oberfläche in die Atmosphäre geschleudert. Diese Wolke der Macht ging auf die Unterseite nieder und gab einigen Tieren die Fähigkeit zu sprechen.«

»He, Moment mal!« wandte Scandal ein. »Ich bin ein Tier, ich kann sprechen, aber ich sehe mit gleicher Sicherheit wie Shirley MacLaine nicht so aus wie einer von *denen da*!«

Er beäugte die Unterseitler-Seemänner – Seetiere –, wie sie langsam ihre Aufgaben an Deck verrichteten. »Mann, sind die *häß*lich!« sagte er voller Abscheu.

»Wir sind doch schon vorher Unterseitlern begegnet, Scandal«, erinnerte ich ihn. »Weißt du noch, wie wir den umherziehenden Haferschleimhändler getroffen haben? Er war ein Bär, und sein Wagen wurde von gleichaussehenden Goldlöckchen gezogen. Den fandest du doch nicht häßlich.«

»Ein Bär ist ein Bär, aber einiges von dem, was da vorne rumkrabbelt, sieht so aus wie das, was man normalerweise nur unter großen Steinen findet – oder sich aus der Nase puhlt.« Scandal stieß einen Haarknäuel-Alarm aus.

»Ich gebe zu, daß der Wechsel nicht allen Tieren gegenüber gleichermaßen gerecht gewesen ist«, sagte Rhett. »Einige wurden zum Beispiel nur unverhältnismäßig groß, ohne die Gabe der Sprache zu erlangen. Sie wurden entweder eingefangen und für Arbeiten eingespannt, oder sie blieben frei und wurden zu Legenden. Noch heute erzählt man sich im Königreich von Wingdingo-Land von dem großen Helden Siegfried dem Springmaustöter. Das klingt nicht sehr beeindruckend, solange man die Springmäuse nicht gesehen hat.«

»Laufen diese Riesenspringmäuse dort denn immer noch herum?« fragte Scandal sabbernd. »Und wenn, hat jemand daran gedacht, Senf mitzunehmen?«

Der Wahrsager war weise: Er ignorierte den Kater. »Aber einige Tiere erlangten nicht nur die Sprache; ihre Körper wurden so weit verändert, daß sie von Menschen gemachte Werkzeuge, Wagen und Kleidung benutzen können ...«

»Meinst du damit, sie bekamen ein paar hübsche Hosen und wuchsen hinein?« fragte Scandal. »Ich meine: vier Hosenbeine – geht in Ordnung. Zwei Hosenbeine – wird ziemlich dämlich aussehen.«

»Ungeachtet dessen«, fuhr das Orakel fort, »ergab sich nun folgendes: Während sich die verwandelten Tiere langsam an die neue Situation gewöhnten, nutzten einige Menschen die neue Lage aus. Zunächst stellten sie fest, daß einige ihrer Mitmenschen nicht nur die Gabe des Sprechens verloren hatten, sondern auch einen Gutteil ihrer Intelligenz.«

»Pfff!« machte Scandal. »Was soll's. Die meisten Menschen, die ich kenne, wirken wesentlich klüger, solange sie das Maul halten.«

Rhett ging auch auf diese Anmerkung nicht ein. »Diese Leute beschlagnahmten unverzüglich den Besitz ihrer vom Schicksal geschlagenen Freunde, Verwandten und Nachbarn und nahmen diese unter ihre Obhut. Sie behaupteten, dies geschehe zu ihrem eigenen Schutz. Später verkauften sie die Armen als Sklaven an die verwandelten Tiere, denen nie beigebracht worden war, daß Sklaverei schändlich ist. Es war eine Zeit zum Himmel schreiender Ungerechtigkeit.«

»Ich hätte dort sein sollen!« rief Klinge. »Ich hätte dem Treiben Einhalt geboten!«

Und dieses eine Mal warf Scandal *jenen* Blick nicht *mir* zu.

»He, Zorro, du bist ja ein süßer Schlingel, aber Rhett spricht hier über bedeutende kosmische und politische Katastrophen. Für den Fall, daß du in letzter Zeit keine

Nasen mehr gezählt hast, du bist nur einer – *uno, un, one, ichi*, Singular, Solo!«

»Dummes Kätzchen«, sagte Anisella und drohte Scandal scherzhaft mit dem Finger. »Wenn Klinge sagt, er hätte sie aufgehalten, dann hätte er es getan, so viel weiß ich.«

Der arme Kater fröstelte in dem Luftzug, den ihre heftig schlagenden Wimpern verursachten.

»Zu – guter – Letzt«, sagte Rhett, der mit zusammengebissenen Zähnen auf Anisella und Klinge starrte, »zu guter Letzt erlangten die Versklaver das Vertrauen und die Freundschaft der umgewandelten Tiere dadurch, daß sie ihnen Kleidung und Werkzeuge schenkten und sie lehrten, wie Menschen zu leben. Trotzdem hat es auf der Unterseite niemals Kriege gegeben. Die Tiere scheinen an Dingen wie Macht und Herrschaft kein Interesse zu haben. Solange es ihnen gut geht, ihre Kinder glücklich sind und sie genug zu essen haben, kann jeder über sie als König herrschen.«

»Deshalb herrschen auch nur Menschen auf der Unterseite«, fügte Anisella hinzu. »Die Tiere sind ihnen zwar zahlenmäßig überlegen, aber keines möchte König sein. Die meisten von ihnen arbeiten ohnehin noch die Schulden ab, die sie bei denen haben, die ihnen am Anfang Kleidung, Land, Werkzeuge und Sklaven verkauft haben, auch wenn das schon Jahrhunderte her ist. Tiere verstehen nichts von Vertragswerken oder Zins und Zinseszins. Ich erfuhr dies, als ich für meine Examensarbeit recherchierte.« Sie warf Klinge einen weiteren sehr warmen, klebrig-süßen Blick zu.

»Dann ist *dieses* schleimige Ding an Deck ...?« Scandal wies mit einer Pfote auf das Schiff.

Rhett sah in die Richtung. »Eine Nacktschnecke, würde ich sagen. Ich muß zugeben, daß sie wirklich eigenartig aussehen, wenn sie menschengroß sind und Beine haben.«

»Wenn wir jemals auf meine Welt kommen, nehme ich dich mal mit in den Kongreß. Und was ist dieses Ding da? Sieht aus wie ein Flüchtling aus einem miesen Zeichentrickfilm.« Scandal deutete auf ein anderes Mannschaftsmitglied, das grün war.

»Eine umgewandelte Meeresschildkröte. Oder eine Landschildkröte. Ich kann sie nur schwer unterscheiden.«

Ich sah mir die Takelage des Schiffes an und entdeckte einen langarmigen Matrosen, der bäuchlings auf einer Rah lag und mit glücklichem Gesichtsausdruck schnarchte.

»Was ist mit dem?«

»Ein Faultier. Also, gehen wir an Bord? Für die nächsten sechs Stunden arbeiten die Gezeiten für uns. Dieses Schiff benötigt übrigens jede Hilfe, die es bekommen kann, um abzulegen.«

Kein Wunder bei dieser Mannschaft, dachte ich, zögerte aber noch immer. »Schaut einmal, Rhett, ich habe ja nichts gegen sprechende Tiere«, begann ich.

»Einige seiner besten Freunde gehören dazu«, warf Scandal ein. »Aber als ich mich für seine Schwester interessierte, da sprach er plötzlich von dem Wort, das mit ›Kastra‹ beginnt.« Der Kater blinzelte mir zu.

»Mir ist es ernst damit. Wir haben eine lange Reise vor uns, und dieses Schiff sieht nun nicht gerade seetüchtig aus. Und es ist gelb. Wer mag schon ein gelbes Schiff? Ja, verdammt, es sieht nicht einmal *aus* wie ein Schiff!«

»Es ist ja auch kein Schiff«, klärte mich Rhett auf. »Das sollte doch jedem Trottel klar sein.«

»Es *ist* jedem Trottel klar«, bemerkte Scandal.

»Es ist eine Schnecke. Eine stattliche viermastige Riesenschnecke.«

»Eine *Schnecke*?« wiederholte ich.

»Was habt Ihr denn sonst erwartet, Meister Kendar?« Rhett zuckte mit den Schultern. »Das Schiff fährt für den Postdienst.«

KAPITEL 9

Ein köstlicher Duft drang aus der Kombüse des stolzen Schiffes *Eventuell*. Er lockte mich von der Brücke. Ich wollte nachsehen, was schiefgelaufen war. Unser Smutje war langsam (was man ihm nicht anlasten konnte, weil er schließlich eine Schildkröte war), aber zum Ausgleich kochte er fürchterlich. Erwartungsgemäß hätte es aus der Kombüse nach angesengten Schuppen und verbranntem Essen riechen sollen.

In der kleinen Kombüsenbude auf der höchsten Stelle des Schneckenhauses traf ich Anisella an. Sie hatte ihr Haar mit einem dünnen Kupferdraht zusammengebunden. Sie trug keine Schürze – gegen Tuch war sie ja allergisch. Andererseits werden Mieder und Kilt aus Kettengewebe reichlich heiß in der Nähe eines Kochfeuers, und deshalb …

»Oh, hallo, Kendar!« strahlte sie mich an – nicht nur mit ihrem Mund. »Ich hoffe, Ihr habt nichts dagegen, daß ich die Arbeit des Kochs übernommen habe. Ich koche fast so gern, wie ich putze oder die Wäsche wasche. Manchmal werde ich richtig traurig, wenn ich an einem Tag nicht genügend Hausarbeit habe. Aber dann stricke ich für die Waisenkinder und fühle mich gleich viel besser, auch wenn die Wolle meine Finger ganz pickelig macht. Es ist schließlich für einen guten Zweck. Wie lange habt Ihr denn schon hier gestanden?«

»Hugga!«

»Die Mahlzeit ist fast fertig. Ich werde sie servieren, sobald ich wieder in meine Sachen geschlüpft bin. Ich hoffe, Ihr mögt sie.«

»O ja! Ich mag *sie*. Oh, Junge! Sehr sogar. Junge! O ja!«

Sie kicherte. »Wie wollt Ihr das wissen? Ihr habt sie doch noch gar nicht probiert!«

»Schaut mal! Ein Walroß!« schrie ich und nutzte den Vorwand, um meine Augen abzuwenden. »Ach, nee. Doch nicht. Mein Fehler.«

Dennoch spähte ich weiterhin übers Meer. Meine Mutter hat mir zwar beigebracht, daß es zum guten Ton gehört, sein Gegenüber während einer Unterhaltung anzusehen, aber andererseits kannte meine Mutter Anisella nicht. »Sagt mal, äh, wißt Ihr vielleicht, wo Rhett steckt?«

»Nein«, hörte ich in meinem Rücken. »Er verbringt die meiste Zeit in seiner Kabine. Hoffentlich ist er nicht seekrank.«

Anisella schien ehrlich um ihn besorgt zu sein. Ich fragte mich immer noch, ob es nun diese Nur-eine-gute-Freundin-Sache war oder ob mehr dahinter steckte.

»Ihr könntet nachsehen und es herausfinden«, schlug ich vor. Ich wußte, was Rhett krank machte; es war definitiv nicht das Meer. Die See war zwar sehr schön, konnte aber nicht Kilt und Mieder aus Kettengewebe tragen wie Anisella. Oder sie eben *nicht* tragen ...

»Vielleicht später«, sagte sie in dem Tonfall, der ›nie‹ bedeutet. »Er könnte eine Vision haben oder mit Marshmellow sprechen und nicht gestört werden wollen.«

»Vielleicht versucht er herauszufinden, wie man den Fluch aufheben kann, der auf Euch liegt«, erwiderte ich.

»Ach, der.« (Ich sah immer noch in die andere Richtung, aber ich hätte wetten können, daß sie mit den Schultern zuckte. Ich konnte mir ausmalen, wie es aussah, wenn sie, während sie trug, was sie trug, mit den Schultern zuckte. Ihre festen, weißen, runden – *Aaargh*!)

»Ich wünschte, irgend jemand würde einmal ein Buch schreiben, in dem man nachlesen kann, wie man mit bösen Feen umgeht. Es würde der Welt eine Menge Ärger ersparen – und Flüche und Mißverständnisse.«

»Ihr seid von einer bösen Fee verflucht worden?« vergewisserte ich mich. Das war eine Überraschung. »Ich nehme an, Eure Eltern haben vergessen, sie zur Taufe einzuladen, und als all die anderen Feen Euch ihre Geschenke brachten, da tauchte sie auf und legte Euch den Fluch ...«

»Nein, so war es nicht ganz.« (Ich hörte sie in der Kombüse rumoren und in den Töpfen rühren.) »Tatsächlich war die böse Fee die *einzige*, die meine Eltern zu meiner Taufe eingeladen hatten. Sie hat sich prächtig amüsiert und mir ein ausgestopftes rosa Kaninchen geschenkt, das ›Guten Abend, Gute Nacht‹ spielen konnte. Und danach hat sie mir immer ein Geburtstagsgeschenk geschickt: in dem einen Jahr eine Puppe, im nächsten unvergängliche Schönheit, im dritten eine rosa Kettenrüstung. Einmal habe ich sie nach einem Pony gefragt, aber sie schenkte mir nur ein dämliches Drachenei. Wirklich, so was Blödes! Erst mal dauerte es ewig, bis es ausgebrütet war, dann bekamen wir das Junge einfach nicht stubenrein, und dann hat es *Jahre* gebraucht, bis ich endlich auf ihm reiten konnte. Ich hatte auch nicht die Geduld, mich um das Vieh zu kümmern, und es sah mich immer so hungrig an, also habe ich es verschenkt an ...«

Ich klopfte gegen den Türpfosten des Kombüsenhäuschens. »Was hat das alles mit dem Fluch zu tun?«

»Das ist es ja gerade: Ich weiß es nicht!«

(Ich hätte gewettet, daß sie nun ein Schmollmündchen zog. Ihr Mund war ideal dazu geeignet: so rot, so weich, so – *Aufhören, Kendar!*)

»Eines Tages«, fuhr sie fort, »kurz nachdem Mama und ich ein wirklich seltsames Gespräch darüber führten, woher die kleinen Babies kommen, da war ich in meinem Zimmer und hörte einen Streit in der Küche. Ich schlich die Treppe hinunter und fand die Küchentür einen Spalt weit offen, also spähte ich hindurch. Da war sie, die böse Fee, und schrie meine Eltern an. Ich weiß nicht, worum es ging, aber sie rief laut: ›... wenn ich's nicht kann, dann sollt ihr es auch nicht können! Ich lege von diesem Tag an einen Fluch auf sie!‹ Mein armer Papa fragte: ›Welchen Fluch, o furchtbare Acerbia?‹ Sie lachte voller Spott und sagte dann: ›An mir ist es, das zu wissen, und an euch, es herauszufinden. Aber eins verspreche ich euch: Das gibt euch den Rest!‹ Dann verschwand sie. Ich habe sie niemals wiedergesehen. Ein paar Tage später brachte Papa mich zu Rhett. Den Rest wißt Ihr ja schon.«

Was soll man erwidern, wenn einem die schönste Frau der

Welt gerade ihre größte Sorge anvertraut hat? »Und was gibt's zum Abendessen? Hoffentlich nicht schon wieder käseüberbackene Melasse!«

»Vergeßt es!« Diesmal war ihr schrilles Kichern von dem Klimpern begleitet, das Kettengewebe beim Anziehen macht. »Das war ja nun wirklich das einzige, was der frühere Schiffskoch zustande gebracht hat. Ich weiß ja nicht, was Ihr davon haltet, aber ich finde es gar nicht so schlimm, daß die Mannschaft eine ewige Gaffeepause ausgerufen hat, seit der Kapitän uns verlassen hat.«

»Der arme Kapitän Lupus«, sagte ich, als ich mich an den unglücklichen, vom Leben und der Welt enttäuschten Karnickelbock erinnerte. Stets war er in Bewegung gewesen, sprintete von Backbord nach Steuerbord, vom Bug zum Heck, vom Luv ins Lee, um seine Leute dazu zu bringen, schneller zu arbeiten, und konnte dabei froh sein, wenn sie überhaupt etwas taten. »Wie konnte jemand wie er jemals in den Postdienst der Unterseite geraten?«

»Er hat mir erzählt, es sei alles nur ein Irrtum gewesen. Er sollte für das Finanzamt als Steuereintreiber eingesetzt werden. Als er dann zum Postwesen überstellt wurde, versuchte er sofort, von dort wegzukommen. Sie sagten ihm, es wäre kein Problem, es täte ihnen leid, und sie würden ihn so schnell wie möglich wieder zurückversetzen. Das war vor siebzehn Jahren.«Anisella seufzte. »Es wundert mich, daß das arme Häschen nicht verrückt geworden ist. Es war ganz gut, daß er als blinder Passagier auf das Handelsschiff ging, das uns vor zwei Wochen begegnet ist.«

»Gut für uns alle«, meinte ich. »Jetzt, wo das Schiff nicht mehr von der Mannschaft gefahren wird, werden wir die Unterseite in weniger als einem Jahr erreichen.«

Noch ein Seufzer. »Ach, das wäre mir, ehrlich gesagt, egal.«

Ich wußte, woran sie dachte: Klinge. Seit wir an Bord waren, hing Anisella in jeder freien Minute an seinem Umhangzipfel und fragte ihn, ob er irgend etwas wollte. Normalerweise antwortete er, er wollte mit seinen Gedanken über Gerechtigkeit allein sein. Dann bot Anisella ihm an, ihm beim Ersinnen neuer zu helfen.

Im Moment war er mit Scandal in der Takelage der *Eventuell*. Der Kater war gerne dort oben. Er behauptete, der Hauptmast sei der größte Kratzbaum der Welt, was immer das auch sein mochte. Er sprang perfekt von Rah zu Rah und konnte mit seinen Zähnen Seile spannen. Klinge, der maskierte Schwertmeister, war darüber hinaus ein fähiger Seemann. Mit den beiden hatte ich eine gute Mannschaft.

Kapitän Kendar! Klang doch *gut*! Ich wünschte, mein Vater und mein Bruder Basehart wären hier gewesen und hätten mich so sehen können, mit dem Kommando über ein Schiff, dann hätten sie mich wohl respektieren müssen. Vater dachte immer, ich würde in meinem Leben niemals etwas Nützliches tun, nur weil ich nichts daran fand, durch den Wald zu reiten und alles Lebendige zu töten. Basehart hingegen dachte gar nicht über mich nach, wenn er es vermeiden konnte.

Beide waren zunächst sehr beeindruckt gewesen, als ich Hofzauberer des Königs wurde. Allerdings gab sich das nach einer Weile. Vater begann wieder, Dinge zu sagen wie: »Magie, *pah*! Möchte mal sehen, was dir deine Salonkunststückchen nützen, wenn du im Wald stehst, von Angesicht zu Angesicht mit einem wilden, raffinierten, heimtückischen, blutdürstigen, menschenfressenden Hirschen!« Basehart pflegte dann zu rülpsen, ihm zuzustimmen und einzuschlafen. Oder vielleicht schlief er auch zuerst ein. Bei Basehart war das schon immer schwer zu unterscheiden gewesen.

Aber ein Titel wie *Kapitän* Kendar …! Das mußte sie einfach beeindrucken, und zwar dauerhaft. Sicherlich war mir dieser Titel nie verliehen worden, aber ich fand, daß ich ihn verdient hatte. Klinge und Scandal halfen mir natürlich, aber die Hauptarbeit, das Unterseiten-Schnecken-Schiff *Eventuell* auf Fahrt zu halten, lag bei mir.

Daß ich dazu Magik bemühte, bedeutete schließlich nicht, daß es nicht zählte.

Apropos Magik. Es war an der Zeit, dem Schiff mal wieder einen Schubs zu geben.

»Ich hab' noch zu tun. Ruft mich, wenn das Essen fertig ist«, sagte ich zu Anisella und hastete davon.

In das Haus der Schnecke waren zwei Luken geschnitten worden, die eine vor der Kombüsenbude und die andere achtern davon. Wenn man unter Deck wollte, konnte man einen der beiden Niedergänge benutzen oder den ganzen Weg zum ›Vorschiff‹ nehmen, wo der Kopf der Schnecke unter ihrem Haus hervortrat, und dort hineinschlüpfen. Nicht allzu viele Besatzungsmitglieder wählten diesen etwas – glitschigen Weg. Die einzigen, die ihn gerne beutzten, waren die umgewandelten Nacktschnecken.

Jenseits der Luken sah es anders aus. In seinem Innern war das Schneckenhaus wie ein herkömmliches Schiff in Kabinen, Stauraum und Korridore unterteilt.

Um zu meiner Kabine zu kommen, mußte ich am Quartier der regulären Mannschaft vorbei. Sie wohnten alle in einem großen Raum mit vielen Hängematten, gemütlichen Kissen und mehr Ausrüstung, um Gaffee zu machen, als die meisten Tavernen sie besaßen. Sie schlossen nie die Tür – zuviel Arbeit, sagten sie –, so daß man, wenn man vorbeiging, nicht umhin konnte, zu hören, was dort gerade vor sich ging. Meistens hörte man Schnarchen, aber diesmal bekam ich etwas von ihrer Unterhaltung mit.

»... schrecklichen Tag werde ich im Leben nicht vergessen. Ach, das Blut, all das Blut! Ich war ganz allein mit meinem Posten. Niemand konnte meine Schreie hören. Grauenhaft, der Schmerz. Und rund um mich herum bluteten die anderen so schlimm wie ich.«

»Du hast doch gesagt, daß du ganz allein mit deinem Posten gewesen bist.«

»War ich auch. Leonardo hatte seinen Posten neben mir, hab' ich recht, Leo?«

Leo antwortete nicht, also fuhr der Erzähler fort: »Ach, das Blutbad! In genau diesen Gewässern, durch die wir gerade segeln, ist es passiert! Betet, daß ihr so was niemals am eigenen Leib erlebt! Nur durch schieres Glück habe ich überlebt. Oh, sie waren böse und grausam, aye, und sie wußten nicht, was ›Gnade‹ heißt.«

Mutter hatte mir immer gesagt, daß Lauschen unhöflich sei (es sei denn, sie belauschte mich zu meinem Besten), aber das war mir jetzt egal; ich mußte wissen, worum es hier ging. Blutbad? Schmerz? Grausamkeit? Auf hoher See konnte das nur eins bedeuten:

»Piraten?« schrie ich und stürzte in das Mannschaftsquartier. »Du meist, es gibt *Piraten* in diesen Gewässern?«

Zwanzig Augenpaare richteten sich auf mich. Sehr bedächtig.

»Piraten?« fragte der Erzähler gedehnt. (Es war unser früherer Koch, eine Schildkröte, die auf den Namen ›Blitz‹ hörte.) »Ich weiß nichts von Piraten.«

»Wovon redest du dann?« fragte ich. »Blut und Schmerz und Schreie und …«

»Papierschnittwunden.« Blitz nickte mit dem Kopf. (Er brauchte vier Herzschläge, um hochzukommen, und fünf, um wieder herunterzukommen).

»Vor zwanzig Jahren, lange bevor ich Schiffskoch wurde und noch ein flinker, junger Kerl war, da sortierte ich Briefe. Jeder hatte seinen Posten Briefe. In einem Jahr hatten sie eine neue Papiersorte eingeführt. Fieses Zeug. Nicht benutzersicher. Scharfe Kanten. Gefährlich.« Er rieb seine gefurchte braune Wange. »Werde jetzt aber bald mal anfangen, den Beschwerdebrief zu schreiben.«

Ich überließ die Mannschaftsmitglieder ihrem Gaffee und ihren Kriegserinnerungen. Ich hatte genug Zeit verschwendet. In meiner Kabine hatte ich die nötige Ruhe und den Frieden, den ich brauchte, um mich auf die Magik zu konzentrieren; dort gab es auch die Abgeschiedenheit, in der ich mich gerne befand, falls der Zauber daneben ging. Bisher erzielte ich in zwei von fünf Fällen das Resultat, das ich haben wollte, was nicht schlecht ist für einen Zauberer, der sich fast alles selbst beigebracht hat.

Meine Kabine war relativ groß, weil wir darin zu zweit schliefen. Klinge hatte darauf bestanden, mein Zimmergenosse zu sein. Entweder wollte er mich so vor noch unbekannten Gefahren beschützen, oder er wollte, daß ich ihn vor Anisella beschützte.

Das Mobiliar war in die Wandungen eingebaut oder im Deck verankert, und die kleineren Gegenstände waren festgebunden oder auf andere Weise gesichert, damit sie bei schlechtem Wetter nicht in der Kabine herumflogen.

Ich setzte mich auf die Kante meiner Koje und band den Krug los, der am Geländer festgemacht war. Mich mit dem Schwanken des Schiffes wiegend, hielt ich das große Trinkgefäß auf Armeslänge von mir weg, schloß die Augen und konzentrierte mich.

Daß ich begann, meine Magik und den Umgang damit zu verstehen, war der Hilfe von Mutter Krötenhauch zu verdanken, der Hexe, die mir großzügig Bücher mit Zaubersprüchen und Anleitungen zur Verfügung stellte. Sie lieh mir sogar ihre verzauberte Sauciere, die ich als Fokus für meine Magik verwenden konnte. Mit der Sauciere und ein wenig Hilfe von Mysti – nun ja, mit einer ganzen Menge Hilfe von Mysti – brachte ich unseren Teppich zum Fliegen. Ich hatte weder die Bücher, noch die Sauciere noch den Teppich auf dieser Reise dabei, aber ich wollte die *Eventuell* schließlich auch nicht zum Fliegen bringen, ich wollte nur ihre Fahrt ein wenig beschleunigen. Ich hatte festgestellt, daß ich so gut wie jedes hohle Küchengerät verwenden konnte, um meine Magik zu fokussieren und aufrechtzuerhalten, und dann den Schwebezauber anwenden mußte. Wir erhoben uns zwar nie vom Boden – ich meine, vom Wasser –, aber wir legten an Geschwindigkeit zu.

Unter fünf Versuchen immerhin zweimal.

Diesmal war es ganz einfach. Zu einfach. War wirklich etwas geschehen, oder spielte mir meine Einbildung einen Streich? Das Schiff erbebte wie immer, wenn es beschleunigte, aber es war nur ein sehr schwaches Beben. Ich sicherte den Krug und ging an Deck. Es war schwer zu sagen, ob wir nun schneller waren als vorher. An Land kann man sehr gut sehen, ob man Fahrt aufgenommen hat, weil feste Punkte in der Landschaft (wie Bäume, Häuser und Pferdeäpfel) sich ebenfalls schneller zu bewegen scheinen, aber was gibt es schon an Anhaltspunkten auf See? Wellen. Wasser. Wie kann man sagen, ob man einen Punkt im Wasser schneller passiert oder nicht? (Ich hatte Scandal einmal danach gefragt, und er bekam davon einen solchen Lachkrampf, daß er von der Reling kippte. Dämlicher Kater!)

Zum Glück für mich war Rhett an Deck. Der Wahrsager lehnte an der Reling und starrte aufs Meer. Vielleicht konnte er mir sagen, ob meine Magik funktioniert hatte.

Das Problem war nur, dem Hellseher eine vernünftige Antwort zu entlocken. Denn obwohl ihn sein Eid gegenüber Marshmellow dazu zwang, die Wahrheit zu sagen, die ganze Wahrheit und nichts als die häßliche Wahrheit, hatte Rhett doch seine Methoden, einer Antwort auszuweichen, wenn er nicht helfen wollte. Und Rhett gab mir die Schuld daran, daß Klinge sich der Expedition und Anisella sich Klinge aufgedrängt hatte.

»Ein schöner Tag«, sagte ich beiläufig, als ich mich neben ihn an die Reling stellte.

»Was sollte man daran auch nicht mögen?« fragte er.

»Nichts ist so schön wie ein Schiff unter vollen Segeln«, fuhr ich fort. »Ich weiß zwar, daß Geschwindigkeit nicht unbedingt die Stärke der *Eventuell* ist, aber es kommt mir so vor, als wäre sie ein kleines bißchen schneller.«

»Woran merkt Ihr das?« Rhett hob eine Augenbraue.

»Ich weiß nicht«, gab ich zu. »Ich hoffte, Ihr würdet es mir sagen können.«

»Das könnte ich.«

»Und, sind wir?«

»Sind wir was?«

»Sind wir schneller?«

»Spielt das eine Rolle?«

»Ich würde es gerne wissen.«

»Wieso?«

»Ich habe Magik benutzt, um uns zu beschleunigen, und möchte wissen, ob der Zauber funktioniert hat, darum.« Langsam wurde ich sauer.

»Merkt Ihr es denn nicht?«

Womit wir wieder da waren, wo wir begonnen hatten. Das

war zuviel für mich. Ich packte Rhett am Kragen und zog ihn zu mir heran, auch wenn er älter war als ich und einen Gott auf seiner Seite hatte. »Nein, ich *merke* es nicht, und ich *will* es jetzt wissen, und wenn Ihr es mir nicht sagt, dann werfe ich Euch über Bord und werde dann feststellen, wie schnell wir sind, indem ich beobachte, wie lange wir brauchen, um an Euch vorbeizufahren!«

Seine Augenbraue fuhr wieder hoch, genau wie die von Scandal es oft tat. »Faszinierend.« (Scandal benutzte dieses Wort auch sehr häufig.) »Aber was, wenn ich mich weigere, an einer Stelle zu bleiben? Ich kann nämlich schwimmen, wißt Ihr.«

Ich seufzte und ließ seinen Mantel los. »Gut. Sagt mir gar nichts. Nach allem, was ich weiß, bremst meine Magik das Schiff wahrscheinlich ab. Großartig. Dann brauchen wir eben noch länger, um die Unterseite zu erreichen.«

»Lange genug, daß Ihr lernt, Euch zu benehmen?« fragte Rhett anzüglich.

Jetzt reichte es mir. »Auf jeden Fall lange genug, daß Klinge nicht mehr vor Anisella davonläuft.«

Rhett fielen fast die Augen aus dem Kopf. Er sank in der schnellsten Trance, die ich je gesehen hatte, auf die Knie. Seine Lippen murmelten etwas mit Hochgeschwindigkeit; dann war er wieder auf den Beinen und hatte für mich die tolle Neuigkeit, daß meine Magik wunderbar wirkte, wir schnelle Fahrt machten, die Unterseite schon fast erreicht hatten und in drei Tagen Land sichten würden.

»Danke«, sagte ich.

»Unter der Voraussetzung, daß die Piraten nichts dagegen haben«, fügte er hinzu.

»Welche Piraten?«

»*Diese* Piraten.« Er deutete mit einer dramatischen Geste nach rechts – ich meine Steuerbord. Ein schwarzes Schiff mit wehender schwarzer Flagge hielt über die Wellen auf uns zu.

»Marshmellow weigerte sich, mir zu verraten, ob wir ihnen davonsegeln oder sie niederkämpfen würden. Er ist im Moment etwas gelangweilt und sagte, es wäre vielleicht ein Spaß, unserem elenden sterblichem Streben zuzusehen. Natürlich weiß er, wie es ausgehen wird, hofft aber auf ein paar gute Lacher. Götter. Man kann nicht mit ihnen leben, und man kann auch nicht ...«

»*Piraten!*« schrie ich und klammerte mich an die Reling.

»*Piraten!*« brüllte ich zu Scandal und Klinge hinauf in die Takelage und wedelte mit den Armen.

»*Piraten!*« japste ich und schubste Rhett zur Kombüse, um Anisella zu warnen.

»*Piraten!*« heulte ich, über die Luke gebeugt und auf das Deck weisend, so daß die Mannschaftsmitglieder es sicher hörten und sich bewaffneten und zur Verteidigung des Schiffes organisierten.

»Aye, Käpt'n, wir trinken noch eben den Gaffee aus«, kam eine Stimme von unten, »und dann sollen die mal sehen, wie ein Postbeamter kämpft!«

Ein vielstimmiger Jubelruf folgte.

Klinge, Scandal, Rhett und ich waren die einzigen, die kampfbereit an Deck standen, als uns das Piratenschiff eine Stunde später einholte.

KAPITEL 10

Blitz steckte seinen Kopf aus der Luke, als die ersten Enterhaken der Seeräuber zu unserem Schiff herüberflogen. »Tatsächlich, Piraten«, teilte er den Mannschaftsmitgliedern unter Deck mit.

»Natürlich sind es Piraten«, rief ich. »Jetzt marsch, an Deck mit euch!«

Einer nach dem anderen erschienen sie. Langsam.

Klinge hetzte die Reling auf und ab, durchtrennte Enterseile der Piraten und warf ihre Enterhaken ins Meer.

»Zur Kombüse, Männer!« schrie er. »Ich habe dort für jeden körperlich Tauglichen Waffen aus der Rüstkammer des Schiffes!«

Die Mannschaft stand herum und beschwerte sich, daß es ihr nicht besonders gut gehe; das Wetter sei zu kalt, zu feucht, zu heiß, zu trocken; als sie auf der *Eventuell* anheuerten, wäre keine Rede davon gewesen, daß sie gegen Seeräuber kämpfen müßten, und außerdem hätten sie alle diese Papierschnittwunden …

»Wer nicht seinen Teil dazu beiträgt, dieses Schiff zu retten, wird an der Spitze meines guten Schwertes verenden!« rief Klinge. Niemals zuvor hatte ich Wasser- und Landschildkröten, Nacktschnecken und Faultiere sich so schnell bewegen sehen.

Während sich die Besatzung in die Kombüse drängelte, nahmen wir übrigen unsere Positionen für den anstehenden Kampf ein.

Noch mehr Enterleinen schossen durch die Luft; Klinge konnte nicht an einem Dutzend Stellen gleichzeitig sein, um sie zu durchtrennen. Das Seeräuberschiff kam noch näher. Ich starrte über die Reling und versuchte den Feind auszumachen. Aber alles, was ich sehen konnte, war ein Zaun aus breiten Latten. Die Bretter schoben sich nur auseinander, damit ein weiteres Enterseil zwischen ihnen hindurch auf unser Schiff geworfen werden konnte.

»Was haben sie denn da?« fragte ich. »Schilde?«

Klinge schirmte seine Augen gegen die Sonne ab.

»Brücken«, sagte er. »Sie werden uns näher an sich heranziehen und dann die Bretter fallen lassen, damit sie eine Brücke von Schiff zu Schiff haben und uns bequem entern können.«

»Ist ja irgendwie auch logisch«, sagte Scandal von irgendwo aus der Takelage. »Wenn sie fensterln wollten, hätten sie ja Leitern mitgebracht.«

»Aber, in allen Geschichten, die ich je gelesen habe, werfen die Piraten Seile in die Takelage des anderen Schiffes und schwingen hinüber.«

Klinges Augen verengten sich hinter den Löchern seiner Maske zu Schlitzen kühler Verachtung.

»*Eine* Episode über die Nektarpiraten aus einem Raptura-Eglantine-Roman machen weder Euch noch sie zu einem Experten in dieser Angelegenheit.«

»He! Woher wißt Ihr, daß ...?«

Bevor ich meine Frage beenden konnte, tippte mir jemand auf die Schulter. Ich fuhr herum und schnitt mir fast die Nase an dem Entersäbel ab, den Anisella vor sich hielt.

»So, ich wäre soweit«, verkündete sie.

»Was tut Ihr hier oben?« schnappte Klinge. »Sofort unter Deck mit Euch!«

»Unsinn«, erwiderte das Mädchen. »Wir werden jeden körperlich tauglichen Kämpfer hier oben brauchen.«

Klinge wollte mit ihr nicht über die Tauglichkeit ihres Körpers streiten, fragte aber: »Was wißt Ihr denn schon über den Schwertkampf?«

»Ach, längst nicht so viel wie *Ihr*«, gurrte Anisella mit einem gekünstelten Lächeln.

»Firlefanz«, sagte Rhett knapp. »Sie ist bescheiden. Von dem Augenblick an, da sie in meiner Obhut war, sorgte ich dafür, daß Anisella die beste Ausbildung bekam, die ich bezahlen konnte. Unter Berücksichtigung ihrer Allergie und der Notwendigkeit, sich zu kleiden, wie sie sich kleidet, bestand ich darauf, daß sie sich intensiv in Selbstverteidigung schulen ließ.«

»Meine Güte, ja«, stimmte Anisella zu. »Ohne diese Fertigkeiten hätte ich ja noch nicht einmal zum Markt gehen können – besonders, wenn auf dem Obstmarkt Ausverkauf war. So wie sich manche Leute benehmen, könnte man glauben, sie hätten noch nie zuvor große Melonen gesehen. Ein Schwert habe ich aber nicht gebraucht. Ich habe einen Schwarzen Gürtel in *helo kiti* und ein Grünes Barett in *po kipsi*.«

»Nun gut, dann denke ich, daß wir Euch gut gebrauchen können.«

Klinge wandte sich um und marschierte über das Deck, um zu sehen, wo der Rest der Mannschaft blieb.

Die Enterseile waren nun straff gespannt, und die Piraten hatten begonnen, unser Schiff wie einen großen Fisch an ihre Bordwand zu ziehen. Ich schaute nach oben und betrachtete ihre Flagge: Vor einem schwarzen Hintergrund grinste ein menschlicher Schädel, während ein seltsam beweglich aussehender Huf aus einem Krug mit der deutlich lesbaren Aufschrift ›Minzsauce‹ einen grünen Schleim über ihn goß. Ich faßte mein Schwert fester. Ich würde es als magischen Fokus benutzen, weil selbst Scandal (der immer noch in der Takelage hockte) einen besseren Schwertkämpfer abgab als ich.

Es gab ein fürchterliches Mahlgeräusch, als die hölzerne Wandung des Piratenschiffs sich gegen das gigantische Schneckenhaus der *Eventuell* rieb. Die Plankenmauer fiel.

Und wir konnten die Piraten sehen.

»Sie sind abstoßend!« keuchte Anisella.

»Mann, sind die *häß*lich!« schrie Scandal von oben.

»Einfach unvergleichlich«, beobachtete Rhett.

»Es sind *Schafe*!« Ich war so verblüfft, daß ich mein Schwert fallen ließ. »Es sind dicke, fette, flauschige, schmusige *Schafe*!«

Und während ich noch die Augen aufriß, preschten die ersten Schafe über die Planken und zeigten uns, wieso man einen Seeräuber in seinem Beisein niemals als ›schmusig‹ bezeichnen sollte.

Es war eine wilde Schlacht. Die Schafe hatten immer noch Hufe, aber wie bei allen umgewandelten Tieren von der Unterseite konnten diese Hufe Schwerter halten und gut mit diesen hantieren. Sie gingen auf zwei Beinen und gnadenlos vor.

Ich bückte mich, um mein Schwert wieder aufzuraffen, und konnte gerade noch meine Hand zurückziehen, bevor eins der Schafe sie mir abhackte. Seine Klinge drang vor meinen Fingerspitzen ins Deck. Splitter surrten durch die Luft.

»Laß es sein, Jung'!« schrie er und machte ein paar Finten gegen mein Gesicht. »Sonst hau' ich dir ein Auge aus!«

Er mußte wissen, wovon er sprach, denn er hatte selbst nur noch eines; die Stelle, wo das andere sein sollte, bedeckte ein schwarzer Lederflicken. Er stellte einen Hinterhuf auf mein Handgelenk und grinste mich spöttisch an.

»BäääÄ-hähähähä, du vliesloser Wicht! Jetzt tun wir nicht mehr so groß und mächtig, was?«

Die Spitze seines Schwertes zielte genau zwischen meine Augen, und irgend etwas drängte mich, sie genau im Blick zu halten.

»Na, wer wird denn heute abend kleine Papierhütchen an seinen Pfoten tragen, was, Schielauge?« Er holte zum tödlichen Stoß aus.

»Mrow!« Scandal sprang auf den Schafskopf und gab ihm seine ausgefahrenen Krallen zu schmecken. Der Kater hatte sehr lange Krallen – Wedwel sei gepriesen; sie waren lang genug, um das scharlachrote Kopftuch des Piraten und sein Kopfvlies zu durchdringen und sich – bemerkbar zu machen. Besser noch, Scandals Gewicht schob das Kopftuch über die Augen des Schafes – das gesunde wie das bedeckte – und nahm ihm die Sicht. Der Pirat ließ sein Schwert in meine ausgestreckte Hand fallen und schlug wild mit den Hufen um sich. Scandal setzte sein Kreischen, Fauchen und Kratzen fort, während der Seeräuber auf die Reling zutaumelte. Der Kater sprang genau rechtzeitig ab, bevor das unglückselige Schaf über das Geländer kippte und ins Meer fiel.

»Das war mein Stück vom Kuchen«, meinte Scandal und leckte sich, auf der Reling stolzierend, die Pfoten.

»Mit welchem Geschmack?« fragte ich böse. Ich fühlte mich etwas benommen. Meine linke Hand blutete (Soll mir mal jemand zeigen, wie man ein durch die Luft wirbelndes Schwert auffängt, ohne sich daran zu schneiden!), und der Schmerz ließ mich auf die Selbstgefälligkeit des Katers mit einer gewissen Gereiztheit reagieren.

Aber Scandal machte sich nicht die Mühe, dies zu bemerken.

»Schokolade«, antwortete er und huschte den Mast hoch, um sich ein paar weitere Opfer zu suchen.

Ich preßte meine linke Hand gegen meine Hose, um die Blutung zu stoppen, und versuchte, das Schwert mit der rechten Hand richtig zu fassen. Es ist nicht leicht, sich mitten in der Schlacht so sehr zu konzentrieren, daß man Magik anwenden kann, aber es schien zumindest, daß mich niemand beobachtete. Sie hatten alle zuviel zu tun.

Die meisten Seeräuber drängten sich um das Kombüsenhäuschen und kämpften mit unserer Mannschaft. Na ja, vielleicht war ›kämpfen‹ nicht ganz das richtige Wort; sagen wir, sie fertigten die Mannschaft ab: einen nach dem anderen, der sich ergab, und damit hatten sie alle Hufe voll zu tun.

Laut Raptura Eglantine (die *sehr wohl* eine Menge über Piraten wußte; Lucy hatte erzählt, daß sie vor jedem neuen Roman gründlich recherchierte, da sie den Lesern ihrer Liebesromane historische Akkuratesse schuldig war) gab es so etwas wie das Gesetz der See, dem alle Piraten gehorchten. Ein Passus besagte, daß jeder, der sich auf See ergab, das Recht hatte, noch ein paar letzte Worte zu sagen, bevor er niedergestochen, in Eisen gelegt oder über eine Planke den Haien zum Fraß vorgeworfen wurde.

Es braucht wohl nicht eigens betont zu werden, *wie* die Mannschaft der *U.S.S. Eventuell* sich ergab. Genau. Gaaaanz laaangsam. Links und rechts von ihnen nickten die ersten Piraten bereits ein.

»Guckt euch das nur an!« driftete Scandals Stimme aus der Takelage zu mir herunter. »Ich hab' mich immer gefragt, was Schafe zählen, wenn sie nicht einschlafen können. Jetzt weiß ich's: Sie zählen Postbeamte! Schade, daß wir nicht mehr davon haben, sonst wäre der Kampf schon vorbei.«

Schade, in der Tat. Obwohl so viele von ihnen mit unserer Mannschaft beschäftigt waren, blieben sie doch in der Überzahl, und immer noch strömten neue an Bord.

Ich beobachtete, wie Anisella es mit dreien gleichzeitig aufnahm. Rhett hatte recht: Sie *war* gut. »Hei*ha*!« schreiend, sprang sie die drei Seeräuber von einer Rah aus an. Ein Wirbeln in der Luft, und sie traf den ersten mit ihrem Fuß unterm Kinn, den zweiten mit dem Ellbogen auf die Luftröhre, und der dritte bekam einen harten Schlag mit dem Knauf ihres Entersäbels auf den Kopf. Dann sah sie sich die zu Boden gegangenen Schafe an, kicherte: »Oh, war ich das?« und sauste davon, um sich neue Opfer zu suchen.

Rhett schlug sich nicht ganz so gut. Er tauschte ein paar Hiebe mit seinem Gegner aus und hörte dann auf zu kämpfen. Jeder normale Mensch wäre auf der Stelle niedergemetzelt worden, aber Rhett war ein Orakel. Alles, was er tat, erschien anderen wichtig; wichtig genug, daß der Pirat ebenfalls innehielt – nur für den Fall, daß es sich um einen Trick handelte.

»Nein, das ist kein Trick«, sagte Rhett. »Wenn du Tricks willst, solltest du dich an Meister Kendar dort drüben wenden; er ist ein Zauberer. Ich werde jedenfalls nicht weiterkämpfen.«

»Heißt das, du ergibst dich, Pfeffersack?« knirschte der Pirat. Er war ein barscher alter Schafsbock mit gelbem Vlies und zwei großen goldenen Ohrringen.

»Ich denke schon. Wieso sollten wir den Kampf fortsetzen? Wir werden ohnehin verlieren. Marshmellow hat gesprochen. Ich muß allerdings zugeben, daß ich seinen Sinn für Humor nicht sonderlich schätze. Wenn er es mir früher verraten hätte, dann hätten wir es uns sparen können, aufs Beste zu hoffen.«

»Wer is'n dieser Marschmelker, hä?« Der Seeräuber runzelte die Stirn. Bei einem Schaf sieht Stirnrunzeln einfach fürchterlich aus. »Freund von dir, oder was?«

»Das wohl kaum«, erwiderte Rhett in seiner trockenen Art. »Nun, akzeptierst du meine Kapitulation oder nicht?« Er streckte sein Schwert aus. Glücklicherweise mit dem Knauf voran, sonst wäre das Schaf nur noch Kebab gewesen.

Es sprang zurück und machte ein Gesicht wie – tut mir leid, man kann's nicht anders beschreiben – wie ein Schaf.

»Her damit«, befahl der Schafsbock in dem Versuch, sein Gesicht zu retten, und schnappte sich Rhetts Schwert. »Du wirst deine letzten Tage in Eisen zubringen, Junge!«

»Ich weiß.« Einen Wahrsager kann nur sehr wenig überraschen. Er setzte sich auf ein Heringsfaß.

»Ihr seid ein Feigling, Rhett!« rief ich und vergaß, daß ich mein Schwert eigentlich nur als Magik-Fokus einsetzen wollte. Ich lief auf ihn zu und fuchtelte dabei wild mit dem Schwert, die Luft zwischen mir und einigen Piraten in handliche Portionen zersäbelnd. »Wie könnt Ihr einfach so aufgeben?«

»Marshmellow hat gesprochen«, wiederholte er. «Wir sind verloren. Warum es hinauszögern?«

»Wir sind *nicht* verloren!« rief ich und hieb nach dem nächststehenden Piraten. Er blökte vor Schmerz, als mein Schwert ihm tatsächlich eine Wunde zufügte. »Seht doch nur, Anisella schlägt sich sehr gut!« zeigte ich Rhett und stach einen anderen Seeräuber mit der Rückhand nieder.

Anisella schlug sich wahrhaftig sehr gut – bis der nächste Seeräuber, den sie niederstreckte, statt nach hinten zu fallen nach vorn kippte. Er war recht fett, hatte ein dichtes Fell und landete auf ihrem Bein. Anisella gefror mitten in einem Schwertstreich. Ihr Gesicht verzerrte sich zu einem fürchterlichen Ausdruck. Sie trat die Leiche weg, aber es war schon zu spät: Riesige rote Pusteln krochen ihr Schienbein hoch. Als sie ihre Hüfte erreichten, begann Anisella sich zu kratzen. Als sie auf das andere Bein übergriffen, krallte sie ihre Fingernägel in ihr Fleisch. Als sie ihren Bauch hochwanderten, ließ sie ihr Schwert fallen und riß sich die Pusteln mit beiden Händen auf.

»Aaah! Aaah! Aaah!« kreischte sie. »Ich bin doch allergisch gegen Wolle!« Danach konnten die Schafe sie ohne Mühe einfangen.

»Ja, aber, äh, hm, schau dir *Scandal* an!« rief ich aus, und trieb die gevliesten Feinde zurück, als sie auf mich eindrangen. »Er ist nicht einmal ein Mensch, aber er liefert einen guten Kampf!«

Das tat er, allen Ernstes. Kein Wunder, daß wir auf Orbix Katzen immer für Fabelwesen gehalten haben. Wer außer einem Fabelwesen könnte sich so schnell von etwas so Kleinem und Süßem in etwas derart Furchtbares und Blutdürstiges verwandeln? Jedes Schaf, das Scandal ansprang, bekam das Gesicht zerkratzt, bevor es wußte, was ihm geschah. Die, die Kopftücher trugen, erhielten die gleiche Behandlung wie der Pirat, vor dem Scandal mich gerettet hatte. Außerdem machte es keinen Unterschied, ob ihre Augen nun von Blut oder einem Kopftuch bedeckt waren: Sehen konnten sie jedenfalls nicht mehr. Das Arreal um den Hauptmast wimmelte vor blinden Schafen. Sie taumelten herum, stießen zusammen, fielen teilweise von selbst und teilweise, weil sie geschubst wurden, über Bord. Diejenigen, die zu dumm waren, ihre Schwerter fallen zu lassen, schlitzten ihre Kameraden auf. Scandal amüsierte sich prächtig.

Bis ein wütendes Bellen vom Piratenschiff herüberdrang und eine hübsche Colliehündin über die Planken setzte. Sie trug einen einzelnen Ohrring, einen gefiederten Hut und eine dunkelgrüne Hose mit Schottenmuster. Scandal warf ihr einen Blick zu und floh sofort auf die Mastspitze. Die Hündin knurrte und drohte ihm mit einem Entersäbel, dann begann sie, sich um die verwundeten Schafe zu kümmern.

»Seht Ihr?« fragte Rhett resigniert. »Sieg ist unmöglich.«

»Das ist nicht wahr!« Ich wußte nicht, wieso ich das erwiderte. Innerlich stimmte ich Rhett zu: Es gab keine Hoffnung. Klinge und ich waren die einzigen noch Kampffähigen an Bord der *Eventuell* – nur wir beide. Es fiel nicht ins Gewicht, wie gut Klinge als Schwertkämpfer war – und gerade in jenem Moment konnte ich sehen, *wie* gut er war –, wir konnten nicht siegen. Es war unmöglich.

Wie mein Vater mir immer sagte: *Du wirst niemals etwas aus dir machen, mein Junge! Es ist unmöglich!*

Wie mein Bruder Basehart immer spottete: *Du, irgendwas richtig machen, Kendar? Das ist unmöglich!*

Wie mein alter Lehrmeister Thengor immer sagte: *Kendar Gangle, ein Zauberer? Unmöglich!*

Es war irgend etwas an diesem Wort, das mich so richtig wütend machte.

Wie wütend? flüsterte eine leise Stimme in meinem Kopf. Mein Körper begann überall zu jucken, dann zu brennen.

So wütend?

Ich erzitterte am ganzen Leib, als ein Schwall Zauberkraft meinen Händen entsprang. Er raste das Schwert entlang und entlud sich von der Klinge in alle Richtungen, ein Ausbruch von magischem Feuer, so hell wie die Sonne. Der Geruch versengter Wolle und bratender Hammelkeulen erfüllte plötzlich die Luft. Er war überaus intensiv, so daß ich nicht wußte, ob ich sabbern oder mich erbrechen sollte.

»Könntet Ihr damit vielleicht etwas vorsichtiger umgehen?« fragte Rhett in seinem unbewegten Tonfall. Der Wahrsager deutete auf den Klumpen geschwärzter Knochen und schlackenbedeckten Stahles neben sich. »Das hätte auch mich treffen können. Nun, ich denke, ich werde mir jetzt einen anderen Piraten suchen müssen, dem ich mich ergeben kann. Ich hoffe, er glaubt mir auch ohne Schwert.«

Ich packte Rhetts Schulter und riß ihn von dem Heringsfaß. »Wir geben nicht auf, verstanden?« grollte ich.

»Marshmellow hat …«

»Marshmellow könnte lügen«, sagte Klinge, der sich an einem Seil, das von der Takelage herunterhing, quer übers Deck schwang und dabei reihenweise Seeräuber aufschlitzte. Er landete leichtfüßig auf der Reling neben mir, schnitt sich eine Landeschneise und sprang herunter. Vier Schafe stürzten, nach seinem Blut blökend, auf ihn zu. Stahl traf klirrend auf Stahl, aber dies hinderte Klinge nicht daran, eine höfliche Konversation zu pflegen.

»Die Götter lügen die Menschen an«, sagte er, während er seine Angreifer zurückdrängte. »Es ist eins ihrer Privilegien.«

»Es unterhält sie«, pflichtete Rhett ihm bei. »Aber Marshmellow würde niemals ...«

»Und wenn sie uns nicht geradeheraus anlügen«, fuhr Klinge fort, während er das erste Schaf, das unvorsichtig wurde, aufspießte, »dann teilen sie uns die Dinge doch sehr verworren mit.«

»Genau«, bestätigte ich und und warf ein Paar magischer Feuerkugeln. »Wenn man glaubt, sie meinen das eine, lachen sie sich halbtot, weil sie in Wirklichkeit das andere gemeint haben. Wie die berühmte Prophezeiung, die das Orakel für König Bullrich von Yonda machte: ›Wenn du deinen Feind angreifst, wirst du ein großes Reich zerstören.‹«

Meine Feuerkugeln trafen ihre Ziele. Zwei Piraten blieben wie angewurzelt stehen, als jede Spur ihrer Felle und der Kleidung, die sie getragen hatten, weggebrutzelt wurde. Dann rasten sie los und zogen sich auf ihr Schiff zurück; sie stießen einige ihrer Kameraden ins Wasser, als sie sich an ihnen vorbei über die Enterplanken drängten.

»König Bullrich zerstörte *tatsächlich* ein großes Reich«, warf Rhett ein. »Und es war nicht sein eigenes. Was glaubt Ihr, wie er dazu kam, *König* Bullrich zu heißen? Vorher war er bloß ein Schafhirte gewesen.«

»Ach, wirklich?« Ich verschoß ein paar weitere Feuerkugeln, aber sie erloschen im Flug. Es ist nicht leicht, sich zu konzentrieren, wenn man sich gerade blamiert hat.

»Na schön, aber was ist mit der anderen Prophezeiung? Ihr wißt schon: ›Wenn du es baust, dann wird er kommen.‹«

»Ganz genau.« Zumindest Klinge war auf meiner Seite. Er brauchte einen Moment, um ein Schwert aus dem Huf eines Schafes zu entfernen (und trennte dabei gleich den Huf vom Schaf), dann fügte er hinzu: »Eine sehr traurige Geschichte. König Bullrich starb und hinterließ den Thron seinem Sohne, Prinz Fin.« Er trat ein Schaf dorthin, wo man normalerweise nicht hintritt, wenn man als fair gelten möchte, aber es wirkte. »Doch Fin war jung, und sein böser Onkel ergriff die Regierungsgewalt. Der Prinz bat ein Orakel um Hilfe.«

Klinge duckte sich unter einem Schwerthieb, ergriff den vierten und letzten Angreifer an einem Hinterbein und schleuderte ihn ins Meer.

Während vier weitere Schafe anrückten, um die erste Gruppe zu ersetzen, konnte der maskierte Schwertkämpfer sagen: »Als Fin diese Prophezeiung hörte, nahm er an, die Götter meinten, sein Vater würde von den Toten auferstehen und den Usurpator vernichten, wenn er, Fin, nur den richtigen Köder benutzte. Also verwendete er sein gesamtes Vermögen, um ein großes Spielfeld für Achthand-*Roxi* zu errichten. Das war König Bullrichs Lieblingssport. Tatsächlich starb er während eines Spiels.«

Da die vier frischen Piraten nun nahe genug waren, um eine Plage darzustellen, richtete Klinge seine Aufmerksamkeit auf sie. Ich trug meinen Teil bei und schleuderte knisternde Blitze aus Magik von der Spitze meines Schwertes. Ich machte zwei *Bull's Eyes* – das heißt: gewissermaßen, da es zum einen keine Bullen waren, und ich außerdem nicht ihre Augen traf. Ich glaube jedoch nicht, daß meine Mutter es begrüßen würde, wenn ich an dieser Stelle erwähnte, welche Stellen ich statt dessen getroffen hatte.

»Und was passierte dann?« keuchte ich und schwang mein Schwert auf konventionelle Weise. Ich spürte meine Magik schwächer werden und wollte meine Kraft für eine letzte, das Deck reinigende Salve aufsparen. »Hat er's gebaut? Und kam König Bullrich zurück?«

»Ja« – Klinge stach einen Seeräuber nieder – »und nochmals ja.« Er spießte einen zweiten auf, aber wo der herkam, da gab es noch mehr. »Aber die Dinge entwickelten sich nicht so, wie Prinz Fin sich das vorgestellt hatte. Der Geist des Königs erschien in der Mitte des *Roxi*-Feldes, sah sich um, erblickte seinen wartenden Sohn und breitete die Arme aus. Fin eilte seinem Vater entgegen, aber statt ihn zu umarmen, schlossen sich die Hände des Geistes um Fins Hals.

Der König schüttelte Fin wie ein Staubtuch und schrie: ›Du Idiot, ich wurde bei diesem dämlichen Spiel *getötet*! Wenn du auf diese Weise meinen Schatz durchbringst, für den ich mir den Rücken krumm geschuftet habe, als ich ihn den Bauern abpreßte, dann *verdient* mein mieser Bruder Bakskar den Thron eher als du!‹ Zum Glück für Fin verschwand der Geist, bevor er den Prinzen gänzlich erwürgen konnte. Jedenfalls wurde aus Bakskar König Bakskar, und Fin floh, um als der Schäfer zu enden, als der sein Vater angefangen hatte.«

»Das ist für mich keine Überraschung«, sagte Rhett. Er erhielt keine Antwort.

Mittlerweile hatte die gesamte Mannschaft der *Eventuell* es fertiggebracht, sich zu ergeben. Die Piraten sperrten sie unter Deck und verrammelten die Luke, dann wandten sie sich uns zu. Selbst Klinge konnte sie nicht alle alleine aufhalten. Scandal benutzte immer noch den Hauptmast als Baum. Anisella war nirgendwo zu sehen. Es galt: Jetzt oder nie!

Ich sah Rhett grimmig an. »Ihr möchtet eine … Überraschung?«

Ich zeigte ihm meine zusammengebissenen Zähne, rief alle Magik zusammen, die noch in mir steckte, und formte sie mit der Kraft meines Geistes. »Ihr sollt Eure Überraschung bekommen!«

Der Wahrsager gähnte. »Ihr auch«, sagte er.

»Das glaubt Ihr …«

Ein Schaf taumelte, von Klinges Schwert durchbohrt, vorwärts. Mit einem letzten Aufbäumen seiner Kräfte griff es nach Klinges Kehle. Es faßte daneben, verkrallte sich in Klinges Hemd und brach zusammen. Man hörte ein lautes Reißen, als das Hemd dem Gewicht des Schafes nachgab. Ohne nachzudenken, schaute ich hinüber und sah einen Augenblick lang Klinges nackten Oberkörper, bevor der Schwertkämpfer sein zerrissenes Hemd zusammenraffte.

Der Schwertkämpf*er*?

Sein zerrissenes Hemd?

Mein Kiefer fiel auf den Boden. Ich folgte ihm. Einer der

Piraten mußte das Heringsfaß aufgenommen und mich damit gekrönt haben, denn plötzlich wurde alles dunkel und – naja, fischig …

Kurz bevor ich endgültig das Bewußtsein verlor, konnte ich Rhetts rechthaberische Stimme sagen hören: »Überraschung!«

KAPITEL 11

Als ich wieder zu mir kam, leckte eine warme, feuchte Zunge an meiner Wange. »Wer s'n das?« brachte ich hervor.

»Anisella«, gurrte eine vertraute Stimme. »Ha, denkste!«

Ich riß die Augen auf und erblickte Scandal, der mir ins Gesicht lachte. Der Kater saß auf meinem Schoß. Die Vorderpfoten auf meine Brust gestützt, raspelte er mir die letzten Heringsreste aus dem Gesicht.

»Chef, ich muß sagen, dein Aftershave beweist guten Geschmack.«

Ich streichelte den Kater. Wollte ich zumindest. Aber ich konnte meine Hände nicht bewegen. Ich erlangte endgültig mein volles Bewußtsein wieder und stellte fest, daß die eisernen Schellen an meinen Hand- und Fußgelenken ihrerseits an einem schweren Holzstuhl befestigt waren.

»Wo bin ich?« fragte ich.

»Beim Aufwachwettbewerb jedenfalls auf dem letzten Platz«, antwortete Scandal. »Ansonsten befindest du dich auf dem stolzen Kahn *Goldenes Vlies*, einem Piratenschiff, das vom gefürchteten Kapitän Lan und seinem fast ebenso gefürchteten Bruder Ramses kommandiert wird. Du bist jetzt in Ramses' Kabine.«

Ich sah mich um. Ein Tisch aus Schwarzholz war in meiner Nähe am Boden festgenietet, ein zweiter Stuhl stand auf seiner anderen Seite, dahinter hing ein blauer Brokatvorhang, der ein Stück zur Seite gezogen war und den Blick auf die Koje dahinter freigab. In der Wandung waren ein paar Bullaugen. Ich war nie zuvor auf einem echten Piratenschiff gewesen, geschweige denn in der Kajüte eines echten Piratenkapitäns. Ich war ein wenig enttäuscht. Wenn man davon absah, daß die Größe der Einrichtung auf Schafe zugeschnitten war, unterschied sie sich kaum von dem Mobiliar auf der *Eventuell*.

Was mich daran erinnerte …

»Was ist mit unserem Schiff passiert?«

»Die Seeräuber haben ein paar Löcher in das Schneckenhaus geschlagen – unterhalb der Wasserlinie, versteht sich –, es in Brand gesetzt und sind abgedampft. Ich konnte gerade noch auf dies Schiff hier springen, als sie die Leinen lösten.«

»Sie haben die *Eventuell* versenkt?«

»Toll, du bist ein serienmäßiger Einstein. Vielleicht aber auch nur ein abgelehnter Prototyp. Die Piraten haben *versucht*, sie zu versenken, aber sie haben schnell herausgefunden, daß die *Eventuell* genauso langsam untergeht, wie sie vorangekommen ist. Es wird bestimmt noch eine Woche dauern, bis die Schnecke ganz abgesoffen ist. Die Seeräuber hatten wohl nicht die Zeit, da herumzuhängen und drauf zu warten.«

»Was ist mit der Mannschaft?«

»Die sind immer noch an Bord. Mach dir mal keine Sorgen um die, *Kemosabe*! Die Löcher sind klein, das Feuer ist auch nicht so schlimm, und die Piraten haben die Besatzungsmitglieder weder eingeschlossen noch gefesselt. Sie könnten sich und das Schiff retten, aber …«

»Aber …?«

»… aber nur, wenn sie sich *beeilen*!«

Der Kater schüttelte den Kopf. »Foltere deine Opfer, töte sie nicht sauber; sieht das Schafen nicht ähnlich? Man kann ihnen nicht über den Weg trauen …« Seine Augen verengten sich. »Ich will ja keine Namen nennen, aber gab es da nicht einen Hautsack namens Kendar Rattenklopper Gangle, der mir einst versichert hat, es gäbe auf Orbix *keine Hunde*?«

»Gibt es auch nicht«, stimmte ich zu.

»Was, zum Teufel, war es denn dann, was mich vorhin diesen Generaloberhauptmast hinaufgehetzt hat? Ein böser Traum vielleicht?«

»Nicht auf unserer Seite von Orbix«, korrigierte ich mich. »Ich wußte nicht, daß es auf der Unterseite Hunde gibt. Ich hab' noch nie vorher einen gesehen, außer in Büchern. Na, das war vielleicht ein lauter Kläffer, was, Scandal, hehe.«

»Solltest aufpassen, was du sagst, Kumpel. Dein lauter Kläffer heißt Lodda, hat den Posten eines Ersten Offiziers auf der *Vlies*, und nach allem, was ich gehört habe, ist sie ein echtes Mi...«

»Ich verstehe immer noch nicht, was hier eigentlich los ist. Warum bin ich nicht auf der *Eventuell* zurückgelassen worden? Wieso bin ich hier, in dieser Kajüte? Und wo sind ...?«

Ich verstummte. Da war noch etwas, was ich wissen wollte, oder vielleicht doch nicht? Ich fürchtete, die Antwort nicht zu mögen.

»Scandal ... wo sind Rhett und Anisella und, äh, Klinge?« Oder wie sein – *ihr* – richtiger Name auch immer lautete.

Scandal sprang von meinem Schoß und stolzierte die ganze Länge der Kabine ab. Dabei hielt er ein Bein steif, kniff das linke Auge zu und sagte mehrmals ohne Grund: »Arrrrh!« Das hörte sich so an: »Arrrrh, Jungchen, das is' 'ne longe Geschichte, nich'? Du büst hier, weil das Ramses so bestimmt hat, und kein Matrose an Bord dieses Schiffes wagt, ihn dareinzuklönen, nich'. Jedenfalls nich' wenn er am sein Leben hängt, nich'. Dein lieber Rhett, der liecht in Eisen, aye, und deine süße Anisella hat den Käpt'n Lan schon umgarnt mit ihren Schlichen. Sie is' seine *persönliche* Gefangene, wenn du verstehst, was ich meine, nich'.« Er versuchte mir zuzuzwinkern, was mit einem bereits geschlossenen Auge gar nicht so einfach ist.

»Mit einem *Schaf*?« quiekte ich.

»Arrrh, wenn eins gut genuch is' für 'n bestimmten Senator, dessen Namen ich nun nennen tun könnte – aber, nein, is' ja nix passiert – noch nich'. Mit meinen eigenen Ohren hab' ich ihn sagen gehört, daß Frollein Anisella ihn an eine Magd erinnern tät, wie er sie früher gekannt hätt', als er noch ein lüttes Lämmlein in seinem Heimathafen, Port O'Lyn, gewesen is'. Eine süße Schäferin mit Namen Bo, das war sie, aye. Is' schon eine komische Welt, auf der wir leben, kannst mich einsalzen wie 'nen Kabeljau, wenn ich die Unwahrheit sage.«

»Und was ist mit – Klinge?«

Scandal schwieg und ließ seinen Kopf sinken. »Klinge … gibt's nicht mehr.«

Ich spürte, wie etwas in mir zerbrach. »Gibt's nicht mehr?« wiederholte ich langsam. »Getötet …?«

Der Kater sah auf. »Getötet? Ich hab' nichts davon gesagt. Wie kommst du denn auf die Idee, daß einer Manns genug wäre, so jemanden zu töten, he, Jungchen?«

»Du hast gessgt«

»Ich hab' gesagt, Klinge *gibt's nicht mehr.*« Es ging wieder los mit seinem steifbeinigen Stolzieren. »Das reicht doch, soweit es dich betrifft. Ihre Tarnung ist aufgeflogen, oder besser gesagt, *aufgerissen*, aye. Es war nicht leicht für sie, gegen die Jungens zu kämpfen und dabei ihr Hemd zuzuhalten, nein, das war's nicht, und so konnten sie sie überwältigen und mit dem Rest von uns hierher verschleppen.«

»Also weißt du auch, daß Klinge eine Frau ist!« rief ich erfreut aus. Ein Glück; ich hatte schon befürchtet, meinen Augen nicht mehr trauen zu können.

»Noch besser, du Haiköder: *Ich* weiß auch, *wer* sie ist, bind mir 'n Seil an den Schwanz und benutz mich als Anker, wenn's nicht stimmt, was ich sage.« Er gluckste. »Ich wette, du hast gar nicht gewußt, wie gut deine Frau mit 'nem Schwert umzugehen weiß!«

»*Meine Frau?*«

»Ja, dein Welfie-Weibchen und niemand sonst. Außer uns weiß es keiner. Ich glaube jedenfalls, keiner außer uns sah diese … jene … also, du weißt schon … Arrrh! … sonst hätten sie sie kaum mit Rhett in Eisen gelegt, nicht wahr?« Er stolzierte weiter auf und ab, und sang dabei: »Fünfzehn Mann auf des süßen Welfies Brüstchen, Jo-ho-ho und 'n Fäßchen voll Fisch.«

»Warum läufst du so komisch?« erkundigte ich mich mit der Absicht, ihn zum Schweigen zu bringen. »Hast du dir das Bein verletzt?«

Scandal setzte sich und öffnete beide Augen. »Nöööööh!«

»Und warum redest du so komisch?«

»Hab' nur versucht, dich in eine piratige Stimmung zu versetzen, Chef, das ist alles. Es macht es nämlich leichter, sich mit dem Käpt'n und seinem Bruder zu verständigen, wenn du ihre Sprache sprichst. Goldene Escudos, goldene Escudos, krah, krah!«

»Was für Gold?«

Der Kater seufzte und winkte mit einer Pfote ab. »Vergiß es.«

Ich stemmte mich gegen meine Fesseln. »Scandal, du mußt mir helfen, mich zu befreien!«

»Das ist ungefähr so, als würde Godzilla eine Termite fragen, wie man am besten ein Haus abreißt. Du bist doch der mit dem Übergewicht an Magik, erinnerst du dich vielleicht noch vage?«

»Schon, aber ich kann meine Hände kaum bewegen, um einen Zauber zu machen.«

»Das hat deinen alten Kumpel Zoltan doch auch nicht gehindert, oder? Als der Rat ihn vor Gericht stellte, konnte er seine Finger ein kleines bißchen bewegen, und das reichte ihm, einen kleinen Zauber loszulassen, der einen kleinen Dämonen heraufbeschworen hat. Einen kleinen mit Giftzähnen.« Der Kater schüttelte sich bei dem Gedanken. Er gehörte zu denen, die dem Dämon zum Opfer gefallen waren.

»Ich bin aber nicht Zoltan.«

»Ach nee? Erzähl mir doch mal was Neues, Hal-9000.«

»Was ich damit sagen will, ist folgendes: Er hatte mehr Übung in der Magik als ich. Außerdem sind die Handschellen aus Eisen.«

»Na, da kräuselt sich doch der alte Zauberkessel, was?« Der Kater schnalzte mit der Zunge. »Was soll ich für dich tun?«

»Du bist selbst im Besitz von Magik, und du bist nicht gebunden. Benutze sie und befreie mich.«

»Ach ja. Hör mal, nur weil dir einer 'nen Obstkorb schenkt, heißt das noch lange nicht, daß du mit Äpfeln jonglieren kannst!«

»Ich werde dir helfen.«

Seine Schnurrhaare zitterten. »Läßt mich also an deinem reichhaltigen Erfahrungsschatz partizipieren, was? Na, dann jippieh! Und, hühott!«

Ich ließ meinen Kopf hängen. Es war ein hartes Brot, mit Scandal zu diskutieren. »Hör mal, zumindest könnten wir es versuchen, oder? Ich weiß nicht, was dieser Ramses von mir will, aber ich würde ihm lieber nicht in diesem Rollbratenkostüm entgegentreten.«

»Das ist eine Verschwörung, stimmt's?« Der Kater hob eine Augenbraue. »Das Elend liebt Gesellschaft. Du wirst nicht Ruhe geben, bevor ich nicht auch anfange, Zauberei zu studieren. Du willst, daß ich endgültig auf dieser Wahsinnswelt seßhaft werde, da wette ich drauf. Aber ich sag' dir gleich, das funktioniert nicht. Die Menschen haben jahrhundertelang versucht, Katzen mit anständigen Jobs dranzukriegen. Das läuft nicht. Außerdem habe ich nie gesagt, daß ich hier für immer rumhängen will. Ich will immer noch irgendwann wieder nach Hause.«

»Ich weiß.« Ich konnte mir nicht helfen, es klang traurig. Ich mochte Scandal.

»Mann, das geht ja nicht persönlich gegen dich oder Orbix, aber du selbst hast mir ja gesagt, ich wäre die einzige Katze auf dieser Welt – jedenfalls außerhalb von Geschichten, mit denen man Kinder erschreckt. Aber vielleicht hast du dich da ja auch ... *geirrt*?« Er sah mich hoffnungsvoll an.

Ich schüttelte den Kopf. »Die Sache mit den Hunden auf der Unterseite war mir entfallen, aber bei Katzen bin ich mir sicher: Fabelwesen. Meister Thengor hat uns das beigebracht, und er irrte nie.«

»Er war ein Mensch; wieso soll er sich nicht auch mal geirrt haben?«

»Weil sich ein Zauberer nur einmal irrt. Danach ist er tot.«

»Oh!« Scandals Schnurrhaare senkten sich. »Also sieht es so aus, als wäre ich hier weit und breit die einzige Katze.«

»Ich weiß«, sagte ich, und es stimmte. »Keine Katzenweibchen.«

»Jau, Sir! Im Gegensatz zu dir beabsichtige ich nicht, mein ganzes Leben lang ein Junggeselle zu bleiben – insbesondere nicht ein *verheirateter* Junggeselle. Gib's zu, es hat keinen Sinn, es zu leugnen.«

»Scandal, ich habe getan, was ich konnte. Ich habe immer und immer wieder versucht, ein Katzenweibchen für dich zu finden.«

Das konnte man wohl sagen. Hätte ich auch nur ein Salzkörnchen für jede Stunde bekommen, die ich – »Miez, Miez, Miez« auf den Lippen und Anschovis in der Hand – auf meinen Knien vor dem ›Rattenloch‹ zugebracht hatte, durch das Scandal nach Orbix gekommen war, dann hätte ich meinen eigenen privaten Ozean gründen können.

»Das weiß ich doch, Chef; keiner gibt dir die Schuld. Ich stelle ja nur Tatsachen fest.« Er seufzte. »Okay, ich bin nicht undankbar. Ich sag dir was: Ich werde versuchen, dir zu helfen, aber das ist eine einmalige Zuwendung, daß wir uns da recht verstehen, klar?«

»Klar. Jetzt reibe dich an meinen Beinen.«

»Vorher will ich aber ein Abendessen und einen Kinobesuch ausgegeben bekommen.«

»*Scandal!*«

Der Kater gluckste und tat, worum ich ihn gebeten hatte. Während er sich an meinen Beinen rieb, kramte ich in meinem Gedächtnis, ob ich mich nicht an einen Zauberspruch erinnern konnte mit dem Namen ›Befreien von Fesseln‹ oder etwas Ähnliches aus dem dicken Buch, das Mutter Krötenhauch mir gegeben hatte. Um Scandal formte sich eine matte Wolke aus Fünkchen, die wie eine Aura aus Glühwürmchen wirkte. Das war Scandals Magik, die an die Oberfläche trat und sich sichtbar machte. Meine eigene Magik war durch die eisernen Hand- und Fußschellen in mir gefangen.

(Der Rat hatte im Falle Zoltans auch eiserne Schellen benutzt – man wird nicht Ratszauberer, wenn man dämlich ist. Eisen *zerstört* die Magik jedoch nicht, es macht sie nur schwieriger erreich- und benutzbar. Das ist ungefähr so, als sollte man einen großen Kessel voller Suppe umrühren, nur daß alle Schöpflöffel verschwunden sind. Ein guter Koch – ein *erfahrener* Koch – könnte auch mit einem Teelöffel eine gewisse Durchmischung erreichen. Ein Lehrjunge hingegen würde sich die Finger verbrennen und den Teelöffel in den Kessel fallen lassen.)

Also sorgte Scandal für die Magik, und ich sorgte für die Worte. Es funktionierte nicht.

Scandal hörte mit dem Reiben auf. »Ich will ja jetzt nicht über dein Zaubertalent diskutieren, alter Junge, aber mein Kinn ist bald abgeschabt. Sollte man mittlerweile nicht vielleicht die flüchtige Andeutung eines kleinen Resultates erkennen können?«

»Ich versuch's ja«, grummelte ich. »Die Schellen fühlen sich schon etwas weiter an. Mach einfach mit deinem Part weiter.«

»Okay.« Scandal zuckte mit den Schultern, was ein echtes Kunststück ist, wenn man gar keine hat. »Ich hab' ja noch keine Schrammen, und die Haut ist auch noch nicht ... Oh, Moment mal, da schon! Ach verdammt, was soll's.« Er rieb sich wieder gegen die Schellen.

»Na, ist das nicht ein idyllischer Anblick?«

Die Stimme war tief und bedrohlich, mit nicht mehr als einem Anflug von Blöken darin. Scandal hielt inne und hob den Kopf, während sein magisch aufgeladenes Fell knisterte. Er bleckte seine Zähne und fauchte ärgerlich, aber er hatte mehr Angst als Wut.

Jeder hätte sich gefürchtet, wenn er sich plötzlich diesem riesigen Schafsbock mit der finsteren, schwarzen Kapuze über dem Kopf gegenübergesehen hätte. Das Monster stand in der Tür, seinen schwarz behandschuhten Huf an den Rahmen gelegt. Dann betrat es den Raum und ließ seinen dicht bewachsenen Körper auf den zweiten Stuhl fallen.

»Nun, wen haben wir denn hier?« fragte der Schafsbock, und schwang seine gestiefelten Hinterläufe auf den Tisch. Seine Stiefel waren (wie auch seine Hose) schwarz. Es sah so aus, als würden Mysti und er im gleichen Laden einkaufen.

Ich gebe zu: Ich hatte Angst. Aber es gab keinen Grund, ihn das ahnen zu lassen. Vor meinem inneren Auge stellte ich mir vor, wie unsere ganze Familie am Tisch saß und meine Mutter dicke Schafsteaks auftrug. Die Schafe, die wir auf den Gangle-Ländereien aufzogen, waren immer sehr groß, und noch Tage später gab es Reste.

»Ich bin Meister Kendar Gangle, Hofzauberer Seiner Majestät König Steffans von Gladderadatsch«, antwortete ich hochmütig. »Und ich frühstücke normalerweise solche von Eurer Sorte.« Mehrere Tage lang.

»Ach, wirklich?« Das kapuzenbedeckte Schaf wirkte amüsiert. »Dann sollte ich vielleicht mich und meinen lieben Bruder vor Euch schützen, indem ich Euch gleich ins Wasser schmeiße.«

»Versucht's doch.« Mein Herz war mir zwar in die Hose gerutscht, aber ich mußte die Sache nun durchstehen. Wenn man erst einmal angefangen hat, sich mutig zu stellen, kann man nicht mittendrin aufhören und plötzlich behaupten: ›War nur ein Scherz. In Wirklichkeit bin ich ein gewohnheitsmäßiger Feigling.‹

Außerdem war Mysti an Bord. Und in Eisen gelegt. Ich konnte sie nicht einfach zurücklassen. Sie war schließlich meine Frau, auch wenn ich sie niemals hatte heiraten wollen.

»Als Gangles tut ihr immer das richtige, ob's euch gefällt oder nicht, Jungens«, hatte Vater uns gelehrt. »Oder ich gebe euch eine Kopfnuß, die sich gewaschen hat.«

Das finstere Schaf kippte seinen Stuhl zurück und kreuzte die Beine auf dem Tisch zwischen uns. »Habt Ihr es eilig mit dem Sterben, Meister Kendar?«

»Das habe ich nicht gesagt«, antwortete ich und versuchte, geheimnisvoll und allwissend zu wirken – Rhett ähnlich, nur nicht so hochnäsig.

»Was meintet Ihr dann mit Eurer Vorstellung?«

»Kommt schon, Ramses«, sagte ich. »Ihr seid ein Schaf von Welt. Lassen wir die Spielchen. Es gibt einen Grund, aus dem Ihr mich in Eure Kabine gebracht habt, statt mich mit meinen Kameraden in Eisen zu legen. Ich wette, Ihr braucht meine Hilfe.«

»Wozu sollte ich Eure Hilfe benötigen?« Sein spöttischer Tonfall trug die Andeutung eines Blökens in sich.

»Weil ich, wie ich bereits sagte, ein Zauberer bin.« Das war ein Schuß ins Blaue. Und mein einziger. »Ihr habt eine Probe meines Könnens während der Schlacht um die *Eventuell* beobachten können.« Ich machte eine Kopfbewegung in Scandals Richtung. »Und dort seht Ihr mein Familiar.«

»Arrrrh!« sagte der Kater höflich.

»Gut, sehr gut«, sprach das Schaf gedehnt. »Immerhin ein hübscher Bluff. Aber bildet Euch nichts ein. Ihr und Eure Gefährten seid ganz offensichtlich Oberseitler. Ich weiß nicht, was Euch in unsere Gewässer geführt hat, und es ist mir auch ganz egal. Wichtig ist für mich allein die Frage, ob Ihr vielleicht jemanden auf der Oberseite habt, der bereit ist, für Eure wertlose Haut ein Lösegeld zu bezahlen.«

Ich weiß nicht wieso, aber Ramses' Worte klangen irgendwie falsch, unecht. »Wieso habt Ihr dann ausgerechnet mich zum Verhör ausgesucht? Ihr hättet doch auch irgend jemand anderen nehmen können.«

Er zögerte zunächst mit seiner Antwort; dann sprach er zu schnell und zu aalglatt: »Das ist unmöglich. Mein Bruder hat aus irgendeinem Grunde eine Vorliebe für die Frau entwikkelt – fragt mich nicht wieso – und würde mir nicht erlauben, sie zu befragen. Und von den anderen Männern ist einer ein zu geschickter Kämpfer, als daß ich ihm außerhalb der Eisen trauen würde. Der Andere weigert sich, irgend etwas zu sagen außer: ›Es wird Euch noch leid tun, aber nicht, bevor wir Land erreichen. Marshmellow hat gesprochen.‹«

Ich war erleichtert, daß das Schaf Mysti für einen Mann hielt. Das hieß, daß ihr Geheimnis gewahrt war, und ein gewahrtes Geheimnis ließ sich vielleicht in eine Überraschung verwandeln, die man im rechten Moment gegen den Feind richten konnte. Wedwel wußte, daß es bei mir funktioniert hatte.

»Das hört sich in der Tat nach Rhett an. Ich verstehe schon, wieso Ihr ihn nicht verhört. Aber es ist schwer zu glauben, daß sich Käpt'n Lan durch ein Menschenmädchen vom Geschäft ablenken läßt«, sagte ich nebenbei. (Ich hoffte wenigstens, daß es wie nebenbei klang.) »Wenn Ihr sie verhören wolltet, könntet Ihr sie ihm doch zurückbringen, wenn Ihr fertig seid. Und was den gefährlichen Kämpfer angeht, vor dem Ihr Euch so fürchtet ...« Wo hatte Mysti nur gelernt, *so* mit einem Schwert umzugehen? »Wenn Ihr es geschafft habt, sie ... *Siehatschi*! Ich muß mich erkältet haben. Verzeiht bitte. Wenn Ihr es geschafft habt, ihn gefangenzunehmen und auf die *Goldenes Vlies* zu bringen, dann solltet Ihr es auch schaffen, ihn in Eurer Kajüte gefangenzuhalten. Oder Ihr könntet in die Zelle gehen, um ihn dort zu verhören. Nein, nein, Ramses, Ihr wolltet mit mir sprechen, und zwar deshalb, weil ich ein Zauberer bin.«

»Ihr *behauptet*, ein Zauberer zu sein.«

Ich hatte nicht gewußt, daß Schafe knurren können. Er war wohl ärgerlich, weil ich mich als der Gewitztere erwiesen hatte.

»Welchen Beweis wollt Ihr noch? Ich wußte den Namen dieses Schiffes und den Eures Bruders, ohne daß Ihr mir sie verraten habt.«

»Euer Vertrauten-Ungeheuer dort könnte es Euch verraten haben«, antwortete Ramses.

»Minzsauce«, sagte Scandal. »Rosmarin mit Minzsauce. Mich Ungeheuer nennen, was? Souvlaki! Kebab! Na, was?«

»Unser Erster Offizier Lodda wird sich schon bald um dich kümmern«, sagte Ramses. »Sobald ich deinen Meister als den Scharlatan entlarvt habe, der er ist.«

»Könnte ein Scharlatan Feuerkugeln beschworen haben, wie ich es auf der *Eventuell* tat?« fragte ich und nahm die Schultern zurück, damit meine Brust breiter wirkte. (Na ja, den Versuch war's wert.)

»›Feuerkugeln?‹ Pfff!« Ich hätte schwören können, daß dieses Schaf mich höhnisch anlächelte, auch wenn die Kapuze sein Gesicht bedeckte. »Jeder weiß, daß das nur Spiegeltricks sind.«

»Befreit meine Hände, und ich werde Euch zeigen, ob das etwas mit Spiegeln oder mit Schafsauflauf zu tun hatte.«

»Droht Ihr mir, Meister Kendar? Ich habe keinen Bedarf für Drohungen, sondern nur für einen Beweis, daß Ihr ein echter Zauberer seid. Es muß natürlich ein Beweis sein, den ich selbst ausgewählt habe. Liefert Ihr ihn mir, werde ich Euch und Eure Gefährten befreien. Darüber hinaus werde ich alles tun, um dieses Schiff, seine Mannschaft und meinen Bruder in Euren Dienst zu stellen.«

»Hurra, Käpt'n Spökes, das ist genau das, was wir brauchen«, sagte Scandal. »Eine ganze Schiffsladung Schafspiraten, die uns gehört.«

Ramses lachte. »Du könntest es schlimmer treffen, kleiner Vertrauter. Und Ihr braucht Hilfe der einen oder anderen Art, sonst wäret Ihr kaum hier. Niemand reist aus Vergnügungssucht zur Unterseite. Man hat entweder etwas zu verkaufen, oder will etwas kaufen oder hat etwas wirklich Wichtiges zu erledigen. Vielleicht eine Queste? Eine Aufgabe? Eine dringende Aufgabe, würde ich sagen, aber kein Notfall, denn sonst wäret Ihr kaum mit der *Eventuell* gereist.«

»Hat dir schon mal einer gesagt, daß du ein echt kluges Köpfchen bist, Käpt'n – für ein Schaf?« fragte Scandal.

»Und wenn ich mich nicht auf Euren dummen Test einlasse?« fragte ich.

»Dann würde ich annehmen, daß Ihr kein echter Zauberer seid und Euch vor einer Enthüllung fürchtet. Wir würden in diesem Fall Lans Plan wieder aufgreifen.«

»Lans Plan?«

»Euch und Eure Freunde über Bord zu werfen – bis auf das Mädchen, versteht sich – und dabei feststellen, ob einige Kabellängen guter Eisenketten um Eure Bäuche Euch schneller sinken lassen als das vermaledeite Postschiff.«

Er beugte sich zu mir vor. »Also?«

Was sollte ich sagen? Was konnte ich tun? »Also gut. Ich lege die Probe ab. Schließlich *bin* ich ein echter Zauberer.«

»Das wird sich zeigen.«

Das Schaf erhob sich und ging zu einem Schrank, der in die Wand der Kabine eingebaut war. Es kam zurück und hielt eine kleine Phiole aus Glas in seinem behandschuhten Huf. »Hier ist Euer Test, o Zauberer.« Ramses bewegte die Phiole hin und her, so daß sie im Licht funkelte. Sie war mit einer goldenen Flüssigkeit gefüllt.

»Was soll ich damit tun?« fragte ich.

»Trinken sollt Ihr sie.«

»Offenbar kein Test, bei dem man sich für irgendwas entscheiden muß«, bemerkte Scandal.

»Aber ja doch!« antwortete der Schafsbock. »Dieses Fläschchen enthält ein Gift. Ihr könnt Euch entscheiden, es auszutrinken und zu überleben – oder es auszutrinken und zu sterben.«

KAPITEL 12

Scandal hob die Pfote. »Ich hab' noch eine Frage, bevor wir anfangen ... Gibt es die halbe Punktzahl, wenn er die Flasche austrinkt und auf den Teppich kotzt?«

»Es gibt nur zwei Möglichkeiten.« Ramses ließ sich nicht beirren. »Ein wahrer Zauberer besitzt die Macht, Dinge zu verwandeln. Er macht aus Brot Butter, aus Bier Bouillon und aus Braten Broccoli.«

»Warum zum Teufel sollte er das tun?« brummte der Kater.

»Und in diesem Fall sollte er besser Gift in etwas Genießbares verwandeln. Wenn er überlebt, wissen wir, daß er ein echter Zauberer ist.«

»Ich werde es tun«, stimmte ich zu. Als hätte ich eine Wahl! Ich konnte die Seeräuber doch nicht meine Freunde über Bord werfen lassen. »Zuerst müßt Ihr aber meine Hände befreien. Wenn ein Verwandlungszauber wirken soll, muß ich ...«

»Die *besten* Zauberer von Orbix brauchen nicht mit den Händen herumzufuchteln, als würden sie Hühner treiben«, sagte der Pirat. »Diese komischen Gesten und mysteriösen Worte sind doch nur dazu da, die Leute zu beeindrucken und sie glauben zu lassen, daß all diese Tricks schwieriger sind als sie sind. Das gilt für die *besten* Zauberer. Wenn Ihr einer der besten Zauberer seid, benötigt Ihr keine freie Hand. Seid Ihr nicht einer der Besten, dann benötige ich Euch nicht.«

Holla, Junge, wo lernt ein Schaf soviel über Magie? Der weiß, wovon er redet! Scandals Stimme war mal wieder in meinem Kopf. *Ich sehe keinen Weg, wie wir ihm die Wolle über die Ohren ziehen sollen.*

Es spielt keine Rolle, dachte ich zurück. *Vielleicht kann ich das*

Gift in etwas anderes verwandeln. Selbst wenn ich es nicht kann, werde ich es versuchen müssen.

An welche Adresse sollen wir den Leichnam schicken

Scandal, es wird keine Leiche geben. Erinnerst du dich denn nicht, daß meine Magik mich beschützt. Das Gift wird mich nicht umbringen. Vielleicht wird mir davon schlecht, aber besser das als sterben.

Das kann nur ein Hautsack behaupten, der noch keinen nuklearen Kater überlebt hat. Okay, Bwana, das ist dein Spiel. Hoch die Tassen!

Ich sah Ramses in die Augen. »Nun, was ist? Wenn Ihr mir die Hände nicht befreien wollt, dann werdet Ihr mir das Gift schon eigenhufig einflößen müssen.«

»Ihr wollt es also wirklich tun.« Ich glaubte, verhaltene Bewunderung in der Stimme des Schafes zu hören. »Also schön.« Er kam näher und hielt die Phiole bereit. Mein Herz machte einen Sprung, als er sie entkorkte. Scandal wand sich nervös um meine Beine, während das Schaf die Phiole näher und näher an meine geöffneten Lippen brachte.

Kendar, bist du sicher …?

Na sicher bin ich sicher. Ich vertraue auf meine Magik. Die Phiole war unter meiner Nase. Ich fühlte, wie das kühle Glas gegen meine Unterlippe gepreßt wurde.

Die Magik hat Meister Thengors Leben auch nicht gerettet, erinnerte mich der Kater. *Und er hatte die Sammlung komplett und im Top-Zustand.*

Für Meister Thengor war es an der Zeit, zu sterben, und seine Magik wußte es. Sie konnte sich nicht mehr einmischen.

So, wie du über sie redest, könnte man meinen, sie wäre lebendig.

Ach, hör schon auf, du weißt, daß ich es nicht so meine. Magik ist eben … eben Magik. Sie ist wie andere Werkzeuge des Zauberers auch, Kristallkugeln und Zauberstäbe, nur wesentlich nützlicher und vielseitiger.

Ich konnte das Gift riechen. Es roch durchdringend nach Hefe. So wie schales Bier.

Wenn ich schlafe, kann irgend etwas Fieses sich an mich anschleichen und mich töten, aber solange ich wach bin, wird meine Magik nicht zulassen, daß ich getötet werde.

Aber verwundet. Und erinnerst du dich an das eine Mal, als du dir Grabräuber eingefangen hast?

Das Schwert Gryms des Großen. Ich verzog meine Nase.

Ramses tat sich mit der Phiole ziemlich schwer. Wahrscheinlich war er es nicht gewöhnt, seinen Opfern Gift einzuflößen, sondern bevorzugte etwas direktere Tötungsmethoden. Vermutlich fürchtete er, das Gift zu verschütten oder mir mit der Kante der Phiole gegen einen Zahn zu hauen.

Die Klinge hatte einen Splitter von Meister Thengors versprengter Magik aufgenommen – die Fragmente, die in alle Himmelsrichtungen davonsausten, als du und ich diesen kleinen … Unfall hatten.

Ein Schwert wie dieses, Chef, mit seiner eigenen Magik – könnte dich so etwas trotz deiner Magik töten?

Ich weiß nicht. Es tat auf jeden Fall höllisch weh, als er mir mit der flachen Seite eins versetzt hat. Magik trifft Magik …

Ein stechender Schmerz ließ mich diesen Gedankengang abbrechen. Ramses *hatte* mir die Phiole gegen die Zähne geschlagen. Mein ganzes Gesicht kribbelte. Er schnappte: »Du könntest mir ruhig dabei helfen.« Dann leerte er die Phiole in meinen Mund aus.

Ich sah weder die Fünkchen, noch bemerkte ich, was da kribbelte, bevor ich die ganze Portion geschluckt hatte. Dann war es zu spät.

Magik!

Spuck's aus! Spuck's aus! hörte ich Scandal in meinem Kopf schreien.

Ein guter Rat, dem ich gefolgt wäre, hätte ich gekonnt. Aber wie ich schon sagte: Es war zu spät. Das Gift war schon halb die Speiseröhre herunter. Es traf meinen Bauch wie ein Donnerschlag. Ich keuchte vor Schmerz und krümmte mich so weit zusammen, wie es meine Fesseln zuließen. Jeder Teil meines Körpers schien in Schmerz gebadet zu sein. Ich konnte sogar Flämmchen vor meinen Augen tanzen sehen. Sie glitzerten in tausend Farben, deren Namen ich nicht kannte, wie Drachenaugen. Dann, mit einem Schlag wie nach einem Treffer mit dem Kricketschläger eines Riesen, wurde alles um mich herum wieder dunkel, nur daß es diesmal nicht nach Fisch stank.

Ein Werkzeug bin ich also?

Ich hob langsam den Kopf. Ich war nicht mehr an den Stuhl gefesselt. Meine Hände und meine Füße waren frei. Genau wie der ganze Rest: Ich war frei vom Stuhl, von der Kabine, sogar von meiner Kleidung. Ich trieb durch ein dunkelrotes Licht, das mich wie eine Strömung mitzog. Von irgendwoher hörte ich eine Trommel in einem langsamen und gleichmäßigen Rhythmus schlagen. Es gab keinen Himmel, kein Ufer und kein Flußbett. Es gab nur das purpurrote Licht und mich ... und Magik.

Nun, du hast ja lange genug gebraucht, um mich zu erkennen.

Die Magik hatte eine Stimme, die mich an die von Scandal erinnerte.

Und warum auch nicht? Schließlich hatte er keine eigene Stimme, bevor er mich getroffen hat! Sie trieb neben mir im blutroten Licht, eine undifferenzierte Masse leuchtenden Goldes. Spinnennetze in allen Farben des Regenbogens umschlossen sie mit einem flexiblen Gewebe, das sich mal in diese, mal in jene Richtung streckte und dabei immer der Gestalt folgte, die sich die Magik gerade gab. Als sie über Scandal redete, gab sie sich für einen Augenblick eine verschwommene Katzengestalt, dann entspannte sie sich wieder.*Außer, um ›Miau‹ zu sagen. Aber was für ein Wort ist schon ›Miau‹?*

Ich starb. Man erzählt sich ja, daß Menschen, die sterben, alle möglichen verrückten Dinge sehen. Ich wußte, nun mußte ich sterben. Vielleicht hätte meine Magik mich gegen ein gewöhnliches Gift schützen können, aber Ramses hatte mir ein durch Magik aufgepepptes Gift eingeflößt. Alles war vorbei. Ich fragte mich, wie es in seinen Besitz gekommen war. Aber dennoch, wenn ich es recht bedachte, konnte ich eigentlich nicht zulassen, daß sich dieser Klumpen dort über einen Freund lustig machte.

Scandal würde sagen, daß es ein ziemlich gutes Wort ist, antwortete ich. *Er hat damit so gut wie alles bekommen, was er wollte. Von welcher Ein-Wort-Sprache kann man dasselbe behaupten?*

Meine Magik verrenkte sich in einen dicken Schlauch, aus dem fünf Gliedmaßen wuchsen. Einer verwandelte sich in einen knubbeligen Kopf ohne Augen, Nase, Ohren oder Mund; zwei wurden zu Beinen, die in Flossenfüße ausliefen; zwei formten sich zu Armen mit Händen in Fäustlingen. Dieses menschenähnliche Ding lehnte sich zurück, als säße es auf einem Stuhl, schlug die Beine übereinander und sagte: *Weißt du, Kendar, ich versteh' dich nicht. Meister Thengor hatte die größte Ansammlung von Magik auf Orbix, und als er zu sammeln anfing, war er viel älter, als du es jetzt bist. Du hast den Löwenanteil seines Hortes bekommen und besitzt die Macht, noch mehr anzusammeln. Du könntest auf dieser Welt der Größte seit Meister Uvom sein, wenn du nur wolltest.*

Meister Uvom war der Grund, aus dem Orbix keine feste Form mehr hatte. Ab und zu gibt es ein großes Aufräumen, und die ganze Welt zuckt, als hätte sie Wehen. Menschen sterben, Zivilisationen gehen unter, Kartographen verlieren den Verstand, und für ein paar Jahre besteht niemand eine Prüfung in Geographie.

Ich möchte gar kein zweiter Meister Uvom sein, erwiderte ich.

Ja ja, das hab' ich mir schon gedacht, als du nicht versucht hast, dem Kater seinen Magikanteil abspenstig zu machen.

Ein paar Vertiefungen erschienen auf dem ›Gesicht‹ meiner Magik und bildeten Augen und einen Mund. Die Augen wirkten verschlagen und der Mund kurvig. *Ich habe gehört, daß du ihn sogar überreden willst, die Anwendung seiner Magik zu erlernen. Also, ich bin ja noch einen Tag älter als die Schöpfung, aber das war sogar für mich neu.*

Er kann es schaffen, beharrte ich. *Scandal ist klug.*

Klüger als du! Du wirst nämlich bald tot sein, buhuu, und wer wird sich dann um Scandal kümmern? Oder Mysti? Oder Rhett und Anisella? Ramses wird vermutlich so sauer sein, daß du ihn mit deiner Behauptung, ein Zauberer zu sein, belogen hast, daß er sie alle bei der ersten sich bietenden Gelegenheit über Bord werfen wird. Du wirst tot sein, sie werden tot sein, und es wird auf der Oberseite wohl nie aufhören, Störche und Flamingos zu regnen, und alles nur, weil du zu sehr ein Verlierer warst, um einen Kampf anzunehmen.

Einen Kampf? wunderte ich mich. *Welchen Kampf?*

›Welchen Kampf?‹ fragt er. Ein Seufzer zwang meine Magik wieder zurück in ihre ursprüngliche formlose Form. *Na, selbstverständlich die einzige Art Kampf, die einem Zauberer etwas bedeutet: ein Kampf Magik gegen Magik! Dieses Gift enthält einen Teil der Kräfte, die früher Meister Thengor gehörten – ich erkenne den Geruch noch einen Ozean weit entfernt –, und jetzt steckt es in dir. Alles, was du tun mußt, ist, es zu finden, zu stellen und ihm zu zeigen, wer der Boß ist. Mach es wieder zu einem Teil von mir! Mach es wieder zu einem Teil von* uns. *Es sei denn …* Meine Magik sprach plötzlich in einem fiesen, niederträchtigen Tonfall.

Es sei denn, was?

Es sei denn, du hast Angst.

Angst? Ich kannte nicht einmal den Begriff der Furcht! Moment, *Furcht* kannte ich nur zu gut. *Bestürzung* kannte ich nicht. Jedenfalls, Angst oder nicht, ich mußte etwas tun. Nicht nur mein Leben stand auf dem Spiel.

Kannst du mir helfen, diese fremde Magik zu finden? fragte ich. *Und wenn wir sie gefunden haben, kannst du mir gegen sie beistehen?*

Ich sah, wie ein gekrümmter Spalt auf dem Klumpen erschien. Er sah aus wie ein Lächeln. *Ob ich kann? Können Fliegen fliegen? Können Enten enten?* Es erzitterte und gab sich die Form eines kräftigen Ponies. *Spring auf!*

Und schon galoppierten wir durch das rote Licht. Es war, als würde man versuchen, unter Wasser zu reiten. Jede Bewegung, die wir machten, wurde verlangsamt, aber es kam mir trotzdem so vor, als würden wir sehr schnell vorankommen – ohne daß ich unser Ziel kannte. Meine Magik schwamm mit dem Strom, und ihre Mähne flatterte mir ins Gesicht. Manchmal war der Weg frei, aber manchmal gab es auch Hindernisse.

Pfui! Was sind das denn für Dinger? fragte ich, während ich Hunderte kleiner Klumpen abwehrte.

Magik erfüllte meinen Kopf mit Gelächter. *Mach dir keine*

Gedanken darum, was sie sind, aber sei froh, daß du welche hast. Und wenn du schon dabei bist: Sieh zu, daß du dir ein paar Dutzend davon mitnimmst. Sie sind die beste Rüstung, die du jemals besitzen wirst.

Ich soll sie anziehen?

Allein der Gedanke war abstoßend. Ich erwartete, daß sie sich glitschig anfühlen würden – wie Quallen – aber als ich sie berührte, kamen sie mir eher wie Flicken aus sehr dünnem und sehr nassem Leder vor. Ich klammerte mich mit den Beinen an Magik fest, damit ich beide Hände frei hatte. Ich fing genug von den Dingern ein, um mir eine lückenlose, flexible Rüstung auf meinen Körper zu kleben.

Nein, nicht den! rief Magik, als ich nach einem irgendwie besonders wirkenden Klumpen griff. *Siehst du nicht, daß er anders ist?*

Das war richtig. Als ich ihn genauer anschaute, sah ich, daß er pelziger als die anderen war. Tausende kleiner Härchen stachen in alle Richtungen. Er hatte einen schmuddeligen Grünton.

Junge, wirst du in ein paar Tagen einen ekligen Schnupfen haben, gluckste meine Magik. Dann hetzte sie weiter.

Und gerade, als meine Rüstung sich schwer anzufühlen begann und es mir vorkam, als würden wir auf ewig weitergaloppieren, da fanden wir sie: die fremde Magik.

Sie sah fast aus wie meine eigene, nur war sie längst nicht so groß und nicht so bunt. Sie saß auf der Kuppe eines riesigen braunen Berges, dessen Seiten so schlüpfrig schienen wie feuchtes Glas. Die fremde Magik richtete sich gerade häuslich ein und machte es sich gemütlich. Ab und zu streckte sie einen Tentakel aus, der sich in die Berglandschaft bohrte und einen Batzen herausriß. Die fremde Magik stopfte sich das Ganze in einen Mund, den sie eigens zu diesem Zweck entstehen ließ. Sie wirkte träge und gierig, aber nicht gefährlich.

Na! Das zeigt mal wieder, was du weißt! Du hast keine Ahnung, und davon aber mehr als genug.

Meine Magik schien nicht nur Scandals scharfe Zunge zu besitzen, sondern auch seine Vorliebe, uneingeladen in mein Bewußtsein einzudringen. Sie nahm ihre alte Gestalt wieder an und warf mich dabei ohne Warnung zu Boden (Ich habe eben *niemals* Glück bei Reittieren!), dann kletterte sie auf halbe Bergeshöhe und brüllte der fremden Magik zu: *He! Du! Ja, ich rede mit dir, du Kugelfisch! Laß die Leber dieses Jungen los, bevor du ihn umbringst!*

Meine Leber? Das soll meine *Leber sein?* quiekte ich.

Eine sehr gesunde Leber! ergänzte meine Magik. *Das kommt von einem sehr gesunden beziehungsweise sehr langweiligen Leben, wobei beides einander nicht ausschließt.*

Urgh, machte ich. Die einzigen Lebern, die ich bis dahin zu Gesicht bekommen hatte, waren die, die Velma Chefköchin in Meister Thengors Küche aus Hühnchen zu reißen oder Mutter an uns drei Kinder zu verfüttern pflegte, wenn wir etwas ausgefressen hatten, das Vater für lustig hielt, so daß sie uns nicht verprügeln konnte.

Hör mal, niemand verlangt von dir, daß du das Ding heiratest, fuhr mich meine Magik an. Dann wandte es sich wieder der Magik auf der Berg-, nein, ich meine, Leberkuppe zu.*He! Hör zu, du Hausbesetzer! Laß dir gefälligst ein Paar Ohren wachsen und benutze sie! Was glaubst du, was du da tust?*

Die fremde Magik hatte keinen Kopf, den sie hätte heben können, schaffte es aber dennoch irgendwie, einen aufmerksamen Eindruck zu erwecken.

Ich bin Teil eines Giftes. Es ist die Aufgabe von Giften, Menschen zu töten, sagte sie gedehnt.

Nun, falls es dir noch keiner gesagt hat: Gifte töten niemals irgendwelche Menschen, wenn sie gerade Besuch von Verwandten erhalten.

Häh? Die fremde Magik schien verwirrt. *Bist du mit mir verwandt?*

Darauf kannst du wetten. Ich bin deine Tante. Meine Magik kletterte dabei immer höher.

Meine Tante? Ich habe keine Tante!

Tante Antidot?

Die kleinere Magik riß ein großes Stück aus meiner Leber und warf es nach meiner Magik, so daß diese den ganzen Weg zurück nach unten rutschte. Wäre dieser Berg nicht ein

Stück von mir gewesen, hätte ich auch eine Handvoll aufgesammelt und zurückgeworfen. Statt dessen half ich meiner Magik auf die Beine – was nicht einfach war, da sie gerade keine hatte.

Jetzt bist du dran, Kendar, sagte der schimmernde Kloß. *Er gehört dir. Ich habe ihn für dich schon mal ein wenig eingeweicht.*

Das Ding sieht nicht so aus, als könnte es noch weicher werden, antwortete ich. *Was soll ich denn jetzt nur tun?*

Ich bin die Magik. Du bist der Magier. Magier benutzen Magik. Dreimal darfst du raten.

Ja, aber – wie?

Wie immer du willst. Ich kann dir helfen, aber du bist es, der die Entscheidungen fällt.

Ich schaute zur Leberkuppe auf. Die kleinere Magik-Portion fraß nun mit einem halben Dutzend Mündern, die vorher nicht dagewesen waren, an mehreren Stellen gleichzeitig. Wenn es ihr danach war, konnte sie sich wahrscheinlich noch ein halbes Dutzend Münder zusätzlich wachsen lassen. Je schneller sie fraß, desto eher würde ich sterben. Das rote Licht, das uns umgab, begann zu flackern und zu wabern. Ich hatte das gleiche Gefühl wie immer, wenn ich mich einem versprengten Teilchen von Meister Thengors Magik näherte. Aber darüber hinaus verspürte ich Wut. Wie konnte dieser ... dieser gierige Flatschen es *wagen*, an *mir* herumzukauen? Meine Magik hatte recht: Ich war der Magier, und die Magier benutzten die Magik, nicht andersherum.

Na schön, sagte ich, ballte meine Fäuste und biß die Zähne zusammen. Und dann ließ ich meine Magie wissen, was ich von ihr erwartete.

Au weia. Das ist eine sehr anspruchsvolle Anweisung, sagte meine Magik.

Tu es einfach.

Schau mal, so einfach ist das nicht. Ein Zauberer sagt seiner Magik nicht einfach, was sie tun soll, er bringt sie dazu, ihm zu dienen. Je schwieriger sein Wunsch zu erfüllen ist, desto mehr muß er sich anstrengen, um seine Magik davon zu überzeugen, daß ...

Was sollte ich mir noch alles gefallen lassen? Die eine

Magik kaute auf mir herum, die andere versuchte, mit mir zu diskutieren? Ich hatte keine Zeit für Diskussionen. Ich mußte überleben, denn wenn mir das nicht gelang, würden Scandal, Mysti und die anderen sterben. Ich fixierte den goldenen Magikklumpen mit einem Blick, der auf seiner Oberfläche schwarze Flecken erscheinen ließ.

Tu ... es ... einfach, sagte ich mit einer Stimme, die mir nicht mehr wie meine eigene vorkam.

Meiner Magik sank der Mut. Ich sah ein Zittern über die sich in ständigem Wechsel befindliche Oberfläche laufen. Dann änderte sie ihre Gestalt, indem sie an einer Stelle etwas einzog, an anderer Stelle etwas hervorsprießen ließ, und am Ende sah ich mich einem prächtigen, vollständig gesattelten und gezäumten Schlachtroß gegenüber.

Der Sattel hatte selbstverständlich eine hohe Lehne wie ein Thron, und ein raffiniertes System von Gurten hielt mich darin fest, nachdem ich aufgestiegen war, genau wie ich es meiner Magik befohlen hatte. Ich wollte nicht das Risiko eingehen, von *diesem* Pferd zu fallen.

Als ich sicher im Sattel saß, streckte ich meinen rechten Arm aus und fragte: *Also? Wo ist die Waffe, nach der ich verlangt habe?*

Bist du sicher, daß ich dich nicht für ein hübsches Schwert interessieren könnte? fragte meine Magik.

Ich weiß, was ich will. Gib es mir!

Wie du meinst. Der Rücken des Pferdes erzitterte. Ein kleiner Teil des regenbogenfarbigen Netzes, das den Klumpen zusammenhielt, schwebte durch das rote Leuchten in meine wartende Hand, während die abgerissenen Enden des ursprünglichen Netzes sich rasch wieder zusammenfügten.

Und los! befahl ich. Das Pferd stieg auf die Hinterhand, seine Vorderläufe ruderten durch die Luft. Ich fiel in den Sattel zurück, aber die Sicherheitsgurte hielten. Die Rückenlehne erwies sich als bequem.

Mehr Glück beim nächsten Mal, sagte ich hämisch.

Das Pferd sah mich über seinen Widerrist hinweg an. *Du wirst mir den Versuch doch nicht übelnehmen?* Dann preschte es zum Angriff vor.

Die andere Magik hatte einfach keine Chance. Sie war zu unbeholfen, uns zu entkommen, und zu klein zum Kämpfen. Ich warf ihr das Netz über und zog es heran. Je näher sie kam, desto aufgeregter wurde meine eigene Magik. Ihre Pferdegestalt schmolz unter mir zusammen. Als die kleine Magik-Portion nahe genug war, konnte ich meine Magik förmlich sabbern hören.

He, seid nett zueinander, ermahnte ich sie. *Ihr beiden werdet in Zukunft zusammenarbeiten müssen.*

Oh, das werden wir, ja, das werden wir, versprach meine Magik und warf sich auf den kleineren Klumpen, als wollte sie eine Sandburg unter sich zermalmen. Fontänen von Magik ergossen sich um mich und strömten wieder zusammen, während ich durch das rote Licht fiel.

Ich landete mit einem dumpfen BUMM! auf dem Boden von Ramses' Kajüte.

»Ihr lebt?« war das allererste, das ich hörte. Es kam von Ramses. Er klang erstaunt.

»Du kannst deine Angora-Strickjacke drauf verwetten, daß er lebt!« rief Scandal. Er klang ebenso erstaunt wie Ramses, konnte es aber besser verbergen. »Ich hab's dir gesagt: Echte Magie braucht ihre Zeit. Es ist nicht vorbei, bevor die fette Frau gesungen und der Clown mit dem Hut rumgegangen ist.«

Ich setzte mich auf und rieb mir die Gelenke an Händen und Füßen. Es schien, als hätte das Piratenschaf mir einen Gefallen gewähren und mich ungefesselt sterben lassen wollen.

»Nun, Ramses?« Meine Stimme zitterte, aber seine ebenfalls. Vielleicht bemerkte er es gar nicht. »Habe ich Eure Prüfung bestanden?«

Das Schaf verbeugte sich samt Kapuze so tief, daß seine Maske abfiel. »Ein echter Zauberer!« teilte er dem Fußboden mit. »Nach so langer Zeit sind meine Gebete erhört worden. Ich bin nicht würdig.« Er hob den Kopf.

»Ihr seid kein *Schaf!*« kreischte ich und wies mit einem Finger anklagend auf das gutaussehende Männergesicht zwischen den wolligen Locken. Er hatte Schafsohren, aber der

Rest seines Gesichtes war so menschlich wie meines. Er hatte nicht einmal Pickel. Das Leben ist nicht fair.

»Oder du bist ein sehr, sehr häßliches Schaf«, fügte Scandal hinzu.

»Ihr habt mein fürchterliches Geheimnis entdeckt«, gab Ramses zu. »Ich bin kein geborenes Schaf.« Jetzt lag in seiner Stimme auch nicht mehr die Spur eines Blökens. Er bedeutete mir, auf einem Stuhl Platz zu nehmen, und brachte mir etwas zu trinken. Ich roch mißtrauisch an der Karaffe. Es war verdünnter Wein, nichts weiter. Außer, daß er sauer war. Ich trank gerade genug davon, um den Geschmack des Giftes aus dem Mund zu spülen. Während ich schluckte, berichtete Ramses uns sein trauriges Schicksal.

KAPITEL 13

»Ich sah nicht immer so aus, wie ich nun vor Euch stehe«, begann Ramses.

Scandal sprang auf meinen Schoß, um von dort aus meinen Oberkörper zu erklettern und sich auf meiner Schulter häuslich niederzulassen. »Oh, bitte laß mich raten: Du warst ein armes-aber-ehrliches Irgendwas oder so, nicht wahr?«

Das Menschen-Schaf war erstaunt. »Ja! Woher weißt du das?«

»Weil du unseren Tränendrüsen jetzt eine unendlich traurige Geschichte erzählen wirst, darüber, wie es dazu kam, daß du halb Mensch und halb Hammelkeule bist. Dann wirst du Meister Kendar um Hilfe anflehen und ihn bitten, zu vergessen, daß du die Leben seiner Freunde bedroht und versucht hast, ihn kurzerhand zu vergiften. Falls du das also vorhast, wirst du dir ganz schön große Mühe geben müssen, doch noch sein Mitgefühl zu bekommen. Nur sehr wenige Menschen haben Verständnis für Typen, die ihre intime Beichte mit ›Ich war reich, aber verdorben‹ beginnen.«

»Scandal, gib ihm eine Chance«, murmelte ich.

«Hab' ich irgendwas gesagt?« Der Kater legte sich etwas bequemer auf meine Schultern und begann, sie mit seinen Pfoten zu massieren.

»Es ist schon, wie Euer Familiar sagt«, gab Ramses mit einem Seufzen zu. »Nur daß es in meinem Fall wirklich die Wahrheit ist: Ich war ein armer, aber ehrenhafter Schafhirt.«

»Seitdem ist aber viel Wasser ins Meer geflossen«, kommentierte der Kater.

»*Scandal!*«

»Ich hab' kein Wort gesagt, Chef; nicht ein einziges Wort.«

»Das Leben eines Schafhirten ist nirgendwo leicht«, fuhr Ramses fort, »aber hier auf der Unterseite ist es am schwersten. Wir ziehen die Schafe auf, um ihre Wolle und ihr Fleisch auf dem Markt zu verkaufen, ganz wie die Leute bei Euch auch. Keiner schert sich um die Sache mit dem Scheren – tatsächlich gibt es einige Schafscherer, die für ihre Kunstfertigkeit so berühmt sind, daß selbst einige der *intelligenten* Schafe ihre Dienste in Anspruch nehmen. Aber was das Fleisch angeht ...« Er schüttelte den Kopf.

»Ich habe Schafe gehütet, seit ich alt genug war, alleine zu gehen und einen Hirtenstab zu halten. Meine Eltern hatten mich gezwungen, das Familiengeschäft zu übernehmen, weil sie schon alt waren und ich ihr einziges Kind war. Manchmal fragte ich mich, wie sie überhaupt an mich gekommen waren, wo doch die Eltern meiner Freunde alle viel jünger waren. Aber ein Kind akzeptiert die Welt, wie sie ist. Ich fragte mich allerdings auch, warum ich keinem von beiden auch nur entfernt ähnlich sah. Man hat ja eine ganze Menge Zeit, sich Gedanken zu machen, wenn man Schafe hütet.«

»Das sage ich Meister Kendar auch immer im Zusammenhang mit Rattenlöchern«, warf Scandal freundlich ein. Ich griff nach oben und zwickte sanft seinen Schwanz. Scandal fuhr fort, meine Schultern zu massieren, aber diesmal hatte er die Krallen ausgefahren.

»Viele Menschen halten das Leben eines Schafhirten für langweilig«, setzte Ramses seine Erzählung fort. »In anderen Ländern mag das auch stimmen, aber hier auf der Unterseite *beten* die Schafhirten um langweilige Tage. Drei oder vier von uns waren beauftragt, sich um die Herden zu kümmern, und wir blieben zu unserem Schutz zusammen und wechselten uns ab, Ausschau nach gefährlichen Tieren zu halten.«

»Wölfe?« fragte ich.

»Schafe«, antwortete Ramses.

»Ich weiß, daß Ihr auf die Schafe aufpassen solltet, aber ich wollte wissen, ob die Gefahr von ....«

»Ich weiß schon, was Ihr meint, mein Herr Zauberer«, sagte er mit ernstem Gesichtsausdruck.

»Mein *Herr* Zauberer? Oh-oh!« warf Scandal ein. »Wenn

sie dich mit Titeln anreden, die du gar nicht verdient hast, dann bedeutet das, daß sie dich dazu bringen wollen, umsonst zu arbeiten.«

Ramses war beleidigt. »Ich bin willens und in der Lage, Meister Kendar mehr als großzügig für seine Hilfe zu entlohnen. Wenn du mir nicht glaubst, dann sieh in dem Winkel unter meiner Koje hinter der Decke nach. Dort wirst du eine Schatzkiste finden, auf der steht: ›Nur in Gegenwart eines Zauberers zu öffnen‹.«

Scandal nahm Ramses beim Wort, sprang von meiner Schulter und trottete zur Koje, um die Kiste zu überprüfen. Das Menschen-Schaf schnaubte: »Er traut mir nicht.«

»Gibt es irgendeinen Grund, warum er das tun sollte?« fragte ich.

»Wieso sollte er nicht? Wieso solltet Ihr nicht? Sicherlich habe ich Euch Gift zu trinken gegeben, aber ich habe nicht versucht, es Euch unterzuschieben. Ihr wußtet, worauf Ihr Euch einlaßt. Ich bin immer noch ein ehrenwerter Mann, wenn auch nicht mehr arm.«

»Zurück zu Eurer Geschichte«, schlug ich vor. »Was war jetzt mit den Wölfen?«

»Vor Wölfen hatten wir nichts zu befürchten. Die Umwälzung, die den meisten der Tiere der Unterseite Sprache, Verstand und andere menschliche Eigenschaften gab, bedachte nicht alle in gleicher Weise. So kam es, daß meine Freunde und ich Schafe hüteten wie auf der Oberseite, während gleichzeitig Caltrop der Wollhändler den größten Teil unserer Wolle an ein intelligentes Schaf verkaufte, das auf den Namen Pringle hörte. Die Wölfe hingegen sind ohne Ausnahme intelligent geworden. Manchmal bleiben sie zwar noch in Schornsteinen stecken oder werden verhaftet, weil sie kleine Kinder in den Wald locken wollen – und einige haben die recht, äh, peinliche Angewohnheit, sich in die Nachthemden älterer Damen zu kleiden –, aber mit dem Stehlen von Schafen haben sie sich seit Generationen nicht mehr abgegeben. Nein, die Wölfe haben uns nie Sorge bereitet. Aber – die Schafe!«

»Eure eigenen Schafe?« fragte ich ungläubig.

Er lachte mich aus. »Unsere Schafe waren gute, gewöhnliche Schafe, wie man sie überall auf dem Land findet. Es waren die Stadtschafe, die wir fürchteten: die klugen, die, die sprechen konnten ...« Er senkte seine Stimme zu einem Flüstern, »die, die Lammkeulen *persönlich* nahmen.«

»Das kann ich ihnen nicht verübeln.«

Einen Augenblick lang schien Ramses zu vergessen, daß er etwas von mir wollte und besser allem zustimmen sollte, was ich sagte. Statt dessen antwortete er gereizt: »Ja, ja, das hört sich ganz toll an. Wenn man genügend Abstand hat, dann kann man natürlich so herablassend darüber reden. *Ihr* mußtet die Einkommensquelle Eurer Eltern auch noch nicht wieder einfangen, nachdem eine Bande von wolligen Revolutionären sie über vier Grafschaften verstreut hatte. Sie stürmten auf unsere Herde ein und ängstigten die armen Tiere, bis es zu einer Stampede kam. ›Seid frei, versklavte Brüder und Schwestern!‹ schrien sie dabei. ›Seid frei!‹ Dann ritten sie weg – wenn wir Glück hatten und sie uns nicht mit unseren eigenen Hirtenstäben windelweich prügelten, bevor sie verschwanden.«

»Sie *ritten* weg?«

»Ja, auf Ponies. Aus irgendeinem Grund schien es ihnen nichts auszumachen, daß sie die Ponies ebenso versklavten wie wir ihre ›Brüder und Schwestern‹. Nachher dauerte es immer fast eine Woche, bis wir die verängstigten Tiere wieder eingefangen hatten. Wenigstens ein halbes Dutzend war bis dahin schon tot. Entweder hetzten sie sich selbst zu Tode, oder sie rannten über einen Abhang, oder sie fanden sich in unwegsamen, unfruchtbaren Bergen wieder, wo sie verhungerten. Und *Euch* hat man obendrein nicht auch noch die Schuld für alles zugeschoben. Und *Ihr* mußtet auch nie hungrig ins Bett, weil Eure Eltern es sich wegen dem halben Dutzend toter Schafe nicht leisten konnten, Essen auf den Tisch zu stellen, o, nein, mein Herr!«

»Regt Euch doch nicht auf«, versuchte ich den aufgebrachten Ramses zu beruhigen. »Wenn ich Euch helfen soll, muß ich wissen, wie die Geschichte weitergeht.«

Das brachte ihn wieder zu sich. »Viel mehr ist nicht zu

erzählen. Ich wuchs heran, und meine Freunde auch. Schafe hüten ist eine Arbeit für Jungen, nicht für Männer. Die meisten meiner Freunde gaben das Schäfertum an ihre jüngeren Brüder weiter, so bald sie konnten. Bevor ich mich's versah, waren nur noch ich und Bertram von der alten Gruppe übrig. Ich konnte nicht aufhören, weil meine Eltern niemanden hatten, der die Arbeit für sie machen konnte, und Vater war zu alt dafür. Bertram konnte nicht aufhören, weil Schafe hüten das einzige war, wozu sein Verstand ausreichte.«

Ein wehmütiges Lächeln erschien auf Ramses' Gesicht. »Ach ja, der gute alte Klotzkopf Bertie! Wer weiß, ob er sich noch an mich erinnert? Es ist nun schon fast ein Jahr her, daß ich wegging. Ich würde auch gern wissen, ob er endlich gelernt hat, einen Gürtel zu benutzen. Bertie mit der offenen Hose, so nannte man ihn. Wir zogen ihn die ganze Zeit auf: ›He, Bertie, paß auf, daß die Kuh nicht wegläuft.‹ Aber er kannte nur Schafe und grinste immer. Er war ein schwatzhaftes Kind, aber als wir größer wurden, haben selbst die wilden Schafe ihm kaum ein Wort entlocken können.«

In diesem Augenblick kam Scandal zurück und rief: »Kannst den Job annehmen, Meister Kendar! Er hat nicht gelogen, was die Schatztruhe betrifft; dieses Schaf ist flüssig.«

Ich warf Ramses einen zweifelnden Blick zu, aber er erschien mir solide.

»Es besteht ein großer Unterschied zwischen einem Schafhirten und einem Seeräuber«, sagte ich. »Und ein weiterer Unterschied zwischen einem Menschen und einem ... was auch immer Ihr jetzt seid. Wie konnte das geschehen?«

»Dazu komme ich jetzt. Im letzten Jahr bekam Pringle die Gicht und mußte einen Vertreter zu Caltrop schicken. Der Vertreter trank zuviel vom selbstgebrauten Bier und begann, aus dem Nähkästchen zu plaudern. Zuerst teilte er uns mit, daß König Wulfdoth die Belohnung erhöht habe.«

»Welche Belohnung?«

»Das haben die Schafzüchter auch alle gefragt. Neuigkeiten erreichen die Berge nicht sehr schnell, aber am Ende doch. Der Kerl wühlte in seiner Tasche und förderte schließlich ein abgegriffenes altes Plakat mit König Wulfdoths lächelndem Gesicht darauf zutage. In unserem Dorf konnte keiner außer Caltrop lesen, und er behauptete nun, die Zeichen auf dem Plakat bedeuteten folgendes: Weil König Wulfdoth seine Untertanen so sehr liebte und eher sterben würde, als ihnen die Unbill eines Bürgerkrieges zuzumuten, böte er einmal mehr eine Belohnung an, die derjenige bekommen würde, der ihm das eine überlebende Familienmitglied des alten Königs brächte. Denn obwohl sechzehn Jahre eine lange Zeit seien, wären alle Jugendlichen geborene Unruhestifter, und man könne nie wissen, wann dieser Eine auftauchen und das Reich ins Unglück stürzen würde.«

Ramses erhob sich und ging zu einem großen Spiegel mit vergoldetem Rahmen, der an der Wand befestigt war. »Seht Ihr ihn, Meister Kendar? Ich hatte nicht gewußt, daß es so etwas wie Spiegel überhaupt gibt, bevor ich mein Zuhause verließ, aber ich wußte durch Spiegelungen in Teichen und Pfützen und dem einen metallenen Bierkrug in der Dorfschenke doch, wie mein Gesicht aussah.«

Er schaute in den Spiegel und seufzte über den Anblick, der sich ihm bot, dann wandte er sich ab.

»Später in dieser Nacht schlich ich mich zurück in die Schenke und stahl das Plakat. Ich starrte und starrte das Bild von König Wulfdoth an; schließlich fand ich in einem gefüllten Regenfaß den letzten Beweis. Es war, wie ich von dem Moment an gedacht hatte, als ich das Bild des Königs zum ersten Mal sah: Wir sahen uns sehr ähnlich. Wulfdoth war der Bruder des alten Königs, wißt Ihr. Ich kombinierte dies mit dem Umstand, daß ich sechzehn Jahre alt war – jedenfalls ungefähr – und konnte nur zu einem einzigen Schluß kommen.«

Da war er nicht der einzige. Ich konnte nicht vermeiden, daß sich auf meinem Gesicht ein breites Grinsen abzuzeichnen begann. Welch außerordentliches Glück! Hier vor uns stand der rechtmäßige Erbe des Reiches von Wingdingo-Land, der legitime Herrscher, den zu finden wir hierhergekommen waren. Jetzt, wo wir ihn hatten, brauchten wir ihn nur noch auf den Thron zu setzen und …

Nun, natürlich brauchte er zuallererst einen Haarschnitt, aber dann ...

»König Wulfdoth sieht wie ein Müsli-Softi aus?« fragte Scandal.

»Ein was?«

»Ein weiteres Fabelwesen meiner Welt«, erklärte der Kater. Er sprang zurück auf meinen Schoß und fläzte sich dort hin, als wäre ich ein menschlicher Thron. »Tatsächlich war mein früherer Mensch einer von ihnen. Sie geistern durch die schimmligen Verliese des Königreichs von Bioland und sammeln sich, um ihren Brunftschrei auszustoßen: ›Wir sind arme kleine Lämmer und haben uns verirrt, bäh, bäh, bäh.‹«

»Warum, in Wedwels Namen?« fragte ich.

Der Kater verengte seine Augen zu Schlitzen. »Dadurch hoffen sie, ihre Jagdbeute anzuziehen und zu täuschen: bezaubernde, aber leichtgläubige Weibchen. Die meisten Frauen finden Lämmer einfach niedlich, sind aber zu klug, einen Müsli auf Steinwurfweite an sich heranzulassen.«

Ramses und ich tauschten einen Blick aus.

»Ich könnte ihn ergreifen und für Euch über Bord werfen, mein Herr Zauberer«, sagte er. »Es wäre mir ein Vergnügen.«

»Später vielleicht. Erzählt zuerst weiter.«

Ramses ging zu seinem Stuhl zurück. »Zunächst war ich natürlich hingerissen von der Vorstellung, daß es so war, wie ich es mir immer ausgemalt hatte: daß jemand so Besonderes wie ich unmöglich das Kind solch einfacher Menschen wie meiner Eltern sein könnte. In Wirklichkeit war ich also ein Prinz, ein Thronerbe. Ich zeigte König Wulfdoths Bild sogar Bertie, und er stimmte mir zu, daß der König und ich uns ähnlich waren: gelocktes blondes Haar, blaue Augen, ein kräftiges Kinn ... Meine Haut war dunkler als die Wulfdoths, und ich war kräftiger gebaut, aber dies ließ sich auf das gesunde Leben auf dem Lande zurückführen. Ja, wir waren uns einig, ich war der lang vermißte Erbe. Aber was sollten wir nun tun?

Bertie schlug vor, ein Heer aus Schafhirten aufzustellen,

nach Loupgarou, der Hauptstadt von Wingdingo-Land, zu marschieren und meine Krone einzufordern. Ein Heer aus Schafhirten! Der gute alte Klotzkopf Bertie! So nett wie möglich, teilte ich ihm mit, daß es so nicht gehen würde und ich mich darum kümmern würde. Ich würde mir etwas ausdenken. Irgendwann. Nach einiger Zeit. Wirklich bald.

Dummerweise hatte sich bereits jemand etwas ausgedacht. Dieser Jemand war Pringles Vertreter. Er war zwar betrunken, aber nicht *so* betrunken. Er hatte mich deutlich genug gesehen, und als er am nächsten Morgen aufwachte und das Plakat fehlte, wurde er mißtrauisch. Trotzdem kam kein Wort über seine Lippen, solange er in unserem Dorf war. Er muß gewartet haben, bis er nach Loupgarou zurückgekehrt war, bevor er mit jemandem redete. Und mit wem er redete!«

»Dem König?« fragte ich.

»Möllemann?« fragte Scandal. Er saß wieder auf meiner Schulter.

»Welch seltsamer Name«, sagte Ramses zu dem Kater. »Ganz sicher *klingt* er böse genug, um ihr Name gewesen zu sein.

Aber ich habe ihren Namen nie erfahren, müßt ihr wissen. Ich war auf der Weide, paßte auf die Schafe auf und dachte über einen Weg nach, mein Königreich zurückzuerobern, als die Luft plötzlich vom Donnern der Flügel eines Drachen erfüllt war. Es war nur ein kleiner grüner Drache von der Größe einer Milchkuh, aber sie war auch nur eine sehr kleine Fee. Auf dem Rücken ihres Drachen fegte sie über die Bergesgipfel, und ihre roten und violetten und goldenen Roben flatterten hinter ihr wie die Banner eines Heeres. Ich stand da wie angewurzelt. Ich weiß nicht, ob es einer ihrer Zauber oder einfach die große Überraschung war.«

»Wenn sie auf einem Drachen ritt, hättet Ihr ihr sowieso nicht entkommen können«, sagte ich tröstend. »Sie sind sehr schnell.«

»Das ist wahr. Sie flog auf mich zu, bis sie weniger als die Länge meines Hirtenstabes von mir entfernt war, dann zog sie die juwelenbesetzten Zügel, damit der Drache auf der

Stelle schwebte. Sie sah sehr schön, aber gleichzeitig auch sehr boshaft aus, wenn das möglich ist.«

»Klar«, versicherte Scandal ihm. »Wo ich herkomme, gibt es haufenweise sehr schöne Menschen – männliche *und* weibliche –, die alle so aussehen, als wäre es ihre Lieblingsbeschäftigung, Fliegen die Flügel auszureißen. Und Motten. Und Sperlingen. Und Hühnern. Und Luftwaffenobersten. Und Jumbo-Jets. Und ...«

»Sie sah mich eine Weile lang an«, setzte Ramses seine Erzählung fort, »und dann lachte sie. ›Du bist ein strammer Bursche, Borith‹, sagte sie. ›Wenn man bedenkt, daß du die ganze Zeit hier warst und als gewöhnliches Schäferkind aufgezogen wurdest. Ich hätte es wissen sollen: In all den Geschichten stellt sich immer heraus, daß der versteckte Thronerbe als einfacher Schäferjunge getarnt ist. Ich sehe, daß das Leben auf dem Land dir gefällt. Warum solltest du es aufgeben wollen, nur um eine alberne, abgenutzte, alte Krone auf dem Haupt spazieren zu tragen und den Rest deines Lebens in einem stickigen alten Schloß eingepfercht zu verbringen? Das kann ich nicht zulassen. Und doch bist du ein *sehr* strammer Bursche. Vielleicht können wir uns irgendwie einigen, dann brauche ich dich nicht zu töten.‹« Ramses wandte sein Gesicht von uns ab und fügte hinzu: »Dann schlug sie mir einen sehr unanständigen Handel vor.«

Scandal flüsterte in mein Ohr: »Wie hat sie ihn genannt? Borith? Ich dachte, er heißt Ramses.«

Die gleiche Frage hatte ich auch, deshalb stellte ich sie für uns beide.

Ramses erwiderte: »Das wunderte mich auch, deshalb fragte ich sie. Sie erzählte mir, daß Borith der Name sei, den das Neugeborene von der Königin erhalten hatte, bevor die treuen Diener es ihr entrissen, um es in Sicherheit zu bringen. Zu dieser Zeit brachte König Wulfdoth nämlich gerade jeden im Palast um, so daß alles in ziemlicher Eile geschah. Ramses ist nur der Name, den mir meine Pflegeeltern später gegeben haben. Unglücklicherweise gaben sie mir auch ein ausgeprägtes Empfinden für Recht und Unrecht.«

»Was ist daran so schlimm?«

»Weil ich wußte, daß es unrecht wäre, dem Ansinnen der Fee nachzugeben, sagte ich nein.« Er versuchte, eine edle Pose einzunehmen, was gar nicht einfach ist, wenn man auf einem Stuhl sitzt und von Wolle bedeckt ist. »Da hat sie mir *das* angetan.«

»Du kannst von Glück reden, daß sie dich nicht umgebracht hat. Joan Collins, das Biest vom Denver-Clan, hätte ...«

»Sie sagte, daß ich so keine Bedrohung für König Wulfdoth darstellte«, erklärte Ramses reumütig. »Und da sie die mächtigste Zauberin auf dieser Seite von Orbix sei, läge meine einzige Chance auf Zurückverwandlung darin, daß ich ihr Angebot doch noch annähme. Aber das werde ich nie tun!« Ramses sprang auf die Hufe und schlug die Faust auf den Tisch. »Ich weigere mich!«

»Hmmm, ich verstehe.« Ich rieb mir gedankenverloren das Kinn, aber die Pickel schmerzten, als ich sie rieb, also ließ ich es sein. »Ich nehme an, das erklärt Eure Aufregung darüber, daß ich ein Zauberer bin.«

»Es erklärt aber immer noch nicht, wieso er ein Seeräuber geworden ist«, erinnerte Scandal mich.

»Damit endet meine Geschichte. Grausam lachend, verschwand die böse Fee. Ich blieb zurück, hilflos und beschämt. Voller Sorge pfiff ich nach meinem treuen Hund Lodda, und gemeinsam machten wir uns in die nächste Hafenstadt, Port O'Lyn, auf.«

»Das kann aber gar nicht so nah gewesen sein, wenn ihr aus den Bergen kamt.«

»Das ist wahr, aber unsere Abenteuer auf der Straße waren recht eintönig: Wir begegneten Leuten, die mich grillen, scheren oder ausstellen wollten. Lodda biß sie, und ich haute ihnen mit meinem Hirtenstab auf die Köpfe. Nach einer Weile war das ziemlich langweilig.«

»Warum wolltet Ihr zum Meer?« fragte ich.

»Der Seeweg ist die schnellste Route, um die Oberseite zu erreichen, und ein Seehafen die beste Möglichkeit, Neuigkeiten aufzuschnappen. Ich hoffte, dort einen Zauberer zu finden oder wenigstens einen Tip zu bekommen, wo ich einen finden könnte. Aber meine Suche war erfolglos. Nur wenige *echte* Zauberer kommen auf die Unterseite. Natürlich haben wir unseren Anteil an Schwindlern, Neppern und Bauernfängern, aber die konnten mir nicht helfen. Na ja, und irgendwann saßen Lodda und ich allein an einem schmutzigen Tisch in einer schmutzigen Taverne im schmutzigsten Teil einer sehr schmutzigen Stadt, als ...« Er machte eine Pause, um die Spannung zu steigern. »... *es* zuschlug.«

Er schwieg. Wahrscheinlich wartete er, daß Scandal oder ich fragen würde: *Und was war ›es‹?* Aber wir wußten beide, daß er es uns auch so erklären würde, und machten uns nicht die Mühe, ihn danach zu fragen. Was bedeutete, daß wir alle drei in der Kabine saßen und uns gegenseitig anstarrten.

Gerade in diesem Moment schwang die Kabinentür auf, und großspurig stolzierte der größte, schwärzeste und finsterste Schafsbock herein, den ich je in meinem Leben gesehen hatte. Dabei ist es für ein Schaf schon eine Leistung, auch nur ein bißchen finster auszusehen. Goldene Ohrringe, die um meinen Arm gepaßt hätten, baumelten von seinen Ohren. Er trug eine scharlachrote Hose mit einer schwarz und grün gemusterten Schärpe, in der Dolche, ein Schwert, ein Belegnagel und eine kurze Peitsche mit vielen Schnüren steckten. Seinen Kopf bedeckte ein hoher schwarzer Hut, den Diamantnadeln und protzige *Owmytush*-Federn verzierten. Er ging mit dem ungleichen Rhythmus eines schweren Stiefels und eines dicken Holzbeins. Sein Gesicht war kreuz und quer von Narben durchzogen; sein einzelnes Auge glitzerte kalt. Seine Augenklappe war aus schwarzer Seide, auf die winzige Diamanten in Form eines menschlichen Schädels aufgenäht waren. Sein linker Vorderlauf fehlte und wurde durch einen glänzenden Haken ersetzt.

Wer immer dieses Schaf fragte, womit es seinen Lebensunterhalt verdiente, mußte sein bisheriges Leben in einem zugenagelten Faß verbracht haben.

»Ahoi, Bruder!« grüßte das schwarze Schaf unseren Ramses und klopfte ihm auf den Rücken (glücklicherweise mit dem gesunden Vorderlauf). »Was macht das Verhör dieser zaubernden Landratte?«

»Bruder?« murmelte Scandal mir zu. »Diese marodierende Heidschnucke ist so sehr Ramses' Bruder wie ich.«

»Das habe ich gehört!« Das schwarze Schaf fuhr ärgerlich zu uns herum. Es stieß mit seinem Haken nach dem Kater und stoppte ihn erst unmittelbar vor dessen Schnurrhaaren ab. »Ich möchte, daß ihr wißt, daß Ramses mein lange verloren geglaubter Bruder ist, o ja! Hab' ihn selber nie gekannt. Saß in der Taverne *Zum ausgelassenen Mutterschaf* drüben in Port O'Lyn, als ich ihn reinkommen seh mit seinem Hund. Dachte mir nix dabei, nicht wahr, und trank meinen Rum und kümmerte mich um meinen Krom, arrrh! Da erbebt die Taverne bis in ihre Grundfesten – aus heiterem Himmel! Ein riesiger Blitz aus purem Licht schießt durch die offene Tür, aber in einer Farbe, die ich noch nie gesehen hab', nein, Sir. Hat *seinen* Tisch getroffen, jawoll.«

Er fuchtelte dramatisch mit seinem Haken herum und hätte Ramses fast aufgespießt.

»Äh, ja, Bruder Lan.« Ramses schob seinen Stuhl zurück, bis er außer Gefahr schien. »Ich wollte ihnen gerade alles darüber berichten.«

»Also das war *es*?« fragte Scandal. »Ein Blitz hat dich getroffen? *Deshalb* hast du wohl diese *göttlichen* Naturlokken!«

Ramses erhob sich und schaute finster drein. »Dieses *Es* traf unseren Tisch und alles im näheren Umkreis. Aus Lodda, einem gewöhnlichen Hund, machte es das, was sie heute ist. Möchtest du ihr noch einmal vorgestellt werden?«

Scandal fauchte ihn an. Ramses ignorierte den Kater und wandte sich wieder mir zu. »Dieses *Es* traf auch den Bierkrug, den ich gerade austrinken wollte, und verwandelte seinen Inhalt in das tödliche Gift, mit dem ich Euch geprüft habe, Meister Kendar.«

Das erklärte natürlich alles: Ramses' *Es* war eines der Fragmente von Meister Thengors zersplitterter Magik. Es war ganz schön weit geflogen, war am Ende aber doch gelandet.

Und da ich Meister Thengor kannte, wunderte es mich gar nicht, zu hören, daß es einen Krug Bier als letzte Ruhestätte auserkoren hatte.

»Nein, da war noch mehr, Jungchen!« unterbrach das schwarze Schaf. »Es war 'n Zeichen von den Göttern selber, und es hat 'nen blöden alten Seeräuber wie mich richtig aufgeweckt! Natürlich mußt's mich vorher besinnungslos schlagen. Aber am Ende bin ich doch aufgewacht, und in dieser glücklichen Stunde erkannte ich meinen lange verlorenen Bruder wieder, arrrh!« Er umarmte Ramses und achtete diesmal darauf, mit dem Haken vorsichtiger zu sein. Ramses warf uns einen peinlich berührten Blick zu und zuckte mit den Schultern.

»Das meint der ernst«, wisperte Scandal. »Der glaubt wirklich, daß der Kerl sein Bruder ist!«

»Es muß ein Splitter der Magik gewesen sein, der diesen Gedanken in seinen Schafskopf gepflanzt hat«, flüsterte ich zurück. »Magik macht manchmal die seltsamsten Dinge.«

(Das konnte man wohl laut sagen. Zum einen *sprach* sie. Oder auch nicht. Was ich nach dem Trinken des Giftes erlebt hatte, war sicherlich nur eine Halluzination. Es mußte einfach eine Halluzination sein, da war ich ganz sicher.)

(Hoffte ich.)

»Was du nicht sagst.« Scandal ließ einige Funken um die Spitzen seiner Schnurrhaare tanzen. »Jetzt wissen wir, wie Ramses zum Seeräuber wurde.«

Ich erhob mich *vorsichtig* von meinem Sessel (vorsichtig, um zu verhindern, daß Scandal seine Krallen in meine Schultern bohren mußte, wenn er sich festhielt). Ich bot dem schwarzen Schaf die Hand und sagte: »Kapitän Lan, nehme ich an?«

Lan starrte mich mißtrauisch an. »Aye?«

»Ich bin Meister Kendar Gangle, ein echter Zauberer. Und dies ist mein Familiar, Scandal. Euer Bruder hat uns gerade engagiert ... und unsere Freunde *auch*. Ihr wißt schon, die, die *irrtümlich* angekettet wurden.«

»Angaschiert?« wiederholte Käpt'n Lan noch mißtrauischer. »Wozu'n das?«

»Um den Zauber zu brechen, Bruder«, sagte Ramses schnell.

»Er *weiß* von dem Zauber?« fragte ich sehr erstaunt. Wenn Käpt'n Lan wußte, daß Ramses als Mensch gelebt hatte, bis die böse Fee ihn verzauberte, wie konnte er dann immer noch annehmen, daß sie beide Brüder wären? Magik war stark, aber Meister Thengor hatte uns gelehrt, daß die kleineren Illusionszauber vor der Realität dahinschmolzen wie Eisblumen in der Sonne. (»Wenn ihr also einen Liebeszauber anwendet, dann achtet um Himmels willen darauf, nichts mit vielen Knöpfen zu tragen!«)

»Aber ja, sicherlich, selbstverständlich!« Ramses sprach immer schneller. »Der Zauber, von dem ich Euch berichtete, Meister Kendar, erinnert Ihr Euch nicht? Der, der mich von einem *normalen Schaf* in das verwandelte, was ich jetzt bin, nicht wahr? Der Grund, wieso mein lange verlorener Bruder mich fast nicht erkannt hätte, *erinnert Ihr Euch nicht?*«

»Würdest du etwa glauben, mein Bruder würd' so aussehen, wenn er nicht unter 'nem bösen Zauber stehen tät'?« begehrte Lan auf, während er mit seinem Haken vor Ramses' menschlichem Gesicht herumfuchtelte.

Ich verschränkte meine Arme und warf Lan meinen Ich-bin-der-Zauberer-und-du-nicht-Blick zu. »Ich berechne einen Aufschlag, wenn ich mit sarkastischen Schafen zusammenarbeiten soll«, sagte ich.

Käpt'n Lan überschlug sich fast mit Entschuldigungen. »Die Freunde von meinem Bruder sind auch meine Freunde«, teilte er uns mit. »Und ich sach auch sofort der Mannschaft Bescheid, daß sie deine Bordkameraden da unten rausholen gehn, aye. War ja auch nur'n Irrtum, kann ja jedem mal passier'n, das tragt ihr uns doch sicher nich' nach, arrrh!«

»Arrrh«, antwortete ich kühl.

KAPITEL 14

Im Schiffsverlies war es dunkel und eng. Außerdem stank es. Scandal hatte keine Probleme, sich zurechtzufinden, weil Katzen im Dunkeln sehen können, aber ich stieß mir den Kopf dauernd an irgendwelchen Deckenstreben.

»Komm, Sportsfreund, mach dir eine Lampe an. Kerzen sind billig, und außerdem hat Käpt'n Lan dir eine Laterne gegeben«, sagte der Kater von irgendwo weiter vorn.

»Pst! Ich brauche keine Laterne; ich habe ja meine Magik.«

»Ach, ja? Wo?«

»Du weißt, daß ich mich konzentrieren muß, um – AUTSCH!« Es war ein weiterer dieser verfluchten Balken. Nachdem ich mit ihm fertig war, war er ganz sicher verflucht.

»Kendar, du Wonneproppen, Baby, Süßer, Engel, hör auf Papa«, redete mir der Kater zu. »Du hast es doch immer und immer wieder mit der Funkenmagie probiert. Und es war doch immer genau die Magie, mit der du auf Kriegsfuß gestanden hast. Das Licht ging an und aus, ohne dich zu fragen. Erinnerst du dich nicht, wie du manchmal im Schlaf einen ganzen Christbaum angefacht hast und alle anderen aus dem Schlummer gerissen wurden?«

Ich grunzte und verkniff es mir zu fragen, was bei Wedwel ein Christbaum sei. Ich würde es ihm schon zeigen!

»Das ist jetzt anders«, antwortete ich und klang dabei sauertöpfischer als mein Vater, wenn er uns Jagdlektionen gab.

(»Das Rotwild *möchte*, daß du es tötest, Junge! Es ist *dankbar* dafür. Und es tut ihnen kein bißchen weh, voller Pfeile zu stecken. Um der Wahrheit die Ehre zu geben, finden sie es sogar angenehm. Jeder Hirsch, den ich in meinem Leben getötet habe, starb mit einem Lächeln auf den Lippen. Es ist der absolute Höhepunkt ihres Lebens.«)

»Ich übe perfekte Kontrolle über meine Magik aus.«

»Mamma mia!«

»Ach, Scandal, du weißt doch, niemand hat absolute Kontrolle über meine Mutter, nicht einmal Vater.«

»Ich meine, höchstens deine Mama würde das ihrem Goldjungen glauben, aber nicht ich. Wenn du tatsächlich perfekte Kontrolle über deine Magik ausübst, dann beweise es: werde helle!«

»Ich *sagte* bereits, daß ich mich konzentrieren muß.«

Der Kater machte ein ungezogenes Geräusch, von dem ich bisher geglaubt hatte, daß man zu seiner Erzeugung menschliche Lippen besitzen müßte. »Komm, Kendar, gib's auf. Gestehe: Irgend etwas murkst mit deiner Magik rum.«

»So? Was denn?«

»Vielleicht sind wir in der Nichtmagikerzone.« Der Kater verstummte. Einen Augenblick später sah ich eine kleine Eruption regenbogenfarbener Funken in der Dunkelheit. «Hmm. Nein. Meine Magik funktioniert noch, also war *das* schon mal nicht der Grund.«

»Das ergibt alles keinen Sinn«, beschwerte ich mich. »Ich sollte zu viel mehr fähig sein, nachdem ich diesen Brocken Magik aus Ramses' Elixier absorbiert habe.«

»Chef, du bist zu allem fähig und zu nichts zu gebrauchen. – Oho! Da geht die Sonne auf.«

»Wo?« Für mich war immer noch alles pechschwarz.

»Ich glaube zu wissen, was dein Problem ist, Meisterschüler – mal davon abgesehen, daß du niemals die übertragene Bedeutung gesprochener Worte verstehst, daß du der Meinung bist, daß es schlecht ist, mit einer derart gutaussehenden Welfie wie Mysti verheiratet worden zu sein, daß du eine außerordentlich seltsame Verwandschaft besitzt und daß ...«

Ich bellte den Kater an.

»Okay, okay, mach dir mal keinen Knoten in deinen Zauberstab! Dein Problem ist, daß du jetzt mehr Magik als vorher hast.«

»Wo ist das Problem? Ich dachte, je mehr Magik ich habe, desto besser kann ich als Zauberer sein.«

»Schau mal, das ist ja auch nicht unbedingt falsch. Es ist genau wie mit einer Frau, die plötzlich einen Säugling hat. Zuerst ist es schwer, aber schließlich kommt sie mit ihrer Mutterschaft doch ganz gut zurecht. Also denkt sie sich, daß es okay ist, noch ein Kind zu kriegen, weil sie jetzt Routine hat. Nur diesmal sind's – Ta-daaaah! – Zwillinge. Bingo! Systemressourcen erschöpft. Und wenn du sie das nächste Mal siehst, dann sitzt sie mit einer Puppe vom Sesamstraßen-Bibo in der Ecke, spielt mit Pfirsichkernen Backe-Backe-Kuchen und singt dazu dem Goldfisch das Lied von den Schlümpfen vor. *Kapiesch*?«

Ich blinzelte in die Dunkelheit. »Du willst sagen, daß ich mich beim Übernehmen der fremden Magik übernommen habe.«

»Genau! Und gleich noch ein Wortspiel. Dann ist es ja bald so weit, daß du in die Pubertät kommen kannst, damit auch die Pickel einen Sinn haben. Also, ich meine, das ist nur zeitweilig, Chef«, fügte er schnell hinzu, um mich zu besänftigen, als ich wie Lodda knurrte, »vielleicht kannst du die Magik im Moment noch nicht durch Hullahupreifen springen lassen, aber du wirst es lernen. Du mußt einfach nur ein bißchen mehr üben, das ist alles. Und bis du soweit bist, machst du einfach ein Licht an, wie es gewöhnliche Leute auch tun, und kommst endlich mit.«

Wo Scandal recht hatte, da hatte er recht. Ich wandte mich um, tastete mich den Weg zur Tür zurück (dreimal *Autsch!* voraus, dann zwei *Manndastatweh!*s zur Linken und ein *Ahh!* rechts), und zündete meine Kerze an der Laterne an, die dort hing. Als ich endlich eine brennende Laterne in der Hand hielt, war es tatsächlich leichter, die niedrigen Balken zu vermeiden und einen Weg zu finden, der zwischen den Kisten und Fässern hindurchführte. Ich erspähte Scandals glühende Augen vor mir.

»Komm schon, Roter Blitz; ich hab' sie gefunden«, rief er. »Wir warten nur auf dich.«

Von dem grünen Zwillingsglühen geleitet, erreichte ich die Stelle, an der Mysti gefangengehalten wurde.

»Äh … hallo«, sagte ich und hockte mich hin, um ihr die Maske abzunehmen.

»Hallo selber«, schnappte sie. Sie saß auf einem Haufen schmutzigen Strohs, mit dem Rücken an die Wand gelehnt. Ihre Hände waren über ihrem Kopf festgekettet. Schwere Fußfesseln hielten ihre Beine am Boden fest. »Hat ja auch lange genug gedauert. Hast du eine Vorstellung, wie heiß es unter dieser dämlichen Kapuze wird? Sie haben Rhett vor Urzeiten freigelassen und mich hier zurückbehalten. Gut, daß Welfies Wasser speichern.«

»Die Piraten hatten Angst, dir zu nahe zu kommen«, antwortete ich. Um ehrlich zu sein, waren sie nicht die einzigen. Ich zog den Schlüssel hervor, den Käpt'n Lan mir gegeben hatte. »Es wird nicht lange dauern«, sagte ich und fummelte an ihren Ketten herum.

»Warum benutzt du nicht deine Zauberkraft, um mich zu befreien?«

»Eiserne Schellen«, murmelte ich.

»Oh!«

»Außerdem kann er mit seiner Zauberkraft im Moment nicht mal eine Tüte Kartoffelchips öffnen«, piepste Scandal, der sich an Mystis Hüfte rieb.

»Kendar! Was ist mit deiner Magik nicht in Ordnung?« rief Mysti aus.

»Nnnnh!« Ich kämpfte immer noch mit dem Schloß. Schließlich öffnete sich die erste Schelle. Ich antwortete Mysti nicht, bevor ich die anderen drei Schellen nicht auch noch offen hatte. »Mach dir keine Sorgen um meine Magik. Was ist mit deinen *Ohren* nicht in Ordnung?«

Scandal hob seinen Kopf. »Aus diesem Blickwinkel nichts Besonderes, Bwana. Es gibt Trekkies, die für ein Paar Ohren wie diese ein Vermögen zahlen würden.« Er senkte seinen Blick ein wenig. »Und für ein *Paar* dieser …«

»Habe ich dir nicht gesagt, daß du zu Hause bleiben sollst?« fragte ich, während ich ihr auf die Beine half. Sie war etwas wacklig und mußte sich an mich lehnen. Es war nicht gerade unangenehm – bevor ich nicht darüber nachdachte; dann bekam ich dieses seltsame Gefühl in der Magengrube, das sagt: *Lauf davon!* und dann ruft: *Lauf* davon*, und ich werde dich töten!*

»Nicht ganz.« Sie löste sich von mir und stand allein, schwankte aber immer noch. »Du hast nur gesagt, ich könnte nicht mit dir in die Stadt gehen. Und ich bin nicht *mit* dir gegangen. Ich bin allein gegangen, und wenn ich mich richtig erinnere, warst du reichlich froh, mich im Dreg zu treffen.«

Ich gab einen Laut der Verzweiflung und des Ärgers von mir. »Und wer hat dich auf die Idee gebracht, dich mir als Mann verkleidet aufzudrängen?«

»Deine Schwester.« Was von ihren Haaren übriggeblieben war, plusterte sich auf.

»Lucy würde niemals …«

»Raptura Eglantine würde. Sie tat es in *Mein Faun, mein Verhängnis*. Die Heldin Penetralia ist unsterblich in den Faunenkrieger Dschingis verliebt, und als er in die Schlacht zieht, da …«

»Mysti, du ziehst auf der Stelle diese Männerkleidung aus!«

Sie sah mir ins Gesicht, zuckte mit den Schultern und faßte nach dem Saum ihres Hemdes.

»Waah! Nein! Nicht, wie …! Ich meine, sobald wir ein paar anständige Frauenkleider für dich gefunden haben.«

Sie stemmte die Arme in die Hüften. »Wir sind auf einem Schiff voller Seeräuber. Das einzige weibliche Wesen an Bord ist, von dieser blöden Kuh Anisella mal abgesehen, der Erste Offizier. Und ich weigere mich entschieden, abgelegte Kleidung aus den Händen einer Hündin zu erhalten!«

»Aus den Pfoten«, verbesserte Scandal sie.

»Was hast du gegen Anisella?« fragte ich. »Sie ist intelligent, schön, weiß sich selbst zu verteidigen, ist eine großartige Köchin, eine perfekte Haushälterin, sie …«

»Du kannst aufhören«, stieß Mysti zwischen zusammengebissenen Zähnen hervor.

»Sie *mag* dich, Mysti!«

»Sie mag Klinge, sonst niemanden. Wenn sie wüßte, daß

ich eine Frau bin, würde sie mich eher über Bord werfen, als mich auch nur anzusehen.«

»Nein, das würde sie *nicht* tun!«

Mysti legte mir eine Hand auf die Schulter. »Kendar, glaub mir einfach. Ich lebe schon eine ganze Weile länger als du. Ich habe Mädchen wie Anisella schon früher kennengelernt. Für sie ist die Welt in zwei Gruppen aufgeteilt: Männer und die Konkurrenz. Sie kommen mit ihren Geschlechtsgenossinnen einfach nicht zurecht.«

»Ich glaube, daß du auf sie eifersüchtig bist«, antwortete ich. »Ich bin sicher, daß sie deine Freundin sein wird, wenn ich dich ihr vorstelle.«

Mysti verschränkte ihre Arme und schaute störrisch drein. »Wir sind einander bereits vorgestellt worden. Sie kennt mich als Klinge, und so soll es auch bleiben.«

Ich verschränkte *meine* Arme, nur um ihr zu zeigen, daß dieses Starrköpfigkeitsspiel auch zwei Leute spielen konnten. »Möchtest du, daß ich einen Zauberspruch auf dich lege, der *für immer* alles, was du ißt, nach Welfie-Glibber schmecken läßt?«

Ihr Lächeln war so süß (und so ekelerregend) wie Welfie-Glibber, als sie antwortete: »Darf ich dich daran erinnern, daß du gar nicht in der Lage bist, zu zaubern, bevor du nicht gelernt hast, mit deiner neuen Magik-Portion zurechtzukommen?«

»He! Wer hat dir das …?«

»Ein kleines Vöglein hat's mir zugeflüstert. Ein Pärchen süßer kleiner Vögelchen, das sich die ganze Geschichte einander in der Dunkelheit zugeschrien hat.« Sie berührte das Ende eines ihrer spitzen Ohren. »Und mit meinen Ohren ist wirklich alles in Ordnung.« Sie änderte abrupt ihren Tonfall von selbstgefällig nach schmeichelnd. »Denk darüber nach, Kendar, mein Liebling: Solange du nicht Herr deiner Zauberkräfte bist, haben wir jede Waffe nötig, die wir bekommen können. Ich kann einer unserer besten Kämpfer sein, aber du mußt dich nun entscheiden: Was ist deiner Meinung nach beeindruckender? Eine zarte, schwache, zerbrechliche

Welfie-Maid oder ein wagemutiger, schneidiger, geheimnisvoller maskierter Schwertkämpfer?«

»Du bist ungefähr so zerbrechlich wie eine Ziegelmauer, Mysti.«

»Oh, vielen Dank!« Sie klimperte mit den Augenlidern. »Aber ich rede nicht über die Wirklichkeit, sondern über das Image. Du hast es selbst gesagt: Die Seeräuber haben Angst vor Klinge. Was, glaubst du, wird los sein, wenn herauskommt, daß sie sich vor einer Welfie gefürchtet haben? Einem Welfie-Weibchen?«

»Hm.« Ein sehr anheimelnder Gedanke war es nicht gerade. Männliche Welfies sind gefürchtet, weil sie hervorragende, cholerische Bogenschützen ohne jedes Rechts- oder Unrechtsempfinden sind. Wenn ihnen danach ist, erschießen sie einen einfach. Weibliche Welfies dagegen sollten (nach landläufiger Meinung) anmutige, empfindsame Geschöpfe sein, die ihren Tag damit verbringen, Gänseblümchen zu pflücken, Mondlicht zu trinken, Roben aus Spinnweben zu stricken und vor männlichen Welfies zu fliehen.

»Also, was glaubst du, werden sie tun, wenn sie die Wahrheit herausfinden?«

Ich erinnerte mich an jene einmalige Gelegenheit, da ich meinen Bruder Basehart in einen Wandschrank eingeschlossen und ihm durch die Tür mitgeteilt hatte, daß ein blutrünstiges Ungeheuer mit ihm darin wäre – natürlich nur zum Spaß. (Er leistete sich mit mir schlimmere Späße.) Er tastete in der Dunkelheit herum und fühlte zuerst etwas Pelziges und dann etwas Schleimiges. Seine Schreie lockten jeden einzelnen Diener im Haus herbei. Als sie ihn herausholten, stellte er fest, daß ich einen von Vaters alten Pelzmänteln genommen, ihn über einen Stuhl gehängt und eine Schüssel mit kalten, fettigen Nudeln auf die Sitzfläche gestellt hatte.

Ich erinnerte mich immer noch an das, was er danach mit mir angestellt hatte.

Ich reichte Mysti ohne ein weiteres Wort ihre Maske.

Als wir an Deck kamen, näherte die Sonne sich dem Horizont. Lodda bellte der Mannschaft Befehle zu. Käpt'n Lan stand nahe dem Steuerrad und sah Anisella stolz zu, wie sie versuchte, das Schiff zu lenken. Man konnte sagen, daß das Schiff hin und weg war. Anisella wirkte einfach auf jedermann.

»Hartbord!« rief sie. »Ach, ich Dummchen! Ich meine: Hart Steuerbord.« Sie erblickte ›Klinge‹ und hauchte ihm einen Kuß zu.

»Würg«, sagte Mysti.

Na ja, auf jeder*mann*.

Scandal ritt wieder auf meiner Schulter. Ich spürte, wie er sich versteifte, als Loddas Blick auf ihn fiel. Die Hündin knurrte in der Tiefe ihrer Kehle und hetzte quer über das Deck auf uns zu. Scandals Haare standen zu Berge. Erst als der Erste Offizier auf Schnappdistanz zu meinem Gesicht war, stellte sich Mysti zwischen uns.

»Aus!« befahl sie. »Ich sagte, aus!« Lodda knurrte, aber sie war nicht mit vollem Herzen dabei. »Böses Mädchen. Böse!« Mysti versetzte der Colliehündin einen raschen, leichten Schlag mit der Handfläche auf die Nase und wiederholte: »*Aus*!«

Lodda nahm den Kopf zurück, dann salutierte sie, grollte »Aye, aye, Sir«, und trollte sich.

An diesem Abend speisten wir am Tisch des Kapitäns. Von den Piraten abgesehen, die die erste Wache hatten, war die gesamte Besatzung anwesend. Da es ein besonderer Anlaß und ein schöner Abend war, wurde ein großer Tapeziertisch auf Deck aufgestellt, anstatt unter Deck zu essen. Käpt'n Lan wies den Koch an, jedem Besatzungsmitglied eine Extraration Rum auszuteilen. Die Wachhabenden sollten ihren Anteil später erhalten, so daß kein Groll aufkommen konnte.

Wir alle saßen auf Bänken, außer Ramses, der am Fuß, und Käpt'n Lan, der am Kopf der Tafel saß. Anisella hatte den Ehrenplatz gleich neben dem schwarzen Schafsbock. Lan erhob seinen Bierkrug zum Toast.

»Schafe! Ich trinke auf die Gesundheit von Meister Kendar, dem größten Zauberer von Orbix, der von so weit her zu uns gekommen ist, um den Fluch von meinem lange verlorenen Bruder Ramses zu nehmen!«

»Auf Meister Kendar!« dröhnten die Seeräuber.

Einmal am Rum zu nippen, reichte mir völlig. Mit dem Zeug hätte man einem Drachen die Schuppen abbeizen können. Während jeder noch eine zweite Runde hinunterstürzte, schaute ich die Tafel hoch und runter, um zu sehen, wie es meinen Gefährten erging.

Offenbar hatte Scandal nicht das gleiche Alkoholproblem wie ich. Der Kater stand auf dem Tisch und leckte an den Resten, die ich im Krug gelassen hatte. Damit hatte er eine Weile zu tun. Dann hob er den Kopf, starrte quer über die Tafel den Ersten Offizier Lodda an und rief: »Deine Mutter trägt ein Flohhalsband!«

Glücklicherweise wirkte der Rum auf die Colliehündin mit einem entgegengesetzten Effekt. Lodda setzte ihren leeren Krug mit einem lauten KLONK! auf dem Tisch ab, sah Scandal in die Augen, erhob ihre Nase zum Mond und heulte: »Meine Mutter! Was würde sie denken, wenn sie mich so sehen könnte?« Sie taumelte über den Tisch. »Mama hat uns zu anständigen, ehrenwerten, hart arbeitenden Hunden erzogen. Sie sagte immer, ich wäre die Beste aus dem Wurf. Sie dachte, ich würde einmal eine Medaille in einem Schafhüteturnier gewinnen und nicht irgendwann wegen Piraterie auf hoher See an einer Rah aufgeknüpft werden! Ooooooh, ich habe sie im Stich gelassen!«

Der Kater schwankte zu ihr und tätschelte ihr den Kopf. »Na, na. Gutes Hundchen.«

Nicht viel später tauschten die beiden Geschichten aus ihren Welpentagen aus und schworen sich ewige Freundschaft.

Rhett saß ganz weit am Fuße der Tafel in Ramses' Nähe. Die beiden Piraten neben ihm unterhielten sich angeregt mit ihren anderen Tischnachbarn und ignorierten den Wahrsager. Ich konnte mir denken, wieso. Rhett hatte schon wieder diesen Marshmellow-hat-gesprochen-Blick aufgesetzt. Wahrscheinlich hatte er eine ganze Wagenladung Weltuntergangsstimmung in die gedünsteten Steckrüben gekippt.

Dabei sind Steckrüben an sich schon deprimierend genug. Und er wunderte sich, wieso andere Menschen ihn mieden!

Anisella hingegen zeigte sich wie üblich charmant und guter Stimmung. Sie und ich saßen auf den beiden Ehrenplätzen links und rechts von Lan, doch Anisella vernachlässigte ihren anderen Tischnachbarn keineswegs. Durch einen überraschenden Zufall war dies ›Klinge‹.

Die immer noch verkleidete Mysti zeigte Anisella eine Schulter, deren Kälte die Große Ungehörige Wüste in eine Gletscherlandschaft verwandelt hätte. Sie erklärte ihrem anderen Nachbarn, wie sie trotz angelegter Maske essen und trinken konnte. Der Seeräuber benahm sich, als hätte er in seinem Leben noch nichts derart Fesselndes und Aufregendes gehört. Das lag daran, daß auf seiner anderen Seite Lodda saß, und niemand legt Wert darauf, sich mit einer betrunkenen Colliehündin zu unterhalten.

»Arrrh, Meister Kendar, unterhaltet Ihr Euch gut?«

Käpt'n Lan bot mir erneut die Rumflasche an. Ich winkte ab. Er zuckte mit den Schultern und goß sich selbst noch einen ein. Die meisten Besatzungsmitglieder waren bei der dritten Runde, aber Lan war ein geborener Führer. Er hatte schon fünf Gläser getrunken und schickte nun ein sechstes hinterher.

Also war ich nicht allzu überrascht, als er näher rückte, seine Stimme senkte und mir offenbarte: »Ich war nicht immer so, wie Ihr mich jetzt seht.«

»Oh! Was wart Ihr denn, bevor Ihr Seeräuber wurdet?« fragte ich höflich.

Das schwarze Schaf war über meine Frage sehr verwundert. »Ja ... arrrh ... ein Pirat natürlich, was dachtet Ihr? Aber kein *böser* Pirat, vers-teht Ihr? Seht Ihr, es war hier schon immer üblich, daß die armen aber ehrenhaften Leute bei schönem Wetter in die See ges-tochen sind und unschuldige Kauffahrteischiffe aufgebracht und sie um ihre Ladung beraubt haben.«

Ich dachte eine Weile nach, bevor ich erwiderte: »Entschuldigt vielmals, Käpt'n, aber da, wo ich herkomme, wird das Plündern unschuldiger Schiffe nicht als sehr ehrenwert betrachtet.«

Glücklicherweise fühlte das schwarze Schaf sich nicht beleidigt. Es lachte und grölte lauthals: »Arrrh, zum Teufel mit Eurer s-pitzfindigen Oberseitler-Denkweise! 's war halt so üblich. Im Winter verlangten die Kauffahrer den doppelten Preis für ihre Waren, um die Verluste wieder reinzuholen, die wir ihnen im Sommer zugefügt hatten. Und alle Städte machten's gleich bei Sommeranbruch. Aye, setzten blitzsaubere Segel und s-tachen in See. Das hatte schon was von einem S-port an sich. Und gerade jetzt haben wir Kurs auf Port O'Morph, dem Hafen der Hauptstadt von Wingdingo-Land, Loupgarou. Ha! Es gab mal 'ne Zeit, da war die *S-pitzbübische Leithammel* – kommandiert von meinem würdigen Gegner, Romney O'Morph – der einzige ernsthafte Rivale, den meine Heimats-tadt, Port O'Lyn, kannte.«

Hey, Scheff! Scandals Gedanken lallten in meinem Kopf, und dann gab er ein mentales Rülpsen von sich, daß mir fast die Ohren vom Schädel geflogen wären. *Wenn Käp'n Lans Freund Romney aus Port O'Morph kommen tut und Romney O'Morph heischt, und Käp'n Lan aus Port O'Lyn kommt, weischt du wasch dasch ausch ihm macht?*

Wedwel sei Dank, daß der Kater in krampfhaftes Gekicher ausbrach und dann mit Lodda im Chor »Sie war nur eine Schäfertochter« zu singen begann, bevor er die unsägliche Antwort auf sein Rätsel zum Besten geben konnte.

»Dann sagt Ihr also, Käpt'n Lan, daß im Sommer jeder jeden überfiel und im Winter jeder jeden übers Ohr haute? Ist das so?« fragte ich.

Das Schaf nickte heftig. »Arrrh, aye. Und es hätte Euer Herz höher schlagen lassen, wenn Ihr gesehen hättet, wie die Damen sich auf die weißen Sommersegel gefreut haben. Aber dann bes-tieg Wulfdoth den Thron, und alles änderte sich, aber nicht zum Guten, wenn Ihr mich fragt. Ein gieriger Hund, dieser Wulfdoth. Man schnackt ja so, daß er Magie auf seiner Seite hätt', aber keinen einzigen Zauber gibt's, der so s-tark wäre, daß er dieser Kreatur ein fühlendes Herz geben könnt'. Enteignet hat er mich, jawohl, hat mir die heiligen Weidegründe meiner Vorfahren genommen. Und das gleiche hat er mit den ganzen Jungens gemacht, die mit mir auf der alten *Vlies* fahren. Das ist die ganze traurige Geschichte, wie aus mir ein Seeräuber geword'n is'.« Er schniefte und spülte seine Tränen mit einem weiteren Rum hinunter.

»Ich kann schon sehen, daß Ihr's nicht leicht hattet«, sagte ich mit einem Blick auf den Haken, der die Rumflasche hielt.

»Ach, das lütte Schätzchen meint Ihr?« Er schwenkte seinen Haken viel zu dicht unter meiner Nase herum.

In diesem Augenblick brach Lodda unter dem Tisch zusammen. Scandal kam zu mir geschwankt. Er schnüffelte vernehmlich an dem Haken. »Na, wie bis' du denn zu dem Rückenkratscher gekommen, mein Lämmchen?«

»*Scandal!*« Ich griff nach dem Kater, um ihn wegzubringen, bevor er uns Ärger mit dem Kapitän einhandelte.

»Schon gut, schon gut«, beruhigte das schwarze Schaf mich. »Aus ihm s-pricht der S-naps. Euer Vertrauter ist mit Rum halt nich' vertraut genug, würde ich sagen.«

»Es ist schon schlimm genug, wenn er einen Mundvoll Sahne bekommt«, stimmte ich ihm zu.

Scandal schwankte hin und her. »Warde mal, verrad's mir nisch. Lasch misch raden. Dasch Ding had dir ein gleiner Junge abgeschnidden und esch an ein'n'n Nalitagor ... Agitador ... Daggidor – Darth Vader – arrrh, er had's 'nem Grogodil hingeschmiss'n.«

»Da soll mich doch der Schlag treffen!« fuhr Käpt'n Lan auf. »Genauso ist's passiert! Nur daß der Schurke mehr ein junger Mann gewesen is' und kein Lausbub, ein Matrose in König Wulfdoths Diensten. Wie konntest du das nur wissen?«

»Is' 'ne Gabe.« Scandal schwankte ein paar Schritte zur Seite und fiel auf meinen Teller. »Sag mir nur noch eins. Konnde der Gerl flieg'n?«

Käpt'n Lan stieß ein boshaftes Blöken aus. »Er flog ganz gut über die Reling, als *ich ihn* dem Krokodil zum Fraß vorgeworfen habe, arrrh! Um ehrlich zu sein, habe ich von diesem Tag an alle Menschen bis aufs Blut gehaßt. Aber euer Haufen scheint ja längst nicht so heimtückisch und verlogen zu sein wie die meisten. Und außerdem wollt ihr meinen lange verloren geglaubten Bruder retten, deshalb laß' ich euch am Leben.«

»Ohh, dan-ge.« Scandal bettete sich auf die Steckrüben und streckte seine Beine kerzengerade in die Luft. »Schaud mal! Noch was, das man mid 'ner doden Kadze ansschdellen kann«, brüllte er.

Ich entschied, daß es an der Zeit war, Scandal zu Bett zu bringen. Käpt'n Lan versuchte, mich zum Bleiben zu überreden, aber ich blieb standhaft: »Ein Zauberer braucht seinen Schlaf.«

»Arrrh, dann gute Nacht. Wir werden Port O'Morph morgen mittag erreichen und an Land eine bessere Feier haben.«

»Ist es nicht gefährlich für Euch, die Hauptstadt zu betreten?« fragte ich. »Schließlich seid Ihr ein steckbrieflich gesuchtes Schaf.«

Eine Hälfte von Käpt'n Lans Mund krümmte sich aufwärts. »In diesen korrupten Zeiten sind Port O'Morph und Loupgarou die sichersten Orte in Wingdingo-Land, die ein Gesetzloser besuchen kann. Ein *erfolgreicher* Gesetzloser, um genau zu sein. Einer, der die nötige Zauberkraft hat, um die Männer des Königs blind und taub zu machen.« Er fischte eine winzige Börse aus seinem Gürtel und schüttete glänzende Goldmünzen auf seinen Teller. Geldstücke glitzerten zwischen den Rübenspitzen. »Ihr seid nicht der einzige Zauberer an Bord, Meister Kendar.« Er warf mir einen spöttischen Blick zu und rief einen Wachtposten herbei. »Bring Meister Kendar in seine Kabine!«

Ich nahm den Kater auf und schwang ihn mir über die Schultern. Dann gingen wir nach unten.

»Ramses gibt Euch zwei Kabinen, Herr«, sagte unser Führer. »Eine für die Männer und eine für die Magd des Käpt'n.«

»Du meinst Anisella?«

»Sie ist die einzige Frau unter euch, aye.«

Er hielt vor einer geschlossenen Tür. »Eure Kabine, Herr.«

Er blieb gerade lang genug da, um die Tür zu öffnen und mit seiner Kerze eine andere anzuzünden, die an der Innenseite der Tür befestigt war.

Scandal fing wieder zu singen an. Ich beeilte mich, in die Kabine zu kommen, und schlug die Tür hinter mir zu. Das Licht, das der Pirat uns angezündet hatte, bestand aus einem Kerzenstummel mit schlechtem Docht, der in einem bernsteinfarbenen Glasgehäuse mit kleiner, blakender Flamme brannte. Es war schwer, in dem schlechten Licht viel von der Kabine zu sehen. Ich konnte kaum die Umrisse der schmalen Kojen ausmachen, von denen an zwei Wänden jeweils drei übereinander angebracht waren.

Scandal hörte lange genug mit dem Singen auf, um auf sie zu schauen und auszurufen: »Ich weisch wasch, Schportschfreund. Dasch schind unschere Bedd'n. Hallooooo, Schpanische Ingwischitschjohn!«

»Ach was, Scandal, die sind schon in Ordnung.« Ich setzte ihn auf die unterste Koje auf einer Seite und versuchte, mich in ihr Gegenstück auf der anderen zu quetschen. Es ging nicht.

»Vielleicht sollte ich eine der oberen probieren«, überlegte ich. »Dort ist mehr Platz.« Scandals einzige Antwort bestand in einem gurgelnden Schnarchen.

Ich kletterte an den beiden niedrigeren Kojen nach oben. Ich bin nie ein guter Kletterer gewesen und fiel daher ein paar mal fast auf den Boden, bevor ich mich endlich hochziehen konnte und in Sicherheit war.

»Endlich!« atmete ich auf, als ich mich in das Bett rollte.

»Ja, endlich!« antwortete eine weibliche Stimme, und ein Kuß, der jeden Liebesroman von Raptura Eglantine in einen rauchenden Aschehaufen verwandelt hätte, saugte mir die letzte Luft aus den Lungen.

KAPITEL 15

»Was machst *du* denn hier?« keuchte ich, als ich mich endlich befreien konnte. Ich wäre fast aus der Koje gefallen, aber weiche, starke Hände hielten mich fest. Wie seltsam: Ich hatte gedacht, wir hätten Mysti wie ein Schaf zechend auf Deck zurückgelassen. Vielleicht hatte sie sich heruntergeschlichen, als Käpt'n Lan unseren Führer herbeirief. Ich war so sehr damit beschäftigt gewesen, Scandal zurückzuhalten, daß ich auf meine Umgebung gar nicht mehr geachtet hatte.

»Ich weiß, daß ich nicht hier sein sollte, aber ich konnte nicht anders.« Der Tonfall war süß und gleichzeitig rauchig. Noch nie zuvor hatte ich Mysti so sprechen gehört.

»Jetzt warte doch mal. Rhett wird hier ebenfalls schlafen. Er wird doch merken, was vor sich geht, wenn wir so weitermachen.«

Und das alles, nachdem sie mir erklärt hatte, welch wundervolle Geheimwaffe sie sein würde. Auf Welfies ist einfach kein Verlaß, nicht einmal auf solche mit einem Ex.

»Soll er doch.« Ihr leises, drängendes Murmeln ließ einen warmen Schauer meine Schienbeine entlang kriechen. »Sollen es doch alle wissen! Das ist es, was ich wirklich will.« Sie preßte wieder ihren Mund auf meinen.

»Myfdi! Myfdi, bidde laf ef, oder ...!« Meine Hände fuchtelten durch die Luft und fanden ihr Haar.

Ihr langes, seidiges, ungeschnittenes Haar.

Ich hörte so abrupt auf, mich zu wehren, daß sie erstaunt innehielt und mich losließ. Mein Herz hämmerte im schnellen Rhythmus einer Bauernpolka (der Gangle-Gavotte, unseres traditionellen Familientanzes), aber nicht vor Leidenschaft.

Vor Schreck schon eher; jedenfalls aber aus Erleichterung. Langes, seidiges, *ungeschnittenes* Haar? Mystis Haar war stoppelkurz. Daher der Schreck. Während ich also Mysti anbettelte, aufzuhören, war es gar nicht Mysti, mit der ich rang; es mußte Anisella sein.

Sie roch einfach zu gut, als daß es sich um Lodda handeln konnte.

Und die Erleichterung kam, als mir aufging, daß bei jedem Versuch, Mystis Namen auszusprechen, Anisellas Küsse meine Worte verzerrt und verstümmelt hatten.

Die Erleichterung war allerdings nicht von Dauer. Anisella erholte sich sehr schnell und warf sich so heftig auf mich, daß mein Hinterkopf gegen die Kabinenwand knallte.

»Anisella, *bitte* laßt das sein!« keuchte ich. »Unsere Aufgabe ist schwierig genug, ohne daß Rhett eifersüchtig und wütend ist.«

»O nein.« Ihr Atem war eine würzige Brise, die mein Gesicht zum Kribbeln brachte. »Ich möchte Rhett nicht eifersüchtig machen.«

»Das ist gut.«

»Ich möchte *Klinge* eifersüchtig machen.« Sie grub ihre Finger in meinen Haarschopf, hielt meinen Kopf fest, daß ich ihn nicht bewegen konnte, und griff an. Selbst durch meine Jacke konnte ich spüren, wie sich ihr Kettenpanzer gegen meine Brust preßte. Ich würde am nächsten Morgen einige sehr seltsame blaue Flecken an einer sehr ungewöhnlichen Körperpartie aufweisen.

»Anisella, laßt mich *sofort* los!« Ich stemmte meine Arme auf ihre Schultern und stieß sie von mir, dann hockte ich mich in Abwehrhaltung hin. Zwischen der Koje und der Kabinendecke war zwar nicht allzuviel Platz, aber ich tat, was ich konnte. »Nun hört mir zu: Ihr könnt Euch für Klinge nicht attraktiver machen, indem Ihr vorgebt, mich zu mögen.«

»Ach?« Ich bemerkte einen gereizten Unterton in ihrer knappen Frage.

»Es ist wahr, ich schwör's bei Wedwel, dem Allmitleidigen Zerstörer. Anisella, da ist etwas, das Ihr über Klinge wissen solltet.«

»Und das wäre?«

»Klinge gehört zum Volk der Welfies.« Und auch das hätte ich ohne weiteres bei Wedwels Namen beschwören können!

»Ich verstehe nicht.«

»Welfies können sich mit niemand anderem als anderen Welfies … äh … freien.«

»Aaaaahhhh!« Jetzt hörte sich Anisella so an, als hätte sie verstanden. »Alles klar, daran erinnere ich mich noch. Ich habe davon gelesen. Diese vielen Geschichten über Welfies, die sich mit wunderschönen sterblichen Jungfrauen paarten, aber erst, nachdem sie ihrem Welfietum entsagt hatten. Aber wenn ihre Kinder später *Welfies* heirateten, war alles in Ordnung, weil sie zur Hälfte von Welfieblut waren. Deshalb lautet der Wahlspruch des Welfieschen Konzils der Weisen: ›Einmal ein Welfie, fast immer ein Welfie, solange es uns paßt und wir nichts anderes behaupten.‹«

Ich mußte ihr gestehen, daß ihre Studien gründlich waren. Ich erinnere mich noch an die kalte, stürmische Nacht, in der Mysti mir dieselben Welfieregeln erklärt hatte. (Ich hatte damals wählen können, mir diese anzuhören oder mit Mysti zum dreiundsechzigsten Mal Haxi-Chaxi zu spielen, das zweitdämlichste Spiel, das jemals erfunden wurde. Und wenn man die Hälfte der Würfel, alle *Du-bekommst-Hautausschlag!*-Ereigniskarten und *beide* blauen Murmeltiere verloren hat, steigert sich seine Dämlichkeit sogar.)

Das gilt nicht nur für Welfies, Kendar, hatte sie gesagt. *Es gilt für alle Kreaturen mit angeborener Magik: Gnome, Trolle, Feen, Kobolde, Seejungfrauen und Leprechauns und … na ja, jeden, den man kennen sollte. Wir müssen uns mit unserer eigenen Art paaren. Das ist der Grund, weshalb man mir die Flügel abgenommen hat, als ich dich heiratete: Ich zähle so nicht mehr als echte Welfie und besitze dennoch einige meiner alten Zauberkräfte.*

Dann erläuterte sie mir den Teil, in dem es um unsere Kinder ging – und hatte dabei *diesen* Schimmer in den Augen, so daß ich eilends nach dem Haxi-Chaxi-Brett griff und erklärte, wie sehr ich mich nach einer weiteren Partie sehnte.

»Nun, Anisella«, schloß ich und versuchte, das Gespräch wieder auf ein anderes Thema zu bringen, »da Ihr seht, daß für Klinge und Euch eine gemeinsame Zukunft nicht in Frage kommt, solltet Ihr ihn vergessen und Eure Aufmerksamkeit wieder Rhett zuwenden. Er ist ein guter Kerl, und ich weiß, daß er ...«

»Rhett ist ein Schatz«, schnurrte Anisella. »Er ist der netteste, süßeste, freundlichste und rücksichtsvollste Mann, dem ich je begegnet bin.«

»Na, seht Ihr, Ihr paßt perfekt zueinander! Hört zu, ich verspreche Euch etwas: Sobald wir unsere Aufgabe hier auf der Unterseite erledigt haben, werde ich mich Tag und Nacht daran setzen, Euren Fluch aufzuheben, und dann könnt Ihr und er ...«

»Wir sind nur gute Freunde.«

Ich stöhnte auf.

»Ach, seid nicht unglücklich, lieber Kendar«, sagte Anisella mit schmachtender Stimme. »Ich möchte auch zu Euch eine gute Freundschaft pflegen.«

»Und warum nicht auch mit Klinge? Ich weiß zufällig, daß ihm das ziemlich gut in den Kram passen würde.«

Im Zwielicht der Kabine konnte ich beobachten, wie sich Anisellas Mund zu einer häßlichen Grimasse verzog. Meine Schwester Lucy pflegte als Kleinkind den gleichen Gesichtsausdruck anzunehmen, wenn meine Mutter ihr sagte, daß sie etwas nicht bekommen konnte, was sie aber unbedingt haben wollte. Dann öffnete Lucy ihren großen Mund und klappte den Rest des Kopfes nach hinten. Bevor der Lärm Vater stören konnte, verkündete Mutter, daß die Kleine Bauchweh hätte, und verabreichte Lucy einen großzügig bemessenen Löffel voll Meister Dromions Wunderelixier (»Gesund für Mensch und Tier«). Lucy benötigte vier Dosen davon, bis sie kapiert hatte, daß sie ihren Willen durch Schreien nicht durchsetzen konnte.

Ich wünschte mir nun, eine Flasche mit Meister Dromions Wunderelixier dabei zu haben. Eine Magnum.

»Klinge weiß eigentlich nur nicht, was er will«, sagte Anisella in einem Tonfall, der verriet, daß sie wesentlich besser wußte, was er wollte, als er es jemals wissen könnte. »Das kommt davon, daß er sooooooo edel ist. Wenn wir ihm die

Entscheidung überließen, dann würde er bis an sein Lebensende für die Rechte der Armen und Unterdrückten kämpfen.«

Ich mochte den Klang dieses Wörtchens ›wir‹ nicht im geringsten.

»Welfies leben sehr, sehr lang«, sagte ich. »Er hat eine Menge Lebenszeit zu vergeuden.«

»Kendar, es ist einfach nicht *fair.*« Anisellas Mund wurde noch kleiner und härter. »Er hat der Welt so vieles gegeben, er verdient es einfach, etwas zurückzubekommen.«

»Anisella, Ihr kennt ihn kaum drei Wochen lang. Woher wollt *Ihr* wissen, wieviel er der Welt gegeben hat?«

»Eine Frau weiß so etwas«, antwortete sie entschieden.

Und es war besser, nicht länger mit ihr zu streiten, es sei denn, ich wäre es satt gewesen, meine Haut selbst zu tragen.

»Jedenfalls weigere ich mich, herumzusitzen und zuzusehen, wie eine wunderbare Persönlichkeit wie Klinge sein Leben für so etwas Dämliches wie Wahrheit, Gerechtigkeit oder die Rettung Unschuldiger vergeudet. Er wird das bekommen, was jeder gute Mann verdient: eine Hochzeit.«

»Uhhh.«

»Und Ihr werdet mir dabei helfen.«

»Ahhh!«

»Bitteeeeee, Kendar?« Sie wickelte meine Haarsträhnen um ihren Finger. Ich kam mir vor wie eine meiner Locken. »Bitte, bitte?« Sie kroch in der schmalen Koje auf mich zu. »Möchtet Ihr denn nicht, daß unser lieber Freund Klinge mit der lieben Anisella ganz, ganz glücklich wird?«

Meine Schreie weckten Scandal. »Wißt ihr, *einige* von uns besitzen ja noch den Anstand, diese Dinge im Hinterhof zu treiben, wo sie hingehören!«

»Scandal, Kendar ist gemein zu mir«, wimmerte Anisella.

»Was denn? Versucht er dich zu zwingen, Bücher von Raptura Eglantine zu lesen?«

Sie kicherte; ich sah, wie der Kater von dem Geräusch zusammenzuckte. »Dummes Kätzchen, das wäre doch ein *Vergnügen*! Er möchte mir nicht helfen, Klinge eifersüchtig zu machen.«

»Glaub mir, Süße, wenn Klinge euch beide da in der Koje erwischt, dann wird Klinge auch tatsächlich eifersüchtig werden, da kannst du dich drauf verlassen. Eifersüchtig bis aufs Blut – und *das* wird von dir stammen, meine gute Anisella.«

»Scandal, ich versuche Anisella davon zu überzeugen, daß für sie und Klinge keine Hoffnung besteht, weil Klinge ein Welfie ist und Welfies keine Sterblichen heiraten können«, sagte ich schnell. Ich wollte nicht, daß Scandal den wahren Grund für die Hoffnungslosigkeit einer Beziehung zwischen ›Klinge‹ und Anisella ausplauderte. »Sag ihr doch, daß sie sich besser an Rhett hält, bitte.«

»Was immer dein Boot antreibt, Bwana. Anisella, du solltest dich besser an Rhett halten ...« – Anisella verzog wieder ihren Mund – »... aber wenn dir Klinge lieber ist, dann los!«

Mit einem entzückten Quietschen sprang Anisella aus der Koje und schnappte sich Scandal, den sie fest drückte. »Wer iss'n das schlaueste Kätschchen auf der Welt, hmmmm?« gurrte sie.

»Ja«, grollte ich. »Sehr schlau. Vielen Dank auch, Scandal.«

»Nicht der Rede wert«, antwortete Scandal. »Und um Basts willen, quetsch mich doch nicht zu Tode! Mein Bauch fühlt sich an, als hätte ich eine Familie steptanzender Spinnen verschluckt. Haarknäuel gehen verflucht schlecht aus Kettenrüstungen raus, Süße!«

»Tut mir leid.« Anisella setzte ihn behutsam wieder auf die unterste Koje.

»Und jetzt hört mir zu, ihr beiden«, wies uns Scandal an. »Es ist kein lauer Job, für euch alle mitzudenken, aber einer muß es ja tun. Kendar, ich möchte, daß du alles tust, damit Anisella für Klinge möglichst attraktiv wird.«

»Aber ...«

Der Kater gebot mit einer erhobenen Pfote Schweigen. »Vertrau mir. Ich weiß, was ich tu! Welches Problem hat die Dame? Einen Fluch, richtig. Der erste, der sie heiratet, wird damit auch Gewinner im Ausscheidungswettkampf um den schnellsten Tod der Woche.«

»Und das gleiche passiert demjenigen, der sie zur Heirat freigibt«, erinnerte ich ihn.

»Prä-nau. Alles Gründe, warum Klinge der glückliche Bräutigam sein sollte.«

»Aber ...«

»Ich weiß nicht recht«, warf Anisella ein. »Ich möchte nicht, daß Klinge stirbt. Nur, daß er mich heiratet.« Auf ihren Wangen erschienen Grübchen. »Es sei denn, er denkt, daß das eine das andere wert ist.«

»Ich wette, er denkt das, Baby«, sagte der Kater und streckte sich. »Aber ich glaube nicht, daß es dazu kommen muß. Hey, es ist doch so simpel: Klinge ist Welfie. Welfies sind Wesen der Magik. *Flüche* sind Gebilde der Magik. Seht ihr, worauf ich hinauswill, oder muß ich erst noch den Holzhammer auspacken und euch den Zaunpfahl in die Köpfe treiben?«

Anisella klatschte entzückt in die Hände. »*Ich* verstehe!« zirpte sie. »Klinges Welfiekräfte werden so stark sein, daß sie meinen Fluch aufheben.«

Scandal schloß seine Augen. »Volltreffer.«

»Alles, was ich nun tun muß, ist also dafür zu sorgen, daß Klinge sich so sehr in mich verliebt, daß er bereit ist, seinem Welfietum für mich zu entsagen«, fuhr sie fort. »Das wird nicht schwer sein ...« Ihre Augen richteten sich auf mich. Sie glühten heller als die von Scandal es jemals getan hatten, und für einen Augenblick glaubte ich, Reißzähne hinter ihren rosigen Lippen zu erspähen. »... wenn ich nur ein klitzekleines bißchen Hilfe von einem gewissen lieben, süßen, niedlichen, wunderbaren, großzügigen Zauberer erhalte.«

»Haggahaggahaggahagga«, wandte ich ein.

»Genau«, verkündete Scandal. »Und jetzt entstaube schon mal den Brautschleier, Puppe, du wirst ihn schneller brauchen, als du ›Genossenschaftsgrundbesitz‹ sagen kannst. Der Chef und ich, wir brauchen jetzt ein wenig Abgeschiedenheit, um unseren Schlachtplan auszuarbeiten. Der arme alte Klinge wird niemals wissen, was ihn getroffen hat.«

Anisella kicherte wieder und huschte aus der Kabine. Ich

kletterte von der oberen Koje und raunzte Scandal an: »Bist du völlig verrückt geworden, oder bist du noch betrunken? Dieser ganze Quatsch, daß Welfiekräfte Flüche auslöschen ... Was verstehst du davon? Sie kann Klinge nicht heiraten!«

»Na, wenigstens *das* ist mir klar«, erwiderte er ruhig.

»Also warum ...?«

»Du bist immer noch so jung, daß deine Ohren eingeklappt sind und deine Augen sich noch nicht geöffnet haben, Chef. Was glaubst du, wieso ich ihr unsere Hilfe versprochen habe?«

»Ich weiß es nicht.«

»Dann bleib mal ruhig stehen. Du wirst die Antwort hören.«

Ich tat, was er vorgeschlagen hatte. Ich stand lauschend in der Mitte der Kabine, doch alles, was ich hörte, war das Knacken der Schiffsplanken und das Geräusch, mit dem das Wasser gegen den Rumpf schlug, und ...

»Nichts. Ich höre überhaupt nichts.«

»*Eben*!« Der Kater grinste. »Und Anisella der Oktopus krabbelt auch nicht mehr auf dir herum.« Er rieb sich mit einer Pfote über das Näschen. »Richtig friedlich, was?«

»Du hast sie angelogen! Du hast sie einfach angelogen, damit sie geht!«

Er hielt in seiner Bewegung inne und schaute mich mit einem halb geöffneten Auge an. »Na und?«

»Das ist unehrlich!«

»Das sind Lügen im allgemeinen immer. Wirken trotzdem manchmal Wunder.«

»Scandal ...«

Der Kater seufzte und setzte sich auf. »Reiß dich zusammen, Kendar. Wozu sind wir hierher gekommen?«

»Um den wahren König auf den Thron von Wingdingo-Land zu setzen.«

»Und weiter ...?«

»Ramses vorher in menschliche Gestalt zurückzuverwandeln. Obwohl ich wetten möchte, daß es hier auf der Unterseite nicht so schlimm ist, wenn der König etwas von den Eigenschaften beider Sorten seiner Untertanen hat.«

»Ja, sehr demokratisch. Und zusätzlich ...?

»Rhett helfen, daß Anisella sich in ihn verliebt.«

»Und wird das alles sehr leicht sein?«

»Nnnnnein.«

»Und was werden wir brauchen, um zu erreichen, was wir erreichen wollen?«

Darauf gab es nur eine Antwort: »Magik.«

»Richtig. Etwas, über das du im Moment nicht verfügst.«

Das Verhalten des Katers beleidigte mich. »Ich habe eine ganze Menge Magik!«

»Kendar, du hast Rhythmus, du hast Musik, du hast die Morgensonne und nachts den Mond, aber Magik? Eh-eh.«

»Aber sicher doch!«

»Sicherlich. Ich war von der Art und Weise, in der du sie vorhin im Schiffsverlies benutzt hast, wirklich fasziniert«, spottete der Kater.

»Ich werde die Kontrolle über meine Magik schon wiedergewinnen.« Ich haßte es, wenn Scandal recht hatte. »Warte nur ab!«

»Soso. Apropos gewinnen, wenn du den Grilltoaster, den Fernseher und die Reise nach Acapulco gewinnen willst, dann beantworte folgende Frage: Was brauchst du, um die Kontrolle zurückzuerhalten?«

»Mutter Krötenhauchs Buch? Aber das haben wir in ...«

»Falsch! Ein Preis weniger!«

»Unterricht? Vielleicht finden wir in Port O'Morph einen Zauberer, der ...«

»Wieder falsch! Zwei Preise streichen!«

»Ööööhhh ...«

Der Kater begann eine nervenzermürbende Melodie zu summen und ein tickendes Geräusch von sich zu geben. Dabei schlug er rhythmisch mit seinem Schwanz. »Schreibe deine Antwort in Form einer Frage nieder«, sagte er und fuhr mit dem Summen und Ticken fort.

Ich hielt es nicht länger aus. »Scandal, *hör auf!* Ich werde nicht auf die Antwort kommen, bevor ich nicht ein wenig Frieden und …«

»Tatata-*taaaah*!« Der Kater pfiff schrill und klatschte mit den Pfoten. »Der Junge packt es, und die Menge rast!«

»… Ruhe«, beendete ich meine Beschwerde. Dann verstand ich. »Anisella wird fürchterlich wütend auf uns sein, wenn sie herausfindet, daß wir sie belogen haben«, wandte ich ein.

»Ja, sie wird uns dafür hassen. Und sie wird Klinge ebenso hassen. Wie kann er es auch wagen, sich nicht fürchterlich in sie zu verlieben? Der Tölpel! Wer bleibt dann übrig, dem sie sich zuwenden könnte?«

Eine Welle der Erkenntnis brandete über mich hinweg. »Rhett! Aber was ist, wenn sie herausbekommt, daß Klinge in Wirklichkeit Mysti ist, Scandal?«

»Um so besser! Wie kann *Er* es wagen, eine *Sie* zu sein? So ein Tölpel! Womit wir wieder bei Rhett angelangt wären. Es sollte dir klar sein, Kendar, daß Anisella, obwohl sie so schön ist wie ein Kuchen aus Katzenminze und süßer als Sahne, einen Kern aus V2A-Stahl unter ihrem plüschigen Beiwerk verbirgt. Wenn sie etwas will, dann ist sie in der Wahl ihrer Mittel alles andere als zimperlich – oder in der Wahl der Menschen.« Er sah mich vielsagend an.

»Du meinst, sie hat versucht, mich zu benutzen.«

»Versucht?«

Er hatte recht, und es gefiel mir immer noch nicht. Ich setzte mich neben ihn. »Weißt du was, Scandal? Für einen Augenblick – nachdem ich festgestellt hatte, daß sie nicht Mysti war, und nachdem ich keine Angst mehr hatte, daß Mysti hereinplatzen und uns erwischen und explodieren würde –, da mochte ich es, daß sie mich küßte.«

»O je, wir rufen besser die Hormonpolizei. Hier platzt gleich einer.«

»Es ist mir ernst. Es war wirklich schön. Es war allerdings schöner, als ich noch glaubte, sie wäre gekommen, um *mich* zu küssen.« Ich seufzte. »Aber sie hat's nur getan, um Klinge eifersüchtig zu machen. Und das Allerschlimmste ist, daß ich wahrscheinlich zugestimmt hätte, ihr zu helfen, nur damit sie mich öfter küßt – wenn ich nicht gewußt hätte, wer Klinge wirklich ist.«

Der Kater rollte herüber und drückte sich an mein Bein. »Weißt du was, Junge? Anisella gehört zu den Leuten, die denken, sie würden immer bekommen, was sie wollen. Rhett gehört zu den Leuten, die anderen gern mitteilen, daß sie *niemals* das bekommen, was sie wollen. Das ist das Mystische Gleichgewicht im Kleinformat: Die beiden haben einander verdient.«

»Wedwel weiß, daß niemand sonst sie verdient hat«, murmelte ich.

»Bingo«, sagte Scandal und erbrach sich auf die Koje.

KAPITEL 16

»Land! Land in Sicht! Port O'Morph in Sicht, Kameraden!«

Der Ruf des Ausgucks verwandelte das Schiffsdeck der *Goldenes Vlies* in einen Kessel hektischer Betriebsamkeit. In ihren eigentümlich aussehenden Stiefeln, die einen Fuß bedecken mußten, der eigentlich hauptsächlich noch ein Huf war, bewegten sich die Schafe so geschickt und flink wie jeder menschliche Matrose. Sie flitzten die Wanten hinauf und herab und kletterten behende über die Rahen, setzten Segel und brachten sie wieder ein, gerade wie es nötig war, um den Wind einzufangen, der das Schiff sicher in den Hafen bringen würde.

Ich stand im Bug des Schiffes und nahm den ersten Eindruck der Unterseite in mich auf. Wasser sah überall wie Wasser aus, aber Land besaß seine eigene Persönlichkeit. Ich war ein wenig enttäuscht, denn es sah auch nicht anders aus als die Landmasse der Oberseite, die wir hinter uns gelassen hatten. Ich bin nicht mehr sicher, ob ich erwartete, gravierende Unterschiede zu sehen. Schließlich waren wir von der Oberseite für die Leute auf der Unterseite die Fremden mit den eigenartigen Ansichten und unvertrauten Gewohnheiten. Dennoch hoffte ich insgeheim, Unterseitler zu sehen, die auf ihren Köpfen liefen, die Wäsche linksherum trugen oder sich Mayonnaise auf ihre Butterbrote mit Corned beef schmierten. Wenn man so weit reist, möchte man ein paar Ungeheuer sehen.

Port O'Morph war eine Ansammlung heruntergekommener Gebäude, die wirkten, als hätte ein achtloses Kind sie nach dem Spielen am Strand liegengelassen. Die farbenfrohen Häuser und Geschäfte, die irgendwann einmal blau, gelb, grün und weiß gestrichen worden waren, wirkten durch ihre Schmutzschicht matt und trostlos. Es gab riesige

Lagerhäuser, die große Warenmengen aufnehmen sollten; ein- und zweistöckige Gebäude, deren Schilder sie als Gasthäuser und Geschäfte auswiesen; verkommene, schäbige Hütten, die aussahen, als wäre das einzige, das sie zusammenhielt, der Überzug aus fettigem Ruß auf der Außen- und ein Team sehr entschlossener Ratten auf der Innenseite.

Hinter diesem Schmutz, dieser Unordnung und diesem wimmelnden Leben erhoben sich die perlweißen Klippen, die die stolze Stadt Loupgarou von ihrem häßlichen Ableger Port O'Morph trennten.

Ein behandschuhter Huf traf meine Schulter. »Nun, Jung', was hältst du von unser'm Zielhafen?«

Käpt'n Lan stützte sich auf mich, während er sich über die Reling beugte. Sein heiles Auge glänzte heller als die Diamanten auf seiner Augenklappe, als er den Hafen betrachtete. »Ich wette, so was habt Ihr vorher noch nie gesehen, bää-arrrh!«

»Eine wunderschöne Stadt«, antwortete ich und betrachtete die Wälle der Burg, die aus Blaustein bestanden. Die Festung war kein Vergleich zu König Steffans Palast, aber immer noch ein wunderbarer Anblick. Die zinnenbewehrten Rundtürme, geziert von Bannern, die im Winde flatterten, wachten über die Stadt und den Hafen. Mit solch einer Festung im Rücken konnte man nicht anders, als sich sicher fühlen.

Man konnte andererseits auch nicht das Gefühl vermeiden, daß einem ständig jemand über die Schulter schaute.

»Wunderschön, was?« Käpt'n Lan runzelte die Stirn. »Ich hab' schon viel über Port O'Morph gehört, aber ›wunderschön‹ ist bisher noch nich' dabei gewesen.«

»Ich habe ja auch über Loupgarou gesprochen«, antwortete ich und deutete auf die Stadt über den Klippen.

Das schwarze Schaf spuckte einen dicken Klumpen Irgend-Etwas, das schwarz und grün war, ins Wasser.

»Das war für Loupgarou«, sagte er. »›Wunderschön‹ nennt Ihr sie, hm? Als wär's 'ne Frau, aye?«

»Ich ... ich habe früher schon mal gehört, wie Städte mit Frauen verglichen wurden, und ...«

»Junge, die einzigen, die blöd genug sind, 'ne Stadt mit 'ner Frau zu vergleichen, das sind Dichter mit wenig im Bauch und noch weniger im Kopf. Daß sie sagen, daß 'ne Stadt genauso wäre wie 'ne Sie, kommt nur davon, daß sie von beiden nix versteh'n! Und sie halten's auch bei beiden nicht lange aus, bää-arrrh! Hör auf meine Worte: Wenn ich jemals auf eine Frau treffen würd', die man auch nur im geringsten mit 'ner Stadt vergleichen könnte – dreckig und laut und unruhig und grausam –, dann würd' ich so schnell auslaufen, daß sich die Locken in meinem Vlies entrollen, das würde ich tun!«

Ich betrachtete die Anhöhe von Loupgarou trotzdem weiter. An die Flanken der Festungswälle drängten sich schnurgerade Häuserreihen, ebenfalls mit Blaustein erbaut. Jedes Haus hatte ein Obergeschoß und ein Dach aus sauberen schwarzen Schindeln. Neben jedem der schmalen Fenster hingen schwarze Läden, und das Sonnenlicht glitzerte auf identisch aussehenden Türgriffen aus Messing.

Bei der Entfernung konnte ich es nicht mit Sicherheit sehen, aber ich hatte den Eindruck, daß die Blumenkästen unter den Fenstern samt und sonders die gleiche Anzahl der gleichen Blumen in der gleichen Farbe enthielten.

»Wunderschön ...«, hörte ich Käpt'n Lan immer wieder brummeln. »Aye, wenn Eure Vorstellung von ›wunderschön‹ ein Friedhof ist, auf dem jedes Grab so aussieht wie das nebenan und alle immer schön saubergefegt sind.«

Er drehte sich um und brüllte den Hauptmast hinauf: »Streicht die Flagge, ihr hirnverbrannten Lämmchen! Die Garde des Königs ist ja sicher so verkommen wie der schlimmste Apfel, den ich je auf dem Markt gekauft und wieder verkauft habe, aber wir wären Narren, wenn wir sie reizen würden! Manchmal beißt auch ein zahnloser Hund zu!«

»Bei allem schuldigem Respekt, das nehme ich Euch übel, Sir!« bellte Lodda. Sie holte die Piratenflagge der *Goldenes Vlies* ein und hißte eine unverdächtig aussehende Fahne. Auf rotem Feld zeigte sie den schwarz-weißen, menschenähnlich gehaltenen Kopf einer Maus mit großen, runden Ohren.

»Wenn irgend jemand eine Frage stellt, solange wir im Hafen liegen, Meister Kendar, dann sind wir Käsehändler, verstanden?« instruierte Käpt'n Lan mich.

»Fürchtet Ihr Euch nicht, hier anzulegen?« fragte ich. »Das ist die Hauptstadt von Wingdingo-Land.«

»Nein, Loupgarou ist die Hauptstadt, und zwischen ihr und Port O'Morph liegen Welten. Die, die dort oben leben, würden eher abkratzen, als sich ihre Pfoten im Dreck der Hafengegend zu besudeln.«

»Und was, wenn sie von Loupgarou herunterkommen, um nach Euch zu suchen? Ihr habt ein Schiff des Postdienstes angegriffen und versucht, es zu versenken. Wenn sie es geschafft haben, die *Eventuell* zu flicken und Land zu erreichen, dann hat die Nachricht sicher schon König Wulfdoth erreicht!«

»Und was glaubt Ihr wohl, wie sie in dieser Gegend Nachrichten übermitteln, Meister Kendar?« fragte der Pirat und zwinkerte mit seinem heilen Auge. »*Sie schicken einen Brief!*«

Er brüllte vor Lachen und hieb mir fest genug auf den Rükken, um meinen Bauch gegen die Reling zu quetschen.

»Bevor sie hier auch nur ein Sterbenswörtchen davon hören, was wir mit diesem verfluchten Schiff angestellt haben, werden wir schon lange wieder ausgelaufen sein, jawohl. War sowieso nur Zeitverschwendung, sie aufzubringen. Wenn wir nicht Euch und Eure Freunde auf dem Kahn gefunden hätten, wäre das Ganze nicht das Schnurrhaar eines Aals wert gewesen!«

»Habe ich da was von Schnurrhaaren gehört?« fragte Scandal und schlenderte herbei, um sich zu uns zu gesellen. Ich war immer noch dabei, zu versuchen, nach Käpt'n Lans freundschaftlichem Hieb Atem zu schöpfen. Der Kater sprang auf die Reling und studierte die Aussicht.

»Hübsche Stadt«, sagte er. »Gibt's da Hunde?«

»Ach, keine, die dir auffallen würden«, antwortete Käpt'n Lan unschuldig. »Nur ein Rudel, und das ist nur nachts draußen. Etwas verwildert, bellt und heult und reißt jeden in Stücke, den sie erwischen können.«

Der Kater sah das Piratenschaf kühl an. »Borgst du mir deine Stiefel? Scheint, daß ich wieder tief drin stehe.«

Käpt'n Lan überschlug sich vor Lachen, aber glücklicherweise unterließ er wenigstens den Schlag auf meinen Rükken. (Ich hatte außerdem Angst, daß er mich irgendwann versehentlich mit seinem Haken schlagen könnte.)

»Beim großen leuchtenden Spindelbein, du hast wirklich Mut! Es wird mir eine Ehre sein, heute abend mit dir einen großen Krug Rum in der besten Kneipe von Port O'Morph zu leeren!«

»Sagen wir Milch und wir sind im Geschäft, Hammelkeule«, antwortete Scandal. »Mit Rum hab' ich schon meine Erfahrungen gemacht.«

»Ob Milch oder Rum oder Wulfdoths Blut, egal!« Das schwarze Schaf hieb seinen Haken tief in die Reling. »Wir werden an Land gehen und die Nacht durchmachen, aber am Morgen werdet Ihr Eure Zauberkräfte sammeln und meinen geliebten Bruder Ramses von seiner Verwandlung befreien.«

Weil wir uns jetzt fast am Pier befanden, ging er davon, um das endgültige Landemanöver der *Goldenes Vlies* zu beaufsichtigen.

Scandal drehte seinen Kopf mir zu. »Schon Fortschritte?« fragte er.

»Mit meiner Magik, meinst du? Hm, ich habe es heute morgen geschafft, damit Licht zu machen.«

»Kendar, Käpt'n Kotelett möchte, daß du Ramses zurückverwandelst. Du sollst ihn nicht in Brand stecken.«

»Das ändert überhaupt nichts. Lan wird sowieso wütend sein. Er möchte, daß wir Ramses in ein echtes Schaf verwandeln, und wir müssen einen echten Menschen aus ihm machen.«

»Was war das mit dem ›wir‹? Nix verstehn, ›wir‹. Ich dachte, wir hätten unsere Claims abgesteckt, was die Magik angeht: Du kümmerst dich um die Tricks, und ich um den Verstand.«

»Nun, da Licht im Moment alles, was ich mit meiner Magik machen kann, frage ich deinen Verstand, was ich Käpt'n Lan sagen soll?«

»Der sagt folgendes: bevor du Käpt'n Lan irgend etwas erzählst, das er gar nicht wissen will, solltest du ihn besser wissen lassen, wer Ramses wirklich ist.«

»Glaubst du, daß er *das* wissen will?« Ich schüttelte den Kopf. »Der einzige Grund, warum er Ramses trotz seines Aussehens und allem an Bord genommen hat, ist der, daß er ihn für seinen Bruder hält. Und ich glaube nicht, daß Lan die Sorte Schaf ist, die gerne aufs Butterbrot geschmiert bekommt, daß sie sich geirrt hat.«

»Hast wohl Angst, es ihm zu sagen, was?« Scandals Schnurrhaare hoben sich zu der Andeutung eines Grinsens. »Brauchste auch nicht; ich erledige das.«

»Es wird ihm nicht gefallen.«

»Es wird ihm gefallen müssen. Kendar, wir brauchen Käpt'n Lan und seine heitere Herde von Kräuselkorsaren auf unserer Seite. Wir müssen Ramses auf den Thron von Wingdingo-Land setzen, und das können wir nicht allein mit dem Heer, über das wir schon verfügen.«

»Welches Heer?«

»Siehst du? Das meine ich. Wenn es zu dieser Sache mit dem kalten Stahl und so weiter kommt, dann haben wir zwei – ich wiederhole: zwei – Kämpfer, die mit einem Schwert umgehen können. Das heißt, wenn es sich nicht herausstellt, daß Anisella gegen die königlichen Wachen allergisch ist.«

»Wir haben auch noch Rhett auf unserer Seite.« Im gleichen Augenblick, in dem ich es aussprach, wußte ich, daß es närrisch war, Rhett als Waffe einzurechnen.

»Wir brauchen Rhett aber nicht, um vorherzusagen, was passieren würde, wenn wir vier allein gegen diese Festung dort oben anrückten.«

»Fünf«, verbesserte ich Scandal. »Du vergißt Ramses. Auch wenn er ein Schaf ist, wird er für seinen Thron kämpfen wollen.«

Scandal rollte mit den Augen. »Und wie, bitteschön,

kommt Ramses dazu, als Schaf durch die Gegend zu laufen?«

»Öh ... Der Fluch der Fee?«

»Und worauf ritt diese Fee, als sie Ramses verfluchte?«

»Auf einem Drachen. Auf einem *kleinen* Drachen, aber ...«

»Und was können Drachen tun? Auch kleine?«

»Fliegen? Brüllen? Feuer spucken ...!«

»Und was stellt Drachenfeuer mit ...?«

»Schon gut, schon gut, es reicht, ich hab' ja verstanden.« Ich hob meine Hände und ergab mich. »König Wulfdoth hat Wachen und Schwerter und eine bösartige drachenreitende Fee auf seiner Seite. Alles, was wir haben, sind ein Wahrsager, zwei Schwertkämpferinnen, ein verzauberter Prinz, mich und dich. Und ich bin sowieso zu nichts gut. Danke, Scandal. Aus einem Gespräch mit dir kann man wenigstens neue Hoffnung schöpfen.«

Ich wandte mich vom Hafen ab und schmollte.

Ich spürte, wie der dreieckige Kopf des Katers sich unter meinen Ellbogen schob. Er schnurrte laut. »Warum machst du so ein langes Gesicht, Kojenkamerad? Wo ich herkomme, da erzählt man sich die Geschichte von einem Jungen namens David, der gegen einen Riesen namens Goliath kämpfen mußte. Goliath war groß und stark und fieser als ein Sack wütender Dachse. Er hatte Schwerter und Speere und Schilde und Bazookas und Handgranaten und atomare Krampen und auf ›Töten‹ gestellte Phaser. Alles, was der kleine David hatte, waren eine Schleuder und ein paar Bachkiesel. Aber David tötete Goliath, weil er etwas hatte, das Goliath nicht besaß. Weißt du, was das war?«

»Glaube?« riet ich. »Hoffnung? Gottvertrauen?«

»Von wegen. Er hatte eine ehrgeizige Mutter. Er hatte solche Angst vor dem, was sie sagen würde, wenn er als Verlierer nach Hause käme, daß er einfach gewinnen *mußte*. Jetzt haben wir natürlich keine ehrgeizzerfressenen, herrischen Mütter zur Hand, aber wir werden aus der ganzen Sache trotzdem als Sieger hervorgehen, Sportsfreund. Und zwar deshalb, weil wir etwas haben, das König Wulfdoth nicht hat!«

»Und das wäre?« fragte ich.

»Weiß ich auch nicht«, antwortete der Kater. »Aber wir sollten besser *irgend etwas* finden, was ihm fehlt, weil wir sonst nämlich noch nicht einmal eine Fußnote in irgendeinem Geschichtsbuch sein werden. Wir müssen es nur eben finden, das ist alles. Und bis es soweit ist, schadet es ja nicht im geringsten, ein Schiff voller blutrünstiger Piratenschafe zu haben, die Ramses' Anspruch auf den Thron unterstützen. Du weißt ja, daß die Tiere hier auf der Unterseite in der Mehrzahl sind. Wenn wir ihre Unterstützung bekommen könnten, wäre es vielleicht gar nicht *so* schwierig, den rechtmäßigen König auf den Thron zu bringen.« Er sprang von der Reling. »Ich werde mich mit Käpt'n Lan mal unter drei Augen unterhalten. Mach dir einfach keine Sorgen.«

Das Hinterzimmer der Taverne *Zum Käse und zum Keks* war der schmuddeligste, schmierigste, stinkigste und verrauchteste Ort in ganz Port O'Morph. Jeder, der nicht zu den härtesten Meuchelmördern, Schlägern und Rohlingen gehörte, mied diesen Ort, es sei denn, er war auf Ärger aus. Wenn man das Funkeln unrechtmäßig erworbenen Goldes oder das Spritzen roten, warmen Blutes sehen wollte und man sich nicht darum scherte, ob es das eigene war oder einem Fremden gehörte, dann gab es wesentlich sicherere Orte dafür.

»Was soll das heißen, wir brauchen eine Reservierung?« fauchte Scandal.

»Tut mir leid«, sagte der schmierige Wirt. Er war ein fetter Gorilla, der auf den Namen Marlon hörte und dessen silbergrauer Pelz büschelweise ausfiel. »Heute nacht ist Abschlußfeier an der Königlichen Akademie für Zukünftige Leibwachen, und alle unsere Tische sind besetzt.«

Ein lautes Krachen ließ die rauchgeschwärzten Sparren erbeben. Der Wirt erschauderte. »Da drin geht's ganz schön wild zu.«

Scandal begann zu fluchen. *Zum Käse und zum Keks* war eine kleine Pinte, und wir waren eine große Gruppe. Nachdem Scandal seinen kleinen Plausch mit Käpt'n Lan geführt hatte, befahl das schwarze Schaf, daß die gesamte Besatzung der *Vlies* (mit Ausnahme einer Kernmannschaft zur Bewachung des Schiffes) uns an Land begleitete. Lodda wandte ein, daß es nicht sehr klug sei, das Schiff so verwundbar zurückzulassen. Port O'Morph wimmelte vor Dieben und Schurken aller Art. Keiner davon hatte irgendwelche Bedenken, seine Berufsgenossen auszurauben. Käpt'n Lan antwortete, daß er eine erstaunliche Neuigkeit zu verkünden habe und daß er sich eher kielholen ließe, als daß er dabei nicht einen Krug von Marlons bestem Rum im Huf halten würde.

»Das war's dann ja wohl, Sir«, sagte Lodda. Sie klang selbstgefällig. »Wir haben keine andere Wahl, als zurück aufs Schiff zu gehen. Wir kaufen uns ein Fäßchen mit Marlons Rum und nehmen es mit.«

Käpt'n Lan knirschte mit den Zähnen. »Bei allen Disteln, die ich je wiedergekäut hab', ich bin verdammich noch mal zu lang auf See gewesen, daß ich mich heut' abend aufs Schiff zurückschicken laß! Ich möchte festen Boden unter den Stiefeln spüren, und wenn ich mit den Kerlen alleine fertigwerden muß.«

Er griff nach seinem Schwert und begann in Richtung auf die Hinterzimmertür loszumarschieren.

»Ach, bitte, Käpt'n Lan, fangt doch jetzt keinen Streit an«, flehte Marlon, griff mit einer riesigen Hand nach des Käpt'ns Fell und hob das Schaf ohne sichtbare Anstrengung in die Luft. »Diese frischgebackenen Wachen haben doch heute ihre offiziellen Schwerter erhalten und brennen auf eine Gelegenheit, sie auszuprobieren.«

»Laß mich runter, du Riesengibbon«, brüllte Käpt'n Lan. »Ich weiß, was ich tu! Pendleton! Harris! Nehmt das Kleingeld und folgt mir!« Er trat die Tür ein und schwankte hindurch. Zwei große Schafsböcke folgten ihm mit einem kleinen Kistchen, das sie zusammen trugen.

Kurz darauf wurden wir alle zu König Wulfdoths neuesten Wächtern und ihren Damen hereingeführt. Die meisten der Akademieabgänger waren Menschen – es waren nur zwei fleckgesichtige Warzenschweine und ein Bulle mit kurzen Hörnern darunter –, aber ihre Damen waren alle von der pelz- und federbedeckten Sorte.

»Weißt du, Chef«, vertraute Scandal mir unter dem Mantel der Verschwiegenheit an, »bei uns zu Hause, da *nennen* wir sie ja nur Hühner und Füchsinnen.«

»Wie immer du sie auch nennst, sie sehen heute nacht alle sehr glücklich aus«, antwortete ich.

»Warum sollten sie auch nicht glücklich sein?« fragte Rhett. »Sie tragen schließlich genug Gold und Edelsteine, um eine vierköpfige Familie ein Jahr lang zu ernähren.« Er warf Scandal einen warnenden Blick zu. »Und ich meine damit nicht, daß es hier vierköpfige Familien gibt, die sich von Gold und Edelsteinen ernähren, also spar dir den dummen Witz.«

»Na, bei deinem Sinn für Humor wundert's mich wirklich nicht, daß die Frauen die Hände nicht von dir lassen können, Langer«, miaute Scandal. Rhett machte ein verdrossenes Gesicht und versank wieder in Schweigen.

»Setzt euch, Jungs, setzt euch!« Käpt'n Lan winkte uns, daß wir unsere Plätze an den Tischen des Hinterzimmers einnehmen sollten. Die jungen Wächter rückten für uns zusammen, und ihre edelsteinüberhäuften Damen beeilten sich, um neue Gedecke, Krüge, Essen und Getränke für alle herbeizuschaffen. Die Piraten machten es sich gemütlich, als wäre es für sie alltäglich, mit den Männern des Königs zu verkehren. Ich schaute mich um und stellte fest, daß ich der einzige war, der das ungewöhnlich zu finden schien.

Anisella amüsierte sich zu sehr, um irgend etwas anderes zu zeigen als Vergnügen. Die Wächter überschlugen sich, ihr den Stuhl zurechtzurücken, ihr zu trinken einzugießen und ihr das Beste von allen Vorlegeplatten zusammenzusuchen. Einige der pelzigen Damen warfen ihr giftige Blicke zu, denen Anisella jedoch keine Beachtung schenkte. Zwischen dem Anlachen und Ankichern der bezauberten Wachen hatte sie gerade noch Zeit, ab und zu einen Blick zu Klinge hinüberzuwerfen und zu schauen, ob er etwa eifersüchtig wurde.

Was hatte Mysti über Anisella gesagt? Für sie sei die Welt in Männer und die Konkurrenz aufgeteilt. Ich glaubte nun, zu verstehen, was sie gemeint hatte.

Und wie nahm Mysti dies alles auf? Sie hatte sich so weit weg von Anisella wie möglich gesetzt und hielt bereits einen Krug in der Hand. Ich hörte, wie sie einer der neuen Wachen mitteilte: »Ich bin die Stärke der Schwachen und die Hilfe der Hilflosen.«

»Ach, wirklich? So ein Zufall; ich nämlich auch! So steht's auf meinem Zeugnis. Und wie heißt du?«

»Nenn mich ... Klinge der Gerechtigkeit.«

»Und du nenn mich ... Elroy. Probier die Senfsauce lieber nicht!«

Ich bahnte mir meinen Weg durch das enge Hinterzimmer, bis ich hinter Käpt'n Lans Stuhl stand. Das schwarze Schaf saß am Kopf der Tafel mit Ramses zu seiner Rechten. »Sir, was geht hier vor?« fragte ich.

Bevor er antworten konnte, sprang Scandal vor uns auf den Tisch und sagte: »Mach dir keinen Streß, Chef. Käpt'n Lan bereitet sich gerade darauf vor, bekanntzugeben, daß Ramses der echte Thronerbe von Wingdingo-Land ist. Dann werden die Piraten drei ›Hipp-hipp-hurras‹ ausstoßen und sich betrinken. Dann werden wir uns zurück aufs Schiff schleppen und morgen einen Haufen Boten aussenden, die den Leuten die frohe Botschaft mitteilen. Dann treten wir Wulfdoth in den ...«

»*Bist du wahnsinnig?*« kreischte ich. Ich muß ziemlich laut gekreischt haben. Jeder im Raum verstummte und starrte mich an. »Ähhh ...« Mir war es immer sehr unangenehm, zu einer Menschenmenge zu sprechen.

»Geht nach Hause, Leute. Hier gibt's nichts zu sehen. Los, weitergehen, weitergehen.« Scandal schlug mit dem Schwanz und starrte zurück, bis sie schulterzuckend ihre Unterhaltung wieder aufnahmen.

Mit *wesentlich* leiserer Stimme flüsterte ich Käpt'n Lan ins Ohr: »Wer hat Euch gesagt, daß Ramses der Erbe ist?«

Das schwarze Schaf erstaunte diese Frage sehr. »Na, Euer Familiar selbst war's natürlich. Und ich müßt' verdammt noch mal lügen, wenn ich behaupten würd', daß mich diese Nachricht nicht vom Hocker gehauen hat. Mein eigener geliebter Bruder, ein Prinz! Mama wäre so stolz gewesen.« Er wischte verstohlen eine Träne weg.

Ich wollte protestieren, doch Scandal schnitt mir die Fragen ab, bevor ich sie stellen konnte. »He, Chef, kapier doch: Wir sind nicht mehr in Kansas. Das hier ist die Unterseite, klar? Und das einzige, was hier noch komplizierter ist als Toiletten-Piktogramme, das sind Familienstammbäume.«

»Was soll daran so kompliziert sein? Entweder ist man mit jemandem verwandt oder eben nicht.«

»Ja, sicher, so wie du mit Basehart verwandt bist. Sei mal ehrlich: Hast du nicht schon mal überlegt, ob der wirklich dein Bruder ist? Daß er der Familie vielleicht von einem mutierten Osterhasen mit einem sehr, sehr üblen Sinn für Humor aufgedrückt wurde?«

»Ich weiß zwar nicht genau, wovon du redest, aber ... Mutter sagt immer, daß man in einer Familie alle Sorten Mensch finden kann. Gewöhnlich sagt sie das, wenn Vaters Verwandte uns besuchen kommen und Onkel Hewlitt dabei erwischt wird, daß er eine Kringelburger Bratwurst auf dem Kopf trägt.« Ich errötete. »Das ist sein Hobby.«

»Nun, nach allem, was mir meine gute Freundin Lodda über Unterseitenfamilien erzählt hat, könnte dein Onkel Hewlitt hier mit dieser Wurst verwandt sein. Die Unterseiten-Geschichtsbücher sind voll mit solch dämlichen Sachen wie Wölfinnen, die menschliche Zwillinge aufziehen, Störche, die Babies austeilen wie andere Shampooproben, und Bären, die mit Kleinkindern durchbrennen, obwohl jeder weiß, daß ihre eigenen Jungen viel besser riechen und auch nicht halb so heimtückisch werden. Wenn man all das berücksichtigt und auch noch die vielen Adoptionen quer durchs Land mit einbezieht, dann gibt es keinen Grund, wieso Ramses nicht der Thronerbe *und* menschlich *und* immer noch Käpt'n Lans Bruder sein soll. Das ist es jedenfalls, was ich Lan erzählt habe.«

»Und das hat er dir abgekauft?« Ich hob meine Augenbrauen.

»Ja. Das nächste, was er gekauft hat, waren die Wachen hier. Deshalb werden sie noch nicht mal mit einem Auge blinzeln, wenn er seine große Ansprache hält.«

Ich war mir dessen gar nicht so sicher, aber ich dachte mir, daß ich nahe genug an der Tür stand. Wenn eine der Wachen lospreschen und Verstärkung holen wollte, dann konnte ich ihn aufhalten. Es wäre allerdings leichter gewesen, wenn ich meine Magik schon wieder unter Kontrolle gehabt hätte. Weil im Moment aber jeder mit Essen, Trinken und Lärmen beschäftigt war, vermutete ich, ein wenig ungestört üben zu können.

Ich formte mit meinen Händen eine Schale und konzentrierte mich angestrengt. Ein paar Funken blitzten auf und zischten, als sie verloschen. Ich konzentrierte mich stärker. Die Funken flammten auf und blieben hell. Ich blies sie vorsichtig an. Sie schmolzen zu einer kleinen rosa und goldenen Pfütze.

»Hmpf!« Ich hatte die Nase gestrichen voll. Der einzige Grund, alle Bruchstücke von Meister Thengors altem Magikhort zusammenzusuchen, war, mich zu einem stärkeren Zauberer zu machen. (Ursprünglich war der Grund, daß ich die Magie nicht wieder loswerden konnte, bevor ich sie nicht vollständig zusammen hatte, aber seitdem hatte ich meine Meinung geändert.) Wie stark konnte ich werden, wenn ich jedesmal, sobald ich ein neues Fragment wiedergefunden hatte, meine ganzen Zauberkünste von Grund auf neu lernen mußte?

»Bei Wedwels heiligem Faggott, ich werde langsam *sauer*«, murmelte ich. Die Pfütze auf meinen Handflächen begann sich zu winden. Ich holte sie näher an mein Gesicht.

»Ich bin *sauer*«, wiederholte ich, die Worte direkt an die Pfütze gerichtet. »Ich bin *ärgerlich*. Ich bin so böse wie ein gerupfter Voondrab. Ich bin wirklich, wirklich, wirklich *wütend*. Ehrlich.«

Die Pfütze teilte sich in ein Paar wunderschöner Schwingen, zwischen denen ein Körper heranwuchs, bevor sie davonflatterten. Ich stieß einen Freudenschrei aus, der aber in dem Getümmel unterging. Das war es also! Meine Magik arbeitete nur, wenn ich wütend war. Nun, mir sollte es recht sein; ich konnte ganz schön wütend werden, wenn ich wollte. Grinsend lehnte ich mich an den Türrahmen. Sollte doch jemand versuchen, den Raum ohne meine Einwilligung zu verlassen oder zu betreten. Ein solcher Versuch würde mich *wütend* machen, und dann würde ich es ihnen schon zeigen.

»Ich bin verärgert«, knurrte ich, und in meiner Hand erschien eine Tasse Gaffee. Ich nippte daran. Er war bitter. Scheinbar war ich für eine Portion Zucker nicht ärgerlich genug.

Käpt'n Lan schlug mit seinem Krug auf den Tisch, um Aufmerksamkeit zu erregen.

»Hört zu, Jungens!« brüllte er. Er war auf seinen Stuhl geklettert und hatte sein Holzbein auf die Tischplatte gestellt. »Viel zu lange haben wir unter dem Regiment von Wulfdoth dem Usurpator gelitten! Dieser kaltherzige Hundesohn hat unseren guten König und seine ganze Familie umgebracht, und schon allein dafür verdient er den Tod, jawoll!«

Ein Chor aufgeregten, zustimmenden Blökens war die Antwort. Die Piratenschafe schlugen ihre Krüge auf die Tische. Der ganze Raum dröhnte.

»Hört, hört!« rief einer der Wächter.

Sein Kamerad neben ihm stieß ihm den Ellenbogen in die Seite. »Er hat uns nicht dafür bestochen, daß wir ihm zustimmen, du Trottel. Laß ihn einfach nur sagen, was er zu sagen hat.«

»Tut mir leid.« Der erste Wachtposten war zerknirscht. »Es ist nur so, daß ich König Wulfdoth nicht besonders mag.«

»Wer tut das schon? Wenn noch mehr Tiere so wären wie diese Schafe, dann hätten wir eine Chance, ihn loszuwerden. Sie sind uns nämlich in ganz beunruhigender Weise zahlenmäßig überlegen. Aber solange der König ihr bequemes Leben nicht allzusehr einschränkt, ist es ihnen egal, ob vielleicht ein Kohlkopf die Krone trägt.«

»Ich hab' gehört, daß sie auf der Oberseite einen Kohlkopf gekrönt haben, und zwar an einem Ort namens Nebenstadt. Aber wenn ich König Wulfdoth nicht mag, warum soll ich dann nicht ...«

»Darum geht's nicht. Die Sache ist die: Wenn wir für diese Leute etwas tun, wofür wir nicht ordnungsgemäß bestochen worden sind, dann werden sie es uns gegenüber schnell an dem Respekt mangeln lassen, den sie unserem Berufsstand schuldig sind.« Er reichte seinem Kameraden ein kleines rotes Buch. »Hier. Nimm mein Exemplar von *Mit kleinen Gaunereien Geld machen – Ein Leitfaden für Neuanfänger in der Stadtwache* und lies es dir gut durch. Kaum zu glauben, daß sie dich mit dieser Einstellung zur Akademie zugelassen haben.«

»Ä-*hem*!« Käpt'n Lan warf den schwatzhaften Wächtern einen scharfen Blick zu. »Wenn ihr damit fertig seid ... Ich hätte noch etwas zu sagen. Die Tage des bösen Wulfdoth sind gezählt. Das Blut vieler seiner Verwandten mag an seinen Händen kleben – doch einer von ihnen ist entkommen! Der wahre Erbe des Throns ist am Leben und gesund, jawoll, und will nun Anspruch auf das erheben, was ihm rechtens gehört! Ramses, steh auf!«

Ramses stand auf. Sogar in seinem Schafspelz wirkte er heroisch. Die Wachen und ihre Damen, ob Mensch oder Tier, konnten nicht anders, als vor Bewunderung zu keuchen.

»Tatsächlich ist mein richtiger Name König Borith«, sagte er. »Aber ihr sollt mich Ramses nennen, bis ich gekrönt bin.«

Jedermann jubelte.

»Es läuft doch sauber, oder, Chef?« Scandal stand neben meinen Füßen und rieb sich an meinen Schienbeinen. »Der beste Weg, Wulfdoth loszuwerden, ist eine Revolution. Egal, welche Truppen und Verbündeten er auf seiner Seite hat, gegen ein ganzes Königreich kann er einfach nicht anstinken. Alles, was ein guter Aufstand braucht, ist ein Anführer und ein gemeinsames Ziel, das die Leute zusammenschweißt. Ramses ist für diesen Job wie geboren.«

»Wie kommst du darauf?«

»Sieh ihn dir doch an! So wie er im Moment aussieht, hat er für jeden etwas.«

Ich schnippte mit den Fingern. »Wie Meister Dromions Wunderelixier!«

»Hä?«

»Gut für Mensch und Tier. Du hast recht, Scandal, er ist der geborene Anführer. Die Tiere werden ihm folgen, weil er einer von ihnen ist, und die Menschen werden ihm folgen, weil ...«

Die Tür des Hinterzimmers explodierte in einem Flammenmeer. Die Druckwelle riß mich von den Füßen und warf mich auf den Tisch. Auf meinem Bauch rutschte ich zwischen fünf Platten mit kaltem Braten, drei Rumkaraffen und einer Menge Tassen, Bechern und Krügen hindurch und landete schließlich auf dem Schoß einer großen Bärin. Sie runzelte die Stirn, ergriff eine Suppenschüssel und goß mir den Inhalt über den Kopf.

»He!« spuckte ich. »Warum habt Ihr das getan? Ich wollte mich gerade entschuldigen.«

»Ihr habt gebrannt«, grunzte sie. Bären sind sehr pragmatische Geschöpfe. »Ich glaubte, es wäre besser, nicht mit Rum zu löschen.«

»Gebrannt?« Ich setzte mich auf (immer noch in ihrem Schoß) und schnüffelte. Von meiner Kleidung stieg schwarzer Qualm auf.

Ich sah mich um. Die Tür des Hinterzimmers lag in rauchenden, glimmenden Trümmern. Die meisten Frauen kreischten und rannten auf der Suche nach einem anderen Ausgang hin und her. Die Männer saßen da – ja, wie eine Herde Schafe. Sogar die, die gar keine Schafe waren.

»Daran war der Drache schuld«, erklärte die Bärin. Sie stieß mich von ihrem Schoß und versteckte sich unter dem Tisch. »Tut mir leid wegen der Nudeln«, war das letzte, was ich von ihr hörte, bevor der Drache mit einem Schrei in den Raum sprang, der mein Herz zu lähmen drohte.

KAPITEL 17

»Miep!« brüllte der Drache, und es kann einem schon das Herz stehenbleiben, wenn man sich zusammenkauert und erwartet, so etwas wie *Arrrrgrauwwwwrrrrrschniefblubglurp!* zu hören. Ich gebe mein Wort darauf.

Er war etwa so groß wie ein Hühnchen. Auf seinem Rükken saß eine wunderschöne Dame, die nicht größer war als meine Hand. Ich griff über den Tisch, faßte Ramses beim Fell und sagte: »Ihr habt uns doch erzählt, der Drache der Fee sei so groß wie eine Milchkuh.«

»Das war er auch«, antwortete er. Er sah aus, als wäre ihm schlecht.

»Erzählt mir nicht, es gäbe zwei davon.«

»Das könnte nicht sein«, gab er zurück. Der erste Schreck ließ schnell nach, und die grüne Farbe verließ sein Gesicht. »Laßt mich bitte los; Ihr macht mir das ganze Fell voll Nudeln.« Er entwand sich meinem Griff und zog ein Kurzschwert. Seine Augen glänzten wie harter Stein. »Ja, das ist dasselbe Ungeheuer, und die Reiterin ist die, die mich verflucht hat. Ich weiß nicht, wieso sie so klein geworden sind, aber Ihr, Meister Kendar, solltet Euch durch ihre geringe Größe nicht täuschen lassen. Beide sind immer noch sehr gefährliche Gegner.«

Wie um Ramses' Worte zu beweisen, schwang die Fee ihr flatterndes blau-silbernes Kleid über einen Arm, zeigte mit dem Zauberstab, den sie in der anderen Hand hielt, auf uns, und befahl: »Fangt die Verräter!«

Und plötzlich füllte sich die Tür mit den größten, häßlichsten, zahnbewehrtesten und haarigsten Bestien, die ich je außerhalb eines Albtraumes gesehen hatte. Sie trugen Hosen und Tuniken in Braun und Blutrot, schwarze Handschuhe und Stiefel und matte Stahlhelme – keine Goldtresse, keine Quaste, nichts von dem hübschen Unfug, der die Uniformen der neuernannten Palastwächter verzierte. Diese Trolle sahen nicht danach aus, als bräuchten sie Schwerter, führten aber dennoch welche. Ihr Anführer hatte einen großen schwarzen Schnurrbart, der seinen Mund verbarg, und zottelige Augenbrauen, die seinen Augen den gleichen Dienst erwiesen. Als ich ihn erblickte, verstand ich endlich Scandals Geschichten über Familienangelegenheiten der Unterseite. Jede Wolfsmama wäre stolz darauf gewesen, ihn Sohn nennen zu dürfen.

Er trat an die Spitze seiner Leute und untersuchte das Zimmer. »Verräter, Eure Feenheit?« fragte er leicht verwirrt. »Das sind die Neuabgänger der Akademie. Der da vorn ist mein kleiner Bruder Melch.«

Eine jüngere Version seiner selbst winkte ihm freundlich zu.

»He, Tuckwart, ich hab' heute mein erstes Bestechungsgeld kassiert!« rief er. »Jetzt kann ich dir den neuen Bauernkloppstock kaufen, sobald du dienstfrei hast.«

»Danke, Melch! Das nenne ich gute, schnelle Arbeit. Erzähl Mamma davon, wenn du nach Hause kommst«, rief Tuckwart zurück.

Die Fee zischte, und ihr Puppengesicht nahm einen gefährlichen rötlichen Ton an.

»*Hauptmann* Tuckwart«, quetschte sie zwischen zusammengebissenen Zähnen hervor, »die Verräter hier sind keine Abgänger der Akadamie. Wenn Er Seine Augen öffnen würde, dann könnte Er außer der Spitze Seiner pickligen Nase vielleicht auch sehen, daß dieser Raum mit gesetzlosen Schafen überfüllt ist.«

»Wo?« Tuckwart blinzelte heftig. »Ach, *da*! – Ja, Euer Feenheit, ich sehe sie nun. Es war etwas schwierig, sie und die Akademieabgänger auseinanderzuhalten, weil mein kleiner Bruder Melch auch lockiges Haar hat, und ...«

»Das ist mir egal. Verhaftet sie alle. Die Verräter, weil sie Verräter sind, und die Wächter, weil sie mit Verrätern verkehrt haben.«

Wenigstens zwei Dutzend der frischgebackenen Wächter fielen ein, als Melch jammerte: »Ach, *muß* das *wirklich* sein?«

»Ja, das *muß wirklich* sein«, äffte die Fee ihn nach.

»Aber ... aber ... aber, Euer Feenheit«, protestierte Tuckwart. »Er ist doch mein jüngerer Bruder, und das ist sein erstes offizielles Bestechungsgeld, und er hat gesagt, daß er mir eine neue Keule kaufen will und ...«

»Hauptmann Tuckwart, *darf* ich Ihn daran erinnern, daß von Ihm als Mitglied meiner persönlichen Geheimpolizei erwartet wird, daß Er von niemandem Bestechungsgelder annimmt?«

»Ich hab's ja auch nicht angenommen, sondern Melch. Das ist in Ordnung, denn er ist jetzt ein Berufswächter, und die Leute *erwarten*, daß er bestechlich ist. Sie wären enttäuscht, wenn ein Wächter ein Bestechungsgeld nicht annehmen ...«

»Kennt Er meine Bestimmungen, oder kennt Er sie nicht? Wenn Er irgendeinen Teil dieses Bestechungsgeldes annimmt, auch wenn es ein Geschenk Seines jüngeren Bruders ist, dann zählt das genauso, als hätte Er die Bestechung selbst angenommen.«

»Ooooch, Euer Feenheit, ich ...«

»Und wenn es zählt, heißt das, daß Er stirbt.«

»Wie kannst du es *wagen*, ein Mitglied der Geheimpolizei bestechen zu wollen!« fuhr Tuckwart seinen jüngeren Bruder an. »Weißt du, was du mit dieser neuen Keule machen kannst?«

Melch kratzte sich am Kopf. »Ich glaube, das haben wir für die Abschlußprüfung nicht mehr durchgenommen.«

Die Fee klopfte ihrem Drachen auf den Kopf. Er spuckte eine kleine Feuerkugel nach Melch. Sie touchierte genau die äußerste Rundung seines Kopfes. Der Gestank brennenden Haares und seine Schreie waren ekelerregend.

Die Bärin kam unter dem Tisch hervor und befreite ihn mit dem Inhalt einer anderen Schüssel von seinen Leiden, dann verschwand sie sofort wieder in ihr Versteck.

»Haferbrei ist besser«, sagte sie noch, bevor sie außer Sicht war.

Hauptmann Tuckwart stiefelte auf die Tische zu. »Komm sofort raus, du elendes Schwein!« grölte er.

»He! Paß auf, was du sagst!« Eines der Warzenschweine schnaubte zornig. »Was glaubst du, wen du da ein Schwein nennst, Bulle!«

Der stierköpfige Wächter hieb ihm mit dem Ellbogen in die Rippchen. »Werd jetzt nicht persönlich«, warnte er das Warzenschwein.

»Ergebt euch, Verräter, und ihr erspart euch viel Ärger!« keifte die Fee.

»Was heißen soll, daß du uns die Luftpolka an einem Seilende tanzen läßt, wenn wir so dumm sind, dir zu glauben, bää-arrrh!«Käpt'n Lan kletterte von seinem Stuhl und nahm die Körperhaltung eines erfahrenen Kämpfers ein, einen Huf auf dem Griff seines Schwertes, den Haken zur Abwehr bereit.

»Verglichen mit Seinem Schicksal für den Fall, daß Er sich nicht ergibt, wird Ihm das Hängen als Gnade erscheinen«, antwortete die Fee in kaltem und gleichzeitig königlichem Ton.

»Ich laß' meine Mannschaft doch nicht Verräter schimpfen«, begehrte das schwarze Schaf auf. »Treu sind wir dem rechtmäßigen Herrn von Wingdingo-Land! Wer uns dafür Verräter nennt, ist so falsch wie dein Versprechen von Gnade, jawoll!«

Die roten Lippen der Fee kräuselten sich zu einem kalten Lächeln. »Dem König treu, sagt Er? Wo Er doch seine Gesetze bricht?«

»Wir brechen keines seiner Gesetze, weil er noch keine gemacht hat.« Käpt'n Lan warf Ramses einen Blick zu. »Das stimmt doch, oder, Bruder?«

Ramses nickte knapp. Er hielt sein Schwert immer noch fest; und niemals nahm er die Augen von der Fee und ihrem winzigen Drachen.

»Wulfdoth ist genausowenig unser Herr wie eine Horde Affen«, fuhr das schwarze Schaf fort. »Dreimal Hurra für Borith – ach, er hat ja gesagt, wir sollen ihn weiter Ramses nennen –, den wahren König von Wingdingo-Land!«

Die Dachsparren erbebten unter dem Widerhall dreier ohrenbetäubender Blöker.

Die Fee deutete mit ihrem Zauberstab auf Hauptmann Tuckwart. »Alle töten. Sofort.«

Die Geheimpolizisten zogen ihre Klingen. Käpt'n Lan lachte in ihre Gesichter. »Glaubt ihr, wir wären Lämmlein für die Schlachtbank?«

Rings um ihn glitten mehr als ein Dutzend Schwerter mit einem Laut, der an das Zischen von Schlangen erinnerte, aus ihren Scheiden. Lodda knurrte tief in ihrer Kehle und wies den Schafen ihre Plätze für den bevorstehenden Kampf zu. Die frischgebackenen Palastwächter wurden nervös, als sich ihre Saufkumpane vor ihren Augen in eine Bande grimmiger, mordgieriger, kriegslüsterner Schafe verwandelten. Die Damen tauchten zu der Bärin unter den Tisch ab und blieben dort.

Rhett bewegte sich nicht. »Ihr habt vielleicht schon bemerkt, daß es so nicht gehen wird?« fragte er gedehnt.

Von irgendwoher flog eine Schöpfkelle mit Sauerkraut herbei und traf ihn voll und hart an der Seite seines Kopfes.

»Ich wußte, daß das passieren würde«, sagte er noch, bevor er zu Boden ging. Dort unter dem Tisch mußte es mittlerweile recht überfüllt sein.

Mysti ließ ganz nebenbei die Schöpfkelle fallen und erhob sich von ihrem Stuhl. »Unser Schicksal und unsere Zukunft liegen in unserer eigenen Hand. Kämpft für die Gerechtigkeit, ihr guten Schafe!« rief sie und sprang auf den Kronleuchter. Lodda bellte, Lan blökte, und der Kampf begann.

Selbst durch den Schleier Nudeln erschien der Raum wie ein Irrenhaus. (Es ist reichlich schwer, Suppennudeln wieder aus dem Haar zu bekommen.) Tische wurden umgeworfen, Stühle flogen, Geschirr zerbrach, Schwert traf in furchtbarem Handgemenge auf Schwert. Die Luft füllte sich mit Staub, Flüchen und Wollflocken. Die Geheimpolizisten griffen die Schafe an, die Schafe attackierten die Geheimpolizisten, und die Akademieabgänger griffen an, wer ihnen zu nahe kam, oder standen einfach nur herum und gerieten in den Weg.

»He! Auf welcher Seite kämpfen wir eigentlich?« hörte ich einen fragen.

»Die Schafe haben uns bestochen, also sind wir auf ihrer Seite!« kam die Antwort.

»Falsch!« fiel eine zweite Stimme ein. »Sie haben uns bestochen, damit wir sie ihre Versammlung abhalten lassen und sie nicht verhaften. Wir kämpfen auf der Seite der Geheimpolizei für König Wulfdoth!«

»Aber ich hab' König Wulfdoth nie leiden können!«

»Die Geheimpolizisten sollen uns verhaften, also *müssen* wir auf der Seite der Schafe kämpfen!«

»Und ihnen etwas geben, wofür sie nicht bezahlt haben? Versuchst du, dem Bestechungsgeschäft die Preise zu verderben?«

»Hast du die Fee nicht gehört? Sie sagte, daß *alle* getötet werden sollen. Wir müssen für die Schafe kämpfen, sonst werden uns die Geheimpolizisten auch töten.«

»Sie hat mit dem Töten nur die Schafe gemeint, nicht uns.«

»Wettest du darauf?«

»Wenn wir *für* die Geheimpolizei kämpfen, läßt sie uns vielleicht gehen.«

»Wenn wir *gegen* die Geheimpolizei kämpfen, können wir uns selbst gehen lassen!«

»Ich *kann* nicht gegen die Geheimpolizei kämpfen! Tuckwart ist mein großer Bruder!«

»Na gut, Melch, dann kämpfst du gegen jeden, der *weder* von der Geheimpolizei *noch* ein Schaf ist.«

»Wen denn?« Melch sah sich um, fand aber kein Ziel.

»Zum Beispiel den Wahnsinnigen, der da am Kronleuchter hängt!«

Melch erschauderte. Ich konnte es ihm nicht verdenken. Niemand, der seine Sinne beisammen hatte, hätte sich Mysti freiwillig genähert.

Der Kronleuchter war ein großer eiserner Ring, der ein Dutzend brennende Kerzen trug. Er schaukelte an einer schweren Kette von der Decke. Mysti hielt sich mit einer

Hand an dem eisernen Ring fest und schlug mit ihrem Schwert nach jedem, der in ihre Reichweite kam.

»Öhh ... vielleicht kämpfe ich lieber gegen die da«, sagte Melch und deutete auf Anisella.

Was immer ich auch sonst von ihr dachte, ich mußte zugeben, daß Anisella mit einem Schwert umzugehen verstand. Sie stand auf einem der Tische, das Haar frei, Feuer in den Augen, bereit für alles. Das Problem war nur, daß ihr niemand auch nur die geringste Beachtung schenkte. Die Geheimpolizisten hatten genug damit zu tun, gegen Käpt'n Lans Schafe zu kämpfen, und die paar Akademieabgänger, die Anisella zur Kenntnis nahmen, sagten Dinge wie: »Mensch, ein Mädchen mit Mieder und Kilt aus Kettenpanzer und mit einem Schwert. Wie niedlich!« Dann suchten sie sich jemand anderen zum Kämpfen.

Melch begab sich zu ihr und fragte: »Entschuldigt bitte, mein Fräulein. Ich konnte nicht umhin, zu bemerken, daß Ihr da ein Schwert in den Händen haltet. Wollt Ihr mit mir kämpfen?«

»Ich dachte schon, du würdest nie fragen«, antwortete Anisella mit hübschen Grübchen in den Wangen. Sie blickte rasch über die Schulter, um sich zu vergewissern, daß Klinge sie beobachtete. Das Objekt ihrer Aufmerksamkeit hing an ›seinen‹ Fersen vom Kronleuchter und rasierte allen Neu-Wächtern, die sich zu nah heranwagten, die Knöpfe von der Uniform.

Melch und Anisella gingen in Kampfstellung. Tuckwarts kleiner Bruder nahm die standardgemäße Wächter-Kampfhaltung ein, während Anisella auf dem Tisch stand und ihr Schwert mit beiden Händen hielt. Hierbei handelte es sich um einen üblichen Fechtstil – zwei Hände am Griff erlauben eine gute Kontrolle der Klinge –, aber ich vermutete, daß er ebenfalls nicht in der Fragensammlung für die Abschlußprüfung der Akademie stand, denn ...

»Nein, Ihr haltet es ja wie einen Besenstiel«, sagte Melch und warf Anisella Blicke zu, wie sie Mütter ihren Kindern zuwerfen, wenn diese sich Wachsbohnen in die Ohren stopfen.

»Ich kann nicht gegen Euch kämpfen. Ihr seid einfach zu niedlich!« Er wandte sich ab, um einen weniger niedlichen Gegner zu suchen.

Anisella stampfte mit dem Fuß auf. »Komm sofort zurück!« schrie sie. »Ich bin *nicht* niedlich! Na ja, vielleicht doch, aber das heißt noch lange nicht, daß ich nicht gegen dich kämpfen kann.« Sie wedelte mit ihrem Schwert gegen die Decke.

Ramses und Lan fochten Rücken an Rücken und hielten einen weiten Umkreis in der Mitte des Schlachtfeldes frei. Sie waren drei zu eins unterlegen, bis zwei ihrer Gegner, die Akademieabgänger waren, entschieden, daß sie wohl gegen die Falschen kämpften und sich aus dem Getümmel lösten.

Jemand rempelte mich an.

»Verzeihung«, murmelte er, während er kaum von seinem Exemplar von *Mit kleinen Gaunereien Geld machen – Ein Leitfaden für Neuanfänger in der Stadtwache* aufsah. »Gehört Ihr zu den Geheimpolizisten?«

»Nein.«

»Zu den Schafen?«

Ich sah ihn nur an.

»O ja, natürlich eine dumme Frage. Diese Nudeln auf Eurem Kopf haben mich etwas verwirrt. Nun, ich weiß, daß Ihr nicht zu meinen Klassenkameraden gehört, also wer seid Ihr?«

»Meister Kendar Gangle, Zauberer.«

»Hm. Wir hatten keine Zauberer in der Klasse. Die Geheimpolizei braucht keine Zauberer, weil sie für Lady Acerbia ...«

»Das ist die auf dem Drachen?«

»Genau. Jedenfalls, mir scheint, daß Ihr zu den Schafen gehört, wenn Ihr auch keins von ihnen seid. Gehe ich richtig in dieser Annahme?«

»Könnte man so sagen.«

»Gut, dann tu ich's.« Er schloß das kleine rote Buch, steckte es weg, zog seine Klinge und rief: »Nimm das!«

Sein Schwertstreich war wild und zu weit ausgeholt. Ich wich ihm problemlos aus. Dies würde witzig werden – nicht fair, nicht schön, aber witzig. Oh, wie wenig ahnte dieser idiotische Wächter, worauf er sich einließ! Wenn Leute mit Schwertern nach mir schlagen, werde ich nämlich *wütend*. Er würde bald herausfinden, daß es eine sehr schlechte Idee war, Meister Kendar Gangle wütend zu machen. Ich konnte es kaum abwarten. Schon jetzt spürte ich, wie die Magik in mir brodelte und sich bereit machte, loszuschlagen. Ich streckte meine Zunge heraus und machte ein unhöfliches Geräusch.

»Daneben! Daneben!«

Ich wollte, daß er noch mehrmals vergeblich nach mir schlug, um mich *wirklich* ärgerlich zu machen. Und dann …

Der Wächter warf seine Arme hoch und stieß einen durchdringenden Schmerzensschrei aus. Sein Schwert klapperte zu Boden, als er hopste und tanzte wie ein harpunierter Ochsenfrosch. Als er sich umdrehte, sah ich, daß sich Scandal mit sämtlichen Klauen aller vier Pfoten an ihm festgeklammert hatte.

»He, Chef!« rief Scandal und grinste. »Das ist besser als Achterbahnfahren!«

»Laß ihn los, Scandal!« befahl ich.

»Wieso? Hast du« – der Wächter drehte sich weiter, so daß ich den Kater nicht mehr sehen und hören konnte – »den Ehrgeiz« – der Wächter machte eine schnelle, komplette Drehung – »Schaschlik-Zauberer zu werden?«

»Laß ihn nur los«, wiederholte ich. »Er gehört mir.«

»Meinetwegen, Nudelmütze.« Mit einem letzten Stich seiner Krallen stieß Scandal sich ab.

Der Wächter hatte gerade genügend Zeit, um Atem zu schöpfen, bevor ich ihm einen Klaps auf den Hinterkopf gab und ihn fragte: »He, Trottel, hast du nicht etwas vergessen?«

Er hatte ein gutes Gedächtnis, konnte sein Schwert jedoch nicht mehr finden. Die Schöpfkelle mit dem Sauerkraut, die Mysti nach Rhett geworfen hatte, kam ihm daher sehr zupaß. Er griff danach und versuchte, mich damit niederzuknüppeln. Eine Schöpfkelle ist eine schreckliche Waffe – man sollte niemandem glauben, der das Gegenteil behauptet. Ich trug immer noch die Narben aus jenen Tagen, da man mich in Meister Thengors Akademie für Hochzauberei als Velma Chefköchins Rattenklopper eingeteilt hatte. Und wenn ich nicht genügend Ratten erkloppte, dann kloppte Velma mich und benutzte dazu vorzugsweise eine Schöpfkelle. Dieses Exemplar war etwa zweimal so groß wie das, das Velma gehört hatte, und schien aus Gußeisen zu bestehen. Es machte einen bösartigen Pfeiflaut, als der Wächter es schwang.

Meine Fingerspitzen knisterten. Ich konnte meine Schadenvorfreude kaum zurückhalten. Noch ein Schwinger mit der Kelle, und ich würde es ihm zeigen. Ich sprang auf einen Tisch und fragte: »Was ist los, du Tölpel? Brauchst du ein besseres Ziel?« Ich streckte meine Hände mit den Handflächen nach vorn aus und bereitete einen Schwall Magik vor, der den Schöpflöffel in den Händen des Wächters in schwarzen Rauch verwandeln würde. Oder vielleicht in einen Frosch. In eine Schlange! Vielleicht wären zwei Schlangen besser. Ein halbes Dutzend Schla...

»Auuuuu!« Ich umklammerte mein Schienbein und hüpfte auf einem Bein herum, das der Wächter mit einem weiteren Schlag zu zerschmettern versuchte.

Und er hätte sein Ziel auch erreicht, wenn er nicht auf einer Lache Nudeln ausgerutscht wäre, die von meinem Kopf gefallen war. Er heulte auf, als er plötzlich den Boden unter den Füßen verlor. Dabei verlor er auch die Schöpfkelle. Ich sprang vom Tisch, ergriff die Schöpfkelle und gab ihm das, was er mir hatte zukommen lassen wollen. Sein Helm rettete ihn nicht, klang aber gut, als ich ihm tüchtig eins überzog.

»Nette Arbeit, Nikolaus«, sagte Scandal, der plötzlich zwischen meinen Beinen auftauchte. Er schnüffelte am bewußtlosen Wächter. »Hast du versucht, an diesem Loch ein Par zu putten?«

»Das ist unmöglich«, sagte ich, halb zu mir selbst. Ich starrte meine Hände an, die immer noch vor lauter Magik glühten und Funken warfen. »Warum hat es nicht geklappt? Ich war doch wütend genug.«

»Du kannst wirklich froh sein, daß diese Wächter alle vergessen haben, ›hier'‹ zu schreien, als der liebe Gott fragte, wer noch keinen Verstand bekommen hat. Ich schätze, König Wulfdoth bekommt sie da her, wo auch die entbehrlichen Nebenrollendarsteller herkamen, die in den alten *Raumschiff-Enterprise*-Folgen immer die roten Hemden trugen und deren letzten Worte unabwendbar so oder ähnlich lauteten: »Dieser Planet wirkt wirklich sehr friedlich, Captain Ki*rrrrrraaaarkkkhhhh* ...!«

»Was soll ich nur tun, Scandal?« flehte ich mit ausgestreckten Armen. »Werde ich denn jemals wieder in der Lage sein, meine Magik zu benutzen?«

»Ich wünschte, ich wüßte es, Kojengenosse«, sagte Scandal. Er leckte an meinen Fingern. »Bäh! Sauerkraut!«

Ich sah mich im Raum um. Die Schlacht war noch voll im Gange.»Ich fühle mich so hilflos«, sagte ich. »Ich kann nichts tun, um Ramses und Käpt'n Lan zu helfen.«

»Was denn, nur weil der Große Kosmische Humptata deine Magik eingesperrt hat?« Der Kater schnaubte verächtlich. »Na und? Keins der Schafe hat irgendeinen Zauber in Betrieb, und sie schlagen sich trotzdem ganz ordentlich.«

Das taten sie ganz sicher. Ich sah, wie Käpt'n Lan den garstigen Tuckwart von der Menge trennte und ihn zum Einzelkampf stellte. Obwohl er nur einen gesunden Huf hatte, fegte der Piratenkapitän den Fußboden mit dem Hauptmann der Geheimpolizei. Ein Schlenker mit dem Schwert, und schon lag Tuckwarts Schnurrbart wie eine große, tote, haarige Fledermaus zwischen ihnen auf den Bohlen. Zwei weitere, und seine beiden Augenbrauen flogen in unterschiedliche Richtungen. Dann blitzte Lans Schwert dreimal, und in Tuckwarts Tunika war ein großes ›Z‹ geschlitzt.

»Z?« fragte Tuckwart. »Wofür steht denn das?«

»Es steht für meinen Namen, jawoll, der Käpt'n Lan lautet, damit du dich für immer dran erinnerst!« erklärte das schwarze Schaf und nahm eine beifallheischende Pose ein.

Tuckwart runzelte die Stirn. »Aber Lan beginnt doch gar nicht mit einem ›Z‹, sondern mit einem ›L‹.«

»Bäää-arrrh, jetzt machst du dich noch drüber lustig, daß

ich nicht schreiben kann, ja?« grollte Käpt'n Lan. Er setzte den Angriff fort.

»*Und* betrunken ist er auch«, warf Scandal ein. »Na, komm, Kendar, nur weil du magiklos bist, heißt das noch lange nicht, daß du hier rumstehen mußt wie ein Ölgötze. Früher warst du doch ein mittelmäßig erfolgreicher Rattenklopper. Nimm die Kelle und bilde dir ein, die Typen wären Ratten. Glaub mir, es wird dir gar nicht schwerfallen.«

Ich prüfte das Gewicht der Kelle. Sie war ein wenig schwerer als mein alter Rattenklopperstock, aber hier handelte es sich auch um *große* Ratten.

»Gangle! Gangle! Sieg oder Heirat!« rief ich den alten Schlachtruf unserer Familie.

(Wir Gangles hatten nie besonders viele Schlachten gewonnen, heirateten dafür während der Friedensverhandlungen aber in einige der besten Familien des Königreiches ein.)

Mittlerweile verlief der Kampf in besser organisierten Bahnen. Die Wächter, die noch auf ihren Beinen stehen konnten, entschieden sich, auf Seiten der Geheimpolizei zu kämpfen, weil die Schafe dazu übergegangen waren, jeden Fremden, der kein Vlies trug, niederzumetzeln.

Die Piraten trieben die Wächter und die Geheimpolizei zurück an die Tür. Wenn einige Kämpfer sich aus der Herde lösten, raste Lodda herbei und trieb sie zurück. Anisella stand immer noch auf ihrer Tischplatte, stampfte in ihrer Enttäuschung mit dem Fuß auf und schrie: »Ooooh! Ooooh! Ooooh!« Mysti schwang sich vom Kronleuchter und landete nach einem dreifachen Salto in der Luft zwischen Ramses und Lan auf den Füßen. Ich begab mich an den Rand der Meute und dengelte mit meiner Schöpfkelle auf jeden matten Stahlhelm, der mir zu Gesicht kam. Laute, harmonische KLONNNKs schwebten über dem Kampfgetümmel.

»Auf, auf, Jungens!« brüllte Käpt'n Lan und winkte mit seinem Haken. »Drängt sie zurück! Ich schwöre bei meinem Vlies, sie sollen noch die Stunde verwünschen, in der ...«

Eine Flammenwand wogte über die Häupter der zurückweichenden Wächter und Geheimpolizisten, eine Welle, wie ich sie nie zuvor gesehen hatte. Sie teilte sich in zahllose kleinere Feuerzungen, die herabstießen und jeden Piraten leicht auf die Schulter tippten. Im nächsten Augenblick war der Raum vom Geruch verkokelnder Wolle erfüllt.

Ich zupfte mir ein paar letzte Nudeln aus dem Haar, in der vagen Hoffnung, daß sie mir Halluzinationen eingaben. Aber leider konnte ich meinen Augen trauen. Es war real. Die Fee hatte nun Menschengröße, und der Drache war so groß wie die Milchkuh, die Ramses erwähnt hatte. Und ich stand inmitten einer Herde nackter Schafe.

KAPITEL 18

Die Fee glitt vom Rücken ihres Drachen und richtete ihren Zauberstab auf Käpt'n Lan, das einzige Schaf mit intaktem Vlies. (Ramses war zwar ebenfalls verschont geblieben, aber man konnte ihn nicht als vollgültiges Schaf betrachten.)

»Meinen Gruß, Gesetzloser«, sagte sie. »Nur aus Achtung vor Seinem Rang hat meine Magie Ihn nicht berührt. Da Er der Anführer dieses Haufens ist, glaubte ich Ihm diesen Vorzug schuldig zu sein. Was nun *den da* betrifft« – sie deutete mit einer Kinnbewegung auf Ramses – »so habe ich meine Gründe, Ihm kein Haar zu krümmen … noch. Nun, wollt ihr euch endlich ergeben?« Ihr Lächeln war so fies und schneidend wie eine Sichelklinge.

»Welche Wahl haben wir denn noch?« fragte das schwarze Schaf bitter. »Es ist wohlbekannt, daß Piraten nicht ihr Bestes geben können, wenn sie peinlich berührt sind.« Mit dem Knauf voran bot er ihr sein Schwert an.

Sie wies die ritterliche Geste mit einem spöttischen Lachen zurück. »Wofür hält Er mich, für eine Schrotthändlerin? Er mag mir den Plunder vor die Füße werfen.«

Käpt'n Lan fletschte die Zähne, folgte aber dem Befehl. Unter Loddas trauriger, aber aufmerksamer Kontrolle stellten sich die übrigen Besatzungsmitglieder an, um das gleiche zu tun. Die Geheimpolizisten formierten sich zu zwei Reihen auf beiden Seiten der Gefangenen. Die überlebenden Wächter wieselten umher, faselten Gratulationen für Tuckwarts Männer und versuchten im übrigen den Eindruck zu erwecken, die ganze Zeit Seite an Seite mit der Geheimpolizei gekämpft zu haben.

Jemand stieß mich in den Rücken. Es war ein Geheimpolizist, der in eine zerfetzte Tunika gekleidet war und einen arg zerbeulten Helm trug. »He! Worauf wartest du noch, Junge?

Reih dich bei deinen Komplizen ein und laß deine Waffen fallen.«

Ich zeigte ihm die Schöpfkelle.

»*Das* nennst du eine Waffe?« fragte ich.

»Ich nicht«, antwortete er und deutete auf seinen Helm, der die ungefähre Form einer halben, zertrampelten Melone hatte. »*Er* schon. Also, ab in die Reihe!«

Ich tat, was mir gesagt wurde. Wenn ich in letzter Sekunde noch einen Kampf angezettelt hätte, wären Ramses und Käpt'n Lan wahrscheinlich auf der Stelle getötet worden. Meine Zeit würde kommen. Meister Thengor hatte uns immer wieder gelehrt: »Wo Leben ist, da ist auch Hoffnung. Außerdem zahlen die Kunden besser, wenn man sie ein wenig schwitzen läßt.« Ich ließ mich daher von Lodda in die Reihe stellen, drei Schafe, einen Wahrsager und eine Anisella vor Mysti.

Anisella stand direkt hinter mir; an ihrer Schulter lehnte ein Rhett, der langsam wieder zu sich kam.

»Wie geht's ihm?« fragte ich.

»Mir wird es gut gehen, obwohl ich bis morgen früh nach dem Frühstück noch alles doppelt sehen werde. Sie werden uns schales Wasser und altbackenes Brot geben, aber wir werden zwischen Roggen- und Weizenbrot wählen können«, erklang Rhetts Stimme. Er sprach langsam und versuchte angestrengt, auf seinen eigenen Beinen zu stehen. Sein üblicherweise düsterer Gesichtsausdruck verwandelte sich zu einem zärtlichen Blick, als er sich Anisella zuwandte und sagte: »Du hast mich nicht einfach unter dem Tisch liegen lassen. Ich glaube, daß ich dir etwas bedeute.«

»Dummchen!« Anisellas Grübchen verrichteten ihre atemberaubende Aufgabe. »Du darfst mir keine Komplimente machen, die ich nicht verdient habe. Ich *mußte* mich um dich kümmern, denn du bist mein *Herr*. Ich konnte dich nicht einfach zurücklassen. Ich würde meine Pflicht vernachlässigen.«

»Und statt dessen erfüllst du in der Tat alle Aufgaben mit höchstmöglicher Perfektion.« Finstere Wolken krochen erneut über Rhetts Gesicht. »Närrisch von mir, anzunehmen, daß du mir gegenüber Zuneigung empfändest.«

»Na, na, du weißt, daß wir nur gute Freunde sind«, erinnerte sie ihn und drohte scherzhaft mit dem Finger.

»Es ist, wie ich befürchtet habe«, sagte Rhett schwermütig. »Schon zu lange habe ich an einer Vision gezweifelt, die Marshmellow mir gesandt hat. In ihr enthüllte er, daß du niemals mehr als einen guten Freund in mir sehen würdest, bevor nicht der Tag gekommen wäre, da du deinen eigenen Weg gehen könntest, um festzustellen, daß du gar nicht mehr deinen eigenen Weg gehen willst.«

Zwischen Anisellas seidigen Augenbrauen erschien eine bezaubernde Falte, als sie die Stirn runzelte. »Warum sollte ich nicht meinen eigenen Weg gehen wollen?« fragte sie. »Soll das ein Rätsel sein?«

»Natürlich. Marshmellow mag Rätsel *sehr* gerne, weil sie Sterbliche griesgrämig machen. Die Götter freuen sich am lautesten, wenn die Menschen am sauersten sind.«

»Ich mag keine Rätsel. Und ich würde es dennoch mögen, meinen eigenen Weg gehen zu können.« Anisella sah einfach hinreißend aus, wenn sie schmollte.

»Marshmellow würde sich nicht für deine Vorlieben und Abneigungen interessieren«, antwortete Rhett. »Es sei denn, er wäre außerordentlich gelangweilt. In diesem Fall würde er deinen Abneigungen größte Aufmerksamkeit schenken und dafür sorgen, daß sich jede von ihnen zwiefach erfüllt. Bei mir hat er dafür sicherlich Sorge getragen.« Er schaute über die Schulter zu ›Klinge‹ hinüber, und sein Gesicht verfinsterte sich.

»Mensch, das macht mich wieder froh, daß wir Gangles immer Orthodoxe Wedwellianer gewesen sind«, warf ich ein. »Natürlich liebt es Wedwel, uns Plagen zu schicken und so was, wie jeder andere Gott auch – wobei wir an keinen davon glauben, so daß sie in Wirklichkeit gar nicht existieren, und ich würde dich bitten, Marshmellow auszurichten, daß er Wedwel bitte nichts von meinem Gespräch mit ihm verraten möchte, ja? –, aber wenn Wedwel uns eine Heimsuchung schickt, dann hat er immer einen guten Grund dafür.«

»Nein, wirklich?« Rhett klang nicht gerade überzeugt.

»Immer. Es ist schließlich nicht seine Schuld, daß wir manchmal seine Gründe einfach nicht verstehen. Ich meine, *ER* ist ja schließlich ein Gott, und wir sind nur Sterbliche. Wir müssen dann irgend etwas getan haben, was ihn verärgert hat.«

Ich machte mir nicht die Mühe, ihm die eine der Zweiundfünfzig Unbezweifelbaren Wahrheiten, an die wir Wedwellianer glauben, mitzuteilen, die lautet: *Und wenn es denn soweit kommt, daß einer in sein Herz blickt und dort kein Makel oder Falsch oder Sünde entdeckt, dann muß dieser eine Wedwels Strafe doch erdulden, denn das Leid, das dieser eine auf sein Haupt herabbeschworen hat, wurde ihm auferlegt für die Sünden, von denen der allwissende Wedel weiß, daß sie nun* jeden Tag *begangen werden* könnten.

Die Reihe der sich ergebenden Schafe schritt in raschem Tempo voran. Ich sah nach links und rechts, während ich darauf wartete, daß ich an der Reihe war, der Fee meine Kelle vor die Füße zu werfen. Der Mundgeruch des Drachen und der Mief der verbrannten Wolle hingen schwer in der Luft. Die Leichen der Gefallenen lagen überall herum. Hauptmann Tuckwart entdeckte die Damen, die sich unter den Tischen versteckten, und befahl ihnen, die Toten in säuberliche Reihen auszurichten.

»Ach, wie die Arme weint«, sagte ich, während ich eine schlanke Füchsin beobachtete, die sich mit der Leiche des toten Bullen-Wächters abmühte.

Anisella rümpfte geringschätzig die Nase. »Sie tut sich nur selbst leid.«

»Tut sie das?« Rhett hob eine Augenbraue.

Die Füchsin hatte die Leiche eines jungen Wächters gefunden. Mit einem herzzerreißenden Aufheulen warf sie sich über seine Brust und wusch sein Gesicht mit ihren Tränen.

Die Bärin erschien hinter ihr. »Ich kümmere mich darum, Liebes«, sagte sie freundlich. »Keine Angst, ich weiß, was er dir bedeutete, und werde dafür sorgen, daß er die Ehren bekommt, die er verdient. Du gehst jetzt am besten nach Hause.«

Die Füchsin hörte sie nicht oder wollte sie nicht hören. Die Bärin zog sie schließlich von dem toten Mann weg und schickte sie fort.

»Ein fürchterlicher Anblick«, sagte ich.

Das Schaf, das vor mir in der Reihe stand, schüttelte den Kopf. »Nicht schlimmer als das, was man nach jedem Kampf sieht. Wir Piraten haben ein Sprichwort über Schlachten: Der eine geht als Lamm hinein und kommt heraus als Schaf, der andere schläft fürderhin nur noch den großen Schlaf.«

»Mit anderen Worten: Er wußte, daß der Job gefährlich ist, als er ihn annahm.« Scandal streckte seinen Kopf zwischen den Schienbeinen des Geheimpolizisten rechts von mir hervor, wand sich hindurch und kletterte an mir hoch, als wäre ich der Hauptmast der *Goldenes Vlies*. Als er sicher auf meiner Schulter ruhte, fügte er hinzu: »Mann! Für einen Augenblick dachte ich, ich würde als frittierte Felide enden. Ich wußte nicht, daß man einen feuerspeienden Drachen derart fein abstimmen kann. Wenn ich du wäre, würde ich dieser Feen-Tusse nicht unter die Nase reiben, daß du Magnus der Magier bist. Jedenfalls nicht, bevor wir nicht herausgefunden haben, wie sie über Konkurrenz denkt.«

»Aber mein Name ist doch gar nicht Magnus«, wandte ich ein.

»Dann halt's Maul, bis es soweit ist.«

Schließlich war ich an der Reihe. Die Fee und ihr Drache standen hinter einem recht ansehnlichen Haufen nun herrenloser Piratenwaffen. Die Schafe vor mir wurden von einem Geheimpolizisten aus der Tür gescheucht, der sie mit einer Keule schlug, wenn sie sich nicht schnell genug bewegten. Käpt'n Lan und Ramses waren immer noch im Raum und wurden jeweils von einem Paar feentreuer Kraftprotze bewacht. Sie hatten ein großes Stück Kork auf Käpt'n Lans Haken stecken, um ihn daran zu hindern, seine Schärfe an den Fesseln auszuprobieren, die um seine Handgelenke geschlungen waren. Der arme Seeräuber ließ, elend und gedemütigt wie er war, den Kopf hängen.

»Ach, sieh an! Wen haben wir denn hier?« fragte die Fee, als ich vor ihr stand und darauf wartete, meine Schöpfkelle auf den Haufen vor ihr zu werfen. Sie brauchte nicht mehr als einen Augenblick, um wieder auf Handgröße zu schrumpfen. Sie entfaltete hauchdünne Flügel, die mich an die erinnerten, die Mysti einmal gehabt hatte, und schwirrte über den Waffenhaufen herbei, um mich näher in Augenschein zu nehmen. Ihre Schwingen machten ein summendes Geräusch, als sie vor meiner Nase schwebte.

»Ein guter Rat, Chef«, flüsterte Scandal mir ins Ohr. »Laß dich nie mit einem Dämchen ein, die sich wie ein Moskito anhört.«

»Ein Mauskitter?« fragte ich. Mauskitter sind die schlimmste fliegende Plage auf Orbix. Sie saugen einem das Blut aus und fressen auch noch den letzten Krümel Käse auf, den man im Hause hatte, wenn man ihnen nicht Einhalt gebietet.

»Was auch immer. Halte deine Augen offen, okay?«

Die Fee umkreiste zweimal meinen Kopf, dann kehrte sie an ihren alten Platz und in ihre alte Größe zurück.

»Er sieht mir nicht wie ein Pirat aus«, sagte sie. »Er ist sehr ... jung.« Sie sprach das Wort so aus, als bedeutete es etwas Leckeres, Eßbares. Sie musterte mich mit dem gleichen Gesichtsausdruck, mit dem Scandal eine Fischmahlzeit betrachtet hätte.

»Ist Er stumm, oder ist Er einer dieser stummen Unterseitenmenschen? Hm, das wäre egal. Meine Zaubersprüche könnten auch eine Runkelrübe zum Sprechen bringen.«

»Das erklärte schon mal König Wulfdoth«, erwiderte ich mutig. Scandal verkrampfte sich auf meiner Schulter so heftig, daß er mir seine Krallen durchs Hemd ins Fleisch trieb.

Du verdammter Klugscheißer! überschlugen sich die Gedanken des Katers in meinem Kopf. *Hat dir niemals jemand gesagt, daß man nie, nie, NIE eine Fee verärgern sollte?*

Wo willst du *diese Lektion denn gelernt haben?* konterte ich. *Du hast mir selbst erzählt, daß es auf deiner Welt so etwas wie Feen gar nicht gibt.*

Man muß ja auch nicht mit Tinkerbell auf du und du stehen, um zu wissen, daß man niemals, wiederhole niemals *alles auf eine Karte setzt, wenn die Gegnerin alle Spiele gemischt hat und ihr außerdem das Kasino gehört!*

Scandal, sie lächelt. Ich glaube, sie schätzt es, daß ich ihr zu trotzen gewagt habe.

Ja, ja, von einem Hai siehst du sein offenstes Lächeln auch erst kurz bevor er dir den Kopf abbeißt!

Ungeachtet Scandals Unkenrufen *lächelte* die Fee mir tatsächlich zu, und zwar nicht mit dem grausamen Lächeln, mit dem sie Lan und Ramses bedacht hatte.

»Du hast Kampfgeist, junger Mann«, murmelte sie und langte über den Waffenhaufen, um Scandal den Kopf zu tätscheln. »Ich stelle fest, daß mehr in dir steckt, als der erste Augenschein verrät. Dieses Geschöpf ist eine *Katze*, nicht wahr?«

»Ja, Ma'am.«

»Wie ist es dir gelungen, solch ein Fabelwesen zu erlangen?«

Ich versuchte, ungezwungen zu klingen. »Ach, der ist mir irgendwann mal nach Hause gefolgt.«

»Ich kann es ihm nicht verdenken.« Ihr Lachen war leise und süß. »Wie lautet dein Name, junger Mann?«

»Kendar Gangle.« Also schön, dann beachtete ich wenigstens Scandals Rat, nicht zu verraten, daß ich ein Zauberer war.

»Gangle? Dieser Name ist in Wingdingo-Land nicht üblich. Um genau zu sein, kann ich mich nicht erinnern, ihn auf der Unterseite jemals gehört zu haben.«

»Nein, Ma'am«, sagte ich, die Höflichkeit in Person. »Das liegt daran, daß ich von der Oberseite komme. Genauso wie meine Freunde.«

Ich deutete auf Rhett, Anisella und Mysti hinter mir. Anisella machte einen raffinierten Knicks, Rhett eine einfache Verbeugung, aber Mysti stand einfach nur da, und ihre Fingerknöchel wurden weiß, als sich ihre Hand um den Griff des Schwertes krampfte.

»Meiner Treu«, grübelte die Fee und legte einen Finger auf die Lippen, während sie meine Gefährten musterte. »Etwas, von dem ich glaubte, es niemals zu Gesicht zu bekommen. Von der Oberseite, sagst du? Und was war es denn, was euch den langen Weg hierher geführt hat?«

»Ach, Ihr wißt schon, das übliche.« Ich zuckte mit den Schultern. »Wir wollten mal was Neues sehen, neuen Herausforderungen entgegentreten, aufregende Abenteuer erleben.«

»Wirklich?« (Ich konnte das Wort förmlich wie eine Schlange über meinen Körper gleiten spüren.) Plötzlich stand sie auf meiner Seite des Waffenhaufens, so nah, daß ich ihr Haar riechen konnte. Es duftete nach einem Gemisch aus Drache und Gardenien. »Und wie aufregend soll es für dich werden?« hauchte sie in mein Ohr.

»Du läßt ihn in Ruhe!« Mysti stieß die drei Schafe, Rhett und Anisella zur Seite, dann marschierte sie direkt auf die Fee zu. Ein Geheimpolizist versuchte, sie aufzuhalten. Man sah nur Stahl blitzen und hörte einen Schmerzensschrei.

Die Fee bückte sich und hob die abgetrennte Hand auf. »Wer hat das verloren?« fragte sie.

Mystis unglückseliges Opfer wimmerte. Sie warf die Hand in die Luft und schlug sie mit ihrem Zauberstab in seine Richtung. Mitten im Flug verschwand die Hand und erschien auf magische Weise an seinem Stumpf wieder. Der Geheimpolizist stieß einen wortlosen Schrei der Dankbarkeit aus und fiel in Ohnmacht.

»Du mit der albernen schwarzen Maske, tu das nicht noch mal«, sagte die Fee zu Mysti. »Wer mich kennt, weiß, daß Acerbia nicht für ihre Geduld bekannt ist.«

(Acerbia ... Wo hatte ich diesen Namen schon einmal gehört?)

»Ich bin nicht überrascht«, entgegnete Mysti in ihrer tiefsten, kühlsten Klinge-Stimme. »Mein Volk hat ein Sprichwort über Feen: So wenig Hirn wie Geduld. Aber hier haben wir vielleicht eine, die das Alter weise gemacht hat?«

»He!« rief Hauptmann Tuckwart indigniert aus. »Bitte, erinnert euch an eure Manieren, Leute. *So* alt ist Lady Acerbia nun auch wieder nicht.«

Die Fee warf ihm einen Blick zu, der durchaus eine Eidechse gehäutet hätte.

»Das heißt, eigentlich wollte ich sagen, daß sie *überhaupt* nicht alt ist!« fügte der Geheimpolizist schnell hinzu. Er schwitzte heftig.

Acerbia maß Mysti mit ihren Augen. »Warum versteckst du dein Gesicht hinter dieser Maske, junger Mann?« fragte sie. »*So* häßlich kannst du ja wohl nicht sein.«

»Das Antlitz der Gerechtigkeit erscheint dem Missetäter immer häßlich«, erwiderte Mysti.

»Und du bist die personifizierte Gerechtigkeit, nehme ich an?«

»Ich bin ... eine Klinge der Gerechtigkeit!« Mysti nahm ihre bevorzugte Pose ein.

Die Fee schien ungerührt. Sie ließ ihren Zauberstab einmal vorschnellen. Ein Wellensittich erschien auf der Spitze von Mystis Schwert. »Papperlapapp! Papperlapapp!« zwitscherte er und flog davon. Der Drache fing ihn mit einem schnellen Zuschnappen seiner Kiefer.

»Eine Klinge der Gerechtigkeit«, wiederholte Acerbia. »Wie drollig. Wie naiv. Wie würdest du es finden, wenn ich auch dich in einen Wellensittich verwandelte? Torquil ist, glaube ich, immer noch hungrig.«

Der Drache grummelte ein wenig, wie um ›JA‹ zu sagen.

Mysti stützte ihr Schwert mit der Spitze nach unten auf den Boden und ihre freie Hand auf die Hüfte.

»Eure minderwertige Magie kann mich nicht erschrecken. Tut Euer Schlimmstes! Es wird mich nicht berühren.«

Acerbias selbstsicheres Grinsen verblaßte, aber nur für einen Moment. »Ist das nicht hochinteressant?« fragte sie. »Ein überaus mysteriöser maskierter Schwertkämpfer, der vor meinen Zaubersprüchen keine Angst hat. Mal sehen, ob ich dein Geheimnis nicht lüften kann, mein lieber Freund. Ich denke, ich sollte einfach deine Maske verschwinden lassen, aber das wäre zu einfach.«

»Das wäre unmöglich«, erwiderte Mysti. »Ich hätte sie schon wieder erscheinen lassen, bevor dein Zauber auch nur Zeit hat, abzukühlen.«

»Ein Experte mit dem Schwert, ein Hinweis auf magische Kräfte, hohe Ideale, der Hang, zu dick aufzutragen, und ein loses Mundwerk.« Die Fee lachte. »Du gestaltest deine Rätsel zu einfach für mich. Es gibt auf Orbix nur eine Brut von Geschöpfen, die *so* dumm ist: Du bist ein Welfie!«

Bevor Mysti antworten konnte, griff Acerbia mir unters Kinn und küßte mich auf den Mund. Ich vernahm ein wütendes Brüllen, das den Drachen dazu brachte, seinen Kopf mit den Pfoten zu schützen. Aus dem Augenwinkel sah ich Mysti auf die Fee zustürzen, das Schwert über dem Kopf schwingend, ihr ganzer Körper vor mehr Magik glühend, als ich ihr jemals zugetraut hätte.

Acerbias Zauberstab schnellte hervor und berührte Mysti knapp über dem Herzen. Weißes Licht blendete mich. Ich hörte Anisella aufschreien.

Während ich die letzten schwarzen Flecke wegblinzelte, hörte ich Scandal aufkeuchen und spürte, wie er von meiner Schulter sprang. Ich rieb meine Augen und schaute.

Zu meinen Füßen saß eine zierliche weiße weibliche Katze, deren Kopf zum größten Teil von einer Maske aus schwarzem Fell verdeckt wurde. Sie sah zu mir auf und sagte in einem erbärmlichen Ton: »Miau?«

Acerbia klinkte ihren Arm nachdrücklich in meinen. »Feen sind Welfies überlegen«, teilte sie der schwarz-weißen Katze mit. »Wenn du mir nicht glaubst, darfst du gerne in Meister Droons *›Sofort Gefunden‹ Mystischen Referenzkarten* nachschlagen. Ich besitze einen vollständigen Satz.« Sie schnippte mit den Fingern nach Hauptmann Tuckwart. »Ich begebe mich in meine Quartiere. Er und Seine Männer kümmern sich um die Gefangenen.«

Wir waren schon fast an der Tür, als Tuckwart brüllte: »Euer Feenheit, wollt Ihr nicht, daß wir uns auch um diesen Gefangenen kümmern?« Er deutete auf mich.

»O nein«, hauchte sie. »Der gehört nur mir.«

Scandal, dachte ich verzweifelt. *Scandal, komm mit mir. Laß mich nicht mit ihr allein!*

Hä? Was? Die Antwort des Katers war vage und irgendwie benebelt. *Oh! Oh, ja, sicher, Chef. Wir kommen direkt hinterher.*

›Wir‹? Ich erhielt keine Antwort. Acerbia faßte meinen Arm fester und schleppte mich fort. Das letzte, was ich

hörte, als wir *den Käse und den Keks* verließen, war Scandals Stimme: »Na, Süße, wie sieht's aus? Bist du öfter hier? Darf ich dir ein Schälchen Sahne spendieren? Was macht ein nettes Kätzchen wie du an einem Ort wie diesem? Möchtest du nicht mit zu mir kommen und dir meine Fischkopfsammlung ansehen?«

Zu wem sprach er?

Oh.

O *nein!*

KAPITEL 19

»Mach es dir doch bequem, Kendar«, gurrte die Fee, als sie die Tür zu ihrer Wohnung im königlichen Palast öffnete. »Ich werde so bald wie möglich zurück sein. Ich muß mich nur vergewissern, daß Torquil für die Nacht schön weggesteckt ist.«

Ich zögerte auf der Türschwelle. Von dort aus sah Acerbias Wohnung aus, als bestünde sie aus einem riesigen Bett, um das man ein wenig Raum gestopft hatte.

»Äh, wie steckt man denn einen Drachen für die Nacht *weg*?« fragte ich.

»Überaus vorsichtig«, erwiderte sie und lächelte.

Sie drängte mich in den Raum und zog die Türe hinter mir zu. Ich hörte, wie von außen der Riegel vorgeschoben wurde. Er machte ein Geräusch wie ein Ochsenkarren auf einer buckligen Piste. Ich versuchte trotzdem, die Tür am Griff zu bewegen. Vergebliche Liebesmüh'.

Ich entschloß mich, den Raum zu erkunden, solange ich in ihm eingesperrt war. Wer konnte mit Sicherheit sagen, daß ich keinen anderen Ausgang finden würde? Wieder reingefallen.

Acerbias Wohnung wies fünf weitere Zimmer auf – oder zumindest führten fünf Türen aus dem Eingangsraum hinaus. Jede einzelne dieser Türen war verschlossen. Ich schaute aus einem der spitz zulaufenden Fenster. Durch die Fensterscheibe konnte ich den Rest der Festung weit, weit unter mir erblicken. Da Acerbia Flügel und darüber hinaus einen Drachen besaß, hatte sie keine Schwierigkeiten, so weit oben zu wohnen. Jeder andere, der von hier entkommen wollte, ohne die Treppe zu benutzen, würde in Form eines Blutflecks auf den Steinen enden. Es schien mir, daß meine Entdeckungsreise sich sehr kurz gestalten würde.

Ich schlenderte durch das Zimmer. Es erinnerte mich sehr an Meister Thengors Schlafzimmer. Warum bauten sich Meister der Magik immer dermaßen gigantische, eindrucksvolle Betten? Es war ja schließlich nicht so, daß sie mehr schliefen als andere Menschen.

Acerbias Bett hätte sechs normalen menschlichen Wesen mehr als genug Platz geboten. Meereswogen aus Silber bildeten einen Ring als Bettgestell. Aus dem glitzernden Wasser erhoben sich die elfenbeinernen Körper von Meerjungfrauen mit saphirblauen Augen, ebenholzfarbenem Haar und türkisen Schuppen auf ihren Fischschwänzen. Das Kopfende formte der Streitwagen des Seekönigs aus gediegenem Gold. Er wurde von einem Paar Riesenschlangen gezogen, deren Schuppen Schindeln aus Smaragden und Perlen waren. Alle geschnitzten Figuren starrten unbeirrt auf das Zentrum des Bettes mit seinen blauweißen Seidenkissen und der grünen Tagesdecke aus Satin. Ich dachte, daß ich kein Auge zubekäme, solange all diese Juwelenaugen mich anstarrten.

»Ich glaub' auch nicht, daß Tinkerbell dich zum Schäfchenzählen hierhergebracht hat, Bwana.«

»Scandal!« Ich fuhr herum und sah ihn neben der verriegelten Türe sitzen. Mysti kuschelte sich an ihn. »Wie bist du hier hereingekommen?«

»Ich bin eine Katze. Das einzige, in das ich noch nicht hereinkomme, wann immer ich will, ist eine Katzenfutterdose, aber ich arbeite daran.«

Ich kniete mich neben die schwarz-weiße Katze. »Mysti, bist du das? Kennst du mich noch? Ist alles in Ordnung?«

»Mriau«, antwortete sie mit hängendem Kopf.

Ich sah Scandal an. Er übersetzte: »Sie sagt, daß sie natürlich sie ist, du Dämel; sie weiß, wer du bist, und ist in ihrem ganzen Leben noch nie glücklicher gewesen. Sie will für immer eine Katze bleiben. Es ist das Beste, was ihr je passiert ist, und sie wird unser erstes Junges nach Acerbia nennen — nein, alle Jungen, sogar die Kater. Das ist ihre Art, Danke zu sagen für die ...«

»Das hat sie nicht gesagt!« rief ich.

»Njoau«, schrie Mysti, als wollte sie mir zustimmen.

»Woher willst du wissen, was sie gesagt hat?« forderte Scandal mich heraus. »Du sprichst nicht unsere Sprache.« Er rieb seinen Kopf an Mystis schnurrhaariger Wange und murmelte: »Tut er nicht, nicht wahr, mein süßes Katenminzen-Mäuschen *d'amour*?«

»RowrFFFTZ!« Mysti krallte nach ihm und flitzte über den Fußboden davon. Sie versteckte sich unter einem geschnitzten Stuhl aus Süßholz, und das einzige, was man noch von ihr sehen konnte, waren ihre glühenden Augen. Ich lachte.

»Wer braucht eure Sprache? Ich hab' das sehr gut verstanden. Und ich hoffe, die Botschaft hat auch dich erreicht.«

»Da spricht der Richtige über das Empfangen von Botschaften«, grummelte Scandal. »Der Typ, der seit ich weiß nicht wie vielen Monaten – und ich möchte auch gar nicht darüber nachdenken – mit einem bezaubernden Welfie-Weibchen unter einem Dach lebt, und sein größter Annäherungsversuch bisher war eine heiße Partie Haxi-Chaxi. Jetzt ist sie endlich in einer Form, in der ein echter Mann sie bewundern kann, und prompt will er sie nicht aufgeben. Sag mal, Bozo: Haben dich deine Hormone endlich getreten oder bist du einfach nur selbstsüchtig?«

»Ich weiß mal wieder nicht, wovon du redest; aber ich kann mich nicht erinnern, daß mich irgend etwas oder irgendwer getreten hat. Ich finde aber, daß du zu Mysti nicht ganz fair bist. Sie mag einfach keine Katze sein!«

»Was soll man daran nicht mögen!« begehrte Scandal auf. Er hockte sich auf seine Hinterbacken und breitete seine Vorderpfoten aus. »Besonders in dieser Welt! Man bekommt am Tag sieben anständige Mahlzeiten, hat ein warmes Plätzchen zum Schlafen, es gibt *nicht allzuviele* Hunde, und man ist ein Fabelwesen – mit anderen Worten, ein *Statussysmbol*! Die gekrönten Häupter von Orbix würden einander bis auf den Tod bekriegen, nur für die bloße Chance, eine Katze in ihrer Burg beherbergen zu dürfen. Und von dem Wort mit ›K‹ hat hier auch noch keiner was gehört.«

»Was ist denn das *Wort mit ›K‹*?«

Scandal sprach es mit leiser, schaudernder Stimme aus: »*Kastration*.«

Noch ein Wort, von dessen Bedeutung ich nicht den leisesten Schimmer einer blassen Ahnung hatte. Aber es schien Scandal förmlich einzuschüchtern. Vielleicht konnte ich es benutzen, um den Kater zur Räson zu bringen. »Wenn du Mysti nicht in Ruhe läßt, während der Fluch der Fee auf ihr lastet, werde ich meine Magik dazu benutzen, dich zu *›kastratieren‹*.«

Der Kater brüllte vor Lachen und plumpste auf eine Seite. »Er weiß nicht, was es bedeutet, er weiß nicht einmal, wie man es richtig ausspricht, er kann seine Magik nicht einmal dazu benutzen, Milch sauer werden zu lassen, und *er* versucht, *mich* einzuschüchtern?« fragte er die Decke. »Wahaha-hahaha-hahaha!«

Während er noch auf dem Fußboden umherkullerte, kam Mysti unter dem Stuhl hervor. Sie schlich sich mit Bedacht quer durch den Raum, bis sie über dem ausgelassenen Kater stand. »Niaaaarrrr!« knurrte sie und stieß mit Zähnen und Klauen auf ihr Opfer herab.

Scandal war völlig überrascht. Er schrie auf und flitzte davon. Auf der anderen Seite von Acerbias Bett blieb er stehen. Sein Fell sprühte Magikfunken. Mysti sah zu mir auf. In ihrer Schnauze war ein Stück von Scandals Fell. Sie ließ es stolz vor meine Füße fallen.

»Miau?«

Ich kraulte sie hinter den Ohren. »Ich denke nicht, daß du das noch einmal tun solltest«, sagte ich. »Scandal hat seine Lektion gelernt. Außerdem war es dein Temperament, das dich eigentlich in diese Lage gebracht hat.«

Sie fauchte scharf. »*Pffft*!« machte sie, kratzte mein Bein und stolzierte, den Schweif steif erhoben wie eine Lanze, zu ihrem Süßholzstuhl zurück.

Scandal wartete ab, bis sie sich wieder unter ihr Möbel verkrochen hatte, bevor er zu mir zurückschlich.

»Also schön, ist sie eben von der schüchternen Sorte«, sagte er. »Ich kann damit leben. Bei Katzen ist es sowieso nur eine Frage des Abwartens.«

»Hast du deine Lektion am Ende doch nicht gelernt?« fragte ich und kickte ihm das Büschel seines eigenen, schwer gezeichneten Pelzes ins Gesicht. »Sie ist keine Katze, sondern Mysti im Körper einer Katze.«

»Ach, dieser *Körper!*« Scandal geriet ins Schwärmen, während er in Richtung Stuhl schielte. »Mama, du kannst jederzeit was von meiner Katzenminze abhaben. Meine Güte, meinetwegen die ganze Ernte.«

»He!« Ich hob Scandal vom Boden auf und brachte ihn dazu, mir in die Augen zu sehen. »Verstehst du es nicht? *Sie ist keine Katze!* Sie ist an dir *nicht* interessiert!«

Scandal schloß seine Augen zur Hälfte. »Vielleicht *jetzt* nicht ...«

»Was soll das heißen?«

»Sag mal, Sonnyboy, hat dir jemals jemand etwas über die Vögelchen und die Bienen und die Blumen erzählt?«

»Ja, Mutter und Vater«, bestätigte ich. »Vater hat mir beigebracht, daß man die Vögel recht gut jagen kann, sie zu töten aber nicht ganz so viel Spaß macht wie bei den Hirschen, und Mutter hat mich gelehrt, daß Bienen manchmal irgendwelche unanständigen Dinge mit den Blumen anstellen, aber daß es okay ist, Honig zu essen, wenn man nicht daran denkt.«

Scandal riß seine Augen so weit auf, wie es ging. Alles, was er sagte, war: »Oij!«

Ich ließ ihn herunter, und er leckte sich sehr gründlich sein Fell. Schließlich sagte er: »Kendar, du bist jetzt ein großer Junge. Es wird Zeit, daß du aufhörst, den Lockruf der Wildnis zu überhören, weil du nicht verstehst, was er sagen will.«

Und dann erzählte er mir eine Menge anderen Kram. Zum ersten Mal, seit ich ihn kannte, schien er Schwierigkeiten zu haben, die richtigen Worte zu finden. Manchmal wirkte er sogar von dem, was er sagte, peinlich berührt. Es machte Spaß, mitanzusehen, wie er sich wand. Als er schließlich fertig war, antwortete ich: »Ach, das wußte ich aber alles schon.«

»Was.« Es kam einfach zu lahm, um eine echte Frage zu sein.

»Ich hab' das alles gelernt, als ich noch auf Meister Thengors Akademie für Hochzauberei war. Manchmal mußte

Meister Thengor nämlich auf Geschäftsreise. Dann suchte er immer drei oder vier seiner jüngsten Studenten aus, um auf seine Frauen achtzugeben, während er unterwegs war.«

»Konnte er dazu keine professionellen Wächter einsetzen? Oder Zaubersprüche?«

»Meister Thengor mochte es nie, seine Kräfte zu gebrauchen, wenn es nicht unbedingt erforderlich war. Und einen Wächter hätten die Frauen bestechen können. Sie hätten das zwar niemals gewagt, solange Meister Thengor im Hause war, aber während seiner Abwesenheit war das anders.«

»Und wieso, bitte schön, konnten die munteren Damen euch Jungens nicht auch bestechen, hä?«

»Nun, für einige der Dinge, mit denen sie die Wächter zu bestechen pflegten, waren wir einfach noch zu jung. Zum anderen wußten wir genau, daß Meister Thengor uns umgebracht hätte, wenn herausgekommen wäre, daß wir uns von seinen Frauen bestechen ließen.«

»Hätte er die Wächter denn nicht auch umgebracht?« fragte Scandal.

Ich nickte. »Aber ein Student war leichter zu ersetzen als ein Berufswächter. Wie dem auch sei, bevor Meister Thengor uns seine Frauen bewachen lassen konnte, mußte er uns natürlich erklären, *worauf* wir zu achten hatten.«

»Das ist wahr«, seufzte der Kater. »Sehr wahr. Er hat nur eine Sache ausgelassen.«

»Und das wäre?«

»Menschen können es ein- und ausschalten. Tiere haben da keine Wahl.«

»Ein- und ausschalten? Was?« wollte ich wissen.

»Das kleine Lämpchen im großen Kühlschrank der Liebe«, gab Scandal zurück.

Als ich ein verwirrtes Gesicht zog, fügte er erklärend hinzu: »Meister Thengors Frauen mögen allen möglichen Kerlen schöne Augen gemacht haben, aber sie taten nichts, was sie nicht tun sollten, solange sie wußten, daß sie dafür gegrillt würden. Aber die meisten von uns Tieren haben diese Zeiten im Jahr, wo man einfach ... du weißt schon ... *muß*. Dazu gehören auch Katzen. Du könntest uns prophezeien, daß ein ganzes Regiment von Zauberern uns in

Katzenkoteletts verwandeln würde, und wir würden immer noch für die Leidenschaft leben, nach ein wenig Hubba-Hubba heulen ...«

»Ich hab' schon verstanden«, sagte ich. Ich warf Mysti einen besorgten Blick zu. »Du meinst also, weil sie nun eine Katze ist, wird sie auch ...?«

»Wenn sie eine echte Katze ist: Yessir! Es ist nur eine Frage der Zeit, bis wir es mit Sicherheit wissen, und dann ...«

Ich mochte Scandals Grinsen nicht im geringsten. Es erinnerte mich an Acerbia.

»Ich schlag' dir'n Handel vor, Chef. Ich werde meine Pfoten bei mir behalten, solange sie es so will. Aber sobald Doctor Love sie mit seinem Ferrari plattfährt, gehört sie mir. Okay?«

»Wenn sie damit einverstanden ist«, sagte ich steif.

»Ach, das wird sie schon sein.« Scandal leckte seine Pfötchen. »Das wird sie!«

Mysti äußerte unter ihrem Süßholzstuhl ein halbherziges Fauchen.

In diesem Moment wurde die Tür geöffnet. Acerbia war wieder da.

»Na, na«, sagte sie, »wen haben wir denn da? Hast du deine Freundin verloren, Katerchen?«

»Ja, mein Herz kommt mir vor wie das Wahlversprechen eines Politikers.«

»Das Katerchen kann sprechen!« rief die Fee erstaunt aus. »Keines meiner Bücher des geheimen Wissens erwähnt, daß Katzen sprechen können.«

»Aber nur die, die von *Geburt* an Katzen sind. Aus dieser verwandelten Welfie wirst du kein Wort des Dankes herausbekommen. Ach, übrigens, hübsche Arbeit.« Der Kater trug den Charme wirklich *dick* auf. »Also, was ist? Darf ich bleiben? Im Auftrag des Kultusministers?«

»Selbstverständlich.« Acerbia wirkte gedankenverloren. »Also können Katzen sprechen. Das muß ich mir aufschreiben.«

Sie ging auf eine der verschlossenen Türen zu und berührte sie mit ihrem Zauberstab. Ich hörte ein Klicken, dann glitt die Tür langsam auf.

»Würdest du mich begleiten, Kendar?« fragte sie in viel zu süßem Tonfall. Sie schien übersehen zu haben, daß sie den Haupteingang ihrer Wohnung ebenfalls offen gelassen hatte.

»Äh, öh, nein, danke. Ich werde hier warten«, sagte ich und tat dabei mein Bestes, nicht auf die offene Türe in die Freiheit zu starren.

»Vergiß es«, unterbrach mich Acerbia. »Es gibt Schlösser, die man nicht sehen muß. Es reicht, wenn man sie *spürt*.« Sie betrat den anderen Raum und ließ uns allein.

»Was meinst du, Scandal?« fragte ich vorsichtig. »Die Tür steht offen. Ob sie nur blufft?«

»Glaub' ich nicht.«

»Was wäre das Schlimmste, was geschehen könnte, wenn ich einfach herausmarschiere?«

Ich versuchte, meiner Stimme einen Klang zu geben, als wollte ich den Kater überzeugen, aber tatsächlich galt die Überredungsarbeit mir selbst. »Obwohl ich meine Magik im Moment nicht kontrollieren kann, wird sie nicht zulassen, daß ich sterbe.«

»Du willst also herausfinden, ob es nicht etwas gibt, das schlimmer ist als der Tod?« vergewisserte sich der Kater. »Tinkerbell ist sicherlich genau die Richtige, um dir dabei unter die Arme zu greifen.«

»Aber da ist *nichts*!« sagte ich mit Nachdruck.

Scandal trottete zu der offenen Tür und bog seine Schnurrhaare nach vorn. Kleine Glühwürmchen aus reiner Magik tanzten auf ihren Spitzen.

»Aye, Captain, diese klingonischen Mistkerle haben hier ein unsichtbares Kraftfeld aufgebaut. Wenn Sie da durchgehen, Sir, kann ich nicht für die Sicherheit Ihres Toupets garantieren.« Er sah mich an. »Mach, was du willst, Kendar, aber denk erst mal nach: Was glaubst du, wie weit du kommst, sobald du dieses Zimmer verlassen hast?«

Das war ein weiterer Punkt für Scandal. Acerbias Wohnung zu verlassen, bedeutete gar nichts. Ich mußte darüber hinaus auch noch aus König Wulfdoths Burg entkommen. Und sollte ich das schaffen, was würde es uns nützen? Ramses und die anderen wären immer noch Gefangene. Ich seufzte und schaute auf die andere Tür. Wenn ich Acerbia dorthin folgte, würde ich wenigstens diesem Zimmer für eine Weile entkommen. Ich hätte nämlich schwören können, daß die Augen des Seevolkes jeder meiner Bewegungen folgten.

Acerbia saß auf einem hohen Hocker, der nicht größer war als mein Arm von den Fingerspitzen bis zum Ellbogen. Der Schreibtisch, über den sie gebeugt war, war von vergleichbarer Größe – und auch sie selbst. In einer Hand hielt sie einen Sperlingsfederkiel, mit dem sie in einem Buch Eintragungen vornahm, das nicht größer war als ein Paket Spielkarten. Eine einzige dicke Kerze auf einem Eulenschädel diente als Lichtquelle.

»Also hast du dich am Ende doch entschlossen, dich zu mir zu gesellen«, sagte sie, als ich den Raum betrat. »Ich bin sofort fertig. Fühl dich wie zu Hause.«

Die Frage war nur, wo. Die Wände des Gemachs waren mit Büchern, Bücherkisten und Bücherregalen vom Fußboden bis zur Decke vollgestopft. Auch der Boden war größtenteils von Büchern bedeckt, nur ein Pfad zur Tür und ein freier Bereich in der Mitte der Kammer waren begehbar. Dort gab es gerade genügend Platz für einen normal großen Menschen, den Schreibtisch der Fee und einen weiteren Tisch. Auf diesem Tisch stand ein seltsamer, kleiner Glastank, der Wasser enthielt, in dem unzählige stecknadelkopfgroße Bläschen tanzten.

Normalerweise liebe ich es, zu lesen, aber hier gab es keine normalen Bücher. Jedes einzelne hätte bequem auf meinem Handteller Platz gefunden. Mit Daumen und Zeigefinger zog ich vorsichtig eins aus dem nächststehenden Regal. Die schwarze Schrift auf den Seiten des Buches war so *›dick‹* wie Spinnweben, und die Seiten wirkten so empfindlich wie die Flügel einer Motte. Sie waren zu dünn, als daß ich sie hätte wenden können. Ich gab meine Versuche rasch auf, weil ich befürchtete, das Buch irreparabel zu beschädigen.

Weil ich daher nichts weiter zu tun hatte, verschränkte ich die Hände hinter dem Rücken und zappelte ungeduldig herum, während ich das alte Schullied von Meister Thengors Akademie vor mich hin summte (»Wir sind die Zauberer von morgen«). Acerbias Kopf zuckte hoch, und eine feine Falte erschien zwischen ihren Augenbrauen.

»Sag mir nicht, daß du keine Bücher magst«, schimpfte sie. »Du bist ein netter junger Mann, aber längst nicht stattlich genug, um nur mit deinem Aussehen durchzukommen.«

»Ich *mag* Bücher schon«, protestierte ich. »Aber diese hier kann ich einfach nicht lesen.«

»Du kannst sie ...? Ach, natürlich! Wie dumm von mir.« Sie kicherte. Der Laut war fast so durchdringend wie Anisellas schrilles Gekicher. »Wie solltest du meine Bücher auch lesen können, so klein, wie sie jetzt sind? Nun, das bringen wir schon in Ordnung. Knie nieder und strecke deine Hand aus.«

Ich tat, wie mir geheißen. Die Fee nahm wieder auf dem Hocker Platz, ließ ihren Blick über das Bücherregal vor ihr schweifen, wählte einen Band aus und legte ihn auf meine Handfläche. Dann beugte sie sich vor, tauchte ihren Zauberstab in den Wasserbehälter, zog ihn wieder heraus und schüttelte ihn über dem Buch. Ich glaubte, daß ich einen kleinen Wassertropfen hinabfallen sah, aber ganz sicher war ich mir dabei nicht.

Meine Zweifel verschwanden allerdings im nächsten Moment. Acerbia hatte *irgend etwas* mit dem Buch getan, denn im einen Augenblick paßte es noch bequem in meine Handfläche und im nächsten preßte sein Gewicht meine Hand auf den Boden und wollte sie zu Brei zerquetschen. Auf dem Buchdeckel lag zappelnd ein großer, blauer und purpurner Fisch mit gelben Lippen und roten Punkten über den Augen.

»Au!« Ich zog meine Hand unter dem Buch hervor und schüttelte sie.

Acerbia kicherte wieder. »Ich hätte dich davor warnen sollen.«

»Was *ist* das?« fragte ich und zeigte auf das immer noch zappelnde Tier. »Wo kommt der Fisch her?«

»Aus dem Behälter«, antwortete Acerbia. »Da sind noch Hunderte von der gleichen Sorte drin. Streng dich nicht an, sie zu erkennen«, fuhr sie fort, als ich meine Augen zusammenkniff. »Ihr Menschen könnt sie nicht sehen, wenn sie ihre normale Größe haben. Das fällt selbst uns Feen schwer.«

Sie langte mit ihrem Zauberstab herüber und berührte den Fisch. Er schien zu verschwinden, aber Acerbia machte eine große Show daraus, *etwas* mit dem flachen silbernen Stern am Ende des Zauberstabs vom Buchdeckel aufzunehmen. Sie schüttelte es direkt über dem gläsernen Aquarium ab und zog den Kopf ein, als hörte sie ein leises Platschen.

»Ah! Das ist schon besser. Mikrofische können außerhalb von Wasser oder Büchern nicht lange überleben.«

»Mikro …?«

»Sie sind ja *so* nützlich!« plapperte sie weiter und deutete dabei auf die ausgedehnte Sammlung von Miniaturbücherregalen und deren Inhalt. »Ich würde Hunderte von Zimmern benötigen, um meine Bibliothek über Verzauberungen unterzubringen, wenn es sie nicht gäbe.«

»Wie funktionieren sie?« fragte ich, als ich den Sinn des Ganzen begriff. »Brauchst du eine spezielle Beschwörung oder benutzt du einfach den Zauberstab?« Ich hatte mich kurzerhand entschlossen, sie ebenfalls zu duzen.

»Ist er nicht süß?« rief Acerbia aus. »Interessierst du dich etwa für Magie?«

Ich senkte meinen Blick. »Ja. Ein wenig. Bei dir sieht das so einfach aus.«

»Das kommt daher, daß ich eine Fee bin, mein lieber Junge. Das ist unsere zweite Natur. Ich fürchte, daß Menschen wie du eine Menge zu studieren haben, bevor sie auch nur einen Bruchteil dessen gelernt haben, was wir bei der Geburt schon wissen.«

Außerdem muß man über einen ganzen Haufen Magik stolpern, fügte ich in Gedanken hinzu. Ich versuchte, so beiläufig wie möglich zu klingen, als ich fragte: »Hast du denn irgendwelche Bücher da, in denen steht, … du weißt schon, wie man anfängt?«

Die Fee winkte mit ihrem Zauberstab, und ein Stapel winziger Bücher flatterte aus den Regalen. Dann öffnete sie eine Schublade ihres Schreibtisches und nahm etwas heraus, das wie eine lange Nadel aussah. Ich beobachtete, wie sie es gegen ihren Zauberstab rieb, und hörte sie dabei Worte murmeln, die ich nicht verstehen konnte.

»Nimm das«, sagte sie und reichte mir die Nadel. »Verlier ihn nicht.«

»Was ist das?«

»Das ist ein Ausleih-Zauberstab für Leute, die sich bei mir Bücher ausleihen wollen«, erklärte Acerbia. »Wenn du eins meiner Bücher lesen möchtest, tauchst du die Nadel in das Aquarium, berührst damit das Buch und trittst zurück. Der Mikrofisch wächst, sobald er den Buchdeckel berührt, und bringt das Buch dazu, mitzuwachsen. Sobald dieses nicht mehr größer wird, berührst du den Fisch ein zweites Mal mit der Nadelspitze, und er wird wieder normalgroß. Dann schüttelst du den Stab über dem Aquarium, so daß der Fisch zurückfällt. Versuche nicht, das Buch nach der Benutzung wieder schrumpfen zu lassen; darum kümmere ich mich. Und erinnere dich daran, daß der Ausleihstab sich nur für das Vergrößern und Verkleinern von Mikrofischen eignet; glaube also nicht, ein *richtiger* Zauberer zu sein und damit überall herumfuchteln zu müssen. Das mag zwar Spaß machen, aber nur so lange, bis der erste unbeteiligte Zuschauer dadurch ein Auge verliert.«

Ich rollte die Nadel zwischen Daumen und Zeigefinger und verspürte dabei das unmißverständliche Prickeln von Magik.

»Ich werde darauf achtgeben«, versprach ich und steckte die Nadel in den Kragen meines Hemdes.

»Gut.« Sie beugte sich bereits wieder über ihre Schreibarbeit. »Und nun nimm dieses riesige Buch mit heraus und lies darin, während ich meine Arbeit beende. Ich werde bald Zeit für uns haben.«

Irgendwie gefiel mir der Ton dieser Ankündigung nicht im geringsten.

»Was hast'n da, Kumpel?« fragte Scandal, als ich aus Acerbias Bibliothek herauskam.

Bisher hatte ich das Buch, das ich mitgenommen hatte, keines Blicks gewürdigt. Ich sah auf den Buchrücken und las: »*Das Beste von Raptura Eglantine*.« Ich warf es durch die

Wohnungstür. Es wurde augenblicklich von grünen und orangefarbenen Flammen verzehrt, und nichts blieb davon übrig außer ein paar Ascheflocken, die in der Luft tanzten. So viel übers Bluffen.

»Geht man so mit Büchern um?« fragte Acerbia.

Ich wirbelte herum und sah sie in der Bibliothekstür stehen, ihren Zauberstab träge von links nach rechts schwenkend. Sie war wieder menschengroß. Ihre Schwingen wehten hinter ihr her wie Rauchspuren, als sie auf mich zu glitt. Auf halbem Wege erhob sie ihren Zauberstab und berührte damit ihren Kopf.

Ihre Kleidung schmolz dahin und wurde zu einem leuchtenden Gewand, das die Farbe von Sonnenschein auf Seewasser hatte – und auch ähnlich durchsichtig war.

»Magst du keine Liebesromane?« hauchte sie und schlang einen Arm um meinen Hals. »Raptura Eglantine ist meine Lieblingsautorin. Ich habe *Willensstarke Fee, wilde Fee* geradezu verehrt.«

Ich versuchte zurückzuweichen, aber Acerbia hatte mich im Schwitzkasten. »War das nicht ... war das nicht die Fortsetzung von *Mein Goblin, mein Meister*?« fragte ich, verzweifelt auf Zeit spielend.

»Hm.« Sie verlagerte ihren Griff und brachte mein Gesicht näher an ihres. »Nein, ich glaube, es kam direkt nach *Geliebtes Einhorn, starkes Einhorn* heraus. Weißt du noch, das mit dem bösen verzauberten Schwert.«

»Genau, ja!« keuchte ich. Um der Wahrheit die Ehre zu geben, konnte ich ein Buch von Raptura Eglantine nicht von dem andern unterscheiden, auch wenn meine Schwester Lucy sie schrieb, aber ich wollte die Fee am Reden halten. »Das mit dem verzauberten Schwert war wirklich das Beste daran.«

»O nein«, sagte Acerbia und ließ die Wimpern klimpern. »*Das* war das Beste!«

Sie machte einen weiteren Schritt vorwärts. Ich spürte, wie die Bettkante in meine Kniekehlen schlug, und fiel rücklings auf die Tagesdecke aus grünem Satin. Acerbia kniete über mir.

»NjioROW!« Fauchend und spuckend sprang eine

schwarz-weiße Feuerkugel auf Acerbias Flügel zu. Acerbia machte eine träge Rückhandbewegung mit ihrem Zauberstab. Das Haar gesträubt und die Klauen ausgefahren, gefror Mysti mitten in der Luft. Sie sah aus wie eine Kreuzung zwischen einem Blitz und einer Pusteblume.

»Ich muß zugeben, daß du ein Kämpfer nach meinem Herzen bist, mein lieber Welfie-Freund«, sagte die Fee zu der schwebenden Katze. »Deine Ergebenheit zu deinem alten Schiffskameraden ist bemerkenswert. Versuche etwas Ähnliches erneut, und ich werde mir aus deinem Pelz eine Handtasche machen und deine Leber an Torquil verfüttern.«

Scandals Kopf und Pfotenspitzen lugten unter dem Bett hervor. »Katzenlebern sind in Monaten mit A, E, I, O und U und manchmal auch Z giftig. Laßt meine Artgenossin frei, O Eure Zuckerpflaumigkeit, und ich werde dafür sorgen, daß wir beide uns gut benehmen.«

»Wirst du das, Katerchen?« Acerbia verlagerte ein wenig ihr Gewicht, aber nicht genug, als daß ich mich hätte erheben können. »Nun gut. Ein netter Anfang wäre, Kendar und mich allein zu lassen.« Sie sah mir in die Augen, und ihre Zunge glitt über ihre kleinen, weißen, scharfen Zähne. »Wir möchten uns über Literatur unterhalten.«

Eine weitere Bewegung mit dem Zauberstab, und ein Halsband mit Leine erschien aus dem Nichts und legte sich um Mystis Hals. Weil die verwandelte Welfie immer noch in der Luft schwebte, nahm Scandal die Leine einfach zwischen die Zähne und trottete, Mysti wie einen haarbesetzten Luftballon hinter sich her ziehend, zur Bibliothek. Sobald beide darin verschwunden waren, schwang Acerbia erneut ihren unvermeidlichen Zauberstab, und die Tür fiel mit einem lauten Schlag ins Schloß.

»So, wo waren wir denn stehengeblieben?« fragte sie mich.

»*Ihr steht kurz davor, hingerichtet zu werden!*« drang ein Brüllen von der Wohnungstür zu uns herüber. Ein großer, muskulöser Mann, Haar und Bart von der Farbe geschmiedeten Stahls, stand dort und starrte uns wütend an. Er trug blutroten und cremefarbenen Samt, eine rubinbesetzte goldene Krone, rote Lederstiefel und Anisella.

KAPITEL 20

»Huhu, Kendar!« zirpte Anisella und winkte mir zu. Sie ritt auf dem großen Mann Huckepack. »Kennst du König Wulfdoth? Er ist wirklich furchtbar nett.« Ich war durchaus bereit, dem Teil mit dem Wörtchen *furchtbar* Glauben zu schenken.

Schon von Menschen gehört, die so wütend sind, daß ihre Blicke Dolche zu schleudern scheinen? Nun, König Wulfdoths Blicke warfen Wurfspeere. Es war ein wenig beruhigend, zu wissen, daß ich nicht deren einziges Ziel war.

»Was hat das zu bedeuten, *Madam*?« fragte der König, während er in Acerbias Wohnung stolzierte und eine weit ausholende Geste über ihrem Bett machte. Der vernichtende Zauberspruch, der auf der Tür lag, hatte ihn nicht stoppen können. Entweder sprach er nur an, wenn man versuchte, den Raum zu verlassen, oder Wulfdoth besaß Kräfte und Privilegien, von denen ich nichts wußte.

»Das ist Kendar, Eure liebe Majestät«, antwortete Acerbia. Sie schlang eine ihrer Haarlocken um ihre Finger und kitzelte den König mit den Spitzen an der Nase. »Erinnerst du dich nicht? Ich habe dir doch alles über ihn erzählt. Er und ich, wir sind nur gute Freunde.«

Des Königs auf Sturm stehende Augenbrauen hoben sich, und aus seinen Worten triefte Sarkasmus, als er sagte: »Offenkundig ist die Lady Acerbia an mehr interessiert als nur an seiner guten Freundschaft.«

Im einen Moment war ich noch durch das volle Gewicht der Fee festgenagelt, im nächsten war ich frei, während sie zornig wie ein tollwütiger Mauskitter um König Wulfdoths Kopf schwirrte.

»Wie *kannst* du es wagen!« schrie sie, und es hörte sich wie ein äußerst hohes Quietschen an. »Diese Räumlichkeiten gehören *mir*! Du selbst hast sie mir überlassen, damit ich hier schalten und walten kann, wie ich will. Wie kannst du es wagen, hier unaufgefordert hereinzuplatzen. Und dann auch noch in Begleitung dieser ... dieser ...« Sie stieg zu Anisellas Nase auf und kreischte: »*Sülzbiene!*«

Sogar König Wulfdoth schnappte nach Luft. Anisella ließ seine Schultern los und brach in Tränen aus. Ich eilte zu ihr, umarmte sie und versuchte, sie zu beruhigen. Der König und ich warfen der zornigen Fee einige außerordentlich wütende Blicke zu.

»Es besteht keinerlei Notwendigkeit, derlei Sprache zu gebrauchen, Acerbia«, tadelte der König sie.

»Allerdings!« stimmte ich ihm zu und vergaß dabei ganz, daß er eigentlich mein Feind war. »Ich habe selbst meinen *Vater* dieses Wort niemals benutzen hören. Noch nicht einmal meinen Bruder Basehart. Und bei seinem Mundwerk würden sogar deinem Drachen die Schuppen abfallen.«

Die Fee wuchs wieder zu menschlichen Ausmaßen, nur machte sie sich diesmal etwas größer, um Aug in Aug mit König Wulfdoth dazustehen. »Ich kenne dich zu gut, Wulfdoth«, sagte sie. »Du machst ein großes Geschrei um mein ... kleines Hobby ...«, – sie hauchte mir einen Kuß zu – »während du selbst jedem Weiberrock hinterherhechelst, der deinen Weg kreuzt. Das ist nicht das erste Mal, daß du mir untreu warst.«

König Wulfdoth plusterte sich auf, schnaufte und keuchte und versuchte, so zu tun, als meinte sie jemand anderen. »Ich versichere dir, Acerbia, das Mädchen und ich, wir sind nur gute Freunde. Wenn du willst, kannst du sie ja selbst fragen.«

»Das werde ich tun, sobald sie zu heulen aufhört.« Die Fee stupste Anisella mit ihrem Zauberstab auf den Arm. »Kontrolliere dich, Kind. Ich hatte mehr Rückgrat von dir erwartet.«

»Sie hat mich eine Sü... – Sü... – Sü...« Anisellas Schluchzer kamen ihren Worten in die Quere.

»Sülzbiene«, half ich ihr und hoffte, daß Mutter niemals erfahren würde, daß ich solche Wörter in den Mund nahm.

Anisella heulte auf.

»Ich lag in meinem Bett – *allein* – als einer von deiner Geheimpolizei hereingetrampelt kam und etwas über ein Nest von Verrätern faselte, das im *Zum Käse und zum Keks* ausgehoben worden sei«, fuhr der König ungerührt fort. »Ich hatte einen Tag voller Mühe mit dem Unterdrücken der Bauern hinter mir, und alles, was ich mir wünschte, waren ein wenig Ruhe und Frieden, aber deine Angestellten kennen ja weder Anstand noch Gnade.«

»Das ist auch besser für sie«, quetschte Acerbia zwischen ihren Zähnen hervor. »Schließlich bezahle ich die Kerle dafür, daß sie sich diese Anwandlungen operativ entfernen lassen.«

»Nachdem der Bursche mich also aus dem Bett geredet hatte, mußte ich ihn in die Verliese begleiten, um seinen seltsamen Bericht zu überprüfen.« Wulfdoths Gesicht wurde weich, als er sich Anisella zuwandte. »Dort fand ich dieses herrliche Kind.« Er setzte wieder eine mürrische Miene auf und fuhr fort: »Also gib *mir* nicht die Schuld; *du* hast all das verursacht!«

»Mein lieber, lieber Wulfdoth«, sagte die Fee leise. »Wenn ich dich bis zu den Armen mit dem Blut deines eigenen Bruders bedeckt über seiner Leiche stehend erwischen würde, fändest du trotzdem einen Weg, irgend jemand anderem die Schuld zuzuschieben.«

Der König schürzte die Lippen. »Du *hast* mich bis zu den Armen mit dem Blut meines eigenen Bruders bedeckt über seiner Leiche stehend erwischt«, wandte er ein. »Du hattest mich dazu angestiftet, ihn zu töten.«

»Seht ihr? Nichts ist er *jemals selbst* schuld!« sagte Acerbia zu uns. Auf ihrem Gesicht stand ein Ausdruck, der Was-soll-ich-nur-tun? zu fragen schien.

»Nun, es war in der Tat *nicht* mein Fehler; nicht, wenn man die ganze Geschichte kennt«, beharrte Wulfdoth. »Bevor ich dich, meine liebe Acerbia, traf, war ich nämlich in meiner Rolle als jüngerer Sohn vollkommen glücklich. Ich kümmerte mich um meine Angelegenheiten, Dinge, die man als jüngerer Sohn eben so tut: zum Beispiel durch den

Wald reiten und dabei versuchen, ein paar Hirsche zu finden und zu jagen, die keine steuerzahlenden Bürger des Reiches sind. Während einer solchen Suche stolperte ich schließlich über die verzauberte Waldquelle, und da warst *du*.«

»Die verzauberte Waldquelle war mein Zuhause«, erwiderte Acerbia. »Wo hättest du mich denn sonst haben wollen?«

»Na, jedenfalls ist diese Festung *mein* Zuhause, und ich schleiche trotzdem nicht splitterfasernackt darin herum!« brüllte Wulfdoth.

Acerbia wich seinem Blick aus. »Es war heiß. Ich war schmutzig von der Arbeit. Ich hatte gedacht, daß jeder *echte* Gentleman, der mich zufälligerweise in meinem Bade sah, den Anstand besäße, in die andere Richtung zu schauen.«

»Ach, das mag ich aber! ›Arbeit‹, hab' ich richtig gehört?« König Wulfdoth ergriff mich beim Vorderteil meiner Jacke und zog mich zu sich heran. »Frage sie, welche *Art* von Arbeit sie denn so verrichtet hat, bevor ich sie da herausgeholt habe!«

Ich kaute auf meiner Oberlippe. »Ähm ... Welche Art von Arbeit ...?«

»Was spielt das denn für eine Rolle?« keifte Acerbia mich an.

»Sie schämt sich dafür, das ist es«, grinste Wulfdoth.

»Das tue ich nicht! Es war – eine anständige Arbeit. Das Beste, was ich kriegen konnte. Ich war die jüngste Fee der Unterseite, und die Älteren hatten mir die besseren Arbeiten weggeschnappt.«

Die Tür der Bibliothek öffnete sich, und Scandal streckte seinen Kopf ins Zimmer. »Aha! Vernehmen meine Ohren den lieblichen Klang eines Streites unter Liebenden?« fragte er anzüglich. Er trottete zwischen Acerbia und den erstaunten Wulfdoth. »Scandal«, sagte er und streckte dem König seine Pfote hin. »Ich bin ein Freund von Kendar und ein Fabelwesen. Freutmichsiezusehn. Macht weiter, achtet einfach nicht auf mich.«

»Bist du ... bist du wirklich ...?« Der König brachte kaum ein Wort hervor.

»Er ist wirklich eine Katze«, beantwortete ich die Frage, die zu stellen ihm solche Probleme bereitete. »Ich – äh – ich hab' ihn einem mächtigen Zauberer auf der Oberseite gestohlen und ihn den weiten Weg von Gladderadatsch hierher gebracht. Ich dachte, ich könnte ihn, äh, mit Gewinn verkaufen, und ...«

»Achtet einfach nicht auf diesen Robert Rankin, Eure Majestät«, sagte Scandal. »Ich mag ja nur ein Fabelwesen sein, aber selbst ich erkenne, daß du ein Mann von Welt bist. Du kennst ja die Sage.«

Wulfdoth nickte. »Einer Katze sei erlaubt, zu einem König aufzusehen.«

»*Exactemente*. Da wir uns in dieser Sache also einig sind, würde ich nun gerne wissen, was Tinkerbell denn so getan hat, damit der Nektar aufs Brötchen kam. Es muß ja schon ein *verdammt* lausiger Job gewesen sein.« Er fixierte Acerbia mit einem unverwandten Blick. »Hast du Ambrosia-Burger bei McWelfies gewendet? Oder Hamsterstreu an der Haustür verkauft? Die gute Fee für einen Gebrauchtwagenhändler gespielt? Science Fiction geschrieben? Was?«

»Babyfee.«

Scandal stellte ein Ohr auf. »Wie war das, Süße? Sag's noch mal, wenn's recht ist!«

»*Ich war die Babyfee!*« brüllte sie und schrumpfte prompt auf Puppengröße. Ich nahm an, daß es ihr peinlich war.

»Jedesmal, wenn ein Kind seine Eltern dazu bringt, ihm die Wahrheit darüber zu verraten, woher die kleinen Babies kommen, dann muß die Babyfee dem Kind eine Süßigkeit unter das Kopfkissen legen.«

»Eine Süßigkeit?« Scandal schnaufte verächtlich. »Wo ich herkomme, da gibt's so was Ähnliches, aber die Kinder kriegen Geld. Cash. Dinero. Schekel. Bare Münze. Eine Süßigkeit? Pfui!«

Acerbias winzigen Wangen röteten sich. »Die Süßigkeit, die ich unter das Kissen lege – *legte*, war ein billiger Lutscher, auf den ein unanständiger Witz geschrieben stand. Wenn das Kind seine Eltern auch noch dazu bringen konnte, ihm zu erklären, was daran so komisch war, dann mußte ich in der nächsten Nacht zurückkehren und Geld unter das Kopfkissen legen. Es war würdelos, mühselig und immer das Gleiche, und ich mußte mir die ganzen unanständigen Witze auch noch selbst ausdenken.« Sie verschränkte die Arme. »Das einzig Gute an der Arbeit war, daß ich genau wußte, daß den kleinen Plagegeistern von den Süßigkeiten die Zähne ausfallen würden.«

»So klang es allerdings nicht, als ich sie mitnahm«, warf Wulfdoth ein und verschränkte die Arme ebenfalls. »Alles, was ich von ihr hörte, war: ›Ach, wenn ich daran denke, daß ich *für das hier* meinen Beruf aufgegeben habe!‹ und ›Es wäre ja gar nicht so schlimm, nur eine Küchenfee zu sein, wenn du dich wenigstens aufraffen und etwas aus dir machen würdest.‹ Also habe ich etwas aus mir gemacht. Ich habe mich zum König von Wingdingo-Land gemacht! Alles nur, damit sie aufhörte, herumzuheulen, welch tolle Aufgabe sie geopfert habe, nur um bei mir sein zu können, und daß all ihre Feenfreundinnen auf ihren interessanten Geschäftsreisen hierhin und dorthin flögen, während sie in meiner Burg versauere, und ... Argh!« Er wandte sich von Acerbia ab.

Anisella schlich sich auf Zehenspitzen hinter den König und tippte ihm auf die Schulter. »Bitte streitet Euch doch nicht mit der netten Fee, lieber König Wulfdoth«, bettelte sie. »Sonst wird sie uns doch nie den klitzekleinen Gefallen tun, um den ich Euch gebeten habe.«

»Einen Gefallen?« Acerbia wuchs wieder zu ihrer bevorzugten Menschengröße, um Anisella um so spöttischer ins Gesicht lachen zu können. »Ein Gefallen, für den du mich brauchst, habe ich da richtig gehört?«

König Wulfdoth drehte sich langsam wieder zu ihr um. »Es ist nur ein kleiner Gefallen«, sagte er schroff. »Um ehrlich zu sein, ist dazu auch keine großartige Magie nötig. Es ist etwas, das du auch im Schlaf tun könntest, meine Liebe. Es würde dieses süße Kind sehr glücklich machen.« Er warf Anisella einen Blick zu, der Acerbias Blut ganz sicher zum Kochen bringen mußte.

»Vielleicht sollte mal jemand dem alten Wulfdoth was über Diplomatie beibringen«, kommentierte Scandal mit sehr gesenkter Stimme. »Man soll keine Frau reizen, die einen durchgeladenen Drachen besitzt.«

»Ach, komm schon, Acerbia«, versuchte der König seine Masche durchzuhalten, »diese bezaubernde Maid gehört nicht zu den verräterischen Schafen, die du unten eingesperrt hältst. Sie gehört zu den Freunden deines kleinen« – seine Lippen kräuselten sich, als er mich ansah – »*Hobbys*. Sie hat mir berichtet, wie ihr Schiff ohne eigenes Verschulden von den Piraten überfallen wurde. Sie kamen als friedfertige Reisende auf die Unterseite. Du hast doch selbst immer gesagt, daß wir den Oberseiten-Tourismus fördern sollten. Wie wird es da aussehen, wenn sie nach Hause kommen und jedem erzählen, wie wir hier unsere Gäste behandeln?«

»Wir könnten *dieses* Problem sehr leicht lösen, indem wir sie nicht zurückkehren lassen«, sagte Acerbia und schlug mit ihrem Zauberstab auf ihre Handfläche.

»Meine Liebe, das kann doch nicht dein Ernst sein.« Der König tätschelte Anisellas Wange, dann hob er zärtlich ihr Kinn. »Obwohl dieses reizende Mädchen, soweit es mich betrifft, so lange hier bleiben kann, wie es will.«

Ein verschlagenes Funkeln trat in Acerbias Augen. »Nun, Wulfdoth, ich denke, daß du sie wirklich zu schätzen weißt«, sagte sie mit einer Stimme, die vor Sirup förmlich triefte. »Und wie ritterlich du ihr deine Verehrung gezeigt hast, indem du sie den ganzen weiten Weg hier herauf auf deinem Rücken getragen hast!«

Wulfdoth wurde es deutlich unbehaglich. »Es gibt so viele Stufen in dieser Festung. Sie hat sich, äh, auf dem Weg aus dem Verlies den Fuß verstaucht.«

»Oh, natürlich.«

»Und sie hat gesagt, ich müsse dir sofort sagen, daß du einen fürchterlichen Fehler begehst.«

»Ich bin sicher, daß es *mein* Fehler war, wenn *sie* es behauptet.«

Das Funkeln in ihren Augen war nun zu einem kleinen Fegefeuer geworden. Wulfdoth begann zu schwitzen.

»Äh, ich halte sie für ein wirklich nettes junges Ding, aber *ganz so* toll finde ich sie auch wieder nicht«, beeilte er sich, seine Ansprache zu beenden.

»Was meinst du mit ›*ganz so*‹, mein Liebling?«

Die Fee setzte einen Blick auf, der so falsch und gleichzeitig unschuldig wirkte wie das schlechte Gemälde eines Neugeborenen.

»Ich meine, ich mag sie schon, aber nicht genug, um dich so ärgerlich zu machen, daß du sie in irgend etwas Häßliches verwandelst.«

»Ich?« Acerbia klimperte mit den Wimpern *und* den Flügeln. »Aber mein lieber Wulfdoth, du weißt doch, daß ich alles, was ich tue, nur tue, um dich zufriedenzustellen. Ich wußte, daß du als jüngerer Sohn nicht *wirklich* glücklich warst, während dein Bruder die Königskrone trug. Ich wußte, daß du die Krone aus eigener Kraft niemals behalten konntest, daher gründete ich die Geheimpolizei zu deiner Unterstützung. Als ich vernahm, daß der rechtmäßige Thronerbe irgendwo in den Bergen noch am Leben war, da kümmerte ich mich um die ganze vertrackte Angelegenheit, so daß du dir darüber nicht deinen lieben kleinen Kopf zu zerbrechen brauchtest.«

»Was?« Diese Neuigkeit war offenbar eine Überraschung für den König. »Am Leben?«

Acerbia nickte.

»Aber ... jetzt doch nicht mehr. Du hast das Balg doch sicher getötet, oder?«

Die Fee leckte sich über die Lippen. »Nun ja, sagen wir, ich hatte die Angelegenheit so geregelt, daß er sich nie wieder Hoffnungen machen konnte, dir den Thron abzufordern. Dachte ich wenigstens.«

»Er? Also hatte Heskina einen Jungen! Nun ja«, sinnierte Wulfdoth, »das hatte ich schon immer wissen wollen. Sie war niedergekommen, unmittelbar bevor die, äh, friedliche Machtverlagerung stattfand.«

»Bevor Wulfdoth alles im Palast tötete, was sich bewegte«, übersetzte Scandal flüsternd.

»Der Säugling war verschwunden, als meine Leute das Gemach der Königin erreichten. Hinterher gab es niemanden, der noch etwas über das Kind wußte – außer, daß es Borith genannt wurde. – Also hast du ihn am Ende doch erledigt, was?« fragte der König.

»Vielleicht.«

»Was soll das heißen, ›vielleicht‹? Entweder hast du ihn getötet oder nicht!«

»Da haben wir's wieder, nicht wahr? Es ist genau, wie ich gesagt habe: Meine Gedanken kreisen nur um *dein* Glück, bevor ich an meins auch nur denke, aber du siehst es einfach nie so.« Acerbia drängte sich hartnäckig zwischen Wulfdoth und Anisella. »Als ich hörte, daß es einen einfachen Schafhirten gab, der dem König wie aus dem Gesicht geschnitten war, da war mein erster Gedanke, ihn zu töten. Aber als ich ihn dann sah ...«

»Er sah gut aus, was?« Wulfdoth schüttelte den Kopf. »Ich hätte es wissen sollen.«

»Ja, er war in der Tat gutaussehend«, gab die Fee ungerührt zu. »Allerdings nicht mehr, als ich mit ihm fertig war. Wenn ich sein Leben verschont habe, Wulfdoth, dann war das nicht etwa, weil ich hoffte, daß er mich eines Tages aufsuchen und mich anbetteln würde, den Zauber von ihm zu nehmen, um mir im Gegenzug zu versprechen, *alles* für mich zu tun, was ich wollte.«

»Nein?« Der König klang sehr skeptisch, und das konnte man ihm nicht verdenken.

»Nein.« Acerbia gab sich ungerührt. »Ich tat es, weil ich wußte, daß du dir das Vergnügen, ihn selbst zu töten, nicht nehmen lassen wolltest. Ich flog, sobald ich den Zauber gesprochen hatte, sofort nach Hause – der arme Torquil hätte sich fast einen Flügel verrenkt, so sehr habe ich ihn gehetzt –, aber als ich versuchte, dir mitzuteilen, was ich für dich getan hatte, da warst du zu sehr mit deinen dämlichen Regierungsgeschäften zu Gange, als daß du mir auch nur ein *wenig* Aufmerksamkeit geschenkt hättest. Wie üblich.«

Acerbias Schmollen wirkte ungeheuer vertraut auf mich.

Wulfdoth rieb nachdenklich sein Kinn. »Ich kann mich nicht erinnern, daß du mir jemals etwas über Borith mitgeteilt hättest.«

»Habe ich auch nicht. Als du endlich ein wenig Zeit für die arme kleine Acerbia hattest, war es zu spät: Er war verschwunden. Nicht einmal meine Geheimpolizei konnte herausfinden, wohin er gegangen war. Ich wußte, daß du dich nur aufregen würdest, wenn ich dir berichtete, daß ich ihn gefunden und wieder verloren hätte.« Sie tätschelte sein Kinn in einer exakten Nachahmung der Geste, mit der er Anisellas Kinn getätschelt hatte.

»Hast du zufälligerweise jemals herausgefunden, was aus ihm geworden ist?«

»Aber ja. Er schloß sich einer Bande blutdürstiger und raublustiger Schafspiraten an.«

»Das hat er getan? Der Mistkerl!«

»Sie sind gestern erst in Port O'Morph eingelaufen.«

»Wirklich?«

»Sie gingen ins *Zum Käse und zum Keks*, um zu feiern«, sagte Acerbia langsam und forschte im Gesicht des Königs nach einer Reaktion.

»*Zum Käse und zum Keks*? So was! Jemand hat mich vor ein paar Stunden aufgeweckt, um mir etwas über das *Zum Käse und zum Keks* zu berichten. Welch ein Zufall«, überlegte der König.

»Sie versucht dir klarzumachen, daß ihre Schergen Borith gefangengenommen haben, als sie mit den Schafspiraten kämpften, und er jetzt in deinem stinkenden Kerker angekettet ist und darauf wartet, daß du ihm den Garaus machst!« platzte Scandal heraus. Keuchend nach Atem ringend, raunte er mir zu: »Der Kerl würde einen Wink nicht einmal dann verstehen, wenn man ihm den Zaunpfahl auf dem Kopf in Stücke haute.«

»Borith ... im Kerker?« Auf Wulfdoths Gesicht leuchtete eine kindliche Freude auf.

»Nur für dich, mein Liebling«, sagte die Fee.

»Das ist ... sehr gut gemacht, Schatz«, sagte der König. Es ist sehr schwer, richtig aufrichtig zu klingen, während man gespannt darauf wartet, daß der andere Groschen auch noch fällt. »Welch nette Überraschung. Wenn da irgend etwas ist, das ich für dich tun kann ...« Anisella wimmerte. »... und es dieses süße, unschuldige, völlig harmlose Mädchen nicht miteinbezieht ...«, beeilte er sich hinzuzufügen.

»Nicht einmal, wenn ich ihr den Gefallen tun möchte, den sie erbittet?« Die Fee spielte mit ihrem Zauberstab und brachte den silbernen Stern darauf zum Knistern.

»Nein, nein, mach dir nur keine Mühe, Liebes.« König Wulfdoth zog sich aus Acerbias Wohnung zurück und versuchte dabei, Anisella vor sich her zu schubsen. »Es war nur eine törichte, nichtige Anfrage bezüglich eines deiner Gefangenen. Ich bin aber sicher, daß sie nun weiß, daß du weißt, was du in bezug auf Gefangene zu tun hast. Und daß du dabei immer meine Interessen im Auge behältst, und ...«

»Aber Eure Majestät!« Anisella erhob protestierend ihre Stimme. »Klinge hat doch nichts Unrechtes getan! Es war alles nur ein Irrtum! Könnt Ihr sie nicht dazu bringen, daß sie einsieht ...?«

»Pst, Kind, pst!« Der König drängte Anisella schneller in Richtung Tür. »Ich werde später mit ihr über deinen Freund reden. Sie ist im Moment nicht in der richtigen Stimmung. Wir werden sie jetzt am besten mit Kendar allein lassen, und es wird viel leichter sein, sie zu überreden, wenn sie einen schönen, langen ...«

Die Wohnungstür knallte zu, als die beiden gerade dort angelangt waren.

»Wolltet ihr irgendwohin?« fragte die Fee. »Das dulde ich nicht. Wenn das Mädchen mich um einen Gefallen bitten will, dann laß sie.«

König Wulfdoth fuchtelte mit seinen Armen. »Nein, nein, das ist alles ein Irrtum, sie wollte nicht ...«

»*Laß sie*!«

Anisella nahm die Schultern zurück und wand sich aus dem Griff des Königs. Hochgewachsen und stolz trat sie mutig der Fee entgegen und sagte: »Ich fürchte dich nicht, und das weißt du!«

»Du bist noch sehr jung«, entgegnete Acerbia.

»Ich *muß* dich in der Tat um einen Gefallen bitten und bin bereit, jeden Preis für seine Erfüllung zu bezahlen.«

»Der Gefallen muß enorm wichtig für dich sein, mein Kind.«

»Liebling, du hast ihren Freund in eine Katze verwandelt«, sagte König Wulfdoth und musterte Scandal prüfend.

»Waah! Nein, nicht ich, Hochlaucht, äh, Durchheit. Ich bin in diesen glücklichen Zustand geboren worden«, sagte Scandal.

»Ja, das habe ich getan«, gab Acerbia zu. »Ihr Freund ist – *war* – ein Welfie mit scharfem Schwert und dazu passender Zunge. Er benutzte sein Schwert zum Vorteil deiner Feinde, Wulfdoth. Er wäre mit ihnen im Kerker, wenn er nicht mir gegenüber ein freches Mundwerk gehabt und ich meine Beherrschung verloren hätte.«

»Klinge kämpft auf der Seite der Gerechtigkeit«, beharrte Anisella unerschrocken. Sie wandte sich dem König zu. »Es tut mir leid, Eure Majestät, aber Ihr *habt* Euren Bruder und seine Familie ermordet. Das war nicht sehr nett.«

»Das ist alles ihre Schuld«, antwortete Wulfdoth und starrte Acerbia an.

»Nun, ich nehme an, daß es so ist.« Die Fee zuckte mit den Schultern und den Flügeln. »Wie kann ich es euch beiden gegenüber nur wieder gutmachen? Ah, ich weiß!« Sie versuchte, in die Hände zu klatschen, aber ihr Zauberstab war im Weg. »Ich werde dir den Gefallen tun, um den du mich gebeten hast«, sagte sie zu Anisella. »Ich werde dir deinen Welfie-Freund genau so zurückgeben, wie er war, als ich ihn traf. Und was dich anbelangt, mein lieber Wulfdoth …«

Ihr Lächeln sandte mir eiskalte Schauder den Rücken hinunter.

»Du hast schon mehr als genug für mich getan, meine liebe Acerbia. Wirklich, mach dir doch nicht noch mehr Umstände. Die Gefangennahme Boriths und seiner Spießgesellen ist doch mehr als …«

»Nicht im geringsten. Es muß einfach etwas geben, das ich für dich tun kann.«

Ich schwöre, daß ich sah, wie Wulfdoth bei ihren Worten eine Gänsehaut bekam.

»Ah! Wieso habe ich nicht schon vorher daran gedacht? Welch prächtige Idee! Ich weiß genau, was du brauchst.«

»Ta… tatsächlich?« Wulfdoth drückte sich an die geschlossene Tür und versuchte, die Klinke zu bewegen, ohne daß Acerbia es bemerkte. Das nutzte ihm ungefähr so viel, wie es mir genutzt hatte.

»Du brauchst eine Königin.«

»Eine ...?« Sein Gesicht nahm den Farbton von Kreide an.

Acerbia schwebte quer durch den Raum, um sich an Wulfdoths Körper zu kleistern. Sie legte ihm einen Finger auf die Lippen und brachte ihn zum Schweigen. »Ich weiß, was du sagen willst, mein Lieber. Mach dir keine Mühe. Was wir gemeinsam hatten, war wundervoll, aber keine rechtmäßige Heirat. Das konnte gar nicht sein. Du bist ein Mensch und ich eine Fee im Vollbesitz ihrer magischen Fähigkeiten. Du kannst mich nicht heiraten, wie ich bin, und ich bin nicht bereit, einen Teil meiner Kräfte aufzugeben, um dich zu heiraten. Es ist zwar schade, aber so sind die Regeln.«

»Welche Regeln?« fragte der König und schnappte nach Luft.

»Die Regeln des großen Mystischen Gleichgewichts. Wir dürfen sie nicht verletzen, oder etwas Entsetzliches wird geschehen.«

»Ja, zum Beispiel könnte es die ganze Zeit Vögel vom Himmel regnen«, stimmte Scandal zu.

»Aber nur, weil du mich nicht heiraten kannst, heißt das noch lange nicht, daß du nicht heiraten *solltest*«, fuhr die Fee fort. »Gib es zu, Wulfdoth: Du würdest dich auf dem Thron doch viel wohler fühlen, wenn du einen Erben hättest, dem du das Königreich nach deinem Tode hinterlassen könntest.«

»Äh, ja. Meine Minister haben mir in den vergangenen Jahren aus genau diesem Grunde schon häufig vorgeschlagen zu heiraten.«

»Sie hatten alle völlig recht, und es tut mir auch leid, daß ich sie in Hamster verwandelt habe«, behauptete Acerbia. »Nun stimme ich ihnen zu, und wenn du heiratest, verspreche ich dir, weder dir noch der Sterblichen, die du zu deiner Braut erwählst, ein Leid zuzufügen.« Sie erhob den Zauberstab und legte die andere Hand auf den Stern. »Auf Feenehre. Und nun, mein Lieber, sage mir: Hast du schon ein glückliches Mädchen im Sinn?«

Der König wand sich hin und her, aber wir alle wußten, wie seine Antwort lauten würde. Um Raptura Eglantine zu zitieren: ›Seine Augen suchten die ihren – sie, nach der seine Seele mit ungezügelter Leidenschaft hungerte und dürstete – ein Blick voller Inbrunst und Zärtlichkeit, als sein Herz mit einer Beredtheit, die über bloße Worte weit hinausging, leise all sein verzweifeltes Begehren offenbarte.‹

»Ich will aber nicht!« jammerte Anisella.

»Aber meine Liebe, wenn du meine Braut bist, wird es keinen Wunsch geben, den ich dir abschlagen könnte«, versuchte der König, sie zur Vernunft zu bringen.

»Oh, meine liebe Majestät, es ist ja soooooo lieb von Euch, mir das anzubieten«, sagte Anisella. »Aber ... ich kann Euch nicht heiraten, weil ein Fluch auf mir lastet. Ich bin dazu verdammt, dem ersten, der mich heiratet, Tod und Vernichtung zu bringen.«

»Ich bin eine Fee«, sagte Acerbia. »Ich kann mein hundertfünfzigfaches Gewicht in Flüchen aufheben.«

»Na dann ... dann kann ich Euch nicht heiraten ... weil ich Euch nicht liebe!«

»Du brauchst ihn nicht zu lieben, Kindchen«, sagte die Fee sanft. »Du brauchst ihm nur seine Kinder zu gebären.«

»Ich *werde* Euch *nicht* heiraten!« Anisella stampfte mit dem Fuß auf. »Ich liebe Klinge!«

»Na schön.« König Wulfdoth nahm wieder seine verstockte Haltung ein. »Acerbia! Finde diesen Klinge, bring ihn her und nimm den Zauber von ihm, den du auf ihn gelegt hast.«

»Oh, danke, Eure Majestät!« rief Anisella und tanzte vor Freude auf und ab. »Das ist soooo lieb von Euch! Ich wußte, daß Ihr ...«

»Das wird es dem königlichen Henker etwas leichter machen. Er weiß schließlich nicht, wie man eine Katze hinrichtet.«

Anisella warf sich heftig schluchzend in meine Arme.

»Ach, sieh doch«, seufzte Acerbia. »Jetzt hast du's geschafft und das arme Ding ganz aus der Fassung gebracht. Wirklich, Wulfdoth, du solltest dich schämen. So ein Theater, nur weil du deine eigene Tochter heiraten willst.«

KAPITEL 21

Eine kalte Nase, die mir ins Ohr gesteckt wurde, weckte mich am nächsten Morgen.

»Königliche Intrigen verursachen bei mir immer Kopfschmerzen«, sagte Scandal und kuschelte sich unter meinen Arm. »Steh auf und massiere diesen Flecken zwischen meinen Augenbrauen, okay?«

»Ich *wußte*, daß ich den Namen schon vorher einmal gehört hatte«, stöhnte ich, während ich mich aufrichtete. Ich setzte den Kater auf meinen Schoß und massierte diesen Flecken zwischen seinen Augenbrauen.

»Welchen Namen?« murmelte er im Halbschlaf.

»Acerbia.«

»Ja, klar, ich auch. Bob Acerbia, ein guter, verläßlicher Linkshänder, der früher Shortstop* bei den Cubs gespielt hat.«

»Nein, bleib mal ernst. Anisella hat ihn erwähnt, als sie erzählte, wie sie ihren Fluch bekommen hat. Acerbia war der Name der Fee, die zu ihrer Taufe kam und ihr Geschenke machte, während sie aufwuchs, und ...«

Scandal rollte sich auf den Rücken und entblößte seinen Bauch. »Jetzt weißt du auch, warum.«

»Ja. Ich verstehe aber immer noch nicht, wieso Acerbia diesen Fluch auf Anisella gelegt hat, besonders, wo sie doch ihre Mutter ist.«

»Mütter legen ständig Flüche auf ihre Töchter. Sie alle beginnen mit: ›Warte nur, bis du eigene Kinder hast!‹ Feen. Hmpf. Und wo ist das süße Mädchen heute morgen? Hat sie

* Position im Baseball, Feldspieler zwischen der zweiten und dritten Ecke. (Anm. d. Übers.)

ein nettes Familientreffen mit Mami und Papi, während wir hier in dieser widerwärtigen Zelle hocken?«

Ich sah mich um. Wir hockten zwar in einer Zelle, aber sie war nicht sehr widerwärtig. Es war einfach ein weiterer Raum von Acerbias Wohnung, der zudem durch seine schönen, holzvertäfelten Wände auch noch ganz hübsch wirkte. In Bodennähe waren auf gegenüberliegenden Seiten des Zimmers zwei perfekt eingepaßte Miniaturtüren in den Wänden. Ich hatte mich gefragt, wozu sie gut wären, als ich sie zum ersten Mal sah, war aber zu müde gewesen, um die Sache weiter zu verfolgen.

Die Türen waren die einzigen kleinen Einrichtungsgegenstände des Zimmers im Miniaturformat. Wie in Acerbias Schlafzimmer war das Mobiliar in menschlichem Maßstab gefertigt. Scandal und ich saßen auf einem aufgeplusterten Diwan, der wie ein schlafender Drache geformt war. Den geringelten, goldenen Körper bedeckten schwarze, goldene und grüne wie Schuppen gemusterte Kissen. Ich hatte darauf recht gut geschlafen. An der Fensterwand des Zimmers standen zwei wohlgepolsterte Stühle an einem runden Tisch, der mit Brot, Früchten, Kuchen und Bechern mit starkem, heißem Gaffee schwer beladen war. Es war beruhigend, zu erfahren, daß Acerbia uns offenbar nicht zu Tode hungern wollte.

»Ich weiß nicht, wohin sie Anisella gebracht haben«, sagte ich und setzte den Kater auf den Fußboden. Ich war unruhig, aber auch hungrig. Das Essen auf dem Tisch sah gut aus, und entsprechend roch der Gaffee. Deshalb bediente ich mich reichlich.

Scandal hüpfte auf den Tisch. »Für den Fall, daß Acerbia das Zeug vergiftet hat: Wie bitte lauten deine letzten Worte genau?«

»Ischnich vergiwft«, antwortete ich, eine Portion Kuchen im Mund.

»Könnte es aber sein. Ein langsam wirkendes, schleichendes Gift. Du hast ja selbst gesehen, wie sehr sie es liebt, mit ihren Opfern zu spielen, statt ihnen einen schnellen Todesstoß zu versetzen. Schändlich, so was. Hast du Wulfdoths

Gesicht gesehen, als sie ihm verriet, wer Anisella wirklich ist? Mein lieber Schwan! Also, *wie* lauten deine letzten Worte?«

Ich kaute und schluckte. »He, wenn ich sterbe, wiederholst du einfach das letzte, was ich sage.«

»Wenn du darauf bestehst, Chef. Aber ›Aaaahhhh! Die Schmerzen! Die Schmerzen! Heiliger Strohsack, tut das weh!‹ verrät doch jedem Leser der Geschichtsbücher, wie wenig Klasse du besessen hast. Aber ich könnte mir etwas für dich ausdenken, wenn du willst. Wie wär's hiermit?« Er setzte sich auf seine Hinterläufe, erhob eine Pfote in dramatischer Geste und deklamierte: »Gute Nacht, lieber Scandal, du Bester aller Kater! Ein Lebwohl, ein langes Lebewohl all meiner Magik. Hätte ich meinem Kater mit der halben Hingabe gedient, mit der ich meinem König diente, dann hätte er mich in hohem Alter nicht nackt meinen Feinden überlassen. *Et tu*, Acerbia? Dann falle, Kendar!« Er verlor sein Gleichgewicht und fiel vom Tisch. Von unten hörte ich ein BUMM.

Im nächsten Augenblick war er wieder zurück. »Bin auf die Füße gefallen!« prahlte er, wie immer bei dieser Sache sehr selbstgefällig.

»Es ist nicht vergiftet«, beharrte ich.

»Es würde für dich sowieso keinen Unterschied machen«, erinnerte mich der Kater. »Es sei denn, es wäre solch ein Klopper, wie Ramses ihn dir eingeflößt hat. Aber von normalem Gift kriegst du höchstens Bauchweh, das alles vorherige in den Schatten stellt, aber deiner Magik …«

»Welcher Magik?« fragte ich mißmutig. »Vergiß sie, Scandal. Sie ist weg, spurlos verschwunden. Ich hab's versucht und immer wieder versucht, aber ich erreiche sie nicht mehr.«

Scandal schüttelte den Kopf. »Ich glaub's einfach nicht. Du wurdest doch richtig gut mit dem ganzen Zauberkram. Du kannst es doch nicht einfach verlieren, *kabumm*, einfach so.«

»Habe ich aber.«

»Eh-eh. Das ist genau so, wie wenn man vom Pferd fällt. Es gibt immer einen Weg, der zurück in den Sattel führt.«

Ich dachte an Nintari und erschauderte.

»Schade, daß Acerbia dich nicht in der Bibliothek eingesperrt hat«, fuhr Scandal fort. »Vielleicht gäbe es dort etwas, das dir helfen könnte.«

»Wie sollte mir ein Roman von Raptura Eglantine schon helfen können?«

»Jetzt beschrei's um Himmels willen nicht, *Kemosabe*.« Der Kater grinste anzüglich. »Eine hübsche Romanze bringt doch sicher selbst in dein Leben wieder Magie, was? Ach, und wo wir gerade dabei sind, wo ist denn meine kleine Zukkerpuppe aus dem Donut-Shop der Sehnsucht? Komm her, komm her, wo immer du auch stecken magst!«

»Mriau!« Mysti schaute unter dem Drachendiwan hervor. Ich brach ein Stück Schokoladenkuchen ab und hielt ihn ihr hin. Sie schlich näher und zog dabei Schwanz und Leine hinter sich her. Sie schnüffelte an dem Kuchen, weigerte sich aber, zu probieren.

»Aber das ist doch dein Lieblingskuchen!« rief ich. Sie schaute ihn jedoch nur mit elendigem Gesichtsausdruck an.

»*War* ihr Lieblingskuchen«, verbesserte Scandal. »Sie kriegt langsam heraus, daß sich für sie eine ganze Menge geändert hat.«

»Das ist auch so eine Sache«, sagte ich. »Wieso hat Acerbia König Wulfdoth und Anisella nicht gesagt, daß Mysti hier ist? Sie hat gewartet, bis die beiden die Wohnung verlassen hatten, bevor sie uns alle in dieses Zimmer gebracht hat. Schließlich *hat* sie doch versprochen, Mysti wieder zurückzuverwandeln, oder etwa nicht?«

»Acerbia liebt es, Wulfdoth gewisse kleine Überraschungen zu bereiten. Du kannst die Ranch darauf verwetten, daß sie sich zu einer günstigen Gelegenheit plötzlich daran erinnern wird, wo sie die Ersatz-Welfie gelassen hat.«

Ich stöhnte. »Und dann? Was wird sie Mysti dann antun?«

Der Kater klang plötzlich sehr ernst. »Deine Vermutung ist wahrscheinlich genausogut wie meine, nur wesentlich weniger angsteinflößend. Diese Fee ist eine kalte Marke.«

Ich streichelte Mystis Kopf. »Ich bin schon eine Hilfe. Ich bekomme nicht einmal ihr Halsband ab.«

»Vergiß das Halsband«, sagte Scandal. »Ramses wird demnächst ein viel dickeres Halsband tragen, und das Ding wird aus Hanfseil bestehen. König Wulfdoth wird ihn aufhängen lassen, dann kippt das Mystische Gleichgewicht vollends um, und wir werden auf der Oberseite bis an unser Ende durch Ziegenmelker staksen.« Er stupste mich mit seiner Nase am Arm und befahl: »Du mußt deine Magik zurückbekommen, Kendar.«

»Ich kann aber nicht ...«

»Du kannst es, weil du *mußt*.«

»Aber wie? Sag mir doch einfach, *wie*!« Ich schlug mit der flachen Hand auf die Tischplatte.

»Hey-hey, ganz ruhig!« Scandal schlitterte ein wenig rückwärts. »Du mußt doch nicht gleich das Mobiliar zu Kleinholz schlagen, nur weil du dich aufregst. Ich bin sicher, dieses Tischchen ist unbezahlbar. Hast du es dir mal genau angesehen?«

Mein Blick folgte automatisch der Bewegung seiner Pfote, mit der er auf den Tisch wies. Dieser war tatsächlich ein Schmuckstück. Seine Oberfläche war mit Intarsien aus wertvollen, seltenen Hölzern verziert. Ihre unterschiedlichen Maserungen und Farben formten ein Portait von Torquil, Acerbias Drachen. Ich würde diese Fangzähne jederzeit wiedererkennen.

»Wo hat sie ihn bloß her?« fragte ich mich laut.

»Wo hat wer was her? Oder wen? Aaach, du weißt schon, was ich meine. Wir Katzen haben's nicht so mit Grammatik.«

»Wo hat Acerbia ihren Drachen, Torquil mit Namen, bloß her?«

»Gebe mich geschlagen.« Scandal ließ sich auf die Seite fallen und gähnte mit eingerollter Zunge. »Heeresrestbestände? Wundertüte? Tombola?«

»Feen besitzen keine Drachen«, erklärte ich. »Normalerweise jedenfalls nicht. Das habe ich in Meister Thengors Kurs über *Geister aller Völker* gelernt. Er hat gesagt, daß Feen nicht genug Macht besitzen, um ein Wesen zu kontrollieren, das größer ist als ein Igel.«

»Er hat gelogen. Nimm nur Wulfdoth zum Beispiel. Er ist viel größer als ein Igel.«

Ich fuhr fort, laut nachzudenken. »Meister Thengor hat es *Macht* genannt, aber heute weiß ich, daß er Magik meinte. Er hat nie ein Wort über Magik verloren, bis wir unter Beweis stellten, daß wir die Fertigkeit und das Wissen hatten, mit ihr umzugehen.«

»Dir hat er niemals etwas über Magik erzählt, wenn ich mich da richtig erinnere«, kommentierte Scandal langsam und genüßlich.

Ich ignorierte die Spitze. »Acerbia besitzt nicht genügend angeborene Magik, um einem Drachen zu befehlen; trotzdem ist Torquil hier, und ganz eindeutig gehorcht er ihr. Das kann nur bedeuten, daß Acerbia einen Weg gefunden hat, mehr Magik aufzutreiben *und* diese dazu zu bringen, sich mit der Magik, die sie schon vorher besaß, zu vertragen. Wenn sie das tun konnte, dann kann ich es auch.«

»Hipp-hipp-hurra darauf«, kommentierte Scandal meine Schlußfolgerung. »Aber *wie* hat sie es geschafft? Also: Geh in das Gefängnis, begib dich direkt dorthin, gehe nicht über ›Los‹, ziehe nicht viertausend Mark ein.«

»Acerbia sammelt keine Marken«, sagte ich. »Acerbia sammelt *Bücher*.«

Kurze Zeit später kroch ich auf Händen und Knien und verrenkte mir den Hals, um durch eine der kleinen Türen in der Wand zu schielen.

»Sie führt in die Bibliothek!« rief ich aus.

»Also?« Scandal leckte gerade seine zweite Schüssel Gaffee auf.

»Also erinnerst du dich noch, was du mir vorhin gesagt hast? Daß es vielleicht etwas in der Bibliothek gibt, was mir helfen kann, die Kontrolle über meine Magik zurückzubekommen? Und nun weiß ich, daß es auf Acerbias Regalen noch mehr gibt als *Zärtlicher Zentaur, zügelloser Zentaur*. Die Antwort ist *da drin* zu finden! Es muß einfach so sein! Acerbia benutzte dieses Wissen, um ihre eigene Macht zu vergrößern und Torquil zu kontrollieren. Wir brauchen es bloß zu finden.«

»Korrektur: Zuallerst müssen wir uns umsehen und eine Flasche finden, auf der steht: ›Trink mich‹.«

Ich schaute über meine Schulter. »Was?«

»Oder vielleicht einen Kuchen, der sagt: Beiß in mich ›rein‹. Was auch immer es war, das einen Kerl wie dich schrumpfen läßt. Es ist halt schon eine Weile her, daß ich *Alice im Wunderland* zum letzten Mal gesehen habe. Mein lieber Parzival, Acerbia könnte den heiligen Gral da drin haben, und was würde es dir nutzen? Du kommst einfach nicht durch diese winzige Tür!«

»Ich nicht. Du schon.«

Es dauerte eine Weile und erforderte eine langwierige Diskussion, aber schließlich hatte ich Scandal und Mysti überzeugt, durch den niedrigen Durchgang zu kriechen und ein Buch aus Acerbias Bibliothek nach dem anderen herbeizuschaffen. Scandals Lesefertigkeit war so la-la, aber Mysti konnte ihm helfen, unter den Titeln eine Vorauswahl zu treffen, damit ich nur die Bücher durchsehen mußte, die für meine Zwecke am vielversprechendsten erschienen.

»Das beweist im übrigen auch, daß sie keine echte Katze ist«, informierte ich Scandal. »Echte Katzen können nämlich nicht lesen.«

»Wozu muß man Bücher lesen, wenn man Gedanken lesen kann?« konterte der Kater. »Die Illustrationen sind besser, Gedanken sind nie vergriffen, und du würdest niemals glauben, was man alles an den schmutzigen Stellen finden kann!«

Sorgfältig ging ich die Ansammlung winziger Bücher durch, bis ich eine Auswahl von vier Exemplaren getroffen hatte, die möglicherweise die Informationen enthielten, nach denen ich suchte.

»Scandal, geh in die Bibliothek zurück und bring mir den Wasserbehälter, der dort auf einem Tisch steht.«

»Bist du durstig, Bwana?«

»Mach schon! Und paß auf, daß du keinen einzigen Tropfen verschüttest.«

Der Kater verschwand und sang ein Lied vor sich hin, das von jemandem handelte, der heute dies und morgen das verlangte. Er kam zurück und trug den Behälter mit den Mikrofischen vorsichtig in seinem Maul. Ich nahm ihm das

Aquarium ab und stellte es zu den Büchern, die ich ausgewählt hatte, auf den Tisch, dann zog ich den Ausleihstab aus meiner Kragenspitze.

Scandal sprang wieder auf den Tisch. »Was hast'n damit vor, Kumpel? Willst du die heiße Luft aus ein paar Anwälten rauslassen?«

»Beobachte und lerne!« sagte ich und fuchtelte mit dem Zauberstab über dem Mikrofisch-Aquarium umher.

Scandal schnüffelte an dem sprudelnden Wasser. Seine Nase begann zu beben.

»Ha ... ha ... haaaa ...!«

»Scandal, *nein!*«

»Haaa ... tschi!«

Wassertropfen sprühten rings umher.

Das Zimmer erzitterte unter einem Laut, der klang, als hätte eine Milliarde Rosen gleichzeitig beschlossen, aufzublühen. Bevor einer von uns sich auch nur bewegen konnte, standen wir bis zu den Hüften in Büchern und Fischen.

»Sagt noch nicht einmal jemand ›Gesundheit‹?« beschwerte sich Scandal und wischte sich mit einer Pfote die Nase.

KAPITEL 22

»Hast du's schon gefunden?« fragte Scandal mit einem Unterton der Verzweiflung.

Ich schubste ihn beiseite. »Ich suche noch, ich suche noch! Du stapelst weiter diese Fische.«

»Wohin denn?« Er schlug wie rasend mit den Vorderpfoten umher. »Hier sind viel zu viele Bücher. Viele Fische liegen immer noch darunter.«

Ich sah ungehalten von dem Buch auf, das ich gerade studierte. »Um Wedwels willen, wir können sie hier nicht liegenlassen. Wenn wir sie nicht zurück ins Wasser bekommen, werden sie sterben und mit ihrem Gestank das ganze Zimmer verpesten, und dann wird Acerbia wissen, was wir getan haben.«

»Als ob sie's nicht erraten würde, wenn sie versucht, hier hereinzukommen und die halbe Kongreß-Bibliothek die Tür blockiert.«

»Scandal, laß mich zufrieden, ich habe zu tun. Ich kann mich nicht konzentrieren, wenn du mich anjammerst. Diese ganze Sauerei ist sowieso allein deine Schuld.«

»Jetzt hörst du dich schon an wie König Wulfdoth«, behauptete der Kater kalt.

»Räum ... die ... Fische ... weg!«

»Weißt du eigentlich, was du von mir verlangst? Ich bin nur eine Katze. Ich habe nicht einmal Daumen!«

Ich lehnte mich zurück und bedeckte meine Augen. »Staple sie in einer Ecke, friß sie auf, spiel meinetwegen Haxi-Chaxi mit ihnen; es ist mir völlig egal, was du mit ihnen tust, solange du sie aus dem Weg räumst. Warum läßt du dir nicht von Mysti helfen?«

»Äh, em, ja, also ... Egal. Ich schaff' das schon. Mysti schläft, und ich glaube nicht, daß ich sie wecken ...«

»NJIAUROOOWWWW!« Ein Bücherberg bewegte sich und fiel in sich zusammen, als Mysti sich aus ihrer Schlafhaltung entrollte. Sie streckte sich träge, machte einen Buckel und richtete sich auf.

Sie war so groß wie Nintari.

Mysti setzte sich und zerquetschte dabei ein paar Fische in eine Masse aus Schuppen, Gräten und Bah-in-was-bin-ich-da-nur-reingetreten. Das raspelnde Geräusch, das ihre Zunge machte, als sie sich ihre Vorderpfote leckte, klang wie eine Feile, die über einen Ledersattel fährt. Sie verlor bald das Interesse am Bad und fixierte mit ihren glühenden Augen Scandal.

»JOWOOAUUUU?« maunzte sie und legte ihren Kopf auf die Seite. »OROOONJAU?«

Die Worte waren anders, aber der drängende und bittende Unterton war der gleiche. Ich erkannte ihn jedenfalls auf Anhieb.

»Scandal, sie ... ich glaube, sie flirtet mit dir.«

»Ich ... weiß.« Der Kater schloß seine Augen und kuschte. »Du bist der Zauberer, Chef. Mach, daß es weggeht.«

»Du meinst, sie ist jetzt ... so, wie du gesagt hast, daß sie nach einer Weile sein würde? Dieser Zustand, den Katzen nicht ein- und ausschalten können wie wir Menschen?«

»Glaub mir, im Moment würde ich sieben meiner acht verbleibenden Leben für einen großen ›Aus‹-Schalter auf diesem Kätzchen eintauschen.«

Er öffnete ein Auge einen Spaltbreit und schloß es wieder, nachdem er einen schnellen Blick auf Mysti geworfen hatte, die in all ihrer pelzigen Pracht noch immer vor ihm stand.

»UUUURRRRUUUU!« schmachtete sie ihn an.

Ich war verwirrt. »War es nicht das, was du wolltest?«

»Nicht ... wirklich. Nicht jetzt. Und schon gar nicht *so!*« Seine Schnurrhaare hingen schlaff und leblos herab. »Sieh sie dir doch an. Sieh sie dir doch einfach an! Um Himmels willen, das ist einfach zu viel für einen einzigen Kater!« Er bedeckte seine Nase mit seinen Pfoten und murmelte: »Jetzt kann ich mir vorstellen, wie du dich fühlst, seit du mit ihr verheiratet bist. Ob als Katze oder Hautsack, diese Mysti ist eine ganze Menge Frau!«

»Scandal, warum legt sich Mysti jetzt auf ihren Bauch und macht diese Bewegungen vor- und rückwärts?« fragte ich.

Scandal jaulte voller Schrecken auf und versteckte sich unter dem Tisch.

Damit stand fest, daß ich auf mich allein gestellt war. Ich wandte mich wieder den Büchern zu, aber es gab einfach viel zu viele davon. Die vier, die ich mir ausgesucht hatte, waren von der Lawine verschüttet worden, die Scandals Nieser ausgelöst hatte. Wenn ich ein Buch fand, das ich nicht gebrauchen konnte, dann gab es kaum einen Platz, an den ich es legen konnte, ohne andere Bücher zu verdecken oder ein paar Fische zu zerquetschen. Auf ein Buch war ich bereits dreimal gestoßen und hatte es jedesmal wieder durchgesehen.

Ich tätschelte das kleine Aquarium. »Wenigstens ist dir nichts zugestoßen«, sagte ich zu ihm.

Ich berührte versuchsweise ein Buch mit dem gut abgetrockneten Ende meines Ausleihstabes, in der Hoffnung, es würde auf Puppenstubengröße schrumpfen und mir aus dem Weg sein. Natürlich hatte ich kein Glück. Ich stieß den nächsten Mikrofisch mit dem Stab an, und er schrumpfte, bis er als fast unsichtbarer Punkt auf der Tischplatte lag. Dann nahm ich ihn vorsichtig mit der Fingerspitze auf und ließ ihn in das Aquarium zurückfallen.

Ich überdachte unsere verzweifelte Situation ein weiteres Mal. Ich konnte meine Zeit entweder darauf verwenden, einen Mikrofisch nach dem anderen zu verkleinern und in das Aquarium zurückzutun, oder ich konnte die Bücher über Zauberer und Magie weiter durchsuchen und hoffen, einen Weg zu finden, das ganze Problem mit einem einzigen Umkehrspruch zu beseitigen.

Darüber hinaus gab es natürlich die Möglichkeit, den Kopf zu verlieren und voller Panik zwischen beiden Plänen hin- und herzuüberlegen und nichts zu erreichen. Die Mikrofische würden sterben, die Bücher wären immer noch eine Gefahr, Mysti würde eine pferdegroße Katze bleiben, ich würde meine Magik nie wieder kontrollieren, und Acerbia würde alle meine Pickelprobleme dadurch beseitigen, daß sie mir die Haut abzog, sobald sie mich erwischte.

Ja, das erschien mir als besonders angenehme Lösung.

»RRRRRRUUUUNNNJAAAARRRR?« Mystis Schreie wurden immer lauter und drängender. Sie klang so klagend, daß ich beschloß, die Bücher noch etwas warten zu lassen. Ich ging zu ihr und kraulte sie hinter einem Ohr. Egal wie groß sie nun war, sie genoß immer noch die einfachen Vergnügen.

»Es tut mir leid, Mysti«, erklärte ich ihr. »Ich konnte doch nicht wissen, daß die Mikrofische auch auf Leute wirken würden.«

Ich dachte über die Worte nach, die mir gerade über die Lippen gekommen waren, und überlegte laut: »Aber einige der Fische müssen doch auch mich getroffen haben – ich stand ja viel näher am Aquarium, als Scandal geniest hat. Ich frage mich, wieso ich nicht in einen Riesen verwandelt wurde. Oder Scandal.« Ich kaute auf dem Rätsel und meinen Fingernägeln. »Hat wohl was mit Magik zu tun, denke ich.«

»Mit Logik«, kam eine Stimme unter dem Tisch hervor. Scandal streckte seine Nase hervor und hatte ein wachsames Auge auf Mysti, während er sprach.

»Benutze Logik, Kendar. Gesunden Menschenverstand. Sag nicht einfach: ›Ach, das hat mit Magik zu tun, dann gibt es keine Erklärung dafür.‹ Das ist zu einfach. Du hast eine kluge Frage gestellt und bist klug genug, um auch die Antwort zu finden.«

»Wie kommst du auf die Idee, daß ich klug bin?«

»Weil du klug genug warst, die Frage zu stellen.«

»Nuuunnn …« Ich zögerte – ich hatte genug zu tun, ohne daß ich zusätzlich versuchte, unlösbare Rätsel zu lösen –, aber ich wußte, daß Scandal mir niemals seine Schlußfolgerungen verraten würde, wenn ich nicht mitspielte. »Mit Logik?«

»In der Tat, Captain.« Eine von Scandals Augenbrauen hob sich. »Ich nehme an, Sie werden den Vorgang … faszinierend finden. So! Beginnen wir mit der Formulierung der Frage. Benutze einen HB-Bleistift Nr. 2. Nicht beide Seiten des Blattes beschreiben.«

»Also schön. Die Mikrofische funktionierten bei Acerbias Büchern und bei Mysti, aber weder bei dir noch bei mir.«

»Ein guter Anfang. Auch nicht beim Mobiliar oder dem Fußboden oder irgend etwas Ähnlichem. Jetzt mußt du herausfinden, was Acerbias Bücher und Mysti gemeinsam haben und was sie von den anderen Sachen, uns eingeschlossen, unterscheidet, dann hast du deine Antwort.«

Ich dachte darüber nach. Ich versuchte es, so ernsthaft und intensiv, wie ich konnte, aber es führte zu nichts. Es war allerdings auch nicht sehr einfach, nachzudenken. Mystis jodelndes Jaulen und das Flapp-Flapp der sterbenden Mikrofische lenkten mich einfach zu sehr ab.

»Es hat keinen Sinn«, sagte ich. »Das hat zu sehr mit Magik zu tun.«

»Genau, Captain.« Scandal bog seine Ohren nach vorn.

»Was ...?«

»Du hast die Antwort gefunden.«

»Ich hab' doch nur wiederholt, daß es mit Magik ...« Ich verstummte. Magik! Sterbliche konnten sie erwerben, aber Wesen wie Acerbia und Mysti (und wahrscheinlich auch die Mikrofische) wurden damit geboren. Acerbias Magik war der meinen zugleich ähnlich und von ihr verschieden, genauso wie Scandal und Mysti (in Katzenform) auch ähnlich und voneinander verschieden waren.

»*Es hat mit der Magik zu tun!*« rief ich triumphierend. »Acerbias Magik. Ihre Zaubersprüche liegen auf ihren Büchern, ihren Mikrofischen und auf Mysti, seit die Arme diese Verwandlung abbekommen hat. Aber auf uns oder dem Mobiliar oder der Burg liegt kein Zauberspruch. Das ist es; das *muß* es sein!«

»Captain, es besteht kein Grund, derart emotional zu reagieren«, sagte Scandal. »Ein solches Verhalten ist nicht logisch.«

»Ist es wohl! Und hör auf, mich ›Captain‹ zu nennen!«

»'tschuldigung, Kumpel.« Scandal grinste. »Ich verwechsle dich halt manchmal mit meinem früheren Menschen. Deine Antwort ist komplett logisch, und ich würde meine letzte Sardelle darauf verwetten, daß sie auch richtig ist.«

»Ich habe die richtige Antwort gefunden?« vergewisserte ich mich; schließlich hatte ich den Großteil meiner Zeit an der Akademie damit verbracht, die falschen Antworten zu finden. Ich hätte mich wahnsinnig über den Unterschied freuen sollen, konnte es aber nicht. »Na toll. Jetzt wissen wir, wie wir in diesen Schlamassel gekommen sind, aber immer noch nicht, wie wir wieder herauskommen.«

»Das steht ja im Buch.« Scandal schien nicht weiter besorgt zu sein.

»Welchem Buch?« schrie ich und breitete meine Arme aus, als könnte ich das ganze Chaos, das das Zimmer füllte, damit umfassen.

»Dem einen, das du brauchst«, sagte der Kater, immer noch völlig ungerührt.

Ich konnte förmlich spüren, wie aus meinem Kragen Dampf entwich. »Und welches Buch soll das sein? Wo werde ich es finden?«

»Wie ich schon sagte, Kendar: Immer logisch bleiben.«

Ich stieß herab und packte Scandal beim Nackenfell, dann zog ich ihn unter dem Tisch hervor. Ich hielt ihn so, daß er mir ins Auge schauen mußte, und versprach: »Wenn du deine Andeutungen nicht augenblicklich etwas besser erklärst, dann werde ich dich Mysti vorwerfen. Erscheint dir das logisch?«

Der Kater wand sich. »Nein, Chef! Das nicht! Alles, nur das nicht! Du Ratte, du dreckige Ratte, ich werde reden! Ja, ich singe. Aber erzählt meinem kleinen Bruder nicht, daß ich gesungen habe. Er wird sonst denken, daß ich Angst habe. Aber ich habe keine Angst! Ich werde auch nicht reden! Ich bin kein Verräter, du dreckiger Mistkerl! Nein, nein! Der große Scandal ist kein ...«

»Fang, Mysti!« rief ich und holte zum großen Katzenwurf aus.

»*Sie sitzt drauf!*« schrie Scandal.

Ich entspannte mich und sah ihn an. »Hat die Logik diese Antwort geliefert?«

»Ach, komm schon, Bwana, das wüßtest du, wenn du darüber nachgedacht hättest. Wann immer du zu Hause etwas Wichtiges lesen mußtest oder einen besonderen Brief abschicken wolltest, was passierte dann?«

Ich setzte Scandal zurück auf den Tisch. »Ich konnte ihn nicht finden.«

»Und erinnerst du dich auch, warum du ihn nie finden konntest?«

»Weil ... weil ...« Meine Fingernägel bekamen noch eine oder zwei Scharten. »Weil du immer draufgesessen hast!« Ich zeigte anklagend auf den Kater.

»Ge-nau! Das ist eine der Allerletzten Wahrheiten. Immer, wenn einer von euch Hautsäcken etwas wirklich Wichtiges sofort haben muß und es nicht finden kann, dann kann er das Unterste zuoberst kehren und sich die Augen aus dem Kopf suchen, die Katze sitzt immer mit ihrem Hintern drauf. Punkt.« Scandal schämte sich kein bißchen. »Nenn es Instinkt, nenn es Besessenheit, nenn es eine heilige göttliche Aufgabe für alle Katzen – es ist und bleibt so. Hey, was soll ich sagen?« Er zuckte mit den Schultern. »Für uns Katzen ist es einfach die normalste Sache auf der Welt.«

Ich schaute Mystis Rumpf an. Es würde jemand Kräftigeren als mich brauchen, sie zu bewegen.

»Mysti, würde es dir etwas ausmachen, kurz aufzustehen?« fragte ich höflich.

»MIAUUUU!« Sie ruckte vor und zurück und knetete den Fußboden mit ihren Vorderpfoten, aber sie wich kein Stück zur Seite.

»Bitte, Mysti, du mußt jetzt aufstehen, damit ich ein Buch finden kann. Das wird mir helfen, dich in deine alte Gestalt zurückzuverwandeln!«

Die riesige schwarz-weiße Katze schnurrte nur. Es war, als stände ich neben einem pelzigen Erdbeben.

Scandal seufzte. »Vergiß es, Knigge. Man kann mit den Mädels nicht reden, wenn sie in *dem* Zustand sind. Laß mal, ich übernehme die Sache. *Morituri te salutant*.« Er stellte sich auf die Tischplatte, öffnete den Mund und rief: »KOOOMMMMIAUU! HHHHIIIERBIIIINICH!«

Mysti war auf den Füßen und bis auf die letzte Faser ihres Körpers gespannt, noch bevor die letzte Note seiner Serenade verklungen war. Ich griff rasch nach dem Buch, das sich dort befand, wo Scandal vorausgesagt hatte.

»Ich hab' es!« rief ich ihm zu.

»Bast sei Dank!« rief er zurück und duckte sich, um aus Mystis Reichweite zu kommen. Die große Katze sank neben dem Tisch nieder und wirkte außerordentlich enttäuscht.

Ich blätterte das Buch durch und las einige Passagen quer. Das war keine angenehme Aufgabe, weil der Einband mit zermatschtem Mikrofisch beschmiert war. Ab und zu äußerte sich Scandal mit einem: »Isses das richtige, Chef? Isses das? Das isses doch, oder?« Ich hatte keine Zeit, ihm zu antworten, zu sehr war ich in das Buch vertieft.

Am Ende schloß ich es und lehnte mich mit einem Seufzer zurück. »So, das war's.«

»War was?« wollte der Kater wissen und stupste mit einer Pfote vorsichtig mein Bein an.

Ich antwortete nicht. Statt dessen hielt ich den Ausleihstab zwischen den Fingern und strich mit meiner freien Hand daran entlang. Magik leuchtete blaß auf, und schon hielt ich einen Zauberstab aus Metall in voller Länge in der Hand. Er sah nicht mehr wie eine Nadel aus, nicht einmal wie eine sehr große. Das flache Ende wurde nun von einem Diamanten gekrönt, der so groß war wie ein Rosinenbrötchen. Das spitze Ende sah so aus, als würde es besser zu einem Meuchelmörder passen als zu einem Zauberer. Zwischen den beiden Enden war ein silberner Schaft, in den ein Muster aus umhertollenden Eidechsen graviert war. Ihre Augen bestanden aus blitzendem schwarzen Onyx. Ich hielt den Stab auf Armeslänge von mir weg und wartete Scandals Reaktion ab.

»Cooooool«, sagte er.

»Ich kann's!« sagte ich, mehr zu mir als zu ihm. »Ich hab's getan! Die Magik in mir hängt nun zusammen, und ich kann sie wieder dazu bringen, mir zu gehorchen.« Ich starrte den

Beweis an, den ich in der Hand hielt. Der Diamant funkelte, und die Eidechsenaugen blinzelten.

»Wie hast du das gemacht, Bwana?«

»Später«, vertröstete ich Scandal. Ich erhob mich vom Tisch und wandte mich feierlich Mysti zu. »Komm her«, befahl ich ihr und machte dabei eine knappe Geste mit dem Zauberstab.

»Nein, das läßt du bleiben!« widersprach Scandal und schlenderte ins Freie. Er setzte sich zwischen mich und Mysti. »Jedesmal, wenn einer von euch Magikfritzen den Dreh rausfindet, benehmt ihr euch, als hätte sich der Himmel geöffnet und der liebe Gott selbst euch einen goldenen Stern auf die Stirn geklebt. Dann werdet ihr so hochnäsig, daß euch bei Regen Wasser in die Nase läuft, und mystisch und kurz angebunden und nicht-von-dieser-Welt-mäßig. Wenn ihr dann nicht aufpaßt, redet ihr nach einer Weile nur noch in *kryptischen Anmerkungen,* wenn ihr euch überhaupt noch herablaßt, zu gewöhnlichen niederen Sterblichen wie uns zu sprechen. *Mann, laß das sein!* Du hast kein Martyrium auf dich genommen und auch kein Gottesurteil bestanden. Du hast nicht einmal einen Freischwimmer. Du hast bloß herausgekriegt, wie etwas funktioniert. Also laß den Hokus-Pokus, David Copperfield, und *spuck's aus*!«

Ich hätte seine Rede zurückweisen können, aber Scandal war nicht nur mein Familiar; er war auch mein Freund.

»Bitte warte einen Moment, Mysti«, sagte ich, nahm den Kater hoch und setzte ihn neben dem Buch, das mir so viele Geheimnisse preisgegeben hatte, auf den Tisch. »Die Antwort ist hier drin«, eröffnete ich ihm.

Er öffnete das Buch mit einer Pfote, um das Titelblatt zu sehen. *»Hexerei und alleinstehende Damen«,* las er vor. »›Der Leitfaden für alle Feen – Wie Ihr Euch mit Flüchen Euren Weg in die Heirat ebnet.‹ Sag mal, Chef, bist du denn sicher, daß in diesem Buch steht, wie man ...?«

»Es steht nicht in dem Buch, sondern es liegt«, sagte ich und blätterte durch die Seiten, bis ich gefunden hatte, was ich suchte.

Eine kleine Karte lugte zwischen den Seiten des Kapitels

über ›Echte Männer küssen keine Frösche: Wie Ihr seine anderen Freundinnen in Amphibien verwandelt‹ hervor. Entweder hatte Acerbia sie als Lesezeichen verwendet oder einfach dort vergessen. Ich gab sie Scandal.

»Es ist eine Mitgliedskarte der Anonymen Meister der Magik«, erklärte ich ihm. »Ihr Zwölf-Stufen-Programm ist darauf abgedruckt. Im Grunde sagt es aus, daß man immer nur eine Zauberformel auf einmal probieren soll.«

Scandal legte seine Ohren an und schaute zweifelnd drein. »Na ja, wenn's deinen Zauberstab zum Wedeln bringt. Wenn's bei dir funktioniert hat, super!«

»Ich glaube, daß es bei mir geklappt hat.« Ich sah Mysti an. »Es gibt einen Weg, es mit Sicherheit herauszufinden.«

»AAAAARRRRRRUUUUUUU!« Mysti trampelte mit ihren Hinterpfoten auf der Stelle. Sie hörte sich an, als hätte sie starke Schmerzen.

»Also los, Chef«, befahl Scandal. »Und *avanti*!«

Ich zielte mit dem Zauberstab zwischen die Augen der riesengroßen Katze.

»Ich kann es, ich kann es, ich kann es«, flüsterte ich, und konzentrierte alles, was in mir steckte, auf den großen Diamanten am Ende des Stabes. Ich spürte, wie etwas Heißes in meiner Magengrube aufstieg und über meinen Arm auf den Zauberstab übersprang, bevor es den Abstand zwischen mir und Mysti überwand. Ihr Mund öffnete sich zu einem lautlosen Schrei. Dann schmolzen ihr Fell und ihre Fangzähne zu einem glühenden Klumpen zusammen, der vor meine Füße rollte. Als das Glühen verblaßte, lag dort Mysti, wie sie vor der Verzauberung durch Acerbia gewesen war.

Scandal trottete zu ihr und schnüffelte am maskierten Gesicht der bewußtlosen Welfie. »Und das nächste Mal dann ein wenig ruhiger, Houdini. Du benutzt zuviel verständliche Wörter. Kopf beugen, Arme gerade und immer schön auf die Kristallkugel schauen. Die Operation gilt nicht als gelungen, wenn der Patient stirbt.« Er sprang zurück auf den Tisch.

Ich kniete mich neben Mysti und legte ihren Kopf in meinen Schoß. »Ist mit dir alles in Ordnung?« fragte ich besorgt. Ihr Kopf rollte von einer Seite auf die andere, und sie stöhnte. »Habe ich dich verletzt?«

»Oh, ich hoffe, daß du ihn nicht verletzt hast.« Plötzlich tauchte Acerbia mit weitestmöglich ausgebreiteten Schwingen direkt über uns auf. Ihr eigener Zauberstab brannte in einem blendenden Weiß. »Meine Güte, welche Überraschung. Ich habe doch wirklich geglaubt, du wärst nicht mehr, als du zu sein vorgabst, Kendar. Dabei braucht die Welt wirklich noch ein paar niedlich aussehende Idioten. Aber daß du ein Zauberer bist, und dann noch in deinem Alter ...! So jung schon so viel erreicht zu haben!« Sie hob ihre Arme hoch, und alle Bücher und Mikrofische verschwanden. (Nur das kleine Aquarium blieb auf dem Tisch stehen. Aus den Augenwinkeln konnte ich sehen, wie Scandal es verstohlen verschob, bis es unter seinem Bauch und hinter seinen Vorderpfoten versteckt war.)

»Es ist schade«, fuhr die Fee mit eiskaltem Blick fort, »es ist wirklich jammerschade, daß du so jung – und so schmerzhaft – sterben wirst!«

KAPITEL 23

»Es zeugt von schlechten Umgangsformen, wenn man stirbt, ohne vorher alles zurückzugeben, was man sich ausgeliehen hat«, sagte Acerbia und deutete mit ihrem Zauberstab auf meinen. »Den nehme ich.«

»Das glaube ich kaum.« Meine Handflächen schwitzten zwar, aber die silbernen Eidechsen machten den diamantgekrönten Stab sehr griffig.

»Man widerspricht einer Dame nicht.« Der Blick der kleinen Fee richtete sich auf Mysti. »Aha, ich sehe, daß unser kleiner Zauberer schon ganz fleißig gewesen ist. Gute Arbeit. Du mußt über eine große Menge an Magik verfügen, um einen meiner Zaubersprüche aufheben zu können.«

»Ich habe genug, um auf mich achtgeben zu können«, sagte ich. Ich fühlte mich unbehaglich. Was sollte dieser Hickhack? Warum griff sie nicht endlich an? Ich hatte miterlebt, wie sehr Acerbia es genossen hatte, mit Wulfdoth Katz und Maus zu spielen. Was hatte sie nun für mich auf Lager?

»Ich denke, ich sollte dich dann auch *Meister* Kendar nennen. Kendar ist doch dein richtiger Name?«

Ich nickte.

»Gut. Da du mich in so vielem belogen hast, hielt ich es für das Beste, nachzufragen.« Sie schwang ihren Zauberstab, worauf eine aufgedunsene, rosagepunktete Wolke hinter ihr erschien. Sie setzte sich darauf und schwang ihre Beine vor und zurück wie ein kleines Mädchen, das auf einer Schaukel sitzt.

»Ich sollte nicht so nachtragend sein, *Meister* Kendar«, fuhr sie fort. »Meine Tochter redet sehr gut von dir.«

»Anisella ist also tatsächlich deine Tochter?«

»Meine und Wulfdoths, aber ja. Wir Feen haben nicht häufig Kinder miteinander – es gibt ohnehin schon genug von uns –, und noch seltener haben wir halbmenschliche Kinder. Ich weiß immer noch nicht, wie ich die Gefühle beschreiben soll, die ich hatte, als mir klar wurde, daß ich ein Kind bekommen würde.« Sie stützte gedankenverloren ihr Kinn auf den Stern an ihrem Zauberstab. »Ich glaube, ›angewidert‹ trifft es am besten.«

»Du wolltest kein Kind?« Ich war schockiert. Mutter war verrückt nach Säuglingen. Sie hatte Lucy und Basehart und mir immer wieder erzählt, wie sehr sie sich wünschte, noch mehr und mehr Babies zu bekommen – nur daß Vater immer auf lange Jagdausflüge ging. Dann pflegte sie zu seufzen und zu sagen: »Wenigstens war Wedwel so gütig, mich mit zwei normalen Kindern zu segnen.« Sie war nie sehr gut im Rechnen ... hoffe ich.

»Mein lieber Junge, was siehst du mich so erstaunt an?« fragte die Fee. »Habe ich etwas derart Schlimmes gesagt? Du bist ja selbst kaum aus den Windeln. Woher willst du wissen, welche Last Kinder sind?«

»Für dich vielleicht.« Mysti setzte sich auf. Ihre Augen loderten hinter der schwarzen Maske. »Wir Welfies wissen unseren Nachwuchs zu schätzen!«

Acerbia rollte mit den Augen. »Ihr Welfies schätzt Eicheltassen und Pilze«, höhnte sie. »Meine Güte, ihr *wohnt* ja sogar in Riesenpilzen! Wer sonst sollte Kinder für das lieben, was sie sind: laute, selbstsüchtige, rücksichtslose, grausame Kreaturen, die stets im Mittelpunkt stehen und ihren Willen durchsetzen wollen und schmollen, wenn nicht alles nach ihrer Nase läuft?«

»Aber nun genug von dir«, schnurrte Scandal.

Glücklicherweise hörte die Fee seinen Kommentar nicht und fuhr fort: »Natürlich konnte ich mich nicht um ein Kind kümmern. Wulfdoth würde eher einen eingefetteten Spiegel festhalten als den Thron, wenn ich ihm nicht helfen würde. Sobald also an meinem Zustand kein Zweifel mehr bestand, teilte ich ihm mit, daß ich kurzfristig Urlaub bräuchte. Meine Entschuldigung war eine lange diplomatische Reise auf die Oberseite, um allen dortigen Herrschern handbemalte Bierkrüge als Erinnerungsstück an Wulfdoths Krönung zu schenken. Anisella wurde geboren, als ich in Gladderadatsch war. Nachdem diese *unangenehme* Episode überstanden war, war es nicht schwierig, ein kinderloses Ehepaar zu finden, das das Kind für mich aufzog.«

»Weißt du was?« unterbrach ich sie. »Nach allem, was du so über Kinder erzählst, wundert es mich überhaupt nicht mehr, daß du auf deine eigene Tochter einen Fluch gelegt hast.«

Acerbia schnaubte verächtlich. »Deine Weisheit ist ungefähr so tief wie ein ausgetrockneter See. Verstehst du nicht? Ich wurde *herausgefordert*, sie zu verfluchen. Das war nicht im geringsten meine Schuld!«

»Warum wußte ich bloß, daß sie das sagen würde?« fragte Scandal.

»Anisella war halb Fee und halb Mensch«, sagte Acerbia. »Kinder wie sie bleiben halb und halb, bis sie erwachsen sind.«

»Erwachsen ist kein Wort, das ich im Zusammenhang mit Anisella benutzen würde«, grummelte Mysti so leise, daß ich wahrscheinlich der einzige war, der die Bemerkung hörte.

»Du weißt, was sie meint«, zischte ich zurück, als ich ihr half, sich aufzurichten.

»Wenn diese Zeit naht, muß eine bestimmte Zeremonie ausgeführt werden, wenn das Kind noch eine vollwertige Fee werden soll«, fuhr Acerbia fort. »Es handelt sich dabei nicht um eine angenehme Zeremonie; sie ist im Gegenteil unpraktisch, teuer, erschöpfend und schmutzig. Sie ist auch sehr schmerzhaft für das Kind. Ich gab Anisellas Pflegeeltern detaillierte Anweisungen, um sie durchzuführen. Ich stellte darüber hinaus sicher, daß sie reichlich mit Salben und Verbandsmaterial ausgestattet waren, die Anisella hinterher brauchen würde, und gab ihnen sogar noch Zaubertrünke gegen den Schmerz.«

»Also, ich weiß jetzt wenigstens, für wen ich als *Mutter des Jahres* stimme«, verkündete Scandal. »Das klingt ja besser als jede Beschneidungszeremonie.«

Acerbias seidige Augenbrauen senkten sich, als sie die

Stirn runzelte. »Sie haben die Zeremonie nicht rechtzeitig durchgeführt. Nachdem der Zeitpunkt verstrichen war, war es zu spät; Anisella mußte auf ewig ein Halbblut bleiben. Ich weiß nicht, was ihre Pflegeeltern dazu getrieben hat. Vielleicht dachten sie, daß sie das Kind für immer behalten könnten, wenn sie nicht zu einer Fee wurde. Sie jammerten irgendwelchen Unsinn darüber, wie gerne sie das Kind hatten! Die Nerven dazu zu haben! Aber denen hab ich's gezeigt! Der Heiratsfluch ist einfach brillant, wenn ich das so sagen darf.« Sie schniefte hochnäsig. »Sterbliche sind so selbstsüchtig.«

»Na, jetzt, wo ihr eine so tolle nette Familie seid, haben sich die Flüche doch wohl erledigt, oder?« fragte Scandal.

Acerbia plusterte sich auf ihrer rosa Wolke auf. »Hm? Oh! Ja, ich denke, daß ich den Fluch jetzt von ihr nehmen sollte. Welchen Nutzen hat man auch sonst von einer königlichen Prinzessin, wenn man sie nicht an einen mächtigen König verheiraten kann? Billiger kann Wulfdoth niemals militärische Unterstützung bekommen, und wenn wir unsere Karten richtig ausspielen, dann stirbt Anisellas Ehemann vielleicht früh, so daß wir sein Königreich dem unseren einverleiben können.«

Ihr Lächeln verriet mir genug, um das ›vielleicht‹ zu streichen.

»Netter Plan«, mußte Scandal anerkennen. »Ein Problem.«

»Ja?«

»Juchu! Mami!«

In ein in Blau und Gold glitzerndes Kostüm gekleidet, tänzelte Anisella in den Raum. Ihr Blick fiel sofort auf Mysti – ihren geliebten ›Klinge‹. Mit einem Freudenschrei sprang sie auf Mysti zu, um die maskierte Welfie zu umarmen. Nur ein geschickter Schritt zur Seite rettete Mysti vor einer Umarmung, die so eng gewesen wäre, daß ihre … ihr kleines Geheimnis schnell entdeckt worden wäre.

»Nenn mir das Problem«, forderte Acerbia selbstgefällig Scandal auf.

»Oh, Mami, danke!« plapperte Anisella und klatschte

dabei in die Hände. »Danke, danke, *danke*, daß du Klinge zurückverwandelt hast! Du bist die beste Mami auf der ganzen Welt, und ich liebe dich!«

Sie sprang auf Acerbia zu, und da Wolken längst nicht so schnell zur Seite weichen können wie Welfies, traf sie diesmal ihr Ziel.

»Uff, halt, geh sofort von mir runter!« Acerbia brach Anisellas Griff um ihren Hals. Ein Wolkenfetzen schrubbte die überschäumenden Küsse des Mädchens weg. »Meine Güte, Kind, du bist doch kein halbnacktes Straßenkind mehr! Du bist die Kronprinzessin von Wingdingo-Land! Versuche, immer daran zu denken und dich würdevoller zu benehmen.«

Anisella schaute zu Boden. »Ja, Mami.«

Die Fee sah ihre Tochter forschend an. »Das Kleid steht dir gut. Läßt es sich bequem tragen?«

»Es ist wundervoll!« rief Anisella überschwenglich. »Ich konnte doch bisher nie etwas aus Stoff tragen. Ist es verzaubert?«

»Es ist aus Spinnenseide. Meine eigene Garderobe ist nur aus diesem Material gemacht. Du kannst das grobe Zeug, das für gewöhnliche Leute gemacht wird, nicht vertragen. Das liegt an deinem Feenblut.«

»Weißt du, ich habe mich immer gefragt, woher das kam. Es war so schrecklich, keine Kleider tragen zu können wie die anderen kleinen Mädchen. Und hast du dir schon mal ausgemalt, wie schrecklich es ist, nur eine Kettenrüstung zu tragen – und das im Winter? Oh, ich liebe dieses Kostüm!« Sie wirbelte herum, daß der Rock umherflatterte. »Wie lieb von dir, es mir zu schenken, Mami. Ich habe schon immer ...«

»Anisella, hör auf zu plappern.«

Anisella hörte auf zu tanzen. »Ja, Mami.«

»Langweile mich nicht mit Geschichten aus deiner Vergangenheit. Wir haben alle unsere Probleme.«

Anisella ließ den Kopf hängen. »Ja, Mami.«

»Und vor allem: Nenn mich nicht ›Mami‹.«

»Aber du bist doch meine Mutter!« Anisella blickte auf. In ihren Augen glitzerten Tränen. »Oder ... etwa nicht?«

»Ich bin deine Mutter. Der Ministerpräsident deines Vaters ist ein Idiot. Aber er ist ein Idiot mit viel Geld und einer ganzen Reihe einflußreicher Verwandte. Seine Frau, die er verehrt, ist eine gewöhnliche Sülzbiene. Du wirst ihn trotzdem nicht ›Idiot‹ und seine Frau nicht ›Sülzbiene‹ nennen, und du wirst mich nicht ›Mami‹ nennen. Tatsächlich wirst du, solange du hier bei Hofe bist, niemanden so anreden, wie es ihm oder ihr wirklich zustände. Das ist die oberste Regel höfischer Etikette. Du kannst mich Acerbia nennen.«

»Ja, Ma... Acerbia.« Anisella schniefte. Sie tat sogar Mysti leid, und in einem Moment der Schwäche tätschelte sie Anisella die Schulter.

»Nicht weinen«, grollte sie mit ihrer ›Klinge‹-Stimme.

Das war kein kluger Zug. Anisella fuhr herum und brach an Mystis Schulter in Tränen aus.

Ich warf einen Blick auf Acerbias Gesicht, in dem alle Zeichen auf Sturm standen, und faßte meinen silbernen Zauberstab fester.

»Was geht hier vor?« König Wulfdoth hatte sich plötzlich zu uns gesellt. Seine Augen verengten sich, als er Mysti sah.

»Wer ist dieser Mann, und wieso hat er seine Arme um meine Tochter gelegt?« verlangte er zu wissen.

»Mach dir keine Gedanken, mein Lieber«, sagte Acerbia. »Bald wird er überhaupt keine Arme mehr haben.«

»Wird er doch!« Anisella warf den Kopf zurück. »Papi – ich meine, lieber König Wulfdoth – das ist Klinge, und ich werde ihn heiraten.«

»Nein, wirst du nicht!« schrien Acerbia, Wulfdoth, Mysti und ich gleichzeitig.

Anisella schmollte. Sie sah genauso aus wie ihre Mutter. Die Ähnlichkeit war beängstigend.

»Wieso denn nicht?« jammerte sie.

»Weil eine Königstochter den Mann heiraten muß, den ihre Eltern ihr aussuchen«, antwortete die Fee.

»Weil er nicht gut genug für mein kleines Mädchen ist«, antwortete Wulfdoth.

»Weil er schon verhei... ei-ei-ei – weil Sterbliche einen

Welfie nicht heiraten können, solange der Welfie nicht sein Welfietum aufgibt«, antwortete ich. »Erinnerst du dich?«

»He, toll aus der Affäre gezogen, Chef, ehrlich!« gratulierte Scandal mir.

»Weil ich nicht jemanden wie dich ...«

Mystis Einwand wurde von dem Geräusch übertönt, das entstand, als Anisella heftig mit dem Fuß auf den Boden stampfte. »Ich *kann* einen Welfie heiraten, ohne daß er sein Welfietum aufgeben muß! Meine Mutter ist eine Fee, und das heißt, daß ich gerade genug von ihrem Blut in mir habe, daß Klinge mich nach den Regeln heiraten kann.«

»Erster Treffer«, murmelte der Kater.

»Klinge ist feinsinnig, ehrenhaft, mutig und treu«, erklärte Anisella ihrem Vater. »Wenn ihn das nicht gut genug für mich macht, was dann?«

»Nun hör mir einmal zu ...«, begann der König.

Anisella glitt in seine Arme und begann, mit seinem Bart zu spielen. »Bittebittebitte, Papi?«

Der König brummelte ein wenig, gab aber schließlich nach: »Tja. Dann eben, wie du willst, mein Kind.«

»Und das Kind kämpft mit allen Tricks. Zweiter Treffer.« Scandal fächerte seine Schnurrhaare wie ein Pfau sein Gefieder.

Anisella ließ den Bart ihres Vaters los und richtete die Augen auf ihre Mutter. Sie klang auch in bemerkenswerter Weise wie die Fee, als sie sagte: »Wenn ich Klinge nicht heiraten darf, werde ich niemals irgend jemanden heiraten. Niemals. Zwingen kannst du mich nicht. Ich habe schon einmal einen Eid gegenüber Vlau, der Göttin der Einhörner, abgelegt und scheue mich nicht, das ein zweites Mal zu tun. Wenn ich der Göttin verspreche, niemals zu heiraten, wird sie mich beschützen, und du wirst trotz all deiner Zaubersprüche nicht das geringste daran ändern können.«

»Ich fürchte, sie hat recht, Liebes«, sagte König Wulfdoth behutsam. »Götter und Göttinnen schlagen Feen. Das steht in Meister Droons *Illustrierter Führer zu den Wesen, die alle viel mächtiger als bloße Sterbliche sind*.«

»Das brauchst du mir nicht zu sagen«, knirschte Acerbia.

»Mein Cousin Marshmellow ist ein Gott und läßt es keinen von uns auch nur für einen Augenblick vergessen. Na schön, wenn das Kind sich so wegwerfen will, bitte, soll sie doch!« Sie verschränkte die Arme und versank in die lauteste brütende Stille, die ich jemals gehört habe.

»Dritter Treffer, und das Kind hat alle Murmeln *und* den Wimpel gewonnen«, kommentierte Scandal. »Jetzt fährt sie nach *Disneyland!*«

»Klinge, ist das nicht wunderbar? Wir können heiraten!« Anisella griff erneut nach Mysti und umarmte erneut leere Luft.

Ich entschied, daß es an der Zeit und anständig wäre, dem armen Mädchen die schlechte Botschaft zu übermitteln. »Anisella, was dir Klinge damit sagen will, daß er sich stets deinem Griff entzieht, ist, daß ...«

»... Welfies ihre Verlobten niemals vor der Hochzeit berühren!« verkündete Mysti. »Es ist ein aus alter Zeit überlieferter und geheiligter Brauch meines Volkes. Von dem Augenblick an, da ich wußte, daß mein sehnlichster Wunsch erfüllt würde – daß meine geliebte Anisella meine Braut sein würde –, da schwor ich, daß ich keine Hand an sie legen würde, bevor wir nicht zu Welfie und Weib erklärt sind.«

Sie hauchte Anisella durch ihre Maske einen Kuß zu. Anisella kicherte, wurde rot und gurrte.

»Nehmt meinen Segen, meine Kinder«, sagte König Wulfdoth.

»Chef?« flüsterte Scandal. »Chef, alles okay? Chef, mach den Mund zu, sonst sabberst du auf den Teppich!«

KAPITEL 24

Die Verliese von König Wulfdoths Festung waren genauso sauber und ordentlich wie die Stadt zu den Füßen der Burg. Jede Bodenfliese glich in Form und Größe ihren Nachbarn, jede Zelle war exakt quadratisch, die Fackeln an den Wänden sahen sich ihren genauen Abbildern gegenüber, und in jeder Zelle waren genau vier Gefangene – menschlicher oder anderer Rasse –, jeder mit zueinander passenden Fesseln an eine Wand gekettet. König Wulfdoth beherbergte an diesem Ort gerade eine große Anzahl unwilliger und unglücklicher Gäste, als wir hereinschneiten.

Mysti, Scandal und ich streiften durch die Korridore, unserem Führer folgend, der einer der Gefangniswärter war. Er war ein pausbäckiger, gemütlicher Geselle, der sich erschöpfend über jede Sehenswürdigkeit ausließ, an der wir vorbeikamen.

»... und zu Eurer Rechten seht Ihr nun die berühmte Schluchzerzelle von Prinz Borith dem Relativ Schlecht Vorbereiteten.« Er wedelte mit der Hand in Richtung einer Zellentür, die genau wie Dutzende anderer auch aussah.

»Prinz Borith – ich meine, Ramses ist da drin?«

Ich spähte durch das Fensterchen in der Tür, sah dahinter jedoch nichts außer Dunkelheit. Die Zelle roch nach kaltem, altem Stein – nicht nach der Benutzung durch einen Menschen oder ein Schaf (oder beides).

Der Wärter kicherte. »Aber nein, Herr, nicht der Prinz Borith, der am nächsten Froschtag hingerichtet wird. In dieser Zelle war der *historische* Prinz Borith dreiundzwanzig Jahre lang eingesperrt. Zu seinem Gedenken lassen wir sie als einzige unbesetzt. Er war ein großer Soldat, Staatsmann, Gelehrter und Künstler und ein unwiderstehlicher Frauenheld. Zu seiner Zeit war er so populär, daß jede Familie ein

Kind nach ihm benannte – egal, ob Junge oder Mädchen, Mensch oder Tier –, und die Familien, die gerade kein Baby frei hatten, gaben den Namen einem Schoßtier oder einer Hauspflanze. Beim Großen Jahrmarkt von Loupgarou sorgte es natürlich für viel Verwirrung, wenn so viele Mütter alle gleichzeitig nach ihrem eigenen kleinen Borith riefen und die halbe Einwohnerschaft der Stadt auf ihren Ruf reagierte.«

»Wenn ihr Wingdings eure *populären* Prinzen für dreiundzwanzig Jahre einsperrt, dann möchte ich hier aber lieber nicht *un*populär sein«, kommentierte ich.

»Nun, seht, Herr, er war ja nur beim *Volk* populär. Und es ist nicht das Volk, das die Schlüssel zum königlichen Kerker hat, sondern der König. König Owmer war Prinz Boriths älterer Bruder, und nach Boriths fünfzehnter Siegesparade entschied er, daß genug genug sei. Er sagte zu seiner Frau, daß er Borith verhaften und in den Kerker werfen lassen wollte. Königin Ingigungobryth war eine mildherzige Frau und hegte – so ging das Gerücht – Borith gegenüber mehr als nur schwägerliche Gefühle. Sie schlich sich in seine Räumlichkeiten, um ihn zu warnen.«

»Aber sie kam zu spät, richtig?« vermutete Scandal. »Ich möchte wetten, daß König Owmers Soldaten durch die Tür brachen, bevor der arme alte Borith zum Schwert greifen konnte.«

Der Wärter schüttelte den Kopf. »Nein, sie warnte ihn zwei Tage, bevor König Owmer zuschlagen wollte. Prinz Borith bedankte sich herzlich bei ihr, sagte, daß er auf ewig in ihrer Schuld stünde, und fragte sie, ob sie wüßte, wie bezaubernd sie in ihrem neuen Kleid aussähe. Sie waren immer noch mit dem Pflücken von Gänseblümchen beschäftigt, als König Owmers Männer – wie geplant – zwei Tage später angriffen.«

»Eine traurige Geschichte«, sagte Mysti und versuchte dabei, mannhaft zu klingen. »Und so warf man Prinz Borith in seine Zelle, wo er die nächsten dreiundzwanzig Jahre seines Lebens schluchzend verbrachte. Daher der Name.«

»Ich wünschte, ihr Touristen würdet endlich aufhören,

Geschichten zu erzählen, von denen ihr keine Ahnung habt«, entgegnete der Wärter. »Tatsächlich hat da drin niemals jemand geschluchzt. König Owmer befahl, daß Prinz Borith und Königin Ingigungobryth in die gleiche Zelle geworfen wurden, ja, das tat er. König Owmer war ein grausamer Mann. Er wollte Borith leiden sehen.«

»Indem er ihn mit der Königin zusammen einschloß?« Scandal stellte die Ohren auf. »Das klingt nach Leid, an das sich ein Kerl schon gewöhnen könnte.«

»Du hast ja auch nicht die Königin gekannt. Denn für die nächsten dreiundzwanzig Jahre hörte jeder patrouillierende Wärter, egal zu welcher Uhrzeit, am Tag und bei Nacht, die Stimme von Königin Ingigungobryth, wie sie dem armen Borith pausenlos Vorwürfe machte. Sie ließ dem armen Kerl nicht einmal eine Atempause, um ein einziges Widerwort zu geben, er kam nicht zum Schluchzen, nicht mal zum Seufzen.«

»Warum heißt sie dann Schluchzerzelle, obwohl da drin nie jemand geweint hat?« fragte ich.

»Nun, es wäre ja nur halb so – wie heißt das gleich? – *poetisch*, wenn man sie die ›Meckerzelle‹ nennen würde, oder?«

Scandal peitschte mit seinem Schwanz auf den Boden. »Was geschah, als die dreiundzwanzig Jahre um waren? Ist Prinz Borith dann gestorben?«

»Nein, mein Freund; Prinz Borith starb *zwei*undzwanzig Jahre, nachdem er eingeschlossen worden war. Vielleicht sogar schon nach einundzwanzig Jahren, das weiß niemand so genau.«

»Du hast gesagt, daß er *drei*undzwanzig Jahre eingekerkert war!« protestierte der Kater.

»Ich habe gesagt, daß er eingeschlossen war; ich habe nie behauptet, daß er noch lebte.«

»Die letzten ein oder zwei Jahre können für Ingigungobryth aber nicht sehr angenehm gewesen sein«, sagte ich. »Warum hat sie niemandem Bescheid gesagt, daß sie mit einem toten Mann in einer Zelle steckte?«

»Ingigungobryth war immer noch so wütend auf Borith, daß es ihr für eine ganze Weile entging, daß er verschieden war. Sie rief die Wachen herbei und befahl ihnen, den Leichnam fortzuschaffen, nachdem sie es bemerkt hatte, da bin ich mir sicher. Und das, meine Freunde, war ihre Erlösung.«

»Na ja, auf jeden Fall konnte sie wieder leichter atmen«, sagte Scandal.

»Oh, es ging um mehr als nur um das Atmen«, fuhr der Wärter in feierlichem Ton fort. »Das Schicksal selbst war dort am Werk. Die Königin war kaum erwachsen, als Owmer sie einkerkerte – nicht älter als neunzehn, heißt es in den Chroniken. Deshalb war sie dreiundzwanzig Jahre später auch noch keine alte Vettel. In einer feuchten Zelle eingesperrt zu sein, abgeschirmt von jedem Sonnenlicht, das vollbrachte ein wahres Wunder an ihrem Teint – ihre Haut sah aus wie poliertes Elfenbein, heißt es. Die Gefängniskost, die aus grob geschrotetem Brot, Kohl und Wurzelgemüse bestand, verhinderte, daß sie sich mit Süßigkeiten vollstopfte. Ihr wißt schon, die meisten Königinnen in den vierzigern sind durch all die Staatsbankette plump und pummelig geworden, und ihre Zähne sehen aus wie Bimsstein, aber das traf nicht auf Ingigungobryth zu. Ihr Lächeln war überwältigend, ihr Körper ein Traum. Und ihre Gewohnheit, mit Ketten an Arm- und Fußgelenken hin- und herzuschreiten, während sie auf Prinz Borith einnörgelte, schadete ihr auch nicht. Ah! Welch eine Frau!«

»Wie du meinst«, erwiderte Scandal. »Aber wenn du meine Meinung hören willst, ich glaube nicht, daß Kerkorobic sich als Abmagerungsprogramm jemals durchsetzen wird. Dreiundzwanzig Jahre für schlankere Oberschenkel zu trainieren, ist einfach länger, als die meisten Menschen abwarten wollen. Aber es ist trotzdem wirklich schade, daß sie nie dazu kam, ihren schönen Körper vorzuführen.«

»Aber natürlich kam sie dazu!« Die Augen des Wärters waren in ernsthaftem Eifer weit aufgerissen. »Als sie Hilfe herbeirief, die den Leichnam des Prinzen entfernen sollte, war der Wärter vom Dienst ein kräftiger junger Mann namens Lundwyrm. Er warf einen Blick auf die Königin, verliebte sich Hals über Kopf in sie und stürmte nach oben, um ihr ein Zeichen seiner Verehrung zu holen.«

»Blumen? Süßigkeiten? Gedichte?« riet Scandal.

»Nein, König Owmers Kopf. Er legte ihn Ingigungobryth zu Füßen. Sie bedankte sich herzlich bei ihm, sagte, daß sie auf ewig in seiner Schuld stünde, und fragte ihn, ob er wüßte, wie bezaubernd er in seiner Rüstung aussähe. Danach krönte man ihn als König Lundwyrm, und sie lebten höflich miteinander bis an ihr Ende.« Er warf uns ein gewinnendes Lächeln zu. »Aber das führt euch nicht dahin, wo ihr hinwollt, nicht wahr? Folgt mir bitte.«

Wir schritten weiter und passierten die Stelle, wo die Gefangenen geschlagen und gefoltert wurden. Scandals Fell sträubte sich, als er die Käfige, die Streckbank und den Pflock zum Auspeitschen sah, und er knurrte: »Barbarisch!«

»Ich würde sagen, *nein!*« begehrte der Wärter auf. »Wir vom Kerker-Korps sind sehr stolz auf unsere fortschrittliche Folterkammer. Anders als in den Kraut-und-Rüben-Folterkammern bei euch auf der Oberseite ist hier alles auf wissenschaftlichen Erkenntnissen aufgebaut. Ich habe gehört, daß eure Könige den Kerkerangestellten ein Opfer mit nicht mehr Anweisungen übergeben, als etwa: ›Tut ihm weh‹, oder: ›Tut ihm *sehr* weh‹, oder: ›Bringt ihn zum Reden‹, oder: ›Benutzt eure Phantasie‹. Pah! Wenn ich so etwas wie Phantasie besäße, würde ich nicht für die Regierung arbeiten. In diesem Verlies erhalten wir für jeden einzelnen Gefangenen klare und präzise Instruktionen, und wir stehen nie ohne gute, solide und vor allem professionelle Anleitung da.«

Er wies auf eine Wandtafel über der Streckbank, von der ein Folterknecht genau ablesen konnte, wieviel Umdrehungen des Rades er abhängig von Größe, Gewicht und Alter des Delinquenten zu applizieren hatte. Auf einer Werkbank lagen Peitschen und Schlagstöcke in exakt ausgeschnittenen Vertiefungen.

Scandal hielt an, um an einem Schädel zu schnüffeln. Es war einer der vier Schädel, die in den Ecken der Folterkammer angebracht worden waren. Ein fünfter lag in einer Nische über dem Ausgang und wachte über ein Schild, auf dem stand: DENKEN! Ich wandte mich um und schaute auf einen sechsten Schädel in einer identischen Nische über dem Durchgang, den wir voher passiert hatten. Auf dem Schild stand: LÄCHELN!

»Einen Heiermann darauf, daß es hier ein Regelbuch gibt, das diesen Deppen sagt, wieviel Peitschenhiebe jedem Gefangenen zustehen«, bot Scandal an.

»Wir heben es im Büro am Eingang auf«, sagte der Wärter. »Ihr könnt auf dem Weg nach draußen ein Exemplar als Souvenir erstehen. Gehen wir weiter.«

Es war gut, daß wir einen Führer hatten. Ohne jemanden, der sich auskannte, hätten wir hier unten, wo alles genau gleich aussah, niemals wieder herausgefunden, und es gab auch keine Passanten, die man nach dem Weg hätte fragen können.

(Nicht, daß ich jemals nach dem Weg fragen würde. Ich bin ein Orthodoxer Wedwellianer. Ich kehrte mit Urlaub von Meister Thengors Akademie nach Hause zurück, um meine Mannwerdungszeremonie durchzustehen, und mußte dabei schwören, niemals ein feuchtes Handtuch aufzunehmen, niemals Nadel und Faden zu benutzen oder nach dem Weg zu fragen, solange eine Frau anwesend war. Zusätzlich gab es noch einen Passus, der etwas mit ›niemals den Sitz runterklappen‹ beinhaltete, aber der Sinn dieses Teils des Eides ist seit Jahrhunderten verlorengegangen.)

He, Kendar, für einen Wärter ist dieser Kerl gar nicht so übel, drangen Scandals Gedanken in meinen Kopf ein. *Tu ihm nicht allzusehr weh, okay?*

Warum sollte ich ihm denn weh tun wollen? dachte ich zurück.

Du wirst es müssen, oder etwa nicht? Nur ein wenig. Wenn du alle aus dem Gefängnis befreist.

Ich werde nicht alle aus dem Gefängnis befreien, stellte ich klar. *Wir werden lediglich Rhett befreien. Das war König Wulfdoths Hochzeitsgeschenk an Anisella.*

Du wirst nicht ...? Mensch, Champion, muß ich dich daran erinnern, daß genau in diesem Augenblick, da wir miteinander reden – oder denken – ein ganzer Haufen fröhlicher Zimmerleute die öffentlichen Galgen für die Festivitäten des nächsten Froschtages aufpolieren?

Daran brauchst du mich nicht zu erinnern. Ich war auch dabei, als Mysti uns alles darüber erzählt hat. Acerbia hat entschieden, daß es Wulfdoths Popularität steigern würde, wenn er die königliche Hochzeit mit einer Massenhinrichtung kombiniert.

Yeah, yeah. Tinkerbell ist die geborene Public-Relations-Kanone. Also, worauf wartest du noch? Wenn du deine Magik nicht dazu benutzt, ihnen die Ketten zu sprengen und sie zu befreien, dann werden Käpt'n Lan und Ramses und all die anderen in weniger als fünf Tagen nur noch wollige Pendel sein.

Scandal, das ist nicht so einfach, dachte ich.

Einfach es ist! Benutze die Macht, Luke.

Großartig, jetzt verstehe ich nicht einmal mehr, wovon du denkst! *Paß mal auf: Nehmen wir an, ich öffne ihre Zellentüren und sprenge ihre Ketten. Und was dann?*

Dann hauen sie ab.

Wie in: Sie hauen aus der Burg ab?

Der Kater wackelte mit den Ohren. *Na, was denn sonst?*

Und wie kommen sie aus der Burg raus? Sollen sie die Wachen angreifen?

Ja, und zwar mit Schwertern, die du ihnen aus Magik machst!

Wie viele Schwerter? fragte ich.

Wie viele Piraten? gab er zurück.

Wie viele Wachen? konterte ich. *In der ganzen Burg, meine ich.*

Scandals Mundwinkel fielen zu Boden. *Oh. Aber könntest du nicht deine Magik benutzen, um den Schafen zu helfen, sich aus der Burg herauszukämpfen?*

Und nachdem wir aus der Burg raus sind, hängen wir in der Stadt. Wie viele Wächter hat Wulfdoth in Loupgarou? Wie viele Geheimpolizisten Acerbias streifen durch die Straßen? Aber selbst, wenn wir durch die Stadttore kommen, wohin sollen wir dann *gehen? Es sollte dir klar sein, daß Ramses seinen Thron nicht bekommen wird, indem er davonläuft.*

Das mag schon alles wahr sein, aber wenn er hier bleibt, wird er nichts bekommen außer einem laaaangen Hals. Wie kommt es eigentlich, daß du deine Magik nicht dazu benutzen kannst, mal schnell ein paar Armeen aufzustellen, die für Ramses kämpfen?

Weil ich in Mutter Krötenhauchs Buch nie bis zum Kapitel ›Wie man Armeen aus dem Boden stampft‹ gekommen bin, antwortete ich. *Scandal, als ich die Kontrolle über meine Magik zurückbekam, da habe ich keine neuen Kunststücke gelernt.*

Ob neue oder alte Kunststücke, du hast hoffentlich noch ein As im Ärmel, sonst sind unsere wolligen Freunde nämlich finito, *darauf kannste einen lassen.*

Der Wärter hielt vor einer weiteren, sich nicht von den anderen unterscheidenden Türe an.

»Da wären wir«, verkündete er und klimperte mit einem dicken Schlüsselring. In Null Komma nichts hatte er die Tür aufgeschlossen. »Soll ich Euren Freund bringen, oder würdet Ihr es vorziehen, hineinzugehen und ihn selbst zu holen?«

»Du gehst hinein«, sagte Mysti bestimmt.

»Ah, Ihr fürchtet, ich hätte Geheimanweisungen, hinter Euch die Tür abzuschließen, wenn Ihr drin seid, was?« Der Wärter blinzelte Mysti zu. »Eine kluge Vorsichtsmaßnahme, Jungchen. Vielleicht überlebt Ihr als König Wulfdoths Schwiegersohn doch mehr als nur ein paar Monate. Ich setze auf Euch.«

»Danke für dein Vertrauen«, sagte Mysti mit ihrer eisigsten Ich-bin-Welfie-und-du-sterblicher-Abschaum-Stimme.

»Nein, Jungchen, ganz im Ernst. Ich habe einen Monatssold darauf gewettet, daß Ihr bis zu Eurem ersten Hochzeitstag durchhaltet, bevor der König Euch umbringt.« Er wählte noch einen anderen Schlüssel an seinem Bund aus. Dann sagte er: »Dauert nur einen Augenblick«, bückte sich und verschwand im Zelleneingang. Kurz darauf kam er mit Rhett zurück.

Der Hellseher sah furchtbar aus. Sicher, er hatte immer eine recht düstere Ausstrahlung gehabt, aber die hatte zu ihm gehört. Es war, als ob das Wissen, wie schlecht die Zukunft *wirklich* sein würde, ihm ein Gefühl von Macht gegeben hatte, wenn sie auch einen bitteren Beigeschmack hatte. Jetzt wirkte er einfach völlig hilflos und verängstigt.

»Ist es geschehen?« fragte er, als er auf uns zutorkelte.

»Was soll geschehen sein?«

»Das Blut – das Feuer – das Blöken – o ihr Götter, das

schreckliche, furchtbare Blöken!« Er preßte seine Hände auf die Ohren und brach stöhnend zusammen.

Mysti und ich knieten bei ihm nieder.

»Ob er eine Vision hatte?« fragte Mysti.

»Verfall«, sagte Rhett. »Verwüstung. Verheerung. Zerstörung. Tod von jeder Seite und von oben. Wahnsinn auf den Straßen – wahnsinn, sage ich euch! Der Fluch. Der Fluch! O weh!«

»So weit, so gut«, sagte Scandal. »Könntest du jetzt vielleicht ein wenig präziser werden? Bis jetzt klingt es nämlich wie ein gemütlicher Abend in New York City.«

Der Wärter schnalzte mit der Zunge. »Armer Mann«, äußerte er. »Er sieht so aus, als könnte er ein Nickerchen und eine Tasse Gaffee gebrauchen. Der beruhigt seine Nerven zwar nicht, ist aber so stark, daß er sie ausbrennt, und dadurch bereiten sie natürlich auch keinen Ärger mehr. Stroh ist in den Zellen, in denen wir die Piraten eingesperrt haben – es kommt selten vor, daß wir das Bettmaterial vom Verpflegungsetat finanzieren. Ihr könntet ihn in eine davon bringen und ihn etwas ausruhen lassen, bis es ihm besser geht.«

Mystis mißtrauischen Blick hätte man auch zum Steinebohren verwenden können.

»Dieses juwelenbesetzte Schwert an meiner Seite ist ein Geschenk meiner Braut *in spe*«, sagte sie. »Die Klinge mag wie ein Spielzeug wirken, doch ich kann dir versichern, daß sie den Tod genausogut austeilen kann wie ihre weniger attraktiven stählernen Schwestern. Wir Welfies sind scharfen Ohres und flinken Fußes. Mach einen einzigen Versuch, uns zu betrügen, während wir in der Zelle sind, und wir werden sehen, ob du den Geschmack von kaltem Stahl in deiner Kehle magst, Schlüsseldreher.«

Der Wärter spielte mit dem Schlüsselbund. »Ihr meint, wenn ich versuche, Euch einzusperren, dann tötet Ihr mich?«

»Aye.«

»Warum sagt Ihr das nicht gleich?« Er warf ihr die Schlüssel zu. »Da, nun braucht Ihr Euch keine Sorgen mehr zu machen. So ein Gequassel – brrr! Man hat Königin Ingigungobryth immer nachgesagt, Welfieblut in den Adern zu haben, und langsam glaube ich daran. Niemand sonst könnte einen Mann einfach totreden.«

Wir halfen Rhett in die Zelle und legten ihn auf einen Strohhaufen. Er fiel sofort in einen unruhigen Schlummer.

»Was ist mit ihm los?« fragte einer der Gefangenen aus den Schatten.

»Ramses!« Ich ließ ein kleines Stückchen Magik in meiner Hand aufflammen und hielt es ihm vor das Gesicht. Er und drei Schafspiraten waren mit allen vier Hufen an die Wände gekettet. Ihre Ketten waren gerade lang genug, daß sie essen und sich säubern konnten. »Wie geht es Euch? Acerbia hat Euch doch nichts Übles angetan, oder?«

»Zählt es, daß ich durch sie zum Tode verurteilt bin?« Er bemühte sich, gefaßt zu wirken.

»Macht Euch keine Sorgen, sie wird nicht triumphieren«, versuchte ich, ihn zu beruhigen.

»Wieso nicht, Zauberer? Habt Ihr einen Zauber, der stark genug ist, um ihren Drachen niederzukämpfen? Wenn es so ist, dann hättet Ihr ihn im *Zum Käse und zum Keks* einsetzen sollen.«

»Zauberer kümmern sich nicht um Drachen«, mischte sich Scandal ein. »Für Drachen sind die Helden zuständig. Das weiß ja sogar ich.«

»Muß Euer Familiar nun schon Ausflüchte für Euch suchen, Meister Kendar?« fragte Ramses und seufzte. »Wenn ich nicht mit eigenen Augen gesehen hätte, wie Ihr auf der *Vlies* Eure arkanen Kräfte gebraucht habt, würde ich glauben, Ihr besäßet gar keine.«

»Hey! Was er da in der Hand hält ist aber kein Leuchtkäfer, Kumpel«, knurrte der Kater. »Nur weil er nicht genug Ba-ba-Bumm hat, um den Drachen zu erledigen, heißt das noch lange nicht, daß seine übernatürlichen Kräfte den natürlichen Standard unterschreiten.«

»Sehr wahr. Ich entschuldige mich dafür, so empfindlich zu reagieren.« Ramses' Augen drückten Reue aus. »Wenn ich als Prinz erzogen worden wäre, würde ich meine Beherrschung nicht über solch unwesentliche Kleinigkeiten wie der Aussicht auf eine Hinrichtung verlieren. Ich hoffe, wir bleiben Freunde, bis man mich getötet hat, Meister Kendar.«

»Niemand wird Euch töten«, sagte ich und stampfte mit dem Fuß auf. »Klinge hat eingewilligt, Prinzessin Anisella zu heiraten ...«

»Prinzessin!« Ramses und die anderen drei Schafe in der Zelle waren wie vor den Kopf geschlagen. »Diese niedliche Maid ist Wulfdoths Tochter?«

»Und Acerbias.« Nun waren sie wirklich schockiert. »Wie ich schon sagte, Klinge hat zugestimmt, sie zu heiraten, und als Hochzeitsgeschenk für sein liebes Kind hat König Wulfdoth uns Oberseitler alle freigelassen.«

»Er glaubt nämlich, daß wir harmlos sind.« Scandal öffnete seinen Mund zu einem lautlosen Lachen.

»Er glaubt auch, daß sie das erste Schiff nehmen, das Port O'Morph in Richtung Oberseite verläßt«, fügte Mysti murmelnd hinzu.

Ich antwortete nicht umgehend. »Aber was plant Ihr wirklich?« fragte Ramses.

Ich antwortete nicht umgehend. *Scandal, überprüfe doch mal den Wärter*, dachte ich.

Der Kater schlug mit dem Schwanz hin und her, schlenderte wie zufällig zur Tür und spähte hinaus.

Das ist echt cool, Großer. Er lehnt ein paar Türen weiter an der Wand und liest ›Mächtiger Oger, mein Oger‹. Das ist eins der unanständigsten Bücher, die Raptura Eglantine je geschrieben hat. Er wird auf nichts anderes achten.

Meine Schwester Lucy schreibt keine *unanständigen Bücher!*

Okay, dann ist es eines der anständigsten Bücher, die Raptura Eglantine jemals geschrieben hat, besonders wegen der Szene, wo der Held die Heldin in ihrer Badewanne überrascht und er eine große Schüssel Schlagsahne und einen Pinguin dabei hat, und sie greift nach einer Flasche rosenduftenden Öls, ein paar Satinlaken und dem Stöpsel der Badewanne, und sie ...

Ist schon gut!

»Meister Kendar? Meister Kendar, warum werdet Ihr denn rot?«

»Ist schon gut«, erwiderte ich laut. »Wir werden Euch retten, *das* werden wir tun.«

»Wie?«

»Überlaßt das mir.«

»Ah! Aha! Das ist also Euer Plan. Euer einziger Plan. Ich verstehe.« Er sah mir in die Augen. »Ihr habt nicht einmal den Anflug einer Idee, wie Ihr es tun wollt, habe ich recht.« Es war nicht als Frage gemeint und auch nicht so betont.

Und ich hätte auch keine ehrliche Antwort darauf gewußt.

»Ach, laßt Euch keine grauen Haare darüber wachsen«, fuhr er in freundlichem Ton fort. »Hätte ich ein sicheres Leben führen wollen, würde ich immer noch mit dem guten alten Klotzkopf Bertie Schafe hüten. Gehet denn, Meister Kendar, gehet in Frieden, und tut für mich, was in Eurer Macht steht. Und wenn Ihr mich nicht retten könnt, dann bitte ich Euch, tut Euer Bestes, um wenigstens meine Schiffskameraden zu retten, besonders Käpt'n Lan und Lodda. Er hält mich für seinen Bruder, und um die Wahrheit zu sagen, er ist freundlicher zu mir gewesen als die meisten Menschen. Und was Lodda angeht, so verdient sie für ihre Treue ein besseres Los, als am Halse aufgehängt zu werden, bis sie tot, tot, tot ist.«

»Ich werde retten, wen ich retten kann. Mehr kann ich nicht versprechen«, erwiderte ich.

»Eine Sache noch, Meister Kendar. Ich möchte nicht als Schaf sterben. Auch wenn Eure Kräfte Acerbias Drachen nicht antasten können, können sie vielleicht wenigstens …?«

»Oho! Du willst dir die Schafshaut abschälen lassen?« rief Scandal aus. »*Null problemo.* Das ist für Meister Kendar seit der Nummer, die er mit unserem Kumpel Klinge hier abgezogen hat, nur noch Kinderkram. Hat Acerbias Zauberbann von ihm runtergerissen, als wär's ein Senfpflaster.«

»Ähem«, sagte Mysti trocken.

»Und hat dabei noch einen Haufen flotter mystischer Kinkerlitzchen abgegriffen.« Der Kater zeigte mit einer wirbelnden Bewegung seiner Vorderpfote auf den diamantengekrönten Stab, der in meinem Gürtel steckte.

Ich zog ihn heraus und hielt ihn hoch, damit Ramses ihn besser sehen konnte. Er und seine Zellengenossen waren so beeindruckt, daß sie einen vierstimmigen Chor anstimmten: »Oooooh! Aaaah! Ohhhh!«

Ich zielte mit dem Stab auf Ramses und sammelte meine Magik genauso, wie ich es getan hatte, um die Katzenverzauberung von Mysti zu nehmen. »Ich glaube nicht, daß es weh tun wird«, beruhigte ich Ramses.

»*Nein!*« Rhett saß kerzengerade im Stroh und machte einen Ausfall nach vorn. Er schlug mir den Zauberstab aus der Hand, während er selbst ins Stroh fiel. »Du darfst ihn jetzt nicht verwandeln! Wenn du es tust, wird die Vision bedeutungslos, und alles ist verloren!«

»Welche Vision? Worüber sprichst du eigentlich?« verlangte ich zu wissen. »Über die Vision mit Verfall, Verwüstung, Verheerung und Zerstörung?«

Rhett erhob sich. Seine Augen blickten in die Unendlichkeit, seine Arme waren steif an seiner Seite verkrampft. Als er sprach, schien seine Stimme von sehr, sehr weit her zu kommen:

»Von des Nordens schroffem Bergesgrat
Die Armee der Schäfer naht.
Mit schweren Knüppeln und wütender Schafe Gehörn
Nahen sie, Wulfdoths Schlaf zu stör'n.
Zur Glut stacheln sie der Leute Wut,
Die marschieren, um die Hochzeit zu verhindern.
Nun klingt ihr Ruf in alle Winde mit Gewalt,
›Tod den Menschen‹ ist's, was überall erschallt.
Ihr Führer erntet Heldenruhm
– Gilt er auch als etwas dumm.
Obwohl wortkarg und eher schmal
Wird dieser Schafhirt, Meister auch im Blasenball,
Vieles wagen, alles gewinnen.
Verzweifle, stolze Acerbia:
Aus Schafshaut steigt der Erbe gar!
Des Drachen Feuer brennt und sengt,
Des Siegers Freud' ist tränenverhängt.
Macht aus meiner Vision, was euch behagt;
Was Marshmellow zu sagen hat, das hat er nun gesagt.«

Mysti war schnell genug bei Rhett, um ihn aufzufangen, bevor er zusammenbrach. Während sie ihm Wasser aus einem der Näpfe der Gefangenen ins Gesicht sprenkelte, holte Scandal meinen Zauberstab zurück.

»Alter Butterfinger«, sagte er und ließ den Stab in meinen Schoß fallen. Er sah nach Rhett, dessen Augenlider flatterten. »Nun, mit Sicherheit ist er kein Roy Black – oder vielleicht doch? Worum ging's da eigentlich?«

»Das war seine Vision. Habe aber keine Ahnung, was sie bedeutet.«

»Sie bedeutet, daß du Ramses im Moment noch nicht in seine menschliche Gestalt zurückverwandeln darfst«, sagte Mysti. »Hast du nicht gehört? ›Aus Schafshaut soll der Erbe kommen!‹«

»Ja, aber was ist mit dem Heer von Schäfern?« fragte Scandal skeptisch. »Was haben die denn für Waffen? Bääählistische Raketen?«

Ich wußte wieder einmal nicht, wovon er sprach, verspürte aber irgendwie das Bedürfnis, etwas Schweres nach ihm zu werfen. »He, du hast doch die Vision genau wie wir auch gehört«, sagte ich. »Wenn Rhett ein Heer von Schafhirten gesehen hat, dann wird auch ein Heer von Schafhirten kommen.«

»Ja«, stimmte Ramses zu. »Und Klotzkopf Bertie wird es anführen. Das kann nur eines heißen.« Seine Schultern sackten herab. »Ich bin tot.«

KAPITEL 25

Anisella stand in der Mitte der Großen Halle von Wulfdoths Burg, Mysti an ihrer Seite. Es war eigenartig, Anisella in einem Kleid und ihre flammenden Haare säuberlich in ein goldenes Netz gestopft zu sehen, aber langsam gewöhnte ich mich daran. König Wulfdoth gehörte zu der Sorte Mensch, die es schätzte, wenn alles ganz genau an seinem Platz und kein Staubkörnchen darauf zu finden war. Bisher hatte ich allerdings angenommen, daß man so zwar mit Bücherkisten und Holzscheiten, nicht aber mit Menschen umging.

Wie immer sah Anisella außerordentlich niedlich aus. Nur die Tränen in ihren Augen, als sie uns Lebewohl sagte, verdarben das hübsche Bild einer Prinzessin und Braut *in spe*, die sich gerade darauf vorbereitete, glücklich und zufrieden bis an ihr Ende zu leben.

»Lebt wohl, Meister Kendar«, sagte sie und quetschte meine Hand. »Schade, daß Ihr nicht bis zur Hochzeit bleiben könnt.«

»Es wird für Monate kein Schiff zur Oberseite gehen«, sagte ich. »Wir müssen dieses hier nehmen. König Steffan braucht mich. Und ich muß ihm berichten, was aus Klinge geworden ist.«

»Ach ja, natürlich, Klinge.« Anisella warf Mysti einen Blick zu. »Klinge, Liebling, kannst du nicht, wo wir doch bald heiraten, endlich deine Maske abnehmen?«

»Mafke? Welfe Mafke?« fragte Scandal.

Mysti stemmte ihre Hände in die Hüften. »Solange in diesem unglücklichen Land irgendwo das Unrecht sein häßliches Haupt erhebt, werde ich« – sie schlug sich auf die Brust – »eine Klinge der Gerechtigkeit sein! Nein.«

»›Sein häßliches Haupt ...‹« Anisella betrachtete die Welfie genauer. »Klinge, Liebling, du weißt, daß ich dich vergöttere und daß nichts und niemand das jemals ändern wird, und ich beurteile eine Person ja auch nicht nach ihrem Aussehen, sondern nach den inneren Werten, aber, Schatz … gibt es außer der Ungerechtigkeit vielleicht noch einen weiteren Grund für dich, die ganze Zeit eine Maske zu tragen?«

»Sie meint, ob du da drunter vielleicht ein Welfie von der Schwarzen Lagune bist oder so was.« Scandals Hilfsbereitschaft in diesen Dingen war kaum zu überbieten.

»Wenn der Charakter einer Person am schwersten wiegt, dann brauchst du auch nicht mehr zu wissen.« Mysti nahm eine stolze Pose ein und die Schultern zurück, aber nicht weit genug, um … *etwas* preiszugeben. Ich mußte sie einfach bewundern. Wenn man die Größe dessen bedachte, was sie zu verbergen hatte, dann machte sie das Ganze verdammt gut.

Anisellas unbehaglicher Blick wanderte von Klinges Maske zu Rhetts Gesicht. Der Hellseher fühlte sich nach seiner Vision wesentlich besser. Es hatte den Großteil eines Tages gedauert, ihn wieder auf die Beine zu bekommen – eines Tages, den wir kaum erübrigen konnten –, aber wir benötigten ihn, wenn wir dieses Heer von Schäfern ausheben wollten. Wie Scandal selbst sagte: »Diese Schafhirten sind ein abergläubischer, feiger Haufen. Wenn sie nicht sofort gegen die Burg marschieren, um das Leben ihres rechtmäßigen Königs zu retten, dann soll Rhett eben mit ein paar mystischen Zaunpfählen winken, um sie zu überzeugen.«

Rhett trug seine Reisekleidung. Er wirkte längst nicht mehr so beeindruckend und überlegen wie früher. Seine vertraute Düsterheit war verschwunden und durch einen wesentlich menschlicheren Ausdruck ersetzt worden.

Scandal kletterte mein Bein und meinen Rücken hoch und nahm auf meiner Schulter Platz.

»Wer hädd'n dat jedacht?« flüsterte er.

»Wer hädd'n wat jedacht?« flüsterte ich zurück.

»Na, guck doch, unser Rhett, der Mann mit dem heißen Draht nach Übermorgen, und wehe, einer denkt mal nicht dran. Er kam, sah, und man brach ihm das Herz. Ich hätte nicht gedacht, daß er überhaupt ein Herz zum Zerbrechen hätte.«

»Nun, er liebt Anisella.«

»Sicher, *im Moment.*« Der Kater leckte sich eine Pfote. »Anisella ist schon eine Bombe, darüber müssen wir gar nicht diskutieren. Eine Menge Kerle sind hinter den Weibern her wie hinter coolen Autos und High-End-Stereoanlagen ... oh, sorry. Bei den Vokabeln kannst du ja nur Bahnhof verstehen, Prinz Eisenherz. Okay, sagen wir einfach: daß einige Kerle hinter einer hübschen Frau her sind, liegt nicht an der Person der Frau, sondern an dem Bild, das diese Typen von sich selbst haben. *Parlez-vous* Statussysmbol?«

Ich erinnerte mich daran, wie sich Mutter und Vater stritten, weil er sich von dem Geld, das für die Entlohnung der Dienstboten bestimmt war, einen teuren neuen Jagdbogen gekauft hatte. Mutter zählte ein Dutzend gute Gründe auf, wieso er das besser gelassen hätte, und er erwiderte einfach: »Ich bin Sir Lucius Parkland Gangle, und dieser Bogen ist nicht mehr und nicht weniger, als mir zusteht.«

»Rhett wollte Anisella nur deswegen, weil die Leute dann denken würden, er wäre etwas Besonderes, weil er eine solch schöne Frau besitzt?« murmelte ich. »Meinst du das?«

»Im Grunde ja. Aber das ist nun Schnee von gestern. Sieh dir den armen Kerl doch an! Er glaubt, sie verloren zu haben, und jetzt endlich – aber zu spät – erkennt er, daß es zwar noch andere Mütter gibt, die hübsche Töchter haben, daß aber nur eine einzige Anisella existiert. Und es ist nun auch völlig egal, ob ihr Haar ausfällt oder sie ihre Zähne verliert oder ihre Figur, sie wird trotzdem immer *die Eine* für ihn sein.«

Ich beobachtete, wie Anisella zum Abschied Rhetts Hand schüttelte. Was Scandal gesagt hatte, war wahr; es erklärte die Veränderung, die ich in Verhalten und Gesichtsausdruck des Hellsehers wahrgenommen hatte. Seltsamerweise war ich bereit zu schwören, daß sich an Anisellas Verhalten ebenfalls etwas geändert hatte.

»Gute Reise, He... – ich meine, Rhett.« Sie hielt seine

Hand ein ganzes Weilchen länger fest, als sie meine gehalten hatte.

»Danke«, erwiderte er steif.

»Hier.« Sie nahm eine schwere goldene Kette von ihrem Hals und gab sie ihm. Sie schloß seine zögernden Hände um den Schatz. »Bitte nimm das. Wenn du zurück im Dreg bist, kannst du sie verkaufen und dir einen neuen Sklaven anschaffen, oder eine Hilfe einstellen, die sich um deinen Haushalt kümmert. Du weißt schließlich nicht, wie du irgend etwas selbst regeln sollst, du kannst ja nicht einmal alleine einkaufen.« Ihr Mund krümmte sich aufwärts, aber in ihren Augen zeigte sich kein Lächeln. »Ich weiß nicht, wie du jemals ohne mich überleben sollst.«

»Das weiß ich auch nicht.« Rhetts Stimme war plötzlich sehr rauh. Er steckte die Goldkette in seine Gürteltasche. »Da es sich um deinen Wunsch handelt, werde ich tun, was du gesagt hast. Ich war immer der Meinung, daß eine Frau wie du stets bekommen sollte, was sie sich wünscht.« Er warf Mysti einen Blick zu. »Ich sehe, daß es so ist.«

»Ja.« Ihre Antwort war so leise, daß ich sie kaum verstehen konnte. Sie blickte Mysti wieder an, und ich sah, daß ein Schatten kurz ihr Gesicht verdüsterte.

»Was ist schlimmer, als nicht alles zu bekommen, was man sich wünscht?« flüsterte Scandal. Ich zuckte mit den Schultern, wodurch ich ihn fast abgeworfen hätte. »*Alles* zu bekommen, was man sich wünscht. Und paß mit deinen Schultern auf, Quasimodo. Ich hab' den Sicherheitsgurt nicht angelegt, weißt du.«

»Rhett, wir müssen nun gehen«, sagte ich. »Unser Schiff ...«

»Ja, ja, Ihr habt schon recht, Meister Kendar.« Er sah Anisella tief in die Augen. »Sei glücklich, meine Liebe.«

»Ist das – ist das eine Vorhersage?« fragte sie.

»Es ist etwas, das mehr Gewicht hat als jede Vorhersage oder die Worte eines Gottes«, antwortete Rhett. »Es ist ein Wunsch, der von Herzen kommt.«

»Auf Wiedersehen, Scandal.« Anisella kraulte den Kater hinter den Ohren.

Er schloß seine Augen und schnurrte vor Vergnügen. »Puppe, was auch passiert, hör immer schön auf den guten alten Onkel Scandal. Er möchte, daß du dich an eines erinnerst.«

»Woran?«

»Auch schöne Frauen brauchen Liebe.«

König Wulfdoth hatte seinen Köchen befohlen, uns eine Art Vorschau des Hochzeitsschmauses, den wir verpassen würden, einzupacken. »Das ist das mindeste, was ich für die Männer tun kann, die mein kleines Mädchen zurück nach Hause gebracht haben«, sagte er, als wir die gewichtigen Pakete schulterten. »Euer Schiff wartet. Gute Reise.«

Pferde waren bereit gestellt worden, die uns von den Höhen Loupgarous zum Hafen von Port O'Morph bringen sollten. Ich schöpfte noch einmal Atem, biß die Zähne zusammen und stieg auf. Es war erstaunlich: Ich blieb oben.

»He, guck mal, Scandal!« rief ich zu dem Kater hinunter, der sich entschieden hatte, nicht zu reiten, sondern zu Fuß zu gehen. »Ich bin ein Reiter! Sieht ganz danach aus, als würde ich doch noch ein paar neue Tricks lernen.«

»Ja, ja, und es macht gar nichts, daß das Pferd unter dir wie eine Hängematte gebaut und älter ist als die Witze meines Onkels Bernie«, antwortete er.

Im Hafen angekommen, ritten wir an der *Goldenes Vlies* vorbei. Neben der Laufplanke war ein großes Schild angebracht, das von zwei Geheimpolizisten flankiert wurde. Auf dem Schild stand, daß das Piratenschiff abgetakelt und verkauft würde. Eine Gruppe gutgekleideten Viehs hatte sich zusammengefunden, um sich die Ware anzusehen und darüber zu diskutieren, wie hoch die Preise wohl gehen würden.

»Das sieht für mich wie ein Viehmarkt aus«, sagte Scandal. »Gut, daß Käpt'n Lan nicht hier ist und das sehen kann. Das würde ihm wohl das Herz brechen.«

»Dort liegt Euer Schiff, Freunde«, sagte der Anführer unseres Begleitschutzes. Er zeigte auf ein schnittiges Segelschiff, das ein wenig kleiner war als die *Vlies*. Die Mannschaft war in den Rahen und Wanten und machte das Schiff zum Auslaufen bereit. Die meisten Besatzungsmitglieder waren menschlich, aber ich sah auch ein oder zwei Eichhörnchen über die Rahen flitzen und einen Fuchs, der ein wachsames Auge auf die Ladung hatte, die gerade im Frachtraum verstaut wurde.

Wir übergaben den Soldaten unsere Pferde und gingen die Laufplanke hinauf, an deren Ende uns ein Wolf in der Kleidung eines Seemanns begrüßte.

»Willkommen an Borrrd, Ihrrr Herrrren«, sagte er und zog seinen gefiederten Hut vor uns. »Willkommen auf der guten, alten *Sirenia*. Ich bin Kapitän Talbot, zu Euren Diensten. Weil wir eigentlich ein Handelsschiff sind, haben wir keine Luxuskabinen für Euch. Tatsächlich werdet Ihr Euch die Vorschiffsback mit der Mannschaft teilen müssen. Aber wenn das Wetter so bleibt, dürft Ihr auch sehr gern Euer Lager auf dem Vorderdeck aufschlagen und unter den Sternen träumen.«

Wir schlenderten auf das Vorschiff, um uns über die Grundrisse unseres neuen Gefährts klar zu werden. Die *Sirenia* war ein schönes Schiff mit einem hohen Bug, an dem als Gallionsfigur die kunstvolle Schnitzarbeit einer phantastischen Kreatur angebracht war, um über den gefährlichen Weg durch die Wellen zu wachen. Ich bewunderte gerade die Figur – von der Hüfte abwärts eine Frau und aufwärts eine Seekuh –, als Rhett hinter mir auftauchte und flüsterte: »Nun?«

»Nun paßt mir gut.« Ich verteilte die Last meines Gepäcks etwas günstiger auf meinem Rücken. »Scandal?«

»Jau?« Der Kater stellte seine Ohren auf.

»Alle Mann von Bord.« Ich schwang ein Bein über die Reling und machte mich bereit, an der Gallionsfigur hinunterzuklettern.

»Sag mal, Brainiac, ich möchte dir ja nicht die Party verregnen, aber der direkte Weg ist hier aus ein oder zwei Gründen fehl am Platze.«

»Und die wären?« fragte ich, an den Kopf der Seekuh geklammert.

»Erstens bist du als Bergsteiger in etwa so gut wie als Dragoner. Du wirst runterfallen und dir dabei deine Gefühle verletzen. Außerdem sind da ein paar Leute, die dich beobachten. Willst du etwa, daß ein paar von Acerbias Schlägertypen anrücken, um nachzusehen, worüber sich da alle kaputtlachen? Wir wollten uns doch *heimlich* aus dem Staub machen.«

»Oh!« Ich kletterte zurück an Bord. In diesem Moment kam der Kapitän übers Deck gehetzt, um zu fragen: »Ist etwas nicht in Ordnung, meine Herren?«

»Ich wollte nur meine Muskeln ein wenig strecken«, entgegnete ich und versuchte, nonchalant zu klingen. »Man bekommt als Zauberer dazu nicht allzuviel Gelegenheit.«

»Ein Zauberer!« Der Wolf verbeugte sich tief vor mir. »Es ist mir eine Ehre, Euch an Bord zu haben.« Er zögerte, als gäbe es noch mehr, was er sagen wollte. »Würdet Ihr ...? Ich weiß, daß Ihr zum Vergnügen und nicht aus geschäftlichen Gründen reist, aber würde es Euch etwas ausmachen, wenn ich Euch eine fachliche Frage stellte?«

»Stellt Eure Frage«, lud ich ihn ein.

Der Wolf leckte nervös an seiner Pfote. »Nicht hier. Kommt bitte mit in meine Kajüte.«

Er ging los, und wir folgten ihm. So hatte er seine Aufforderung allerdings nicht gemeint. »Nur Meister Kendar, bitte.«

Scandal und Rhett tauschten einen verwirrten Blick.

»Das geht in Ordnung«, sagte ich und legte mein Gepäck ab. »Wartet einfach hier auf mich.«

»Was immer er auch will, Chef, frag' ihn auf keinen Fall, warum er so große Zähne hat!« rief mir Scandal hinterher, als Käpt'n Talbot und ich unter Deck gingen.

Kurz darauf kam ich wieder zurück, ein unhandliches Paket schleppend.

»Unser Problem ist gelöst«, verkündete ich. »Wir können von Bord gehen, ohne daß wir uns anstrengen müssen oder daß uns jemand bemerkt.«

»Wie kommt das?« fragte Scandal.

»Käpt'n Talbot selbst wird zwei Schlafmatten und einen Korb in die Vorschiffsback legen, Decken darüber tun und sie mit Kissen ausstopfen, daß es so aussieht, als würden wir dort schlafen. Er wird der Mannschaft sagen, daß wir seekrank sind, und ihnen erst die Wahrheit verraten, wenn die *Sirenia* schon weit vom Ufer weg ist.«

»Ziemlich nett vom großen bösen Wolf«, sagte Scandal. »Wo ist der Haken?«

»Es gibt keinen Haken.«

»Komm schon, Kendar, ich bin kein naives Kätzchen mehr. Es gibt auf der ganzen Welt nicht so was wie Mäuse aus Katzenminze für umsonst. Was hat Käpt'n Talbot davon?«

»Nuuuuun, ich mußte ihm einen winzig kleinen Gefallen tun.«

»Nuuuuun?«

»Ich hab' ihn in eine Großmutter verwandelt.«

»Ihr habt was?« Selbst Rhett war von dieser Neuigkeit überrascht.

»Ich habe ihn in eine Großmutter verwandelt«, wiederholte ich. »Eine *menschliche* Großmutter. Das wollte er schon immer sein. Hier auf der Unterseite haben eine Menge Wölfe dieses Problem. Als er jünger war, trieb er sich mit einer Horde von Wölfen herum, die als Omas verkleidet waren, bis sie eines Tages wegen des Diebstahls von einem Stapel Nachthemden aus einem Krämerladen verhaftet wurden. Er versprach seiner Mutter, sich zu bessern und eine anständige Arbeit zu suchen, aber der Drang war einfach zu groß. Er ist in Wahrheit eine Großmutter, die im Körper eines Wolfes gefangen ist. Ich tat für ihn, was ich konnte. Sowie er von dieser Reise zurückkehrt, wird er sich ein kleines Häuschen im Wald suchen und darauf warten, daß die richtige Enkelin vorbeigelaufen kommt.«

»Mann!« sagte Scandal bewundernd. »Du hast ihn richtig *verwandelt?* Ich wußte gar nicht, daß du das kannst.«

»Natürlich kann ich das. Ich hab' für Mysti das gleiche getan.«

»Hast du nicht. Du hast bei ihr nur einen gestaltverwandelnden Zauber aufgehoben. Für Käpt'n Talbot mußtest du einen eigenen Verwandlungszauber machen.«

»Ehrlich?« So hatte ich die Sache noch gar nicht betrachtet. »Hah, ich glaube, ich konnte es tun, weil ich nicht darüber nachgedacht habe, ob ich es tun kann. Er ist immer noch etwas behaart, aber er sieht fast menschlich aus. Wenn ich darüber nachdenke, sieht er genauso aus wie meine Oma Gangle.«

»Herzlichen Glühstrumpf zum neuen Kunststück, alter Hund. Und was hast du da in deinem Sack, Hans?« Scandal deutete auf das Bündel, das ich mit an Deck gebracht hatte.

»Unsere Verkleidungen«, antwortete ich. »Nun müssen wir nur noch unter Deck schleichen, sie anziehen und von Bord gehen, als wäre das die normalste Sache der Welt.«

Scandal stellte eine Pfote auf das Bündel und schnüffelte. »An diesem Geruch ist etwas sehr Vertrautes«, bemerkte er.

»Ich hasse es«, sagte Scandal, als wir auf die Stadttore zugingen.

»Halt's Maul und springe ausgelassen herum«, raunzte ich ihn aus dem Mundwinkel an.

»Katzen springen nicht ausgelassen herum.«

»Du bist im Moment aber keine Katze. Du bist ein Lämmchen. Versuche, dich so zu verhalten.«

»Meine Mama hat ihre Jungen nicht aufgezogen, damit sie als Hammel enden.«

»Scandal, wir sitzen alle in einem Boot. Hat sich Rhett etwa beschwert?« Ich gestikulierte mit einer Hand, die geschwärzt war, um so auszusehen wie der Vorderhuf von Käpt'n Lan.

»Gedulde dich noch ein wenig, Kater«, brummte der Hellseher unter seinem Schafspelz. »Diese Maskerade ist unverzichtbar, wenn wir Port O'Morph unerkannt verlassen wollen. In der Tat sehe ich voraus, daß diese Larven, die du so verabscheust, uns schon sehr bald von großem Nutzen sein werden.«

»Nicht bald genug«, murrte der Kater. Er sah nicht im geringsten so aus wie das Lämmlein, das er darstellen sollte. Lämmlein schleichen nicht, schmollen nicht und schlagen auch nicht mit ihrem Schwänzchen wie Miniaturlöwen. »Ich möchte mal wissen, wo Käpt'n Talbot all diese Schafspelze her hatte, die er uns geliehen hat.«

»Es gibt einige Fragen, die selbst ein Mann mit meinem Beruf zu beantworten nicht bereit ist«, antwortete Rhett mit einem Schaudern. »Außerdem sind sie nicht geliehen, sondern geschenkt. Als Großmutter braucht Talbot keine Schafspelze mehr.«

»Wenn du schon nicht ausgelassen herumspringen willst, dann laß doch wenigstens dein Schwänzchen lustig auf und ab wippen«, schlug ich Scandal vor.

»Soll ich dir mal sagen, was du meinetwegen mit meinem ...?«

»Seid gegrüßt, Genossen!«

Wir blieben auf der Stelle stehen. Mitten auf der Straße vor uns stand eine Gruppe magerer Jungschafe, die alle schwarze Hosen und Jacken trugen. Ein Schafsbock mit braunem Vlies, der eine dicke Brille auf der Nase trug, trat einen Schritt vor, um mit uns zu sprechen, während sich seine Gefährten respektvoll im Hintergrund hielten.

»Ihr müßt die Neuen aus Bruder Romneys Gruppe sein«, sagte er und blinzelte uns an. »Ich bin Bruder Wensley und werde unseren glorreichen Einsatz leiten. Wie ich sehe, habt ihr den Reiseproviant mitgebracht. Hervorragend! Ich muß euch allerdings sagen, daß wir nicht so lange brauchen werden, wie wir ursprünglich geplant haben. Bruder Kerry war glücklicherweise in der Lage, uns eine Transportmöglichkeit mitten in den Schlupfwinkel der Unterdrücker zu verschaffen. Es wird uns nur zwei statt vier Tage kosten, das Hochland zu erreichen. Ist das nicht großartig?«

»Ja, großartig«, wiederholte ich.

»Bevor wir nun aufbrechen, muß ich euch vereidigen. Hebt eure rechten Hufe – das Lämmchen natürlich nicht.« Er lächelte Scandal nachsichtig an. Der Kater streckte ihm die Zunge heraus.

»Sprecht mir nach: Ich schwöre feierlich, die Sache meiner in Unterdrückung lebenden Brüder und Schwestern zu vertreten. Ich werde mein Leben ihrer Freiheit widmen und ihre Ketten sprengen, wo immer sie in Sklaverei gehalten werden. Möge dieser Schwur mich zu einem Bruder all derer machen, die dieses gemeinsame Ziel verfolgen und mit mir diesen Eid teilen. Ich schwöre meinen Genossen ewige Treue.«

Wir alle wiederholten seine Worte (auch das ›Lämmlein‹.) Danach umarmte Bruder Wensley uns herzlich und teilte Erkennungsmarken aus, die er aus seiner Gürteltasche zog. Ich drehte meine hin und her. Sie zeigte ein Schaf, das einem Schäfer den eigenen Hirtenstab auf dem Kopf zerschlug.

»Ramses' Rebellen«, flüsterte ich. Bruder Wensley hörte mich nicht. Er eilte zu den anderen Schafen zurück, vermutlich, um offiziell bekanntzugeben, daß wir nun zu ihrer Gruppe gehörten. »Scandal, hast du eine Ahnung, was wir uns da eingebrockt haben?«

»Klar doch, Chef!« Der Kater grinste. »Zunächst mal eine Freifahrt – und dann den Anfang vom Ende König Wulfdoths.«

KAPITEL 26

»Und denk dran, das Reden übernehme ich«, gemahnte ich Bruder Wensley. Wir kauerten hinter einem Felsen über einem windzerzausten Bergtal und spähten zu dem einsamen Schäfer herunter, der dort seine Herde bewachte. Das heißt, ich spähte. Bruder Wensley blinzelte.

»Ich weiß nicht, ob das richtig ist, Bruder Kendar.« Das kurzsichtige Schaf trat von einem Huf auf den anderen. »Das ist ein Schäfer. Die Schäfer sind unsere Feinde.«

»Der einzige Feind, den dieses Königreich hat, ist König Wulfdoth«, erklärte ich. »Und die Fee Acerbia. Ihre Geheimpolizei auch. Manchmal auch die königlichen Wächter. Wahrscheinlich sollten wir auch Torquil nicht vergessen, das ist Acerbias Drache. Und ...«

»Das sind mir mehr als genug Feinde. Oh, Junge! Das Leben war einfacher, bevor ich dich in unsere Gruppe eingeschworen habe.«

»Keine späte Reue, bitte. Als wir den Eid ablegten, wurden wir Waffenbrüder«, erinnerte ich ihn. »Glaub mir, am Ende wird es so ausgehen, daß wir alle zufrieden sein können. Sobald Ramses – also Borith – euer König wird, bitte ich ihn, einen Erlaß zu verkünden, daß ab sofort Schafe, die nicht zu ihrer Verteidigung sprechen können, nur noch wegen ihrer Wolle gehalten werden dürfen.«

»Wahrscheinlich besser, die Wolle abgeschnitten zu bekommen als die Gurgel.« Aber völlig überzeugt von unserem Plan war Bruder Wensley noch nicht.

»Wir *müssen* unseren Plan jetzt durchziehen.« Ich konnte ihn keinen Rückzieher mehr machen lassen; das durfte ich einfach nicht. »Die Zukunft von Wingdingo-Land steht auf dem Spiel.«

»Schon, aber es ist mir so peinlich – mit *Schäfern* zusammenarbeiten zu müssen!« Bruder Wensley war zwischen Haß und Abscheu hin- und hergerissen.

Ich beschloß, daß es an der Zeit war, eine kurze Wiederholung der Rede zu veranstalten, die Scandal in der ersten Nacht unserer Reise allen Schafen vorgetragen hatte. Wedwel sei gepriesen, daß der Kater so geschickt mit der Zunge war, denn wäre er nicht gewesen, hätten uns die Schafe in Stücke gerissen, als Rhett und ich uns als Menschen zu erkennen gaben.

»Hör zu, du glaubst doch an die Befreiung der Tiere, oder etwa nicht?« Mein ausgestreckter Zeigefinger blieb eine Haaresbreite vor seiner Nase stehen.

»Welche Frage! Das ist der einzige Zweck unserer Organisation.« Er griff in seine Jacke und zog ein kleines grünes Buch hervor. Ich hatte während unserer Reise ins Hochland schon oft Exemplare des Buches zu Gesicht bekommen; alle Schafe trugen es mit sich und lasen Passagen daraus vor dem Schlafengehen laut vor. Es hieß *Aus den Ställen und auf die Straßen* und war das Werk einer militanten revolutionären Milchkuh aus guter Familie. Ich konnte nicht verstehen, wieso Scandal es fortwährend *Die Zitate der Großen Vorsitzenden Muh* oder *Aufruf zu viehischem Ungehorsam* nannte. »Es geht ja auch nicht nur um Schafe. Wo immer wir unsere armen, sprachlosen Brüder unter dem Joch der Unterdrükkung vorfinden, sollen sie erlöst werden!«

»Und was ist mit deinen armen, unterdrückten Brüdern, die sprechen können? Ist es gerecht, wenn die Schafe des offenen Landes in Freiheit leben, während die Herden der Stadt König Wulfdoth und seinen Schergen dienen müssen?«

Bruder Wensley warf einen nervösen Blick nach unten, wo der Schafhirt saß. »So ... so schlimm ist es in den Städten ja auch nicht.«

»Ach nein? Vor zwei Tagen hast du aber noch anders geredet.«

»Ich habe bloß gesagt, daß es für ein Jungschaf – selbst wenn es einen Universitätsabschluß hat – immer schwerer wird, anständige Arbeit zu finden. Wo man heutzutage auch hingeht, haben die Menschen die besseren Stellungen besetzt und lassen uns ihre Reste zusammenstoppeln. Bei meinen letzten fünf Bewerbungsgesprächen wurde mir jedesmal mitgeteilt, daß sie nach jemandem suchten, der – wie drückten sie es noch aus? – ›nicht ganz so flauschig wirkt‹.« Er nahm eine stolze Pose ein. »Daher haben meine Freunde und ich auch so viel Zeit, die wir dem gemeinsamen Ziel widmen können.«

»Was hättest du denn lieber, wenn du es dir aussuchen könntest? Ein Ziel oder ein Gehalt?«

Bruder Wensley kaute ein wenig an dieser Frage. »Um der Wahrheit die Ehre zu geben, lernt man bei der Verfolgung des gemeinsamen Zieles nicht viele Mutterschafe kennen. Bist du sicher, daß Prinz Borith alle Ungerechtigkeiten in Wingdingo-Land rückgängig macht, wenn er den Thron bestiegen hat?«

»Das wird er tun – oder bei dem Versuch sterben. Weißt du, Prinz Borith hat einige Ungerechtigkeiten am eigenen Leib erlebt. Er weiß selbst, wie das ist; für ihn ist die Tierbefreiung nicht nur ein Wahlversprechen.«

Das Schaf seufzte. »Also gut, Bruder Kendar. Fangen wir an, um so schneller ist es vorüber.«

Er legte seine Kleidung ab und faltete sie säuberlich zusammen, dann legte er seine übrigen Habseligkeiten auf den Stapel. Zuoberst und als letztes kam seine Brille.

»Achte darauf, wohin ich meine Schritte setze, Bruder Kendar«, sagte er, während er sich auf alle viere niederließ. »Ich möchte mir nicht unbedingt das Genick brechen, nicht einmal für unser gemeinsames Ziel.«

Ich nahm den Wanderstab auf, den ich mir zurechtgeschnitzt hatte, und versuchte, mich in eine Schäferstimmung zu versetzen. Es war kein echter Hirtenstab, aber das Beste, was ich finden konnte. Ein fröhliches Liedchen pfeifend, führte ich Bruder Wensley das Gefälle hinunter, das zu unserem Ziel führte.

»Du kannst nun zu blöken anfangen, wenn du willst«, raunte ich ihm zu.

»Oo! Ooa! Oo! Ji!« antwortete er.

»Bruder Wensley, ich bin weder Schaf noch Schäfer, aber ich weiß, daß man so nicht blökt. Es sollte sich eher anhören wie *Bääää!*«

Der Schäfer unter uns riß den Kopf herum und starrte uns an. Ich setzte ein schwaches Lächeln auf und winkte. »Hallooh, da vorn!« rief ich. Der Schäfer starrte uns noch einen Moment lang an und wandte sich dann wieder seiner eigenen Herde zu.

»Nicht sehr freundlich«, murmelte ich so leise, daß nur Bruder Wensley mich verstehen konnte.

»Ooweh, ooweh, ooweh«, antwortete das Schaf.

»Was ist mit dir los?« Ich schlug das Ende des Hirtenstabes gereizt auf den Boden.

»Dieses Gelaufe auf allen vieren tut *weh*, besonders hier.« Bruder Wensley setzte sich auf die Hinterkeulen und hielt seine Vorderhufe hoch. »Ich bin nicht daran gewöhnt. Ich habe sehr *empfindliche* Hände.«

»Was soll ich dagegen tun? Soll ich dich etwa tragen?« fauchte ich.

»Das ist keine schlechte Idee. Wir könnten so tun, als wäre ich von deiner Herde weggelaufen und hätte mir einen Fuß verstaucht, und dann war da ein riesiger, wilder Bär, der mich angreifen wollte, aber du hast ihn mutig und nur mit deinem Stab als Waffe davongejagt, und dann hast du mich aufgenommen und mich über das Ödland getragen, immer auf der Suche nach dem Rest der Herde, die von einem bösen Schlachter entführt worden ist und ...«

Bruder Wensleys glänzende Augen verloren sich in Abenteuern, die sich nur ihm offenbarten. Ich beugte mich vor und richtete seine Aufmerksamkeit auf mich, indem ich ihm leicht auf die Nase schlug. »Wo bekommst du nur deine Ideen her?«

Zum ersten Mal in meinem Leben sah ich ein Schaf erröten. »Als ich noch zur Universität ging, nahm ich an einem Seminar in kreativem Schreiben teil. Eines Tages hoffe ich, veröffentlicht zu werden wie mein Idol, Raptura Eglantine. Bist du mit ihrem Werk vertraut?«

»O Mann!«

»Ich glaube, es gibt einen großen, noch unverschlossenen Markt für Liebesgeschichten mit Schafen, meinst du nicht auch?« fragte er und sah mich hoffnungsvoll an.

»Können wir dein Epos im Moment vergessen und uns an den Plan halten?« erkundigte ich mich. »Ich kann dich nicht tragen, und du kannst nicht auf dem ganzen Weg ins Tal ›Aua! Aua! Aua!‹ schreien. Der Schäfer wird dich hören, und selbst wenn es tatsächlich Klotzkopf Bertie ist, nehme ich nicht an, daß er glaubt, daß ein echtes Schaf über seine schmerzenden Füße jammert. Also *blöke*, ist das klar?«

»Was motiviert mich?«

Ich fuchtelte mit meinem Motivationsinstrument so dicht unter seiner Nase herum, daß er auch ohne Brille sehen konnte, wie schwer dasselbe war.

»Bäääää«, sagte Bruder Wensley.

»He!« rief der Schafhirt zu uns herauf. Er klang verärgert, und seine Stimme war schrill. »Sprichst du da mit deinem Schaf?«

»Nein, nein, nicht im geringsten!« rief ich zurück. Ich versetzte Bruder Wensley einen Stubs mit dem Stab, um ihn wieder in Bewegung zu setzen. Als wir uns weiter unten und auf ungefähr gleicher Höhe mit dem Schäfer befanden, fügte ich hinzu: »Wer unterhält sich schon mit Schafen, haha?«

»Ich.« Er verengte mißtrauisch seine Augen. »Das tun wir hier oben alle. Du siehst nicht aus wie jemand, den ich kenne.«

Er hielt seinen Hirtenstab bereit, um ihn gegen mich benutzen zu können, falls ich irgendwelche verdächtigen Bewegungen machte.

»Du hast recht, ich bin niemand, den du kennst«, gab ich zur Antwort. »Aber wenn du der Schafhirt bist, den ich suche, dann haben wir einen gemeinsamen Freund.«

Der Schäfer wich etwas zurück, entweder, um gleich auf mich loszuspringen, oder um wegzulaufen. Er sah sehr jung aus – lockiges braunes Haar, dunkle Augen, bartlos wie ein Hühnerei und ganz allein mit der Herde – kein Wunder, daß er Angst hatte.

»Was glaubst du denn, wer ich bin?« fragte er und versuchte, seiner Stimme einen sonoren Klang zu geben, um älter zu wirken – nur klang sie trotz alledem noch sehr piepsig.

»In der Stadt haben wir herumgefragt, wo wir Klotzko ... äh ... Bertram finden können.«

»Das ist mein Name. Ihr seid doch nicht aus Loupgarou, oder?«

Er nannte den Namen der Hauptstadt von Wingdingo-Land mit der gleichen kalten Furcht, mit der wir Akademiestudenten stets von Meister Thengors privatem Büro gesprochen hatten.

»Ich bin von der Oberseite«, antwortete ich. Es war besser, mich ihm auf diese Weise zu nähern, als ihn einzuschüchtern und vielleicht zu verjagen. Außerdem war es nicht gelogen. »Ich bin ein Freund von Ramses«, fügte ich hinzu.

»*Ramses!*« Erstaunen und Freude mischten sich auf Bertrams Gesicht. Er ließ seinen Hirtenstab fallen und klatschte in die Hände, dann wurde er rot und bückte sich, um den Stab wieder aufzuheben. »Äh, seht Ihr, Herr, Ramses und ich ... er war mein bester Freund.«

»Das weiß ich«, sagte ich. »Ramses hat es mir erzählt.«

»Was ist mit ihm geschehen, Herr?« fragte er inständig. »Bitte, sagt es mir. Eines Tages war er einfach nicht mehr da. Im Dorf wurde getratscht, daß er nach Loupgarou gegangen wäre, aber keiner wußte es sicher, nicht einmal seine Eltern. Ich wußte nicht, was ich davon halten sollte. Ich habe mich ja so um ihn gesorgt! Ich habe mir ausgemalt, was ihm alles Schreckliches zustoßen könnte. Ich bin ja nicht so für den Besuch von Schreinen und so, aber da bin ich doch nach Charbon gegangen, wo sie einen Tempel von Ovejuna, der Göttin der Schäfer, haben, und hab' sie gefragt, ob sie nicht nach Ramses schauen könnte. Ach, warum ist er nur weggegangen?« Der arme Kerl stand kurz davor, in Tränen auszubrechen. »Habe ich irgend etwas Falsches gesagt?«

»Um ehrlich zu sein, Ramses' Erzählung nach hast du nie viel gesagt, egal worüber.«

»Das war ja nur, weil ich mich so schäme.«

»Weswegen?«

»Wegen meiner Stimme. Sie ist so … so *dünn*, oder so. Ist doch besser, nichts zu sagen und mich von den anderen Schäfern einen Schafskopf und Klotzkopf Bertie nennen zu lassen, als mit einer piepsigen Stimme zu reden und plötzlich ›Mägdelein‹ zu heißen.« Urplötzlich leuchteten Berties Augen in einem neuen Feuer auf, und seine Hände griffen seinen Hirtenstab fester. »Obwohl ich gerne erleben würde, daß sie das mal tun.«

»Du klingst wie ein Kämpfer.« Auf solch eine Gelegenheit hatte ich gehofft. »Ramses braucht jetzt Kämpfer, die an seiner Seite stehen.«

»Wieso? Was ist geschehen?«

Also berichtete ich ihm, und als ich fertig war, brach es aus ihm hervor: »Das ist ja furchtbar! Garstig! Ein Verbrechen!« Er schüttelte seinen Hirtenstab hoch über seinem Kopf und schrie: »Bei Ovejuna, die Zeit ist gekommen, um den üblen Tyrannen zu stürzen und den wahren Erben auf den Thron von Wingdingo-Land zu setzen!«

»Du wirst dich uns also anschließen«, vergewisserte ich mich.

»Ihr könntet mich nicht davon abhalten. Da ist allerdings noch ein Problem.«

Er sah sich besorgt um. »Wer kümmert sich um die Herde?«

»Bäääää, bääääää, bää. Kann ich *jetzt* aufstehen?« winselte Bruder Wensley.

Ich mußte aus dem Stegreif sehr viel Überzeugungsarbeit leisten, um zu verhindern, daß Bruder Wensley und Bertie meinen Versuch, sie einander vorzustellen, in eine Kriegserklärung münden ließen. Jeder besaß natürlich einen ganzen Haufen Vorbehalte und alten Groll gegen den anderen. Ich führte beiden immer wieder die Wichtigkeit unseres gemeinsamen Ziels vor Augen, bis sie den Austausch von Beleidigungen unterbrachen und mich in regelmäßigen Abständen aufforderten, den Mund zu halten. Scandal wäre stolz auf mich gewesen.

Scandal *war* stolz auf mich, als ich mit Bertie und seiner Schafsherde im Schlepptau in der Hafenkneipe ankam.

»Ich wußte, daß du es schaffen würdest, *mi jefe*.« Es war selten genug, daß der Kater ein einfaches Kompliment aussprach. Ich genoß es, solange ich konnte.

Rhett hingegen goß einen Eimer kaltes Wasser über das Ganze, indem er nörgelte: »*Das* soll der Führer des Schafhirtenheeres sein?« Er musterte Bertie von Kopf bis Fuß. »Etwas jung, nicht wahr? Mager ist er auch, wenn ich das so sagen darf. Diese Jacke flattert ja an ihm. Ich bezweifle, daß ein Gürtel Abhilfe schüfe.« Er wandte sich mir zu, als wäre Bertie ein Buch, das er ausgelesen hatte. »In Marshmellows Namen, wie um alles in der Welt soll ein solches Kind in der Schlacht sein eigenes Leben retten, ganz zu schweigen davon, daß es ein Heer – *Jark!*«

»Etwa so«, sagte Bertie, der nun über einem sich windenden Rhett stand. Der Schäfer hatte seinen Hirtenstab unauffällig zwischen die Beine des Hellsehers geschoben und dann etwas Unsägliches, aber Wirkungsvolles angerichtet.

»Jawoll!« rief ein Schafhirt, der an einem anderen Tisch saß. »Das geschieht dir recht dafür, unseren Bertie aufzuziehen. Er redet zwar nicht viel und ist vielleicht etwas langsam, aber er ist der beste Blasenballspieler in den Bergen.«

»Nur ein Narr würde sich mit jemandem anlegen, der so gut mit seinem Hirtenstab umgehen kann, aye«, gab ihm ein zweiter recht.

Die Gaststätte war voller Schäfer, die alle nach einem langen Arbeitstag einen erfrischenden Trunk genossen. Ramses hatte mir erzählt, daß Schafehüten eine Arbeit für Kinder wäre, aber die meisten dieser Burschen waren in meinem Alter, einige sogar noch älter.

»Warum hat der Idiot denn überhaupt Bertie herausgefordert?« fragte jemand. Andere beeilten sich, in die Diskussion einzusteigen.

»Ja, und warum ist Bertie überhaupt hier hereingekommen? Macht er doch sonst auch nicht! Bleibt immer lieber auf den Weiden, nicht wahr.«

»Und er hat was *gesagt*.«

Das schien diesen Leuten das größte Rätsel aufzugeben.

Bertie sprang auf einen Tisch.

»Jawohl, ich habe *gesprochen*«, sagte er indigniert. (Irgendwo im Raum kicherte jemand und rief spöttisch: »Mägdelein fein!« Ein böser Blick, den Bertie auf den Spötter abschoß, beendete diese Episode schnell.) »Es ist höchste Zeit, daß ich zu euch rede. Wir alle sollten unseren Mund aufmachen. Seht euch doch an! Seht euch an, wie ihr hier herumsitzt, während euer Land unter der Unrechtsherrschaft von König Wulfdoth leidet. Wie lange ist es her, daß wir einen Mörder zum König hatten? Andere Länder setzen keine Mörder auf ihren Thron!«

»Das machen die Mörder normalerweise auch selbst!« rief ein Schäfer.

»Ja, ich habe gehört, daß der König von Unterschwitzwald einmal erwischt wurde, wie er mit ein paar silbernen Löffeln in der Tasche ein schickes Bankett verlassen wollte«, sagte sein Trinkkumpan. »Es waren natürlich sein eigenes Bankett und auch seine eigenen Löffel, aber es ist ja der Gedanke, der zählt, nicht wahr? Außerdem war die königliche Familie von Unterschwitzwald nie besonders helle.«

»Ruhe!« Bertie haute mit seinem Hirtenstab auf den Tisch. »Wenn ihr nichts Wichtiges zu sagen habt, dann haltet den Mund. Als die Unterseite gebildet wurde, da gab es auf einmal eine ganze Menge Menschen, die nicht mehr sprechen konnten. Keiner konnte irgend etwas dagegen tun – es war ja der Wille der Götter –, aber was habt *ihr* getan, ihr, die ihr immer noch sprechen könnt? Habt ihr eure Stimmen erhoben, um gegen die Ungerechtigkeit zu protestieren? Habt ihr ein einziges Wort gesagt, um all die Unschuldigen zu verteidigen, die jeden Tag im Namen des Königs verhaftet werden? Oder habt ihr nur dagesessen und über die Herden und das Wetter und den Wollpreis lamentiert, während euer Land – *unser* Land – den Preis für euer Schweigen bezahlt? Erhebt euch! Erhebt euch! Die Zeit ist reif! Helft unserem wahren Herrscher, König Wulfdoth den Usurpator zu stürzen! Sprecht frei heraus und laßt euch nicht den Mund verbieten! Kommt mit mir, schafft euch Gehör, und die Wahrheit und das Gute werden siegen!«

Alle Schäfer in der Gaststätte erhoben sich wie ein Mann.

Laut jubelnd, umschwärmten sie Bertie und schworen, ihm zu folgen, wohin auch immer er sie führen würde. Die Gefühle überschlugen sich derart, daß Bruder Wensley und seine Gruppe sich sogleich den jubelnden Schäfern anschlossen. Schon bald schlugen sie sich gegenseitig auf die Schultern, zitierten aus dem kleinen grünen Buch und sangen alte Hirtenlieder.

Ich half Rhett auf einen Stuhl. Ich wußte, daß er immer noch Schmerzen litt, aber ich konnte es mir nicht verkneifen, ihn aufzuziehen. »Na, was denkst du nun über das magere Kind?«

»Ich ... ich ... bin ... nicht ... überrascht«, brachte er hervor. »Alles ... au! ... alles ist genauso, wie Marshmellow es mir offenbarte.«

»Du meinst, du *hoffst*, daß sich alles genauso akkurat entwickelt wie die Sache mit Bertie«, sagte Scandal.

Er beobachtete die feiernde Horde aus Schäfern und Schafen eine Weile und meinte dann: »Der Junge ist ganz gut, wenn es darum geht, einen Mob zu organisieren. Ich bin sehr gespannt was geschieht, wenn wir mit dieser Show auf Tournee gehen.«

KAPITEL 27

»Tod den Menschen! Tod den Menschen!«

Auf der Straße nach Loupgarou stieg hinter uns eine gewaltige Staubwolke in die Luft, und das abscheuliche Kampflied erklang aus ihrem Herzen.

»Tod den Menschen! Tod den Menschen!«

Scandal verstärkte seinen Griff an meiner Schulter, schaute nach hinten und sagte: »Weißt du, Bwana, ich will dich ja nicht nerven oder so, aber meinst du nicht, daß wir ihnen nicht ein anderes Lied beibringen sollten? Etwas wie: ›Zwei-Vier-Sechs-Acht, wer wird bald kaltgemacht? Hurra! *Wulfdoth!*‹«

»Dazu haben wir keine Zeit«, antwortete ich und keuchte, als sich das Tempo unseres Gewaltmarsches noch erhöhte. »Es ist Froschtag, und die Sonne ist schon aufgegangen.«

»Tod den Menschen! Tod den Menschen!«

»Ts-ts«, machte der Kater. »Dir ist aber klar, daß ich das einfach nicht verstehe? Ungefähr ein Viertel unserer Horde Aufständischer *sind* doch schließlich Menschen, und sie brüllen das Ganze ebenso laut wie jeder andere.«

»Vielleicht sind sie der Meinung, daß sie mit Bertram und seinen Schafhirten nicht nur das Ziel, sondern auch alles andere gemeinsam haben sollten«, schlug Rhett vor.

»Aha, kaum gibt's 'ne Show zum Anrufen und Mitlabern, da ist Rhett auch schon auf Sendung! Bertram und seine Schafhirten sind *auch* Menschen! Und hör auf, sie ›Bertram und seine Schafhirten‹ zu nennen. Das hört sich an wie eine Volksmusikband.«

»Die Schafe waren es«, murrte ich und wischte mir den Schweiß von der Stirn. Ich wollte auf keinen Fall, daß das zusammengewürfelte Heer mich überholte, egal, für welches gemeinsame Ziel sie auch kämpfen würden. »Die

Schafe haben damit angefangen, und die anderen Tiere und die Menschen haben es ihnen nachgemacht und sind in den Chor mit eingefallen wie eine Herde von ...«

»Ganz ruhig, Meister Kendar«, sagte Rhett mit fester Stimme. »Marshmellows Vision sprach von einem Heer, und niemand würde, um ehrlich zu sein, jene Handvoll Schafhirten, die Bertram zu Anfang um sich geschart hatte, als Heer bezeichnen.«

»Jau, Rasputin hat recht«, stimmte Scandal zu. »Ist schon gut für uns, daß die Armee auf dem Weg zur Stadt durch das Schneeballprinzip größer und größer geworden ist.«

Schneeball? Mir kam es wie eine Lawine vor. Während unseres Marsches waren wir stets bergab gegangen und daher gut vorangekommen. Der Vormarsch von Berties Gefolgsleuten zog natürlich die neugierigen Blicke der Bewohner aller Dörfer längs des Weges auf sich. Während die Schäfer dann, die Augen auf das ferne Ziel gerichtet, weiterschritten, lösten sich Bruder Wensley und seine Schafsagitatoren zeitweise von der Horde, um die Leute aufzuwiegeln. Und die Leute (auf der Unterseite schließt dieses Wort die intelligenten Tiere ein) hörten zu. Und dann dachten sie über all die Kleinigkeiten und nicht-mehr-Kleinigkeiten nach, durch die das Leben unter König Wulfdoths Knute stank. Dann erinnerten sie sich, um wie vieles besser das Leben unter König Wulfdoths ermordetem Bruder gewesen war, und dann dauerte es nicht mehr lange, bis sie sich dem wütenden Mob anschlossen, den wir anführten.

»Ich persönlich hoffe ja, daß schon der Anblick unseres Heeres König Wulfdoth so sehr erschreckt, daß er den Thron freiwillig aufgibt«, sagte ich.

»Darauf solltest du deine Lebensversicherung aber besser nicht verwetten, Chef.« Scandal war die kalte Stimme der Vernunft. Ich *haßte* die kalte Stimme der Vernunft. Sie versetzte meinen Magen in Aufruhr. »Wulfdoth wird ja vielleicht sogar wie ein Hase davonlaufen wollen, aber er hat Acerbia im Nacken. Ich glaube nicht, daß er irgend etwas unternehmen wird, wenn sie es ihm nicht vorher befiehlt. Der Mann ist wie ein geprügelter Hund.«

»Für diesen Fall hoffe ich, daß unsere Leute auf dem Weg zur Stadt noch an bessere Waffen kommen«, erwiderte ich. »Der Feind hat Schwerter, Speere, Pfeile und ich weiß nicht, was sonst noch. Unsere Leute haben Hirtenstäbe, Mistgabeln, Sensen und Dreschflegel.«

»Na, meinetwegen reich mir in Butter gedünsteten Schierling und nenn mich Sokrates, aber du kennst doch dieses ganze Gerede, um Schwerter zu Pflugscharen ...?«

»Nein.«

»Es geht auch umgekehrt.«

Eine kleinere Staubwolke spaltete sich von der größeren ab und schoß auf der Straße an uns vorbei.

»Was war denn das?« fragte ich und schirmte mit der Handfläche meinen Augen gegen die Sonne ab.

»Sah aus wie Bruder Targhee«, sagte Rhett. »Er ist vorausgeeilt, um die Leute auf den vor uns liegenden Höfen aufzuwiegeln. Sie werden sich unserer Sache anschließen, uns vorausmarschieren und die Stadttore stürmen. Währenddessen wird Bruder Targhee auf Schleichwegen in die Stadt gelangt sein, bevor der Angriff auf die Tore losgeht, und inmitten der ausgelassenen Menge seine subversive Arbeit fortsetzen. Er wird so viele rebellische Schafe als möglich kontaktieren, sowohl aus Bruder Romneys Gruppe als auch aus anderen. Er wird sie in einen Überraschungsangriff gegen die Flanke von Acerbias Geheimpolizei führen. Er wird nicht überleben, das Strategem wird jedoch gelingen. Falls der wahre Erbe seinen Thron erobert, werden Targhees Genossen eine Statue zu seinem ehrenvollen Andenken errichten. Vögel werden auf ihrem Kopf nisten, und nach zehn Jahren wird der Stadtrat zu ihren Füßen einen Springbrunnen anlegen lassen. Weitere fünf Jahre später wird ein junges Mädchen Wasser aus dem Brunnen schöpfen und dabei einen gutaussehenden Prinzen kennenlernen, der verkleidet die Straßen durchstreift. Sie werden sich unsterblich ineinander verlieben, aber ihr niederträchtiger Onkel wird niemals ...«

Ich faßte Rhett am Schlafittchen und zog ihn an den Straßenrand. Von meiner plötzlichen Bewegung überrascht, sprang Scandal von meiner Schulter.

»Werden wir gewinnen?« drang ich auf Rhett ein.

»Werden wir was gewinnen?«

»Die New Yorker Landeslotterie, Bozo, oder was glaubst du?« knurrte Scandal. »Du gibst uns da einen Ausblick auf die ferne Zukunft, die uns alle Fragen beantwortet, bis auf diese eine wichtige: Retten wir Ramses, und kicken wir Wulfdoth und Acerbia in ihre gierigen Allerwertesten?«

»Ich weiß es nicht«, antwortete Rhett. »Marshmellow hat mir diese Information vorenthalten.«

»Marshmellow ist ja auch Acerbias Vetter«, teilte ich ihm mit.

»Tatsächlich?« Die Überraschung im Gesicht des Hellsehers war sehenswert. »Ah, das erklärt natürlich einiges. Kein Wunder, daß Marshmellow mir nicht alles sagen konnte. Er und seine himmlischen Geschwister stammen von der gleichen Göttin ab, die auch den Stamm der Feen gebar: Isenbergina, die Herrin der Tausendfachen Launenhaftigkeit.«

»Und sie bringt ihn dazu, schön nett zu seiner Cousine Acerbia zu sein, heh?« fragte Scandal. »Zum Beispiel dadurch, daß er ihren Feinden nicht allzu viele nützliche Informationen rüberwachsen läßt?«

»Genauso ist es.«

»Vielleicht. Aber vielleicht macht es unseren Kumpel Marshmellow auch einfach nur an, sich über die Brüstung des Paradieses zu lehnen und noch ein paar mystische Seifenblasen in die Köpfe der Sterblichen zu pusten.«

Während wir diskutierend am Straßenrand standen, zog die große Staubwolke an uns vorbei. Zuerst kamen, Bertie allen voran, die Schafhirten, die ihre Herden vor sich hertrieben. Ihnen folgten die Bauern und die Stadtbewohner, die sich uns angeschlossen hatten. Es waren ein paar Menschen darunter, aber der Großteil bestand aus aufrechtgehenden Bären, Schweinen, Füchsen, Hirschen, Pferden, Kühen, Wölfen – einige davon hatten noch ihre rüschenbesetzten Nachthemden an – und sogar ein oder zwei Hasen mit wildgefletschten riesigen Vorderzähnen. Bruder Wensleys Genossen waren über die ganze Horde verteilt, wedelten mit ihren kleinen grünen Büchern und führten den fortwährenden Kanon an: »Tod den Menschen! Tod den Menschen!«

»Außer Prinz Borith! Außer Prinz Borith!« rief Scandal ihnen zu. »Und Rhett! Und Meister Kendar! Und Anisella! Und ...!«

Selbst wenn sie ihn gehört hatten, trug ihr Verhalten dem keine Rechnung. Urplötzlich wußte ich, was wir zu tun hatten.

»Wir müssen vor dem Heer in Loupgarou eintreffen. Wenn sie die Stadt als erste erreichen, werden sie sie wahrscheinlich brandschatzen. Unschuldige könnten verletzt werden.«

»Und wie, bitte schön, sollen wir sie jetzt noch überholen?« fragte Scandal. »Sollen wir Bockspringen machen?«

»Rhett, zieht Euren Mantel aus«, verlangte ich.

Der Hellseher warf mir einen fragenden Blick zu, tat aber, was ich wollte. Es war ein großes Cape, lang und schwer. Ich breitete ihn auf dem Boden aus, schritt in seine Mitte und holte tief Luft.

»Wenn ich es zuvor schon einmal geschafft habe, dann kann ich es wieder tun«, redete ich mir ein. Ich nahm den silbernen Zauberstab aus meinem Gürtel und dachte an Acerbias Karte mit den zwölf Stichpunkten.

»Nur einen Zauber auf einmal«, murmelte ich. »Immer nur einen Zauber auf einmal.« Ich schloß meine Augen und konzentrierte mich.

»Und wir *haben* abgehoben!« vernahm ich Scandals entzückten Ruf. »Gute Arbeit, Mandrake, das Baby *fliegt*!«

Ich öffnete die Augen und grinste. Das Cape schwebte in Rhetts Augenhöhe. Ich befahl dem Kleidungsstück zu landen, und es gehorchte. Ich mußte dazu nicht einmal meine Augen schließen.

»Na also! Ich brauche nicht einmal mehr Mystis Hilfe, um Dinge zum Fliegen zu bringen.«

»Und ich möchte wetten, daß sie begeistert sein wird, wenn sie hört, wie wenig du sie noch brauchst«, gab Scandal zurück.

»Oh, Mysti wird es nichts ausmachen. Sie konnte schon immer auf sich selbst aufpassen.«

»Jemanden zu *brauchen* ist nicht das gleiche, wie ihn zu *benutzen*. Da kannst du jede Katze fragen.«

»Das verstehe ich nicht.«

»Später. Nun müssen wir erst einmal Berties Bataillon überholen.«

Scandal trottete auf das Cape und bedeutete Rhett, es ihm gleichzutun. »Voraus, Warp eins, Mr. Sulu.«

Nachdem wir erst einmal in der Luft waren, überholten wir das Heer mühelos. Erstaunte und begeisterte Rufe schallten uns zuhauf hinterher, als die Schäfer und ihre Gefolgsleute mit aufgerissenen Augen aufschauten und mit Händen, Pfoten und Hufen auf das sensationelle fliegende Cape zeigten. Der Anblick hielt den Vormarsch des Heeres abrupt auf.

»Alle Teufel! Diese Jungs von der Oberseite fliegen wie die Vögel!« rief ein Schäfer. »Was hat das zu bedeuten, Bertie?«

»Es bedeutet, daß die Zeiten besser werden!« rief Scandal zu ihm herunter. »Wißt ihr Bauernlümmel denn nicht, daß alles besser wird, wenn die Röcke weiter oben zu Ende sind?«

»Freies Volk von Wingdingo-Land, ich bin Meister Kendar!« rief ich. Jeder wußte, was der Titel *Meister* bedeutete, aber nur um sicherzugehen, daß sie auch angemessen beeindruckt waren und beeindruckt *blieben*, wedelte und fuchtelte ich dennoch mit meinem Zauberstab herum. »Ich bin mit meinen Gefährten den langen Weg von der Oberseite zu euch gekommen, um ein altes Unrecht zu korrigieren, von dem euer Königreich schon zu lange befallen ist.«

Die Meute unter mir begann zu murren. Ich konnte ein paar ihrer Kommentare aufschnappen: »Hast dir aber ganz schön Zeit gelassen!« und: »Echt nett von denen, den ganzen Ärger auf sich zu nehmen!« und: »Glaube ich erst, wenn ich es seh'!« und: »Zauberei ist teuer. Die Kosten werden am Ende doch nicht etwa auf unsere Steuern umgelegt, oder?«

»Nun ist die Stunde gekommen«, fuhr ich fort. »Wir müssen zusammenarbeiten. Das Recht soll über rohe Gewalt triumphieren. Die Gerechtigkeit soll siegen! Wir alle sind

Brüder mit dem gleichen Ziel, egal ob wir Pelz, Vlies, Federn oder eine Rasur tragen. Nun ist der Zeitpunkt gekommen, da alle rechtschaffenen Leute Prinz Borith zu Hilfe eilen. Doch bevor wir durch die Tore in die Stadt einrücken, müssen wir …«

Scandal piekste mich mit seinen Krallen ins Bein, sein Zeichen, daß er etwas Dringendes vorzubringen hatte.

»Was ist denn?« fragte ich ihn verärgert.

»Du solltest noch nicht auf den Punkt kommen, Chef. Ich glaube, es gibt da noch ein paar Klischees mehr, die du in deine große Rede einzuflechten vergessen hast.«

Er lehnte sich über die Kante des schwebenden Capes und rief der verwirrten Versammlung zu: »Hört zu, ihr da unten! Laßt diesen dämlichen ›Tod den Menschen‹-Unsinn sein. Zum einen sind eine ganze Anzahl von Menschen in unseren Reihen, und in Loupgarou sind noch viel mehr von ihnen, die glücklich sein werden, sich uns anzuschließen. Sie werden es aber nicht – ich wiederhole, *nicht* tun, wenn so ein komischer Doktor-Doolittle-Fanclub wie ihr ihnen den Eindruck gebt, auf *ihr* Blut aus zu sein. Das einzige Blut, das uns interessiert, ist das von Wulfdoth, habt ihr verstanden?«

Die Meute scharrte mit den Füßen und sah verlegen aus. »Die Hamster haben damit angefangen!« rief jemand.

»Egal, wer damit angefangen hat, *ihr* laßt es sein. Und jetzt gebt acht: Meister Kendar hat noch ein paar Zaubererdinge zu sagen.« Er wandte sich zu mir um. »Sie gehören dir, Champion.«

Ich versuchte, den heldenhaften, dramatischen Tonfall, den ich vorhin noch beherrscht hatte, wieder aufzulegen, aber ohne Erfolg. Er war spurlos verschwunden, durch Scandals Einmischung wie verbannt. Ich beschloß, so gut weiterzumachen, wie ich konnte.

»Wir werden vor euch in die Stadt einfliegen«, verkündete ich. »Wir werden Bruder Targhee unterstützen, wenn er Probleme hat, euch den Weg zu ebnen. Wir müssen so schnell wie möglich dorthin kommen, weil wir nicht wissen, für wann sie die Hinrichtungen angesetzt haben.«

Ein Schäfer legte seine Handflächen um seinen Mund und

rief mir zu: »Du willst doch ein Zauberer sein, oder, Junge? Dann kannst du die Hinrichtungen doch ganz alleine aufhalten!«

»Nein!« rief ich zurück. »Nein, das kann ich nicht *allein*. Aber ich *kann* ihnen die Hölle so heiß machen, daß euer rechtmäßiger Prinz so lange am Leben bleibt, wie ihr braucht, um dorthin zu kommen. Lebt wohl! Wir sehen uns wieder!« Ich winkte ihnen mit meinem Zauberstab einen Abschiedsgruß zu und befahl dem Cape, weiterzufliegen.

Wir erreichten bald die Stadttore von Loupgarou und stellten zu unserem Erstaunen fest, daß sie weit offenstanden. Kein Wächter war in der Nähe, kein Bürger, niemand. Es war äußerst verdächtig.

»Sieht so aus, als hätte Bruder Targhee uns hier geschlagen«, sagte Scandal.

»Unmöglich«, widersprach Rhett. »Ich habe ihn auf der Straße gesehen, als wir ihn überholten. Meister Kendar, wo sind die Leute?«

»Ich weiß es nicht, aber ich habe eine Idee.« Ich ließ das fliegende Cape landen und gab es Rhett zurück, nachdem wir abgestiegen waren.

»Behaltet den Mantel«, wies Rhett sein Cape zurück. »Ihr könntet ihn schon bald benötigen.«

»Noch 'ne Vision gehabt?« fragte Scandal.

»Nein, nicht ›noch 'ne Vision‹«, äffte Rhett den Kater ärgerlich nach. »Bei Marshmellows maßloser und kapriziöser Macht, warum nimmst du an, daß alles, was ich sage, einer Vision entspringt? Gelegentlich kommt mir auch völlig selbständig ein Gedanke!«

»Hört auf, euch zu zanken, ihr beiden«, sagte ich und schlug mir Rhetts Cape über die Schultern. Es sah zwar wie ein schweres Kleidungsstück aus, aber es fühlte sich so leicht an wie eine frische Brise. »Wir müssen herausfinden, was hier vor sich geht.«

Ich kannte Loupgarou nicht sehr gut, wußte aber, wie man vom Stadttor zur Burg kam. König Wulfdoths Männer hatten uns auf diesem Weg eskortiert, als sie uns von der Festung nach Port O'Morph brachten. Nun führte ich Rhett und Scandal den Weg zurück zu Wulfdoths Hochburg.

Wir waren noch nicht weit gegangen, als wir sie hörten: Geräusche, wie sie eine große Menschenmenge macht, die auf engstem Raum eingesperrt ist. Ein kurzes Stück weiter sahen wir eine Mauer aus uns zugewandten Rücken die Straße blockieren. Menschen, Tiere und noch mehr Leute standen wie die Korngarben dicht an dicht gepackt zusammen, ohne daß zwischen ihnen so viel Platz gewesen wäre, daß sich eine Schlange hätte durchzwängen können. Wie Inseln aus dem Meer ragten Händlerstände hervor, und wie an Klippen brach sich an ihnen die Menschenflut.

»Hey, kauft euch eure Souvenirs von der königlichen Hochzeit hier!« rief ein lebhafter junger Otter, der ein Paar bemalter Teller hochhielt. »Das heutige Sonderangebot: Kauft einen, und ihr bekommt einen umsonst dazu! Jawohl, wenn ihr einen Teller kauft, der an die Hochzeit von Prinzessin Anisella und Klinge dem Welfie erinnert, bekommt ihr kostenlos einen dazu, der euch an die Hinrichtung der bösen Schafspiraten gemahnt! Meine Damen und Herren, kommt herbei, nur keine falsche Scheu! Wie sollen euch eure Enkel glauben, daß ihr dabei wart, wenn ihr ihnen kein Souvenir vorweisen könnt?«

Ich drängte mich durch die Menge zu dem Stand des Otters. »Haben sie schon angefangen?« fragte ich. »Mit den Hinrichtungen, meine ich.«

»Nee, die haben mit der Hochzeit noch alle Pfoten voll zu tun«, antwortete dieser. »Sie haben den Altar auf dem gleichen Gerüst errichtet, auf dem sie auch die Schafe hängen wollen.« Seine hellen Augen schossen nach links und nach rechts, bevor er flüsterte: »Das bleibt aber unter uns – wenn einer von Lady Acerbias Schleichern das mithört, dann habe ich's nie gesagt – das sieht Wulfdoth, diesem alten Geizkragen, mal wieder ähnlich. Uns Steuern auferlegen, bis wir unsere Knochen ausschwitzen, und dann zu knausern, wenn seine eigene Tochter heiratet. Aus allen öffentlichen Brunnen fließt kostenloser Wein, aber direkt daneben stehen Wächter und schauen sich jeden genau an. Wer mehr als einen Schluck nimmt, wird gleich wegen Trunkenheit in der Öffentlichkeit festgenommen und kommt nur nach Bezahlung einer fetten Geldstrafe wieder auf freien Fuß. Und außerdem ...«

»Vielen Dank«, sagte ich eilig, »wir müssen nun einen Weg finden, um ein wenig näher an den Altar heranzukommen.«

»He! Lauft noch nicht davon, mein Herr!« Der Otter schob mir seine Waren zu. »Noch habt Ihr genügend Zeit, um Eurer Frau Gemahlin ein paar hübsche Souvenirs als Mitbringsel zu kaufen!«

»Seine Frau Gemahlin wird keine Souvenirs brauchen, um sich an *diese* Hochzeit zu erinnern«, sagte Scandal.

Wir gingen in den unbelebten Teil der Stadt zurück, und wieder einmal breitete ich das Cape auf dem Boden aus.

»Wenn wir dicht über den Hausdächern fliegen, werden wir vielleicht nicht gesehen«, überlegte ich laut.

»Bleib unter 500 Fuß, sonst erfaßt dich ihr Radar sofort! SAM! SAM auf sechs Uhr! BUMM! Ahhh!« gab Scandal zurück.

Anstatt auf dem Cape zu stehen, legte ich mich diesmal darauf. Rhett war gerade dabei, sich neben mir niederzulassen, als Scandal kreischte: *»Paß doch auf!«*

»Worauf? Was? Kommt jemand?« Ich sah mich um, konnte aber nichts und niemanden Gefährliches oder auch nur Seltsames ausmachen. »Bei Wedwels heiliger Hüfte, Scandal, hast du den Verstand verloren?«

»Besser meinen Verstand als dieses Ei«, erwiderte der Kater.

»*Welches* Ei?«

»Dieses Ei.« Rhett sah sehr schuldbewußt aus, als er einen sorgfältig eingewickelten Gegenstand aus seiner Gürteltasche nahm. Als er den Tuchlappen entfernt hatte, lag ein gewöhnliches Hühnerei in seiner Hand, das am Boden und an der Spitze mit dicken Klecksen aus rotem Siegelwachs versehen war. »Der Kater gab das hier in meine Obhut, kurz bevor wir die Burg verließen.«

»Wieso?«

»Ich weiß nicht.« Rhett wog es in seiner Hand. »Es fühlt sich schwerer an, als man erwarten würde.«

»Das sollte es auch, wenn du nicht von mir verklagt werden willst.« Scandal schlug mit seinem Schwanz hin und her, wie er es tat, wenn er auf sich selbst ungeheuer stolz war. »Du warst gerade dabei, dich auf meine Geheimwaffe zu legen. Mann-o-Mann, das hättest du bis an dein Lebensende bereut. Okay, du kannst es jetzt Kendar geben.«

Rhett bot mir das Ei an, aber ich war mir gar nicht sicher, ob ich es nehmen wollte.

»Was ist denn so besonders an diesem Ei?« fragte ich.

»Stell mir keine Fragen, und du hörst keine Lügen«, antwortete der Kater. »Na ja, wahrscheinlich erzähle ich dir schon deshalb immer wieder ein paar Lügen, um in Übung zu bleiben. Ich hab' mir ganz schön einen abgebrochen, um dieses Baby hinzukriegen. Ich habe sogar ...« Er senkte seine Stimme. »Ich habe dazu sogar Magik benutzt. Nur 'n klein wenig. Dieser Zauber, mit dem man etwas zum Fliegen bringt, ist so unglaublich einfach, daß man schon ein Idiot sein müßte, um nicht ... – Oh, 'tschuldigung, Chef. Ging nicht gegen dich. Komm schon, nimm das Ei.«

Ich nahm es und rollte es in meiner Handfläche hin und her. Es wog wirklich schwerer als ein gewöhnliches Ei, und das verräterische Kitzeln gespeicherter Magik haftete ihm an.

»Wie arbeitet es? Und was tut es?« fragte ich.

»Du wirfst es, und es bringt deine richtig riesigen Probleme auf eine handhabbare Größe.« Der Kater stieg auf das Cape und verkündete: »Alle Passagiere, die besonderer Hilfe bedürfen oder Kleintiere mit sich führen, können nun an Bord der Maschine gehen.«

Wir flogen knapp über den Hausdächern von Loupgarou auf die Burg zu. Unten sah niemand zu uns hoch, zu sehr waren alle damit beschäftigt, sich ein wenig dichter an den Ort des Geschehens zu kämpfen. Als wir die Häuserreihe erreichten, die direkt an den Marktplatz grenzte, brachte ich das Cape dazu, sich auf die Schindeln niederzulassen. Zum Glück für uns war das Dach nicht zu steil. Wir hatten nun den besten Ausblick auf die königliche Hochzeit, die man sich wünschen konnte.

Ganz wie der Otter es beschrieben hatte, stand ein Altar auf dem Gerüst. Um das Gerüst bildeten die Palastgarden einen lebendigen Zaun und hielten das Volk auf gutem Abstand. Das Gerüst war gleichzeitig aber auch ein Schafott, und unter dem Galgen standen Käpt'n Lan, Ramses und die anderen Schafspiraten und erwarteten ihr Schicksal. König Wulfdoth und Acerbia saßen am anderen Ende der Plattform auf vergoldeten Thronsesseln. Der König trug ein auserlesenes Gewand mit den Insignien seiner Herrschaft und einen übertrieben gerührten Gesichtsausdruck; die Fee trug wie immer nur Spinnenseide, ein Vermögen in Edelsteinen und ein Schmollmündchen.

»Warum ist denn dieser grüne Ballon an ihre Sessellehne gebunden?« fragte Scandal.

»Das ist kein Ballon«, antwortete ich. »Das ist Torquil. Sie hält ihn klein.«

»Ist dann auch billiger, ihn beim Hochzeitsempfang zu füttern.«

Anisella war eine bezaubernde Braut. Anisella war überhaupt bezaubernd. Sie stand mit Mysti am Galgen, neben einem Stapel Henkersschlingen, die mit bunten Bändern bedeckt waren. Sie lauschten einem prächtig gekleideten Priester, der sie gerade zu Welfie und Frau erklärte.

Scandal gab vor, zu schniefen. »Ich muß bei Hochzeiten immer weinen. Was ist mit dir, Chef?«

»Laß es sein, Scandal.«

»Ach, komm schon, du oller Softie! Schließlich wird deine Frau nicht jeden Tag verheiratet!«

»Psst!«

Der Priester klatschte in die Hände, und zwei hübsche kleine Knaben in blauen Gewändern kamen nach vorn. Jeder von ihnen trug eine Schale aus Silber. Der Priester tauchte Anisellas linke Hand in die eine und Mystis rechte Hand in die andere Schale, dann schlug er sie gegeneinander. Braune Schmiere tropfte herab.

»Ah, das ist der geweihte Schlamm«, erklärte Rhett. »Die

Zeremonie geht auf ihr Ende zu. Die Hände von Braut und Bräutigam werden aneinandergekittet sein, wenn der Schlamm aushärtet. Das soll die Treue symbolisieren. Und daß die Zeit den Bund zwischen Mann und Frau nur noch stärker macht.«

»Einer der Jungen spielt mit dem übriggebliebenen Schlamm Backe-backe-Kuchen!« verkündete Scandal.

Der Priester erhob nun die Hände und erklärte feierlich: »Seht her, die Prinzessin Anisella ist nun die angetraute Ehefrau des Welfies geworden, den man Klinge nennt. Keine Macht außer dem Tod gibt es, die diesen Bund brechen kann!«

»Und jetzt kommen wir zum spaßigen Teil!« rief König Wulfdoth aus, als er aus seinem Sessel sprang. Er rieb sich die Hände und befahl: »Bringt die Gefangenen!«

Die Wächter gehorchten aufs Wort und drängten die Gefangenen die Treppe zum Schafott hinauf. Ich sah Käpt'n Lan stolpern, als sein Holzbein gegen eine der Stufen stieß. Ohne nachzudenken, preschte Lodda nach vorn, um ihm beizustehen, aber ihre Pfoten waren gefesselt. Ich hörte sie frustriert jaulen.

Im Null Komma nichts waren die Piraten unter einer Reihe von Henkersschlingen aufgereiht. Ganz zuletzt kam Ramses, den der Henker persönlich die Stufen hinaufgeleitete.

»Festbinden und aufknüpfen!« befahl der König.

»Nicht so eilig, Eure Majestät«, unterbrach der Priester mit einem ungehaltenen Beiklang in der Stimme. »Wir haben die Hochzeitszeremonie *noch nicht ganz* beendet!«

»Was ist denn jetzt noch?« fragte Wulfdoth ungeduldig. »Ich habe meine Tochter fortgegeben, sie haben den zeremoniellen Wein getrunken, den zeremoniellen Hering gegessen, haben die zeremonielle Haxi-Chaxi-Partie gespielt, sind über das zeremonielle schmutzige Geschirr gesprungen, haben diese widerliche Sache mit dem Schlamm getan, und ich – ich saß hier während des ganzen Krötensabbers (an einigen Stellen bin ich sogar aufgewacht und habe zugeschaut), und jetzt möchte ich endlich zum Hängen kommen. Was fehlt also noch?«

Man konnte fast sehen, wie es von den Lippen des Priesters schneite. »Nur der Teil, wo ich frage, ob es irgend jemanden gibt, der diese Heirat für einen Fehler hält. Wenn sich jemand meldet, müssen wir uns seine Gründe anhören. Wenn die Gründe gut sind, müssen wir entscheiden, ob der Bräutigam oder die Braut dafür verantwortlich ist, daß wir *alle unsere kostbare Zeit mit dieser Zeremonie verschwendet* haben. Dann töten wir den Verantwortlichen. Es ist eine schöne alte Sitte, die von den Göttern hochgeschätzt wird. Wenn Ihr sie auslaßt, bekommen wir nächstes Jahr eine Heuschreckenplage.«

»Also gut«, grummelte der König. »Mach schon. Aber wenn hier irgend jemand etwas gegen meine Tochter sagt, dann wird es dort am Galgen eine Extraschlinge geben mit einem Überraschungsstargast darin. Und ich meine damit nicht Anisella.«

Der Priester breitete seine Arme aus. »Wenn jemand einen Grund weiß ...«

»Au! Paßt doch auf, wo Ihr mit Euren Armen herumfuchtelt, Eure Heiligkeit«, beschwerte sich Ramses. »Ihr habt mir aufs Auge gehauen.«

»Tut mir leid«, behauptete der Priester automatisch. »Es ist hier oben ja auch ein wenig eng, aus Gründen, die *ich* nicht zu vertreten habe. *Einige* Leute können offenbar nicht abwarten.« Er warf dem König einen vernichtenden Blick zu, und erhob seine Arme zum zweiten Mal, diesmal etwas vorsichtiger. »Wenn jemand einen Grund weiß, aus dem diese Heirat nicht den Segen der Götter empfangen sollte, so spreche er jetzt oder schweige für immer!«

»Ich weiß einen«, meldete sich Mysti.

Ein erstauntes Murmeln ging durch die Menge. Anisella begann zu zittern. Wulfdoths Gesichtsausdruck war unbeschreiblich. Selbst Acerbia wirkte wie versteinert.

Dem Priester fehlten vor Verwirrung fast die Worte.

»Seid Ihr ... seid Ihr sicher, mein Junge? Wenn Ihr Eure Braut einer Verfehlung beschuldigt, dann muß sie nach dem Gesetz dafür mit dem Tode büßen.« Wulfdoth gab ein unartikuliertes Brüllen von sich. »Aber ich glaube nicht, daß sie es sein wird, die den Preis bezahlt.«

»Ich bin eine Klinge der Gerechtigkeit«, sagte Mysti. »Und im Namen der Gerechtigkeit kann ich diese Frau nicht heiraten.«

»Wi... wieso nicht?«

»Weil ich schon verheiratet bin.«

Die Menge holte Luft.

»Mit Meister Kendar.«

Die Menge erstickte.

»*Paaaaaaaaapiiiiiiiiiiiiii!*« heulte Anisella auf und warf sich in Wulfdoths Arme.

KAPITEL 28

Platz und Straßen waren in Aufruhr. Gewisperte Gerüchte machten die Runde. Es wurde geflüstert und gemurmelt und schockiert geplappert. Der Priester nahm seine jungen Helfer an der Hand und zog sie hastig aus dem Gefahrenbereich. König Wulfdoth stand reg- und sprachlos da und hatte seine ausgebreiteten Arme voller Anisella. Er warf Acerbia einen bittenden Blick zu, deren erster Schock schnell einem Ungewitter wich, das ausreichte,um das halbe Königreich unter Wasser zu setzen.

»Soll das ein Scherz sein?« knurrte sie, erhob sich von ihrem Sessel und entfaltete mit einem schnappenden Geräusch ihre Schwingen.

»Ich spreche die Wahrheit«, antwortete Mysti. »Wenn Meister Kendar hier wäre, würde er es bestätigen.«

Wulfdoth war entsetzt. »Nun, ich habe gewußt, daß die Dinge auf der Oberseite ein wenig anders sind, aber das …!«

Anisella heulte nur.

Acerbias Lippen formten das heimtückischste Lächeln, das ich je an ihr gesehen hatte. »In diesem Fall bin ich doppelt froh, daß ich noch nicht den Fluch von Anisella genommen habe.«

»Du hast *was*?« brüllte Wulfdoth.

»Was *nicht* getan, mein Schatz«, verbesserte die Fee mit butterweicher Stimme. »Ich habe nicht den Fluch entfernt, der den zum Untergang verurteilt, der unsere Tochter als erster heiratet. Eine Sicherheitsmaßnahme. Ich hätte ihn aufgehoben, sobald ich mich davon überzeugt hätte, daß wir dieser Klinge-Person trauen können. Wende einem Welfie niemals deinen Rücken zu, hat meine Mutter mich gelehrt. Und wie man unschwer sieht, hatte sie recht.«

»Du Närrin! Dein Fluch verurteilt auch den zum Untergang, der das Mädchen zur Heirat hergibt!« schrie der König.

»Sei nicht so dumm, mein Lieber«, antwortete Acerbia. »Es ist mein Fluch, und wenn ich es will, lasse ich ihn durch brennende Reifen springen. Ich werde einfach den Teil, der dich verdammt, aufheben, und den Teil, der *ihn* betrifft, bestehen lassen.« Sie warf Mysti einen weiteren Medusenblick zu, dann winkte sie mit ihrem Zauberstab die königlichen Wächter herbei. »Ergreift ihn!«

Mysti zog ihr Schwert. »Da müßt ihr euch aber Mühe geben!«

»Wir leben, um zu dienen, Herr«, sagte der nächststehende Wächter und stürzte sich auf sie.

»Na, da geht das Schwertgefuchtel wieder los«, sagte Scandal, als wir zusahen, wie Mysti ihre Angreifer aufschlitzte, niederschlug und in Scheiben schnitt. »Was meinst du, Chef, sollen wir ihr zur Hand gehen?«

Rhett antwortete für mich: »Wenn wir das tun, nehmen wir Bertrams Heer das Überraschungsmoment, das es höchstwahrscheinlich verzweifelt benötigen wird, um zu siegen. Ich muß schon sagen, ich bewundere Klinge dafür, eine solch unglaubliche Lüge auszusprechen. Sie wird uns die Zeit erkaufen, die das anrückende Heer braucht.«

»Wer hat dich gefragt?« keifte Scandal. »Die anrückende Horde wird sicher bald eintreffen, aber wie bald? Sie werden große Schwierigkeiten haben, sich durch die Menschenmassen zu drängen. Hast du mal einen Blick auf die Verkehrsverhältnisse geworfen? Hier ist nicht nur ganz Loupgarou auf den Beinen und in den Straßen, da treibt sich auch noch ganz Port O'Morph herum. Wir sollten dafür sorgen, daß die Hinrichtungen nicht stattfinden, selbst wenn wir damit das Überraschungselement opfern. Wenn wir das nicht tun, werden sie Ramses und die anderen Schafe sofort aufknüpfen, nachdem sie mit Mysti abgerechnet haben.«

»Mysti?« wiederholte Rhett. »Wer ist Mysti?«

»Oh-oh.« Scandal hätte sich in die Zunge gebissen, wären seine Zähne nicht so spitz gewesen. »Damit ist die Katze wohl aus dem Sack, hm?« fragte er, den Blick auf mich gerichtet.

»Was Klinge gesagt hat, war keine Lüge«, eröffnete ich Rhett.

»Ihr meint damit, daß Ihr mit Klinge verheiratet seid?« fragte Rhett ungläubig.

»Ja, wir sind verheiratet. Klinges wirklicher Name ist Mysti.«

»Welfischer *Frauen*name mit fünf Buchstaben: Mysti«, sagte Scandal. »Du kannst deine Augen also wieder in den Schädel zurückstopfen, vielleicht brauchst du sie später noch.«

»Ein Welfie*mädchen*?« Rhett war restlos verblüfft. Er sah zu, wie Mysti aufsprang, eine der Schlingen ergriff und sich daran herumschwang, um sechs Wächter gleichzeitig anzugreifen. Die Zuschauer jubelten. »Aber das heißt doch ...«

»Jau. Anisella gehört dir allein. Minus einem Fluch.« Scandal blinzelte.

»Der Fluch? Bei Marshmellow, Meister Kendar, das ist ja furchtbar! Der Fluch wird Eure Frau treffen!«

»Nein, das wird er nicht«, wandte Scandal ein. »Mysti ist eine Frau, so daß sie und Anisella nicht wirklich verheiratet werden können, also fällt auf Mysti auch kein Fluch. Aber weil Anisella eine volle Heiratszeremonie durchgestanden hat, heißt das, daß der Fluch erfüllt ist oder aufgehoben, neutralisiert, null und nichtig beziehungsweise ...«

»Aber der Fluch besagt, daß wer auch immer Anisella heiratet, zum Untergang verurteilt ist«, argumentierte Rhett. »Nirgendwo wird ausdrücklich gesagt, daß sie einen Mann heiraten muß. Aus diesem Grunde ist es egal, ob Mysti Anisellas Ehe*mann* sein kann oder nicht, sie *hat* sie geheiratet, und daher ...«

»Schon, aber weil Mysti zu diesem Zeitpunkt bereits mit Kendar verheiratet war, konnte sie gar nicht ...«

Ich schlug das Cape um meine Schultern und überließ die beiden ihrem Disput über die Bedingungen des Fluches. Ich konnte bereits absehen, daß Mystis Schwertkämpferqualitäten, so meisterhaft sie auch waren, der Übermacht von

König Wulfdoths Wächtern nicht mehr lange gewachsen sein würden. Immer mehr von ihnen hasteten herbei, stürmten das Schafott und stießen dabei die Gefangenen zur Seite. Käpt'n Lan, Lodda und die meisten anderen purzelten über die Kante. Sie landeten recht unsanft auf dem Steinpflaster des Marktplatzes. Zu ihrem Glück war das Schafott nicht allzu hoch (ein weiterer Beweis für den Geiz König Wulfdoths, der offenbar am Holz sparen wollte). Kaum waren sie zu Boden gefallen, rappelten sie sich daher wieder auf. Nur Ramses blieb, wo er war, weil er zu nahe am Mittelpunkt der Gerüstplattform stand, um heruntergedrängt zu werden.

Ich kniete nieder und stopfte die freien Enden des Umhangs sorgfältig in meine Stiefelstulpen.

»Alles klar«, sagte ich zu mir und holte tief Luft. »Entweder klappt das jetzt oder nicht. Wenn nicht, ende ich als Pfannkuchen, aber ich muß es versuchen. Nur ein Zauberspruch auf einmal, das ist alles, woran ich denken muß. Auf geht's!« Und damit schritt ich vom Rand des Daches in die Luft.

Das Cape blähte sich hinter mir auf wie ein Segel, der Flugzauber erhob es – und es erhob mich. Jemand aus der Menge blickte nach oben und sah mich auf das Schafott zusteuern.

»Schaut! Da, in der Luft! Ist es ein Vogel?«

»Das ist aber ein großer Vogel. He, Kumpel, hast du zufällig einen zweiten Hut dabei, den du mir borgen könntest?«

Die Wächter unterbrachen ihre Kampfanstrengungen und starrten zu mir hoch, als ich auf den mittleren Galgen zuflog, der mir als Sitzstange dienen sollte. Mysti nutzte den Vorteil, den meine Ablenkung ihr bot, um ein paar der Wächter zu Nichtkämpfern zu machen. Ich hob den Flugzauber auf und balancierte, meinen glitzernden Zauberstab in die Luft haltend, auf dem Querbalken.

»Im Namen der Gerechtigkeit und allem, was heilig ist, stoppt diese Hinrichtungen!« Ich brüllte so laut, daß mich jeder hören konnte. »Die unrechtmäßige Herrschaft von König Wulfdoth dem Usurpator ist zu Ende. Seht euren wahren Prinzen!«

Ich deutete mit dem Zauberstab auf Ramses. Magik umflutete ihn und riß das Vlies von ihm wie die Schale von einer Orange. Seine Hände waren immer noch gefesselt (nur ein Zauberspruch auf einmal!), aber er trat als echter Mensch aus dem Schafspelz. (Er war auch vollständig gekleidet. Ich gebe zu, daß dieser Umstand mich ein wenig verwirrte.) Die Leute jubelten wieder. König Wulfdoth wirkte unruhig.

»Ihr Idioten!« stauchte er die Wachen zusammen. »Was steht ihr hier herum? Macht euch nützlich! Tötet ihn!«

»Vorher müßt ihr ihn aber erreichen!« schrie Mysti. Ein schneller Hieb mit ihrer Klinge, und Ramses war frei. Er bückte sich geschickt, um ein Schwert aufzuheben, das einem der toten Wächter gehört hatte, und schickte sich an, Mysti zu Hilfe zu eilen.

Von meinem Ausguck auf dem Querbalken konnte ich einen großen Teil der Straßen von Loupgarou überblicken. Die Menschenmenge war aufgewühlt, aber nicht allzuweit entfernt sah ich eine größere Turbulenz aus mehreren Richtungen durch den Mob auf das Schafott zukommen. Sie waren da! Das Heer der Schafhirten, die rebellischen Bauern und die Städter, die Bruder Targhee zur Revolte aufgewiegelt hatte. Nun konnte ich auch das wilde Geräusch wütenden Blökens hören. Wie Donner rollte es durch die Straßen und ließ tapfere Männer erbleichen.

»Für Borith! Für Borith!« hallte der Schrei aus Hunderten Kehlen, menschlicher wie tierischer, als die ersten zu Berserkerwut aufgestachelten Schafe auf den Marktplatz stürmten.

»Für Borith!« antworteten mehr und neue Stimmen. Die Menschenmenge wich vor den heraneilenden Angreifern freiwillig zur Seite. »Ich habe Wulfdoths Außenpolitik nie gemocht! Für Borith!«

Ich erspähte Bertram und seine Kameraden, wie sie sich hirtenstockschwingend durch die Meute drängten. »Nieder mit Wulfdoth, dem Verräter!« schrie Bertram. Seine Stimme mochte kieksig sein, aber dafür trug sie weit. »Hoch Prinz Borith, der Sohn unseres ermordeten Königs!«

»Für Borith! Für Borith! Was wird denn aus Wulfdoths Biersteuer, ey? Für Borith!«

»Für Borith! Für Borith und bessere Schulen für die Kinder!«

Die königlichen Wächter waren vor Schreck wie gelähmt, was auch der einzige Grund war, aus dem sie ihre Posten nicht verließen. Die Stadtbewohner, die ihnen am nächsten standen, warteten nicht erst auf das Heer der Aufständischen, um auf sie einzuprügeln. Mir schien, daß die Revolution schon lange überfällig gewesen war. Einige Städter entwanden den Wächtern ihre Waffen und gaben sie ihnen mit der scharfen Seite voran zurück. Die Wächter verteidigten sich zwar, wichen aber vor dem Ansturm zurück.

Ich zielte mit meinem Zauberstab noch tiefer, und plötzlich zerfaserten die Stricke, mit denen die Piraten gefesselt waren, zu Tausenden von Bindfäden, die sich kurz spannten und dann zerrissen. Käpt'n Lan stieß ein triumphierendes Brüllen aus. »Bää-arrrh! Auf sie, Jungens! Für die Ehre von unserm Schiff!«

Wie Ramses ergriff er das Schwert eines gefallenen Wächters und führte seine Mannschaft in den Rücken der Männer des Königs. König Wulfdoths Truppen wurden niedergemetzelt. »Tötet ihn! Laßt die anderen und tötet ihn zuerst!« zeterte der König, wie verrückt auf Ramses deutend. »Wenn er stirbt, ist es für sie vorbei!«

Eine frische Schar Wächter aus der Burg erreichte im Eilmarsch den Marktplatz. Sie bewegten sich auf das Schafott zu, um dem Befehl ihres Herrschers Folge zu leisten. Bertie pfiff schrill und stieß seinen Stab fest in die Seite eines riesigen Schafbocks. Das Tier brüllte auf und preschte mit gesenktem Kopf auf die neuen Angreifer los. Der Rest der Herde folgte ihm ohne Rücksicht auf Verluste. Die Königstreuen gingen zu Boden und wurden unter einer Welle wolligen Wahnsinns nach der anderen zertrampelt.

»*Männer*, pah! Muß ich denn alles selbst machen?« Acerbia knurrte einen Befehl, und überall in dem Getümmel rissen Geheimpolizisten Mäntel und Kapuzen herunter, um sich zu erkennen zu geben, und zogen blank.

Angst- und Wutschreie der Umstehenden waren die

Folge. Einige versuchten hastig, wegzukommen. Andere, die Dolche oder Messer zur Hand hatten, zogen diese und stürzten sich auf ihre überraschten Angreifer. Ohne jeden Zweifel war es das erste Mal, daß die Leute zurückschlugen, und das kam für die Geheimpolizei unerwartet. Ich glaubte, Hauptmann Tuckwart kurz inmitten einer Gruppen von Frauen kurz auftauchen zu sehen. Zu seinem Pech war eine dieser Frauen die Bärin aus der Gastwirtschaft *Zum Käse und zum Keks*. Ihre schwere Pranke krachte hart auf seinen Schädel. Es war kein schöner Anblick.

Auf dem Schafottgerüst kämpften Ramses und Mysti Rükken an Rücken und brachten alle, die auf sie zustürmten, zu Fall. Die Wächter, die sie nicht auf der Stelle töteten, traten oder stießen sie von der Plattform, wo Käpt'n Lan und seine Mannschaft mit blanken Waffen warteten. Als sie das Schafott endlich von allen Gegnern befreit hatten, wandte Ramses sich König Wulfdoth zu und fixierte ihn mit einem finsteren Blick.

»Nun wirst du für meines Vaters Tod bezahlen, Schurke!« rief er und richtete sein Schwert auf die Brust des falschen Königs.

»Papi?« fragte Anisella, die sich immer noch an Wulfdoths Brust klammerte.

»Nicht jetzt, Schätzchen, Papi ist beschäftigt«, sagte der König ruhig und schob sie hinter seinen Rücken. Dann zog er selbst sein Schwert. »Was jetzt kommt, hätte ich tun sollen, als du noch in deiner Wiege lagst.«

»Ja, das wäre viel einfacher gewesen«, lachte Ramses spöttisch. Er machte einen Ausfall nach Wulfdoth, und damit begann das Duell. Um sie herum erklangen die Rufe: »Für Borith! Für Borith und weniger Arbeitslosigkeit!«

»Euch gebe ich weniger Arbeitslosigkeit!« kreischte Acerbia. Ein Strahl aus Magik schoß aus ihrem Zauberstab mitten unter die umherwimmelnden Schafe. Es gab eine enorme Explosion, die Fetzen von Wolle überallhin verstreute. »Ich werde so viele von euch elenden Verrätern vernichten, wie ich kann. Für jeden, der überlebt, wird es viel zu tun geben. Ist das ein Programm gegen die Arbeitslosigkeit oder nicht?«

Ein zweiter Strahl folgte dem ersten. Böcke wie Mutterschafe stiegen in die Luft und prallten mit tödlicher Wucht wieder zu Boden. Die Leute schrien und wichen vor dem blökenden Bombardement zurück. Acerbias Leute nutzten den Vorteil, den die entstandene Verwirrung ihnen bot, und setzten mit Keule und Klinge nach.

Die Fee glühte golden vor Wut. Ihr schlanker Leib war in eine strahlende und knisternde Aura gehüllt. Sie warf einen Magik-Blitz nach dem anderen, manchmal sogar mehrere gleichzeitig, in das Durcheinander von Menschen und Tieren. »Wulfdoth und ich hatten hier ein hübsches kleines Königreich. *Wir* waren glücklich und zufrieden. Warum konntet ihr Unruhestifter von der Oberseite uns nicht einfach in Ruhe lassen?«

Sie sah mich wütend an und schleuderte eine schildgroße Scheibe aus Magik nach mir. Sie warf mich von meinen Füßen. Rasch rief ich den Zauberspruch auf, der mein Cape zum Fliegen brachte, aber seine Enden waren aus meinen Stiefelstulpen geglitten. Das Cape flatterte hoch, und ich hing daran. Weil es eng an meinem Hals befestigt war, begann es, mir die Luft abzudrehen. Acerbias Gelächter zermürbte mich.

Während ich herumzappelte, sah ich, wie sie ihre Aufmerksamkeit auf Ramses richtete, der Wulfdoth näher und näher an die Kante der Plattform zurückdrängte. Die Piratenschafe kreisten unter der voraussichtlichen Absturzstelle wie eine Schule hungriger Haifische. Ein weiterer Schritt zurück, und sie hätten ihn! Käpt'n Lañs Haken glitzerte tükkisch, und Lodda heulte laut nach Wulfdoths Blut.

»O nein, das wirst du nicht tun!« kreischte Acerbia. »Ich habe nicht die besten Jahre meines Lebens geopfert, um Wulfdoth zum König zu machen, nur damit ein Emporkömmling von Schafstreiber ihn umbringt!«

Nur einen Zauberspruch auf einmal, dachte ich, während ich mit dem Cape kämpfte. *Immer nur einen Zauberspruch auf einmal!* Ich bekam mit größter Mühe die Schließe des Mantels auf. In meine dankbaren Lungen strömte Luft. Ich war sehr glücklich während des kurzen Augenblicks, der meinem Aufprall kopfüber auf das Pflaster vorausging.

Ich konnte nur verschwommen sehen, aber ich glaubte zu erkennen, wie der Zauberstab der Fee einen feurigen Umriß in den Himmel zeichnete. Ein kleiner grüner Ballon schwebte auf ihre Hand zu und wuchs und wuchs, je näher er kam.

»Nee, ich werd' dich nicht deinen großen Feuerwurm wieder beschwör'n lassen, du Hexe!« rief Käpt'n Lan und kraxelte das Schafott so leichtfüßig hoch, als wäre es die Takelage der *Goldenes Vlies*. »Bei dieser guten Klinge schwör' ich, daß du keine bösen Zauber mehr aussprechen wirst, wenn dein Kopf erst mal von deinen Schultern getrennt ist, bääärrrrrRRRRRRGGGGHHHHHHH!«

Eine unglaublich heiße Druckwelle schoß, begleitet von einem blendenden Lichtblitz, über den Marktplatz. Der Geruch gebratenen Hammels stieg mir in die Nase. Von weitem hörte ich Ramses' herzzerreißenden Ruf: »Lan! Lan, mein Bruder!«, dann einen dumpfen Schlag und König Wulfdoths siegreiches Gackern.

»Chef! Steh auf, Chef!« Scandal klopfte mit seiner Pfote beharrlich auf mein Gesicht. »Du hast jetzt keine Zeit für ein Schläfchen. Wulfdoth hat Ramses gerade mit der flachen Seite seines Schwertes auf den Kopf gehauen. Unser Prinz ist z-u B-o-d-e-n und gleich ist er t-o-t.«

»Häh?« nuschelte ich.

»Die Piraten sind zu geschockt, um weiterzukämpfen. Käpt'n Lan wurde von Acerbias Drachen gegrillt. Da liegt die arme Lodda über den Leichnam gebreitet und weint sich die Augen aus. Die Wachen kommen näher. Mysti versucht, sie zurückzuhalten, bis die Schafe wieder zur Besinnung gekommen sind, aber sie ist nur eine einzige Welfie und ihre Maske ist auf ihrem Gesicht verrutscht.«

Ich setzte mich auf und schüttelte meinen Kopf. »Wie bist du von dem Dach heruntergekommen?«

»Ich bin gesprungen.«

»Von so hoch oben?« fragte ich entsetzt.

»Du weißt doch, daß ich immer auf meinen Füßen lande.«

Ach ja, das hatte ich vergessen.

»Nun steh' endlich auf«, drängte der Kater. »Wir brauchen dich. Acerbia hat ihren Drachen bestiegen und versucht im Moment, jeden in Loupgarou in etwas Schwarzes, Knuspriges zu verwandeln. Siehst du, dort?«

Ich konnte es nicht übersehen. Torquil war nun größer als je zuvor. Sein Körper verdeckte die Festung, und seine Flügel verdunkelten die Sonne. Acerbia saß ihm rittlings im Nacken und ließ von ihrem Zauberstab einen gleißenden Speer nach dem anderen auf die Rebellen hinabregnen. Der Drache hauchte seinen feurigen Atem überallhin, wohin die Fee wies. Viele unserer Verbündeten waren schon auf der Flucht, andere hielten grimmig ihre Stellung. Die Wächter und die Geheimpolizisten faßten sich erneut ein Herz und wagten einen Gegenangriff. Auf der Plattform ergötzte sich König Wulfdoth hämisch an seiner Macht, während er den schlaffen, bewußtlosen Ramses am Nacken gepackt hochhielt. Mysti kämpfte weiter wie ein Held der alten Legenden, aber sie ermüdete sichtlich. Die gewöhnlichen Schafe rannten panikerfüllt im Kreise und kamen jedem ins Gehege. Über der ganzen Szenerie hüpfte der fliegende Mantel wie eine große Fledermaus auf und ab.

Ein zotteliger Körper fiel neben mir zu Boden. Es war Bruder Targhee. »Solange nicht alle frei sind, ist niemand frei«, keuchte er und starb.

»Hier, Meister Kendar, laßt mich Euch aufhelfen.« Bertram bot mir eine kleine, braune Hand an. Ich taumelte auf die Füße und mußte mich an meinem Zauberstab festhalten.

»Meister Kendar, wir werden zurückgeworfen«, sagte der junge Schafhirt sanft. »Könntet Ihr Eure Kräfte nicht für unser gemeinsames Ziel einsetzen?«

»Du kannst darauf wetten, daß er das kann!« Scandal tanzte vor lauter Vorfreude. »Na los, Kendar, Blitzkrieg gegen Wulfdoth, Acerbia erledigen und diesen übergroßen Godzilla aus dem Himmel pusten, das ist ja wohl nicht zuviel verlangt! Buff! Wamm! Zuwie!«

»Ich kann nicht«, sagte ich.

»Kawumm! Peng! *Was?*«

»Ich kann immer nur einen Zauber auf einmal ausführen«, erinnerte ich ihn. »Wenn ich etwas anderes versuche, verliere ich die Kontrolle über meine Magik. Genauso, wie

Meister Thengor sie verlor, kurz bevor er starb, weißt du noch? Sie schwebte wie eine große Wolke über ihm und ...«

»Wie diese Wolke?« Der Kater bedeutete mir mit einer Bewegung seiner Augen, nach oben zu schauen.

Das tat ich – und wußte, was er gemeint hatte. »Acerbia benutzt zu viele Zaubersprüche auf einmal!« rief ich aus. »Darum schimmert sie so hell!«

»Und denk mal kurz drüber nach, Champ, denk an ihren Stab. Hast du sie je ohne ihn gesehen? Ihre Magik steht kurz davor, durchzudrehen; die einzige Kontrolle, die sie noch hat, beruht auf dem Zauberstab ... Kendar, Baby, es ist Zeit für den Showdown! Acerbia weiß es noch nicht, aber sie steht mit dem Rücken zur Wand, hat ihren Colt leergeschossen, ihn nach dir geworfen und dich verfehlt. Jetzt sprechen die Fäuste!«

»Aha!« Ich massierte mein Kinn und schaute in den Himmel. »Dann lassen wir sie es doch wissen.« Ich legte meine Hände trichterförmig an den Mund und brüllte: »Acerbiaaaaaa!«

Die Fee hörte mich. Sie zügelte den Drachen, kurz bevor er einen weiteren Feuerball spuckte, und richtete seinen Kopf auf mich.

»Hallo, mein kleiner Zauberer«, sagte sie in jenem allzu zuckrigen Tonfall, den zu hassen ich inzwischen gelernt hatte. »Nur keine Ungeduld. Ich kümmere mich schon um alle. Alles zu seiner Zeit.«

»*Jetzt*, Acerbia!« Ich richtete den Zauberstab drohend auf sie. »Laß die anderen in Ruhe und kämpfe jetzt mit mir.«

»Ich würde ja gerne ...« Sie schoß mit ihrem Zauberstab einen Feuerblitz auf einen Schafhirten ab. »Ich würde ja wirklich gerne ...« Eine Fontäne aus Feuerkugeln wirbelte in den Tumult. »... aber Torquil hat so viel Spaß dabei ...« Sie und der Drache peitschten mit Bändern aus Feuer über die Köpfe der Menge. »... daß ich gar nicht aufhören will!« Sie kicherte.

»Ach, *hör auf*, Mami!« Anisella stand da wie der personifizierte Zorn, die Fäuste in die Hüften gestemmt. »Du wirst Meister Kendar in Ruhe lassen und Papi sagen, daß er Ramses nicht weh tun soll!«

»Tut mir leid, Schätzchen, aber – das ist von argh – *Mami* zuviel verlangt«, antwortete Acerbia. »Mami und Papi müssen die bösen Männer töten, damit ihre kleine Prinzessin glücklich und zufrieden bis an ihr Ende leben kann. Zerbrich dir darüber nicht dein hübsches hohles Köpfchen.«

»Ach, sei doch ruhig, du Miststück! Deine Vorstellung von Glück und Zufriedenheit besteht doch darin, daß ich irgend jemanden heirate, den du ausgesucht hast. Vergiß es! Ich will dein glückliches und zufriedenes Leben nicht erleben!« Anisella stampfte mit dem Fuß auf. »Ich will auch keine Prinzessin sein, wenn der Preis dafür ist, daß jemand ermordet wird!« Sie zog das Goldnetz aus dem Haar und schleuderte es weit von sich. »Wenn du sie nicht gehen läßt, dann werde ich davonlaufen, und du wirst mich niemals wiedersehen. *Dann* kannst du ja versuchen, mich an irgend jemanden zu verheiraten!« Sie riß sich ihr spinnenseidenes Kleid vom Leib. Es fiel zu Boden, und sie stieg heraus. Darunter trug sie ihr gewohntes Kettengewebe. Der Marktplatz hallte von dem Geräusch wider, das männliche Unterkiefer machen, wenn sie auf Kopfsteinpflaster prallen.

»Mach dir nicht die Mühe und versuche, davonzulaufen, Süße«, riet Acerbia ihrer Tochter. Mittlerweile war die Wolke aus Magik um sie herum angeschwollen wie ein trockener Schwamm, den man in Badewasser wirft. »Es gibt einen wesentlich unkomplizierteren Weg für mich, dich niemals wiederzusehen.« Sie hob ihren Zauberstab, der vor arkanem Feuer glühte.

Wulfdoth ließ Ramses fallen. »Nein, Acerbia! Nicht unsere Tochter!«

»Ach, hör auf zu heulen, Wulfdoth«, sagte die Fee, die mit ihrer Geduld am Ende war. »Es gibt noch mehr von der Sorte, dort, wo sie herkam. Nur werde ich das Gör das nächste Mal selbst aufziehen, wenn es denn sein muß. Vielleicht haben wir dann eine, die klug genug ist, einzusehen, daß Mutter am besten weiß, was gut für sie ist.«

Sie gab den vernichtenden Zauberspruch in dem gleichen Augenblick von sich, in dem ich selbst ein wenig Magik freisetzte.

Drei Schreie zerrissen die Luft.

KAPITEL 29

König Wulfdoths Schmerzenschrei erstarb, als er das gleiche tat. Mit einem Loch in der Brust brach er auf der Plattform zusammen.

Anisellas Schreckenschrei schlug in Schluchzer elendster Verzweiflung um, als sie auf die Knie fiel, um ihren toten Vater in den Armen zu wiegen.

Acerbias Schrei der Entrüstung wurde durch das fliegende Cape gedämpft, das sich auf mein Kommando hin über ihren Kopf gelegt hatte. In erster Panik schlug sie mit ihren Armen wie mit Windmühlenflügeln um sich, ließ ihren sterngekrönten Zauberstab los, tastete blind danach und fiel von Torquils Nacken. Das Cape hatte sich in ihren Flügeln verheddert und verhinderte, daß Acerbia sie ausbreitete und aus eigener Kraft flog. Sie quiekte, als sie auf den Boden aufprallte.

Eine ansehnliche Portion Magik trieb dort, wo Acerbia gewesen war, bevor ich den Umhang auf sie hatte fallen lassen. Torquil wandte schläfrig seinen großen Kopf, um daran zu schnüffeln. Es war nichts Gutes zu essen, so daß er einfach eine kleine Rauchwolke auf das Gebilde abfeuerte. Die Magik schoß sofort in alle Himmelsrichtungen davon. Einen Augenblick lang glaubte ich, ein Kichern zu vernehmen.

Eine plötzliche Stille fiel über den Marktplatz von Loupgarou. Das Schweigen wurde nur von denen gebrochen, die um ihre Toten weinten. Der Fall der Fee und der Tod Wulfdoths hatten der Schlacht förmlich den Wind aus den Segeln genommen. Die Schafhirten, die Städter, die Wächter, die Bauern und die Geheimpolizei standen herum und starrten einander mit gesenkten Waffen an. Einer der Wächter hob sein Schwert, um einen wehrlosen Bauern in zwei Hälften zu hacken. Der Bauer knurrte: »Laß den Quatsch sein, Mann«, und der Wächter ließ seine Waffe sinken.

»Teller!« rief der junge Otter, der sich durch das Chaos schlängelte. »Kauft eure Erinnerungsteller hier! Sie haben jetzt schon Sammlerwert! Ein schöner funkelnagelneuer Teller zum Gedenken an den verstorbenen König Wulfdoth!« Er erklomm das Schafott und stieß Ramses mit seiner Pfote an. »Ein Teller, Eure Majestät? Eine Kleinigkeit, um Euch an diesen großen Tag zu erinnern?«

Ramses stöhnte und faßte sich an den Kopf. »Was ist geschehen?«

»Ihr überlebtet lange genug, um König zu werden, Prinz Borith«, sagte Mysti. »Und da der Gerechtigkeit nun Genüge getan ist ...«

Sie riß sich die schwarze Maske herunter. »Ah, welch eine Erleichterung!« Sie schüttelte ihre kurzen Locken, streckte ihre kampfesmüden Arme und bog ihren Rücken nach hinten. Weit nach hinten. Weit genug, daß Ramses und auch sonst jeder nicht umhin konnte, zu bemerken, daß ...

»Ihr ... Ihr seid eine Frau!« keuchte er.

Anisella brachte einen erstickten Schrei hervor und verfiel in hysterisches Gelächter. Mysti schritt über die Plattform zu ihr, hockte sich neben sie und tätschelte ihren Rücken, bis sie sich beruhigt hatte.

»Es tut mir leid«, sagte Mysti. »Ich konnte es dir nicht verraten.« Nach kurzem Nachdenken fügte sie hinzu: »Es tut mir nicht leid, was König Wulfdoth widerfahren ist, selbst wenn er dein Vater war, und ...«

»Er hat mich geliebt.« Anisella streichelte die Wange des toten Königs. »Viele Jahre lang hat er nicht einmal von meiner Existenz gewußt, aber von dem Moment an, in dem er herausfand, wer ich bin, hat er mich geliebt. Ohne Fragen. Daß ich seine Tochter war, war Grund genug. Genug, daß er für mich starb.« Sie beugte sich über Wulfdoths Leiche, und selbst ich konnte ihre Tränen fallen sehen. »Papi ...«

Ein Knurren entzog den Vorgängen auf dem Schafott meine Aufmerksamkeit. Acerbia riß das Cape von ihrem Kopf und kroch finsteren Blickes darunter hervor. Sie sah schlimmer aus als mein Bruder Basehart nach einer Nacht, die er in der Dorfkneipe durchgezecht hatte.

»Du … *Schwachkopf!*« giftete sie mich an.

»Aha, und wir hatten schon befürchtet, sie würde sich als schlechte Verliererin erweisen«, sagte Scandal.

»Du hast mir meine Magik genommen, du Narr!« schrillte sie. »Nein, du hast etwas Schlimmeres getan; du hast sie verschwendet! In alle vier Winde verstreut!«

»Und das war gut so«, sagte ich. »Magik ist zu gefährlich, als daß sie in den falschen Händen bleiben sollte.«

Zwei Schafhirten stellten sich neben mich. Sie trugen den Zauberstab der Fee.

»Und nun?« fragte der eine. Ich nickte knapp. Sie zerbrachen den Stab und ließen seine Stücke auf das Pflaster fallen.

»Denkt daran, Jungs«, sagte Scandal. »Wer von euch das größere Stück erwischt, hat einen Wunsch frei.«

Acerbias Stimme klang wie etwas, das aus einem tiefen, alten Grab kommt und rostige Ketten hinterherschleppt. »Weißt du eigentlich, was du getan hast?«

»Er hat Marshmellows Prophezeiung erfüllt!« rief Rhett vom Hausdach her. (Im Gegensatz zu Scandal, gab es für ihn keinen sicheren Weg, herunterzukommen.) »Er hat den rechtmäßigen Thronfolger in Amt und Würden eingesetzt. Er hat …«

Ein Flammenstrahl schlug in die Schindeln rechts von Rhett ein. Rhett sprang beiseite und rutschte vom Dach. Zum Glück für ihn gelang es ihm, eine Hand auszustrecken und sich an der Dachrinne festzuhalten. Dort hing er, und seine Füße strampelten in der leeren Luft. Der Drache stieg hoch in den Himmel, und sein bösartiges, kaltes Lachen hallte über die Stadt.

»Rhett!« schrie Anisella. Sie ließ König Wulfdoths Leichnam vorsichtig zu Boden gleiten und sprang auf ihre Füße. »Halte aus, Rhett, ich werde dich retten!«

Sie verwandelte sich in einen rötlichbraunen geölten Blitz, als sie quer über den Marktplatz sprintete.

»Meine Magik war die einzige Kontrolle über Torquil!« brüllte Acerbia mir zu. »Jeder halbwegs vernünftig ausgebildete Zauberer weiß, daß herrenlose Drachen dumme, verschlagene, bösartige Tiere sind, die es lieben, Dinge in Brand zu setzen, nur um sie brennen zu sehen.«

»Ach, das war wohl der Grund, warum du deinem eigenen Kind ein Drachenei zum Geburtstag geschenkt hast?« wollte ich wissen. (Ich versuchte eigentlich nur, abzulenken. Mich für einen ausgebildeten Zauberer zu halten? Nicht, wenn man meine Zeugnisse von Meister Thengors Akademie gesehen hatte.)

»Sie sind leichter zu kontrollieren, wenn man sie von klein auf großzieht«, gab Acerbia zurück. »Die, die in der Großen Wüste im Westen aufwachsen, sind so schwer zu handhaben. Sie sind der *Grund*, weshalb es die Große Wüste im Westen überhaupt gibt! Diese Gegend war der Große Westliche Regenwald, bevor die Drachen dort einwanderten. Aaah, sieh ihn dir doch nur an!« Sie deutete nach oben.

Torquil beschrieb einen trägen Looping, während Rauch aus seinen Nüstern quoll. Er rollte herum und streckte seinen langen Schlangenhals, während er die Stadt musterte. Feuerbälle erschienen am Himmel. Er lachte wieder. Er senkte seinen rechten Flügel, ging in den Sinkflug und badete die Burg in Flammen.

»He! Laß meine Burg in Ruhe, elender Wurm!« Ramses war zu sich gekommen, sprang auf die Beine und wedelte mit seinem Schwert nach dem Drachen. »Wenn du kämpfen willst, dann ...«

Der Drache richtete ein glühendes Auge auf den Mann auf dem Schafott und sandte fast beiläufig einen Feuerstrahl aus, der ihn überfluten sollte. Der Strahl lag zu kurz, doch Ramses taumelte unter der infernalisch heißen Druckwelle zurück und fiel von der Plattform. Er landete mit einem ekelerregenden knackenden Geräusch auf dem Pflaster und lag regungslos da.

»Du ... du *Drache!*« schrie Bertram. »Du hast Ramses weh getan!« Er kämpfte mit den Tränen. Den Hirtenstab über dem Kopf schwingend, rannte er blindwütig auf das Monstrum zu. Torquil war über den wahnwitzigen Angriff so erstaunt, daß er sich zunächst einmal bemühte, an Höhe zu gewinnen. Nachdem er einigen Abstand zwischen sich und Bertram gebracht hatte, verhielt er sich, als wäre er über seinen raschen Rückzug vor einem derart belanglosen Gegner beschämt. Seine schuppigen Brauen runzelten sich vor Wut. Langsam und bedächtig sank er auf den Marktplatz nieder.

»Oh-oh!« machte Scandal. »Jetzt hat er's geschafft. Jetzt hat er ihn wütend gemacht. Das gibt keinen Blitzgrill wie im Schnellimbiß. Torquil wird dafür sorgen, daß Bertram etwas von seinem Tod hat.«

»Wie kannst du das wissen?«

»Ich kenn' doch meine Pappenheimer.«

»Ich kann das nicht zulassen«, beschloß ich. Mein Zauberstab glitzerte im Sonnenlicht, als ich versuchte, ihn auf Torquil zu richten. Was nicht sehr schwer war. Am Boden war der Drache ein hübsch großes Ziel. Ich konnte ihn nicht einmal verfehlen, wenn ich's darauf anlegte.

»Aber …?« Ich starrte auf meine leere Hand. Der Stab war verschwunden. Ich sah Acerbia anklagend an. »Wo ist er? Was hast du mit meinem Zauberstab gemacht?«

»*Dein* Zauberstab?« fragte sie verächtlich. »Na, das lieb' ich ja! Als ich ihn dir gegeben habe, habe ich betont, daß es sich um einen Ausleihstab handelt. Seine Ausleihfrist ist heute abgelaufen, also ist er dahin zurück, wohin er gehört, nämlich in meine Wohnung in der Burg.« Sie verzog die Lippen, als der Drache weiter auf Bertram zustapfte. »Falls Torquil uns eine Burg übrigläßt.«

»Vergiß den Stab, furchtloser Anführer!« schrie Scandal. »Du brauchst doch keine Zauberlatte, damit deine Magik funktioniert.«

»Du hast recht«, stimmte ich zu. Ich verengte meine Augen zu schmalen Schlitzen und zog meinen Gürtel stramm. »Was ein Zauberer tun muß, muß er tun.« Ich schlich auf den Drachen zu und besann mich auf die Magik in mir, während ich mich ihm näherte. Es war ein wundervolles Gefühl, ein Gefühl von Macht, ein großartiges Gefühl von …

Na ja, warum sollte ich lügen? Es fühlte sich an, als hielte man auf einer schicken Abendgesellschaft einen mächtigen Rülpser gerade noch zurück.

»Torquil!« rief ich. Entweder kannte das Biest seinen Namen oder der Klang meiner Stimme erregte seine Aufmerksamkeit. Sein Kopf schwenkte von Bertram weg auf mich zu. Das war es. Eine weitere Chance würde ich nicht bekommen. Stablos, wie ich war, hob ich meine Hände, um den Drachen in die Luft zu heben, ihn fortzuwerfen, bis er sich über dem Meer befand, und ihn dort explodieren zu lassen. Ich legte alles hinein, was in mir steckte.

Alles außer gesunden Menschenverstand. *Nur einen Zauberspruch auf einmal, du dummer Rattenklopper!* Zu spät erinnerte ich mich an die Regel, die mir die Kontrolle meiner Magik ermöglichte. Einen Drachen von der Größe Torquils aufzuheben, zu bewegen und in die Luft zu jagen, bedurfte dreier Zaubersprüche, wenn nicht gar noch mehr. Die Helligkeit, die meinen Handflächen entsprang, spritzte und platschte über Torquils Schuppen und brachte sie zum Leuchten, aber das war's auch schon. Ach ja, und zum Lachen brachte sie ihn auch. Ich vernahm erneut sein hämisches Gelächter.

Eine schlanke, bewegliche Gestalt schwang sich über den Schwanz des Drachen und eilte herbei, um sich, das juwelenbesetzte Schwert in der Hand, zwischen mir und dem Wurm zu postieren.

»Mysti!« rief ich. »Geh aus dem Weg!«

»Ich glaube kaum«, antwortete die Welfie, ohne ihre Augen von Torquil zu nehmen.

»Hör zu, mach dir keine Sorgen um mich; ich bin in Sicherheit«, drängte ich. »Selbst wenn ich ihn nicht besiegen kann, töten kann er mich nicht.«

»Nein, aber er kann dich mit einer Klaue bearbeiten und dich ohne einen einzigen heilen Knochen im Leib weiterleben lassen. Oder dich lebendig grillen und zusehen, wie dir diese Art Schmerz gefällt. Tut mir leid, Kendar. Ich bin eine Klinge der Gerechtigkeit. Ich kann das einfach nicht zulassen.«

»Ich dachte, ›Klinge der Gerechtigkeit‹ wäre nur eine Verkleidung, die du benutzt.«

»Am Anfang war das auch so. Aber jetzt spiele ich mit dem Gedanken, daraus einen Beruf zu machen. Ich bin es nämlich leid, den ganzen Tag im Palast herumzusitzen, Bon-

bons zu kauen und Romane von Raptura Eglantine zu lesen. Nun tritt zurück und laß mich arbeiten. Es gehört zu meinen Aufgaben, die Wehrlosen zu verteidigen und den Hoffnungslosen zu helfen.«

»Du meinst sicher *den Hilflosen*.«

»Normalerweise ja, aber ich kenne dich zu gut.« Damit griff sie Torquils Flanke an.

Der Drache sah sie kommen. Es mußte wohl irgendwie ziemlich lustig für ihn sein, daß so viele menschliche Insekten auf einmal es auf ihn abgesehen hatten. Er breitete seine Flügel aus und schlug zweimal damit. Die Gewalt seiner Flügelschläge riß uns drei von den Füßen. Er stieg nur so hoch, daß er gerade außerhalb der Reichweite der Schwerter und Hirtenstäbe war. Die Rauchwolken, die aus seinen Nüstern drangen, wechselten ihre Farbe von Weiß über Grau zu Schwarz, das mit roten Funken und Feuerbällchen gesprenkelt war. Seine Augen musterten den Marktplatz vergnüglich. Man konnte sich geradezu denken, was er dachte ...

»Lauft! Lauft um euer Leben!« schrie Acerbia. »Er wird Feuer spucken! Er wird uns alle an Ort und Stelle verbrennen!«

Sie wäre geflohen, wenn zwei kräftige Schafhirten sie nicht an Armen und Flügeln festgehalten hätten. Jeder, der es konnte, folgte ihrem Rat, aber die Straßen waren zu eng für so viele Leute. Es konnten unmöglich alle von ihnen rechtzeitig entkommen, wenn Torquil uns mit seinem Feuer briet.

Ich versuchte, einen anderen Zauberspruch auf das Biest zu werfen – diesmal wirklich nur einen einzigen.

Ich entschied mich für den, der es in viele kleine Stücke zerreißen würde. Ich betete, daß sie klein genug sein würden, um niemanden zu verletzen, wenn Stücke toten Drachens auf Loupgarou niederregnen würden.

Meine Magik traf Torquils glühende Flanke und verwandelte sich in Dampf. Was in Wedwels Namen hatte ich nun falsch gemacht?

»Du mußt bei deinem ersten Schuß was mit seinen Schuppen gemacht haben, Kendar«, vermutete Mysti und beobachtete den Drachen, wie er über uns kreiste. »Jetzt ist er gegen deine Magik immun.«

»Gegen meine ...« Ich hörte das saugende Geräusch, als Torquil seine Lungen mit Luft für den endgültigen Feuerstoß fullte. »Aber vielleicht nicht gegen Scandals.«

Ich griff in meine Gürteltasche. Das versiegelte Ei lag auf meiner Handfläche. Scandal hatte mir geraten, es zu benutzen, wenn ich ein »richtig riesiges« Problem hatte, das ich auf handhabbare Größe bringen wollte. Wenn Torquil sich nicht als »richtig riesig« qualifizierte, dann auch nichts anderes. Ich schleuderte das Ei nach dem Drachen.

Habe ich bereits erwähnt, daß die anderen Studenten auf Meister Thengors Akademie für Hochzauberei mich niemals in ihrer Handballmannschaft haben wollten? Sie behaupteten, ich würde werfen wie ein Mädchen. Das trifft aber nicht die Wahrheit. Ich werfe wesentlich schlechter als jedes Mädchen, das ich kenne.

Das Ei stieg also hoch, aber nicht hoch genug. Es erreichte den Scheitelpunkt seiner Flugbahn und fiel wieder zurück – und zwar genau dahin, wo es hergekommen war.

»Zur Seite!« rief Scandal. »Zur Seite! Paß auf, daß es dich nicht berührt! Lauf weg!«

»Wieso?« fragte ich.

Dann gab es ein Zischen, plötzlich roch es nach Schaf, und ich hörte ein *Pok!* neben meinem Ohr. Bertram war herbeigerannt und hatte mit seinem ausgestreckten Hirtenstab das Ei abgefangen. Sein keulenartiges Berufswerkzeug erwischte mein Wurfgeschoß genau. Erstaunlicherweise zerbrach das Ei dabei nicht. Statt dessen sauste es zurück in den Himmel und stieg dabei höher, als es mir jemals mit einem Wurf gelungen wäre.

»Das war genau wie ein Rettungsschlag beim Blasenball«, verriet mir Bertie grinsend, als wir dem Ei beim Aufsteigen zusahen. »Sogar gemütlicher. In dem Zeug, das wir in die Blase tun, würdet Ihr nicht so gerne duschen, das kann ich Euch sagen.«

Das Ei traf Torquils Rippen mit einem lauten Klatsch.

Und plötzlich war der Drache mit Mikrofischen übersät.

Mikrofische? Keifte eine dünne, versteinerte Stimme in

meinem Schädel. *Aber wenn die Mikrofische etwas berühren, das mit Acerbias Magik in Kontakt gewesen war, dann verkleinern sie es doch nicht; nein, im Gegenteil, sie machen es …*

Größer. Die Fische begannen unmittelbar nach dem Aufprall zu wachsen und bewirkten, daß alles, was sie berührten, mit ihnen wuchs. Ein Mikrofisch kann ein Buch im Puppenstubenformat in einen Folianten verwandeln, der so schwer ist, daß ein Mann allein ihn nicht tragen kann. Eine ganze Eierfüllung voller Mikrofische, die auf einen Drachen prallen, der von vornherein schon so groß ist wie ein Haus, bedeutete …

Auweia!

Torquil quoll auf und hörte nicht auf, anzuschwellen. Der Effekt begann an der Stelle, an der ihn die Fische zuerst berührt hatten, und breitete sich schnell aus. Mikrofische erschienen überall auf dem Drachen in voller Größe und zwangen seine Schuppen auseinander, wie Efeuwurzeln den Mörtel einer Mauer sprengen, und brachten die Schuppen dabei dazu, sich wie Seifenblasen aufzublähen. Die Gurgel des Drachen wuchs von der Größe eines jungen Schößlings zu der eines Baumgiganten. Sein angsterfülltes Brüllen steigerte sich vom einfachen Grollen zum Geräusch eines burgerschütternden Erdbebens. Sein Schatten warf eine Decke der Dunkelheit über uns, die sich bald von den Toren Loupgarous bis zu den Wellenbrechern im Hafen von Port O'Morph erstreckten.

Von Torquils Bauch blätterten die Schuppen ab und fielen uns auf die Köpfe, während das Monstrum immer weiter wuchs. Viele Leute hielten in ihrer Flucht inne, denn es gab keinen sicheren Ort mehr, zu dem sie hätten fliehen können.

Wenn der Drache jetzt landet, wird er Loupgarou und alles, was darin lebt, zu Geröll und Götterspeise zerquetschen, dachte ich. Ich ballte in hilfloser Wut die Fäuste und schrie: »Scandal, warum in Wedwels Namen habe ich nur auf dich gehört?«

»Sei ruhig und hör mir zu!« rief der Kater zurück, von dem ich im Schatten des Drachen bloß zwei leuchtende Augen sehen konnte. Von seinem Schwanzende zuckten dünne Blitze aus Magik zu den Spitzen seiner Ohren. »Setz deine

Magik in Marsch und mach dich bereit, zu schieben, wenn ich's dir sage!«

»Schieben? Was denn schieben?«

»Einen Einkaufswagen oder 'nen Kinderwagen, meinetwegen eine Kommunalwahl, was glaubst du denn? Den *Drachen* natürlich! Ein kräftiger hexerischer Stoß, und er schwebt über dem Ozean, oder wir sind alle Hundefutter. Also, fertig …«

Ich hörte Mysti durch den Platzregen zerspringender Schuppen rufen: »Dort! Dort sehe ich eine Öffnung!« Sie deutete auf eine Stelle an Torquils Bauch, wo alle Schuppen abgefallen waren.

»Ich glaube, ich habe freies Schußfeld.« Sie nahm ihr Schwert in beide Hände und machte sich bereit, es wie einen Speer zu schleudern.

»Mysti, nicht werfen!« Scandal hüpfte mit steifen Beinen vor. Von seinem stocksteifen Schweif standen die Haare ab wie von einer Bürste. »Das hat in *Dornröschen* nur deshalb geklappt, weil es ein blöder Zeichentrickfilm von Disney war! Kendar, fertig …?«

Mysti grunzte und warf ihr Schwert.

»*Jetzt!*«

Meine Magik und Mystis Schwert trafen den Drachen genau in dem Moment, in dem er ein Brüllen ausstieß, das einem das Blut zum Gerinnen brachte, und …

Was ist das Gegenteil von »aufpumpen«? Sicher nicht »abpumpen« – soviel weiß sogar ich. Aber was mit Torquil geschah, sah so aus wie das, was einer Papierkugel passiert, die man ins Feuer wirft. Zerschmettert stürzte der Drache zu Boden. Er wäre auf dem Marktplatz niedergegangen, wenn meine Magik ihn nicht auf halbem Wege nach unten erfaßt und weit aufs Meer hinausgetragen hätte. Das Geräusch eines lauten Platschens ritt auf dem Seewind zurück zum Strand. Die Schiffe, die vor Port O'Morph lagen, krängten und tanzten auf der Krone der Flutwelle. Das war das letzte, was wir von Torquil sahen.

Das heißt, ganz stimmt das auch nicht. Mystis Schwert traf den Drachen einen Augenblick vor meiner Magik. Die

Magik, die seine Schuppen bedeckte, war nicht stark genug, um eine Klinge zurückzuhalten, und auf jeden Fall zu schwach, um einer Klinge der Gerechtigkeit zu widerstehen. Das Schwert drang daher tief ein, verbiß sich in den Rand des kahlen Fleckes und scherte einen Splitter aus Drachenschuppe ab, der halb so lang war es selbst, und doppelt so scharf.

Dies erscheint Euch eine viel zu große Anzahl von Details, als daß mein Auge sie in dem einen Moment wahrgenommen haben soll, in dem so vieles geschah? Nein. Ich sah erst später, wie groß und wie scharf der Schuppendolch war – erst, nachdem der Drache im Meer versunken war. Ich hatte dann genügend Zeit, ihn mir anzusehen.

Denn er ragte, immer noch durch seinen Anteil an meiner Magik schimmernd, aus Mystis Herz.

KAPITEL 30

»Da sind wir, Meister Kendar, Herr«, sagte der Kerkerwärter. »Dies ist die Zelle, gleich rechts neben der berühmten Schluchzerzelle von Prinz Borith dem Relativ...«

»Ich weiß schon.«

Der Wächter schnaubte mißbilligend, als er sich vorbeugte, um das Schloß zu öffnen. »Kein Grund, schnippisch zu sein, Herr, wirklich nicht. Ich dachte einfach, daß Ihr es vielleicht interessant finden würdet, nachdem unser eigener geliebter Prinz Borith uns wiedergegeben wurde. Es ist eine Schande, was mit ihm geschah, nicht wahr?«

Ich sagte nichts. Zumindest war Ramses (ich hatte immer noch Probleme, daran zu denken, daß er jetzt Borith hieß) am Leben. Leider würden seine Beine dank Torquils Bösartigkeit für den Rest seines Lebens unbrauchbar bleiben. Der Fall vom Schaffott hatte sein Rückgrat gebrochen.

»Besser im Tragestuhl leben, als tot im Sarg zu liegen«, murmelte ich. Ich dachte an Mysti, die kalt und bleich in dem Sarg aus Glas und Gold lag, der einer der Staatsschätze von Wingdingo-Land war. Der Prinz hatte darauf bestanden, daß wir ihn annahmen, um ihre Leiche darin nach Hause zu transportieren. Er war unter den wachsamen Augen von Kapitän Lodda persönlich an Bord der *Goldenes Vlies* gebracht worden. Wir würden Segel setzen, sobald die Krönungszeremonie vorüber war.

»Soll ich hier warten, Herr?« fragte der Wärter, als er mir die Zellentür aufhielt.

»Ich bitte darum. Es wird nicht lange dauern.« Ich ging in das Dunkel im Innern der Zelle.

Sie hatten Acerbia nicht wie eine gewöhnliche Gefangene an die Wand gekettet. Sie saß zusammengekauert in einer Ecke, den Stuhl verschmähend, den Anisella für sie hatte herbeischaffen lassen. Die weiche Matratze, eine weitere Gabe ihrer Tochter, lag aufgeschlitzt und ausgeräumt in einer anderen Ecke. Sie gab durch nichts zu verstehen, daß sie meine Anwesenheit zur Kenntnis genommen hatte. Erst als ich sie mit ihrem Namen ansprach, hob sie ihren Kopf.

»Was willst du nun noch von mir, kleiner Zauberer? Meine Flügel?« Sie hatte immer noch viel von ihrer gewohnten Giftigkeit.

»Die kannst du behalten.«

Ihr Lachen war so dünn und spröde wie die Eisschicht auf dem Nachttopf an einem Wintermorgen. »Das ist auch schon alles, was du mir zu behalten erlaubst, nicht wahr? Mein Zauberstab, meine Bücher, alles, was von meiner Magik noch übrig war, und sogar das Leben meines armen lieben Wulfdoth – all das hast du mir genommen. Warum machst du bei meinen Flügeln halt?«

»Keine gewöhnliche Zelle würde dich halten, wenn ich dir nicht den Rest deiner Magik genommen hätte«, erinnerte ich sie überflüssigerweise. »Und was Wulfdoth betrifft, so warst du selbst es, die ihn getötet hat.«

»Das war nicht meine Schuld!« Ihre Augen blitzten. »Du, du trägst die Verantwortung, du und deine Freunde von der Oberseite, die sich überall einmischen mußten. Wäret ihr nicht unaufgefordert hierhergekommen, dann hätte mein Wulfdoth niemals dieses widerliche Mädchen zu Gesicht bekommen. Wer hat dem Narren denn gesagt, daß er sein Leben für das ihre opfern soll? Nun lebt sie immer noch, und er ... Oh, das ist alles deine Schuld!«

Ich entschied mich, gar nicht erst zu erwähnen, daß Acerbia nur deshalb noch am Leben war, weil Anisella Ramses angefleht hatte, die böse Fee zu verschonen. Und wer kann zu Anisella schon »Nein« sagen?

»Ich bin nicht gekommen, um darüber zu diskutieren«, sagte ich und spürte nichts als Eiseskälte in mir. »Ich bin hier, um dich zur Krönung von Prinz Borith einzuladen.«

»Mich?« Die Augen der Fee weiteten sich vor Erstaunen. »Sie wollen mich dabei haben? Sie trauen mir?«

»Ohne deine Magik und mit ein paar Wächtern, die ein Auge auf dich werfen, ist dies keine Frage des Vertrauens.«

»Wächter ...« Ein berechnender Ausdruck huschte über ihr Gesicht.

»Niemand, den du kennst«, versicherte ich ihr. »Die erste Amtshandlung des Prinzen war, alle Leute Wulfdoths zu entlassen und alle deine Leute zu verhaften. Alle, die überlebt haben.« Es tat gut, das zu sagen.

»Dann nehme ich an, daß meine Anwesenheit nur deshalb erwünscht ist, damit jeder mich verspotten kann«, sagte Acerbia säuerlich. »Sie werden mit den Fingern auf mich zeigen und über mich flüstern – all die feinen Höflinge und Hofdamen, die vor mir zu knien und gekünstelt zu lächeln pflegten. Vielleicht bewerfen sie mich sogar mit verdorbenem Obst oder faulen Rüben, wenn sie glauben, damit könnten sie sich die Gunst ihres neuen Herrschers erkaufen.«

»Nicht solange deine Tochter dabei ist. Der Prinz hat sie zur Kommandantin seiner neugegründeten Palastwache ernannt. Er war sehr beeindruckt, als er hörte, wie sie die Fassade des Gebäudes hochgeklettert ist, um Rhett von seinem Dach zu retten, und ihn um ihre Schultern geschlungen heruntergetragen hat. Ich weiß nicht, ob Anisella jemals in der Lage sein wird, dich so zu lieben, wie sie es gern getan hätte, aber sie wird niemals fähig sein, zu hassen.«

Die Fee verzog ihr Gesicht. »Dann laß mich gerade noch mein Haar in Schuß bringen.«

Während sie mit dem Kamm das Stroh aus ihrem Haar entfernte, sagte sie: »Also ist Wulfdoth tot, und niemand ist schuld daran. Nicht du, denn du hast niemals die Hand gegen ihn erhoben, nicht ich, denn ich wollte jemand anderen töten, und er kam mir einfach in die Quere. Sein Tod muß eines dieser Dinge gewesen sein, die ... die einfach geschehen.«

»Welche Dinge?«

»Deine Ankunft; daß du Anisella mitgebracht hast, meinen Zauberstab gestohlen hast, mein Aquarium mit den Mikrofischen ...«

»Das war Scandal.«

»Ein kluges Kätzchen. Wie hat er nur das Aquarium in das Ei bekommen?«

»Er besitzt seine eigene Magik. Ich habe ihn ermutigt, sie zu benutzen. Er tat es. Er benutzte sie, um das Aquarium aus deiner Wohnung verschwinden zu lassen und das Wasser in die Eierschale zu gießen, die er vorbereitet hatte.«

»Nachdem du ihn ermutigt hast, wie du selbst zugibst. Und du hast den Prinzen gefunden, nachdem ich mir so viel Mühe gegeben hatte, ihn vor aller Welt zu verstecken. Aber nichts davon ist deine Schuld. Es war Schicksal, Zufall, eine Laune der Götter ...« Sie sah mir direkt in die Augen. »Kannst du mir sagen, was schlimmer wäre, kleiner Zauberer? Zu wissen, daß du schuldlos, aber auch hilflos der Hand des Schicksals ausgeliefert bist – oder zu wissen, daß du die Macht hast, den Gang der Dinge zu beeinflussen, und für die Ergebnisse die Verantwortung trägst?«

Ergebnisse wie Mystis Tod.

»Du bist fertig? Dann können wir ja gehen«, sagte ich knapp.

Scandal stieß am Eingang der Großen Halle zu uns, in der die Krönung stattfinden sollte.

»Tolle Tapete, Tinkerbell«, sagte er zu Acerbia. »Für eine Zillion Jahre eingesperrt zu sein, scheint dir zu bekommen.«

Sie setzte ihr kühles, unfreundliches Lächeln auf. »Es war weder eine Zillion noch Jahre, schlaues Kätzchen. Und vielleicht kommen sie auch nie zusammen. Wingdingo-Land mag seinen kostbaren Prinzen Borith zurück haben, aber sieh ihn dir doch an! Kann er ein Pferd reiten, mit dem Schwert kämpfen, sein Heer in die Schlacht führen? Nichts von alledem kann man tun, wenn man an den Stuhl gefesselt ist.«

»Nein, das glaube ich auch nicht. Scheint, daß er sich doch mehr um den Frieden-und-Wohlstand-Aspekt kümmern muß.« Der Kater wandte der Fee seinen Schweif zu. »Na, komm schon, Kendar. Suchen wir uns zwei gute Plätze im Nichtspötterbereich.«

Die Große Halle war zu beiden Seiten eines Mittelganges mit vielen Reihen von Sitzbänken gefüllt. Die meisten Sitzplätze waren besetzt. Respektable Kaufleute aus Loupgarou saßen dicht neben ungepflegten Kneipenwirten aus Port

O'Morph; Hochlandbauern schwatzten mit Bankiers und Gesetzeshütern, Schafhirten tuschelten mit Schafen.

An der Stirnwand der Halle war eine lange, niedrige Plattform aufgebaut worden. Obwohl sie mit blauem Samt und Goldbrokat drapiert war, fühlte ich mich unangenehm an das Schafott erinnert. Ramses saß auf dem Thron. Er trug nichts außer einer weiten weißen Robe aus dünnstem Gewebe. Acht Adlige standen zu seiner Rechten, Bertram zu seiner Linken. Der schlanke Schäfer wirkte durchaus ansehnlich, nachdem er gebadet und sein dichtes, lockiges Haar gewaschen und frisiert worden war.

»Woher hat Bertie denn das blaue Auge?« fragte ich Scandal flüsternd.

»Ach, einer der anderen Schafhirten hat ihn damit aufgezogen, wie hübsch er jetzt aussähe, und da haben sie sich geprügelt. Solltest mal den anderen sehen. Unser Bertie hat einen Schlag drauf, mein lieber Mann! Und reizbar ist er.«

Bertie sah ganz danach aus, als würde sein Temperament jeden Moment erneut mit ihm durchgehen. Er war nicht an die feine neue Kleidung gewöhnt, die ihm sein Freund Ramses gegeben hatte, damit er sie heute trug. Offenbar war sie recht kratzig, denn er schrubbte sich immer, wenn er glaubte, daß gerade niemand hinsah, die Rückseite der einen Wade mit dem Fuß des anderen Beins. Hinter ihm stand der Priester, der die Zeremonie durchführen würde, und Anisella, die das Schwert des Prinzen hielt.

»Warum sitzt Ramses in seinem Nachthemd da?« fragte Scandal, als wir unsere Ehrenplätze einnahmen.

Rhett hatte den Platz gleich neben dem Kater. »Das ist kein Nachthemd«, belehrte er Scandal. »Die Krönungszeremonie erfordert, daß der designierte König besprenkelt, gesalbt, bestäubt, gewaschen, parfümiert und überhaupt mit einer ganzen Reihe ritueller Substanzen versaut wird. Es hat keinen Sinn, zu diesem Anlaß teure Kleidung zu tragen.«

Ich glaubte plötzlich, jemanden einige Sitzreihen hinter mir weinen zu hören. Ich wandte mich um und erblickte ein älteres Paar, das in schicke Garderobe gekleidet war, die ihm nicht recht zu passen schien. Die Frau schniefte in ihren Satinärmel, während der Mann ihr auf den Rücken klopfte und immer wieder begütigend sagte: »Schon gut, Mutter, schon gut.«

»Etwas nicht in Ordnung?« fragte ich.

»Och, ist nichts Schlimmes, Jungchen«, antwortete der Mann. »Mutter ist nur so stolz auf unseren Ramses, da kommen ihr die Tränen.«

»Ihr müßt Ramses' Pflegeeltern sein!« rief ich aus.

»Äh, aye. Das müssen wir wohl, wenn der Jung' ...«

»Er ist *gelähmt*!« schluchzte die Frau. Unter all den Tränen schien sie zornig darüber zu sein. »Geht einfach davon, ohne ein Wort zu sagen, treibt sich mit den Piraten rum, springt dem Tod auf See einhundertmal von der Schippe, und damit nicht gut, muß er sich mit dem schlimmen Drachen anlegen ... Ach! Wenn ich dran denke, wie knapp er dem Tod entronnen ist. Und wofür? Für 'ne Krone? So 'n Schnickschnack kann man doch anders kriegen, oder?«

»Schon gut, Mutter, schon gut«, sagte der alte Mann.

»Hörst du wohl auf, ›schon gut, schon gut‹ zu mir zu sagen! Du weißt ja wohl, daß ich recht hab'! Ist dein eig'ner Bruder Thestos vielleicht nicht fortgegangen und hat sich nur mit seinem hübschen Gesicht ein Königreich erobert, weil er eine höhere Tochter geküßt hat, die nicht genug Verstand hatte, einer vergifteten Spindel aus dem Weg zu geh'n? Jetzt ist er *König* Thestos von Belacan, und kein Mensch weiß mehr, daß er früher genauso ein einfacher Schäfer war wie du oder der Junge. Ramses hätt' genau das gleiche tun sollen – es gibt immer Prinzessinnen, die ihre Finger wo hinstecken, wo sie nicht hingehören tun. Und was tut er? Er sitzt da und wird für immer da *sitzen*, niemals mehr gehen oder rennen oder tanzen, nicht auf dieser Welt.« Laute, glucksende Schluchzer hinderten sie am weitersprechen.

»Schon gut, Mutter, schon gut«, fuhr ihr Ehemann fort und tätschelte ihren Rücken kräftiger. »Unser Ramses konnte noch nie tanzen.«

Schmetternde Trompetenklänge brachten uns alle zum

Schweigen. Der Priester bedeutete seinen Gehilfen, ein gewaltiges Tablett herbeizubringen, auf dem eine umfangreiche Sammlung von Fläschchen, Kästchen und Becken und, am hintersten Ende, die Krone von Wingdingo-Land standen. Zuletzt traf einer der kleinen Jungen ein, der ein unhandliches, silbern eingebundenes Buch trug. Er und ein weiterer Knabe hielten es geöffnet vor die Augen des Priesters.

Im rückwärtigen Bereich der Halle gab es einen kurzen Tumult. Ein außerordentlich großes, strahlendes Wesen kam den Mittelgang entlang und setzte sich auf den freien Platz auf Rhetts anderer Seite.

SO TRIFFT MAN SICH WIEDER, sagte Marshmellow. Er lächelte uns an, besonders Rhett, und blinzelte Anisella zu. ICH DACHTE, DU WÜRDEST GERNE ERFAHREN, DASS ICH MIT DER ART UND WEISE, WIE DU DIE LETZTE PROPHEZEIUNG VORGEBRACHT HAST, SEHR ZUFRIEDEN BIN, LOBTE ER DEN HELLSEHER. ALS ICH SIE DIR ÜBERMITTELTE, WAR SIE NOCH NICHT IN VERSFORM. NETTE IDEE. SO, UND ICH HÖRE, DASS DU HEIRATEN WIRST?

Rhett errötete und sagte nichts.

NA, NA, NICHT SO SCHÜCHTERN! ICH BIN EIGENS DESWEGEN HERGEKOMMEN. ICH HABE EIN HOCHZEITSGESCHENK FÜR DICH. ERINNERST DU DICH NOCH AN DIESEN DÄMLICHEN EID DER ABKEHR? NUN, ICH BIN BEREIT, DIESE GANZE GESCHICHTE ZU VERGESSEN, WENN DU DAS GLEICHE TUST. STETS DIE UNGESCHMINKTE WAHRHEIT ZU SAGEN KANN MITUNTER RECHT PEINLICH SEIN, ABER WENN MAN VERHEIRATET IST, KANN ES SICH ALS TÖDLICH ERWEISEN.

»Und was ist mit meinem Geschäft?« fragte Rhett. »Nimmst du mir meine Hellseherkräfte ebenfalls?«

NEIN.

Rhett wurde mißtrauisch. »Ist das alles, was du zu sagen hast? ›Nein‹? Wirst du deine Antwort denn nicht unter mystischen Verklausulierungen und kryptischen Andeutungen begraben?«

WELCHEN TEIL DES WORTES ›NEIN‹ HAST DU NICHT VERSTANDEN?

Der Priester räusperte sich deutlich vernehmbar und richtete damit selbst die Aufmerksamkeit des Gottes auf sich. Marshmellow winkte freundlich ab, als wären er und der Priester alte Kumpel. MACH EINFACH WEITER UND KRÖNE BORITH. KÜMMERE DICH NICHT UM MICH.

»Danke.« Der Priester flocht einen Hauch von Sarkasmus in seine Antwort ein. Er hob seine Arme. »Meine Kinder, wir haben uns heute hier versammelt, um Zeugen der Krönung unseres geliebten Prinzen Borith zu werden, dem rechtmäßigen Thronfolger von Wingdingo-Land. Bevor wir beginnen, rufe ich die Götter an, ihm viele glückliche Jahre als königlichem Herrscher zu schenken und ...«

WEM? fragte Marshmellow.

Der Priester senkte seine Arme. »Wieso, wem?« knurrte er ungehalten.

DU SAGTEST, DU RIEFEST DIE GÖTTER AN, IHM VIELE GLÜCKLICHE JAHRE ZU SCHENKEN. ICH BIN SICHER, DASS DER REST VON UNS GERN GENEIGT IST, DEINER BITTE STATTZUGEBEN, SOBALD ICH DIE NACHRICHT NACH HAUSE BRINGE. ABER WIR BRAUCHEN DEN VOLLEN, GESETZMÄSSIGEN NAMEN DER PERSON, FÜR DIE DU UM ALL DIESE GLÜCKLICHEN JAHRE ERSUCHST. ER MUSS AUF DEM ZERTIFIKAT FÜR DIE MEHR ODER WENIGER ERGÖTZLICHE LANGLEBIGKEIT STEHEN, WEISST DU. DESHALB MUSS ICH WISSEN, FÜR *WEM*.

»Für *WEN*«, verbesserte Rhett.

Marshmellow runzelte über sein Orakel die Stirn. GÖTTER MACHEN IHRE EIGENE GRAMMATIK.

»Wenn du zugehört hättest, wüßtest du, daß wir um ein langes und glückliches Leben für unseren geliebten Prinzen Borith von Wingdingo-Land gebeten haben«, erwiderte der Priester, der immer ungeduldiger mit Marshmellow wurde.

WEM? wiederholte der Gott. Er griff mit einer Hand in das verwirrende Leuchten, das ihn einhüllte, und zog ein kleines Täfelchen hervor, das in einem geisterhaften grünen Licht schimmerte. Es gab eine Reihe von Piepsern von sich, als er es mehrmals mit seinem Finger berührte.

OH, sagte Marshmellow schließlich, nachdem er die Oberfläche des Täfelchens studiert hatte. NEIN, ES TUT MIR LEID.

Wir können in dieser Sache nicht zu Diensten sein. Es gibt keine Person wie Prinz Borith von Wingdingo-Land.

»*Was?*« Es war niemand anwesend, der nicht in diesen Ruf des Erstaunens eingefallen wäre.

Marshmellow seufzte. Also, ihr könnt es euch gerne selbst ansehen, hier steht es jedenfalls grün auf purpur: Es gibt keinen Prinz Borith von Wingdingo-Land. Vor langer Zeit gab es tatsächlich einmal jemanden dieses Namens, aber ER starb in der berühmten Schluchzerzelle, wo ER von Königin Ingigungobryth zu Tode genörgelt ...

Die Große Halle füllte sich mit dem Geplapper Tausender Mäuler. Ramses saß unbeweglich da, sein Gesicht war eine Studie der Verwirrung. Die Adligen, die ihn gerade noch unterwürfig hofiert hatten, warfen ihm jenen mißtrauischen Blick zu, den reiche Leute für Bettler bereithalten, die sie dabei erwischen, wie sie in ihrem Abfall wühlen. Der Priester blätterte auf der Suche nach einer Antwort, deren Frage er nicht kannte, hastig und verzeifelt in seinem Buch.

Das ältere Ehepaar hinter mir stritt sich ohne echten Diskussionspartner darüber, daß Ramses, selbst wenn er nicht Prinz Borith wäre, dennoch den Thron verdient hätte.

Inmitten dieses Tumults sah ich Bertram die Plattform verlassen. Er wirkte wie jemand, der eine lästige Pflicht zu erledigen hatte und sie so schnell wie möglich ausführen wollte, um sie vergessen zu können. Als er zurückkehrte, hatte er seinen Hirtenstab dabei. Mit beiden Händen schlug er damit heftig auf den Boden, bis die Ordnung in der Halle wiederhergestellt war.

»Also gut, das reicht!« brüllte er mit durchdringend hoher Stimme. »Ich hab' mich nicht schaben und parfürmieren lassen wie ein Lämmlein für den Wochenmarkt, nur um hier herumzustehen, während ihr Torfköpfe zulaßt, daß ein dummer, zweitklassiger Möchtegern-Gott dafür sorgt, daß hier alles drunter und drüber geht.«

Zweitklassiger Möchtegern-Gott nennst du mich? fragte Marshmellow. Du möchtest wohl gern Heuschrecken in deinem Joghurt finden, was?

Berties Antwort war ein ungehobeltes Geräusch mit seiner Zunge. »Ich schlage vor, mit der Krönung fortzufahren. Also ist Ramses nicht Prinz Borith. Na und? Er ist klug, mutig, freundlich und der beste Mann, den ich je getroffen habe. – Das bist du wirklich, weißt du«, fügte er mit einem eigenartig liebevollen Blick auf Ramses hinzu. »Als du während der Schlacht von der Plattform fielst, und wir alle dich für tot hielten, da wollte ich ebenfalls sterben.«

»Äääääähh ... ich danke dir!« antwortete Ramses unbehaglich.

»Aber wenn er nicht Prinz Borith ist, darf er nicht König sein«, wandte ich ein. »Das Mystische Gleichgewicht wird nicht wiederhergestellt sein, solange der wahre Erbe nicht auf dem Thron sitzt. Wir sind von weither gekommen, um euren rechtmäßigen Herrscher wiedereinzusetzen – Mysti ist dafür *gestorben*! Sagt mir nicht, daß sie ihr Leben für nichts und wieder nichts geopfert hat!«

»Denkt Ihr, daß nur sie gestorben ist?« gab Bertie zurück. »Denkt Ihr, Ramses war nicht bereit, für unsere Sache zu sterben? Aber wie dem auch sei, Ihr habt den Gott gehört: Es *gibt* keinen Prinz Borith!«

DAS IST RICHTIG, sagte Marshmellow, und nickte.

»Seht Ihr?« Bertram bedachte die ganze Halle mit einem selbstgefälligen Blick. »Wenn wir also keinen Prinzen Borith auf den Thron setzen könne, können wir genausogut ...«

DU HÄTTEST MICH NATÜRLICH AUCH FRAGEN KÖNNEN, OB ES VIELLEICHT EINE *PRINZESSIN* BORITH GIBT.

Die Offenbarung des Gottes war diesmal zu atemberaubend, als daß irgend jemand noch hätte *Was?* sagen können.

Der Priester war der erste, der wieder zu sich kam, weil er gewohnt war, mit Göttern und ihrer Art umzugehen.

»O Eure Großmut, ist denn Borith nicht ein Jungenname?«

NICHT IMMER. ZUR ZEIT DES HISTORISCHEN PRINZEN BORITH WURDE EINER GROSSEN ZAHL VON MÄDCHEN DIESER NAME GEGEBEN. MANCHMAL WURDE EIN »E« ANGEHÄNGT, ABER NICHT IMMER.

Rhett klopfte auf den leuchtenden Ellbogen des Gottes. »*Gibt* es eine Prinzessin Borith?«

Vielleicht gibt es sie, vielleicht aber auch nicht.

»Ist … ist sie am Leben?«

Das kann ich nicht versprechen.

»Wie können wir sie finden?«

Wenn du mir keine Fragen stellst, muss ich nicht mit Lügen antworten.

»Verflucht noch mal, Marshmellow, es gibt einen Unterschied zwischen kryptischen Andeutungen und einfacher Niedertracht. Hörst du endlich auf, Spielchen zu spielen, und gibst uns eine vernünftige Antwort?«

Warum sollte ich das tun, ich bin ja nur ein zweitklassiger Möchtegern-Gott, zumindest nach Meinung *gewisser* Anwesender mit schlechten Manieren und einem ungezügelten Temperament, das Wingdingo-Land höchstwahrscheinlich ein Dutzend Kriege bescheren wird, bevor irgend jemand ihr beibringt, dass es unhöflich ist, mit Göttern und Leuten zu sprechen, als hätte sie ihre schmutzigen alten Schafe vor sich.

»Meine Schafe sind *nicht* schmutzig!« schrie Bertram und stürzte mit zum Schlag erhobenem Hirtenstab auf den Gott zu.

Alles, was Marshmellow dazu sagte, war: Ach, um Himmels willen, benimm dich wie eine Dame, Borith. Damit verschwand er.

Wie auch Bertrams Kleidung.

Die Damen kreischten, die Herren bedeckten ihre Augen, und alle anderen starrten.

»Hey! Klotzkopf!« johlte einer der Schäfer.

»Bertie ist ein *Mädchen*?« erklang das nachtragende Echo von einem anderen Schafhirten, der zwei blaue Augen, eine blutverschorfte Nase und eine aufgeplatzte Lippe hatte.

»Bertie ist … ein Mädchen«, wunderte Ramses sich vernehmlich. Er versuchte, sich von seinem Thron zu erheben, konnte es aber nicht. Mit einem frustrierten Laut benutzte er die Arme des Thronsessels, um seinen Körper in eine aufrechte Haltung zu stemmen, erreichte jedoch nur, daß er mit einem lauten Krachen nach vorne fiel.

Bertie schrie verhalten auf und stürzte zu ihm, um ihm zu

helfen. »Oh, es tut mir leid, Ramses! Du hast dich schon wieder für mich verletzt!« weinte sie.

»Nein, nein, macht Euch keine Sorgen um mich, Ber... Borith ... *Prinzessin*.« Ramses stützte sich auf ihre Arme und inspizierte die Tatsachen. »Oho, du bist mir vielleicht ein Mädchen.«

»Meine Pflegeeltern ließen mich schwören, niemals preiszugeben, was ich wirklich bin«, antwortete Borith. »Sie sagten, ich wäre sonst in großer Gefahr, erklärten aber nie, weshalb. Während all dieser Jahre mit dir und den Schafen habe ich immer gehofft, daß du es irgendwie von selbst herausfinden würdest, aber vergebens ... Wenn man sich überlegt, daß du mich ›Klotzkopf‹ genannt hast!« Ihre Stimme wurde sanft. »Aber was auch immer du zu mir gesagt hast, du hast mich doch gern gehabt, oder? Ein kleines bißchen?«

Ramses war wie am Boden zerstört. »In all den Jahren ... O ja, ich *mochte* dich, Ber... Eure Majestät. Sehr sogar. Tatsächlich gab es Augenblicke, wo ich ...« Er errötete. »Aber nun bin ich, was ich bin, und du bist eine Prinzessin. Ich nehme an, jetzt ist es zu spät.«

Die Prinzessin hob sein Kinn. »Für mich nicht«, sagte sie und küßte ihn.

»Ich weiß nicht, wie es bei euch ist, aber ich habe nicht den ganzen Tag lang Zeit«, sagte der Priester und setzte der Prinzessin die Königskrone auf, während sie und Ramses sich umarmten. »Wir können den Rest der Zeremonie später nachholen. Jetzt jubeln bitte alle unserer neuen Monarchin, Königin Borith von Wingdingo-Land, zu.«

Die Halle erbebte unter den Jubelrufen.

»Ich finde ihren Hut recht hübsch«, sagte Scandal. »Allerdings kann er dem Rest ihres Kostüms nicht ganz das Wasser reichen.«

KAPITEL 31

»Meister Kendar! Huhuh, Meister Kendar!«

Irgend jemand auf dem Dock rief mich beim Namen.

Scandal trottete über das Deck des Schiffes zu mir herüber. Ich saß neben Mystis Sarg aus Gold und Glas. Er war zu sperrig und zu zerbrechlich, um unter Deck sicher verstaut werden zu können. Käpt'n Loddas Mannschaft hatte einen Baldachin darüber errichtet und alles getan, was in ihren Kräften stand, um zu verhindern, daß der Sarg auf Deck hin und her glitt, sobald die *Goldenes Vlies* abgelegt hatte.

»Da piepst dich jemand an, Kumpel«, sagte er. Als ich nicht antwortete, fuhr er beharrlich fort: »Sieh mal, es gibt ein paar Dinge, die für alle Magik der Welt eine Nummer zu groß sind, sonst wäre Meister Thengor heute noch am Leben. Und es gibt Dinge, die eben geschehen. Es ist nicht deine Schuld, daß sie von uns gegangen ist.«

»Wessen Schuld ist es dann?« Meine Augen brannten, weil ich zuviel geweint hatte.

»Wenn ich dir darauf eine Antwort geben könnte, würde das irgend etwas ändern? He, ich behaupte ja schließlich nicht, daß du nicht trauern sollst, nur, daß der Schmerz schon groß genug ist, ohne daß du dich der Selbstzerfleischung widmest. Du solltest nicht nach Gründen suchen, warum es dir *noch* schlechter gehen sollte.«

Ich sah ihn ärgerlich an. »Was verstehst du schon von Schmerz? Können Katzen überhaupt weinen?«

»Nach allem, was ihr Menschen mit uns im Laufe der Zeit angestellt habt?« antwortete er steif. »Ihr habt uns als Hexen verbrannt, unsere Jungen ersäuft, uns mit vergiftetem Fleisch geködert, uns in Flüsse geworfen, Steine nach uns geworfen, uns mit Wagen überfahren und am Straßenrand sterbend liegen gelassen. Wenn wir jemals weinen konnten, habt ihr alle Tränen schon vor langer Zeit aus uns herausgepreßt.«

»Scandal ... es tut mir leid.« Ich setzte ihn auf meinen Schoß und drückte ihn fest.

»Ich weiß, Junge.« Er rieb seinen Kopf an meinem Kinn. »Das war auch nur der Schmerz, der gesprochen hat. Du weißt, daß ich sie ebenfalls vermisse. Sie hatte dieses einmalige Talent, immer genau zu wissen, wo ich gerade gekrault werden wollte, und ... Laß mich gar nicht erst anfangen.«

Er sprang aus meinen Armen und ging auf die Laufplanke zu. »Na, komm schon. Ramses' Mutter hat nach dir gerufen. Du wirst eine Dame doch nicht warten lassen.«

Ein Besatzungsmitglied half der alten Frau gerade an Bord, als wir die Laufplanke erreichten. Ihr folgte ein großer, stattlicher, muskulöser, hellhaariger, blauäugiger junger Mann, der teure Kleidung und einen goldenen Stirnreif trug. Er balancierte eine schwere Reisetruhe, als wöge sie weniger als ein Kohlkopf.

»Meister Kendar, darf ich Euch meinen Neffen, Prinz Boffin von Belacan vorstellen«, sagte Ramses' Mutter. »Er ist der vierte Sohn meines lieben Schwagers Thestos – Ihr wißt schon, der, von dem ich Euch vor der Krönung erzählt habe.«

»Ja, die königliche Kußszene«, sagte Scandal, bevor ich antworten konnte.

»Hallo«, sagte Prinz Boffin. »Ich komme mit auf die Oberseite. Oder, Tantchen?«

»Ja, mein Lieber, natürlich.« Ramses' Mutter tätschelte seine goldbraune Wange, dann nahm sie mich zur Seite. Scandal folgte uns, so daß der Prinz an der Laufplanke stehen blieb wie ein sehr gutaussehendes Stück Muskelfleisch mit Augen.

»Boffin ist ein guter Junge«, sagte Ramses' Mutter. »Aber er ist Thestos' vierter Sohn. Sein ältester Bruder erbt das Königreich, die beiden anderen sind intelligent genug, um selbst klarzukommen, aber Boffin ...« Sie verstummte und lächelte entschuldigend.

»Hat nichts zwischen Ohren außer einem ›Zimmer frei‹-Schild, richtig?« vermutete Scandal voller Mitgefühl. Sie stritt es nicht ab.

»Trotzdem sieht er *sehr* gut aus. Das hat er von seinem Vater. Unser Ramses schlug auch nach Thestos – sie sehen beide sehr gut aus. Kein Wunder, daß er davon überzeugt war, mit Wulfdoth verwandt zu sein, als dieser Mann in unser ...«

Ich wollte weder an Wulfdoth noch an Acerbia oder irgend etwas anderes denken, das mit Mystis Tod zu tun hatte.

»Was ist denn jetzt mit Boffin?« unterbrach ich sie.

»Nun, er kann nicht erwarten, daß für seinen Lebensunterhalt gesorgt wird, und bei seinem Verstand besteht sicherlich keine Hoffnung, daß er seinen Lebensunterhalt selbst verdient, deshalb geht er auf die Oberseite, um sein Glück zu machen.«

»Schade, daß er keinen Zwilling hat, dann könnten sie sich als Buchstützen verdingen«, sagte Scandal.

Ramses' Mutter lachte nur über Scandals Unverschämtheit.»Meister Kendar, ich möchte Euch bloß darum bitten, daß Ihr während der Überfahrt für meinen lieben Boffin alles tut, was in Eurer Macht steht – bereitet ihn auf die Oberseite vor, gebt ihm guten Rat, sagt ihm, worauf er zu achten hat. Seid ihm ein *Freund*. Bitte.«

»Und was bin ich? Gehackte Leber?« Scandal warf sich in seine behaarte Brust. »Wir werden uns um Prinz Boffin kümmern.«

Ramses' Mutter verließ das Schiff als glückliche Frau. Sie war kaum von der Laufplanke herunter, als ich Scandal zur Rede stellte.

»Warum hast du eingewilligt? Ich will kein Freund von diesem blöden Klotz sein!«

»Nein, du möchtest lieber während der Reise neben Mystis Sarg sitzen, bis du nicht mehr um sie trauerst und anfängst, dir selbst leid zu tun. Das kannst du meinetwegen tun, aber wenn Mysti hier wäre, würde sie dir in den Hintern treten und dir sagen, daß du dein Leben weiter leben sollst.«

Ich warf einen Blick auf den glitzernden Sarg. Die goldenen Verschlüsse, die die Glasscheiben zusammenhielten, schimmerten mit einem Hauch von Magik. Egal, wie lange die Reise dauerte, Mystis Leiche würde die Oberseite in perfekt konserviertem Zustand erreichen. Wie sie so dalag, schien es wirklich wahrscheinlich, daß sie im nächsten Moment ihre Augen öffnen, aufstehen und mich genauso treten würde, wie Scandal es gesagt hatte. Nur der Splitter der Drachenschuppe, der in ihre Brust eingebettet war, ruinierte die Illusion.

»Also gut, Scandal«, sagte ich. »Ich werde es tun, für Ramses' Mutter, für dich ... und für Mysti.«

Käpt'n Lodda bellte ihre Befehle, und die *Goldenes Vlies* – kein Piratenschiff mehr, sondern ein ehrenwertes Seefahrzeug, das unter dem Schutz von Königin Borith stand – lichtete die Anker und steuerte aufs offene Meer hinaus.

Die Türme der Festung waren zu einem blau-grauen Schimmern am Horizont geworden, als Scandal fragte: »Sollen wir anfangen?«

Wir fanden Prinz Boffin an der Reling. Er schaute auf die sich entfernenden Gestade seiner Heimat. Scandal sprang auf die Reling zu seiner Rechten; ich lehnte mich links von ihm darauf. Er grinste uns an, und wir grinsten zurück. Ich hoffte, nicht so dumm auszusehen, wie ich mir vorkam.

»Hallo, Eure Hoheit«, sagte ich und versuchte, so zu klingen, als freute ich mich, hier zu sein. »Ich bin Meister Kendar Gangle, und das ist mein Freund Scandal.«

»Hallo«, sagte Prinz Boffin. Er grinste weiter.

»Also ... ich habe gehört, Ihr wollt auf die Oberseite«, sagte ich in der Hoffnung, auf diese Weise ein Gespräch zu eröffnen.

»Ä-hä, ä-hä, ä-hä.« Sein Kopf hüpfte auf und ab wie ein Ball, der auf den Wellen schwimmt.

»Schon eine Idee, was Ihr tun wollt, wenn Ihr dort angekommen seid?«

»Ä-hä.« Seine blauen Augen waren so leer wie die eines Neugeborenen.

»Ich selbst bin ein Zauberer; Hofzauberer des guten

Königs Steffan von Gladderadatsch. Ich könnte Euch dem König vorstellen, wenn ...«

»Wie ist er König geworden?« fragte Boffin plötzlich.

»Was? Öh, ich glaube, er hat den Thron von seinem Vater geerbt.«

»Das ist nicht fair!« Prinz Boffin haute mit seiner Faust auf die Reling. Der arme Scandal fiel fast über Bord.

»Wa – was ist nicht fair?«

»Wie man König wird. Es gibt nur drei Wege: Entweder man erbt den Thron wie mein Bruder Prinz Helftwig, oder man erheiratet ihn wie Vetter Ramses.« Er verfiel in Schweigen.

Ich tippte an seinen Arm. Er fühlte sich an wie ein Amboß. »Ihr habt gesagt, es gäbe drei Wege. Was ist denn der dritte?«

»Drei?« Verunsichert zählte er Zweien, Dreien und Vieren an seinen Fingern ab, bis die Antwort ihm zufälligerweise wieder in den Sinn kam. »Ach ja. Ja! Genau, *drei*. So, wie Papa es gemacht hat.«

»Ihr meint, indem man eine schlafende Prinzessin küßt?«

»Äha, äha, äha. Entweder so oder anders, aber magisch muß es sein. Zu Hause hab' ich gehört, daß der Großvater von König Cadric von Pelata nur ein fahrender Salzhändler aus Port O'Lyn war, bis er an diesen großen Felsen kam, in dem ein Schwert steckte. Na ja, jeder weiß ja, was man sich über die Männer aus Lyn erzählt: Sie klauen alles, was nicht niet- und nagelfest ist, und das Schwert war es jedenfalls nicht. Er zog es einfach aus dem Felsen, und im nächsten Moment war er von all diesen Jungfrauen in fließenden weißen Gewändern umgeben, die ihn singend umtanzten. Zuerst dachte er, es wäre eine ausländische Polizeitruppe, deshalb schlug er ein paar davon nieder, bevor man ihm klarmachte, daß sie nur ihren neuen König willkommen heißen wollten.«

»Das muß ihn aber sehr glücklich gemacht haben«, sagte Scandal.

»Nein, *da* dachte er natürlich, daß dieser neue König, von dem alle sprachen, kommen würde, um ihn wegen Schwertdiebstahls einzusperren, also schlug er noch ein paar

Damen mehr nieder und versuchte, abzuhauen. Die, die übrig waren, ergriffen ihn, schlugen zur Abwechslung *ihn* nieder, und als er wieder zu sich kam, erklärten sie ihm, daß *er* derjenige wäre, den sie willkommen hießen, weil er diese Sache mit dem Schwert gemacht hatte. Dann schlugen sie ihn wieder und fragten ihn, was er davon hielte. Er antwortete, daß er es für einen ziemlich dämlichen Weg hielte, einen Herrscher zu bestimmen, aber es wäre *die* Chance, sein Salz zu einem guten Preis zu verkaufen, also nahm er die Aufgabe an. Natürlich möchte König Cadric heute nicht mehr an diesen Vorgang erinnert werden; er kann während der Mahlzeiten kaum ertragen, einen Salzstreuer anzusehen.« Boffin kicherte.

»Weißt du, Boffin, ich glaube, ich weiß, wo dein Problem liegt«, sagte Scandal. »Keine Möglichkeit auf eine königliche Karriere.«

»Hä?«

»Keine Chance zu werden König.«

»Oh. Ä-hä, ä-hä, ä-hä.«

»Tja, verzauberte Prinzessinnen gibt's eben heutzutage an jeder Straßenecke. Du weißt schon, Angebot und Nachfrage, freie Marktwirtschaft, billige ausländische Hexerei, die die eigenen Unternehmen unterbietet ...«

»Hä?« Diesmal war es nicht Prinz Boffin, der nicht verstand, sondern ich.

»Wenn keine Nachfrage existiert, muß sie geschaffen werden«, fuhr der Kater fort. »Wenn ein altes Wasserloch austrocknet, gräbt man ein neues. Dieses Kußgeschäft ist ein alter Hut, es ist einfach zuviel davon auf dem Markt. Die Zeit ist reif für etwas Neues, etwas Frisches, etwas Anderes! Geh mit der Zeit, dann machst du es richtig. Wenn du der Zeit hinterherläufst, bringst du's nie zu was. Wenn du deiner Zeit voraus bist, kannst du dir deinen Claim abstecken ...«

Prinz Boffin starrte den Kater an. Er war fasziniert. Im Gegensatz dazu fielen mir die Augen zu.

»Ich bin müde«, verkündete ich. »Ich bin unter Deck, falls ihr mich sucht.«

In meiner Kabine angekommen, streckte ich mich auf meiner Koje aus und schloß die Augen. Ich mußte eingeschlafen sein, weil ich plötzlich von einer vertrauten Stimme träumte – eine, die ich außerhalb von Träumen nie wieder zu hören erwartete.

»Kendar?«

»Mysti?« erwiderte ich schläfrig.

»Kendar, ich bin's.«

»Ich weiß.« Ich hielt meine Augen geschlossen. Ich wollte nicht wieder aufwachen.

»Hi, Chef!« Scandal steckte seinen Kopf durch die Türöffnung der Kabine. »Überraschung!«

»Wa – wa – wa – wa ...?« Ich konnte weder vom Boden aufstehen noch meinen Kiefer daran hindern, auf- und abzuflattern.

»Hallo.« Prinz Boffin trat ungebeten ein. »Ich hab' getan, was Scandal gesagt hat. Ihr wißt schon, das mit dem ›was Neues ausprobieren‹? Weil mein Papa es mit Küssen geschafft hat und König Cadrics Großvater mit dem Herausziehen eines Schwertes, da habe ich gedacht, ich versuche einfach beides gleichzeitig. Schade, daß das hier kein richtiges Schwert war.« Er ließ den Splitter der Drachenschuppe in meine Hände fallen. Er leuchtete immer noch vor Magik. »Aber es hat geklappt.«

»Das kann man wohl sagen!« lachte Mysti. »Und als Boffie erfahren mußte, daß ich gar keine Prinzessin bin, erwies er sich als guter Verlierer ...«

»›Boffie‹?«

Mysti fuhr fort, als hätte ich nichts gesagt. »... denn weil ich keine Prinzessin bin, kann er mich nicht heiraten *und* König werden, deshalb habe ich ihm versprochen, ihn Raptura Eglantine vorzustellen, wenn wir die Oberseite erreicht haben. Ich glaube, er ist ideal geeignet, um für ihre Titelbilder Modell zu stehen. Sie arbeitet ja immer mit diesem Curio, aber ein wenig Abwechslung hat noch nie geschadet. Das ist das mindeste, was ich tun kann.« Sie hakte sich mit ihrem Arm bei ihm ein. »Nicht wahr, Boffie?«

»Einen Augenblick!« protestierte ich. »Vergißt du nicht etwas?«

Mysti klimperte mir mit ihren Wimpern zu. »Was denn?«

»Du bist meine *Ehefrau*!«

»Nein, das bin ich nicht. Wir sind nicht mehr verheiratet.«

»Sind wir nicht?«

»Ich war tot, erinnerst du dich?«

Scandal legte seinen Kopf schräg. »Kein Scherz? Ihr habt diese Bis-daß-der-Tod-euch-scheidet-Klausel hier auch?«

»Das will ich doch hoffen!« sagte Mysti. »Ausnahmen gibt es nur für Vampire und Steuereintreiber.«

Sie kuschelte sich dichter an Prinz Boffin. »Laß uns an Deck zurückkehren und das Seeschlangenrennen ansehen, Boffie.«

Ich hörte Prinz Boffins eifriges »Ä-hä, ä-hä, ä-hä« langsam verhallen, während sie nach oben gingen.

Ich starrte ungläubig auf den Schuppensplitter, den ich immer noch in der Hand hielt, und wandte mich dann an Scandal. »Was ist denn bloß passiert?« fragte ich verwirrt.

Der Kater seufzte tief. »Was soll ich dazu sagen Chef? Es ist die alte Leier: Junge trifft Welfie, Junge verliert Welfie, Junge bekommt Kater.« Er setzte sich auf meinen Schoß und begann zu schnurren. »Also, für mich klingt das ganz wie ein Happy-End.«

HAPPY-
END